LA DERNIÈRE VILLE SUR TERRE

Du même auteur
chez le même éditeur

Darktown
Temps noirs
Minuit à Atlanta

THOMAS MULLEN

LA DERNIÈRE VILLE SUR TERRE

Traduit de l'anglais (États-Unis)
par Pierre Bondil

Collection fondée par François Guérif

RIVAGES/NOIR

Retrouvez l'ensemble des parutions
des Éditions Payot & Rivages sur

payot-rivages.fr

Collection dirigée par Jeanne Guyon et Valentin Baillehache

Titre original :
The Last Town on Earth

À Jenny

« Une manière commode de faire la connaissance d'une ville est de chercher comment on y travaille, comment on y aime et comment on y meurt. »

Albert Camus, *La Peste*

« Une attaque dirigée contre un seul est une attaque dirigée contre tous. »

Slogan des Industrial Workers of the World[1]

1. Syndicat unitaire international, créé aux États-Unis en 1905, qui atteignit son apogée dans les années 1920.

Le soleil perça brièvement, preuve de la présence d'un univers au-dessus de leurs têtes, d'éléments aux aguets, planètes et étoiles, immenses galaxies de savoir infini, puis tout aussi soudainement il se réfugia derrière les nuages.

À midi ce dimanche, l'heure à laquelle en temps normal les gens s'en revenaient de l'église, d'une visite rendue à des amis ou à des membres de leur famille, le médecin ne dépassa que deux autres automobiles pendant les quinze minutes du trajet et ne vit qu'un seul passant. Cela faisait trois semaines maintenant que la grippe était entrée à Timber Falls, selon son estimation la mieux étayée, et presque toute circulation avait disparu des rues. Les malades étaient cantonnés chez eux et les gens en bonne santé ne s'aventuraient pas dehors.

– Personne n'a encore emprunté cette rue ? demanda-t-il aux deux infirmières avec qui il se trouvait et dont les maris combattaient en France.

C'était un homme d'un âge avancé, maigre, portant des lunettes qu'avaient maculées les expectorations d'innombrables patients.

– Non, répondit l'une d'elles en secouant la tête.

Avec le volume croissant de malades et de mourants, ils ne s'étaient pas encore rendus aussi loin, en limite de la ville, dans cette rue isolée où logeaient les indigents les plus miséreux et les immigrants les plus récemment arrivés.

Des voisins avaient signalé des bruits effrayants venant de l'une des maisons, mais nul n'avait voulu y entrer pour voir comment allait la famille.

Le médecin se gara le long de l'habitation d'un étage située à la base d'une colline qui s'élevait progressivement. Partout le sol était boueux, les roues s'enfonçaient de plusieurs centimètres. Cela donnait l'impression que la construction elle-même s'affaissait dans le sol, que son toit penchait sur la droite. C'était la dernière d'une rangée de cinq habitations étroites qui, dans leur malheur, semblaient s'appuyer les unes contre les autres.

Avant de sortir du véhicule, les visiteurs mirent sur leur visage des masques de gaze couvrant le nez et la bouche, avant d'enfiler des gants en caoutchouc fin.

Il frappa à la porte. N'obtenant pas de réponse, il recommença, plus fort, déclina son identité.

– Regardez, signala l'une des infirmières.

À la fenêtre située sur la gauche de la porte, ils distinguèrent un visage qui observait derrière le rideau d'une extrême minceur, celui d'une enfant qui n'avait pas plus de quatre ans. Ses yeux étaient immenses. Elle paraissait fantomatique, pas plus effrayée par ces inconnus masqués que particulièrement intéressée par eux. L'infirmière leva la main pour lui dire bonjour, mais la petite fille ne retourna pas le geste. Quand le docteur frappa une fois de plus en désignant la porte du doigt, elle ne bougea pas.

Il finit par abaisser la poignée et entra. Toutes les fenêtres étaient fermées et, selon toute évidence, la porte n'avait pas été ouverte depuis des jours. Il perçut immédiatement l'odeur.

La fillette tourna le dos à la fenêtre pour les regarder. Elle portait une chemise de flanelle pour adulte sur une chemise de nuit sale, avait une épaisse chevelure blonde en bataille et présentait une maigreur effrayante.

L'état du petit salon était désastreux. Livres, jouets et vêtements disséminés partout. Un fauteuil à bascule couché sur le côté. Une lampe brisée en morceaux sur le sol. Lorsque les visiteurs s'avancèrent dans la pièce, deux autres fillettes émergèrent du chaos, une plus jeune que celle de la fenêtre, l'autre légèrement plus âgée. Elles aussi étaient sales, vêtues étrangement, semblables à des spectres.

Le médecin s'apprêtait à leur demander où étaient leurs parents lorsqu'il entendit une toux, sèche et rauque. Suivi d'une des infirmières, il s'en approcha en empruntant un petit couloir avant de pénétrer à l'intérieur d'une chambre.

La deuxième infirmière demeura dans le petit salon avec les fillettes. Elle s'agenouilla pour sortir des tranches de pain de seigle de son sac. Les petites se précipitèrent vers elle, mains tendues, et plantèrent leurs doigts dans la nourriture. En quelques secondes, il ne restait plus rien sinon des paires d'yeux qui la scrutaient dans l'attente d'autre chose à manger.

Dans la chambre, les rideaux foncés étaient tirés devant la fenêtre. Le docteur distinguait les lits, tous deux occupés. Des quintes de toux intermittentes provenaient de la silhouette, étendue sur la droite, dont la tête reposait sur un oreiller taché d'un rouge sombre. Le lobe des oreilles, les narines et la lèvre supérieure étaient noircis de sang séché, les yeux clos, les paupières d'un bleu foncé comme la peau tout autour. Le docteur vit une main, posée sur les draps, dont les doigts avaient la même couleur que de l'encre. À côté du lit, la table de chevet était striée de sang, de même que la bible qui était posée dessus.

L'homme toussa à nouveau et ses yeux, tournés vers le vide, s'ouvrirent pendant moins d'une seconde. L'infirmière s'agenouilla à côté de lui pour exécuter les pauvres gestes que dictait sa formation, même si elle savait qu'ils étaient désormais vains. C'était moins dur que de regarder la forme allongée dans l'autre lit.

La femme allongée sur le flanc, face à son mari, avait les lèvres figées dans un rictus de souffrance. Ses cheveux clairs et fins étaient éparpillés sur l'oreiller, certains débordant du lit alors que d'autres collaient au sang coagulé qui lui couvrait le visage. Il était impossible de dire depuis combien de temps elle était morte, car les cadavres de victimes de la grippe espagnole avaient un aspect différent de tous ceux que le docteur avait pu voir par le passé. La coloration bleue qui assombrissait la peau du mari l'avait, elle, totalement consumée, rendant impossible de deviner son âge ou même sa race. Elle ressemblait aux cadavres d'un brasier auxquels le docteur avait été confronté à la suite d'un épouvantable sinistre survenu dans une usine des années plus tôt.

Elle avait probablement à peu près le même âge que les infirmières, imagina-t-il, car la grippe ne semblait emporter que ceux qui étaient dans la force de l'âge. Peut-être les fillettes avaient-elles commencé à se remettre de la maladie qui avait anéanti leurs parents. C'était un schéma totalement opposé à celui de la majorité des grippes.

Ils entendirent d'autres quintes dans une pièce différente. Le docteur et l'infirmière se regardèrent, surpris, avant de se diriger vers le son en provenance d'une chambre située de l'autre côté du couloir. Ici les fenêtres n'avaient pas de rideaux et, dès qu'ils entrèrent, ils virent deux corps allongés dans un grand lit, tous deux secoués par la toux. De jeunes adultes. Les draps étaient ensanglantés à proximité de leur visage. Ils émettaient exactement les bruits auxquels on pouvait s'attendre : ceux de personnes suffoquant lentement jusqu'à ce que mort s'ensuive.

Il y eut un mouvement soudain entre les corps, celui de minuscules mains. Une petite fille de moins de trois ans, aux cheveux noirs comme les plumes du corbeau, faisait la sieste entre ses parents qui se mouraient. Un moment, elle donna l'impression d'être calme, mais aussitôt qu'elle ouvrit ses yeux marron, elle se mit à hurler. Qu'elle soit terrifiée par les étrangers avec leurs masques ou par l'immobilité presque absolue de ses parents, l'infirmière n'aurait su le dire. La fillette continua de hurler. Ce fut comme si les trois enfants, silencieuses dans l'autre pièce, avaient trouvé une voix dans l'horreur exprimée par la cadette.

Le docteur était déjà dans le petit salon où il téléphonait à l'un des entrepreneurs de services funèbres épuisés, même s'il n'ignorait pas qu'il faudrait des heures avant que l'un d'eux puisse venir. Les gens des salons funéraires tombaient aussi malades, et il resta là pendant ce qui lui parut être une éternité, n'entendant que le silence sur la ligne, attendant qu'une voix lui vienne en aide, guettant une réponse. Les secondes mortes s'étiraient comme les bras suppliants des fillettes affamées tendus vers lui.

Première partie

Commonwealth

I

La route menant à Commonwealth[1], longue et peu engageante, s'étirait sur des miles au-delà de Timber Falls, s'enfonçant profondément dans les bois de résineux où les arbres croissaient plus haut encore, comme si le soleil les mettait au défi d'atteindre ses trop rares rayons. Telles deux armées perchées au sommet de falaises antagonistes, des sapins de Douglas dominaient de leur grande taille la route jonchée de rochers. Même les voyageurs qui, toute leur vie durant, s'étaient vu rappeler leur insignifiance, ressentaient une humilité particulière le long de cette portion de chaussée, sous la pénombre surnaturelle qui l'engloutissait.

Après avoir parcouru bon nombre de miles entre les troncs, elle s'incurvait sur la droite et les arbres s'écartaient un peu. La terre brune et d'occasionnelles souches indiquaient que la forêt n'avait été que partiellement et récemment éclaircie, au prix d'une ténacité extrême. La clairière était en pente légère. Au bas du relief, un arbre coupé de frais bloquait la chaussée. Dans son écorce épaisse un panneau avait été cloué : une mise en garde adressée à des voyageurs qui n'existaient pas, un cri silencieux lancé vers les forêts sourdes.

Un petit vent piquant prenait de la vitesse en haut de la colline dénudée, apportant les exhalaisons combinées de millions de sapins et de pins. Philip retint son souffle.

– Tu as froid ? lui demanda Graham.

1. Littéralement, bien commun, prospérité partagée.

– Ça va.

Graham tendit le bras vers la ville.

– Il te faut un vêtement plus chaud. Vas-y.

– Je préfère rester.

– C'est toi qui vois.

Philip donnait vraiment l'impression d'être frigorifié dans son manteau léger et son pantalon de toile, la tenue d'un gratte-papier, alors que Graham portait son bleu de travail habituel sous un épais pardessus de laine.

– Tu crois qu'il va neiger ?

Philip Worthy avait seize ans, il était grand même si sa claudication donnait à chacun l'impression qu'il était plus petit qu'en réalité, mais pas aussi robuste que la plupart des hommes qui habitaient cette ville de bûcherons et de manœuvres.

– Non.

Graham, vingt-cinq ans, était à de nombreux égards tel que Philip aspirait à devenir : fort, raisonnable et réfléchi, le maître dans son logis. Alors que Philip avait le sentiment qu'il devait se montrer poli et faire la conversation pour s'insinuer dans les bonnes grâces des autres, Graham semblait prononcer le minimum de mots et gagner immanquablement leur respect. Philip le connaissait depuis deux ans et continuait d'essayer de comprendre comment quelqu'un pouvait parvenir à pareil résultat.

– Il fait plus froid que je ne pensais, dit le plus jeune. Parfois, ça annonce de la neige.

Graham comprenait la crainte que cela représentait pour son compagnon. Il secoua la tête.

– Il fait froid, mais il ne va pas neiger. On est en octobre.

Philip opina, rentrant les épaules pour se protéger.

Graham posa son fusil par terre et ôta son manteau.

– Tiens, mets-le.

– Non, je t'assure. Moi, ça va. Je ne veux pas que tu…

– Mets-le, bon sang, ce fichu manteau, insista Graham en souriant. J'ai plus de viande sur les os que toi, de toute façon.

– Merci.

Philip posa son fusil à côté de celui de son aîné. Le vêtement était grand pour lui, les manches recouvraient entièrement ses mains. Il savait qu'il avait l'air d'un clown, mais c'était aussi efficace que des gants. Il ne pourrait pas tenir son arme, ce qui n'avait pas d'importance puisqu'il ne s'attendait pas à en avoir l'usage.

– À ton avis, c'était qui, dimanche, dans la Model T ? demanda-t-il.

– J'en sais rien.

Ni l'un ni l'autre n'avait été en poste ce jour-là, quand deux autres gardes avaient vu une Ford neuve rutilante s'avancer aussi près que l'arbre couché le leur permettait. Le poste d'observation des sentinelles était situé trop loin pour distinguer le conducteur qui, à aucun moment, n'avait mis le pied à l'extérieur du véhicule. Le feutre, sur son crâne, leur avait indiqué qu'il s'agissait d'un homme, rien de plus. L'inconnu avait apparemment lu le panneau, n'avait pas fait halte plus d'un court instant pour réfléchir avant d'exécuter un demi-tour et de s'en repartir. Depuis que la ville avait interdit tous ses accès, c'était l'unique fois que quelqu'un de l'extérieur avait été aperçu.

Commonwealth était bâtie à environ quatre-vingts kilomètres, ou peut-être cent, au nord-est de Seattle ; nul ne semblait le savoir hormis son fondateur, Charles Worthy, et tous ceux qui charriaient les chargements de bois locaux. À l'est se dressaient les sommets déchiquetés de la chaîne des Cascades, suffisamment proches pour être visibles par temps clair, mais suffisamment lointains pour disparaître lorsque les nuages étaient bas et lourds. Ces jours-là, la ville semblait totalement coupée du reste du monde. Loin vers l'ouest s'étendaient les flots de l'océan, la confluence du bras de mer de Puget Sound au sud, du détroit de Géorgie au nord, et de celui de Juan de Fuca à l'ouest, là où les trois affluents mêlaient leurs cours et enveloppaient de leurs bras glacés les îles de San Juan. La haute mer, elle, était juste assez lointaine, rendue invisible par l'épaisse forêt, pour que l'on puisse douter de sa présence.

Commonwealth n'était pas une ville ordinaire et cela expliquait en partie qu'elle ne soit pas mentionnée sur les cartes, comme si le reste du monde civilisé préférait oublier son existence. Elle n'avait ni maire, ni receveur des postes, ni shérif. Ni prison, ni percepteur, ni gare, ni voies ferrées. Ni église, ni téléphones, ni hôpital. Ni saloon, ni nickelodeon[1]. Commonwealth ne disposait de pratiquement rien d'autre qu'une scierie, des maisons pour les ouvriers, beaucoup de lieux où l'on pouvait abattre des quantités d'arbres, et les quelques adjonctions indispensables pour permettre à l'usine de tourner, par exemple un magasin d'alimentation et d'objets de première nécessité et un cabinet médical. Pour acheter des marchandises que le magasin ne vendait pas, pour assister à des projections cinématographiques ou à des services religieux traditionnels, les habitants se déplaçaient à Timber Falls, à vingt-cinq kilomètres au sud-ouest. Mais aucun des habitants de la ville n'était plus autorisé à en sortir et personne ne pouvait plus y entrer.

– Tu crois qu'il reviendra, ce conducteur ? demanda Philip dont le vent chassait les cheveux châtain clair en travers de son front.

Graham réfléchit un instant, le visage apparemment impassible tandis qu'il observait le pied de la colline de ses yeux bleu-vert.

– Non. Pas après avoir vu le panneau. Si ç'avait été quelqu'un qui voulait vraiment forcer le passage, il aurait essayé. Probablement juste un visiteur qui se rendait à la scierie et ignorait tout de la quarantaine.

1. Petite salle de cinéma, au début du muet, où le spectateur glissait une pièce avant de regarder, par une fente située sur le dessus d'une grande boîte verticale, une courte bande de pellicule imprimée qui défilait.

Philip hocha la tête, appréciant les certitudes de son compagnon.

Il avait grandi sans père ni frères et sœurs, entraîné à travers l'ouest du pays par une mère itinérante, jusqu'au moment où l'accident l'avait laissé aux bons soins des Worthy. Et quand, deux ans plus tôt, sa nouvelle famille était venue s'installer à Commonwealth pour fonder cette audacieuse expérience, il avait rapidement noué des relations d'amitié avec Graham qui, avant de faire la connaissance de Philip, n'avait pas réalisé à quel point cela lui avait manqué de ne pas avoir de frères cadets.

Comme de nombreux travailleurs de la scierie, Graham avait fui le foyer familial à un âge trop précoce, chassé par un père ivrogne contre lequel il s'était violemment opposé une fois de trop. Il avait, quand il était parti de la maison du Kansas, approximativement l'âge qui était aujourd'hui celui de Philip et, parfois, quand il le regardait, il était stupéfait d'avoir lui-même fait preuve d'une telle impétuosité, d'avoir été irraisonné à ce point pour s'aventurer dans le monde à un âge aussi insensé. Il avait survécu sans trop savoir comment, survécu à des grèves sanglantes, des séjours derrière les barreaux, des échauffourées contre la police et, aujourd'hui, il était contremaître dans une entreprise respectable. Même s'il avait désormais sa proprc famillc dont il était responsable, il aimait enseigner à Philip ce qu'il avait lui-même appris de son frère aîné, comment chasser son premier cervidé, attraper son premier poisson, naviguer sur les pistes qui traversaient la forêt ininterrompue.

En réalité, Graham n'était pas si certain que l'homme de la Model T ne reviendrait pas, mais le ton calme de sa propre voix avait à lui seul de quoi rassurer. Voilà pourquoi, prenait-il maintenant conscience, il regrettait de ne pas avoir de frères plus jeunes que lui : ils vous rendaient presque aussi fort que l'image qu'ils se faisaient de vous.

Quatre jours plus tôt, leur premier tour de garde s'était déroulé sans incident. Ils étaient restés dix longues heures sur place, silencieux par périodes ou discutant de choses et d'autres quand l'ennui devenait trop fort. Se demandant à haute voix combien de temps la grippe allait durer, échangeant des récits de maladies ou d'indispositions relevant du passé. Philip avait même proposé de miser un peu d'argent sur la durée de la quarantaine, mais Graham l'avait légèrement réprimandé pour ce manque de délicatesse. Philip avait regretté la proposition, s'était senti aussi jeune que stupide. Mais cela mis à part, le temps s'était lentement écoulé, le ciel s'était assombri progressivement, les brouillards étaient descendus des nuages diffus au-dessus de leur tête, laissant les deux guetteurs fatigués et désireux de retrouver la chaleur de leur logement où ils n'auraient rien de passionnant à raconter à leur famille pendant le repas du soir.

*

– Alors, demanda Graham quelques minutes ou plusieurs heures plus tard, comment ça se passe, tes « cours » ?

– Bien. Tu peux me demander tout ce que tu veux savoir sur le remboursement des intérêts.

– Sans façon, je n'ai pas du tout envie de m'y connaître.

Philip était l'apprenti de Charles Worthy, qui le formait à la gestion de la scierie, le préparant à occuper l'emploi que lui-même avait tenu dans la scierie de son père et auquel, dégoûté, il avait tourné le dos voilà deux ans.

– Honnêtement, ça te plaît de rester assis sur une chaise à longueur de journée ? voulut savoir Graham.

– Je ne saurais avec quoi comparer.

Philip se demandait si Graham méprisait son travail de bureau, mais en raison de son corps infirme, il ne pouvait constituer un candidat valable pour des tâches d'une nature plus physique. Il jeta un regard furtif sur le doigt manquant de

Graham, celui qu'il avait accidentellement perdu à la scierie il y avait de cela plusieurs années, et se dit qu'il n'était pas si mal loti.

Il y avait quelques jours à peine, Philip avait calculé ce que la scierie économiserait si elle opérait la transition entre les scies à lames multiples et les scies à rubans, dont les lames plus fines signifieraient des pertes moindres de bois parti en sciure. Un véritable défi, mais quand il en avait terminé, il avait eu le sentiment d'avoir accru la valeur de l'usine, et le compliment prononcé d'une voix douce par son père continuait de résonner à ses oreilles.

– Comment va ta petite ? demanda-t-il.

– Très bien, répondit Graham avec un léger sourire. Depuis peu, elle parcourt toute la maison à quatre pattes. Amelia ne peut plus la quitter des yeux un seul moment.

– Combien de temps avant qu'elle se mette à parler ?

– Quelques mois encore, au moins.

– Et qu'elle abatte des arbres comme son papa ?

– Pas avant qu'il gèle en enfer.

– Je ne sais pas, insista Philip. Elle m'a tout l'air d'un bûcheron.

– Comment ça ?

Philip haussa les épaules.

– Elle bave beaucoup. Elle rote. Elle sent même, parfois.

Graham hocha la tête et répondit par un sourire forcé.

– Alors, reprit Philip, tu arrives à dormir ou tu ne peux pas fermer l'œil de la nuit ?

– Je dors quand je peux.

– Comme quand tu es ici à monter la garde.

– Je n'ai pas dormi, la dernière fois. Je reposais mes yeux et je faisais comme si tu n'étais pas là. C'est une compétence importante qu'on développe quand on a une femme et une fillette. Tu peux me croire, pour ça.

Il marqua une pause en observant Philip du coin de l'œil et ajouta :

– À ce propos, je n'arrête pas de te voir parler avec la fille de Metzger.

Philip haussa les épaules d'un geste qui manquait de conviction.

– C'est l'amie de ma sœur.

– Alors comment se fait-il que je te voie tout le temps avec elle mais sans ta sœur ?

Il fallut une seconde supplémentaire à Philip pour trouver une réponse :

– Ben quoi, on n'a plus le droit de parler à une fille ?

– Hé bien, j'espère qu'elle y voit moins clairement que moi, dans ton jeu.

*

Des minutes de silence s'étaient encore écoulées avant qu'ils repèrent quelqu'un au bas de la colline.

Ils l'aperçurent d'abord entre les troncs, des nuances de couleur fauve et marron clair qui apparaissaient d'une seconde à l'autre à travers l'entremêlement d'écorces. Tous deux se raidirent, retenant leur souffle en attendant de voir que surgisse une forme humaine ou de comprendre qu'ils l'avaient imaginée, qu'il s'agissait d'une illusion due à la lumière.

La silhouette amorça le virage et, levant les yeux vers le sommet de la colline, aperçut la ville dans le lointain. Entre cet homme et la ville se tenaient Philip et Graham, même s'il donnait l'impression de ne pas les avoir remarqués.

– Tu vois pareil que moi, hein ? demanda Philip.

– Pareil.

L'inconnu commença à se diriger vers eux.

– Lisez le panneau, lui lança Graham d'un ton calme. Lisez le panneau.

De fait, deux ou trois secondes plus tard, l'inconnu arriva devant et s'immobilisa. Il s'immobilisa pendant un temps inhabituellement prolongé, comme s'il savait à peine lire et qu'il y avait trop de mots de plusieurs syllabes. Puis il leva la tête vers eux. Graham s'assura que son fusil était bien visible, la main sous le canon pour qu'il ne soit pas pointé sur lui. Philip n'avait pas relu le panneau depuis des jours, ce qui ne l'empêchait pas d'en avoir mémorisé le contenu.

QUARANTAINE

ABSOLUMENT AUCUNE ENTRÉE AUTORISÉE !

En raison de L'ÉPIDÉMIE DE GRIPPE ESPAGNOLE

Cette ville est placée sous QUARANTAINE stricte.

Cette zone est sous la surveillance permanente
de gardes ARMÉS.

Ni ÉTRANGER ni AMI n'est autorisé à franchir cette limite.

Que Dieu vous protège.

Après avoir lu cet avis, l'homme eut une sorte de spasme bref pendant que sa main se portait à son visage. Puis il s'avança vers l'arbre couché et entreprit de l'escalader. Le tronc était impressionnant et il lui fallut un moment pour grimper dessus. Il le franchit alors et reprit sa marche vers eux.

– Il continue d'avancer, déclara Philip pris de court en essayant de ne pas céder à la panique.

Il releva hâtivement les manches du vêtement de Graham, se demandant pourquoi il se sentait nerveux et agité alors que son ami paraissait plus placide encore que d'ordinaire.

L'inconnu marchait en boitant un peu, grimaçant chaque fois qu'il bougeait sa jambe droite. Cela rendait sa progression plus lente mais la faisait paraître plus déterminée. Ses habits suggéraient un uniforme indéfinissable avec des galons sur une des manches. Quand il s'approcha, ils remarquèrent la crosse d'un fusil qui dépassait au-dessus de son épaule droite.

– C'est un soldat, conclut Philip avec désarroi.

L'inconnu avait franchi presque la moitié de la distance qui les séparait. Il était à quatre-vingts mètres d'eux au maximum.

– Pas un pas de plus ! cria Graham. Cette ville est sous quarantaine ! Vous ne pouvez plus approcher !

L'étranger obéit. Ses cheveux foncés et hirsutes semblaient d'une longueur supérieure à celle d'un soldat normal. Il donnait l'impression de ne pas s'être rasé depuis deux ou trois jours, et il y avait une bande de tissu, maculée d'une tache noire qui ressemblait à du sang séché, nouée autour de sa cuisse droite. Les jambes de son pantalon étaient copieusement sales, et plusieurs endroits de son torse éclaboussés de boue.

Il éternua alors.

– Je vous en prie ! dit-il en élevant la voix pour être entendu en dépit de la distance.

L'effort consenti sembla excéder ses forces.

– Je meurs de faim. Il me faut juste un peu à manger…

Philip voulait lui demander ce qu'un soldat fabriquait dans cette contrée, mais il garda cette pensée pour lui.

– Vous ne pouvez pas monter jusqu'ici, mon gars, le mit en garde Graham. Le panneau vous l'a dit, nous sommes en quarantaine. Nous n'avons le droit de laisser entrer personne.

– Je m'en fiche, de tomber malade, répondit l'inconnu en secouant la tête.

Il était jeune, plus proche de Philip que de Graham à cet égard. Il avait une sorte d'accent, non pas étranger mais venant d'une autre région du pays. La Nouvelle-Angleterre ou New York, Philip n'en était pas sûr. Sa mâchoire était crispée, son visage osseux et taillé à la serpe, le genre de visage dont la mère de Philip lui aurait dit qu'il ne fallait pas s'y fier, même s'il n'avait jamais su pourquoi.

– Je crève de faim… il faut que je mange. Ça fait deux jours que je suis dans les bois. Il y a eu un accident…

– Ce n'est pas que vous tombiez malade qui nous inquiète, déclara Graham dont la voix demeurait forte, presque brutale.

Nous sommes la seule ville de la région où personne n'est encore tombé malade, et nous avons bien l'intention que ça continue. Bon, maintenant, rebroussez chemin.

Le soldat regarda derrière lui sans conviction avant de se tourner à nouveau vers Graham.

– À quelle distance est la ville la plus proche ?

– Vingt-cinq kilomètres environ.

Commonwealth ne se trouvait pas entre deux localités : la route qui y menait n'allait pas plus loin. D'où ce soldat avait-il pu venir ?

– Vingt-cinq kilomètres ? Je n'ai pas mangé depuis deux jours. Il fera nuit d'ici quelques heures.

Il toussa. Une toux forte, grasse. À quelle distance porte le souffle de quelqu'un ? se demanda Philip.

À ce moment-là, le soldat reprit sa progression vers eux en boitant.

Philip était paralysé par un nouveau mélange de peur, d'appréhension et de sens du devoir, la conscience d'avoir une tâche à remplir. Même si ce dernier lui avait semblé parfaitement clair et compréhensible plus tôt dans la journée, il prenait maintenant conscience qu'il n'avait pas la moindre certitude de la manière dont il devait s'en acquitter.

Graham ne montrait pas ce genre d'irrésolution : il se saisit de son fusil et le leva en position de tir.

Philip l'imita non sans réticence.

– Halte ! ordonna Graham. Ça suffit comme ça !

Ce ne fut que plus tard, le même soir, alors qu'il tentait de s'endormir, que Philip y pensa : il aurait pu se proposer pour aller chercher de la nourriture en ville et la lancer au soldat, sur la pente. Il y avait sûrement eu un moyen de venir en aide à cet homme sans le laisser s'approcher davantage.

L'inconnu s'arrêta à nouveau. Il était à une quarantaine de mètres d'eux.

– Je n'ai pas la grippe, leur dit-il en secouant la tête. Je suis en bonne santé, d'accord ? Je ne vais contaminer personne. Je vous en prie, laissez-moi seulement dormir dans une grange ou n'importe où.

– Vous reniflez et toussez beaucoup, pour un homme en bonne santé, répliqua Graham.

L'intrus fit un nouveau pas en ouvrant la bouche mais Graham le figea sur place en déplaçant légèrement le canon du fusil.

– Je vous ai déjà dit que ça suffisait comme ça !

Le soldat jeta un regard implorant à Philip.

– Je renifle et je tousse parce que mon bateau a chaviré et ça fait deux jours que je suis dans la forêt.

Il semblait presque en colère, mais pas complètement… donnait l'impression de ne pas vouloir prendre le risque d'élever la voix face à deux hommes armés. Cela ressemblait plus à de l'exaspération, à de l'épuisement.

– Je vous l'ai dit, je l'ai pas, la grippe. Je ne vais contaminer personne.

– Ce n'est pas quelque chose que vous pouvez contrôler. Si c'était le cas, je vous ferais confiance. Mais non, et par conséquent je ne le fais pas.

– Bon sang, je suis un soldat américain, protesta-t-il en dirigeant un regard accusateur vers Graham. Je vous demande de me venir en aide.

– Et je vous dis que je le ferais si c'était possible, mais ça ne l'est pas.

L'homme courba la nuque. Il toussa à nouveau. C'était une toux grasse et chargée de glaires, comme s'il avait avalé quelque chose dans le bras de mer et éprouvait des difficultés à s'en débarrasser.

– Je suppose que dans cette ville il n'y a pas un shérif à qui je pourrais parler ?

– Non.

– Comment elle s'appelle ?

– Arrêtez d'essayer de gagner du temps, mon gars. Passez votre chemin. Je suis désolé, vraiment, mais mon meilleur conseil c'est de parcourir les vingt-cinq kilomètres à pied et, quand vous arriverez à la prochaine ville, d'être extrêmement prudent. Tout le monde est malade, là-bas.

Le soldat toussa une nouvelle fois avant de tourner les talons. Enfin. Philip ferma les yeux un moment avec soulagement. Il avait déjà commencé à imaginer comment il raconterait cette histoire à sa famille et à ses amis.

Mais le soldat pivota à nouveau pour leur faire face. Le ventre de Philip se noua en lisant la détermination dans les yeux de l'inconnu. Il raffermit sa prise sur le fusil.

– Alors il faut croire que vous êtes pas allés vous enrôler, reprocha-t-il amèrement à Graham en fermant à demi les paupières.

– Faut croire que non, répondit ce dernier.

Le soldat hocha la tête.

– Une chance pour vous.

– Faut croire.

L'inconnu recommença à s'approcher.

Philip, les yeux écarquillés, consulta son ami du regard.

– Je vous ai dit que ça suffisait comme ça ! hurla Graham en braquant l'arme droit sur sa poitrine. Halte ! Dernière sommation !

Le soldat secoua la tête avec difficulté, comme s'il avait la nuque bloquée.

– Je ne vais pas mourir dans les bois.

Philip braqua son arme, lui aussi. Il n'avait jamais visé un être humain et le geste lui semblait totalement anormal, une posture prohibée. Pas une seconde il ne cessa d'espérer que l'intrus allait se détourner.

– Je ne plaisante pas ! cria Graham dont la voix était différente, teintée d'un soupçon de panique.

Le soldat venait vers eux. Philip eut l'impression de sentir la puanteur de cet homme aux vêtements imbibés d'eau, rendus putrides par les nuits passées à dormir sur des troncs couverts de mousse, sur des branches humides au milieu des limaces.

L'homme secoua à nouveau la tête. Il avait les yeux embués, et rouges. Il progressait petit à petit vers les deux sentinelles, la nourriture, un abri chaud pour reposer ses os épuisés, le salut.

– Ne m'obligez pas à tirer ! lança Graham.

Des pas, encore. Le soldat ouvrit la bouche et ne parvint à prononcer que : *S'il vous plaît.*

Graham tira. Le bruit et la violence de la détonation firent sursauter Philip, entraînant presque de sa part une volée superflue. Il vit la poitrine du soldat éclater, vit voler devant lui du tissu et quelque chose ayant la couleur de la peau qui vient d'être lavée. Le soldat recula d'un pas en titubant et mit le genou gauche à terre.

Deux choses se produisirent alors simultanément. L'endroit où sa poitrine avait explosé, et qui un moment avait semblé légèrement noirci, se remplit de rouge foncé. Et sa main droite passa au-dessus de son épaule pour se saisir du fusil accroché dans son dos. Dans les rêves qui le hanteraient, Philip se souviendrait du mouvement étrangement mécanique de ce bras, comme si le corps, dépourvu d'âme, exécutait juste un dernier ordre.

Graham tira à nouveau et cette fois le soldat fut projeté sur le dos. Un de ses genoux demeura un peu relevé sur le sol, mais le reste du corps gisait à plat, face à l'écran gris du ciel, si vide que, durant cet ultime instant de sa vie, il aurait pu voir quelque chose projeté dessus : son dieu, sa mère, une amoureuse perdue, les yeux de l'homme qui l'avait tué. Cette grisaille pouvait représenter tout ou rien.

Philip ne sut pas combien de temps il garda le regard fixé sur le soldat, combien de temps il garda son fusil braqué sur l'espace qu'il avait occupé. Au bout de quelques secondes enfin, il parvint à bouger la tête et à regarder Graham, sur sa gauche. Les yeux de son ami étaient écarquillés, remplis de vie et d'énergie.

Tous deux respiraient bruyamment, s'aperçut-il. Graham surtout : il aspirait des goulées d'air, chacune plus intense et plus bruyante que la précédente. Philip abaissa son fusil en se demandant s'il devait toucher l'épaule de son ami, faire quelque chose.

– Oh, Seigneur, marmonnait l'aîné. Oh, Seigneur.

Philip ignorait que son ami avait déjà tué un homme. On lui avait raconté ce qui lui était arrivé lors du massacre d'Everett, mais il ignorait s'il en avait seulement été une des victimes, ou également un des agresseurs.

– Oh, Seigneur.

La respiration de Graham devenait de plus en plus bruyante et, juste au moment où Philip s'apprêtait à lui demander si ça allait, il déglutit. Retint sa respiration avant d'avaler cette dernière goulée d'air, comme s'il absorbait complètement le décor devant lui, l'acte qu'ils venaient de commettre. Lorsqu'il recommença à respirer, ce fut avec un bruit redevenu presque normal.

Quelques secondes s'écoulèrent.

– Il va falloir qu'on aille parler à Doc Banes, annonça Graham.

Tout à coup, sa voix était grave et calme, contrairement à celle des ordres qu'il avait criés antérieurement. Il aurait tout aussi bien pu parler des machines qui se trouvaient dans la scierie.

– Je… Je crois qu'il est mort, dit Philip dont la voix se brisa.

– Bien sûr qu'il est mort ! rétorqua Graham en se tournant vers son ami pour la première fois.

Devant son regard furieux, Philip recula d'un pas. Le plus âgé des deux reporta alors ses yeux sur le corps et garda le silence pendant un moment.

– Nous devons savoir combien de temps il nous faut rester loin de lui avant de l'enterrer, déclara-t-il. J'ignore si un cadavre reste contagieux, et si oui, combien de temps. Nous allons devoir demander à Doc Banes.

Lentement, Philip hocha la tête. En dépit du vent, le fusil ne donnait plus l'impression d'être froid entre ses mains humides.

II

Les habitants de Commonwealth avaient bloqué la route et placardé le message une semaine avant ces événements, le lendemain matin du jour où s'était tenue une réunion municipale à laquelle Philip Worthy avait été le plus jeune à assister.

Il s'était assis au premier rang à côté de ses parents, dans l'hôtel de ville aux effluves de sapin, un bâtiment qui avait rempli beaucoup de rôles depuis deux ans qu'il était construit. Église le dimanche après-midi. Salle de bal le premier vendredi soir de chaque mois. Bazar lorsque à plusieurs reprises dans l'année les femmes de la ville vendaient ou troquaient courtepointes, couvertures et autres objets de leur fabrication. Et lieu d'enseignement improvisé avant que le nombre croissant d'enfants nécessite la construction d'une véritable école juste à côté.

Son genou droit battait nerveusement la mesure de haut en bas tandis que hommes et femmes pénétraient dans le bâtiment. Au moment où ils étaient arrivés, dans la pénombre du début de soirée, il faisait froid à l'intérieur, mais déjà l'atmosphère s'était réchauffée dans la salle où les gens échangeaient rumeurs et angoisses, et où l'on entendait des frottements de pieds et des frémissements de peur.

Il ne se sentait pas à sa place dans cette réunion d'adultes, comme si le bien-fondé de sa présence risquait d'être remis en cause. Mais Charles avait insisté, disant qu'en tant que membre du personnel travaillant à la scierie, Philip avait l'obligation de faire entendre sa voix sur un sujet aussi vital. Il avait tourné la tête pour essayer d'apercevoir Graham dans la salle bondée, sans parvenir à le repérer dans l'épaisse forêt de visages.

Même s'il se sentait honoré de travailler au bureau de la scierie avec Charles, il soupçonnait les bûcherons et les employés de l'usine de ne pas apprécier son ascension facilitée et de le prendre de haut en raison de sa claudication, du bloc de bois qui remplissait son soulier gauche. Ils devaient, se disait-il, le juger inapte à remplir les tâches physiquement exigeantes qui permettaient à la ville de perdurer, nourrissaient ses habitants, rendaient leur survie possible dans ces contrées sauvages.

Rebecca, sa mère adoptive, l'avait regardé, lui adressant un bref sourire, et il avait compris qu'il avait dû révéler sa nervosité. Il s'était redressé un peu sur sa chaise et avait cessé de faire bouger son genou. Elle avait tendu le bras pour prendre sa main dans la sienne avant de la relâcher. Elle affichait un sourire qui semblait forcé. Le regard de ses yeux bleus, comme toujours, était vigilant.

– Comment crois-tu que les gens vont réagir ? lui avait-il demandé à voix basse.

Quand elle avait secoué la tête, des boucles de cheveux gris s'étaient échappées de son chignon hâtivement bâti. Elle avait assisté à d'innombrables votes et réunions politiques, pas seulement à Commonwealth, mais aussi à Timber Falls, Seattle, et dans des douzaines de villes, grandes et petites, situées le long de la côte. Elle avait pratiquement été élevée dans ce genre de rassemblements où elle accompagnait son père, Jay Woodson, un intellectuel fécond qui avait écrit des tomes rarement lus par quiconque à l'exception de l'intelligentsia d'extrême gauche : des études approfondies sur l'effondrement économique imminent du pays. Le père de Rebecca était décédé avant qu'elle n'épouse Charles, mais elle avait apporté sa pierre à son legs, servant de fer de lance aux groupes de suffragettes, aux organisations hostiles à la guerre et, désormais, à la ville de Commonwealth, une nouvelle conception hybride entre le havre socialiste et l'entreprise capitaliste. Pourtant, ce soir-là, il allait s'agir davantage de politique que de survie.

– Je ne sais pas, avait-elle reconnu. Nous verrons bien.

*

Étant arrivé quelques minutes seulement avant le début fixé pour la réunion, Graham occupait un siège plusieurs rangs derrière les Worthy. Amelia était restée chez eux avec leur première-née. Elle était plus fatiguée que d'habitude car enceinte de deux mois, ce que le couple n'avait pas encore révélé à leurs amis. Il s'était frotté la nuque. Il faisait trop chaud maintenant que la salle était pleine à craquer, que les bancs de bois étaient envahis d'hommes et de femmes, les murs flanqués de gens qui s'y appuyaient en faisant passer leur poids d'un pied sur l'autre.

*

Finalement, Rebecca avait soufflé à son mari qu'il devrait commencer la réunion. Parfois, il semblait peu à l'aise pour tenir le rôle de chef à la scierie et être, de facto, l'homme le plus important de la ville. Toutes les années passées comme comptable silencieux dans la scierie familiale, années où l'avaient éclipsé ses frères aînés au verbe vif et le patriarche dominateur, avaient été, pour lui, difficiles à surmonter. Il avait appris comment échapper aux idées préconçues de ceux qui le rabaissaient, était devenu un porte-parole éloquent qui attisait la foi des habitants de sa ville, mais avait parfois besoin de sa femme pour le lui rappeler. Il avait opiné sans la regarder et s'était levé.

Sa barbe et ses cheveux avaient complètement blanchi ces dernières années. Il était grand, avec de larges épaules de bûcheron en dépit du fait qu'il passait toutes ses journées dans un bureau. N'importe qui aurait pu baisser les yeux sur ses doigts et constater qu'ils étaient trop épargnés par les entailles, ses paumes trop douces. À cinquante-deux ans, il était l'un des résidents les plus âgés de cette ville d'ouvriers, et il avait des yeux calmes, bienveillants. Sa chemise à col blanc et son pantalon de flanelle bleu étaient un peu râpés en divers endroits qu'il avait omis de remarquer, ou dont il avait choisi de ne pas se préoccuper.

Il avait été suivi sur le podium par le Dr Martin Banes, la seule autorité médicale de la ville, et lorsque les deux hommes avaient contemplé la salle comble, les voix s'étaient tues sans que se lève une seule main ou s'éclaircisse une seule gorge. Quand Charles avait ouvert la bouche pour parler, l'idée lui était venue qu'il n'avait jamais entendu un nombre de gens aussi élevé observer un tel silence. Il était demeuré sans prononcer une parole pendant une ou deux secondes de plus, sa première et inaudible syllabe dissimulée quelque part sous sa langue.

Charles n'était ni le maire ni le pasteur de la communauté, car Commonwealth ne possédait pas de chefs laïques ni religieux. Mais à de nombreux égards elle était sa création, la concrétisation d'un rêve que lui et Rebecca avaient partagé des années plus tôt, alors qu'ils subissaient les souffrances de la grève générale d'Everett, ses violences et sa folie.

Charles avait eu vingt-quatre ans au moment où son père, attiré vers les immenses étendues du Nord-Ouest par des récits parlant d'interminables forêts de sapins de Douglas, avait en 1890 arraché sa famille à son foyer situé dans l'État du Maine. Sa mère et son frère cadet avaient été enterrés moins d'un an plus tôt, emportés par la pneumonie cruelle de cette année-là, et Reginald Worthy insistait pour dire que cette nouvelle quête correspondait exactement à ce dont lui et ses fils survivants avaient besoin. Leur destination avait été la ville récemment créée d'Everett, juste au nord de Seattle, avec un port bien situé et, disaient des gens, elle deviendrait bientôt la Manhattan du Pacifique.

Les premières années avaient été une réelle torture. Quand il passait devant les maisons érigées de neuf donnant l'impression qu'un violent coup de vent les démolirait, les tavernes dont les planchers étaient encore tapissés de plusieurs centimètres de sciure, les rues couvertes de boue, Charles gardait la nostalgie douloureuse des rues animées de Portland, pour ne rien dire des commerces bondés et des parcs festifs de Boston. Sans oublier la puanteur de cette ville : l'odeur des vaches que les habitants gardaient autour de leur habitation comme garantie en prévision de temps difficiles, la sueur des ouvriers des usines, des bûcherons et des charpentiers, les tristes installations qui faisaient office de salles de bains. Cet avant-poste dans l'Ouest lointain du continent accusait des dizaines d'années de retard sur la Nouvelle-Angleterre que Charles regrettait amèrement. Ils avaient bien peu l'impression d'avoir traversé le pays, et bien trop celle d'avoir remonté le temps, cheminant dans la gadoue et les ténèbres surnaturelles d'une ville dépourvue d'éclairage urbain.

Autant de raisons pour travailler sans relâche en essayant d'oublier le monde qui l'entourait et en se concentrant uniquement sur ce que son père voulait qu'il maîtrise. Les nombres, le coût des terres, le prix des grumes et des bardeaux, le salaire des ouvriers de la scierie. Pendant que son père et ses frères aînés se chargeaient de faire des mondanités et de courtiser, Charles restait assis devant son petit bureau où les bruits de l'usine auraient rendu la concentration ardue à quelqu'un possédant moins que lui la capacité de se consacrer à une unique tâche.

Néanmoins, pour Charles, la grande saga familiale qui consistait à amasser des sommes colossales était condamnable. Il n'avait jamais bien vécu le fait que sa famille, comme celles de tous leurs rivaux, avait gonflé ses prix après le tremblement de terre de San Francisco en 1906, profitant des souffrances et des malheurs de leurs congénères. Pire encore avait été le fiasco qui s'était ensuivi, quand les scieries avaient procédé à des calculs erronés et abattu trop d'arbres. Les prix s'étaient effondrés, des ouvriers par centaines avaient été mis à pied, et les comptables tels que Charles avaient désespérément cherché des moyens de rattraper les pertes. C'étaient ce genre de retournements du marché qui faisaient de l'avarice débridée de son père et de ses frères une obligation pendant les périodes bénéfiques, lui avaient-ils expliqué : il fallait exploiter tous les avantages pour se prémunir contre les imprévisibles calamités.

Pour quelqu'un d'aussi conservateur que Charles, cela, en théorie, avait du sens. Ce qui n'en avait pas, surtout quand les affaires étaient florissantes, c'était de licencier des ouvriers qui demandaient de meilleurs salaires, de ne pas réparer les machines tant qu'elles n'avaient pas mutilé quarante ou cinquante opérateurs, et de faire payer des prix outranciers dans les magasins de première nécessité qu'on avait ouverts à proximité des campements de bûcherons. Certains comportements n'étaient simplement pas moraux, disait-il. Mais ses frères le tournaient en dérision. Tu comprendrais si tu avais une famille à nourrir, lui disaient-ils en secouant la tête. Leur femme et leurs enfants avaient besoin de vêtements, de nourriture, de cours privés, de domestiques. Un homme célibataire pouvait peut-être se permettre de s'inquiéter des dernières avancées en matière de statut des ouvriers, pas eux.

Il s'était avéré que le mariage n'avait pas modifié ses conceptions, particulièrement parce qu'il avait épousé Rebecca, une institutrice qui n'avait pas sa langue dans sa poche et nourrissait des penchants radicaux. La naissance de leur fille n'avait fait que renforcer ses convictions en une vie plus éthique, à la scierie comme chez eux. Mais c'est seulement en 1916 qu'une décennie de querelles et de jalousies au sein de la famille avait tout fait exploser, au même titre que la ville dans laquelle ils habitaient.

Ç'avait été l'année de la grève générale à Everett… l'année où les rapports de force entre les propriétaires de scieries et les travailleurs étaient devenus beaucoup plus rigides, alors même que la ligne séparant le bien du mal était plus floue. Charles considérait que les exigences des syndicats n'étaient pas si déraisonnables, et il s'en était ouvert à son père qui avait menacé de le déshériter s'il répétait pareilles sornettes. Reginald et les autres propriétaires d'usines étaient rendus furieux par les différents actes de sabotage et interventions sans scrupule que tramaient les infâmes Wobblies[1], des syndicalistes radicaux qui avaient jeté leur dévolu sur Everett comme prochaine étape de leurs avancées sur le chemin de la révolution. Ses frères avaient secoué la tête en regardant Charles, à cause de sa femme socialiste qui lui avait mis ces idées dans la tête. Rebecca voulait quitter la ville, arguant que ce n'était pas un lieu où leur fille de douze ans pourrait devenir une femme.

Ce qui fut par la suite appelé le massacre d'Everett avait détruit à jamais le pont aussi branlant fût-il qui persistait entre Charles et les autres membres masculins de la famille. Bien évidemment, son père et ses frères avaient insisté pour affirmer que c'étaient les grévistes qui avaient tiré les premiers coups de feu et la plupart de ceux qui s'étaient ensuivis : *ces satanés rouges vont tenter de raser la ville par les flammes, de violer et de piller le pays d'une côte à l'autre si nous ne les arrêtons pas tout de suite*. Mais Charles savait pertinemment que la majorité des fusils qui avaient tiré sur les ouvriers avaient été achetés par le Commercial Club[2], un groupe d'industriels au conseil duquel siégeaient ses frères. Si leurs doigts n'avaient appuyé sur aucune des détentes, ils avaient manipulé les événements à distance. Quand l'échine des travailleurs avait été

1. Surnom des membres du syndicat I.W.W. (Industrial Workers of the World).

2. Fondée en 1877, cette organisation avait pour but de favoriser le développement économique de la ville de Chicago et de sa région.

brisée, ils avaient repris leur poste et la ville était revenue sur la chaussée caillouteuse dont elle s'était brièvement écartée.

Mais Charles et Rebecca pensaient que la grève générale et ses violences avaient mis les opinions de chacun en pleine lumière. Le couple avait pris sa décision. Charles avait laissé ses frères racheter ses parts de la scierie Worthy et avait utilisé l'argent pour acheter la terre où il voulait ériger Commonwealth, en une contrée dont son père pensait qu'elle n'était pas exploitable. Ulcéré par l'idée que son fils avait l'intention de construire des habitations pour ses ouvriers et de leur verser des salaires supérieurs, Reginald ne lui avait plus jamais parlé. Il était mort un an plus tard. Charles avait appris son décès trois jours après l'inhumation en recevant une lettre d'une de ses belles-sœurs.

Maintenant, deux années à peine après la grève d'Everett, il était propriétaire d'une scierie neuve qui tournait très bien et stimulait le développement rapide d'une ville où nul n'avait le sentiment qu'on lui crachait dessus ou qu'on le rejetait.

Regarde, Rebecca, pensait-il. Regarde ce que nous avons créé, regarde ce que nous avons fait. Il était stupéfiant de voir comment les gens pouvaient œuvrer avec autant d'énergie, et s'émerveiller seulement de ce qu'ils accomplissaient en des moments exceptionnels. Il contemplait la foule, les regards tendus et inquiets : chacune des personnes présentes dans la salle avait tant risqué en venant à Commonwealth, en pariant sur un rêve que Charles avait été suffisamment stupide ou intrépide pour nourrir.

– À tous, merci d'être venus, avait-il débuté. Il nous faut parler de la grippe qui frappe si durement de si nombreuses autres villes.

Arrivé ce moment, ils avaient bien sûr tous entendu parler de ce qu'on appelait la grippe espagnole, mais il était difficile de distinguer les faits des rumeurs, la vérité des racontars, la peur rationnelle de la paranoïa.

Ce que Charles leur avait dit était ceci : une épidémie qui s'était depuis peu déclenchée, apparemment dans des villes de l'Est comme Boston et Philadelphie, avait récemment atteint l'État de Washington. Le Dr Banes avait ajouté qu'il avait reçu un courrier d'un ami médecin exerçant sur une base en dehors de Boston et qui attestait l'extrême taux de mortalité de cette maladie, la rapidité avec laquelle elle se répandait, et la forte probabilité qu'elle gagnerait les cantonnements militaires alors que des jeunes hommes arrivés de tout le pays rejoignaient divers camps pour y effectuer leurs classes. Fort Jenkins n'était qu'à cinquante kilomètres, avait poursuivi Charles, et il avait entendu dire par certains clients que plusieurs villes proches étaient particulièrement affectées. Les activités professionnelles étaient suspendues, les rassemblements publics interdits. Médecins et infirmières travaillaient vingt-quatre heures sur vingt-quatre, mais cela n'empêchait pas la maladie de se répandre plus vite qu'on ne pouvait le concevoir.

– Ce que l'on peut seulement imaginer à l'heure actuelle, c'est qu'il s'agit d'une nouvelle forme de grippe, avait annoncé le Dr Banes à la foule.

Il avait cinquante-six ans, des cheveux foncés qui avaient gardé leur couleur à l'exception d'une mèche blanche sur le devant. Il portait une moustache broussailleuse, qu'il avait autrefois enduite de cire pour qu'elle soit en guidon de vélo, mais qu'il avait laissée retomber ces derniers temps en un épais enchevêtrement. Le Dr Banes était un ami proche de Charles qui avait abandonné la perspective d'une retraite confortable mais solitaire pour venir rejoindre les Worthy lorsqu'ils avaient fondé la ville.

– Par beaucoup de ses symptômes elle ressemble à la grippe que vous connaissez, avait-il expliqué. Fièvre élevée, maux de tête, courbatures douloureuses, toux. Elle frappe rapidement, peut entraîner une pneumonie et est incroyablement contagieuse. Mais elle est beaucoup plus sévère que les souches habituelles et tue plus rapidement les malades qu'aucune des grippes que l'on ait jamais vue.

Charles avait témoigné que lors de son dernier passage à Timber Falls, il s'était entretenu avec plusieurs clients qui étaient au courant de la progression de l'épidémie. Elle semblait s'être insinuée dans la plupart des petites comme des grandes villes, mais il ne pouvait que spéculer sur le fait que Commonwealth avait bénéficié d'un sursis temporaire parce qu'elle était très à l'écart du reste du pays. Ils avaient la chance d'entrevoir de quoi souffraient les gens alentour alors qu'ils avaient encore le temps de prendre des mesures appropriées.

Un silence lugubre régnait dans la grande salle pendant que Charles et Doc Banes s'exprimaient. Beaucoup, parmi les assistants, avaient entendu des rumeurs concernant semblable grippe, mais ils avaient espéré que ces récits étaient exagérés. D'entendre ces faits énoncés par la voix calme de Charles et celle de leur médecin réfléchi les contraignait à rester d'autant plus silencieux.

Le ministère de la Guerre, leur avait exposé Charles, procédait même à une suspension de la conscription en raison du nombre de soldats qui étaient atteints, et la ville de Seattle avait voté une loi contraignant toute personne qui marchait dans un lieu public à porter un masque de gaze sur le nez et la bouche. D'autres villes avaient interdit aux habitants de se serrer la main et de cracher dans la rue.

Sa voix avait graduellement pris de la force, emplissant l'espace laissé par le silence des auditeurs.

– Et en ce qui me concerne personnellement, en tant que responsable de la scierie mais également citoyen de notre ville, père et mari… il nous faut faire tout notre possible pour être sûrs que nous continuerons d'échapper à cette infection.

– Et comment on s'y prend, pour ça ? avait lancé un auditeur. Vous avez de quoi nous vacciner, Doc ?

Banes avait fait non de la tête avant que Charles réponde à sa place.

– La seule manière de ne pas tomber malade consiste à empêcher l'épidémie de pénétrer dans Commonwealth, avait-il affirmé avant de marquer un temps de silence. Je propose que nous fermions la ville aux gens de l'extérieur et que nous interrompions tous nos voyages hors de chez nous. Plus de courses à Timber Falls ni ailleurs, car cela ne servirait qu'à attraper la grippe au contact d'habitants de ces villes et à la ramener ici. Personne ne sort de Commonwealth et personne n'y entre jusqu'à ce que l'épidémie prenne fin.

Pendant un moment, la foule n'avait rien dit. Puis s'était manifesté le bruit de centaines de voix, dont des murmures bas échangés entre gens mariés, des exclamations, plusieurs rires incrédules. Charles avait vu Philip se retourner pour observer toutes les têtes qui opinaient, ou s'agitaient sévèrement, tous ces fronts plissés ou ces yeux écarquillés.

– Pendant combien de temps ? avait crié quelqu'un au-dessus du vacarme.

Charles avait ouvert la bouche et les voix s'étaient tues dans l'attente de sa réponse. Mais il n'avait rien répondu et s'en était remis au Dr Banes.

– Il est impossible de le savoir. Probablement pas plus d'un mois : la grippe voyage vite, et j'imaginerais qu'au bout d'un mois les villes des environs devraient être redevenues saines.

– Vous *imagineriez* ?

Banes s'était retourné vers Charles d'un air un peu penaud. Il aurait voulu déclarer qu'il en avait la certitude, mais ne le pouvait pas. Personne ne le pouvait. Ce qui se passait donnait l'impression de ne ressembler à aucune des épidémies dont il avait eu l'expérience. Il craignait déjà d'en avoir trop dit, d'avoir donné libre cours à des peurs qu'il ne comprenait pas entièrement. Ces craintes désormais seraient multipliées par le nombre de visages effrayés et sceptiques qui lui faisaient face.

Le responsable de la scierie avait levé les mains.

– Avec notre magasin d'alimentation générale totalement approvisionné comme il l'est en ce moment, nous disposons de suffisamment de réserves pour fermer complètement les accès à la ville pendant deux mois. Si des mesures extrêmes doivent être prises, certains d'entre nous possèdent du bétail. Comme vous tous, j'espère que nous n'aurons pas à attendre aussi longtemps que deux mois, ni même un seul. Mais je crois qu'il est essentiel de se préparer et qu'il ne faut pas prendre de risques insensés. Si nous n'appliquons pas de mesures draconiennes, la grippe contaminera notre ville, et si elle nous frappe aussi sévèrement que dans les autres localités, il nous sera impossible de continuer à faire tourner l'usine avant qu'elle ait disparu. Pour ne pas parler des vies qui seront perdues.

Il avait marqué un temps de silence et repris :

– Mes amis, je crois que si la grippe atteint Commonwealth, la scierie devra cesser de fonctionner. Et toute la ville suivra le mouvement.

– Et ceux qui achètent nos grumes ? avait lancé une voix masculine. Est-ce qu'ils pourront continuer de venir en ville ?

Charles avait secoué la tête.

– Non, cela signifie ne pas vendre de bois tant que la ville sera fermée. Je contacterai tous nos clients et leur expliquerai. Je sais qu'ils ne vont pas apprécier, mais je sais également qu'avec l'effort de guerre qui repose énormément sur le bois, ils auront toujours besoin de nous quand nous rouvrirons. Fermer la ville va mettre les finances de la scierie à rude épreuve, mais elle peut survivre.

Les seuls visiteurs extérieurs à être reçus à Commonwealth étaient les bateaux qui suivaient les méandres de la rivière pour atteindre la scierie où ils chargeaient les grumes, ainsi que certains acheteurs qui venaient en ville à cheval ou en voiture pour s'entretenir avec Charles. Les visites des uns comme des autres pouvaient être suspendues pendant une durée indéterminée. Comme il n'y avait pas de banque sur place, la plupart des gens procédaient par échange et par troc, en plus de visites au magasin de première nécessité où leurs achats étaient déduits de leur salaire.

Si Charles ne pouvait pas se rendre dans les banques de Timber Falls, il ne serait pas en capacité de payer ses travailleurs à la fin du mois, mais ils auraient sa promesse qu'il les rémunérerait aussitôt que la grippe serait terminée. Et n'avait-il pas déjà gagné leur confiance en leur octroyant à chacun une maison qui leur appartenait en propre, cela en échange de leurs premiers mois de labeur ? Peu de résidents disposaient d'économies, car la majeure partie de leurs chèques continuaient de rembourser ce qu'ils lui devaient pour ce logement, et ceux qui possédaient un compte dans une banque de Timber Falls n'y auraient pas accès durant la quarantaine. Mais aux yeux de Charles, il s'agissait là de sacrifices mineurs et inévitables.

– Et si quelqu'un de Timber Falls vient sans avoir connaissance de la quarantaine ?

Charles avait avancé son idée qui consistait à afficher un panneau en postant des gardes et en bloquant la route. Sachant que cela risquait de soulever des objections, il avait tenté de présenter la mesure sans lui prêter beaucoup d'importance.

– Les gardes ne seraient pas franchement nécessaires, car nous avons si peu de visiteurs. Ce serait strictement par manière de précaution.

Après un court silence, quelqu'un d'autre s'était levé.

– Monsieur Worthy, j'apprécie tout ce que vous avez entrepris pour nous, et c'est vrai que vous m'avez traité mieux que quiconque l'avait jamais fait. Mais avec tout le respect que je vous dois, poster des gardes, ça ressemble juste un peu trop aux genres de camps de travail que j'ai fuis en venant ici.

Il s'était assis vite, disparaissant dans un océan de têtes dont certaines acquiesçaient.

Charles n'était pas préparé à cette remarque. Il avait espéré que certains lui opposeraient leurs idées, mais qu'on le compare, lui, au modèle d'hommes dont les conceptions consistaient à transformer des usines en prisons était injurieux. Il sentit le rouge lui monter aux joues.

Avant qu'il n'ait pu répondre, un homme assis au rang situé juste devant celui de Graham s'était dressé pour parler, son bonnet de laine à la main. Il avait une épaisse barbe brune et des cheveux que son épouse avait essayé de peigner le soir même, sans véritablement y parvenir.

– J'ai perdu ma première femme il y a treize ans à cause de la typhoïde, avait-il déclaré à la cantonade. Beaucoup de gens l'attrapaient et beaucoup mouraient. Si c'est le même genre d'épidémie qui recommence, je dis qu'on doit fermer la ville.

Plusieurs avaient fait entendre des murmures d'assentiment tandis qu'il se rasseyait.

Charles avait hoché la tête. Lui aussi gardait des souvenirs de pandémies antérieures, dont celle de l'épouvantable hiver de 1889 au cours duquel il avait perdu sa mère et Timothy, son frère cadet. La douleur cruelle de ces décès s'était atténuée ces dernières années, mais il avait recommencé à penser à Timothy, car l'adoption avait entraîné chez eux la présence d'un fils qui avait presque le même âge que lui. Bientôt, Philip serait plus âgé que Timothy ne l'avait jamais été.

Un nouvel homme avait pris la parole dans le fond de la salle.

– Alors si on ferme la ville, avait-il dit d'une voix de basse, je ne peux plus voir ma famille ?

Un certain nombre de maris prudents avaient décidé au début de venir travailler dans cette nouvelle scierie inconnue en laissant leurs familles derrière eux pour que des grands-parents ou des amis veillent non loin de là sur leurs proches. Et certains employés célibataires courtisaient des femmes à Timber Falls en espérant gagner leur cœur ainsi que leur confiance dans ce mystérieux hameau niché au fond des bois.

– Je conçois votre inquiétude, avait répondu Charles. Tout homme se trouvant dans cette situation peut bien sûr partir de Commonwealth s'il le souhaite et, quand la pandémie sera passée, je vous promets qu'un emploi vous attendra à votre retour. Mais tant qu'elle ne sera pas terminée, vous ne serez pas autorisés à revenir.

L'intervenant, qui était resté debout, regardait Charles sans bouger. Le patron de la scierie savait que, très vraisemblablement, il se rendait à Timber Falls tous les dimanches, la journée la plus belle de sa semaine. Il n'avait pas d'autre choix que d'abandonner sa famille à une maladie possible ou de tourner le dos à l'argent qu'elle ne pouvait se permettre de perdre.

Graham s'était levé tout à coup. Il avait gardé alors le silence, comme s'il prenait conscience qu'il n'avait encore jamais pris la parole devant un groupe aussi fourni.

– Je n'aime pas l'idée qui consiste à m'empêcher d'aller et venir à ma guise, avait-il déclaré. Mais j'aime encore moins celle que mes proches risquent de tomber malades.

D'autres intervenants avaient semblé pressés de parler alors que lui s'exprimait lentement. Beaucoup d'auditeurs marquaient leur approbation de la tête.

– Et, avait-il poursuivi, il est possible que l'idée des gardes ne me plaise pas non plus, mais ce n'est pas d'une bande de policiers ou d'agents de la Pinkerton dont nous parlons… ce sera *nous* qui nous en chargerons.

D'autres hochements de tête avaient précédé sa conclusion.

– Pour ma part, je serai fier de protéger la ville.

Il avait repris place sur sa chaise.

– Moi aussi, avait affirmé un autre.

Puis un autre, et encore un autre. La salle résonnait de ces engagements.

Philip hochait la tête.

– Moi aussi, disait-il.

*

Quand Rebecca avait vu les lèvres de Philip remuer, elle avait tourné les yeux vers son mari qui semblait redevenu aussi paisible qu'un champ balayé par la neige. Ils en avaient déjà parlé à la maison, derrière la porte fermée de leur chambre. Pour elle, isoler la ville était l'antithèse de tout ce pour quoi ils avaient œuvré. À ses yeux, la fondation de Commonwealth n'avait pas été un acte de rejet adressé au monde, mais une façon de lui montrer combien il pouvait être amélioré, de sorte que d'autres suivent leur exemple. S'ils fermaient leurs portes, s'ils approuvaient cette quarantaine inversée, ils se coupe-raient de ce monde. Elle s'inquiétait aussi pour la santé de sa famille et avait vu toutes ces expressions hantées par la fièvre à Timber Falls quand elle avait accompagné Charles dans son dernier voyage à destination de cette ville désertée. Mais elle ne pouvait se résoudre à défendre la quarantaine.

Elle avait envie de se lever. Envie de dire quelque chose, n'importe quoi. Il lui était arrivé de s'adresser à des foules plus importantes, des foules à la fois favorables et hostiles. Mais Charles avait clairement exprimé son opinion et l'idée de rendre une querelle maritale publique lui paraissait sinon malavisée, tout du moins fâcheuse. Elle se sentait gagnée d'une paralysie inhabituelle pour elle alors même que la cadence de son cœur s'accélérait.

Philip était resté silencieusement assis à côté d'elle pendant que la réunion se poursuivait, que d'autres hommes et femmes exposaient leurs inquiétudes, mais la plupart d'entre eux sou-tenaient l'isolement. Lorsque entre deux commentaires le silence avait commencé à s'allonger, Charles avait repris la parole.

– Je propose un vote à haute voix.

Les paumes de Rebecca transpiraient ; elle en avait essuyé une sur sa jupe en laine. Elle voulait se lever. Mais était demeurée sur son siège.

– Que tous ceux qui sont favorables à ce que la ville ferme ses portes jusqu'à la fin de l'épidémie disent « *aye* », avait proclamé Charles.

L'ampleur de la réponse avait fait trembler la salle. À côté de Rebecca, Philip avait voté d'un ton placide.

– Que tous ceux qui s'y opposent disent « *nay* ».

Dans la grande salle se trouvaient de nombreux dissidents, mais ils ne représentaient qu'une mince fraction de ceux qui soutenaient la mesure. Dans l'écho des « *nays* » sonnait clairement la défaite, ceux qui avaient choisi ce camp ayant déjà pris conscience qu'ils représentaient la minorité.

Rebecca avait voté « *nay* », de manière presque inaudible, sachant pertinemment que cela ne comptait guère. La seule personne qui l'avait entendue était Philip, qui l'avait observée avec inquiétude.

Charles avait hoché la tête alors que le décor recommençait à s'animer, car les gens s'étaient remis à discuter entre eux, se congratulant pour leur capacité à prendre une décision. Aux yeux de Rebecca, c'était une satisfaction vide de sens, car ils n'avaient réussi qu'à faire acte de courage d'une manière ambivalente, avaient opté pour un compromis moral dont le poids, redoutait-elle, commencerait bientôt à peser inconfortablement sur leurs épaules.

Charles en était alors arrivé à parler logistique : la manière de bloquer la route et l'emploi du temps des gardes à définir. Quand la réunion avait été ajournée et que la majeure partie des participants avaient commencé à sortir du bâtiment surchauffé, une queue s'était formée dans l'allée de gauche où des hommes apposaient leur signature pour se porter volontaires et tenir le rôle de sentinelles. Auraient-ils été autant à relever le gant si Graham ne les avait pas mis au défi ? s'était interrogée Rebecca. Peut-être certains le faisaient-ils par penchant pour l'aventure alors que d'autres craignaient ce qui risquerait de se passer si quelqu'un de moins digne de confiance qu'eux se voyait attribuer pareille responsabilité. Elle avait observé plusieurs de ces visages en concluant qu'ils étaient motivés par une sorte de honte à ne pas être partis en découdre de l'autre côté de l'océan. Certains s'étaient engagés mais avaient été rangés dans la catégorie des « travailleurs essentiels à l'effort de guerre » en raison de leurs tâches à la scierie ; d'autres avaient délibérément tourné le dos à un conflit qu'ils considéraient comme une guerre malhonnête. En montant la garde, ils prouveraient, à eux-mêmes et à leur famille, qu'ils étaient véritablement des hommes courageux.

Près d'elle, Philip se tenait debout, et lorsqu'il avait fait son premier pas vers la file des volontaires, elle avait levé instinctivement la main pour le retenir par l'épaule, le forcer à se rasseoir et lui expliquer qu'il commettait une erreur. Il n'avait que seize ans ! Ce n'était pas sa place, de rester planté là-bas, une arme à la main, brandie contre quiconque voudrait pénétrer en ville. Mais avant qu'elle ait pu l'attraper, il était déjà trop loin dans cette longue file où il était allé se placer auprès de Graham, lequel avait accueilli son frère officieux en lui appliquant une double tape sur l'épaule.

Pendant de nombreuses années, elle se souviendrait de ce geste d'encouragement complice et de la façon dont le dos de Philip avait semblé se redresser sous le poids de la main de Graham.

III

Quel avait été le nom du soldat ? Quel âge avait-il ? Où sa famille habitait-elle et quand lui avait-il écrit pour la dernière fois ? Est-ce qu'en ce moment même ils lisaient sa lettre la plus récente en essayant de retenir leurs larmes, et est-ce qu'une autre la suivrait bientôt ?

Les pensées de Philip se succédaient à toute vitesse. Aussi fort qu'il essaie de ne pas s'imposer cette épreuve, qu'il tente de se concentrer sur son assiette, sur la voix de sa mère adoptive, il ne parvenait pas à se retenir de s'interroger sur l'homme à la vie duquel il avait contribué à imposer une fin violente et totalement imprévisible.

– Ça va ? lui demanda Rebecca.

Si ça allait, se dit-il, il ne serait pas nécessaire de poster des sentinelles armées près de l'entrée de la ville. Il ne serait pas nécessaire d'avoir des fusils et il n'aurait pas été nécessaire de tuer le soldat. Il serait assis juste à côté de lui, maintenant, heureux de déguster la cuisine de Rebecca, leur répétant pour la dixième fois combien il les remerciait de leur hospitalité.

– Ça va.

Ils lui poseraient une question sur la guerre. Au début, il hausserait les épaules, se comporterait un peu comme si toute cette attention le gênait, mais une fois qu'il aurait commencé, il lui serait difficile de s'arrêter. Il leur parlerait de sa période d'instruction et des rumeurs qui circulaient à travers les baraquements au sujet de l'endroit où ils seraient déployés. Il leur dirait qu'il n'éprouvait aucune hâte d'arriver au front, mais qu'une fois qu'il y serait, il se sentirait honoré de faire son devoir pour Dieu et sa patrie.

Rebecca posa la main sur l'épaule de Philip.

– Essaie de manger un peu.

– Désolé, dit-il.

– Tu n'as aucune raison de l'être. Souviens-toi seulement que tu dois prendre soin de toi. Il faut manger.

Il mangea. Au début, il lui fallut se forcer, mais les premières bouchées éveillèrent son appétit. Le ragoût était chaud, très salé et de couleur suffisamment foncée pour qu'il ne soit pas du tout sûr qu'il y ait de la viande dedans, ou uniquement des légumes. Quel jour était-ce ? Lundi sans blé, mardi sans viande, jeudi sans porc ? Toutes les épiceries du pays affichaient ces panneaux. La nourriture, c'est en priorité pour les soldats, proclamait tout le monde. « Des journées sans blé en Amérique pour compenser les nuits sans sommeil en Allemagne. » Non qu'il ait là de quoi se plaindre : il mangeait mieux chez les Worthy que ça n'avait jamais été le cas auprès de sa propre mère.

Dehors, il faisait déjà nuit, le soleil automnal étant chassé par les vents froids.

Il essaya de ne pas penser au soldat. De penser plutôt à cette maison, à ceux qui y habitaient. De penser à ce jour.

– Nous sommes mercredi, lâcha-t-il.

– Oui ? demanda Rebecca dont les yeux étaient attentifs et affectueux.

Il réfléchit un moment.

– Est-ce que ça t'ennuie de ne pas pouvoir aller à ta réunion ?

Le mercredi soir, elle avait coutume de rejoindre ses amies suffragettes à Everett, à Seattle, ou peut-être dans une ville plus petite, espérant que le mouvement prendrait de l'ampleur en accueillant des recrues.

Elle hocha la tête.

– Oui, mais nous faisons tous des sacrifices, en ce moment.

Puis elle trouva un moyen de sourire de la situation.

– Je ne doute pas que les groupes puissent survivre quelques semaines à mon absence.

*

C'était le deuxième mercredi depuis le début de la quarantaine et, par conséquent, la deuxième semaine qu'elle ratait sa réunion. Elle n'appréciait pas cette inactivité forcée. Les rassemblements en faveur du droit de vote et les manifestations lui manquaient cruellement, ainsi que celles du Parti des femmes pour la paix[1] qu'elles avaient organisées dans les mois qui avaient précédé l'entrée en guerre des États-Unis. Elle et d'autres adhérentes de cette organisation avaient prononcé des discours et exhorté les gens à voter pour les candidats de la paix, à lutter contre les pressions qu'exerçait le Mouvement pour la préparation, ces fauteurs de conflit armé à peine déguisés réclamant que le pays produise davantage de vaisseaux de guerre, de canons et de fusils, juste *au cas où*. C'étaient surtout ces réunions-là qui lui manquaient, lorsqu'elle se trouvait en compagnie d'hommes et de femmes qui avaient le sentiment, comme elle, que rien de bon ne pourrait sortir de la guerre, surtout de *celle-là*, menée sans véritable raison justifiable sinon les mensonges colportés par les agents de propagande. Mais une fois que Wilson l'avait déclarée et que le Congrès avait voté les lois contre l'espionnage et la sédition, le PFP était soudain devenu illégal : les Américains n'avaient plus le droit de prêcher la paix. Tout le monde devait désormais entonner des airs enjoués à la gloire des pilotes d'avion de

1. Mouvement fondé en 1915. Le Mouvement pour la préparation, qui avait aussi émergé en 1915, prônait à l'époque un budget orienté vers la défense du pays et la lutte contre la politique de neutralité du gouvernement de Woodrow Wilson.

chasse et des braves conscrits, de haïr le Kaiser et d'adorer le président.

Il la regarda en hochant la tête.

– Avec un peu de chance, tu seras autorisée à y retourner bientôt.

– En attendant, j'ai toujours le droit d'écrire des tas de lettres, dit-elle avec un sourire attristé. On m'interdit seulement de les envoyer.

– Vous l'obtiendrez peut-être quand même, le droit de déposer vos suffrages dans l'urne, l'encouragea-t-il d'un petit sourire. Ils voteront peut-être la loi pendant l'épidémie.

Elle rit.

– Ce serait bien, mais j'en doute.

*

La porte s'ouvrit devant Laura, la sœur d'adoption de Philip. Elle avait deux ans de moins que lui, de longs cheveux raides couleur d'ambre qui auraient pu être plus blonds si elle avait habité dans un lieu davantage ensoleillé. Ses yeux marron étaient capables d'exprimer une méchanceté extrême quand elle le voulait, ce qui avait souvent été le cas lors des premières années qu'il avait passées dans leur famille. Elle n'était pas méchante, avait-il fini par apprendre, avait simplement l'habitude d'être fille unique. Se voir contrainte d'adopter un frère, un frère adoptif *plus vieux qu'elle*, bon sang, à l'âge de neuf ans, avait été une rude tâche.

Elle s'assit sur une chaise en face de lui et l'étudia attentivement en lui témoignant plus de compassion qu'elle ne se l'autorisait d'habitude.

– Bonjour, dit-elle.

– Bonjour.

– J'envisageais de préparer un gâteau, plus tard.

Un gâteau ? Elle n'en faisait que pour lui fêter son anniversaire. Comme tout le monde devait économiser le sucre aussi longtemps que la guerre durerait, pareille intention était quasiment traîtresse à la patrie.

– Très bonne idée. Pourquoi aujourd'hui ?

Elle détourna le regard comme si ce geste charitable la rendait mal à l'aise.

– J'en ai eu envie, c'est tout.

Puis après un silence :

– Je me suis dit que tu aimerais bien.

– Merci.

Personne ne lui avait parlé du soldat qui était mort. Sa mère avait expliqué qu'un homme avait tenté de pénétrer dans la ville mais que Graham et son frère l'avaient persuadé de s'en aller et que la confrontation avait laissé Philip épuisé.

– De rien, dit-elle.

En arrière-plan, Rebecca essayait de se fondre dans le décor.

– Tu n'es pas non plus obligé de m'aider pour mes maths, ce soir, poursuivit Laura.

– Je te l'ai dit, que je le ferai.

Il craignait de changer sa routine. C'était suffisamment gênant de dîner seul, mais son tour de garde avait duré jusqu'à vingt heures et Charles se trouvait à une réunion d'urgence à la mairie avec les autres sentinelles.

Quand Laura fut retournée dans sa chambre, il s'obligea à terminer son repas. Ce ragoût aurait sauvé la vie du soldat, songeait-il. S'il avait été placé au pied de la colline quelques instants avant l'arrivée de l'inconnu, celui-ci l'aurait mangé avant de poursuivre son chemin. S'ils avaient su qu'il allait venir, s'ils avaient pu d'une manière ou d'une autre anticiper les événements de la journée, il serait vivant, aurait l'estomac plein, et Philip ne se sentirait pas au bord de la nausée.

Quand il eut fini, Rebecca lui dit qu'elle allait laver son bol, ce à quoi il tenta poliment de résister. En dépit de toutes ces années passées à vivre ensemble, il se sentait toujours un peu mal à l'aise en sa présence. Il avait appris que la façon dont sa véritable mère l'avait élevé était peu conventionnelle, sa façon de l'emmener d'une ville à l'autre, de chercher à grappiller un peu d'argent, de le rendre responsable de leurs difficultés, mais au bout de douze ans il y était habitué. Même les plus discrètes marques de tendresse de Rebecca le laissaient un brin embarrassé, ne sachant pas bien jusqu'à quel point il devait remercier et jusqu'à quel point se défier.

Il resta assis à la table de la salle à manger pendant qu'elle nettoyait la cuisine. La pièce était froide et tranquille, les vitres résistaient à une nouvelle bourrasque de vent.

*

Après avoir patienté presque une demi-heure près du soldat étendu sur le sol, assez longtemps pour déterminer qu'il n'avait pas laissé de complices derrière lui, Graham avait dit à Philip de retourner en ville pour aller chercher le docteur, mais de ne parler à quiconque d'autre de ce qui s'était passé.

Commonwealth était une petite ville où presque tout le monde se connaissait : pratiquement tous savaient qui était Philip, et de qui il était le fils, mais peu d'entre eux heureusement se souvenaient qu'il était de garde ce soir-là. Les rares passants qu'il avait croisés lui avaient adressé un signe de tête qu'il avait rendu sans croiser leur regard. Pendant la plus grande partie de sa rapide marche à travers la ville, il n'avait vu que le soldat, son torse qui explosait, son corps sans vie qui tombait à la renverse.

Il s'était hâté dans les voies non pavées encore collantes et envahies de boue après la pluie de la veille au soir, avait dépassé les maisons identiques qui bordaient la rue. Tout, à Commonwealth, était d'une nouveauté discordante pour ce lieu. En raison de la hâte avec laquelle la ville avait été construite, certains auvents penchaient trop d'un côté et des bâtiments présentaient les traces d'une peinture exécutée trop vite, mais il n'y avait ni devantures de magasins délabrées, ni terrains vagues, ni vitres brisées, ni toits effondrés. Elle était nichée de si fraîche date dans la forêt qu'elle sentait fort les arbres, fort les sapins de Douglas et les genévriers, les gaulthéries et les champignons qui parsemaient les rives du cours d'eau voisin. À cela se mêlaient les odeurs de transpiration de tant d'hommes qui suaient dans une scierie étouffante, émergeaient à la fin de la journée encroûtés de sciure, sentant l'écorce déchiquetée et la laine mouillée. Un peu plus tôt, la stridulation de l'usine, rappelant celle des cigales, se serait répercutée entre les fûts des arbres, mais le sifflet annonçant la fin de la journée de travail avait déjà retenti et Commonwealth était si calme que Philip entendait la rivière danser sur les rochers couverts de mousse.

Et, lorsqu'il entra dans la maison du Dr Banes, il le trouva seul, si tranquille que sa propre voix lui parut assourdissante.

– Nous avons tiré sur un homme qui essayait de pénétrer dans la ville. Un soldat. Il était malade. Il est mort.

Les mots étaient sortis ainsi, en désordre, tous les faits, mais l'essentiel – nous avons tué quelqu'un – semblait tellement dépourvu d'importance. C'était un soldat. Il était jeune. Il reniflait et toussait beaucoup. Il disait *Je vous en prie*. Il a commencé à pleurer juste avant que Graham appuie sur la détente. Il boitait, comme moi.

Banes avait suivi Philip sur le chemin menant à l'endroit où ils avaient monté la garde, à bonne distance des limites de la ville, derrière une rangée de sapins qui dissimulait complètement les bâtiments à leur vue. Le docteur avait hoché la tête en constatant à quelle distance gisait le cadavre. Toute la force de son expérience lui commandait de s'approcher, de s'agenouiller à côté du corps, mais il savait qu'il en était incapable. Il savait ce que les autres membres de sa profession traversaient en ce moment, connaissait la répétition épuisée d'actes vains et ne voulait pas que cela se produise à Commonwealth.

– Nous allons le laisser ici pendant vingt-quatre heures, avait-il décidé. Après, nous pourrons l'enterrer.

Philip redoutait la perspective d'ensevelir le soldat, et pourtant il voulait être au nombre de ceux qui en seraient chargés. Il lui devait le respect de participer à une inhumation décente. Il avait jeté un regard de côté sur la chaise que le soldat aurait pu occuper et s'était demandé ce que la famille de la victime aurait dit, lors de l'enterrement.

*

– Je suppose que tu avais raison, dit Philip en se levant pour quitter la salle à manger. C'était sans doute une erreur de me porter volontaire.

– Je n'ai jamais dit ça, répondit Rebecca après un silence.

– Je sais. Mais j'ai bien vu que tu le pensais.

Elle essuya ses mains sur le tablier.

– Je n'ai jamais pensé que tu commettais une erreur. Je me disais que tu avais une décision affreusement difficile à prendre… nous le savons tous maintenant.

Philip acquiesça avant de s'excuser pour aller aux toilettes en la laissant seule dans la cuisine froide. Elle soupira en se disant qu'elle n'avait pas répondu comme elle aurait dû. Mais elle était en colère, et aurait-il été normal de cacher cette colère, de l'envelopper dans une empathie maternelle et une tendresse feinte ?

Dans l'après-midi, elle n'avait pas cru ce que Charles lui avait dit à propos du soldat, avait trouvé impossible de se représenter Graham tirant sur un autre homme… qui plus est avec Philip qui se tenait à côté de lui ! Mais plus tard, quand elle avait observé le regard de son fils adoptif, elle avait compris que c'était la vérité.

Comment pareille chose avait-elle pu se produire ? Des années plus tôt, ses deux sœurs aînées avaient fugué pour rejoindre une commune et Rebecca les avait détestées d'avoir fait ça, d'avoir rompu tout contact et de n'avoir jamais répondu à ses lettres, même quand elle leur avait parlé de la maladie de leur père. Rebecca et Maureen, sa sœur cadette, s'étaient occupées de lui pendant ses derniers jours. Peut-être la petite commune avait-elle été hors de portée de n'importe quel receveur des postes, mais cette éventualité n'avait en rien contribué à mettre du baume sur la blessure qu'elle avait ressentie, la solitude qu'elle avait lue dans les yeux de son père en comprenant qu'il ne reverrait jamais ses filles. Rebecca les avait détestées à cause de cette absence d'intérêt à l'égard du reste du monde, ces haussements d'épaules silencieux devant le malheur des autres. Et maintenant, sa propre communauté agissait de même.

Elle n'était pas sûre de laisser sa colère à l'encontre de son pays, de Woodrow Wilson, de cette épouvantable guerre, se muer en colère à l'encontre de sa ville ; elle n'était pas sûre qu'il s'agisse de deux problèmes différents ou des côtés pile et face d'une unique pièce de monnaie. Elle et ses camarades suffragettes avaient œuvré si dur, étaient parvenues si près du but, mais elles avaient échoué. Si seulement elles avaient gagné le droit de vote, avaient pu l'utiliser aux élections de 1916, peut-être cela aurait-il engendré une différence. Jamais les femmes n'auraient accepté que cette nation se tourne vers la guerre, jamais elles n'auraient laissé les politiciens prendre leurs fils pour livrer bataille à l'autre bout de la planète. Toutes les lettres qu'elles avaient écrites, les marches qu'elles avaient organisées, les défilés dans la ville de Seattle, ce sentiment de certitude absolue qu'elles avaient *raison*. Ce tout nouveau mot incroyable, *féminisme*, sonnait encore étrangement à ses oreilles, mais il l'inspirait. C'était un mot dont elle voulait que sa fille aussi le garde dans son cœur. Elles avaient parcouru un tel chemin, avaient si bien réussi, mais n'étaient pas arrivées au but cette fois encore, et le résultat était là. Les femmes n'avaient pas le droit de vote et ne pouvaient obtenir que leurs fils ne soient pas considérés comme de la chair à canon en France et en Belgique.

Mais peut-être leurs suffrages n'auraient-ils rien changé. Après tout, le président avait promis de ne pas laisser l'Amérique s'engager sur les champs de bataille d'Europe, pourtant le pays était bien en guerre et les partisans de la paix stigmatisés comme s'ils étaient des radicaux antipatriotes. Des citoyens se retrouvaient en prison pour avoir proclamé la vérité, pour avoir affirmé que cette guerre était celle des riches, celle des banquiers qui avaient prêté tant de millions aux Alliés qu'ils ne pouvaient les laisser perdre, ne pouvaient risquer que leurs emprunteurs soient en défaut de paiement. Alors, donnez-nous vos jeunes hommes pour nos boucheries, donnez-nous vos jeunes qui savent à peine lire et écrire, laissez-nous en remplir nos tranchées, condamnez-les à mourir pour J. P. Morgan.

Lors de la dernière visite de Rebecca à la poste de Timber Falls, elle avait relevé une lettre de sa sœur cadette, Maureen, et Rebecca continuait de bouillir de rage en pensant à ce qu'elle avait écrit. Maureen se retrouvait deux fois par semaine avec d'autres femmes de Seattle pour enrouler des bandages et préparer l'équipement des soldats, et elle participait aux ventes de l'emprunt de la liberté[1] en collant des affiches enthousiastes dans toute la ville. Elle allait dans les épiceries pour parler aux gens de l'importance de la conservation des denrées alimentaires, et l'autre jour à peine, elles avaient parlé à la police d'une femme qui, visiblement, avait ignoré les injonctions et emmagasinait des réserves de viande et de sucre. Maureen et ses amies se retrouvaient toutes les semaines pour établir la liste des voisins qui n'avaient pas encore acheté de bons de la liberté, d'autres voisins qui pouvaient être des agitateurs opposés à la guerre, et elles remettaient ces listes aux autorités. Cette activité avait déjà entraîné sept arrestations, rapportait-elle joyeusement.

Ah, Maureen. Bénie par la naissance de trois filles et d'un garçon qui, n'ayant pas encore treize ans, ne craignait rien de la guerre. Bien sûr, Maureen s'assurait que ses compagnes

1. Emprunts d'État ; les campagnes furent au nombre de quatre.

étaient de ferventes partisanes du conflit. Peut-être le droit de vote n'aurait-il rien changé. Peut-être les Maureen de ce monde dépassaient-elles largement, en nombre, les Rebecca, et cette Grande Guerre ne ferait-elle que précéder d'autres conflits, répétables à l'infini.

Rebecca se tenait à la fenêtre de la cuisine où elle regardait son reflet et les contours à demi effacés des maisons qui bordaient la route. Dans d'autres logements de voies semblables à la leur, des enfants étaient malades, des parents aussi, et des lits qui appartenaient à de jeunes hommes restaient vides, peut-être de manière permanente. C'était l'Amérique, pensait-elle avec des larmes plein les yeux. C'était cela que l'Amérique était devenue. Elle enfonça ses ongles dans la paume de ses mains, contraignant les larmes à refluer.

*

Charles franchit la porte de la maison, déboutonna son manteau et se pencha pour déposer un baiser sur la joue de sa femme. Philip entra dans la cuisine. Il dit bonjour à Charles au moment où celui-ci ôtait son chapeau melon qui, de noir, était devenu gris. Rebecca quitta la pièce, car elle savait que le père désirerait parler à leur fils en tête à tête.

Il lui demanda comment ça allait et eut droit, en réponse, à un haussement d'épaules.

– Je suis navré que tu te sois retrouvé pris dans cette histoire.

Il avait toujours parlé d'une voix douce, même à l'âge qu'avait aujourd'hui Philip. C'était comme si le reste de son corps avait vieilli durant toutes ces années afin de correspondre à sa voix, sa colorature placide de ténor et ses nuances mûries par le temps.

– Tout va bien, répondit Philip même s'il donnait l'impression de penser le contraire.

Charles acquiesça. Depuis la toute première fois où il avait vu son regard, à l'hôpital, il n'avait pas remarqué pareille vulnérabilité. Philip était maintenant assis à la table de la cuisine, les mains le long des flancs, comme s'il envisageait d'avoir à se défendre. Il avait le visage livide et les yeux un peu plus écarquillés que d'ordinaire, la preuve que le traumatisme de l'après-midi ne s'était pas effacé. Serait-ce le cas un jour ? Charles approchait de la vieillesse. Il avait perdu des gens qu'il aimait pour cause de maladies, assisté à la mort d'ouvriers de la scierie fauchés dans des accidents épouvantables, avait vu des membres tranchés, touché des cadavres glacés et entendu les dernières respirations étranglées de sa mère et de son frère cadet, mais jamais il n'avait été spectateur d'un meurtre. Pas plus qu'il n'avait pris part à aucune guerre, n'avait jamais eu à se défendre contre un agresseur malveillant. Même si son implication dans la scierie de son père avait eu pour résultat qu'il s'était senti en partie responsable des violences survenues pendant la grève d'Everett, pas une fois il n'avait eu le poids écrasant de la mort de quelqu'un sur la conscience. En aucune circonstance un père ne devait déclarer qu'il ignorait ce que son fils endurait, mais Charles avait une conscience très vive que son fils titubait sur un terrain où lui-même n'avait jamais cheminé.

Il hocha donc la tête, surveillant attentivement ses yeux qui évitaient les siens. La quarantaine votée avait-elle constitué une erreur ? Charles aurait dû savoir, lorsqu'il avait fait basculer la ville en faveur de cette décision, que cela ne tarderait pas à avoir des retombées sur sa propre maisonnée. Il en résultait une impression de justice insolite, surgissant en plein milieu d'une situation jusqu'alors totalement dépourvue d'équité, d'ironie ou de symbolisme, rien que le chaos et la mort.

– Vous avez fait ce qu'il fallait, tous les deux, affirma le père.

– Je n'ai rien fait du tout, en réalité, répondit Philip. C'est Graham qui a tout fait. J'étais…

Sa voix se perdit.

– Tu le penses peut-être, mais tu l'as soutenu par ta présence. Je suis certain que tu lui as facilité les choses.

Il comprit mais trop tard : c'était la dernière des choses que Philip souhaitait entendre.

– Vous avez fait ce qu'il fallait, répéta-t-il. Cet homme était malade et si vous l'aviez laissé passer, la moitié de la ville aurait été contaminée en quelques jours.

– Il pouvait très bien n'être malade que parce qu'il avait dormi dehors toute la nuit. Nous ne sommes absolument pas sûrs qu'il avait la grippe.

Charles secoua la tête, courtois mais ferme.

– En ce moment, pratiquement tous les gens qui sont malades, dans ce pays, ont la grippe. Surtout dans l'État de Washington. Je suis sûr que c'était le cas pour lui.

Je suis sûr. Pour l'heure, Philip semblait hors d'état de saisir le concept de certitude.

– Je l'espère, dit-il.

– Ce que vous avez été contraints de faire, là-bas, a été affreux, reprit Charles comme s'il en avait la moindre notion. J'aurais voulu que ce soit moi plutôt que toi. Mais ce n'est pas parce que c'était affreux que c'était mal.

Philip hocha à nouveau la tête.

Quand son père ouvrit la bouche pour ajouter quelque chose, il se leva avec une brusquerie exagérée.

– Il faut que j'aille au magasin. Rebecca m'a demandé d'aller lui chercher diverses choses.

Il était patent que Philip voulait être seul. Charles attendit un moment. Il se faisait l'effet d'abdiquer une part de ses responsabilités en le laissant partir avant de lui avoir communiqué une once de sagesse paternelle. Néanmoins, il le laissa s'en aller parce que, Dieu lui vienne en aide, il ne parvenait pas à trouver les mots qu'il devait prononcer.

IV

– Et comment va mon client préféré, ce soir ?

C'était par ces mots que Flora Metzger accueillait quiconque pénétrait dans le magasin d'alimentation générale et d'articles de première nécessité, et elle sourit à l'ouvrier de la scierie qui ne devait pas avoir un jour de plus que ses dix-huit ans.

– Très bien, répondit-il.

Il communiqua sa commande à Flora, farine de maïs, mélasse, pommes de terre, ainsi que les fruits qu'elle pouvait avoir, et elle alla chercher dans les étagères du fond en sifflotant à part elle.

– Vous m'avez l'air amaigri, jeune homme, dit-elle quand elle revint. Ça veut dire que votre femme vous nourrit pas assez ?

Bien nourrie, Flora l'était : ses cheveux gris bouclés tombaient sur ses joues rondes. Ses yeux gris assortis détectaient tout ce qui se passait dans son magasin.

– Elle est bonne cuisinière, répondit le client en retenant un sourire.

– J'espère que vous lui mentez mieux que vous ne me mentez à moi, répondit-elle dans un gloussement de rire en griffonnant un reçu. Un beau garçon comme vous, ajouta-t-elle avec un clin d'œil, je suis sûre qu'elle possède d'autres talents.

– Bonsoir, madame, dit-il en rougissant avant de sortir du magasin.

Flora savait comment les ouvriers de l'usine et les bûcherons parlaient entre eux, car il n'était pas difficile de surprendre une grande partie de leurs conversations si on en avait envie, et elle se délectait de les mettre mal à l'aise en utilisant le même style de langage. Même ceux qui fréquentaient son magasin depuis deux ans avaient du mal à s'habituer à ses propos lestes. Elle semblait toujours trouver le commentaire voulu pour faire rougir le plus coriace d'entre eux avant qu'il ait parachevé la transaction.

Leonard Thibeault s'avança vers le comptoir. Flora avait su ce qu'il voulait dès l'instant où elle avait repéré sa tête derrière le client précédent. Grand, il semblait présumer que sa taille lui conférait une allure impressionnante, que personne ne songerait à mettre en doute sa force ni sa ténacité. Il était doté d'un long visage ovale et d'une masse hirsute de cheveux châtain foncé qui ajoutait cinq bons centimètres à sa stature.

– Et comment va mon client préféré, ce soir ? demanda-t-elle d'une voix plus discrète cette fois.

Le sourire désabusé et oblique qu'il utilisa comme réponse était tout ce dont elle avait besoin.

– Bouteille de whiskey, sans vouloir vous ennuyer.

Sa voix sourde se déversait dans un grondement, les aspérités de ses mots amorties par un accent canadien français que trente années passées dans l'Ouest n'avaient pas éliminé.

Elle acquiesça et s'éloigna vers les étagères du fond. Quand elle revint avec la bouteille, elle remarqua qu'il ne portait pas de manteau en dépit du froid, et qu'il avait omis de fermer un des boutons de sa chemise de flanelle marron de sorte que les pans flottaient à des hauteurs différentes. Pareil spectacle lui aurait normalement valu une moquerie de la part de Flora, mais Leonard semblait ne pas prêter le flanc à ce genre de remarques.

– Vous devriez réduire la fréquence de ces achats, lui conseilla-t-elle en remplissant son reçu.

Elle avait beau fixer le papier, elle sentait son visiteur osciller comme un pin isolé un jour de vent. Comment il parvenait à boire autant sans que la scie lui prélève un doigt ou un bras était pour elle un mystère, une preuve de la chance magique qui veille sur les esprits simples.

– Vous savez que nous n'allons pas recevoir de nouvelle livraison avant la fin de l'épidémie.

Elle se serait attendue à ce que quelqu'un qui aime boire apprenne à économiser son alcool préféré pour garder des réserves en semblables circonstances. Mais il n'était pas exclu de penser qu'un homme comme Leonard trouverait, si nécessaire, un moyen pour fabriquer du tord-boyau à partir d'épines de pin.

Quand elle releva les yeux, elle vit qu'il contemplait un des murs. Si ses pupilles avaient bougé, il aurait pu être occupé à lire une des brochures gouvernementales concernant le non-usage du sucre. Il n'avait pas entendu un seul des mots qu'elle avait prononcés.

– Merci, Flora, dit-il en empochant le bout de papier et en posant la bouteille sur son bras tandis qu'il franchissait la porte en chancelant.

*

Philip sentit l'odeur d'alcool dans l'haleine du grand gaillard qui, en sortant du magasin, faillit le percuter parce qu'il changeait de direction tout en s'efforçant d'ouvrir une bouteille. Il ne s'excusa pas et ne sembla même pas s'apercevoir de quoi que ce soit.

– Et comment va mon client préféré, ce soir ? demanda Flora lorsque le garçon s'approcha du comptoir.

Derrière elle, Alfred Metzger avait émergé de la cave et s'activait dans les allées. Il ne cessait d'apporter des marchandises, de procéder au réassort, de compter et de recompter ce qui restait sur les étagères pendant que sa femme régnait sur le magasin. Sa taille et son ossature frêle en faisaient l'exact contraire de Flora. La plupart des clients ne voyaient sa tête que dans les rares occasions où il ne gérait pas les marchandises.

– Bien, madame. Et vous ?

– J'ai vieilli de deux jours depuis la dernière fois que je vous ai vu. C'est pas une bonne chose.

– Mais vous paraissez au moins plus jeune de deux jours.

Il y avait quelque chose, chez Flora Metzger, qui provoquait chez Philip une fibre d'effronterie.

Elle sourit et posa la main sur sa poitrine comme pour feindre d'être flattée.

– Vous ratez jamais une occasion d'illuminer la journée d'une femme quelque peu enrobée.

C'était en partie pour cela qu'il avait voulu se rendre au magasin, espérant que la personnalité énergique de Flora lui permettrait d'oublier le soldat pendant quelques instants.

– Vous paraissez plus grand, remarqua-t-elle. Vous avez grandi, ces deux derniers jours ?

– Je n'ai pas vérifié. Mon pantalon me va toujours bien.

– Hé bien, s'il arrête de le faire, venez me voir et je vous fournirai ce qu'il vous faut. Je veux que mon client préféré soit élégant, vous m'entendez ?

– Parfaitement, madame.

– Bon, qu'est-ce qu'il vous faut ?

Il appréciait ces badineries. L'une de ses tâches en tant que comptable à la scierie consistait à se rendre au magasin d'alimentation pour y récupérer les volumes de ventes et les reçus. Échanger des plaisanteries avec Flora était incontestablement plus amusant que de discuter chiffres avec les contremaîtres laconiques.

– Farine de blé et de maïs, s'il vous plaît.

Elle poussa un énorme soupir en s'extirpant de sa chaise.

– Quelle quantité ?

Il réfléchit. Ils n'avaient véritablement besoin que d'un sac de chaque, mais maintenant que la ville était confinée, le magasin ne pourrait plus réapprovisionner ses étagères avant longtemps.

– Deux sacs de chaque, s'il vous plaît.

Elle les hissa un par un sur le comptoir avant de regagner son poste impérial. Quand Philip apposa sa signature à côté du coût dans le livre de comptes, elle le scruta du regard.

– Quelque chose qui vous préoccupe ? Ça fait plus de deux minutes que vous êtes dans mon magasin et vous m'avez pas encore demandé des nouvelles de ma fille.

Elsie Metzger avait quinze ans et était une des plus jolies filles de la ville, de l'avis de Philip du moins. Il tenta de chasser l'image de son visage, mais c'était impossible.

– Je… ne vous demande pas toujours de ses nouvelles.

– Oh, elle n'est pas assez bien pour vous ?

– Ce n'est pas ce que je…

Il secoua la tête, comprenant qu'il ne serait pas le plus fort.

– Bon, comment va Elsie ?

– Elle paresse. Elle a besoin de respirer un peu l'air, répondit Flora en inclinant la tête en arrière pour appeler. Elsie ! Viens aider Philip Worthy à porter ses achats chez lui !

Il secoua la tête.

– Non, je vous remercie, tout va bien.

Pouvait-il y avoir plus insultant que de recevoir l'aide d'une jeune fille pour porter des achats ? Il entendit quelqu'un bouger dans une des pièces sur l'arrière, commença donc à se charger des sacs de farine de blé et de maïs.

– Oh, taisez-vous donc. Elle est juste là à se tourner les pouces, de toute façon. Ça lui fera du bien de marcher un peu.

– Madame Metzger, honnêtement, je n'ai pas besoin de quelqu'un pour m'aider à porter ça.

Flora leva un sourcil.

– Je crois que de l'aide, vous en avez besoin de bien plus de façons que vous n'en avez conscience.

Elle avait tout juste achevé sa phrase quand Elsie entra par la porte latérale. Philip savait que la plupart des garçons de la ville ne partageaient pas son opinion sur elle, Elsie le garçon manqué, mais ce n'était pas cela qui modifiait le moins du monde son opinion personnelle. Il la connaissait bien, car c'était la meilleure amie de Laura. Il savait le genre de blagues qu'elle trouvait drôles et celles qui la faisaient rougir ; il savait que quand elle jouait aux cartes, l'apparition de fines lignes sur son front signifiait qu'elle avait une bonne main, et qu'une expression étrangement sereine voulait dire qu'elle essayait d'en cacher la faiblesse. Elle n'avait pas été parmi les filles les plus mignonnes quand elle était petite, car ses sourcils épais projetaient une ombre trop marquée sur ses yeux et ses cheveux bouclés, châtain foncé, étaient trop rebelles. Mais elle avait atteint l'âge où certaines jeunes filles qui, jusque-là, n'avaient pas été remarquées, commençaient à trouver la place qui leur revenait de droit au rang des beautés qu'elles avaient toujours été destinées à devenir. Ses yeux étincelaient d'une lumière intelligente et mystérieuse, et elle devenait suffisamment vaniteuse pour imposer un peu plus de contrôle à ses cheveux. Elle avait toujours eu une voix d'une gravité peu ordinaire, mais qui, depuis quelque temps, semblait avoir gagné en douceur.

Philip avait commencé à soulever les sacs posés sur le comptoir quand Flora referma ses mains dessus.

– J'ai dit qu'Elsie allait vous aider, et ça ne souffre aucune discussion. Je tiens pas à ce que quelque chose tombe, se déchire et soit gâté, surtout au moment où on est sous quarantaine.

Un jour, il y avait plus d'un an, il avait laissé tomber un sac de farine de blé, ce que Flora n'avait jamais oublié. Mais c'était la première fois qu'elle allait aussi loin et demandait à sa fille de l'aider.

Il finit par accepter l'inévitable.

– Je vais prendre la farine de blé, dit-il à Elsie qui souleva celle de maïs.

– Transmettez mon bonjour à Charles, et dites à Rebecca qu'elle donne pas à ma fille assez de travail à faire à la maison, cria Flora alors qu'ils se dirigeaient vers la porte.

Le dos tourné à sa mère, Elsie regarda Philip en roulant des yeux.

Quand il l'eut suivie dehors, ils entendirent la voix d'Alfred s'élever au-dessus des rangées.

– Tu joues les entremetteuses, Flora ?

– T'as quelque chose contre Philip Worthy ?

– Je n'en ai que contre tes manigances.

– Je manigance rien. Je donne un coup de pouce. C'est pas du tout pareil.

*

– Ma mère aime bien te taquiner, expliqua Elsie pendant qu'ils marchaient dans la rue principale de Commonwealth qui était gagnée par les ténèbres à l'exception des lumières provenant des maisons.

– Elle aime taquiner tout le monde.

Elsie confirma de la tête.

– C'est vrai, mais surtout toi.

– Pourquoi ?

– Je n'en sais rien. Peut-être parce que tu n'es ni un bûcheron, ni un ouvrier de la scierie. Tu n'es pas comme les autres gars de la ville.

Le bout des doigts de Philip commençait déjà à lui faire mal. Ça lui arrivait parfois, un héritage de l'accident qu'il avait subi cinq ans plus tôt. Des séquelles avec lesquelles il lui faudrait vivre, avait commenté le médecin de l'hôpital d'Everett d'un ton peu intéressé. Du moins ce picotement signifiait-il qu'ils étaient toujours là, contrairement à son pied gauche qui avait été amputé. Plus il portait les sacs, plus le bout de ses doigts l'élançait. Bientôt la douleur gagnerait les mains, remonterait le long des bras, atteindrait les coudes. Cela ne se produisait plus aussi souvent que par le passé, en partie parce qu'il était plus fort, et aussi parce qu'il avait appris à fonctionner en deçà des nouvelles limites qui étaient les siennes. La sensation se situait entre la souffrance et l'engourdissement, mais il savait par expérience que s'il allait trop loin, ses bras cesseraient de répondre et les sacs tomberaient au sol.

– Je peux vraiment porter ceux que tu as pris, lui dit-il. Tu peux repartir, si tu veux.

Quand avait-il commencé à se sentir aussi nerveux en sa présence ? Il la connaissait depuis cinq ans. Lorsque les Worthy l'avaient adopté, il avait passé de nombreux après-midi avec Laura et elle à jouer aux cartes et à faire des balades à vélo en récupérant du bois flotté. Tous trois s'asseyaient sur la berge, regardaient les ouvriers marcher sur les grumes qui flottaient à la surface, installés dessus tel Aladdin sur son tapis volant.

– Hé, c'est la seule possibilité que j'ai d'échapper à ma mère quelques minutes. Tu ne vas pas m'en priver.

Philip fit non de la tête et dit :

– Alors comme ça, la mienne ne te donne pas assez de leçons et de devoirs ?

– Tu n'as pas intérêt à lui répéter ça. Ma mère me traite de paresseuse dès qu'elle me surprend à ne rien faire pendant deux secondes. Entre l'école et le magasin, j'abats plus de travail qu'elle, assise là à cancaner avec tous ceux qui franchissent le seuil.

Même s'il aimait travailler avec Charles à la scierie, l'école manquait à Philip, ne pas être avec Elsie lui manquait. Il avait envie de lui parler, de la regarder quand elle se concentrait sur un examen ou que, perdue dans ses pensées, elle regardait par la fenêtre. Il y avait peu de filles de son âge à Commonwealth, mais même si la ville en avait été envahie, il aurait continué d'inventer des moyens pour croiser son chemin.

– Alors, cet après-midi, qu'est-ce qui s'est passé là-bas ?

En dépit de ses propres critiques au sujet de sa mère, elle partageait en fait son désir d'échanger des ragots.

– Qu'est-ce qu'on t'a raconté ?

Mrs Metzger ne lui ayant pas posé de questions sur le soldat, Philip en avait conclu que la nouvelle ne s'était pas propagée. Mais il était possible que même elle sache qu'il y avait des choses sur lesquelles il ne fallait pas plaisanter.

– J'ai entendu des hommes dire que quelqu'un a tenté de pénétrer dans la ville.

Philip confirma de la tête.

– C'est exact, ajouta-t-il. Comme il était malade, on l'a obligé à partir… on a tiré un ou deux coups de semonce pour le prévenir et il a compris le message.

C'était ce qu'on leur avait conseillé de raconter. L'idée de Charles. Le docteur avait exprimé son accord. Il était inutile d'inquiéter qui que ce soit, inutile de compliquer les choses. Seuls les gardes devaient être au courant. Charles en ayant parlé à Rebecca, peut-être avait-il été décidé tacitement que les hommes avaient le droit d'en parler à leurs épouses, que leurs chuchotements discrets et conspirateurs ne sortiraient pas de la chambre des secrets matrimoniaux. Ce qu'il y avait de certain, c'était que Philip ne devait en parler à personne. Cela, il ne l'ignorait pas.

– Il s'est approché jusqu'où ?

– Pas assez près pour qu'on tombe malade.

Pourtant, il n'en était pas sûr. Et si lui-même était maintenant porteur d'une infime infection propagée par le soldat ? Dans ses poumons, son sang, son cœur ?

– Qu'est-ce qu'il faisait là-bas ? Il ne vous a pas dit qu'il allait revenir avec d'autres militaires, si ?

Cette question, Philip et Graham l'avaient anticipée mais Charles et Doc Banes l'avaient rejetée. Il choisit donc de minimiser ses inquiétudes personnelles en souriant et en réprimandant légèrement la jeune fille.

– Je ne crois vraiment pas que des militaires vont tenter de s'emparer de notre ville. Il n'avait pas l'air d'un Teuton.

Elle sourit, même si ses grands-parents avaient émigré d'Allemagne. Ses parents lui avaient assuré que les incessants et actuels commentaires anti-Allemands ne s'appliquaient pas à eux.

– Qui est-ce, alors, qui a tiré ?

– On l'a fait tous les deux. Graham une fois, moi aussi.

Il avait donné sa réponse à la hâte après avoir eu un geste convulsif de la tête.

– C'est juste parce que moi, tu vois, je n'ai jamais tiré sur personne.

Comme beaucoup de filles de Commonwealth, elle avait déjà quelques fois utilisé une arme à feu, mais donnait bizarrement l'impression de trouver excitante l'idée de le faire sur quelqu'un.

Il tenta de clarifier sa réponse mensongère.

– Nous n'avons pas tiré *sur* lui. Nous avons tiré en l'air. Juste un coup de semonce.

– Il était armé, lui aussi ? C'était un soldat, non ?

Bon sang, tu en as des questions, pensa-t-il.

– Il devait l'être, je suppose.

Elsie acquiesça. Dans deux ans, quand elle aurait elle-même cessé d'apprendre à l'école, elle voulait devenir institutrice et Rebecca l'avait encouragée à se montrer curieuse et inquisitrice, surtout quand les choses n'avaient pas de sens.

Ils poursuivirent leur chemin en silence. Les bras de Philip lui faisaient mal, mais il résistait à la tentation de modifier la répartition de ses sacs, car alors Elsie verrait qu'il souffrait.

– Il paraît qu'à Seattle, reprit-elle, on ne laisse même pas les gens sortir sans masque. Si tu n'en as pas, on t'interdit de monter dans le tram. Tu peux même être arrêté parce que tu n'en portes pas.

– On m'a dit la même chose. Pas que des gens étaient arrêtés, mais je pense que c'est logique.

– On a annulé l'école dans la plupart des villes, et fermé d'autres endroits où il y a des regroupements de personnes.

Il hocha la tête.

– Je me demande comment font les enseignantes, alors.

– Sans doute qu'elles tombent malades. Ou qu'elles soignent leur mari et leurs enfants qui le sont.

– Je suppose que nous avons de la chance, hein ?

Mais tandis que son commentaire restait sans réponse, Philip se fit la réflexion que c'était vraiment étrange de prononcer ces mots. Il avait voulu dire : une chance que l'épidémie n'ait pas encore envahi leur ville, mais elle continuait de la menacer, ce qui ne rendait pas la situation si chanceuse. Et bon sang, ce qui s'était passé dans la journée n'avait absolument rien eu de chanceux.

Elle sembla deviner le cheminement de ses pensées.

– Une drôle de guigne, hein ? D'abord la guerre, et maintenant tout le monde qui tombe malade.

– Il paraît que la guerre, on est en train de la gagner.

Mais le temps qu'ils parviennent à mettre la main sur un nouveau journal, Dieu seul savait ce qui se serait passé en Europe. Les soldats avaient-ils échappé à l'épidémie ? Sûrement pas celui de l'après-midi. Philip eut une soudaine représentation d'un champ de bataille gris déserté par les explosions ou les fusillades, mais endeuillé par les corps contorsionnés des malades et des mourants.

– Je sais que nous allons gagner, dit Elsie, mais quand même. Deux trucs vraiment moches qui se produisent en même temps. Ça donne envie de s'enfuir quelque part où il ne se passe rien de tout cela.

– C'est pareil pratiquement partout, je pense.

– Je sais. Je regrette juste qu'il n'y ait pas un endroit où se réfugier.

Mais tandis qu'ils marchaient en silence, ils eurent la même étrange prise de conscience. La ville claquemurée de Commonwealth était précisément cet endroit. Il n'y avait ni guerre, ni pestilence. Dans le monde entier, les gens mouraient, ils mouraient de la grippe, de la pneumonie, des baïonnettes, des bombardements aériens, mais à Commonwealth, la dernière ville sur terre, les habitants étaient en sécurité. C'était l'endroit où il fallait se réfugier, et ils s'y trouvaient déjà. Tout ce qu'il leur restait à faire était attendre.

Le temps qu'ils arrivent chez lui, les mains de Philip étaient presque complètement engourdies.

– Hé bien, gente dame, je vous remercie de votre gracieuse assistance.

– Je vous en prie.

Il la laissa déposer la farine de blé au sommet de l'empilement qu'il parvenait à peine à ne pas lâcher. Après un court instant de silence, il fit un pas rapide vers le seuil au moment précis où elle agissait de même. Ils se sourirent, un peu gênés, et il recula pour qu'elle puisse lui ouvrir la porte.

– Merci, dit-il.

– Pas de problème. Et pas d'imprudence au poste de garde, d'accord ?

– D'accord.

Leurs regards demeurèrent rivés l'un sur l'autre pendant un temps qui sembla interminable.

– Et s'il se produit quelque chose d'autre d'intéressant, tu as intérêt à venir m'en parler.

Elle sourit à nouveau.

– Je ne veux être obligée de porter de la farine d'un bout de la ville à l'autre que pour entendre des histoires qui ont de l'intérêt.

Elle tourna les talons et se hâta de partir. Philip repoussa du pied la porte et se précipita jusqu'à la table de la salle à manger pour y laisser tomber les sacs à grand bruit. Il s'assit en agitant ses mains pour que le sang recommence à circuler.

Rien ne bougeait dans la maison. Il resta un moment assis à penser à Elsie, mais aussi, inéluctablement, à ce que Graham et lui avaient fait. Il regarda ses mains en pensant à celle de Graham qui n'avait que quatre doigts, se demandant s'il arrivait à son ami de ne pas se coucher, certains soirs, car il redoutait d'en perdre d'autres à la scierie. Un doigt en moins, on peut arriver à le surmonter, à s'y habituer. Il faut porter les objets avec sa deuxième main, apprendre à répartir, sur chacun des doigts restants de la première, le pourcentage de force et de dextérité supplémentaire. Mais en perdre un deuxième, ou un troisième, serait assurément beaucoup plus dur. Philip avait vu beaucoup d'hommes dans ce cas, à Everett et Commonwealth, il avait entr'aperçu leurs horribles griffes durant les rares moments où leurs mains sortaient de leurs poches, exposées au monde entier et aux regards stupéfaits des enfants. Il se demanda s'il existait un point de non-retour, une ligne tracée dans la terre, un fardeau de douleur et de souffrance au-delà duquel on ne pouvait jamais aller.

Il resta assis à masser ses bras engourdis en attendant que les sensations reviennent.

V

Le corps ne paraissait léger que parce qu'ils étaient six à le soulever.

Suivant les préconisations de Banes, ils avaient attendu exactement vingt-quatre heures, sans savoir avec une certitude absolue si le docteur avait trouvé ses raisons dans la science pure et dure, ou s'il s'agissait simplement d'une question de superstition. Peut-être était-ce de cette façon que l'on se devait d'enterrer les vampires ou les possédés pour s'assurer qu'ils ne ressortiraient pas de la tombe.

Même si Charles lui avait dit que sa présence n'était pas nécessaire, Philip avait quitté le bureau de la scierie et était venu. La nuit précédente, il avait rêvé du soldat et n'avait pas arrêté de penser à lui durant toute la journée. Il savait que ç'aurait été mal de fuir devant cet ultime devoir.

Les autres fossoyeurs étaient des hommes qui, en plus de leurs tâches de bûcherons et d'ouvriers de la scierie, remplissaient le rôle de sentinelles pour la ville : Rankle, Mo, Deacon et Graham.

– Les vautours ne s'y sont pas attaqués, remarqua quelqu'un.

– Deacon ne les aurait pas laissés faire, expliqua Rankle à voix basse.

L'intéressé confirma.

– Tu leur as tiré dessus ? interrogea Mo.

Deacon fit non de la tête.

– Ils sont restés à distance, déclara-t-il de sa voix rauque.

De fait, avec ses joues décharnées, ses membres grêles et ses yeux noirs comme le charbon, il avait tout d'un épouvantail rendu à une vie de cruautés. Philip n'avait aucun mal à imaginer des volatiles carnivores et sauvages restant à bonne distance de lui : les gens agissaient de même. À une époque, disait la légende, Deacon avait suivi une formation pour devenir prêtre catholique, mais il avait fini par décréter que Dieu ne l'avait pas appelé à le servir. C'était un homme qui, d'ordinaire, se tenait coi, laissant les démons débattre entre eux sous son crâne. Lorsqu'il pensait être seul, avaient remarqué certains, il jurait comme un aliéné.

Philip n'avait jamais creusé de tombe, même s'il se disait que ses compagnons n'en étaient pas à la première. Ça ne pouvait pas être non plus la première inhumation pour Doc Banes, ni pour Graham. Et Deacon avait tout d'un croque-mort.

Jarred Rankle aussi donnait l'impression d'être un homme qui avait creusé sa part de tombes. Il était petit mais robuste, avec des cheveux bruns ayant récemment viré au gris. Ses yeux semblaient avoir été gravés trop profondément dans un visage granitique, et paraissaient d'autant plus sombres qu'ils se dissimulaient sous des sourcils proéminents. Rankle était un des contremaîtres préférés de Charles, aussi bien en vertu de ses compétences que de son intelligence. Il avait été haut placé dans la hiérarchie des Wobblies et venait souvent à la résidence des Worthy pour rédiger avec Rebecca des missives à teneur politique ou lire des exemplaires de sa pile toujours croissante de publications radicales. Il était comme un oncle pour Philip et Laura, et un invité occasionnel au repas car il n'avait pas d'épouse. Une fois, Rebecca avait confié à Philip que des années auparavant, Rankle avait eu une famille qu'il avait « perdue ». Elle n'avait fourni aucune autre explication et Philip n'avait pas osé lui poser de questions, mais ce commentaire permettait d'expliquer une expression particulière qui, parfois, au cours d'un repas, assombrissait son visage.

Le sol était plus dur que Philip ne l'avait craint. Les deux premières pelletées avaient été rapides et sans complications, comme si la couche de terre supérieure était un coussin de douceur prévu pour apaiser tous les hommes, mais ensuite elle était devenue compacte, le témoignage solidement agrégé d'un million d'années écoulées difficilement, retenu par les arbres et la roche. Le lendemain, il aurait les muscles endoloris ; ses mains fragilisées le picotaient déjà.

Aucun des présents ne posa à Philip ou Graham des questions sur le soldat. Le premier des deux ignorait s'ils redoutaient de paraître abrupts ou s'ils ne voulaient simplement pas savoir, mais il était content qu'ils s'en abstiennent.

La nuit précédente, Charles et Doc Banes avaient convoqué la vingtaine de sentinelles sans exception, hormis Philip, pour une réunion de crise à la mairie. Ils leur avaient expliqué, en ce qui concernait le soldat, leur demandant à tous de ne pas en parler, mais eux-mêmes ne manquaient pas de savoir que certains hommes sont plus aptes que d'autres à ne pas trahir un secret. Graham ne le divulguerait à personne, cela était sûr, sauf peut-être à sa femme, mais Mo, un ancien pugiliste de Chicago qui avait la langue bien pendue, éprouverait vraisemblablement des difficultés à garder le silence, et il en allait de même pour certains autres.

La plupart de ces gardes figuraient parmi les citoyens élus pour un mandat d'un an lors d'une sorte de conseil. Ils remplissaient le rôle d'édiles et constituaient ce que la ville avait de plus proche d'une force de police. Quatre mois auparavant, ces magistrats s'étaient réunis pour voter afin de bannir de la ville deux hommes dont on avait découvert qu'ils se livraient à des vols : les seules exclusions dans la brève histoire de la communauté. Pour le reste, ces magistrats, au nombre desquels se trouvaient Graham, Rankle et Charles, lequel, en sa qualité de propriétaire de la scierie, était membre du conseil à vie, avaient eu des conversations avec deux maris violents et avec les parents d'enfants qui avaient chapardé dans le magasin d'alimentation générale, mais rien de plus grave. Tout le monde, à Commonwealth, semblait éprouver un tel désir d'habiter là qu'ils faisaient leur possible pour vivre en paix.

Mais voici qu'une plus grande responsabilité incombait aux gardes, et le secret entourant la mort du soldat ne paraissait pas normal aux yeux de certains. La ville de Commonwealth n'était pas censée abriter de secrets.

Les creuseurs de tombes avaient choisi un endroit suffisamment loin de la route pour ne pas être aperçus. Ils ne voulaient pas que quelqu'un découvre la fosse par hasard. Nul ne devait savoir. Personne ne devait mourir pour assurer la protection de la ville. Tout allait bien.

Les arbres, en ce lieu, étaient suffisamment proches pour empêcher complètement le soleil de pénétrer, mais Rankle avait découvert un endroit où ils disposaient d'assez de place pour pelleter sans rencontrer de racines, qu'il était impossible de trancher. Dans une centaine ou un millier d'années, toutefois, les racines environnantes se mêleraient aux restes du défunt, s'en nourrissant et, en quelque sorte, aspirant la vie de son écorce mortelle.

La dépouille ne sentait pas encore, peut-être en raison de la froideur nocturne. De cela, Philip était reconnaissant. Doc Banes avait été le premier à s'en approcher, il s'était penché au-dessus du corps et avait fait un geste que les autres ne pouvaient voir. Le genou droit de la victime était toujours dressé dans les airs, figé dans la position où il s'était écroulé. Philip en demeurait stupéfait. Il se demandait si cela signifiait que les yeux étaient toujours ouverts, eux aussi, et s'ils imploraient toujours le ciel.

Doc Banes avait ensuite posé une couverture sur le cadavre, leur avait adressé un signe de tête et ils s'étaient approchés de l'endroit où Rankle avait commencé à creuser. Philip voulait dire quelque chose à Graham mais ne savait pas quoi. Il jetait autant de coups d'œil qu'il le pouvait sur l'infatigable visage de son ami qui, à aucun moment, ne l'avait regardé. En revanche, il creusait plus vite et plus profondément que tout le monde. Les autres observaient une pause de temps en temps pour décrisper leurs doigts et décontracter leurs épaules, mais lui continuait de s'activer tel un possédé.

La veille, après qu'ils avaient tué le soldat et que Philip était parti en courant chercher Doc Banes, ils avaient achevé leur tour de garde en observant un silence presque total. Le temps s'était écoulé dans une étrange confusion, peut-être due à la montée d'adrénaline postérieure à la rencontre qui agissait comme une sorte de pouvoir amnésique. Pour eux, la dernière chose qu'ils avaient faite avait été de tuer quelqu'un en ce lieu.

Les hommes portèrent le cadavre raidi, chacun d'entre eux surpris de le trouver si léger, et le déposèrent dans la tombe. À aucun moment la couverture ne glissa, à aucun moment Philip ne fut obligé de voir à nouveau le visage du soldat.

Nul n'avait fouillé ses poches à la recherche d'une plaque d'identification ou d'un quelconque petit objet personnel. Nul ne voulait connaître son nom, et ils n'avaient aucun moyen d'avertir la famille de son décès. Les fossoyeurs ne pouvaient se permettre d'apprendre de qui il s'agissait.

Mo, qui d'ordinaire ne pouvait se retenir de faire la conversation, siffla un court instant pour rompre le silence. Même lui, pourtant, se rendit compte que pareille attitude semblait irrespectueuse, et il s'arrêta rapidement.

Pendant ce temps, Deacon travaillait à l'endroit où l'inconnu était tombé, tranchant la terre avec sa pelle, la retournant et en disséminant les composants pour recouvrir les traces de sang.

Après la tâche ardue et interminable qu'avait représentée le déblaiement de la fosse, cela les apaisa de la remplir de terre.

– Ça suffit, déclara Rankle après une dernière pelletée.

Chacun de son côté pensa trouver une pierre ou une grosse branche afin de marquer l'emplacement, un talisman en guise de croix. Et chacun rejeta cette idée sans l'exprimer oralement.

Graham fut le premier à s'en aller sans souhaiter une bonne journée à quiconque. Il tourna le dos pour repartir vers la ville, abandonnant la pelle derrière lui afin que personne ne lui pose de questions. Philip prit conscience qu'il ne l'avait pas entendu prononcer un mot depuis le matin. Il le suivit sur le chemin de la scierie, mais à bonne distance.

Rankle rejoignit Mo au poste de garde, car leur tour était venu de remplir la tâche de sentinelles. Une fois les autres partis, tous deux baissèrent les yeux vers la pente peu prononcée où passait la route. La vue qui s'offrait leur paraissait différente de ce qu'elle avait été antérieurement. Tout, dans leur champ d'observation, la déclivité progressive du relief, la piste de terre et la forêt dense au-delà, était pour toujours défini par la présence sur la gauche de la tombe du soldat tué.

VI

Philip ne se serait jamais porté volontaire pour monter la garde s'il n'y avait pas eu Graham. Il ne s'en serait pas cru capable.

N'ayant connu que sa mère pendant ses jeunes années, il était habitué à ne pas comprendre les plaisanteries que se racontaient les autres garçons, des blagues qu'ils avaient vraisemblablement entendues de la bouche du père ou des frères aînés. Traîné de ville en ville durant toute son enfance, il était accoutumé à avoir pris du retard dans son éducation, à être relégué au fond de nouvelles classes pendant que l'enseignante prodiguait son attention aux élèves qu'elle connaissait sans se préoccuper du nouveau en aucune façon. Lorsque les Worthy l'avaient adopté, les rares leçons qu'il avait pu apprendre au fil de ses voyages étaient profondément ensevelies sous le chagrin qu'il ressentait pour sa mère, et sous sa propre période de reconstruction difficile à la suite de l'accident. Il gardait le silence à l'école et ses distances à la maison, comme persuadé que cette existence nouvelle était un rêve et qu'il attendait seulement de sortir du sommeil. Le temps qu'il accepte la réalité de sa situation, il s'était déjà fait à l'idée que la perte de son pied et son passé chaotique le rendaient de fait inférieur à tous ceux qui l'entouraient.

C'était Graham qui lui avait appris à reconsidérer ce qu'il était capable de réussir par lui-même. Charles et Rebecca avaient fourni tout le soutien nécessaire, mais c'était leur rôle de parents. Cela revêtait plus d'importance pour Philip venant d'un aîné qui n'avait aucune obligation envers lui. Il avait rencontré Graham quand Charles avait invité les Stone à dîner durant les premiers jours qu'il avait passés à Commonwealth. Lorsque tout le monde était sorti de table sauf eux deux, Graham lui avait très naturellement montré sa main mutilée, ayant remarqué que Philip l'avait à plusieurs reprises observée subrepticement.

Un après-midi, Graham l'avait invité à une partie de chasse, lui apprenant, en dépit de la faiblesse de ses bras, comment tenir un fusil, comment le charger, à quoi s'attendre quand il appuierait sur la détente. À cette époque où dans la ville les nouveaux bâtiments semblaient sortir de terre, il lui avait également montré comment ériger la charpente d'une maison. Alors que Philip s'inquiétait de représenter pour lui un boulet, Graham semblait prendre plaisir à lui enseigner tout ce qu'il avait été obligé d'emmagasiner au contact d'étrangers rencontrés dans des trains et sur les chantiers d'abattage des arbres.

Philip avait donc trouvé tout à fait naturel d'être volontaire aux côtés de son aîné. Mais il n'était pas sûr que cela ait été la bonne décision… plus maintenant.

Ce fut la raison pour laquelle, après le dîner, le jour où ils avaient enterré le soldat, il parcourut les quatre pâtés de maisons qui le séparaient de celle de son ami. Il avait besoin de lui faire part de sa crainte que ce soit une erreur de tenir le rôle de sentinelle. Il avait longuement redouté la perspective de son prochain tour de garde, mais ne savait pas bien si c'était parce qu'interdire l'accès à la ville constituait une erreur ou parce qu'il était lui-même trop effrayé que se produise un nouveau conflit. Toute la journée, sa seule pensée avait été pour le soldat décédé, et alors qu'approchait le moment de se coucher, il s'apercevait qu'il redoutait le sommeil et les rêves angoissés qui l'accompagneraient.

En accord avec la mission prônée par la ville, la maison des Stone et celle des Worthy étaient quasiment identiques, en dépit des différences abyssales entre le passé de ces deux hommes. Elles avaient toutes deux un étage, une cave minuscule et un toit qui pointait vers les cieux tels des doigts réunis dans une prière. Leur cheminée rejetait une fumée à peine visible dans le ciel nocturne. La maison de Charles était un peu plus grande, soit par suite d'un léger oubli dans la vision égalitaire de la ville, soit par une prise en compte unitarienne du fait que Charles et Rebecca avaient des enfants.

Les fenêtres du premier étage étaient illuminées. Philip frappa discrètement au cas où la fillette serait endormie.

Amelia sourit quand elle ouvrit la porte. Quelques mèches de sa chevelure châtaine s'étaient échappées de son chignon et pendaient devant ses yeux bleus. Elle était mince, pas grande, avec la peau claire d'une habitante de longue date de l'État de Washington. Millie dormait blottie dans les bras de sa mère, sa petite tête à peine visible dans les ondulations d'une couverture.

– C'est pour causer je ne sais trop quels ennuis à mon mari que tu viens ?

Malgré le temps, Philip n'avait pas encore complètement réussi à oublier la fois où Graham et lui étaient partis chasser et avaient temporairement perdu deux chevaux appartenant à des amis en négligeant de les attacher comme il se devait. Les animaux avaient paniqué et s'étaient enfuis quand Philip avait tiré son premier coup de feu. Évidemment, c'était Graham qui avait enseigné à Philip des choses fâcheuses comme tirer avec un fusil ou jouer au poker.

– Ouais, je pensais l'entraîner du côté du saloon, voir s'il aurait dans l'intention de trousser des femmes.

– Et de quel saloon s'agirait-il donc ?

– C'est un secret, répondit-il en la suivant dans la maison. Seuls les ouvriers de la scierie sont au courant. Si j'en parle ne serait-ce qu'à une des femmes mariées de la ville, ils ont menacé de me donner en pâture à l'une des machines.

La petite commença à pleurer.

– Hum. Et pourquoi voudrais-tu trousser des femmes ? Je croyais que tu n'avais d'yeux que pour Elsie Metzger.

– Bon sang, on n'a pas le droit de dire trois mots à une jeune femme sans que la ville entière colporte des racontars ?

– Et on n'a pas le droit de colporter des ragots quand on est femme au foyer ?

Au-delà du petit salon et de la salle à manger, il voyait que la cuisine était envahie de bocaux : il y en avait sur la table, sur la planche à découper, d'autres qui encombraient le plancher, ne laissant qu'un étroit passage pour circuler. Amelia était lancée dans sa frénésie automnale de mise en conserve des récoltes, particulièrement importantes cette année.

– On dirait que tu n'as pas chômé, remarqua-t-il.

– Oh, pas plus que d'ordinaire, répondit-elle en chassant d'un souffle les cheveux qui lui tombaient sur le visage.

Elle semblait toujours travailler à plusieurs projets simultanément : elle était la responsable des jardins collectifs de la ville en plus de celui, impressionnant, qu'il y avait juste derrière leur maison, et chaque fois qu'il passait chez eux, elle était lancée dans des conserves, de la couture ou du tricot pour sa famille, ou s'activait à ce genre de réparations que beaucoup de femmes confient à leur mari. Amelia avait perdu sa mère à l'âge de sept ans et hérité très jeune du rôle de femme au foyer, lequel incluait de veiller sur trois jeunes frères. Par comparaison, l'immense quantité de travail nécessaire pour s'occuper de sa nouvelle famille dans cette ville située à la frontière de la civilisation pouvait paraître tout à fait à sa portée.

– Tu n'es pas contente de voir ton oncle Philip ? demanda-t-elle à la fillette qui continuait de pleurer.

– On ne dirait pas, à l'entendre.

Amelia s'approcha de Philip et, trop rapidement pour qu'il puisse refuser, le chargea de porter la petite fille.

– Amuse-la.

Dans les bras de Philip, Millie cessa de pleurer, le dévisageant de ses yeux écarquillés, le front plissé.

– Tu as réussi une fois de plus, s'émerveilla Amelia. Tu es un vrai magicien. Tu possèdes un réel pouvoir sur la gent féminine en bas âge.

– La dernière fois, elle m'a vomi dessus.

Amelia rit.

– J'avais oublié. Enfin bon. Graham est là-haut. Je vais le chercher.

Elle s'immobilisa sur la deuxième marche, se retourna.

– Oh, et pas de poker ce soir. Je ne veux pas qu'il perde encore tout notre argent à ton profit.

Philip sourit. Même s'il était novice, il avait rapidement assimilé ce jeu.

– Nous n'avons joué pour de l'argent qu'une seule fois. Je crois que la dernière fois, on a utilisé des noix.

– Ce qui explique pourquoi je n'en ai plus trouvé une seule quand j'ai voulu mettre un gâteau à cuire le week-end dernier.

Pendant qu'elle montait à l'étage, il décrivit des petits cercles concentriques en portant Millie. Elle avait maintenant cinq mois, était toujours effroyablement petite à ses yeux, mais elle lui donnait l'impression d'être lourde comme si, d'une certaine façon, les bébés avaient une densité corporelle plus importante que les autres êtres humains. Ses yeux étaient énormes et il se demandait si le reste du corps croîtrait à l'avenant ou si elle aurait toujours de grands yeux comme sa mère. Elle l'observait intensément.

– Hé bien, qu'est-ce que tu regardes, exactement ? s'enquit-il d'une voix douce.

Le reconnaissait-elle seulement ? Ou la rencontre avec le soldat l'avait-elle tellement changé que même un bébé voyait la différence ? Il essaya de rire de lui-même en se rendant compte qu'il tentait de lire trop de choses dans l'expression vide d'un nourrisson, mais le rire refusa de sortir.

Il sentait sa chaleur contre son torse. Quelques heures après avoir enterré le corps, ses doigts avaient récupéré leur sensibilité, mais ils commencèrent à le picoter légèrement au contact du coton qui enveloppait la fillette. Avec un frisson dérangeant il prit conscience que, dans la même journée, il avait porté un corps privé de vie et, maintenant, une toute petite fille souriante.

Il leva les yeux tout en la berçant doucement. Comme d'habitude, son regard fut attiré par la marche posée à l'oblique, dans le bas de l'escalier, qui lui rappelait toujours les jours ayant succédé à la fausse couche d'Amelia. À ce moment-là, les Stone logeaient dans une maison plus petite avec deux autres familles, car il n'y avait pas encore assez d'habitations à Commonwealth. Quand Graham ne travaillait pas à la scierie, il prêtait main-forte pour construire d'autres habitations et avait encouragé Philip à l'imiter. Il lui avait enseigné les rudiments et, cet été-là, Philip avait consacré de nombreuses heures à aider des hommes plus âgés à bâtir la ville. Après sa fausse couche, Amelia était restée alitée des jours et des jours et Graham parlait à peine, son visage tel un masque dépité, chagrin et silencieux. Il ne dormait pratiquement pas non plus, travaillait tard dans la nuit à leur nouvelle maison, avec l'énergie du désespoir pour en achever la construction afin que sa femme et lui puissent s'y installer et se colleter avec la vie qui venait de leur tourner le dos.

Chaque soir, pendant deux semaines, Philip l'avait rejoint, arrivant un peu après le dîner et travaillant avec lui en silence jusqu'à ce que ses bras soient trop douloureux pour pouvoir continuer. C'était à cause de son inexpérience que l'une des marches était légèrement à l'oblique, mais après être parti d'un petit rire, Graham avait insisté pour dire qu'elle convenait très bien. C'était la première fois qu'il riait depuis la perte du bébé. D'autres hommes de la ville avaient semblé mal à l'aise en présence de Graham, ne trouvant jamais les mots qu'il faudrait dire à un homme éploré, alors que Philip s'était contenté de venir, de travailler, la plupart du temps sans prononcer une parole, car il était clair que Graham n'avait pas envie de parler. Philip soupçonnait que ce refus de changer la marche avait été sa manière de le remercier pour son soutien, alors que nul autre n'avait su comment s'y prendre.

Il fut arraché à ses rêveries lorsque les parents de Millie descendirent. Graham paraissait encore endormi, mais il avait une pipe à la main et sentait déjà le tabac.

– J'ai l'interdiction de jouer au poker avec toi, déclara Graham pendant qu'Amelia reprenait la petite fille et l'allongeait dans son berceau.

– Moi aussi. Il va peut-être falloir que tu m'apprennes un autre jeu.

– Et tu le battras à celui-là aussi, dit Amelia.

– Je suis parfaitement capable de gagner, merci beaucoup, protesta Graham. C'est juste qu'il sait bien bluffer. Avec son foutu visage innocent, on sait jamais quand il ment.

– Mari, surveille ton langage.

– Bluffer n'est pas mentir, objecta Philip. Jamais je ne mentirais.

Graham accueillit cette contre-vérité avec un sourire moqueur, puis il s'approcha de la cheminée, incitant le feu à reprendre en y enfonçant le tisonnier à coups brefs.

– Comment va la famille ? demanda Amelia en s'agenouillant sur le plancher de la cuisine pour écrire sur l'étiquette de chacun des bocaux. J'imagine que rester dans les limites de la ville doit être difficile pour Rebecca, elle ne peut plus aller à ses réunions et autres manifestations.

– Oui, ça l'est, alors elle passe beaucoup plus de temps que d'habitude à l'école. Les pauvres gamins doivent devenir complètement dingues avec tout le travail supplémentaire qu'elle leur donne.

Tout à coup, Amelia toussa. Plusieurs fois.

Philip sentit son corps se raidir et vit Graham cesser temporairement de disposer les bûches. Amelia tendit sa main libre vers une tasse, but de l'eau et tout sembla se calmer.

Ce n'était pas si inhabituel, pour elle, plus maintenant. Après la fausse couche, elle avait perdu beaucoup de poids, et la grossesse de Millie, survenant peu après, avait été difficile : Amelia avait dû rester allongée pendant les deux mois qui avaient précédé la naissance, ainsi que les trois semaines qui l'avaient suivie. Si, se dit Philip, on considérait le nombre de fois, ces deux dernières années, où elle avait dû s'aliter parce qu'elle avait pris froid, l'accès de toux qu'elle venait d'avoir n'avait rien d'exceptionnel.

– Mais la scierie marche vraiment bien, reprit-il. Charles n'arrête pas d'en parler. Il dit que, bientôt, nous allons démontrer que ses frères avaient tort.

– Ils avaient tort pour beaucoup de choses, intervint Graham.

– Dès que nous pourrons rouvrir la ville, nous aurons beaucoup de poutres et de bardeaux à expédier.

Pour Philip, cette discussion paraissait un peu forcée, comme s'ils s'évertuaient à ce que tout semble normal. Au moment où cette pensée lui venait, il scruta Graham en quête d'un signe indiquant qu'il reconnaissait ce qu'ils venaient de vivre ensemble, et quand leurs regards se croisèrent, il décela comme une lueur fugitive sur le visage de son ami.

– Viens m'aider à rentrer du bois, dit Graham.

Philip le suivit, refermant la porte derrière eux. Graham était déjà sur l'arrière, à sortir du petit bois de l'abri. Quand il le rejoignit, Graham se tourna vers lui, même si Philip distinguait à peine ses traits dans le noir.

– Quand est-ce que tu y retournes pour monter la garde ? demanda Philip.

– Demain soir.

– Toute la nuit ?

– C'est ça.

Philip ne pouvait s'imaginer veiller dehors toute la nuit, sans rien autour de lui hormis les ténèbres et des pensées de plus en plus irrationnelles.

– Avec qui ?

– Deacon.

Philip avait entendu dire que ce dernier s'était porté volontaire pour s'acquitter de cette tâche pendant de nombreuses nuits. Le rôle de sentinelle nocturne semblait s'accorder à la perfection à la noirceur de son comportement. Mais il était surpris d'entendre que Graham, qui d'ordinaire se couchait plus tôt que lui, tienne à agir de même.

– Est-ce que nous les peignons toujours, ces avant-toits, demain ?

Ils avaient prévu de finir plusieurs des nouvelles maisons encore inoccupées.

– Bien sûr, pourquoi on ne le ferait pas ?

Graham achevait d'empiler le bois sur son bras. Philip lui proposa de l'aider à en porter, mais Graham repoussa la proposition.

– Je me disais que comme tu es resté debout toute la nuit dernière, tu préférerais…

– J'y arriverai, refusa-t-il pareillement.

Philip acquiesça de la tête en reculant au moment où Graham, qui venait de sortir de l'abri avec une brassée, s'apprêtait à en déposer sur les siens. Leurs yeux se croisèrent à nouveau et Graham suspendit son geste.

– Pourquoi tu n'arrêtes pas de me regarder comme ça ?

– Comme quoi ?

– Comme si j'étais quelqu'un que tu viens de rencontrer et en qui tu n'as pas confiance.

Philip baissa instinctivement les yeux.

– Je… Je voulais seulement m'assurer que tu vas bien, répondit-il sans grande conviction.

– Bien sûr que je vais bien, répondit Graham en donnant l'impression de se sentir insulté. Pourquoi je n'irais pas bien ?

Quelques secondes s'écoulèrent tandis que Philip essayait de trouver quelle réponse lui donner.

– À cause de… ce qui s'est passé hier.

– J'ai fait exactement ce qu'il fallait, hier.

Le ton employé était étrangement agressif, et le peu de lumière ambiante jetait sur son visage des ombres mauvaises dont Philip espéra qu'il se les imaginait.

– Il n'y a aucune raison que je ne me sente pas bien, conclut Graham.

– D'accord, répondit Philip en opinant.

– J'ai fait ce que j'avais à faire. Si je n'avais pas été là, tu aurais fait la même chose. Tu le sais bien.

Philip était pris de court.

– Tu le sais bien, insista Graham.

– Ouais, acquiesça Philip même s'il n'était pas sûr d'être d'accord. Je sais. Je voulais juste… je voulais juste voir comment tu allais.

Philip avait eu l'intention de se confier à Graham, de lui dire qu'il ne savait plus où il en était, pour ce qui concernait les tours de garde, de solliciter son aide pour s'y retrouver. Mais maintenant il redoutait de le faire, redoutait d'admettre qu'il avait peur. Graham avait raison, ils avaient fait ce qu'il fallait, il n'y avait pas de doute là-dessus. Il était seulement effrayé. Et la peur était semblable à la douleur, dans son bras, quand il portait un poids trop lourd : une donnée qu'il lui fallait simplement accepter et dépasser.

– C'est l'heure pour Amelia et la petite de monter dormir.

Philip venait d'être congédié.

– D'accord, dit-il dans le dos de Graham. À demain, alors.

Jamais Graham n'avait eu une parole plus haute que l'autre à son égard, même si à l'occasion il avait sûrement été sujet à des moments d'humeur sombres. Il y avait quelque chose, dans la force de caractère pure de son ami, qui laissait Philip entre crainte et admiration, comme s'il prenait à nouveau conscience de la différence absolue qui le séparait d'un véritable adulte.

En rentrant chez lui, il réfléchit à ce qui était arrivé à Graham, à Everett. Le peu qu'il en savait, il le tenait de Charles. Graham n'était pas du genre à partager ce genre d'événements et, à en juger d'après ce qu'il avait entendu rapporter, il ne pouvait pas lui en vouloir.

VII

Des heures plus tard, Graham était assis à la table de la cuisine, arraché une fois de plus au sommeil par le bruit des détonations, par l'expression peinte sur le visage du soldat. Il haletait et ses doigts tremblaient : c'était un miracle qu'il soit parvenu à sortir de la chambre sans réveiller Amelia. Il se prit la tête entre les mains en espérant réussir à se calmer.

Il n'avait jamais tué personne. Ni même tiré en direction de personne. Il avait brisé son quota de nez et de côtes, s'était bagarré et s'en était sorti bon nombre de fois en prenant le dessus, mais c'était une ligne qu'il n'avait pas franchie. Tu as fait ce que tu devais faire, se disait-il. Il y a des centaines de gens qui respirent au moment présent et qui peuvent te remercier pour chacune de ces respirations. Il se disait que ce qu'il faut faire est souvent compliqué, difficile à déterminer et hérissé de périls, mais ce qu'il y avait de sûr, bon sang, c'est qu'il avait fait ce qu'il fallait et, par conséquent, il devait juste se calmer, respirer lentement.

L'homme possède rien qui puisse pas lui être retiré[1].

La pire des satanées vérités qui ait jamais existé. Tout ce qu'on a peut disparaître, que ce soit en un instant, avec une rapidité terrifiante, ou au fil d'une vie, dans une dissolution si lente qu'aucun œil ne peut la détecter. Mais pour Graham,

---

1. Référence, ici en langage familier, à la Bible : *Celui qui n'a rien se fera enlever même ce qu'il a* (Bible, notamment Matthieu, 25:29, Marc 4:25).

c'était arrivé aussi vite qu'un souffle et jamais, jamais il ne laisserait pareille chose se reproduire.

Il avait tant à protéger. Il pensa à sa femme et à sa fille, au poids et à la chaleur de sa fille dans ses bras. À la façon dont elle dormait si paisiblement, comme si tous les conflits qui avaient précédé sa naissance avaient cessé d'exister aussi abruptement que définitivement.

Il n'avait jamais su ce qu'il voulait avant cet instant où le soleil se reflétait à la surface des vagues du bras de mer de Pudget, et où les montagnes se dressaient en arrière-plan tels des esprits bienveillants. Il avait alors vingt-trois ans, six de plus que le jour où il avait quitté la maison lorsqu'une bagarre avec son père avait mal tourné. Cela faisait donc des années qu'il se rendait d'un endroit à un autre en sautant dans les trains ; il avait cueilli des fruits en Californie et vu les boyaux de la terre dans les mines du Montana, avait été tabassé par les milices des compagnies ferroviaires qui croyaient, au pire, avoir affaire à un Wobbly et, au mieux, à un vagabond de plus venu salir leurs villes.

Peu après avoir quitté sa famille au Texas, il était tombé sur un groupe accueillant qui lui avait appris comment monter en fraude dans les trains, échapper aux vigiles des chemins de fer, trouver où était le prochain emploi disponible et se rendre sur place. Ils lui avaient enseigné à quels escrocs prometteurs d'emplois on pouvait se fier et lesquels cherchaient uniquement à vous délester de votre argent avant de vous conduire dans un champ perdu, au fin fond de nulle part, où il n'y avait aucun travail, juste une poignée d'autres vagabonds itinérants qui s'étaient fait piéger. Ils lui avaient appris où cacher son argent quand on dort dans un wagon, comment se protéger dans un asile de nuit, comment empêcher les punaises de lit de s'insinuer là où on n'a aucune envie qu'elles aillent. Au bout de deux ans environ, c'était comme s'il avait fait ça toute sa vie, et bientôt ç'avait été lui qui avait conseillé les jeunes fugueurs et traîne-savates en leur expliquant comment survivre, comment encaisser les coups et continuer de cheminer en faisant contre mauvaise fortune bon cœur.

Mais le côté romantique disparaissait vite à mesure que les employeurs devenaient plus cruels, la paye plus faible, la nourriture des camps de travail plus mauvaise. Il se souvenait de la fois où il s'était enfui de Spokane lorsqu'une grève avait mal tourné, se souvenait qu'il était resté assis dans le train alors que le soleil se levait au-dessus de la chaîne des monts Sawtooth[1], que l'air devenait d'une froidure vivifiante et d'une extrême pureté. Il se souvenait d'être resté assis à emmagasiner toute la beauté que Dieu avait révélée devant lui, et s'était demandé ce qu'il était censé faire au milieu de tout cela, en réalité. Sûrement il avait une raison, une raison d'exister dans un lieu d'une beauté à rendre fou, mais laquelle ? Sa vie avait été une succession de réactions et d'oppositions, rien de plus. Il entendait parler d'un emploi et se rendait sur place. Il gagnait quelques dollars et les dépensait. Une grève se produisait en ville et il partait. Quelqu'un l'appelait par son nom et il répliquait par un coup de poing.

Jusqu'à Everett. Aire de jeu de barons de seconde zone, dans l'industrie du bois, qui se prenaient pour des magnats de très haute volée de l'exploitation forestière, Everett était une ville à la croissance rapide qui ne souffrait pas d'une pénurie d'emplois. Le temps s'était écoulé dans une période de rapidité et de flou presque dépourvue de saisons. Au bout d'un an environ, Matt, le camarade de Graham, lui avait dit qu'il gagnerait plus s'il travaillait dans une entreprise de positionnement de bardeaux. Il lui avait dit qu'il pourrait le pistonner auprès du contremaître et lui apprendre comment faire ce métier sans y laisser un doigt ou deux. Graham ressentait un besoin effréné de créer quelque chose qui lui appartienne en propre, et mettre de l'argent de côté répondait précisément à cette nécessité. Il avait donc franchi le pas pour devenir poseur de bardeaux, mais en soi, c'était un travail plus exigeant. Plutôt que de vivre

1. Dent de scie, mais aussi un des noms du lion des montagnes (cougar, puma).

en extérieur dans les bois sous les pluies persistantes en forçant sur son extrémité de la scie à tronçonner, il était voûté dans un bâtiment étouffant à manipuler et insérer des bouts de bois dans ces machines terrifiantes. Certains jours, il travaillait sur les hautes scies dont les lames multiples verticales ingéraient d'épaisses grumes et les recrachaient sous la forme de planches de bois parfaites ; d'autres jours, il pilotait les scies à ruban, de longues et fines bandes métalliques, mais surmontées de dents d'acier qui parachevaient la découpe des planches. Ces dents-là, garde-les à distance, se disait-il pendant qu'il respirait toute cette sciure, qu'il en recevait dans les yeux, fermait les paupières, voulait les essuyer mais résistait à cette tentation, car le plus petit faux mouvement signifierait…

La perte d'un doigt. Un jour, il avait été saisi d'une quinte de toux si violente, causée par la sciure en suspension, que son bras gauche s'était déporté là où il savait pertinemment qu'il ne devait pas le laisser s'écarter, et quand sa main était revenue elle n'avait plus que le pouce et trois doigts. Ça ne pouvait pas être la sienne, c'était celle de quelqu'un d'autre, une chose bizarre et mal fichue dont la dernière phalange semblait dépasser anormalement. De cette phalange avait alors jailli un jet écarlate comme sur un des volcans de l'arc des Cascades, entrant en éruption à sa manière épouvantable, et le liquide rouge avait ruisselé sur le reste de la main qu'il avait fini par identifier : Seigneur, c'est ma main, et l'auriculaire n'est plus là.

L'ouvrier qui se trouvait près de lui, qui aurait dû se concentrer sur son propre travail et avait été chanceux de ne pas perdre un doigt lui aussi, avait levé les yeux et crié quelque chose que Graham n'avait pas entendu. Matt était arrivé de son poste habituel, avait enveloppé la main de Graham dans un chiffon et l'avait accompagné chez le docteur en prononçant des paroles que Graham n'entendait pas. Il s'était fermé aux bruits extérieurs de sorte que son corps puisse se concentrer sur la sensation de douleur trépidante, de vagues de douleur, un hideux et intégral univers de douleur qui se concentrait et s'insérait dans le trou minuscule que le doigt avait laissé en disparaissant. La douleur perforait sa main, son bras, elle élançait son épaule entière et torturait son dos. Le docteur lui avait fait une piqûre de morphine et il avait enfin pu réfléchir, dépasser les instincts strictement animaux auxquels son esprit s'était subordonné. Il avait concentré toute son attention sur sa respiration pendant que le médecin le recousait, lui disait comment soigner la blessure et ce qu'il pouvait attendre de sa nouvelle main qui n'avait plus que trois doigts en plus du pouce.

– Ça arrive souvent, hein ? avait demandé Graham.

C'étaient ses premiers mots depuis que l'auriculaire avait jailli de son emplacement.

– Aux ouvriers qui fabriquent des bardeaux ? Ouais.

Le médecin, un personnage plutôt âgé qui avait refermé, en les recousant, d'innombrables trous béants là où il y avait eu des doigts, tripotait ses lunettes.

– Il y a combien de temps que vous faites ça ?

– Quatre mois.

Le médecin avait hoché la tête.

– Généralement, ça se produit avant. La loi des moyennes finit toujours par vous rattraper.

Graham ignorait ce qu'était cette loi des moyennes, mais il n'appréciait pas la façon dont le médecin le traitait, comme si cet accident était mérité. Peut-être n'était-ce que l'effet de la morphine. Rien ne lui semblait tout à fait normal, pas davantage la trop grande pâleur de la peau du médecin que, derrière les vitres, l'indigo trop foncé du ciel en ce milieu de journée, ou le manque de sensations au-delà de son poignet gauche.

Le médecin lui avait annoncé combien il lui devait. Cela correspondait à peu près à deux semaines de salaire, ce qui excédait la somme dont il disposait. Graham avait bredouillé un peu, mais ce n'était pas la première fois que le praticien entendait ce genre de réaction et il l'avait interrompu.

– Combien pouvez-vous payer à la fin du mois ?

Ils avaient conclu un marché, un échelonnement de la somme due pour le doigt qu'il n'avait plus. Le problème une fois résolu, Graham avait souhaité une bonne journée et était parti.

La maison du médecin se trouvait dans une rue pavée non loin du centre de la ville, à quelques pâtés de maisons des saloons mal fréquentés qui, quelques années plus tôt, avaient représenté la cible d'une campagne de protestations scandalisées, avait-on raconté à Graham. Tu as bien besoin d'un verre, s'était-il dit, mais il savait qu'il lui fallait retourner à l'usine pour s'expliquer. S'entendre dire quelle part de son salaire allait lui être retenue parce qu'il avait abandonné son poste avant l'heure.

– Comment va votre main ? lui avait demandé une voix.

Pivotant sur place, il s'était trouvé face à une femme dont le regard aurait suffi à renverser des montagnes. Même si elle donnait l'impression d'avoir sauté un repas de trop, elle semblait posséder une énergie folle. Ses longs cheveux noirs comme suie bouclaient dans les brumes perpétuelles de l'État de Washington, et elle portait une chemise de flanelle grise, une longue jupe ainsi que des souliers noirs : une manière masculine de s'habiller, pour une femme, surtout aussi belle qu'elle.

– Comment va ma main ?

Il avait répété la question, car il n'était pas certain de la façon dont il devait lui répondre. Avait levé un peu le bras comme pour montrer le pansement.

– Elle est un peu plus petite que ce matin.

– Ils ont récemment augmenté les cadences, hein ?

– Je suppose que oui.

Elle avait secoué la tête.

– Un miracle que vous ayez encore neuf doigts.

L'échange s'était poursuivi. Graham était impressionné par le fait qu'elle ait initié cette conversation avec un homme qu'elle ne connaissait pas, un comportement assez hardi pour une femme. Et il était heureux qu'elle l'ait fait en lui permettant d'étudier son visage, de discuter avec une femme qui ne requérait pas d'être payée, une femme qui semblait lui trouver un certain intérêt. Au début, cela l'avait mis un peu en porte-à-faux, mais peut-être était-ce dû uniquement à la morphine.

– Vous n'êtes pas membre, hein ? avait-elle demandé. Vous n'avez pas votre carte rouge ?

Il s'était retenu un moment de répondre, les deux gardes du corps de la prudence et de la méfiance lui imposant le silence. Il n'avait pas de carte rouge, mais le sujet des Wobblies était si tabou qu'il craignait d'en discuter avec une inconnue, même s'il s'agissait d'une femme attirante.

Il avait appris qu'en réalité elle était elle-même membre des Wobblies, qu'elle n'était arrivée en ville que quelques jours plus tôt en provenance de Chicago. Depuis deux semaines courait la rumeur d'une grève générale en préparation. Les patrons des usines avaient annoncé des réductions de salaires et les adhérents des syndicats étaient en colère. Tout cela, il le savait, mais il avait fait de son mieux pour ne pas s'en préoccuper. Il détestait autant les propriétaires des scieries que tout un chacun, imaginait-il, mais chaque fois qu'une grève se déclenchait, il perdait tout ce qu'il avait et finissait immanquablement par devoir plier bagage et chercher un nouvel emploi dans un autre État. Il aimait bien Everett, aimait les quartiers de maisons familiales, les enfants qui couraient partout après la sortie des écoles, aimait faire partie de l'armada de travailleurs qui se rendaient à pied à l'usine le matin alors que le soleil se levait devant eux, illuminant progressivement la cime des grands arbres qui bordaient chaque rue, l'entourant de halos lumineux. C'était une ville où il pouvait rester. Il n'avait pas encore calculé comment cela serait financièrement réalisable, mais il pensait qu'avec la paye supérieure qu'il toucherait en travaillant sur les bardeaux, il lui serait possible d'économiser assez pour acheter son propre logement. Peut-être pour se marier et fonder une famille.

Il avait exposé tout cela à sa savoureuse inquisitrice en omettant de mentionner le mariage.

– Alors comme ça, vous voulez continuer de vivre en esclave jusqu'à ce que vous n'ayez plus de doigts ? lui avait-elle demandé.

Baissant les yeux sur sa main droite, désormais et dorénavant devenue sa bonne main, il en avait tendu les doigts. Puis il avait regardé son interlocutrice dans les yeux.

– Je veux juste garder les neuf autres, avait-il déclaré.

Elle avait tendu le bras pour lui remettre un pamphlet.

– Si vous changez d'avis, ça vous indiquera où nous nous réunirons la prochaine fois. Peut-être que nous pourrons vous aider à conserver ce que vous avez encore.

En disant cela, elle avait souri pour la première fois.

– Comment vous appelez-vous ? avait-il demandé.

Tamara, avait-elle répondu. Il lui avait donné son nom, l'avait remerciée pour le pamphlet, puis elle avait hoché la tête et s'était éloignée, vers un endroit important à en juger par la rapidité de son pas et l'assurance de sa démarche.

Cela valait bien la perte d'un doigt, de la rencontrer. Il était prêt à en perdre un autre s'il le fallait pour la revoir.

*

Ce n'avait donc pas été pour des mobiles politiques ou économiques qu'il avait assisté à sa première réunion officielle des Industrial Workers of the World. Pendant qu'il était assis au milieu de la foule à prêter l'oreille aux orateurs dont certains étaient d'Everett mais beaucoup de Chicago et d'autres lieux éloignés, rebelles importés d'endroits où se produisaient de nombreuses confrontations entre ouvriers et patrons, il avait gardé les yeux essentiellement rivés sur Tamara jusqu'à ce qu'elle tourne son regard vers lui et qu'il fixe le sol, le rouge aux joues. Il lui avait bien fallu deux minutes pour trouver le courage de les relever afin de la regarder à nouveau. Avait-il vraiment rougi ? Il était un homme qui avait abattu des arbres, pour ne pas parler d'hommes plus costauds que lui, et voilà qu'il rougissait parce qu'il avait observé une femme qui portait des vêtements de bûcheron ? Il avait fermé son poing gauche dans sa main droite et massé ses phalanges.

Il était très nerveux quand, par la suite, il s'était approché d'elle pour lui dire qu'il voulait prendre la carte rouge, et ils avaient parlé davantage de la possibilité que se déclenche une grève générale, et de ce que cela pourrait avoir comme conséquences pour la ville. Nerveux quand il lui avait demandé s'il pouvait la raccompagner, elle avait décliné car elle était venue avec des amis, mais l'avait remercié de le lui avoir proposé. Et nerveux lors de la réunion suivante, quand la situation s'était répétée presque à l'identique, à l'exception près que, cette fois, elle avait accepté la même proposition.

Mais étrangement, il ne l'avait plus été la première fois qu'il l'avait embrassée, sur la joue, après l'avoir raccompagnée pour la troisième fois, peut-être parce que les déclencheurs de l'angoisse savent détecter ce qui ne craint rien. Il avait fini par découvrir ce qu'il fuyait ou au-devant de quoi il se précipitait.

Tout espoir de lui faire une cour normale, cependant, avait été étouffé par la grève qui avait débuté deux semaines après l'entrée de Graham dans la vie d'un homme qui n'avait plus que neuf doigts. Et quelle grève ! Presque toutes les usines de la ville étaient à l'arrêt, les scies demeuraient silencieuses et les arbres se dressaient, droits et fiers, comme s'ils avaient la certitude que pas un seul sapin de Douglas, sur le territoire de la ville, ne serait plus jamais abattu. Tous les hommes étaient dans la rue, des hommes alignés, des hommes qui brandissaient des panneaux, des hommes qui criaient. Et, finalement, des hommes qui se battaient. Des grévistes qui combattaient des opposants à la grève et des jaunes, des grévistes sans accent qui luttaient contre des grévistes aux accents prononcés, des policiers qui combattaient des grévistes. Qui les encerclaient.

Les maigres économies de Graham étaient presque arrivées à leur limite quand la violence avait dégénéré. Le shérif McRae avait commencé à engager des gros bras qui soutenaient le Commercial Club, les propriétaires d'usines souhaitant voir les grévistes vaincus et les agitateurs renvoyés là d'où ils étaient venus. Les grévistes tels que Graham avaient rapidement appris quels coins de rue il fallait éviter après la tombée de la nuit, et comment garder ses distances avec tout individu qui avait un mouchoir noué autour de son avant-bras, le signe distinctif des vigiles de McRae, lesquels le portaient afin que les vrais policiers ne commettent pas d'erreur sur la personne quand des rixes se déclenchaient. Graham avait appris que les flics se préparaient à arrêter quiconque prononcerait un discours en public, ce qui lui avait aussitôt fait penser à Tamara qui avait précisément pris l'habitude d'agir de la sorte.

– Ça n'en vaut pas la peine, lui avait-il dit. Ils t'arrêteront et Dieu seul sait ce qu'ils feront après.

Il était sur le point d'ajouter : c'est pas moi qui vais laisser ma femme se faire brutaliser par une bande de flics pourris. Mais il était suffisamment intelligent pour savoir qu'il ne devait pas s'exprimer en ces termes. Elle n'était que si peu « sa femme », et certainement pas du genre à aimer que l'on conçoive les choses de cette façon.

Comme il s'y était attendu, elle avait affiché une attitude de défi.

– Ils ne peuvent pas m'arrêter juste pour avoir pris la parole, et s'ils le font, on verra bien.

Elle lui avait parlé de son idole, Elizabeth Gurley Flynn[1], l'authentique rebelle du premier jour, plus tard devenue doyenne de la « cause ». Gurley Flynn avait été emprisonnée plus de fois qu'on ne pouvait les compter, disait Tamara, mais elle n'avait jamais abandonné le combat. Tamara était fière de

1. Née à Concord, New Hampshire, en 1890, syndicaliste, féministe, socialiste, devenue secrétaire général du Parti communiste américain, elle mourut lors d'une visite en Union soviétique et eut droit à des funérailles nationales sur la place Rouge.

s'autoproclamer rebelle, elle aussi, et les flics n'avaient qu'à venir.

Graham ne pouvait qu'admirer son énergie belliqueuse, mais il se demandait ce que cette femme de Chicago éduquée, car elle avait suivi les cours de l'université quand elle avait adhéré aux Wobblies, lui avait-elle confié, pouvait vraiment savoir sur beaucoup de choses. Elle savait s'adresser à la foule et, ce qui était sûr, elle ne se comportait jamais comme si elle avait peur, mais pour en acquérir la preuve, il l'avait suivie jusqu'au coin de la rue où elle lui avait dit qu'elle allait prononcer son discours ce soir-là. La nuit était noire et tout sauf paisible : il y avait des gens qui grouillaient partout, des bavardages qui s'achevaient de temps à autre par des éclats de rire, mais tout cela dans une atmosphère de tension extrême. Puis les discours avaient commencé. D'abord, celui d'un grand type costaud à la barbe fournie qui parlait avec un accent que Graham s'était figuré hongrois. Après ses ultimes exhortations accompagnées de son poing brandi, Tamara s'était installée au pupitre.

Elle avait débuté en parlant d'une grève récente, dans le New Jersey, et de la manière dont les perspectives avaient été sombres, mais tous s'étaient serré les coudes. Ils avaient refusé de se soumettre à quelques individus, qui contrôlaient tout dans des arrière-salles, et nous allons faire de même, leur avait-elle dit. Les applaudissements étaient si nourris qu'ils avaient failli couvrir complètement le bruit fait par les exécuteurs des basses œuvres de McRae en s'avançant depuis le bord de la rue, brandissant leurs inflexibles matraques. Alors les applaudissements s'étaient tus et les seuls bruits audibles avaient été ceux de la bataille, des bouteilles qui explosaient quand elles tombaient sur le sol, des os qui se brisaient, des pieds qui cognaient et écrasaient, des voix qui criaient, hurlaient et grognaient au cœur d'une masse de plus en plus confuse d'humanité emportée par la fureur. Graham avait écarté de son passage plusieurs belligérants et s'était rué vers l'estrade improvisée où il avait attrapé Tamara par les poignets pour la tirer derrière lui à travers la foule. Un bras autour duquel un mouchoir était noué avait été très près de les atteindre mais Graham avait expédié son poing dans le nez du vigile et le gorille avait reculé. Quelques secondes angoissantes plus tard, ils avaient échappé non seulement à la cohue mais également à la surveillance des policiers qui se tenaient au-delà de la foule, vraisemblablement pour arrêter quiconque tentait de s'échapper.

– Ça aussi, c'est arrivé dans le New Jersey ? lui avait-il demandé lorsqu'ils eurent marché pendant deux ou trois pâtés de maisons en direction de la pension dans laquelle il logeait.

– Probablement.

– Probablement ? Tu n'y étais pas ?

Gênée, elle avait détourné le regard.

– C'était il y a trois ans. J'en avais à peine dix-sept.

– Est-ce que ce ne serait pas ta première grève, par hasard ?

Elle lui avait répondu par le silence.

– Hé bien, pour moi, ce n'est pas le cas. Et pas une seule de celles que j'ai vues de près ne s'est bien terminée.

– C'est parce que tu as participé aux mauvaises, alors.

Il était parti d'un petit rire.

– Je ne crois pas avoir jamais rencontré quiconque qui soit plus sûre d'elle que toi.

Elle lui avait pris la main, s'y était accrochée.

– Je n'étais pas aussi sûre de moi quand les flics sont arrivés. Merci d'être venu à mon secours.

C'était l'occasion rêvée, pour lui, de prononcer des mots romantiques, de lui faire sa cour en l'assurant qu'il faudrait plus d'une poignée de policiers pour l'empêcher de la défendre. Mais comme il n'était pas certain de la façon dont elle allait réagir, il avait continué de marcher.

– Nous allons la gagner, cette grève-là, avait-elle déclaré. Je le sais. Plus ils vont arrêter de gens, plus on en rassemblera.

Graham avait hoché la tête. Il ne s'était pas encore accoutumé à l'habitude qu'elle avait de dire « nous », le sentiment constant et bien ancré qu'elle s'inscrivait dans un vaste et puissant mouvement.

Ils étaient devant la porte de la pension. La vieille dame avenante qui en était propriétaire n'avait aucune idée que Tamara était en contact avec ces épouvantables Wobblies, et si elle l'avait su, la jeune femme se serait retrouvée dehors, dans la rue, en moins d'une minute. Pas plus qu'elle ne permettrait à un homme de venir rendre visite à une de ses pensionnaires dans sa chambre. Graham se demandait si, un jour, il proposerait à Tamara de le raccompagner, lui, à sa propre pension, ou si pareille proposition serait trop inconvenante.

– Est-ce qu'il t'arrive de penser à ce qui se passera après la grève ? s'était-il enquis.

– Si nous gagnons, tu veux dire ?

– L'un ou l'autre.

Il essayait de paraître insouciant alors que cela lui était impossible.

Elle l'avait observé attentivement. Il ne regardait jamais rien ni personne de manière aussi intense, surtout pas elle. Il n'avait eu besoin que d'un seul regard pour savoir tout ce qu'il avait besoin de savoir.

Puis elle avait souri légèrement, comme elle l'avait fait lors de leur première rencontre.

– Je me demande ce que c'est, ce que tu me demandes vraiment.

Il ne pouvait se retenir de lui rendre son sourire, que ce soit parce qu'il était embarrassé, heureux, ou excité, il n'aurait su le préciser.

– Est-ce qu'une fille rebelle suit toujours la route de la cause jusqu'à la grève suivante ? Est-ce que tu te prépares à partir pour Cheyenne, Cœur d'Alene ou Walla Walla ?

– Je n'ai pas réfléchi aussi loin que ça.

Le sourire toujours aux lèvres.

– J'étais comme ça, avant.

– Et ?

– J'ai gagné en sagesse. Et j'ai rencontré quelqu'un.

Jusque-là, elle ne l'avait laissé l'embrasser autrement que sur la joue, mais elle se penchait vers lui comme pour lui donner la permission de s'enhardir, de faire ce dont, nom de nom, il avait constamment envie depuis des jours. Ils s'étaient embrassés pendant plus longtemps qu'il n'est approprié pour deux personnes sous un des rares lampadaires de ce quartier de la ville. Il la serrait dans ses bras, était stupéfait de la sentir si gracile en dépit de son regard d'acier, de sa voix et de ses attitudes. Malgré sa joie, il se dit qu'elle était extrêmement vulnérable. Et combien il l'était lui aussi, s'il existait dans sa vie quelqu'un qu'il devait protéger et dont il devait s'inquiéter.

*

La violence avait très vite empiré. Après la nuit où les policiers avaient traîné un groupe de grévistes dans le parc de Beverly, situé à l'écart, pour les tabasser pratiquement à mort, Tamara avait dit à Graham que le siège de l'IWW voulait l'envoyer à Seattle afin qu'elle rencontre la branche locale du syndicat dans le but de recruter davantage de sympathisants pour se rendre à Everett. Cela donnait l'impression d'être une idée moins dangereuse que de déambuler dans les rues violentes de cette ville, et Graham avait décidé de l'accompagner.

Avec quelques-unes des dernières pièces de monnaie qui lui restaient, il avait payé les billets sur le ferry. En sa qualité de natif du Middle West qui avait passé toute sa vie d'adulte dans les États montagneux, il avait rarement posé le pied sur un bateau et ne savait pas nager. Quand une tempête avait fondu sur eux, l'amplitude des vagues s'était accrue. Le temps qu'ils approchent de Seattle, les cieux s'étaient ouverts pour déverser des flots de pluie, le bras de mer s'était transformé en une infinité d'explosions liquides et le bateau oscillait d'un bord sur l'autre. Au moment où ils étaient descendus à terre, Graham avait laissé échapper un souffle lent et prolongé, puis tenté d'assurer son équilibre. Il n'avait aucune envie d'effectuer le trajet en sens inverse.

Tamara qui, apparemment, avait voyagé sur des quantités de bateaux, non seulement sur le lac Michigan mais également sur l'Atlantique, car elle avait de la famille à Boston et à New York, avait été assez compréhensive pour ne pas se moquer de lui. Elle avait préféré lui en raconter plus sur sa famille, expliquant qu'elle était la plus jeune de cinq sœurs. Elle avait douze nièces et neveux, et sûrement d'autres en chemin. Elle adorait ses parents qui lui manquaient, mais l'éloignement entre elle et sa famille ne comptait pas au regard de la cause. Graham avait hoché la tête durant toute cette tirade, se demandant secrètement si un jour il rencontrerait son avocat de père et sa mère chaleureuse, ce troupeau de beaux-frères et de belles-sœurs avec leur accent de Chicago ou de New York, leurs chemises empesées et leurs cigares dispendieux.

C'était cela, qu'il désirait. Pas nécessairement la famille et ses inimaginables bizarreries, mais le confort d'être assis à côté de Tamara et de savoir qu'elle avait envie d'être avec lui. Il créerait un havre de paix pour eux deux, leur tracerait une existence meilleure dans la région inconnue à travers laquelle il avait erré, inventerait un monde plus beau et plus gratifiant que celui qu'ils avaient connu.

À Seattle, la pluie avait continué de s'abattre, la ville était aussi grise et repoussante qu'une forteresse médiévale. Plusieurs Wobblies les avaient retrouvés au débarcadère et escortés jusqu'à un bureau décrépit coincé entre les chantiers navals et des usines de papier. Toute la journée s'écoulait en conversations et échanges stratégiques sur les policiers, les prisons, les avocats qui les avaient aidés lors de grèves révolues et le nombre de gens qui pouvaient être recrutés à Seattle pour partir dans le Nord. Graham essayait de se rendre utile, mais il se faisait surtout l'impression d'être un travailleur transplanté dans une usine ne ressemblant à aucune de celles qu'il avait vues jusqu'alors, une usine à fomenter la révolution.

À dix-huit heures, Tamara lui avait dit qu'il fallait qu'ils restent, qu'ils devaient regrouper des dizaines de sympathisants et que tous prendraient le chemin d'Everett le lendemain après-midi. Un des Wobblies disposait d'une chambre qu'ils pouvaient utiliser, lui avait-elle dit. *Une* chambre.

Ce Wobbly, un rouquin maigre nommé Sam, qui avait une femme similairement rousse, vivait dans un petit logement situé dans un quartier est de la ville. Ils avaient préparé à dîner pour Graham et Tamara. Ils avaient parlé de la situation des ouvriers à Seattle. Toute la soirée, Graham n'avait pu s'empêcher de penser qu'il allait partager une chambre avec Tamara. Puis Sam leur avait annoncé qu'ils feraient mieux d'aller fermer l'œil, car le lendemain promettait d'être une journée exténuante.

C'était tellement étrange, se disait Graham, la façon dont Tamara et lui se dirigeaient vers la chambre sans avoir échangé une seule parole au sujet de la nuit qu'ils allaient passer dans le même lit. Ils se comportaient simplement comme si c'était la chose la plus naturelle du monde. Et ce fut exactement l'impression que ça leur fit. Elle le prit par la main au moment où ils entraient dans la pièce, et à peine avait-il fermé la porte qu'elle était dans ses bras et qu'ils s'embrassaient. Comme Graham était conscient qu'il se trouvait dans un moment dont il se souviendrait jusqu'au jour de sa mort, il mit toute son âme pour que ses futurs souvenirs de cette nuit demeurent à jamais sans tache.

Le lendemain matin il ne s'était pas réveillé avec elle dans ses bras parce qu'elle était déjà levée et habillée. Il avait le sommeil lourd, lui avait-elle dit dans un sourire, et il était l'heure de partir. Elle l'avait embrassé avant de quitter la pièce pour qu'il puisse se vêtir en toute tranquillité, et cet étrange sentiment de familiarité, en dépit de circonstances qui ne l'étaient pas, lui avait procuré un frisson de joie. Se réveiller avec une femme, une femme dont il était tombé amoureux. Il n'avait pas imaginé que cela puisse être possible.

Quelques heures plus tard ils étaient de retour sur le quai, en compagnie d'environ quatre cents nouveaux camarades.

L'IWW avait espéré en réunir dans les deux mille, mais cela constituait tout de même un nombre impressionnant. Deux bateaux à vapeur étaient nécessaires pour les emmener à Everett, le *Verona* et le *Calista*. Tamara, Graham et les chefs des Wobblies étaient montés à bord du *Verona* qui avait levé l'ancre d'abord, et si Graham n'avait pas envisagé avec plaisir de se retrouver aussi vite sur le pont d'un bateau, il avait été soulagé de voir, dans un ciel absolument déserté par les nuages, briller le soleil et, devant lui, une étendue d'eau aussi plane qu'un champ du Kansas, les ondulations les plus douces frémissant sous le vent telles des tiges de maïs. La progression du bateau était calme et régulière, même s'il était si chargé de passagers qu'il semblait bercé par le chant des Wobblies, qui gagnait en ampleur à chaque refrain. Le *Verona* avait traversé le bras de mer de Pudget et les syndicalistes avaient salué les îles qui les environnaient d'une sérénade de cris de bataille, d'hymnes à la fraternité et à leurs triomphes, d'odes à leurs chefs tombés au combat, et de cris d'indignation pour appeler à un avenir d'unité et de paix. Au loin, le mont Rainier les observait tel un dieu exprimant une désapprobation peu marquée, du moins dans l'imagination de Graham. Mais bientôt, la montagne, comme les quais et les grues de Seattle, s'étaient perdus dans le lointain.

L'air, au-dessus du bras de mer, était froid, mais il y avait tant de passagers à bord qu'ils étaient peu à s'en rendre compte. Le vapeur avait ralenti quand Everett était apparue avec ses scieries silencieuses et ses cheminées d'usines aussi propres qu'inactives.

Mais silencieux, le quai ne l'était pas. Quand le *Verona* s'était approché de Port Gardner Bay, Graham avait été l'un des premiers à voir la foule. Plus de gens encore se pressaient dans les rues et sur la colline juste au-delà, le regard braqué en contrebas sur les quais et sur le bateau, tels des spectateurs lors d'un match de boxe. Ces multitudes-là ne chantaient pas, et Graham avait remarqué qu'un grand nombre portait un mouchoir noué autour de l'avant-bras.

Les passagers s'étaient tus, se souvenant peut-être de nez cassés et d'arcades sourcilières fendues infligés par les hommes de McRae ou des assaillants similaires dans plusieurs autres villes, visages différents mais toujours les mêmes poings. Sur le bateau, ceux qui avaient un couteau dans leur poche avaient laissé leur main s'en approcher discrètement et toucher l'acier tandis qu'ils observaient le décor qui se révélait à eux. Et attendaient.

Les chants s'étaient élevés à nouveau, plus fort que précédemment. « Tous unis pour la liberté, nous levons haut nos voix ! Nous joignons nos mains pour gagner, sans crainte du trépas ! » Les cœurs battaient plus vite tandis que les chanteurs cherchaient à croiser le regard de leurs compagnons, essayant de ne pas se laisser intimider par ces gros bras de bas étage, avec leur bouteille de whiskey dans une poche et leur calibre 38 dans l'autre.

Graham avait entouré Tamara de son bras et posé sa main valide sur sa hanche. Ils étaient près de la proue, à bâbord, le côté qui se rapprochait parallèlement du quai grouillant d'hommes. Il ne distinguait pas de couteaux, de matraques, de pelles ou d'armes à feu sur le débarcadère, mais cela ne signifiait nullement qu'il n'y en avait pas.

Le *Verona* s'était rangé le long du quai et l'un des Wobblies avait tendu le bras pour attacher l'amarre, mais un homme à l'air furieux et au regard flou était sorti de la foule. C'était le shérif McRae. Graham l'avait reconnu et les récits qu'il avait entendus sur son compte paraissaient authentiques maintenant qu'il s'avançait du pas un peu vacillant et traînant de l'ivrogne belliqueux rendu fou de rage.

– Lequel c'est, votre chef ? avait-il exigé de savoir.

– Chef, nous le sommes tous ! lui avaient rétorqué une poignée de Wobblies en reprenant un des slogans de l'IWW.

Graham s'était penché vers l'oreille de Tamara pour lui dire qu'ils feraient mieux de reculer de quelques pas, mais avant qu'il ait pu parler, McRae avait haussé la voix.

– Je suis le shérif de cette ville et je fais respecter nos lois. Vous ne pouvez pas accoster ici, alors retournez à…

– Tu parles, qu'on peut pas, avait répondu quelqu'un dans un cri.

Aussitôt après, une détonation. Elle avait déchiré l'air et rebondi à la surface de l'eau paisible, se répercutant dans tout le port, contre les îles au loin et sur les anses proches. À bord, tout le monde essayait de bouger, mais il n'y avait nulle part où aller. Les gens hurlaient et se baissaient en quête d'un refuge, essayaient de se détourner, de s'échapper. L'écho retentissait interminablement. Mais ce n'était pas l'écho, c'étaient de nouvelles détonations, certaines provenant du rivage et d'autres du bateau. Qui avait été le premier à tirer était impossible à déterminer et n'y changeait rien. Entre les bruits secs des coups de feu et les ricochets des projectiles, on entendait les éclaboussements brutaux de corps inertes qui percutaient l'eau, et des hommes disparaissaient dans les profondeurs.

Graham avait perdu l'équilibre, se cognant le genou sur le pont et partant dans une glissade, car il n'y avait plus personne entre lui et le bastingage. Tout le monde se ruait vers l'autre côté du bateau. Des hommes sur le quai pointaient le doigt, criaient, hurlaient et certains brandissaient des armes à feu en continuant de tirer.

Il s'était aperçu qu'il ne tenait plus Tamara… il avait dû lâcher sa prise sur elle lors du premier élan de panique. Il avait alors tourné les yeux derrière lui, vers les Wobblies qui couraient sur tribord, cherchant du regard une chevelure longue, ses boucles noires, tout ce qui pouvait avoir un caractère féminin.

Le pont commençait à s'incliner. Tout le poids avait été transféré sur tribord et, désormais, le côté bâbord où Graham se tenait sortait bien au-dessus de l'eau. Deux vigiles qui avaient bénéficié d'une ligne de tir dégagée sur sa personne l'avaient raté quand la plate-forme, sous ses pieds, s'était soulevée, mais il avait à nouveau perdu ses appuis et était parti à la renverse, glissant sur le pont mouillé pour dégringoler en roulant vers les corps recroquevillés du côté opposé.

Le capitaine, qui se moquait éperdument des syndicats comme des propriétaires de scieries, réclamait à grands cris que tout le monde se répartisse sur le pont, sinon le bateau allait couler. Il avait manipulé la barre, poussé les moteurs avec une violence qu'il n'avait jamais osée à ce jour, et le *Verona* s'était écarté du quai dans un brutal sursaut, tel un animal grièvement blessé reculant devant ses prédateurs. Les seuls à obéir aux ordres du capitaine en dépit des balles étaient Graham et une poignée d'autres qui voulaient scruter l'eau de plus près.

Les armes continuaient de tirer, mais elles étaient à plus grande distance désormais, moins menaçantes. Graham s'était penché au-dessus du bastingage et avait crié le nom de Tamara. Était-elle dans l'eau ? Ou restée de l'autre côté du bateau ?

Des corps flottaient en contrebas du quai, mais aucun ne semblait être celui d'une femme. Les eaux étaient si sombres que le sang se mélangeait complètement à leur indigo foncé.

Là. Là-bas, vers le pieu du quai le plus lointain. Cheveux longs foncés, noirs comme la suie. Des cheveux entre lesquels Graham avait glissé ses doigts la nuit précédente. Mais non, il pouvait s'agir d'une femme qui s'était trouvée sur le quai, il pouvait s'agir de n'importe qui.

Puis une vague qui, dans le sillage du *Verona*, s'écartait rapidement, avait atteint le corps, l'avait soulevé sans ménagement et en avait fait pivoter la tête. Graham avait hurlé quand il avait reconnu son visage.

Il s'était agrippé si fort au bastingage qu'il avait failli l'arracher au pont du bateau. Son hurlement s'était répercuté au-dessus de la baie, au-dessus du bras de mer, au-dessus de chacune des îles, avec une force plus grande que les adjurations antérieures. Des habitants d'Everett avaient entendu cet appel à plusieurs pâtés de maisons de la rive, en étaient restés intrigués des jours durant. Il hurlait si fort que les morts l'entendaient sûrement, que Tamara l'entendait sûrement, hurlait si fort qu'il n'aurait pu distinguer sa réponse si elle avait pu en émettre une.

À ce moment-là, le visage de la jeune femme avait été pulvérisé. Deux gorilles, sur le quai, s'esclaffaient hystériquement, braillant, beuglant, piétinant dans leur hilarité tandis qu'ils tiraient balle sur balle dans les corps qui flottaient. Ils vidaient leurs armes de manière indifférenciée sur toute forme humaine à la surface de l'eau, tirant sur les corps des Wobblies mais également sur un corps occasionnel de policier ou de vigile, un corps qui, quelques instants plus tôt, avait été celui d'un homme rempli de fierté à l'égard de sa ville et de haine pour ces agitateurs au langage ordurier et aux idées venues d'ailleurs. Un ou deux de ces corps étaient encore vivants, mais la plupart déjà morts, et néanmoins ces hommes tiraient comme s'ils pouvaient faire en sorte qu'ils le soient plus encore.

Le hurlement de Graham s'était coincé dans sa gorge devant ce spectacle. Son souffle aussi avait été coupé. Il était resté là à regarder, agrippé au bastingage, réduit au silence par le choc et la fureur.

Le *Verona* s'était éloigné avec une vitesse miséricordieuse, la scène disparaissant dans des déferlements de gris et de bleu striés de rouge, embuée par la distance et les larmes de Graham. Le bruit des moteurs avait bientôt couvert celui des coups de feu, des projectiles qui s'enfonçaient dans les corps et les flots. Il s'était écroulé sur le pont.

Leur sécurité garantie par l'éloignement, les passagers du *Verona* s'étaient à nouveau dispersés sur le vapeur qui s'en retournait à Seattle. On avait soigné les blessés, même si la liste des morts devait s'allonger avant que l'on n'accoste. Certains blessés présentaient des fractures, ayant glissé ou été piétinés tandis qu'ils tentaient de se soustraire à la trajectoire des balles. D'autres restaient les yeux écarquillés d'avoir vu leurs camarades tomber.

Pourtant, aucun n'avait perdu autant que l'homme qui gisait, recroquevillé sur le sol, près de l'avant du bateau. Ses bras étaient serrés autour de son corps, ses neuf doigts plantés dans les muscles puissants de ses épaules. Les rescapés observaient une distance respectueuse, formaient un immense cercle dégagé autour de lui.

*

De ma vie je ne me laisserai jamais emprisonner dans une telle situation d'impuissance, avait-il longtemps fait le serment.

L'homme possède rien qui puisse pas lui être retiré.

Cela, il le savait depuis lors, il savait combien il serait facile pour son foyer, sa famille et son amour de s'évanouir à jamais. Il repensa au soldat mort et eut pitié de lui, eut pitié à cause du hasard qui l'avait mis sur son chemin, eut pitié de la façon dont il s'était si longtemps apitoyé sur son propre sort. Mais il avait fait ce qu'il devait pour protéger Amelia et Millie. Il releva la tête, essuya les larmes dans ses yeux. Ni rien ni personne n'entrerait dans cette ville, dans sa maison, pour faire du mal à sa famille. Et même si le diable en personne faisait irruption en chevauchant une bête qui crachait le feu et en répandant la pestilence et la mort, il monterait la garde à son poste, le regarderait droit dans les yeux et l'abattrait d'une balle.

VIII

– Vous savez ce que j'ai entendu dire ?

– Non, quoi ?

– Que la raison pour laquelle M. Worthy, il voulait qu'on boucle la ville, peut-être que c'était pour empêcher les ouvriers de partir vers d'autres emplois.

– Quels autres emplois ?

– Paraît qu'y en a plein sur la côte, avec la guerre. Paraît qu'ils sont prêts à les payer, ces satanés ouvriers des chantiers navals, plus cher que nous autres on gagne ici.

– Personne gagne plus qu'on gagne ici. Ils vont te la donner, ta fichue maison, aux chantiers navals ?

– Moi, je répète juste ce qu'on m'a dit…

– Et on l'a très bien entendu, ce que tu viens de dire. Bon sang, on a pas voté, sur ça ? Je t'ai pas entendu râler, sur ça ?

– C'est pas parce que j'ai voté pour un truc que je peux pas changer d'avis. On est pas libres de le faire ?

– Des droits de faire des trucs, pour l'instant, y en a pas beaucoup.

– C'est bien ce que je veux dire. On est pas libres d'aller voir ailleurs…

– Bon sang, ça suffit comme ça. Si c'est ta manière de penser, dès que cette foutue quarantaine sera finie, tu pourras y aller faire un tour, dans tes fichus chantiers navals, et tu verras comment ils te paieront, tes militaires. Moi, en tout cas, j'en crois pas un mot.

– J'ai pas dit que j'y croyais. J'ai juste dit que c'est ce que j'ai entendu dire.

*

– Elton tousse beaucoup, ces temps.
– Elton, il a toujours toussé.
– Mais comment on le sait, que c'est pas la grippe ?
– Parce qu'il toussait l'an dernier, et que la grippe, y en avait pas, et pareil l'année d'avant, et encore celle d'avant.
– Mais comment ça se fait…
– C'est pas la grippe. Il est juste malade, c'est tout.

*

– Hé, Yolen. T'es allé au magasin d'alimentation, cette semaine ?
– Non. Jeanine a prévu d'y passer aujourd'hui.
– Hé ben tu sais quoi ? Y a plus d'alcool.
– Hein ?
– Ils en ont plus une goutte, au magasin.
– Bon sang de bois. T'es sûr ?
– Otto a dit qu'avant la quarantaine, ils avaient seulement acheté autant de nourriture et de réserves qu'ils pouvaient avoir en stock, mais ils ont pas dû en acheter beaucoup, de gnôle.
– Merde, Leonard. Il me reste plus qu'une foutue bouteille, chez moi.
– Moi, j'en ai encore moins.
– Merde, tu crois vraiment qu'y en a plus ?

*

– Tu l'as déjà eue, la grippe ?
– Ouais, quand j'avais dix ans. Ça m'a fichu au lit pendant plus d'un mois.

– Bon Dieu, elle a tué mes quatre grands-parents le même hiver.

– Elle fait pareil à tout le monde, s'ils ont de la chance. Ça vaut mieux que de crever d'autre chose à petit feu.

– Moi, avoir la grippe, je trouve pas que ça en soit, de la chance.

*

– Comment tu crois qu'elle va, ta fille qu'est à Timber Falls ?

– Elle était pas malade la dernière fois que je l'ai vue. Mais certains de ses amis l'étaient.

– Je suis sûr que ça va aller, pour elle.

– T'as de la chance avec la tienne qu'est déjà ici, en ville. Si cette quarantaine, elle s'éternise, je vais devenir complètement cinglé, moi.

– Ça peut plus durer très longtemps.

– Pour quel genre de père minable elle doit me prendre, à me claquemurer parce que j'ai peur de tomber malade ?

– T'inquiète pas pour ça. Elle en pense pas, du mal de toi. Elle est probablement assez inquiète toute seule à essayer de pas l'attraper.

– Ça devrait me rassurer ?

– Désolé… Ça va bien se passer pour elle.

– Ouais, des fois, j'en ai marre d'attendre, tu sais ?

IX

– J'ai entendu quelqu'un dire qu'elle est arrivée comme un nuage noir au-dessus de l'Atlantique, dit Laura alors qu'elle et Philip mangeaient une part du gâteau qu'elle avait fait.

C'était le soir qui avait suivi sa visite chez Graham et Amelia.

– Un nuage noir ?

– Comme un nuage de gaz moutarde, mais noir. Quelque chose que les Allemands ont largué d'un bateau et que le vent a poussé vers Boston. C'est pour ça que c'est dans cette ville-là que ça a commencé.

– Tu crois vraiment que ce sont les Allemands qui en sont responsables ?

– Peut-être. Je ne sais pas. Pourquoi pas ?

– Ils ne seraient pas tous malades, eux aussi ?

Elle haussa les épaules avant d'ajouter :

– Peut-être qu'eux, ils ne l'attrapent pas.

– Dans ce cas, la famille d'Elsie n'a rien à craindre.

– Qu'est-ce que ça veut dire, ça ?

– Je veux juste dire qu'ils sont allemands.

– Mais ils sont américains, maintenant, Philip.

Elle se tut un moment.

– Ce qu'il y a de sûr, c'est que tu parles souvent d'elle.

Il en resta coi un bon moment.

– Peut-être que ce n'étaient pas des Allemands. Je ne sais pas. C'est une idée, rien de plus.

Deux semaines plus tôt, juste avant la quarantaine, ils s'étaient rendus à Timber Falls pour voir un film dans le nouveau cinéma. Philip n'y était allé que cinq ou six fois et, déjà, il avait hâte d'y retourner. Il adorait l'ambiance de la salle, les tapis épais et les ouvreuses à demi somnolentes, pas beaucoup plus âgées que lui avec leur drôle de chapeau, qui déchiraient les billets quand ils entraient. En un sens, le film qu'ils avaient vu, *L'Agent secret infiltré*, parlait de la guerre. Il n'y avait pas de soldats dedans, mais plein d'espions : l'intrigue tournait autour de deux hommes d'affaires américains qui avaient mis au point un sérum secret, lequel, moins de deux heures après que le malade l'avait ingéré, était capable de neutraliser n'importe quelle maladie. Mais il s'avérait que les agents allemands avaient inventé exactement l'inverse : un poison incolore et inodore capable de tuer quiconque ne faisait que trop s'en approcher. Les Allemands avaient imaginé un plan délirant dans lequel ils badigeonnaient les pattes des mouches avec leur poison avant d'expédier ces insectes au cœur du pays où ils se multiplieraient et répandraient le poison mortel.

Lors d'un des changements de bobine, un message était apparu sur l'écran pour demander aux spectateurs de ne pas quitter leurs sièges : un envoyé du gouvernement s'apprêtait à faire une déclaration importante. Sur la scène avait alors bondi un homme d'un certain âge, proche de la cinquantaine, et avant même qu'il ait commencé de parler, Philip s'était dit que ce devait être un de ceux qu'on surnommait les « Orateurs des 4 minutes[1] ». Il avait l'air inflexible dans son costume foncé et, sans se présenter, s'était lancé dans un discours sombre et sinistre dépeignant l'armée des Huns avec sa folie meurtrière. *Les gens disent que le conflit tourne déjà en notre faveur,*

1. 75 000 volontaires, au nombre desquels des célébrités comme Charlie Chaplin et Mary Pickford, formés pour assurer la propagande du président Woodrow Wilson juste avant l'entrée en guerre des États-Unis, prêtèrent leur voix à l'effort national.

avait-il poursuivi, *mais ce n'est pas une raison pour baisser notre garde. L'armée allemande n'en demeure pas moins d'une force redoutable. Les Huns se seraient d'ores et déjà emparés de Paris, ils auraient pillé toute la France et pointé leurs Grosses Bertha*[1] *sur Big Ben.*

Philip ne prêtait guère attention à ces discours, mais sachant à quel point Rebecca les avait en horreur, il avait considéré cet inconnu d'un œil sceptique. Vers la fin de sa harangue, il leur avait rappelé l'importance qu'il y avait, pour tous les hommes âgés de dix-huit à quarante-cinq ans, de s'enrôler, déclarant que c'était un immense honneur de combattre pour son pays, de défendre les femmes et les enfants contre les féroces Huns. Pris de honte, Philip avait baissé les yeux sur son pied disparu : même si la guerre durait jusqu'à ses dix-huit ans, il ne serait jamais déclaré apte. Le représentant du gouvernement avait terminé en parlant à la foule du quatrième emprunt de la liberté, et exhorté ses auditeurs à acheter de nouvelles obligations de la liberté, après quoi il avait quitté la scène à toute vitesse, ses enjambées scandées par des applaudissements nourris.

Le film avait repris alors. Après une séquence de combat décisive, les virulentes mouches avaient été lâchées sur les agents secrets allemands et tout s'était terminé pour le mieux dans le meilleur des mondes.

– D'où tu penses qu'elle est venue, cette épidémie ? lui demanda Laura.

Elle ne lui posait pratiquement jamais de questions de ce genre, ne voulait pas s'en remettre à son opinion. Fière de sa propre intelligence et possédant une conscience trop aiguë du fait qu'il était plus âgé, elle ne voulait pas qu'il se mette à imaginer que son âge le rendait plus fin qu'elle. Il avait été stupéfait, quelques mois plus tôt, quand elle lui avait demandé de

1. La Grosse Bertha, canon obusier allemand utilisé pendant la Première Guerre mondiale. Big Ben, la tour de l'Horloge, à Londres.

l'aider pour certains exercices de maths, et ils avaient mis au point un système de suivi régulier. Mais uniquement pour les maths : il était bien établi qu'elle restait plus intelligente que lui dans d'autres domaines. Philip n'avait la prééminence sur elle à cet égard que grâce à la tutelle qu'exerçait Charles sur lui dans le domaine financier.

– Je ne sais pas. Je n'y avais pas vraiment pensé en ces termes. Elle est là, c'est tout.

– Ça t'est arrivé à toi, d'avoir la grippe ?

Il réfléchit.

– Je ne crois pas. J'étais plutôt en bonne santé, jusqu'à l'accident. Ma mère disait toujours que j'avais une constitution de rhinocéros.

– De rhinocéros ?

– Je crois qu'elle aimait la façon dont ça sonnait.

– Moi, je crois qu'elle se moquait de ton nez.

– Ah bon ? fit-il en le touchant.

– Je plaisantais, espèce de rhinocéros.

Il lui sourit avec méfiance en espérant que c'était effectivement une plaisanterie et qu'il ne s'était pas promené tout ce temps-là, à son insu, avec un nez proéminent. Il ne put s'empêcher d'étudier celui de Laura plus attentivement que d'habitude, ainsi que le reste de son visage. Cette personne est maintenant ma sœur, pensa-t-il, pourtant nous ne sommes pas nés des mêmes parents. Je n'ai pas le nez de son père et elle n'a pas les yeux de ma mère. Deux personnes ayant des liens de famille ont-elles davantage de chances de se repasser le virus de la grippe ? Frapperait-elle les deux ou un seul ? Dans quelle mesure sommes-nous apparentés ? Et j'aimerais drôlement que mes cheveux soient aussi blonds que les siens.

Ils restèrent assis en silence, puis Laura se pencha légèrement vers lui. Elle baissa la voix.

– Je voulais te demander… si tu me laisserais jeter un coup d'œil à un de tes livres ?

– Un de mes livres ? répondit-il en baissant également la voix même s'il ne savait pas pourquoi.

– Tes livres de pilotes d'avion de chasse.

Regard interrogateur.

– Je n'ai pas de livres de pilotes d'avion de chasse.

Elle roula des yeux avec agacement.

– Dans ton placard. Sous la boîte où il y a ton gant de base-ball.

– Qu'est-ce que t'es allée faire dans mon placard ?

– Écoute, j'aurais pu les prendre sans t'en parler et les lire, mais je suis assez gentille pour te demander la permission.

– Si Rebecca l'apprend…

– Je sais. Et je sais garder un secret.

– Si elle te surprend à les lire, ce sont tes livres.

– D'accord. Mais elle ne me surprendra pas.

Ils se levèrent de table et allèrent dans la chambre de Philip, à l'arrière de la maison, juste en dessous de celle de Laura. Il ouvrit la porte du placard, glissa la main sous une pile de couvertures supplémentaires et, soulevant la boîte qui contenait son gant de base-ball et trois balles, révéla les livres de contrebande cachés dessous. Sur le dessus de la pile, le volume avait pour titre *À la poursuite du Baron*, et la couverture représentait un avion, le drapeau allemand peint sur les ailes, qui faisait feu de ses mitraillettes argentées et laissait dans son sillage des flammes roses et bleues surnaturelles.

Il les lui tendit.

– C'est lequel, le meilleur ? s'enquit-elle.

Il était surpris qu'elle s'intéresse aux récits de guerre car c'était une fille, après tout, et vraiment pas une fille qui avait les caractéristiques d'un garçon manqué. Lui-même avait été un peu embarrassé de les lire : n'était-il pas trop âgé pour ce genre de publications ? Quelque part dans ces tranchées européennes, d'autres garçons de seize ans défendaient leur vie.

– Je ne les ai pas encore tous lus. Jusque-là, j'ai lu les quatre du dessous. Celui que j'ai préféré, je crois, c'est *L'Attaque du cirque volant*.

Il en avait acheté plusieurs à Timber Falls le mois précédent. Ils étaient posés en pile à côté de la caisse, sur le devant d'un magasin d'objets de première nécessité, et les couleurs vives avaient attiré son attention, lui rappelant les histoires de cow-boys et de voleurs de trains qu'il avait lues quand il était plus jeune. Ce genre de livres, il avait dû en laisser des dizaines derrière lui dans les pensions de sa jeunesse, lorsque sa mère et lui semblaient toujours partir à l'improviste, fuyant un propriétaire en colère ou un amoureux jaloux. Il avait tendu la main et tourné les pages jusqu'à ce que l'employé lui suggère poliment qu'il serait un bon patriote s'il les achetait.

À peine de retour chez les Worthy, il les avait emportés dans sa chambre en cachette, les dissimulant temporairement sous son lit. Les soldats n'étaient pas considérés comme des héros dans cette maisonnée, il ne l'ignorait pas.

L'Attaque du cirque volant détaillait les exploits horrifiants de Manfred von Richthofen, le légendaire Baron rouge récemment abattu, dont le soi-disant cirque volant continuait de faire des dégâts dans le ciel de France en fauchant indifféremment civils et soldats alliés. C'était un petit livre destiné à des lecteurs jeunes, et il n'avait fallu que quarante minutes à Philip pour atteindre la fin où de courageux pilotes américains abattaient l'avion du Baron rouge ainsi que la moitié de ces escadrilles, pourchassant l'armada de plus en plus réduite jusqu'aux aérodromes des Allemands où elle ne manquerait pas de se regrouper pour terrifier les cieux une fois de plus. Philip ignorait dans quelle proportion ces histoires étaient exactes, mais il savait que le Baron avait existé, savait que jour après jour, très loin de ces pages, du sang bien réel était répandu.

Un autre livre, *Des espions dans le port*, parlait d'espions allemands qui tentaient de faire sauter la Statue de la Liberté. Celui-là aussi, quoique récit de fiction, collait de très près à la réalité : avant l'entrée en guerre des États-Unis, des espions allemands avaient déclenché une bombe dans un port de New York, pulvérisant une usine de munitions avec une explosion si prodigieuse qu'elle avait laissé des traces sur la Statue de la Liberté et réveillé des gens aussi loin qu'à Philadelphie. Tout le monde, dans le pays, avait été mis en garde contre les espions au moyen d'annonces gouvernementales, de quotidiens enflammés, et des persistants « Orateurs des 4 minutes ». Il y avait tellement d'émigrants germaniques récemment arrivés d'Allemagne que nul ne savait en qui avoir confiance. Si l'on en croyait les journaux, les espions étaient partout, ils accumulaient des renseignements sur les soldats dans leurs casernements et les ouvriers dans les chantiers navals, répandaient d'affreuses rumeurs de défaites subies en France, espérant décourager le peuple américain au cœur de lion. Les chroniqueurs donnaient des informations sur la façon de repérer un espion, sur les comportements qui trahissaient immanquablement les Huns, sur les sujets qu'il ne fallait pas aborder en public. Il y avait même des rapports affirmant que l'Allemagne envoyait des espions dans les villes industrielles en espérant saboter les usines qui remplaçaient le matériel de guerre. Mais Charles avait rassuré Philip : de tels racontars étaient infondés et destinés à provoquer la peur.

Néanmoins, Philip se sentait idiot de lire ce genre de récits pour gamins.

– Tu peux les prendre tous, dit-il à Laura.

Elle lui jeta un regard bizarre.

– Je n'ai pas besoin de *tous*.

De plus, comment pourrait-elle les emporter en cachette dans sa chambre sans risquer que sa mère les découvre ?

Il lui avait fait cette offre parce qu'il n'était plus d'humeur à lire des livres sur des soldats, qu'il ne le ferait peut-être même plus jamais. À la seule pensée d'un soldat dans les bois, il était pris de nausée.

– Je vais aller le lire au lit, dit-elle. Je te le rapporterai demain.

Tenant la publication dans sa main droite, elle passa la gauche sous la taille de sa jupe. Puis, d'un geste si fluide qu'elle avait dû le pratiquer avant, et souvent, elle passa le livre d'une main dans l'autre sous sa jupe. Le tour était joué, le livre serré entre son ventre et la jupe.

– C'est dégoûtant, dit-il.

– Je porte un caleçon long.

– Quand même, fit-il en secouant la tête. Tu peux le garder.

Elle lui jeta un regard furieux.

– Je te le rapporterai demain.

Ils se souhaitèrent bonne nuit puis elle s'en alla. Et il se retrouva à nouveau seul. Il s'assit sur son lit, espérant qu'il ne baisserait pas dans son estime quand elle constaterait à quel point ces livres étaient puérils.

Tous les pilotes et les soldats de ces récits avaient laissé des amies au pays, des amoureuses. Les courageux conscrits leur envoyaient des lettres, ils recevaient en retour du courrier parfumé, et le soir, ils parlaient entre eux de la façon dont, après avoir vaincu le Kaiser, ils rentreraient chez eux pour épouser Susie ou Mary, Ann ou Fanny.

Philip s'allongea et s'imagina en soldat avec Elsie comme amoureuse. Lui écrirait-elle des lettres ? Il lui manquerait affreusement tandis qu'elle enroulerait des bandes de pansement avec les autres femmes œuvrant pour la Croix-Rouge, afin de se sentir près de lui. Elle penserait constamment à lui. Et que lui écrirait-elle ? Qu'il lui manquait surtout la nuit, ce genre de chose, quand elle était seule dans le noir et que le grand lit paraissait immense et vide. Mais cela signifierait qu'ils l'avaient déjà partagé, et en conséquence, c'est ce qu'il se représenta aussi, il les imagina tous les deux allongés l'un contre l'autre, et son imagination continua de remonter le temps, il se vit, assis sur le lit, qui la regardait pendant qu'elle se déshabillait pout venir le rejoindre. Il s'arrêta un bon moment sur cette image avant de laisser Elsa arriver dans le lit, puis ses pensées s'envolèrent à nouveau, s'arrêtant sur ces moments où un garçon de seize ans ne manquerait pas de faire une fixation, et omettant ceux qu'il ne comprenait pas encore.

X

Charles se tenait au pied du lit tandis qu'il retirait sa cravate, regardant au-dessus de la commode un petit miroir qui avait perdu son éclat, lorsqu'il entendit les voix des enfants qui venaient d'en bas.

– Je suis content qu'il parle avec Laura, dit-il à Rebecca. Ça fait deux jours qu'il n'a pratiquement pas prononcé une parole, à la scierie.

Rebecca sortit du lit en posant le journal qu'elle lisait.

– Comment voudrais-tu qu'il réagisse après avoir regardé son meilleur ami tuer quelqu'un ?

Charles resta silencieux, surpris par le ton de sa voix. Puis il s'approcha avec l'intention de poser la main sur son épaule pour la calmer, mais décida de s'en abstenir.

– Jamais il n'aurait dû être là-bas, ajouta-t-elle.

Charles laissa passer un petit instant.

– Il s'est porté volontaire.

Elle se tourna vers lui.

– Tu l'as laissé faire.

– J'aurais dû le lui interdire ?

Sa voix était montée d'un cran, mais il était toujours assez maître de lui pour faire en sorte que les enfants ne l'entendent pas.

Elle entreprit de remettre de l'ordre dans le lit sans répondre.

– Tu penses que c'est ma faute ?

Les trois secondes qu'il dut attendre lui parurent plus importantes que la réponse elle-même.

– Non. Je sais que tu ne voulais pas que cela arrive. Je suis désolée. C'est juste…

Elle secoua la tête.

– Juste que je suis en *colère* que ça soit arrivé.

Elle s'assit à nouveau, les mains crispées sur ses cuisses.

Charles ne voulait plus de disputes, plus de débats. Ils s'opposaient depuis des mois au sujet de la guerre, car ses opinions à lui étaient plus modérées. Il lui avait rappelé récemment que le prix du bois de construction était monté grâce aux besoins de l'armée en épicéas pour fabriquer les avions de combat, et en sapins de Douglas pour bâtir les cantonnements, et elle avait été à deux doigts de l'accuser de tirer profit du conflit mondial. *Nous nous sommes enfoncés plus profondément dans les bois et nous avons octroyé à nos ouvriers de meilleurs salaires pour qu'ils aident l'armée à tuer davantage d'Allemands ?*

– Je vais lui dire qu'il ne doit plus effectuer de tours de garde. C'était une erreur de l'y autoriser, tu as raison.

– Je lui en ai déjà parlé, répondit-elle, et il ne veut pas arrêter. Il craindrait de laisser tomber Graham. Et je pense que ce qu'il a vraiment voulu dire, c'est qu'il craindrait de nous laisser tomber nous aussi.

Ce qui semble rendre cet argument contestable, pensa Charles.

– Alors qu'est-ce que tu veux que je fasse ?

Peut-être voulait-elle seulement l'entendre dire qu'il avait les tourments de Philip sur la conscience, qu'il avait la mort du soldat sur la conscience. Même si c'était vrai, il n'était pas sûr d'être capable de le formuler, n'était pas sûr d'être capable d'expliciter toutes les pressions qui s'exerçaient sur lui. Cette vie-là, il en était responsable, c'était vrai, mais il l'était aussi des vies de chacun des habitants de la ville. De chacun des hommes et des femmes qu'il avait encouragés à quitter leur ancien emploi et leur ancien foyer, à qui il avait fait la promesse d'une existence meilleure, le serment d'appartenir à une communauté plus forte, un territoire rempli d'espoir et de sécurité. Cela, il ne devait pas le perdre de vue.

La ville passait avant lui, avant ses instincts paternels pour assurer la protection de son fils, avant son besoin du consentement de sa femme. Il repensa à l'égoïsme de ses frères, à la façon dont ils avaient toujours mis en avant les besoins de leur famille pour justifier la mesquinerie de leurs propres actes : c'était pour ça que les ouvriers étaient mal payés, que les briseurs de grèves pouvaient défoncer des crânes. Il ne se laisserait pas entraîner dans le piège qui consistait à se servir de son amour pour sa famille pour justifier une faillite morale. Cela ne signifiait nullement qu'il n'aimait pas autant Philip, Rebecca, Laura : cela signifiait qu'il les aimait tellement qu'il n'était pas prêt à compromettre la conception de l'amour qu'il portait à tous.

Que pareille chose soit si incroyablement difficile à atteindre suffisait à le convaincre que son but était juste.

– Je ne veux pas que tu fasses quoi que ce soit, dit-elle.

Charles s'assit sur le lit à côté de Rebecca qui regardait le mur plutôt que les grands yeux bleus de son mari. Il l'entoura de son bras, elle fit de même, et ils restèrent sans bouger dans une demi-étreinte.

– Je ne te tiens pas pour responsable, dit-elle en espérant que c'était la vérité.

*

Vingt minutes plus tard, Charles était parti rendre une courte visite au Dr Banes et Rebecca était en bas où elle faisait du thé. L'eau ne sifflait pas encore quand un coup fut frappé à la porte.

Elle écarta le rideau pour voir qui c'était. Jarred Rankle. Elle sourit et ouvrit.

– Bonsoir, Jarred, dit-elle en reculant pour lui laisser le passage. Tu arrives juste au bon moment pour le thé.

Il avait un chapeau entre les mains, de même que des journaux. Son épais manteau ne faisait qu'ajouter à la masse de sa silhouette musclée, et quand il marchait, le plancher semblait craquer un peu plus fort que si c'était Charles.

– Je me suis finalement décidé à te rendre ta presse ouvrière. Une lecture très intéressante. Merci.

– Nous devons apprendre à lire plus lentement, remarqua-t-elle. Il va falloir faire durer chaque mot avant que la quarantaine prenne fin.

– Est-ce que Charles est là ?

– Il est allé voir Doc Banes.

Rankle devint livide.

– Il va bien ?

Elle sourit.

– Pas pour ce genre de visite. Juste pour parler.

Il hocha la tête.

– Bois le thé avec moi. Tu as l'air frigorifié.

Il ne répondit pas tout de suite, hésitant entre la bienséance et autre chose, peut-être. Ses épais sourcils qui avaient la couleur du granite frémirent un peu, puis il s'assit à la table.

– Merci, dit-il. Comment vont les petites têtes blondes, à l'école ?

Elle sourit en apportant deux tasses sur la table, s'assit en face de lui.

– Bien. Mais je crois que je me suis trompée dans mes prévisions. Je me disais que le manque d'activité dû au fait que la ville est claquemurée allait les ennuyer et causer des difficultés, qu'il y aurait des petites mains qui ne sauraient comment s'occuper et tout ça. Le résultat c'est que j'ai été encore plus stricte que d'habitude, ces derniers temps, je leur ai donné plus de travail, mais je me demande si je n'ai pas dépassé la mesure. Plus je leur en donne, plus ils ont l'air d'avoir la tête ailleurs. Je commence à me sentir un peu coupable, pour ça.

– Oh, ça leur fait du bien, répondit-il en souriant. Je n'ai jamais été bon à l'école, et regarde ce que je suis devenu. Les jeunes, il faut les faire travailler, ils t'en remercieront plus tard.

Ils discutèrent un peu de l'un des articles que Rankle avait lus au sujet du procès récent des dirigeants des Wobblies. Des dizaines d'entre eux avaient été condamnés à de longues peines de prison parce qu'ils s'étaient opposés à la guerre.

– Wilson s'en sert pour emprisonner tous les Wobblies, dit Rankle. Il est paniqué à la pensée de ce qui s'est passé en Russie… il a peur d'avoir sur les bras sa propre révolution bolchevique.

– Tu as vu que certains démocrates ont baptisé les IWW les Impériaux wisigoths de Wilhelm[1] ?

Il eut un rire de dérision.

– Oui, j'ai vu. Je l'avais déjà entendu dire. Ils vont les accuser d'être responsables de la guerre, de ne pas s'enrôler pour faire la guerre, d'être toujours là après la guerre. Rien de neuf sous le soleil.

Il toussa alors, une quinte rauque et puissante qui ébranla la table. Rebecca ne s'en inquiéta pas, car elle était habituée à ces crises. Comme beaucoup d'hommes en ville, il était poursuivi par la toux asthmatique du découpeur de bardeaux, avait les poumons irrités par des années passées à respirer la sciure de bois.

Jarred Rankle avait été un jeune mari et père qui habitait en dehors de Missoula à l'époque où la pénurie d'emplois l'avait contraint à aller abattre des arbres pendant six mois à cinq cents kilomètres de chez lui. Sa famille lui avait manqué horriblement pendant cette période où il avait lu des lettres remplies de nouvelles à propos des progrès de leur fils de deux ans. Au bout de quatre mois, les lettres de sa femme avaient cessé de lui parvenir et il en avait jugé responsable le receveur des postes corrompu de la ville forestière, car il avait refusé de lui graisser la patte. Quand le chantier avait pris fin, l'heure

1. Guillaume II, l'empereur allemand qui abdiqua en 1918.

était venue de voir si la situation à Missoula s'était améliorée, mais en arrivant à sa maison, il l'avait trouvée vide. Quelques-unes de leurs maigres possessions y avaient été laissées, mais pas beaucoup. Il avait demandé alentour mais personne ne savait où était sa femme, ni son fils. Il avait contacté les membres de la famille qui n'en savaient rien non plus. Ils n'avaient vécu là qu'une année, n'y avaient que peu de contacts, si bien que nul n'avait remarqué leur soudaine disparition. L'hiver avait été long et froid, et des semaines entières s'étaient écoulées durant lesquelles les gens ne voyaient pas leurs voisins. Il avait consacré les six mois suivants, et tout l'argent qu'il avait, à tenter de les retrouver, mais d'eux il n'y avait ni traces ni indices. Il ne les avait jamais revus.

Après avoir passé deux ans à boire et à faire de fréquents séjours dans les prisons de petites villes, il s'était fait un ami, un Wobbly qui portait le nom de Rubinski. Lorsque celui-ci avait entendu le récit triste à pleurer de Rankle, il lui avait à la fois témoigné son empathie et expliqué que cette histoire n'était que trop fréquente. *Tu crois que t'es le seul clochard à être parti te perdre à l'autre bout de la terre pour trouver un boulot et subvenir aux besoins de ta famille, et qu'est revenu pour s'apercevoir qu'ils avaient décampé ? Tu crois que t'es le seul à te demander s'ils ont été tués par des Indiens ou des voleurs de chevaux, ou peut-être qu'ils se sont trouvé un type riche et qu'ils ont fichu le camp avec lui, ou qu'ils sont morts de froid dans la neige ? Tu crois que t'es le seul qu'a fait tout ce que tu devais faire avant de te retrouver sans rien ni personne ?* Mille hommes invisibles, au cœur brisé, cheminaient à ses côtés, chassant d'un coup de pied leurs bouteilles vides en tenant les lettres de leur ancienne amoureuse entre leurs doigts usés à la tâche et couverts d'ampoules. Cette semaine-là, Rankle avait pris sa carte rouge et n'avait plus jamais bu d'alcool.

Il avait passé les dix années qui avaient suivi à courir après les chantiers dans le Nord-Est, et à organiser les Wobblies. Au moment de la grève générale, il était à Everett où son engagement le désignait comme cible. Il avait été assailli par une nombreuse bande de brutes, tabassé lors de l'embuscade de Beverly Park, et se trouvait à l'hôpital où il se remettait de ses blessures quand les ferrys avaient entamé leur funeste voyage. Ce jour-là, il avait perdu deux amis. Las de la violence et accablé par la disparition de nouveaux êtres qui lui étaient chers, son chemin s'était ensuite éloigné de celui des syndicalistes. Il avait quitté Everett et était passé d'un emploi à l'autre jusqu'à ce qu'il entende parler de ce que Charles Worthy faisait à Commonwealth.

Après un bref moment de silence, il vit une expression particulière s'emparer de Rebecca.

– Ça va ? lui demanda-t-il.

Elle reposa la tasse sur la soucoupe.

– Inquiète.

– Quand la guerre sera finie, les syndicats seront de retour.

Elle sourit.

– Pas à cause de ça. À cause de Philip. De la quarantaine.

Rankle se sentait un peu gêné de se retrouver mêlé à une histoire familiale.

– Il s'est attiré le respect de beaucoup en se portant volontaire pour monter la garde.

– Qu'il gagne le respect des gens ou pas m'importe peu. Je trouve qu'il y a certains hommes, par ici, qui y accordent trop d'importance.

Les épais sourcils de Rankle s'écartèrent pour marquer son accord.

– Si cela peut apaiser tes inquiétudes, il donne vraiment l'impression de bien se plaire à la scierie. Et les gens aiment travailler avec lui. C'est un bon gars. Je le suis de près.

Il sentit venir une nouvelle quinte de toux mais la repoussa en buvant une gorgée de thé chaud. De la sueur perlait le long de la ligne d'implantation de ses cheveux.

– Merci. C'est vrai, un bon gars. C'est pour ça que je m'inquiète… pour lui et Laura.

– Je vais te dire une chose : si je devais élever une famille dans n'importe quelle ville d'Amérique, je choisirais Commonwealth.

Elle baissa les yeux un court instant, sourcils froncés.

– J'ai voté contre la quarantaine, finit-elle par dire. Je pense que c'est une erreur. Je pense que nous avons tort de nous fermer au monde entier, de nous replier sur nous-mêmes.

Elle regardait ses mains entrecroisées.

C'était la première fois qu'elle se confiait à lui de cette façon. Mais elle se sentait elle-même aussi coupée des gens qu'elle les soupçonnait de l'être devenus ; elle le lui confiait, car il fallait qu'elle le dise à quelqu'un.

– Les choses s'arrangeront, assura-t-il après un silence.

Une déclaration aussi confiante que simple.

Elle secoua une nouvelle fois la tête.

– Je regrette de ne pas avoir fait plus pour les empêcher…

Sa voix se brisa, ses yeux s'embuèrent de larmes.

Après une courte hésitation, il tendit le bras pour poser une de ses mains massives sur la sienne et la serra doucement. Elle trouva sa paume chaude au contact de ses doigts.

Elle leva les yeux vers lui. Il était bel homme : les contours taillés à coups de serpe de ses mâchoires et de ses pommettes étaient intimidants, peut-être, mais plus que compensés par le calme de ses yeux gris. Il aurait pu se remarier, songea Rebecca, cela ne faisait aucun doute, il aurait sans conteste pu faire son choix entre les femmes disponibles, même dans des villes où il y en avait très peu en comparaison du nombre de bûcherons. Elle ignorait s'il avait un jour arrêté de pleurer sa famille, ou s'il n'avait jamais cessé de croire que tous deux étaient vivants. Peut-être s'était-il autorisé à épouser une cause, celle des Wobblies d'abord, celle de Commonwealth maintenant. Si c'était le cas, cette union n'avait pas été heureuse, car Rebecca percevait en lui la solitude.

Il retira sa main et détourna ses yeux gris comme pour leur rappeler à tous deux où ils étaient, qui ils étaient.

– Je suis confuse de m'être donnée en spectacle, dit-elle en se tamponnant les yeux avec une serviette de table.

Il secoua la tête.

– Tu n'as aucune raison de l'être. Tout le monde se sent perturbé. Mais je sais que nous allons traverser cette épreuve.

Il la remercia pour le thé et repartit tandis qu'elle demeurait un long moment assise à la table et que ses doigts continuaient de sentir le poids de sa main.

XI

Il faisait nuit quand J. B. Merriwhether, patron de la Première Banque Merriwhether, éteignit les phares de la Ford et en coupa le moteur devant sa maison de Timber Falls. Il tendit la main vers la poignée mais suspendit son geste en se rendant compte qu'avec les vitres relevées, il n'entendait pas la toux émanant de chez lui. Ce silence lui fit l'impression d'être un tel don qu'il resta un moment à attendre dans la Ford, à respirer.

Sa fille, Gwen, était malade depuis le samedi précédent, ce qui faisait maintenant six jours. Le vendredi soir, elle avait fait preuve de son énergie habituelle en dépit de sa nervosité due au confinement, les écoles étant toutes fermées à cause de la grippe. Mais le lendemain matin, elle s'était réveillée en se plaignant d'une migraine, de douleurs dans les genoux et les coudes, d'avoir terriblement froid malgré trois couvertures de laine. À midi, elle avait une forte fièvre.

Gwen va s'en sortir, s'était-il dit. Elle devait certainement être la fille la plus coriace qu'il ait jamais connue : chaque fois que James, son frère, était tombé malade quelques jours, Gwen avait à peine reniflé une ou deux fois. Mais à mesure que les jours passaient, les mots d'apaisement qu'il prononçait avaient cessé de les rassurer, sa femme comme lui-même. Chaque fois qu'il ouvrait la bouche pour les énoncer, ils étaient fracassés par le bruit de la toux de Gwen, un bruit qui devenait plus rauque de jour en jour.

Cela faisait maintenant plus de trois semaines que la grippe était présente à Timber Falls.

Il ne parvenait pas à croire que tant de gens aient succombé. Dans tout l'État de Washington, des maires fermaient les salles de danse et interdisaient aux propriétaires des cinémas de projeter leurs bobines de films, bannissaient les concentrations populaires par crainte de la contagion. J. B. avait maintenu l'ouverture de la banque (comment le pilier d'une ville pouvait-il fermer ?), mais moins de quelques jours plus tard, tous ses employés s'étaient fait porter pâles. Pendant toute la semaine qui venait de s'écouler il avait été le seul à venir dans le bâtiment pour aider le nombre de plus en plus faible de clients quotidiens. La moitié de la ville semblait malade tandis que l'autre moitié restait à domicile pour soigner ses proches.

Au début, le *Timber Falls Daily* n'avait pas publié les statistiques fatales de la pandémie, mais des familles, insistant pour que le décès de leurs chers disparus soit mentionné, avaient fini par intimider le journal qui avait publié la liste des victimes. Les propriétaires des scieries avaient dit à J. B. qu'ils souffraient d'un absentéisme comparable à celui des temps de grèves. Il fallait pourtant que les hommes soient épouvantablement malades pour renoncer à une journée de salaire.

Pendant ce temps, James était désormais en France, ou du moins il s'y trouvait quand il avait écrit sa dernière lettre. Sa lettre *la plus récente*, se morigéna-t-il, pas la *dernière*. J. B. se souvenait de l'expression peinte sur le visage de Violet quand il avait achevé de la lire, une expression de profonde inquiétude. Est-ce qu'elle lui en voulait toujours de ne pas avoir fait plus pour empêcher que leur fils parte à la guerre ? Mais qu'aurait-il pu faire ? Lui-même s'était porté volontaire pour siéger à la commission du recensement, il avait œuvré avec les autres honnêtes parangons de l'ordre social à Timber Falls, avait siégé avec eux derrière la table dédiée à ce rôle le jour où tous les hommes ayant l'âge requis avaient été conviés à venir se faire recenser. Certains de ses amis avaient fait jouer l'influence dont ils disposaient, et le long bras de l'Oncle Sam n'avait pas, cette fois-là, retenu la candidature de James. Mais des mois plus tard, lors de la deuxième conscription, leur fils n'avait pas eu autant de chance. Et, par conséquent, en route pour Fort Jenkins puis, de là, pour la France.

Ses pensées tournées vers lui, il avait passé les deux dernières heures à s'efforcer de son mieux de remplir son devoir de patriote. Depuis qu'il avait bouclé les portes de la banque désertée, il avait parcouru toute la ville dans sa voiture pour placarder des affiches sur les réverbères et les murs. Sur le siège du passager de son nouveau coupé Ford T modèle 1918 se trouvaient un tas d'obligations de la liberté et, sur le plancher, quelques affiches qu'il collerait le lendemain. Sa femme n'en appréciait pas l'illustration, une empreinte de main rouge sang surmontée des mots LE HUN : SON EMPREINTE / FAITES-LA DISPARAÎTRE SOUS DES OBLIGATIONS DE LA LIBERTÉ, mais personnellement, il la trouvait très convaincante. Elle préférait celles sur lesquelles on voyait la femme courageuse vêtue de la robe blanche, une main levée vers le ciel telle la Statue de la Liberté elle-même, dressée au-dessus des mots VICTOIRE – OBLIGATIONS DE LA LIBERTÉ.

Il avait roulé dans des rues abandonnées en placardant des affiches que nul ne verrait hormis les médecins et les employés des salons funéraires qui passeraient par là. Il redoutait de perdre son temps, mais il fallait bien que quelqu'un vende les obligations de l'emprunt, que quelqu'un participe à l'effort commun. Et il avait besoin qu'une tâche lui incombe, cruellement besoin de *faire* quelque chose. Tout était préférable à demeurer chez lui en écoutant Gwen tousser. En attendant une lettre de James.

Une nuit, la semaine précédente, il s'était rendu au Pioneers Club, un des rares lieux de rencontre de la ville qui n'avait pas été fermé, car ce n'était pas exactement ce que l'on pouvait appeler un lieu public. Il buvait en compagnie de plusieurs de ses semblables lorsqu'ils avaient reçu la visite, impromptue, d'un des orateurs des 4 minutes. Ce diffuseur de la propagande lui avait semblé suffisamment jeune pour que ses enfants, s'il en avait, ne puissent pas être enrôlés encore, et cela influait peut-être positivement sur son optimisme démesuré. *C'est le peuple américain, fier et patriote, qui fait la différence dans ce conflit précis, la différence entre les Alliés engloutis dans la boue de Caporetto ou combattant fièrement au bois de Belleau*[1]. *Mais le peuple anglais reste affamé, les Français sont chassés de leurs maisons par les soldats boches, de telle sorte qu'une aide plus prononcée venant de braves gens comme vous, gentlemen, qui représentez la chrétienté, est aujourd'hui nécessaire*. Quand il en avait terminé, J. B. avait fait le serment de consacrer son week-end à vendre des obligations.

Il avait donc fait le tour de Timber Falls et de villes voisines, mais en deux jours il n'avait presque rien vendu. Parfois il entendait toux et lamentations dans les habitations dont il approchait, et parfois, après qu'il avait frappé à la porte, des pas s'approchaient. Ils s'arrêtaient et il patientait, mais la plupart du temps personne n'ouvrait. Il frappait à nouveau et les pas s'éloignaient, leur bruit discret couvert par le déclenchement brutal de nouvelles quintes. Au total, huit personnes avaient osé ouvrir leur porte, dont cinq avaient participé à l'emprunt après avoir enduré l'appel de J. B. La dernière personne avait répondu non, expliquant que la seule raison pour laquelle elle avait ouvert était qu'elle espérait voir les services funéraires. Elle les attendait depuis deux jours.

Cela s'était passé samedi.

Dimanche, plutôt que de s'exposer à une nouvelle tournée de maisons fantomatiques aux yeux vides, il avait décidé de s'éloigner encore davantage de Timber Falls, espérant trouver une population moins ravagée par la pandémie. Sûrement personne

1. À Caporetto, en Italie à l'époque, fin octobre et début novembre 1917, l'armée italienne fut enfoncée. Plus tard, pendant tout le mois de juin 1918, la bataille du bois de Belleau, en France, fut le premier engagement des troupes américaines placées sous le commandement du général Pershing, et marqua le début de la contre-offensive.

n'avait pensé à faire la route jusqu'à Commonwealth : personne n'allait jamais dans cette ville de fous. Peut-être était-ce idiot de sa part, mais il s'était dit que si nul n'avait essayé, autant qu'il soit le premier. De plus, il avait toujours apprécié Charles Worthy davantage qu'il n'osait le dire publiquement.

Car qui d'autre qu'un socialiste ou un sympathisant communiste (ce que J. B. Merriwhether, patron de la Première Banque Merriwhether, n'était assurément pas) oserait prononcer la moindre parole ne serait-ce que légèrement favorable à Charles Worthy ? Un homme qui avait fait se rouler par terre de rire tous les barons de l'exploitation du bois à Timber Falls et Everett lorsqu'il avait suggéré qu'il pourrait faire fonctionner une scierie avec succès en payant davantage ses ouvriers et en partageant de manière plus égalitaire avec eux ? Un homme qui avait fondé une telle usine à des kilomètres d'un port viable, sur des terres que son propre père avait jugées inexploitables ?

Mais J. B. avait connu Charles bien avant tout cela, car il avait assuré le financement de l'usine appartenant à la famille Worthy, à Everett, avant de fonder sa nouvelle banque à Timber Falls. Il savait que Charles Worthy, un homme calme et peu disert, était plus industrieux que quiconque n'était disposé à le reconnaître, et que même si ses frères aux rires tonitruants, qui serraient volontiers des tas de mains et fumaient le cigare, l'avaient rejeté dans l'ombre, J. B. soupçonnait que la scierie de la famille Worthy, à Everett, connaîtrait le déclin maintenant que ce n'était plus Charles qui veillait sur ses performances financières. Si quelqu'un était capable de réussir à exploiter avec succès une usine comme celle de Commonwealth, c'était vraisemblablement Charles.

Et son fils, Philip, n'était-il pas seulement séparé d'une ou deux années de l'âge requis pour la conscription ? Philip était la deuxième raison pour laquelle J. B. aimait bien Charles. Un homme qui, comme ça, adopte un enfant devenu orphelin lui étant totalement étranger… ne saurait être quelqu'un de mal intentionné. J. B. voulait être le premier à vendre des obligations dans cette ville de cinglés, il voulait serrer la main de Charles une nouvelle fois.

Après le long trajet à travers bois, toutefois, son voyage s'était achevé devant un arbre qui bloquait la route et un panneau qui lui intimait de passer son chemin. Il était resté assis pendant deux longues minutes, le moteur tournant au ralenti, à essayer de comprendre de quoi il retournait. Le message disait EN RAISON DE *LA* PANDÉMIE, et non pas EN RAISON DE LA PANDÉMIE QUI *NOUS* TOUCHE. La ville serait-elle saine et préservée ? Et si sa vue n'était plus aussi perçante qu'elle l'avait été autrefois, il lui semblait avoir aperçu deux hommes, debout au sommet de la colline, qui l'observaient tandis qu'il faisait demi-tour pour rebrousser chemin au volant de la Ford.

Il avait parlé de cet incident avec quelques-uns de ses amis, leur avait demandé si des nouvelles leur étaient parvenues en provenance de Commonwealth. Tout cela remontait pratiquement à une semaine, et il n'avait rien appris de neuf.

Et voici qu'après cette nouvelle expédition avortée il était de retour auprès de sa fille malade, dans sa maison morne. Il poussa un long soupir, embuant le pare-brise de sa respiration. Dans la Ford aussi, il se sentait en quarantaine, temporairement séparé des horreurs dévastant la ville, des souffrances de sa fille. À l'étage, la fenêtre de Gwen était sombre : elle ne supportait pas la lumière même quand elle était éveillée. Il espéra qu'elle dormait, mais ces derniers jours, les crises de toux ne lui avaient pas laissé de répit. Il inspecta la boîte aux lettres, vit qu'elle était vide. Violet était certainement venue relever le courrier et, s'il y avait eu une lettre de James, elle lui aurait téléphoné à la banque. À moins que ce ne soit une mauvaise nouvelle. Chaque jour il trouvait plus difficile de descendre de la Ford.

Il récita une brève prière pour ses enfants. Puis il se saisit de la poignée, poussa la portière et posa le pied dans un monde dont il avait appris à se défier.

XII

Par-delà les embruns, en un lieu interdit
à tout homme, bientôt je serai au combat,
mais tes lèvres je sais sont un lieu interdit,
réservées à jamais à nul autre que moi[1].

Elsie entendait Philip chanter pour lui-même en peignant l'auvent d'une maison nouvellement bâtie. En raison de la quarantaine, le besoin d'artisans s'était trouvé temporairement interrompu, et de nombreuses maisons de Commonwealth étaient vides. En s'approchant, elle se demandait combien de temps il faudrait avant que l'épidémie se termine et que de nouveaux travailleurs puissent habiter dans ce pâté de maisons inoccupées.

– Bonjour, dit-elle.

– Bonjour, répondit-il en posant son pinceau.

Il paraissait surpris de la voir là. Ces maisons marquaient l'extrémité d'une rue, elles ne se situaient pas vraiment dans une voie menant quelque part.

– Tu es seul à peindre, aujourd'hui ?

– Graham devait m'aider. Il doit être en retard.

Elle hocha la tête, pas très sûre de la façon dont elle devait poser la question qui justifiait sa venue.

---

1. *Your Lips Are No Mans's Land But Mine. A Real Romantic War Ballad*, chanson composée et interprétée en 1918 par Arthur Guy Empey, soldat, auteur, chanteur, écrivain, cinéaste (1883-1963).

– Où tu vas ? lui demanda-t-il.

– À l'église.

Même si le ministre itinérant du culte unitarien avait été banni de la ville au même titre que quiconque venant de l'extérieur, ses paroissiens privés de pasteur avaient décidé de se réunir en son absence le dimanche matin pour des réunions dédiées à la prière. Ils continueraient à implorer Dieu que l'épidémie se termine afin qu'ils puissent mettre un terme à la quarantaine, accueillir leur berger et se comporter à nouveau comme les croyants d'un véritable culte.

– Tu t'es un peu égarée ?

– J'ai eu envie de marcher, dit-elle d'un ton réservé en détournant le regard.

Philip s'accroupit pour enduire à nouveau son pinceau.

– Tu travailles dur, lui dit-elle. Six jours par semaine à la scierie, toute cette peinture aujourd'hui, toute cette terre retournée vendredi...

Il posa le pinceau sur le bord du pot et se redressa.

– Quelle terre ?

– Je n'en sais rien, en fait. J'espérais que tu allais m'en parler. Qu'est-ce que vous faisiez à retourner la terre vendredi ?

– Qui ça ?

Elle eut un petit sourire.

– Ne me prends pas pour une idiote, Philip. Je t'ai vu ce matin-là. Je vous ai vus creuser là-bas et...

– Qu'est-ce que tu as vu exactement ? demanda-t-il d'une voix crispée.

Elle fit un demi-pas en arrière, baissa les yeux un moment. La confiance qu'elle avait mise dans l'issue de cette confrontation partait à vau-l'eau.

– Je vous ai vus, toi, Graham Stone et d'autres hommes. J'étais sortie me promener et je vous ai entendus là-bas...

Avec prudence, elle croisa à nouveau son regard pour ajouter :

– On aurait presque cru que vous creusiez une tombe.

– C'est tout ce que tu as vu ?

Elle fit oui de la tête.

– Après, je suis rentrée.

Philip ferma les paupières une seconde.

– Pourquoi, il y avait autre chose à voir ?

Il rouvrit les yeux.

– Il y avait deux cervidés morts, là-bas. Doc a dit qu'ils étaient peut-être morts d'une maladie ou d'autre chose, et que nous devions les enterrer là où nous les avions trouvés. Nous n'avons pas voulu en parler aux gens parce que nous avons pensé qu'ils auraient peut-être peur que ce soit la grippe, mais Doc dit que ce n'est pas elle.

Il n'était pas aussi bon menteur qu'il le pensait, songea Elsie. Mais pourquoi ne lui disait-il pas la vérité ? Elle garda le silence, se demandant jusqu'où elle pouvait le pousser dans ses retranchements. Mais il devait bien y avoir une explication.

– Philip, j'ai vu ce que vous avez enterré.

Leurs regards se rencontrèrent puis il détourna les yeux vers les alentours : deux femmes étaient apparues au coin, à quelques maisons de distance, mais n'étaient pas assez proches pour surprendre leur conversation.

– Qu'est-ce que tu as vu ? lui demanda-t-il d'une voix calme.

Elle lui rendit son regard. Il savait qu'elle savait. Pourquoi devait-elle le dire ?

– Il ne s'agissait pas d'un cervidé.

Jusqu'à ce moment précis, elle s'était sentie investie d'une grande force parce qu'elle connaissait le secret, et certaine qu'il y avait une explication sûre et rationnelle à ce qu'elle avait vu. Mais l'impression de malaise évident qu'il dégageait lui fit peur.

– Philip, qu'est-ce qui se passe ?

Il lui montra la porte de la maison. Elle était à ce point sous l'emprise de la situation qu'elle ne pensa pas combien il pouvait être déplacé pour elle de s'aventurer en sa compagnie dans une habitation vide. Il ouvrit la porte qu'il referma derrière eux.

À l'intérieur, ça sentait le bois et la poussière, l'odeur qu'aurait probablement n'importe quelle maison si personne n'y vivait. La respiration même d'Elsie semblait déclencher un écho.

– C'était le soldat de la veille, non ?

Elle le dit à voix basse, même s'ils étaient seuls.

Il ne put que répondre par un hochement de tête.

– Est-ce qu'il est tombé malade ? Est-ce qu'il a dormi dehors toute la nuit et qu'il en est mort ?

Il eut l'air surpris puis hocha tristement la tête.

– Ouais. Le matin après que nous l'avons fait partir, Graham et moi, ceux qui sont venus pour prendre le tour de garde suivant l'ont vu là-bas. Il avait dû se cacher toute la nuit au bas de la colline en espérant que le lendemain matin nous le laisserions entrer ou quelque chose comme ça.

– Alors… il est mort de la grippe ou à cause du froid ?

– Je… Je ne sais pas. Doc Banes, je veux dire, a dit qu'il ne pouvait pas en être sûr. Mais, hum, avant de l'enterrer, nous l'avons laissé quelques heures sur place au cas où son corps serait contagieux.

– Alors, dit-elle calmement en réfléchissant à la situation, il y a une chance qu'il ait été en bonne santé et qu'il soit mort parce que nous n'avons pas voulu le laisser entrer.

– Charles et Doc Banes ont dit que nous ne devions en parler à personne, n'empêche, parce que des gens pourraient en conclure qu'il est mort de la grippe et paniquer.

Pendant qu'Elsie réfléchissait, elle vit les yeux de Philip se remplir de larmes.

– Ça va ? lui demanda-t-elle.

Il hocha la tête en regardant ailleurs.

Elle se rapprocha de lui, les mains serrées devant elle. Elle avait envie de les tendre pour le toucher mais craignait que ce geste soit malséant.

– Je suis désolée, Philip. Je ne voulais pas suggérer que c'était ta faute, s'il est mort. Ce n'est pas ce que je voulais dire.

Le regard du garçon était dur et rivé, par-delà la fenêtre, sur un endroit qu'il pouvait regarder alors que les larmes se dissolvaient lentement et difficilement.

– Il est probable qu'il l'avait, la grippe, reprit-elle. Si vous l'aviez laissé entrer, peut-être que tout le monde, dans la ville, serait malade à l'heure qu'il est.

– Ouais, dit-il enfin.

Elle se sentait très mal. Non seulement il devait avoir l'impression d'être responsable, mais le fait que le soldat soit mort de froid le faisait sûrement penser au décès de sa mère, à la nuit glaciale qu'il avait passée au fond de la gorge ensevelie sous la neige. La dernière chose à laquelle il voulait penser, se disait-elle, c'était à quelqu'un qui avait succombé au froid. Elle avait une envie folle de tendre les bras vers lui et de le serrer contre elle, de lui dire que c'était normal qu'il éprouve ce genre de chose.

– Je suis désolée d'avoir abordé ce sujet. Il m'arrive certainement de pousser la curiosité trop loin.

Il hocha la tête sans cesser de regarder par la fenêtre, puis se tourna vers elle.

– Je ne pense pas que nous fassions ce qu'il faut.

En entendant ces mots, elle se raidit un peu.

– Tu as raison, nous devrions retourner dans la rue.

– Ce n'est pas ce que je voulais dire. Je ne pense pas que nous fassions ce qu'il faut, avec la quarantaine. Je ne pense pas que nous fassions ce qu'il faut, en confinant la ville.

Elle soupira.

– Tout est si… déstabilisant en ce moment. Je n'arrête pas d'espérer que ça va se terminer bientôt, que bientôt nous n'aurons plus besoin de nous en inquiéter.

Ils se dévisagèrent pendant ce qui finit par leur donner l'impression de durer exagérément longtemps.

– Je suis désolé de t'avoir menti, lui dit-il.

– Ce n'est pas grave. Je comprends pourquoi tu l'as fait. Et en plus, je t'ai menti, moi aussi.

– Et tu sais très bien faire, dit-il en souriant.

Elle lui rendit son sourire.

– Je n'ai pas autant d'expérience que j'en donne l'impression.

– Ça, je sais que c'est un mensonge, répondit-il en riant et, l'espace d'un instant, ils redevinrent des enfants qui se taquinent mutuellement parce qu'ils ne savent pas de quelle autre manière exprimer leurs sentiments.

Ils étaient bien loin de la grippe ou de la guerre.

Mais au bout de quelques secondes, Philip les ramena sur terre.

– Il faut que j'y sois à nouveau dans deux heures. À monter la garde.

– Si ça peut te rasséréner, les gens se sentent en sécurité, de savoir que vous êtes là-bas. Ils en parlent.

– C'est vrai ?

– Bien sûr. Ma mère, déjà. Après avoir été aussi malade l'année dernière, elle est vraiment très inquiète à cause de la grippe. Et mon père. D'autres aussi en parlent. Tout le monde sait que c'est vraiment épouvantable. Personne ne veut que ça se produise ici.

Il donna l'impression qu'un poids avait été retiré de sur ses épaules.

– Je devrais reprendre le chemin de l'église, dit-elle.

– D'accord. Et… est-ce que tu en as parlé à quelqu'un d'autre… de la tombe ?

– Non.

– Ça doit rester secret.

– Je comprends. Je vais le garder pour moi.

– Merci.

– Tu ne viens pas à l'église ? demanda-t-elle alors qu'ils sortaient de la maison.

Les Worthy ne s'y rendaient plus qu'occasionnellement, avait-elle remarqué, et c'était probablement dû à l'influence de Rebecca, car la rumeur disait qu'elle n'y allait que pour faire plaisir à Charles et que, en secret, elle ne croyait pas en Dieu.

– Oh, non, je ne peux pas, bredouilla-t-il en se baissant pour reprendre le pinceau. Il faut que je termine l'auvent.

Ils se dirent au revoir, mais tout en partant, elle réfléchit à sa réponse. Après s'être éloignée d'un demi-pâté de maisons, elle se retourna pour le regarder, vit son corps mince penché en avant, les yeux rivés sur les poils de soie imbibés qui couraient sur les poteaux en bois. Le fait qu'il soit là, dehors, à peindre une maison qui ne pouvait être utilisée comme telle avant que la quarantaine soit levée semblait étrange, songea-t-elle.

Elle tourna les talons, car elle était en retard pour l'église. Là-bas, elle entendait les chants, les voix qui portaient plus loin que d'ordinaire, comme si la congrégation était si angoissée par les tensions discordantes de la quarantaine qu'elle aspirait à projeter de la beauté sur le paysage abandonné. Elle se mit à courir dans cette direction.

XIII

– Une belle journée pour être dehors, dit Mo.

– On dirait qu'il va pleuvoir, le contredit Philip.

– Nan, c'est pas de la pluie. C'est juste la couverture grise de Dame Nature. Elle nous apporte son réconfort.

Mo était un bavard. Où un homme de sa taille allait-il chercher cette énergie incessante était un mystère pour de nombreux bûcherons, et il n'en allait pas moins des plus robustes d'entre eux qui avaient tenté de le faire taire par la force et appris, à leurs dépens, que ses prouesses avec les mots étaient équivalentes à la dextérité de ses poings infatigables. En réalité, l'histoire que racontait rarement Mo était qu'il avait été boxeur à Detroit, catégorie poids mouche. Si on travaillait suffisamment longtemps à ses côtés, il finissait par vous révéler, un soir tard alors qu'il était quelque peu sous l'emprise de l'alcool, qu'il avait accidentellement tué un camarade d'entraînement en lui assénant quelques coups violents, même s'il n'avait pas la certitude absolue que ces gestes aient été purement accidentels, car l'autre pugiliste l'avait insulté plus tôt dans la journée. C'était la raison pour laquelle il avait fui la ville de Detroit à l'âge de vingt-cinq ans, se cachant dans la péninsule du Nord puis dans les forêts de l'Ouest, et réservant à l'avenir ses coups pour des troncs d'arbres sans défense.

Il avait perdu ses cheveux assez jeune, devait avoir dans les trente-cinq ans, et l'arête de son nez fréquemment cassé était un spectacle à faire frémir. Quand les gens lui posaient la question, il mentait en disant que c'étaient les flics qui lui avaient fait ça.

– La pluie apporte son réconfort ?

– Si tu la regardes de la bonne manière, oui.

Après quelques semaines seulement à faire son nouveau métier de bûcheron, Mo s'était rendu compte qu'aucun travail ne pourrait lui convenir davantage. Finis les combats de boxe, les gymnases… il avait besoin d'être dehors. L'odeur de la terre, l'étreinte du soleil, et même par ces journées froides la *sensation* que le soleil était là, et non pas le vide silencieux d'un bâtiment privé de fenêtres. Il était rapidement devenu le membre le moins apprécié de chacune des équipes dans lesquelles il avait été placé à cause de ses interminables monologues sur la splendeur que l'on côtoie à être en extérieur, les louanges qu'il dédiait au vert des plantes et au bleu du ciel.

– Les Huns sont en pleine déroute. Il paraît qu'un armistice ne serait plus très loin. Peut-être même avant la fin du mois.

– Où tu as entendu dire ça ?

Philip avait à peine prêté attention aux élucubrations antérieures de Mo, ne participant que par un *hum* occasionnel, mais cette affirmation venait d'aiguiser sa curiosité. Jusqu'à présent, ses pensées s'étaient tournées vers Elsie, la maison vide, et ce qu'il avait ressenti quand il était seul avec elle dans un endroit où personne ne pouvait les voir. Il aurait voulu ne jamais en partir, aurait souhaité y vivre à jamais.

– Ici et là, répondit Mo. Les gens parlent. Je suppose que quelqu'un a vu un journal.

– Un journal, il daterait d'au moins une semaine.

– Alors peut-être que la guerre est déjà terminée et qu'on ne le sait même pas. Peut-être que tout le monde à part nous, dans le pays, fête la victoire. Que les soldats et les infirmières dansent en France. Qu'il y a des parades à Paris.

– Ce serait formidable.

– Je doute quand même que ce soit le cas. Ça n'en donne pas l'impression.

– Tu crois qu'on le saura, quand ce sera fini ?

Ils n'étaient pas assez proches des autres villes pour voir les feux d'artifice ou entendre les hurlements de joie de la foule, les coups frappés sur la grosse caisse et les plaintes des cuivres d'une fanfare qui défile.

– Bien sûr.

– Comment ?

– Je sais pas. Dans l'air, dans le ciel.

Il se gratta la joue près d'une cicatrice laide d'ancien pugiliste.

– Nous serons capables de dire que la guerre est finie d'après l'apparence du ciel ?

– C'est plus que probable.

– Le ciel, ici, il est gris tous les jours.

– Précisément. Tu ne crois pas que ce bon vieux soleil finirait par se montrer pour ça ?

Philip vérifia s'il affichait un sourire mais n'en vit pas.

– Je peux anticiper des choses selon le temps qu'il fait, poursuivit Mo. Depuis que je suis ici, tout ce qui m'est arrivé de désagréable, c'est à cause du temps.

– Comme quoi ?

Mo réfléchit.

– La toute première fois qu'un gars de mon équipe a été tué, c'est arrivé un après-midi où on a eu des éclairs mais pas de pluie. On avait pratiquement fini notre temps de travail quand ça a commencé, mais on s'échinait pour un sacré salopard qui s'en fichait que ses ouvriers soient frappés par la foudre ou non, alors il a fallu qu'on reste jusqu'au bout. La foudre, c'est pas bon, quand on abat des arbres.

– Ça, je le sais.

– Donc on est là à travailler et tout le monde fait comme s'il se fichait de la foudre parce qu'on est tous des durs de durs, évidemment, mais on arrêtait pas d'y penser. Je faisais équipe avec ce type que j'aimais pas particulièrement parce qu'il était de ces gars qu'il faut qu'ils t'insultent vraiment méchamment pour apprendre à savoir qui t'es. Alors bon, la foudre elle tombe et toujours pas de pluie, même pas de tonnerre, c'était presque comme si on imaginait seulement qu'elle frappait, et je décide que ma scie elle a besoin d'être aiguisée, alors je retourne à la cabane. J'y passe un peu de temps, et quand je fais demi-tour pour reprendre mon poste, je vois mon collègue qu'est étendu sur le sol. Et quand je m'avance, je vois qu'il a été poignardé en plein cœur, qu'il a du sang partout sur la poitrine et que ses yeux, ils sont aussi morts que ceux de McKinley[1]. Et presque tout de suite après, la foudre elle a arrêté et il a jamais plu une goutte.

– Qui l'a tué ?

– Deux types qu'il avait un peu trop insultés. Ils étaient d'origine polonaise et, la veille, il s'était bien amusé à déblatérer sur les femmes polonaises, plus particulièrement les mères polonaises, alors eux, ils avaient pas apprécié. Je m'y attendais vraiment, à ce que ça arrive.

– Dans ce cas, ce n'était pas les conditions atmosphériques qui t'ont prévenu, c'était le fait de savoir que ces deux gars étaient fous furieux contre lui. C'est pour ça que tu avais peur qu'il y ait quelque chose de grave qui se produise.

– Premièrement, j'ai jamais dit que j'avais *peur*, fit remarquer Mo d'un air plutôt vexé. Deuxièmement, tu peux raconter ce que tu veux.

Au fur et à mesure que la journée s'écoulait en silence, Philip songea de nouveau à Elsie… c'était tellement plus agréable que de penser à la dernière fois où il était allé monter la garde. Était-elle encore à l'église, de retour chez elle, ou aidait-elle dans le magasin ? Il occupait peut-être la moindre de ses pensées, se dit-il. Quand il avait parlé avec elle, il avait vu l'inquiétude dans son regard, avait même eu l'impression

1. William McKinley (1843-1901), 25e président des États-Unis. Atteint de deux balles par un anarchiste juste après sa seconde investiture, il décéda presque dix jours plus tard.

qu'elle était sur le point de le prendre dans ses bras, mais cela, il l'avait sûrement imaginé. Il n'était que le fils adopté auquel il manquait un pied, qui clopinait dans la ville et se trouvait vivre dans la même maison que sa meilleure amie.

Ses pensées et ses sentiments hésitaient entre ces deux extrêmes d'engouement et de pitoyable découragement. Les cieux s'assombrirent sérieusement, les nuages recouvrant de manière plus dense toute preuve d'existence du soleil, sur lequel il n'avait pas posé le regard depuis des jours.

Et que dire de Graham ? Jamais il n'était venu pour l'aider à peindre. Il y avait quelque chose dans la façon dont son ami s'était comporté, l'autre jour, qui avait retenu Philip de marcher jusqu'à la maison des Worthy pour frapper à la porte et apprendre ce qui l'empêchait de le rejoindre.

– Merde, jura soudain Mo.

– Qu'est-ce qu'y a ?

– J'ai dit aux Wachowski que je leur apporterai du petit bois ce matin et j'ai oublié.

Jay Wachowski était un scieur qui, la semaine précédente, s'était brisé les deux mains dans un accident du travail, et ses voisins s'étaient dévoués pour aider la famille à s'en sortir le temps qu'il guérisse.

– Tant pis, je le ferai ce soir, quand on aura fini.

– Il fera nuit d'ici là. Le bois, ils vont en avoir besoin avant que le soleil se couche.

– Merde, répéta Mo en tournant son regard vers la ville.

– Vas-y. Ça ne te prendra qu'une heure.

Mo n'aimait pas être obligé d'affronter une décision difficile à prendre.

– Mais j'ai dit aussi que j'allais monter la garde.

– Si tu n'en as que pour une heure, ça va. Je peux me débrouiller seul pendant un petit moment.

– T'es sûr ?

– Oui. Vas-y.

Mo acquiesça, posa prudemment son fusil sur le sol.

– OK, j'y vais. T'amuse pas à tirer sur des cerfs ou je sais pas quoi encore.

Une fois Mo parti, Philip s'assit juste devant la souche de l'arbre en se disant qu'il pouvait prendre un peu plus ses aises puisqu'il n'y avait personne pour le voir. Son tour de garde s'achèverait à huit heures. Deacon prendrait alors la relève, il viendrait communier avec les ténèbres jusqu'à ce que le soleil entame son ascension le lendemain matin. Philip se demandait quel genre de personne il fallait être pour se porter volontaire sur ce tour de garde, pour se poster là en retenant son souffle sous la noirceur absolue du ciel, seul avec le cri des chouettes, le frôlement des branches et un son grave occasionnel qui était peut-être celui d'un ours ou de sa propre imagination.

Cela faisait un bon moment qu'il n'avait pas consulté la montre rangée dans sa poche. Il avait fini par remarquer que moins il la regardait, plus le temps passait vite. Il contempla un long moment ses souliers en rêvassant à nouveau à Elsie et finit par lever les yeux.

Au bas de la colline, il détecta un mouvement.

Comme la dernière fois. Exactement pareil que pendant son tour de garde avec Graham. D'abord les ombres colorées et indécises, les furtives apparitions de quelque chose qui bougeait, révélées uniquement dans les espaces entre deux arbres.

La forme indistincte disparut derrière les troncs épais pour réapparaître quelques pieds plus loin sur la droite, se dirigeant vers la clairière au pied de la colline.

Ses doigts se crispèrent sur le fusil pour ce qu'il espéra ne devoir durer qu'un court instant, n'être qu'une pensée fugace, une impression trompeuse. Puis il comprit qu'il ne s'était absolument pas trompé... et comment la situation risquait d'évoluer.

Une silhouette sortait des bois et s'approchait du panneau. Comme précédemment. C'était un homme, là aussi, qui marchait lentement mais sans traîner la jambe. Cette démarche assurée était le seul indice montrant que son imagination n'inventait rien, que cela ne s'était pas produit antérieurement, que cela se déroulait au moment présent. L'homme fit halte face au panneau.

Va-t'en, pensa Philip, car l'inconnu était encore trop loin pour l'entendre. *S'il te plaît, s'il te plaît, va-t'en.*

Comment était-il possible qu'une autre personne se rende *à pied* à Commonwealth, qu'une autre âme parcoure en errant les vingt-cinq kilomètres depuis la ville la plus proche ? Il secoua la tête devant son étrange destin, espérant que, contre toute réalité, cet homme disparaisse purement et simplement.

L'inconnu leva les yeux vers lui. La lumière était juste assez faible, sous la ramure, pour que ses traits soient momentanément invisibles. Pas de visage, pas de bouche, pas de style vestimentaire particulier. Philip souhaita très fort n'en garder que cet unique souvenir : une entité vide, une apparition venue lire un panneau insolite et qui, tout aussi rapidement, s'il te plaît, s'il te plaît, s'esquiverait entre les arbres. Une créature qui ne souhaiterait pas fraterniser avec les hommes. Un ectoplasme. S'il te plaît, s'il te plaît, pars.

Mais l'inconnu n'exauça pas la supplication inaudible de Philip. Il escalada l'arbre couché et entreprit de grimper la colline.

Progressivement, il acquit une densité, passant du statut d'apparition à celui d'homme totalement abouti ; acquit des cheveux noirs, des yeux également noirs et un nez de petite taille qui semblait complètement dissimulé par une poussée récente de barbe négligée. Bientôt, il aurait une voix. Après, une personnalité. Des caractéristiques. Un accent régional, peut-être. Où diable était Mo ?

C'était encore un soldat. Il était vêtu comme le premier, avec le même pantalon kaki, la même tunique sur la même chemise débraillée. Les mêmes souliers maculés de la même boue qui tachait la majeure partie de ses jambes. Néanmoins, il paraissait plus propre que son prédécesseur, comme s'il était davantage accoutumé à se trouver égaré dans les bois et savait comment prendre soin de sa tenue. Une partie de la boue donnait l'impression d'avoir séché des jours plus tôt. Elle n'avait pas l'humidité récente de celle de son homologue, exactement comme la démarche de ce soldat-ci n'avait pas la claudication de l'autre, la claudication de la victime, la claudication du soldat qui, depuis le début, semblait avoir su qu'il mourrait par balle. Lui ne savait rien de tel.

Quelque chose, dans son regard, déclencha chez Philip une peur supérieure à celle qu'il avait ressentie antérieurement. Ce genre de situation ne devrait-il pas être plus facile la deuxième fois ? L'inconnu l'observait maintenant, et ce fut avec un sentiment de malaise que le jeune homme eut conscience d'être évalué, soupesé et rejeté au rang de quantité négligeable.

Il jeta un coup d'œil derrière lui pour voir si Mo arrivait, ou même si Elsie se dissimulait quelque part dans les arbres. Mais il n'y avait personne, uniquement lui et un soldat. Il reporta son regard devant lui. Il avait déjà laissé cet inconnu s'approcher trop près.

– Vous ne pouvez pas monter ici ! lui cria-t-il.

Il croyait que c'étaient les mots que Graham avait prononcés, mais ils paraissaient beaucoup plus mièvres sortant de ses lèvres. Il y avait de la persuasion dans la voix de Graham, de la force. De la souffrance et de la maturité. Lui, il donnait l'impression d'être un gamin armé d'un pistolet pour enfants.

– J'ai dit que vous ne pouvez pas monter ici ! La ville est confinée à cause de l'épidémie de grippe !

De nouveaux pas, toujours aucune parole.

Philip leva le fusil pour le pointer sur l'intrus. Il avait remarqué qu'à la différence du premier soldat, celui-ci ne portait pas d'arme à l'épaule. Pourtant, le fait de braquer le sien ne procurait à Philip aucun sentiment de puissance ni de sécurité, mais l'intuition d'un danger imminent. Comme si c'était lui que le fusil visait. Comme s'il savait que le poids de toute violence par lui exercée n'en serait que plus brutal à son propre égard.

– Je vous ai prévenu que vous êtes trop près, gronda Philip entre ses dents serrées, d'une voix qui le surprit lui-même par sa férocité.

Le soldat s'immobilisa. Il était à une petite trentaine de mètres, à peu près à l'endroit où le premier s'était écroulé sans vie. Il baissa les yeux, secoua la tête. Quand il la releva, une mimique amusée jouait sur ses lèvres. Il était bel homme, avec un sourire bien tracé, même au milieu de la barbe naissante.

– C'est bon, mon gars, baisse ton arme et discutons entre êtres humains civilisés.

Il semblait avoir le même âge que Graham. Ça ferait quand même neuf ans de plus que lui, mais n'empêchait nullement que Philip déteste être appelé « mon gars ».

– Nous sommes en quarantaine. Nul n'est autorisé à entrer en ville. Faites demi-tour et allez ailleurs.

– Et de quelle ville s'agit-il donc, je vous prie ?

– Commonwealth.

Le soldat ne semblait nullement impressionné par la situation, comme si Philip était le chien de la famille qui jappait perpétuellement et dont l'inconnu tolérait la présence uniquement pour ne pas paraître malpoli vis-à-vis de ses hôtes.

– Dites donc, mon gars, est-ce que je vous donne l'impression d'avoir la grippe ?

– Est-ce que je vous donne celle d'être médecin ?

Le soldat réfléchit un instant.

– Qu'est-ce que vous voulez ? que je fasse l'équilibre sur les mains ? Ou cinquante pompes ? Je vais faire cinquante pompes, ça devrait vous prouver que je suis en bonne santé.

– Nous n'autorisons personne à pénétrer dans notre ville.

Philip tentait de ne pas se laisser désarmer par le sourire de l'inconnu, son refus de considérer la gravité de la situation.

– Comment vous vous appelez, mon gars ?

– Il faut que vous rebroussiez chemin *maintenant*. Je suis désolé, l'ami. Je protège juste ma ville.

– Et il se passe quoi, si je continue d'avancer ?

Il avança d'un pas.

Philip pensa à Graham. Puis à Elsie.

– Je vous abats.

Il avait dit ces mots d'une voix égale, n'avait pas tenté de les faire passer pour une menace. Juste une affirmation, une vérité immuable. Le soleil se lève à l'est, ici, dans la région, les arbres poussent haut, et moi j'abats tous ceux qui s'approchent trop. Ce fut ce timbre de voix très simple qui causa un changement dans le visage du soldat. Comme si le chien qui jappait était devenu d'un calme inquiétant tout en regardant intensément les chevilles de l'inconnu.

– Je ne pense pas que vous le feriez.

Ils se dévisagèrent. Philip repensa à l'expression des yeux de Graham, deux soirs auparavant, lorsqu'il avait fixé son feu, à la façon dont ses mains avaient tremblé dans la réserve à bois, dont sa voix avait paru glaciale. Il faut que je le fasse partir maintenant. Je n'ai pas envie de lui tirer dessus. Je ne crois pas être capable de le faire. Il faut que je parvienne à le convaincre de rebrousser chemin.

– Ça ne serait pas la première fois, dit lentement Philip en séparant précautionneusement chaque mot, les rendant cruels en les articulant, tel du shrapnel que l'on extrait avec des forceps rouillés.

– Ah bon ?

Philip n'aurait su dire si l'inconnu ne le croyait pas ou s'il essayait seulement de prendre ce petit jeune au comportement coriace en flagrant délit de mensonge, ce qui ferait de lui un trouillard et un vantard.

– Regardez sur votre gauche, dit-il. À une trentaine de mètres sous les arbres. Repérez celui qui a une bande de mousse en diagonale, sur le tronc.

Le soldat fit ce qui lui était demandé.

– Vous le voyez ?

– Je vois l'arbre, ouais.

– Maintenant, regardez dessous.

L'inconnu s'écarta d'un pas pour jeter un coup d'œil vers la terre entre les branches entrecroisées. Il garda un instant le silence.

– C'est une tombe ?

– Oui.

Ceux qui l'avaient creusée avaient choisi un emplacement où nul ne risquait de passer par hasard, mais elle était quand même visible de la route si on savait où regarder.

– Elle a l'air fraîche.

– Tout juste deux jours.

Pendant que l'inconnu l'examinait, Philip ne le quittait pas des yeux.

– C'était un soldat, comme vous.

Cela non plus, l'inconnu ne s'y attendait pas. Il pivota de nouveau vers Philip.

– Un autre soldat ?

– C'est ça. Alors vous imaginez pas que je sois impressionné par l'uniforme ni rien.

Il avait les muscles de plus en plus crispés, douloureux. Son corps exigeait qu'il se relâche, au moins momentanément, ou qu'il change de position, mais il n'en fit rien.

– J'ai seulement besoin d'un endroit où dormir, mon gars, dit le soldat qui avait choisi de ne plus aiguillonner ce petit jeune et tentait une nouvelle approche. Et de nourriture. Je ne…

– Arrêtez de me dire « mon gars ».

– De nourriture et d'endroit où dormir, s'il vous plaît, monsieur. C'est tout ce que je demande.

Philip avait pensé à cette option. Celle qui ne lui était pas venue quand le premier soldat avait surgi.

– Il n'est pas exclu que je puisse vous apporter à manger si vous restez où vous êtes et ne vous approchez plus. Quand l'autre garde sera revenu. Mais pour l'abri, vous jouez de malchance, personne n'entre dans la ville.

– Il va geler, cette nuit. Je m'en fiche, de votre nourriture, si vous avez l'intention de me laisser mourir de froid ici.

– Je ne peux pas faire plus. À prendre ou à laisser.

L'autre réfléchit. Il regarda dans la direction de la tombe.

– Vous devez être sacrément bon tireur.

– Pas trop mauvais.

Le soldat baissa la tête et, même si Philip distinguait à peine son visage, il sut que l'inconnu avait recommencé à sourire. En quoi cela l'amusait-il tant ? La lueur de crainte que Philip avait cru déceler dans ses yeux semblait déjà ne plus y être.

Il va recommencer à avancer, pensa-t-il. Il n'a plus peur. Peut-être qu'il est fou. Peut-être que quelque chose de pire lui est arrivé pendant la guerre et que la dernière chose qu'il va accepter, c'est d'essuyer un refus par un « gars ». Il va s'approcher.

S'il avance d'un seul pas, je viserai le sol juste devant lui, se jura-t-il. *Ça le fera sursauter. Il repartira d'où il vient, la peur au ventre. Il a droit à un coup de semonce, un seul.*

Le soldat releva la tête. Philip lut la décision dans son regard, le geste imminent. Les muscles de ses doigts, sur la détente, étaient crispés au point d'en être douloureux.

Il pensait que le pas du soldat serait lent et intentionnel, mais il se trompait. L'intrus ne se déplaça pas. Son geste fut le suivant : sa main droite, qui n'avait cessé de pendre le long de son flanc, disparut un court instant sous les pans de sa chemise qui n'étaient pas enfoncés dans son pantalon et, lorsqu'elle reparut, elle tenait un pistolet et une détonation explosa immédiatement dans l'air environnant.

Le garçon tira instinctivement en se jetant sur le sol. Les deux coups de feu se répondirent en écho, et celui qui provenait du fusil surprit Philip cette fois aussi. Il était maintenant allongé par terre, caché derrière ce tronc gigantesque qu'ils avaient pensé à utiliser pour afficher le panneau, mais assurément pas comme bouclier. Sa respiration était saccadée. Il consacra un bref instant à inspecter son corps pour s'assurer qu'il n'avait pas été touché par la balle du soldat.

Mais lui, Philip, l'avait-il blessé ? Il tendit l'oreille. L'inconnu était-il mort ? Ou était-il accroupi tout près de là, juste de l'autre côté du tronc d'arbre ?

Ses doigts tremblaient. Il fallait qu'il regarde, qu'il voie si l'intrus était mort. Il prit sa respiration. Fais vite. Jette un coup d'œil, pas plus d'une seconde, cache-toi à nouveau. Il ramena ses pieds sous son corps, jambes repliées de manière à pouvoir se relever et disparaître aussitôt. Il rechargea le fusil avec des gestes frénétiques, prit une nouvelle inspiration. Maintenant.

Se tournant, il se souleva juste assez pour que sa tête et ses épaules dépassent au-dessus du tronc. L'autre était parti. Ou du moins, il n'était plus à l'endroit où il s'était trouvé un instant plus tôt. Philip regarda sur sa droite, vers les bois denses, vers la tombe du premier soldat, et juste au moment où il perçut un mouvement, il replongea derrière le tronc.

– Vous êtes sûr de vouloir faire ça ? lança le soldat.

L'énormité du fait que quelqu'un venait de lui tirer dessus s'insérait lentement dans l'esprit paniqué du garçon : le soldat lui avait tiré dessus et recommencerait. D'une certaine façon, cela lui facilitait les choses. Car Philip était obligé de le tuer, sinon il serait tué lui-même. Monter la garde s'apparentait plus ou moins à de la légitime défense, mais ce n'était que maintenant, sous le coup d'une menace tangible, qu'il ressentait vraiment la situation de cette façon.

Toutefois, il savait qu'il constituait la seule défense dont la ville disposait. Ce soldat pouvait être contaminé, il pouvait véhiculer la grippe dans son sang et ses poumons. Il marcherait dans Commonwealth et, bientôt, les habitants tousseraient, devraient rester alités à cause de la fièvre, deviendraient sujets à des hallucinations tandis que leurs fronts seraient brûlants, leurs yeux embués et leurs entrailles investies par les mucosités et la mort. Il fallait qu'il empêche le soldat de passer.

– Je ne vous laisserai pas entrer dans la ville ! Même si vous me tuez, il y a plein d'autres hommes qui vous empêcheront de le faire.

Quelqu'un avait dû entendre les coups de feu, se dit-il. Ils n'étaient pas si loin de la ville que ça. Quelqu'un viendrait, du moment qu'il parvenait à maintenir son adversaire à distance. Sauf si les ouvriers continuaient de travailler sur les deux bâtiments de la rue principale dans une tempête de coups de marteau. Sûrement, les détonations devaient être audibles en dépit de leur vacarme.

Il entendit un mouvement. Le soldat était quelque part au milieu des arbres sur la droite de la souche. Comme les bois prenaient fin à six mètres environ de l'endroit où lui-même était accroupi, ils étaient proches l'un de l'autre. L'intrus pouvait être à peu près n'importe où, maintenant, s'approcher en venant de n'importe quelle direction. Philip était seul sur une île, une île minuscule. S'il différait plus longtemps, le soldat pourrait le tirer comme un lapin.

Il roula sur le côté, s'éloignant de la protection que représentait la souche. Le fusil tendu devant lui, il fit feu sur les arbres, là où il avait aperçu le soldat. Puis il se leva d'un bond et courut aussi vite que sa jambe infirme pouvait le porter. Il se jeta à terre pour les deux derniers mètres, percutant maladroitement et durement le sol derrière un autre arbre. Le fusil lui échappa des mains, tomba à quelques dizaines de centimètres de lui, mais il parvint à s'en saisir en tendant le bras et s'assit le dos appuyé à l'arbre.

Il était surpris que le soldat ne l'ait pas pris pour cible pendant sa fuite. Était-il si proche que ça n'en valait pas la peine ? Philip s'était-il caché du mauvais côté, son flanc était-il en réalité exposé à la vue de son ennemi, où qu'il puisse être ? C'était un soldat, après tout, il avait reçu une formation sur la manière d'agir en pareilles circonstances. Il savait sûrement comment prendre l'avantage sur un jeune de seize ans, armé d'un fusil mais n'ayant qu'un seul pied. En ce moment il ne devait probablement plus être qu'une ombre s'insinuant entre les arbres, se collant contre leurs troncs ou au milieu des branches, rampant de plus en plus près.

Philip tenta de contrôler sa respiration. De ne faire aucun bruit. D'épier ceux que faisait le soldat, mais il n'entendit rien.

Il y avait des buissons, des fourrés et des branches basses qui couvraient la majeure partie du sol. Il ne serait pas aisé pour lui de contourner ces obstacles sans alerter l'ennemi. Soit le soldat observait une immobilité absolue, soit il procédait avec une lenteur extrême, écartait calmement une branche, avançait d'un pas, patientait.

Tout à coup, un bruit. Quelque chose sur sa droite. Il se tourna juste au moment où cela cessait. Quelque chose bougeait là-bas, contre le tronc sous lequel poussait du sumac vénéneux. L'objet qui bougeait roulait vers lui : une pierre. Une pierre ?

Elle avait été jetée. Pour détourner son attention. Il comprit qu'il avait révélé sa position, qu'il n'était plus aussi bien caché. Les mouvements venaient maintenant vers lui, il détectait chaque étape mais toujours avec un temps de retard.

Et au moment où il pivota sur lui-même, il vit un autre mouvement, un vrai mouvement, un homme qui fonçait sur lui avec une rapidité à laquelle il ne pouvait s'opposer. Avant qu'il ait pu se tourner assez pour faire face à cet homme, le mouvement se modifia, devint maladroit, et il y eut un bruit sourd et brutal suivi d'un gémissement.

Le soldat avait trébuché. Il était tombé. Il avait buté contre un des troncs reptiliens mais robustes qui ondulaient sur le sol alors qu'il courait se mettre en position à un endroit suffisamment proche pour assurer sa visée. Il était tombé à plat ventre, chutant lourdement en se protégeant de ses mains. De ses mains vides. Philip vit le pistolet ricocher et se nicher dans l'aspérité d'un autre tronc, à un peu moins de deux mètres de l'intrus, allongé par terre, qui leva la tête, écarquillant les yeux en s'apercevant que le garçon était plus près du pistolet que lui.

Philip, de son côté, se souvint qu'il lui fallait recharger son fusil, ce qu'il fit alors. Désormais l'arme était chargée, désormais son pied reposait sur le pistolet. Prenant appui sur ses mains, le soldat se redressait lentement sur les genoux. Après la nonchalance initiale, son visage avait fini par afficher une expression d'inquiétude, d'inquiétude extrême.

Philip maintenait le fusil braqué droit sur la poitrine de l'inconnu. Ils étaient à moins d'un mètre de distance.

Le soldat avala sa salive. Il avait les yeux ronds, les pupilles qui semblaient disparaître dans le blanc de ses globes oculaires.

Philip savait qu'il devrait appuyer sur la détente sans délai, le faire rapidement afin de mettre un terme à tout cela. Ne pas lui laisser une chance d'ouvrir à nouveau la bouche. Il pensa à Elsie, pensa à Rebecca et Charles, à sa sœur Laura, à Amelia et Millie, sa nièce officieuse. Un bébé pourrait être le premier à tomber malade et à mourir, si l'épidémie pénétrait en ville. Il pensa à la mort de la petite fille et à Amelia qui arpenterait la pièce avec désespoir, le visage livide après ce coup du sort. Il pensa à Graham chez lui, faisant avec ses poings des trous dans les murs, Graham incapable de retenir des larmes indignes d'un homme, exactement comme il aurait échoué à sauver son unique enfant. Sans le vouloir, ses pensées convergèrent vers lui, son ami, vers le premier soldat et les deux coups de feu, le premier pour que l'intrus tombe à terre, le second pour l'achever.

– C'est la fin, alors, dit le soldat en arrachant Philip aux terreurs qui déferlaient librement dans son esprit.

Le fusil lui donnait l'impression de peser des tonnes.

– Levez-vous et tournez-vous, ordonna Philip. Fichez le camp. S'il vous plaît.

Il n'aurait pas dû ajouter « s'il vous plaît ». Cela donnait une impression de faiblesse et il s'en voulut immédiatement.

Le soldat secoua la tête.

– Je préfère mourir vite à crever lentement de froid. Tirez.

Le ton de sa voix était à la fois rancunier et en paix avec son destin.

– Partez, je vous dis, plaida Philip.

– Tenez. Je vais vous faciliter les choses.

Il défit les deux premiers boutons de sa tunique kaki, en ouvrit les pans pour exposer le sous-vêtement qui couvrait son cœur.

– Juste là, mon garçon. Vous ne pouvez pas rater.

Son regard était presque complètement inexpressif, mais la peau, tout autour, était tendue. Sur sa tempe, Philip vit palpiter une veine. L'homme avait les dents serrées, la mâchoire crispée. Sa tête et son cou se mirent à vibrer. Tous les muscles de son corps semblaient se contracter pour repousser la mort, même si celui qui leur communiquait ses ordres l'appelait de ses vœux.

Il était si proche, du point de vue occupé par Philip, que la gueule du fusil obturait le centre de sa poitrine, le petit cercle de coton blanc visible offrant une cible parfaite.

Ils étaient si près. Trop près. Ils respiraient le même air et plus Philip restait là, plus il rendait la situation pire. Était-ce déjà trop tard ? Le destin secret et fatal de la ville était-il déjà passé dans son sang ?

Ils se dévisageaient, immobiles. Ils se dévisageaient et respiraient.

Philip baissa très légèrement le fusil. C'était un mouvement infime mais d'une très grande importance, car il avait pris sa décision. Qu'il l'ait fait parce qu'il se sentait le dos au mur ou parce qu'il était incapable d'aller plus loin était une chose sur laquelle il évita de s'interroger.

– Si nous coupons à travers ces bois, dit-il lentement, nous arriverons à un bâtiment vide. Il y a une cave où vous pourrez vous cacher. J'irai vous chercher de la nourriture, et après vous pourrez dormir. Mais avant le lever du soleil, vous partez. Vous ne serez plus là avant que quiconque soit réveillé.

Il déglutit.

– Vous avez compris ?

Le soldat hocha la tête, yeux écarquillés.

– Vous ne ferez aucun bruit et serez parti avant le lever du soleil ?

– Oui. Oui. Merci.

Philip abaissa le fusil. Il se pencha, ramassa le pistolet, y jeta un coup d'œil rapide avant de le glisser dans sa poche. Jamais de sa vie il n'en avait tenu dans sa main et il espérait très fort qu'il ne tirerait pas tout seul dans sa poche, mais il était exclu de le rendre à son propriétaire.

– Vous en avez d'autres, des pistolets, cachés sur vous ?

Le soldat dit non mais Philip l'obligea à se redresser, ouvrir sa tunique, lever son sous-vêtement et vider ses poches. Il remarqua que les mains de l'inconnu tremblaient et que ses yeux avaient l'air moins ternes qu'auparavant. Il avait vraiment cru qu'il allait mourir, et surmonter cette épreuve n'était pas un processus rapide.

– Passez devant, ordonna Philip en indiquant la direction avec le canon du fusil.

Il le suivit à une dizaine de pas, espérant que c'était suffisant pour le protéger des microbes abominables ou des esprits malfaisants qui hantaient l'air environnant le prisonnier. Peut-être se tenir à une distance aussi faible pendant une minute ou deux seulement n'avait-il pas fait la différence ? Peut-être n'avait-il pas entraîné la fin de la ville entière ?

Il essaya de ne pas y penser : il était déjà si angoissé et effrayé qu'il ne pouvait se le permettre. La forêt se fit encore plus dense à mesure que la pente montait, mais il savait que dans quelques mètres ils atteindraient une clairière où se dressaient plusieurs bâtiments abandonnés. Ils avaient été construits par l'usine de Reginald Worthy des années avant que Charles n'achète les lieux pour créer Commonwealth. À l'origine, ils devaient servir à entreposer le trop-plein de bois, mais leur emplacement avait été mal choisi, beaucoup trop loin de la rivière et de la scierie. Ces bâtiments n'avaient, étrange perte d'espace, jamais été utilisés, et Philip se demandait si Charles les fuyait délibérément par respect pour ses ouvriers. Le fait qu'ils soient situés si loin, au bout d'une route rarement empruntée, en faisait le lieu parfait pour le besoin actuel de son fils adoptif. Le soldat pourrait dormir toute la nuit dans l'un d'eux sans jamais se trouver assez près pour contaminer quiconque. Peut-être cela se passerait-il comme s'il n'était jamais venu. Peut-être n'était-ce pas une épouvantable erreur.

Des brindilles se brisaient pendant qu'ils escaladaient la colline. La vue que Philip avait sur le soldat était brouillée par la tombée de la nuit. La terre, les écorces, l'herbe et les aiguilles de conifères perdaient leurs couleurs, se mêlant en un gris terne qui disparaîtrait bientôt dans les ténèbres.

Où était Mo ? Bien sûr, maintenant, Philip espérait que son collègue chauve tarderait à revenir. S'il parvenait à cacher clandestinement le soldat dans le bâtiment et lui dire de l'y attendre, il serait de retour à son poste avant Mo. Il lui annoncerait alors qu'il devait s'absenter brièvement, inventerait une excuse, irait chercher à manger pour le soldat et le lui rapporterait. Il ferait de son mieux pour éviter d'autres gens cette nuit, au cas où l'air, autour de lui, serait pollué par la maladie. Mais s'il avait été infecté, ne risquerait-il pas de transmettre la maladie à Mo qui la transmettrait à son tour à quelqu'un d'autre et ainsi de suite, en quelques heures à peine ? Comment cela fonctionnait-il exactement ? Philip devrait trouver le Dr Banes, lui poser quelques questions innocentes. Mais s'il essayait d'éviter le contact avec d'autres, il ne pouvait adresser ses questions au médecin. Tout était déjà trop compliqué.

Bientôt, les arbres s'espacèrent et une clairière de petite taille s'ouvrit devant eux. Elle était partiellement l'œuvre des hommes, récente de surcroît, car les souches jonchaient le sol. Juste devant eux se dressaient trois bâtiments et Philip guida le soldat vers celui qui était le plus éloigné de la ville. Pendant qu'ils s'en approchaient, il avait vue sur la route qui reliait ces structures oubliées au reste de la localité. Cette voie était complètement rectiligne, avec les bois sur la droite et un groupe d'arbres moins épais sur la gauche. Juste au-delà se trouvait une des rues principales : cette route-ci était l'une des nombreuses autres qui rayonnaient de cet endroit, dont la majeure partie étaient bordées de maisons neuves inhabitées. Il était plus que probable que nul n'éprouve le besoin de s'aventurer dans les environs.

– Entrez, lui dit Philip en reculant de plusieurs pas pour qu'il ait suffisamment d'espace pour passer, lui et sa charge virale.

Le soldat obéit.

– Allez vers la cave. Les marches sont au fond, sur la droite.

Avant de le suivre, Philip attendit quelques secondes que se dissipent les esprits malfaisants qui environnaient le soldat. En bas se trouvait une grande salle sombre dépourvue d'ouvertures, à l'atmosphère croupie et moisie. Il fallait un moment aux yeux pour s'habituer. La poussière couvrait sol et murs, marbrait le bois sombre. Le soldat y avait laissé l'empreinte de ses pas. Philip marcha volontairement sur le côté, comme s'il pouvait attraper la grippe à travers la semelle de ses souliers. Il referma la porte derrière lui exactement au moment où le soldat entamait la descente de l'escalier. Il avait pensé s'avancer jusqu'au bord de la première marche avant de prévenir le soldat à haute voix qu'il lui faudrait peut-être jusqu'à une heure ou deux avant d'être en mesure de lui apporter à manger. Il allait l'avertir à nouveau que s'il mettait le nez dehors et s'aventurait dans la ville, les habitants se montreraient beaucoup moins cléments qu'il ne l'avait été, lui, à l'égard de cette intrusion.

Mais son plan vola en éclats quand il entendit le bruit de la porte qui s'ouvrait dans son dos.

Il se retourna pour voir le battant effectuer son demi-cercle à l'intérieur du bâtiment, vit la lumière de l'extérieur s'infiltrer, vit Mo qui se tenait sur le seuil. Il se couvrait le nez et la bouche avec un mouchoir comme un voleur de train dans un livre d'enfants. Il avait également un mouchoir qui enveloppait la main avec laquelle il avait tourné la poignée et ouvert la porte. De l'autre main, il tenait son fusil.

– Philip ? Qu'est-ce que tu fais ?

Ses mots étaient lents, étouffés par le mouchoir au-dessus duquel il ouvrait des yeux écarquillés.

Philip était anéanti. Mo avait dû revenir au poste de garde désert et voir les deux silhouettes disparaître dans les bois, avait dû les suivre jusqu'ici en maintenant avec prudence la distance qui les séparait. Avec tellement plus de prudence que lui, Philip le pleutre, Philip l'imbécile, qui sentait le poids de ses erreurs s'accumuler sur lui avec une brutalité terrible.

D'horreur, Mo secouait la tête.

– J'allais lui chercher un peu à manger, dit Philip, ou songea-t-il à dire, ou tenta-t-il de dire, mais peut-être sa voix lui fit-elle défaut au milieu de sa phrase, il n'en avait pas la certitude.

Même s'il l'avait dit, c'était si inconséquent et dénué d'importance que cela ne comptait pas.

Mo recula d'un pas supplémentaire.

– Reste ici, Philip, prononça-t-il d'une voix aimable, mais il était clair que c'était un ordre. Tu restes, moi je vais chercher M. Worthy et nous verrons ce qu'il convient de faire.

Avant que Philip ait eu le temps de protester, Mo retira sa main couverte du mouchoir de l'encadrement de la porte, laquelle pivota, enfermant Philip dans les ténèbres insondables.

Deuxième partie

PRISONNIERS

I

J. B. Merriwhether sirotait son whisky. Il ne voulait boire que celui-là, mais comme il n'était pas pressé de partir, il avait décidé de le faire durer.

Sa journée de travail était terminée et il se trouvait maintenant au Pioneers Club, retardant son retour chez lui. À deux reprises il avait appelé Violet, sa femme, pour savoir comment allait leur fille. Pas d'amélioration. Cela faisait plus d'une semaine qu'elle était clouée au lit avec une toux forte, grasse. Et persistante. Toute la journée et à longueur de nuit, la maladie hantait le sommeil de son père et rendait le sien pratiquement impossible. Le matin même, un nouveau symptôme inquiétant avait fait son apparition : une teinte sombre et bleuâtre entourait ses yeux. J. B. n'était pas parvenu à joindre le médecin, l'un des rares docteurs locaux à ne pas avoir été réquisitionnés pour servir sur le front. À sept heures trente, il s'était rendu en voiture à son bureau, laissant à sa femme le soin de tenter d'appeler le docteur.

Gwen semblait aller plus mal, lui avait annoncé Violet à seize heures trente. L'extrémité de ses doigts était bleue, comme ses lèvres, ses yeux plus sombres encore qu'ils ne l'avaient été le matin. Et le courrier n'avait apporté aucune nouvelle lettre de James.

Une enfant effroyablement malade, l'autre qui combattait en France. J. B. porta le verre à sa bouche, ne l'humidifiant qu'à peine avant de le reposer et de lécher les traces d'alcool sur ses lèvres. Il devrait être chez lui, mais que pourrait-il y faire ? Rien. Il n'y avait rien qu'il puisse faire.

Mais ici, au Pioneers Club, il pouvait se rendre utile. Il avait reçu un appel de Joseph Miller, le troisième membre du club par ordre d'importance décroissant, et l'un des banquiers du Nord-Ouest les plus influents. Même si J. B. avait œuvré pour la scierie Worthy quelques années plus tôt, il gérait essentiellement les comptes des habitants de la ville, alors que Miller travaillait exclusivement avec des clients placés à la tête de grosses affaires. J. B., dans sa banque de petite ville, rêvait secrètement de ressembler davantage à Joseph Miller, un personnage qui semblait connaître tous les financiers notables, non seulement à Everett et à Seattle, mais tout le long de la côte Pacifique. Un jour, peut-être.

Apparemment, J. B. n'était pas le seul dont la présence avait été requise par Miller, car d'autres commencèrent à arriver. Nathan Hightower fut le premier et J. B. n'en fut pas ravi. Contremaître dans l'une des scieries, ça n'avait jamais été quelqu'un qui, dans ses meilleurs moments, brillait par sa conversation, et actuellement il vivait les pires. J. B. était passé en voiture devant chez lui cinq jours plus tôt : il avait remarqué que la bannière militaire à l'étoile bleue[1] qui pendait à la fenêtre du salon avait été remplacée par un drapeau orné d'une étoile dorée signifiant qu'un de ses garçons avait péri en France. Le lendemain, J. B. avait appris que les deux fils de la famille, âgés de vingt-deux et vingt ans, étaient morts au combat. Chaque soir désormais, en regagnant sa maison, il regardait longuement la bannière bleue de James, mais lorsqu'il clignait des yeux, il voyait durant une fraction de seconde, derrière ses paupières assombries, l'image inversée qui semblait d'un jaune doré. Une vision qui ne le lâchait pas.

---

1. Coutume qui se généralisa à partir de 1917 pour signaler combien d'enfants de tel ou tel foyer combattaient en Europe.

Depuis, il n'avait pas revu Hightower. Tous deux se connaissaient par l'intermédiaire du club, mais ils ne se parlaient que très rarement. La plupart des membres des Pionniers avec qui J. B. entretenait des rapports amicaux étaient des financiers comme lui, d'autres banquiers et quelques hommes de loi. Les propriétaires de scieries appartenaient à un cercle très différent dont les intérêts ne coïncidaient qu'occasionnellement avec les siens.

Il ne savait pas quoi dire à Hightower, un homme impressionnant qui avait tout du contremaître avec son torse arrondi comme un tonneau et ses bras de géant. Ses cheveux roux étaient en bataille, ils partaient dans tous les sens telles des flammes alarmantes, et ses sourcils broussailleux tombaient bas sur ses paupières. Sa chemise de flanelle empestait l'usine, la sciure et la sueur.

Gênés, ils se mirent à parler de tout et de rien mais furent bientôt sauvés par l'arrivée de deux nouveaux venus : Lionel Winslow et Skip Bartrum. Winslow, âgé de trente ans, était le fils d'un des barons de l'abattage des arbres les plus puissants de la ville, et J. B. avait toujours été impressionné par sa confiance en lui, à défaut de son professionnalisme et de sa maturité. Lionel avait pour réputation de s'en prendre aux autres, de s'imaginer un peu trop rapidement qu'il comprenait à la perfection ce monde qui lui avait tant apporté. Il portait ses cheveux noirs plaqués en arrière à l'aide de nul ne savait quelle substance venue de l'étranger (ce que J. B. jugeait assez vaniteux), sa fine moustache taillée avec soin et ses costumes impeccables.

Skip Bartrum était le shérif de Timber Falls. Il ne souriait jamais et ne se montrait que rarement au Pioneers Club. Son visage rond avait une coloration rubiconde, comme s'il venait d'ingurgiter plusieurs doses de whiskey alors que personne ne l'avait jamais vu boire et qu'il était, à en croire les bruits qui couraient, favorable à la Prohibition. Bon sang, se disait J. B., pour un homme sobre, il avait vraiment l'air d'un picoleur impénitent.

Aux yeux du banquier, il avait été vite évident que ces trois hommes se connaissaient bien et qu'ils avaient pour habitude de se voir. Il avait eu clairement l'impression d'être celui qui tranchait par rapport aux autres, lorsqu'ils discutaient de la guerre, de la grippe ou du prix du bois. La scierie de Winslow fabriquait un bois coupé qui s'était avéré convenir à la perfection pour les nouveaux avions de chasse, de sorte que les affaires marchaient très bien. Non seulement l'usine expédiait des quantités record, mais comme elle répondait à un besoin militaire vital, le gouvernement avait donné son accord pour dépêcher sur place des espions afin de patrouiller autour des installations en s'assurant que les ouvriers n'envisageaient même pas de s'organiser pour exiger des hausses de salaires. Les temps et la scierie de Winslow n'avaient jamais été plus prospères.

Bartrum aussi avait un fils en France. Lui et J. B. comparèrent les informations dont ils disposaient sur les endroits où ils se trouvaient, se demandant s'ils étaient ensemble. Pendant cette partie de la conversation, personne ne dit rien à Hightower ; chacun, dans sa mesquine lâcheté personnelle, faisait comme si le père éperdu de souffrance était aussi invisible que ses fils décédés. Leur culpabilité ne pouvait se comparer à la peur que leurs propres fils rencontrent bientôt une destinée similaire.

J. B. but une larme de plus dans son verre à moitié vide. Il pensait à Gwen.

– Les gars, désolé de vous avoir fait attendre, déclara Miller quand il se présenta à l'entrée de la pièce et se dirigea vers eux à grandes enjambées pour échanger des poignées de main.

Il s'installa en tête de table. La salle était sombre, ses murs couverts de tableaux représentant des ours et d'autres espèces de gibier des bois environnants. Deux hommes étaient assis à une table de l'autre côté de la pièce, mais à part eux, celle de J. B. était la seule qui était occupée.

Winslow prit une cigarette dans son étui, omettant d'en proposer aux autres.

– Merci d'avoir accepté de vous joindre à nous, J. B.

Il était de taille moyenne, peut-être plus grand de quatre ou cinq centimètres que Merriwhether, et de corpulence moyenne. Son visage, rond et dénué de signe particulier, était surmonté de cheveux bruns séparés par une raie médiane, et le costume foncé qu'il portait était tout à fait identique à celui de n'importe quel homme d'affaires. Il était du genre à sourire avec un air de s'excuser quand il avait de mauvaises nouvelles à annoncer, à accompagner d'une petite mimique les blagues qu'il racontait, et à éclater bruyamment de rire quand il en entendait une. Miller était l'ami de tout un chacun, mais J. B. avait entendu dire que s'il vous rangeait dans la mauvaise catégorie, il devenait quelqu'un dont il fallait se méfier.

– Hé bien, J. B., comme vous le savez peut-être, le shérif Bartrum, Lionel et moi appartenons à la Ligue de protection américaine, explicita Miller.

J. B. hocha la tête : il l'ignorait, mais cela l'aidait à comprendre pourquoi les membres de ce groupe disparate siégeaient ensemble. La LPA était une association chargée par le ministère de la Justice d'aider à l'application des lois et de s'assurer que leurs concitoyens ne fomentaient pas des troubles, n'agissaient pas contre la conscription ou ne critiquaient pas l'effort de guerre. J. B. savait que la LPA surveillait certaines personnes, faisant en sorte que nul ne complote contre la guerre ni n'amasse des provisions de nourriture, et il avait appris par les journaux qu'il y avait eu des raids de la LPA, organisés en d'autres endroits du pays, où des insoumis avaient été raflés et traînés en prison. C'était pour lui une nouvelle qu'il y en ait une branche à Timber Falls, mais peut-être ce caractère confidentiel était-il la clé de son succès.

– Je vous ai demandé de venir, continua Miller, en raison de ce que vous avez mentionné à propos de votre visite à Commonwealth, le week-end dernier.

J. B. lui avait parlé du panneau, de la quarantaine, des gardes armés. Il hocha la tête et les autres levèrent les yeux au ciel quand mention fut faite de la ville qui était la risée de tous.

Le ton de voix de Miller était calme, posé, mais possédait une tonalité indubitablement résolue.

– Ce matin, je me suis dit qu'il devait se passer plus de choses à Commonwealth que nous n'en avons connaissance, ajouta-t-il en croisant rapidement le regard de tous. Je crains qu'il y ait un lien possible avec ce qui s'est passé la semaine dernière à Fort Jenkins.

Les présents hochèrent la tête et J. B. s'aperçut qu'à nouveau, il était le seul à ne pas être au courant. Il fit avec l'index le tour de la partie supérieure de son verre où perlait la condensation.

– Et que s'est-il passé à Fort Jenkins ? demanda-t-il.

II

– Qu'est-ce qui se passe ? interrogea la voix venant de la cave. Hé, vous êtes là ?

– Je suis là, répondit Philip qui, depuis que Mo avait refermé la porte, était demeuré comme paralysé. Nous devons rester ici un moment.

Des pas. Le soldat montait les marches. Les yeux de Philip continuaient de s'adapter aux ténèbres, mais il voyait le visage du militaire, il distinguait ses joues couvertes de poils de barbe et ses épais sourcils. Le blanc de ses yeux semblait briller.

– Qu'est-ce qui s'est passé ?

Philip s'aperçut que ses jambes tremblaient. Il décida de s'asseoir, posa le fusil devant lui et s'installa prudemment par terre afin que la crosse du pistolet confisqué ne lui entre pas dans la cuisse. Le sol de terre était crasseux, recouvert de poussière, de vieille sciure et d'autres saletés, mais cela ne l'empêcha pas de prendre appui sur ses mains.

Le bâtiment sentait le moisi et le manque de lumière le déstabilisait plus qu'il n'osait se l'avouer. Chaque pas se répercutait dans la structure abandonnée avec un bruit creux faisant parfaitement écho au sentiment qui lui tenaillait le ventre.

– Je partais pour vous aider. Maintenant, nous sommes tous les deux coincés ici.

Le soldat réfléchit.

– Vous avez des problèmes avec vos copains, c'est ça ?

– Nous devons attendre, répondit Philip d'un ton rempli de colère. Il nous faut juste attendre un certain temps.

Le soldat hocha la tête.

– Vous habitez dans une ville tout ce qu'il y a d'amicale.

– Amical, je l'ai déjà été trop avec vous.

Philip essayait de se représenter les réactions horrifiées et déçues de Charles, de Rebecca, d'Elsie. Il tentait de ne pas penser à Graham.

Lui et le soldat n'étaient, en cet instant, pas très éloignés l'un de l'autre, mais d'une manière inexplicable cela ne semblait plus avoir d'importance. Ils se retrouvaient désormais dans le même sac. Lui aussi était devenu quelqu'un de l'extérieur en qui personne ne pouvait avoir confiance.

Pour le soldat qui, il y avait peu, avait pensé mourir d'une seconde à l'autre, ce développement semblait relativement mineur. Il s'assit au sommet des marches, se délectant clairement de ce nouveau sentiment de détente. Il ferma les yeux et Philip eut l'impression qu'il allait s'endormir aussitôt.

*

Il commençait à faire nuit quand Graham les vit courir dans les rues de la ville, fusils et lampes à pétrole à la main.

Les nuits devenant plus froides, il était allé chercher du petit bois dans l'abri et, en revenant à la maison, il vit Mo, Charles, Doc Banes et Jarred Rankle, tous ayant le regard inquiet. Normalement, Mo était de garde, se souvint-il, ainsi que Philip.

Il rentra dans la maison où le fumet du ragoût cuisiné par Amelia parvint à ses narines. Ils atteignaient la fin de leurs réserves de venaison. Il avait espéré pouvoir repartir bientôt à la chasse afin de regarnir leurs provisions, mais depuis les événements associés au premier soldat, chasser n'avait pas semblé être la meilleure façon d'occuper son temps. Ils n'en avaient pas *besoin,* de viande, du moins pas encore. Ce dont ils avaient absolument besoin était de s'assurer que les personnes censées monter la garde le faisaient. Tout le temps dont il disposait, il le consacrait à assurer cette sécurité.

– Qu'est-ce qu'il y a ? demanda Amelia en voyant l'expression de son visage tandis qu'il décrochait son manteau.

– Il faut que j'aille au poste de garde, lui répondit-il.

– Pourquoi ?

Il observa un temps de silence, n'étant pas très sûr qu'il soit bon de l'effrayer.

– Je ne sais pas. J'ai l'impression qu'il s'est passé quelque chose.

En sortant, il tendit la main dans le placard pour se saisir du fusil.

Comme les autres étaient déjà deux rues plus loin, il courut derrière eux. Mo s'arrêta pour tout lui expliquer tandis que Charles et Rankle continuaient d'avancer.

– Pourquoi il l'a laissé entrer ?

– Je ne sais pas, répondit Mo qui avait l'air penaud.

– Le soldat l'a désarmé par surprise ? Il le tenait en joue, ou quoi ?

– Je crois que j'ai seulement distingué Philip avec le fusil à la main, répondit Mo d'une voix peu convaincue. Mais je n'ai pas forcément tout vu.

Mo expliqua qu'il avait trouvé Charles chez lui où il venait de finir de manger. Laura faisait la vaisselle tandis que Rebecca était assise avec Rankle, au salon, où elle rédigeait des lettres pour promouvoir le vote des femmes. Mo, qui n'ignorait pas la discrétion de mise, mais ignorait comment la respecter, avait fini par laisser son message lui échapper en présence de tout le monde. Charles avait eu du mal à persuader Rebecca de rester à la maison avec leur fille.

– Tu viens de te réveiller ? demanda Mo en observant Graham d'une manière bizarre.

– Pas vraiment.

Graham avait monté la garde toute la nuit puis dormi une heure ou deux pendant la journée, entre diverses tâches.

– Allons-y, dit-il, et ils se hâtèrent de rattraper les deux autres.

Ils atteignirent bientôt la rue dans laquelle se trouvaient les anciens entrepôts. Le plus lointain faisait environ quarante mètres de long, à peu près un tiers de moins de large, et la même hauteur que la majorité des maisons d'un étage de la ville. Il n'y avait pas de fenêtres et, en façade, deux entrées : une porte de taille normale, une autre beaucoup plus grande conçue pour les charrettes ou les camions.

– À partir d'ici, seulement Charles et moi, intima Doc Banes. Les autres, vous gardez vos distances.

– Et si le soldat essaie de s'échapper en se mettant à tirer ? objecta Graham. Vous n'êtes armés ni l'un ni l'autre.

Il était rare que quelqu'un conteste une décision de Banes, mais celui-ci n'avait pas véritablement gagné le respect de Graham au fil des ans. Après la fausse couche d'Amelia, le médecin avait insisté pour dire qu'il n'aurait rien pu faire pour sauver le petit garçon, mais sans réussir à convaincre Graham.

– Nous ne risquons rien, répondit Charles, même si sa voix ne transmettait pas le même message.

Graham envisagea de lui tendre son fusil mais changea d'avis. S'il se passait quelque chose, il serait préférable pour eux tous que ce soit lui, Graham, qui le tienne.

*

Charles regarda Doc Banes mettre la main dans sa poche pour en sortir deux masques de gaze. Il en plaqua un sur son visage, le fin matériau s'étirant sur la moustache fournie, tendit l'autre au propriétaire de la scierie. La lampe à la main, Charles le suivit tandis que Banes dépassait les deux premiers bâtiments. Ils voyaient les traces laissées par Mo, les empreintes de ses souliers gravées dans la terre meuble. Ils s'immobilisèrent à vingt mètres de la porte.

– Charles, il va falloir que nous les gardions là-dedans quarante-huit heures, dit la voix du docteur assez bas pour n'être entendue que par eux.

– Vous en êtes sûr ?

Son fils était à l'intérieur, pris au piège avec quelqu'un venu de l'extérieur qui était inconnu de tous, un homme qui pouvait être porteur de la grippe. Le cœur de Charles battait la chamade et ses mains tremblaient. Il avait en permanence l'esprit clair et posé, surtout lors des réunions en ville ou à la scierie, mais là, il avait l'impression d'avoir été propulsé dans une situation qui échappait à son contrôle. Cela lui rappelait Everett, les émeutes, ce terrible sentiment d'impuissance.

Banes regarda Charles droit dans les yeux, comme il le faisait immanquablement quand il annonçait de mauvaises nouvelles.

– La période d'incubation, pour la grippe… la durée pendant laquelle elle peut rester dans le système du malade sans qu'il ressente de symptômes, peut aller jusqu'à quarante-huit heures. Donc au bout de deux jours, nous serons en mesure de déterminer si cet homme est porteur de la grippe. S'ils restent aussi longtemps à l'intérieur, et qu'ils vont bien tous les deux, ils pourront sortir. Mais avant ce délai, ce serait mettre la ville en danger.

– Mais si… s'ils ne vont pas bien ?

– Cet homme, quel qu'il soit, est vraisemblablement en bonne santé, sinon Philip ne l'aurait pas laissé entrer. Et s'il est contaminé, la probabilité est faible qu'il ait pu venir à pied jusqu'à Commonwealth. Il ne représente sûrement pas une menace, mais nous sommes tout de même contraints de prendre des précautions.

Le front de Charles était profondément plissé, ses yeux écarquillés ne restant fixés sur rien en particulier, le sol, les ténèbres. Il regarda le bâtiment décrépit, la prison de son fils.

– C'est une bonne chose qu'il n'y ait pas de fenêtres, reprit Banes. Comme la rue est située à l'écart, ils sont aussi sérieusement confinés que nous pouvons l'espérer. Y a-t-il une issue sur l'arrière ?

– Non.

– Parfait. Nous allons laisser quelqu'un pour surveiller, ici sur le devant, afin qu'ils restent à l'intérieur. Nous ne pouvons pas faire plus.

– Nous devons monter la garde devant l'entrepôt ?

Évidemment, comprit Charles, il n'y avait pas d'autre solution. Pourtant, l'idée que son fils soit obligé de rester sous bonne garde était pour lui difficile à accepter.

Banes ne répondit pas, voyant que Charles le faisait lui-même dans sa tête.

– Et pour la nourriture ? Il ne peut pas manger pendant deux jours ?

Banes réfléchit.

– On peut apporter à manger. On lui dira d'attendre dans la cave et quelqu'un laissera un plateau près de la porte d'entrée. On frappera et on s'éloignera. Une minute après le coup frappé à la porte, Philip pourra venir ouvrir, prendre la nourriture et refermer aussi vite que possible. Il gardera les plateaux et les assiettes utilisés… Quelles que soient les circonstances, personne ne devra les toucher ou les récupérer. On répétera simplement ce processus à chaque repas : aucun contact, personne ne touche aux ustensiles de cuisine. C'est le mieux qu'on puisse faire.

– Vous n'allez même pas entrer pour les ausculter ?

La lampe teintait d'orange le visage du docteur, jetant des ombres sous son front plissé, ses sourcils, son nez, son menton.

– Je ne devrais pas. Cette grippe est si contagieuse que même des médecins et des infirmiers portant des protections sont tombés malades et ont transmis la maladie à d'autres. Quel que soit mon désir de les aider, je craindrais de ne faire que rendre les choses pires pour tout le monde.

– Mon fils…

À nouveau, Charles secoua la tête.

– On est obligés de le laisser là ?

Le frère de Charles, Timothy, était mort alors qu'il avait presque dix-sept ans, sans avoir célébré son ultime anniversaire parce qu'il était cloué au lit. Quand Philip avait eu seize ans, Charles avait pensé à l'anniversaire jamais fêté de Timothy et, dans son esprit, le lien entre les deux garçons l'avait rempli d'inquiétude. Son frère continuait de lui manquer.

– Charles, enjoignit Banes en se saisissant de l'avant-bras de son ami et en le serrant aussi fort que l'aurait fait un garrot. Vous savez que nous sommes obligés de procéder ainsi. Et ça ne durera que deux jours. Tout va bien se passer.

– Enfermé dans un bâtiment sans lumière, avec un homme que nul ne connaît ?

– Nous pouvons lui apporter d'autres vêtements, des couvertures, lui écrire des lettres, tout cela. Nous pouvons tout lui laisser à la porte, de la même façon que la nourriture. Et dans deux jours, ce sera terminé.

Charles hocha lentement la tête. Doc Banes libéra son bras pour lui appliquer une tape d'encouragement sur l'épaule.

– D'accord, dit Charles en espérant montrer qu'il avait les idées aussi claires que jamais. Je voudrais seulement en savoir davantage sur qui est cet homme.

*

– Philip !

Venue de l'extérieur, la voix de Doc Banes rompit le calme qui régnait dans l'entrepôt ténébreux.

Philip tourna la tête et le soldat ouvrit les yeux. Ils étaient restés assis en silence depuis plus longtemps que l'un ou l'autre ne pouvait le savoir.

– Tu es là ? cria Banes avant que Philip n'ait eu le temps de répondre. Ne sors pas !

– Je suis là ! répondit le garçon en s'approchant de la porte.

– Ça va ?

Philip, qui avait peur et était écrasé par la culpabilité, s'efforça de ne pas le montrer.

– Il fait un peu noir, mais nous allons bien !

– Qui est-ce qui est avec toi ?

Bonne question, songea Philip. Avant qu'il n'ait eu le temps de la poser, le soldat ouvrit la bouche et hurla, à travers l'épaisse porte, en direction de la nuit au-dehors :

– Deuxième classe Frank Summers !

Il y eut un silence de quelques secondes. Puis la voix de Banes s'éleva à nouveau.

– Vous êtes loin de votre base, soldat Summers !

– Il y a eu un accident… notre bateau a coulé au large de la côte. Je voulais seulement demander un peu à manger et un refuge pour m'abriter cette nuit avant de reprendre le chemin de Fort Jenkins.

Nouveau silence. Philip se demanda qui se trouvait à l'extérieur avec le docteur, et quels propos ils échangeaient.

Finalement, Banes annonça qu'on allait bientôt leur apporter à manger. Il expliqua comment cela s'organiserait et mentionna que quelqu'un serait de faction à l'extérieur.

– Tout ça te semble logique, Philip ? demanda Charles.

Les mêmes mots, exactement, que ceux qu'il utilise après m'avoir expliqué une méthode pour faire les comptes à la scierie, pensa le garçon. Les mêmes mots qu'il utilise après avoir exposé comment on transporte le bois de construction entre ici et les lieux où se trouvent les acheteurs, ou comment fonctionne une de ces gigantesques machines. *Tout ça te semble logique, Philip ?* Non, absolument rien de tout ça ne lui semblait logique.

– Oui, père.

– Je reviens très vite, lança Charles.

– D'accord.

Qu'aurait-il pu dire d'autre, il n'en avait aucune idée. Il avait le sentiment de devoir s'excuser auprès de son père, mais il savait que le moment était mal choisi pour pareille conversation, et il ne voulait pas donner l'impression d'être faible en présence du deuxième classe Frank Summers. Il était reconnaissant que ni le docteur Banes ni son père n'aient demandé comment le soldat avait franchi la limite, reconnaissant de ne pas avoir eu à crier (car son père et le soldat auraient entendu) les étapes successives de son échec. Mais il savait que cet emprisonnement était une forme de punition, même si ce n'était pas de volonté délibérée, pour avoir laissé le soldat pénétrer dans la ville.

– Il semblerait que je vous ai causé de gros problèmes, avança le soldat.

Philip le regarda d'un air furieux, quand bien même les ténèbres enveloppaient son visage. Il s'approcha de l'endroit où l'intrus se tenait.

– Vous avez eu ce que vous vouliez.

– Je suis désolé que ça vous ait mis dans le même pétrin…

Philip était maintenant assez près pour voir qu'un léger sourire flottait sur les lèvres du soldat, une appréciation macabre de cette situation anormale.

– … mais comme je l'ai déjà dit, c'est une ville drôlement amicale dans laquelle vous vivez.

– Une ville qui va vous nourrir pendant les deux jours à venir, lui rappela Philip en s'asseyant par terre le dos contre le mur.

Le soldat bâilla. Sans vouloir paraître geignard, Philip lui demanda :

– Qu'est-ce qui vous a empêché de contacter simplement votre base ou je ne sais pas, moi ? Ils n'auraient pas pu venir vous aider ?

– Alors maintenant, vous allez me donner des conseils sur la façon d'agir en bon soldat ? Si vous en savez autant, sur le fonctionnement de l'armée, pourquoi vous êtes pas en uniforme ?

– J'ai seize ans.

– Je me disais bien que vous étiez un peu jeune. Et pourquoi vous traînez la patte ? Vous avez un pied bot ou un machin comme ça ?

Philip lui jeta un regard courroucé. Puis il tendit le bras et, le poing fermé, frappa à deux reprises sur son soulier droit. Le bruit grave que fit le bois investit l'air qui les séparait.

Le soldat bougea un peu les sourcils avant de hocher la tête.

– Hé bien, puisque vous n'avez pas l'air d'humeur très causante, peut-être que je vais baisser un peu pavillon en attendant qu'on nous apporte à manger.

Il ferma les yeux et s'adossa au mur.

– Tâchez de pas oublier de me réveiller.

Il semblait s'amuser de la situation… qui, après tout, était bien préférable à dormir dans les bois en se mourant de faim. Mais, pour Philip, c'était le pire scénario imaginable. On lui avait confié la sécurité de la ville et il avait fait exactement l'inverse, avait échoué lamentablement.

Il croisa les bras sur sa poitrine. Sentit des larmes monter à ses yeux en éprouvant une brusque impression d'abandon, mais les refoula parce qu'il ne voulait pas que le soldat le voie ou l'entende. Il tenta de trouver une solution à son nouveau problème, ne réussit pas. En pensée, il remonta dans le temps, essayant de déterminer quand il avait commis une erreur.

Le soldat se mit à ronfler.

III

Cette nuit-là, Doc Banes ne ferma pas l'œil.

Peut-être d'autres y parvinrent-ils, même parmi ceux qui l'avaient aidé à placer Philip et le soldat en quarantaine, ceux qui savaient que la situation précaire de la ville en ce monde envahi de pestilence avait été ébranlée. Peut-être avaient-ils trouvé un moyen de hausser les épaules face à ce qui pouvait se révéler un ennemi imminent. Mais cette nuit-là, le Dr Martin Banes ne jeta même pas un regard vers son lit, il avait trop à faire.

Après avoir laissé Philip, il avait raccompagné Charles chez lui, assurant son ami que tout allait bien se passer. Il avait refusé de décrire la position de Philip comme celle d'un prisonnier, avait tenté de formuler les choses en utilisant des termes médicaux simples. *Nous allons juste attendre d'arriver à la fin des quarante-huit heures, après quoi nous saurons que le soldat est en bonne santé et tout ira bien*. Banes était entré chez les Worthy et avait aidé Charles à expliquer la tournure des événements à sa femme et à sa fille, il avait tenu bon en affrontant leurs questions et protestations, leur culpabilisation hésitante mais indubitable. Elles avaient finalement commencé à traduire leurs inquiétudes en actes, Rebecca en organisant la livraison pour le repas du soir de Philip, Laura en décidant de lui faire cuire du pain. Banes avait serré la main d'un Charles secoué, essayé de sourire, décidé de n'en rien faire, et était parti sur un hochement de tête vigoureux. *Philip, nous lui parlerons demain*, avait-il déclaré en espérant faire passer le message que les heures s'écouleraient vite. *Oui*, avait acquiescé Charles dont la voix disait : j'espère qu'il aura l'air d'aller bien, demain, j'espère que nous n'entendrons pas de bruit de toux, j'espère que je n'ai pas enterré mon fils vivant.

Lorsque Banes avait retrouvé son domicile, l'heure habituelle de son coucher approchait. Il avait appuyé sur le bouton de sa lampe de bureau, allumé sa pipe, pris un livre sur une étagère et tourné les pages jusqu'à en trouver une qu'il n'avait pas déjà parcourue, celle où des schémas représentant des micro-organismes continuaient à lui paraître bizarres, telles des représentations abstraites de monstres préhistoriques.

Martin Banes avait cinquante-six ans. Il était docteur depuis trente-quatre ans. En 1886, il avait suivi les cours d'une école appartenant à un genre qui n'existait plus, un des nombreux établissements qui avaient été fermés lors des réformes de 1904, quand la formation avait commencé à exiger, chez les étudiants qu'elle accueillait, des connaissances académiques, et à spécifier que le travail en laboratoire devait être la norme. Il n'avait donc même pas suivi de cours à l'université, devenant apprenti chez un chimiste jusqu'à ce que celui-ci décède du typhus si tôt dans l'apprentissage du jeune Martin Banes qu'il n'avait pas encore qualité à assurer la succession. Alors pourquoi ne pas se tourner vers la médecine ? Il suffisait à l'époque de s'asseoir pendant deux semaines dans une salle de conférences, de prendre quelques notes, et la formation était pleinement dispensée. Les futurs médecins n'avaient même pas à passer d'examens. Deux de ses camarades ne savaient pas lire. Mais y avait-il besoin de lire ? Il savait comment juger de la quantité de fièvre en touchant un front, où tenir le poignet à la recherche d'un pouls, comment sectionner une veine, comment saigner un patient pour rétablir son équilibre humoral.

Et Banes était bon médecin, il le savait, en dépit des multiples changements qui avaient affecté le champ de son savoir au cours de sa vie. Il avait essayé de se maintenir à flot, même s'il n'avait pas toujours compris les nouvelles techniques, avait abandonné la théorie des miasmes pour celle des microbes, abandonné ce qu'on lui avait enseigné sur la putréfaction atmosphérique pour privilégier les organismes microscopiques. Les découvertes de Pasteur et de Koch avaient balayé des siècles de pensée médicale. On croyait maintenant que les maladies étaient causées par des bactéries et des virus plutôt que par des changements atmosphériques et des vapeurs nocives. Cela faisait des années qu'il n'avait pas manié le bistouri pour pratiquer une phlébotomie. Restaurer l'équilibre des quatre humeurs ne s'inscrivait plus dans la pratique des médecins. En dépit des progrès, il avait parfois le sentiment que ses responsabilités devenaient toujours plus complexes, le monde plus rempli de mystères et de défis plutôt que le contraire.

Il savait comment utiliser les nouvelles antitoxines afin de lutter contre la diphtérie et le tétanos, avait constaté avec quelle efficacité elles faisaient reculer ces maladies. Il prenait des notes soignées, signalait de nouvelles découvertes aux commissions locales de santé, travaillait quand et où on faisait appel à ses services. Combien de matins Margaret, sa femme, s'était-elle réveillée pour s'apercevoir qu'il était parti au milieu de la nuit après avoir été appelé au chevet d'un patient ? Elle avait eu le sommeil si lourd, Margaret. Elle dormait malgré la sonnerie du téléphone, pendant qu'il s'habillait et préparait sa trousse, qu'il attelait les chevaux et s'en allait dans sa carriole. Elle lui manquait. Maintenant le lit était toujours vide quand il s'en revenait de ses visites à domicile, toujours froid.

Ils n'avaient pas eu d'enfants, et ce n'était que maintenant, alors qu'il était seul et dans son grand âge, qu'il comprenait pleinement ces regards de pitié dont les avaient gratifiés d'autres personnes en apprenant que leur couple était stérile. Margaret avait été emportée par une pneumonie cinq ans plus tôt, l'abandonnant à ses patients, à ses livres et à ses revues. Leur signification lui passait souvent au-dessus de la tête, mais il tentait de ne pas s'arrêter à ça, essayait de s'accrocher résolument à ce que son esprit était capable de saisir. À la différence des découvertes d'autrefois, qui avaient stimulé ses manières de penser, au-delà de progrès majeurs qui l'avaient obligé à absorber des fragments de savoir étrangers, sa pierre d'achoppement aujourd'hui était le contraire : une absence quasiment totale d'informations concernant cette nouvelle maladie.

Les journaux ne l'avaient guère aidé. Au début, ils n'avaient pas parlé de la grippe espagnole et, quand enfin ils avaient franchi le pas, ç'avait été pour prétendre que l'épidémie était déjà partiellement vaincue. En temps de guerre, seules les nouvelles positives étaient tolérées dans les quotidiens. Les articles parlaient donc tous de soldats qui reprenaient le dessus après une escarmouche délicate contre *la grippe*[1], de médecins confiants et de civils protégés contre la maladie, même si tout cela était mensonger. Les publications médicales glosaient également sur le sujet, tout du moins celles auxquelles Banes était abonné. Le peu qu'il savait de la pandémie, il l'apprenait par les lettres de Jonathan Pierce, son ancien patient.

Pierce était devenu le Dr Pierce, il avait juré de prêter le serment d'Hippocrate après avoir été guéri de la grippe espagnole à l'âge de douze ans. Une très vilaine grippe, assurément. Mais Banes l'avait soigné, avait expliqué à sa famille comment s'occuper de lui afin qu'il retrouve la santé, avait prié pour lui la nuit, et le jeune Jonathan avait guéri, grandi, fréquenté les bancs de la faculté avant de s'inscrire en médecine à l'université Johns-Hopkins, à un continent de distance[2]. Il était resté en contact avec Banes, lui envoyant des lettres relatant ses aventures dans l'univers de la science médicale, le régalant du récit de trouvailles en laboratoire et de comptes rendus relatifs à des fléaux inconnus, à la fois découverts et

1. En français dans le texte.
2. À Baltimore, en Pennsylvanie, sur la côte Est.

vaincus. Banes détectait toujours la nuance de condescendance dans ces lettres : Jonathan, le jeune et sage clinicien qui informait le vieux médecin de campagne sous-éduqué des nouveaux chemins empruntés par la Science. Ce qui n'empêchait pas Banes d'apprécier cette fenêtre ouverte sur le meilleur des mondes de la médecine, de se sentir privilégié parce qu'il bénéficiait de ces visions, même si, à l'occasion, il était pris de vertige en raison de la hauteur à laquelle elles culminaient.

Mais la lettre la plus récente n'avait fait que lui donner le vertige. Au début de la guerre, le Dr Pierce, ainsi que, semblait-il, tous les jeunes médecins intelligents, avait été assigné à un service militaire obligatoire. Pierce était l'un des docteurs nommés responsables de Fort Devens, un vaste cantonnement proche de Boston. Sa lettre était datée du 20 septembre et Banes voyait parfaitement, d'après le tremblement non représentatif de sa graphie, que Pierce l'avait rédigée tard la nuit, après de trop longues heures de travail et un temps de sommeil trop court. Le camp avait été atteint par une nouvelle épidémie, écrivait-il. Les plus éminents responsables de la santé et les cerveaux les plus estimés étaient déjà venus à Fort Devens pour apporter leur aide, mais s'en étaient retournés en secouant la tête. Pierce avait d'abord pensé qu'il s'agissait de méningite cérébro-spinale, mais les cas avaient empiré, s'étaient multipliés, et des hommes périssaient. Ils mouraient désormais, semblait-il, de broncho-pneumonie, une infection pulmonaire causée par la grippe espagnole. Mais c'était une grippe espagnole comme il n'en avait jamais vu.

Le premier signe de danger était la rapidité de la contagion. Mais par l'horreur, les symptômes rivalisaient avec l'ampleur de la pandémie. Même si seulement quelques personnes avaient souffert de cette maladie, ç'eût été une terreur difficilement imaginable. Les victimes saignaient du nez, des oreilles, certaines même des yeux. Les autopsies pratiquées sur des soldats décédés révélaient que leurs poumons étaient bleus, envahis de glaires, parfois également imbibés de sang. Les victimes devenaient cyanotiques, privées d'oxygène : des parties de leur corps ou sa totalité prenaient une teinte parfois si foncée que les cadavres des Blancs étaient impossibles à différencier de ceux de personnes de couleur. Ils se noyaient littéralement dans leurs propres fluides corporels. Et à une vitesse ! Plus d'un soldat était mort moins de vingt-quatre heures après que les premiers symptômes avaient été identifiés.

Le camp était un asile de fous, écrivait Pierce. Contre tous les règlements militaires, les soldats avaient été entassés dans des baraquements trop exigus en raison de l'ampleur de la conscription, et ces conditions de logement constituaient d'authentiques tonneaux de poudre pouvant s'enflammer à la moindre étincelle de grippe. Des hommes qui étaient atteints sur les couchettes du haut toussaient et saignaient sur des conscrits en bonne santé en dessous d'eux. Des soldats valides partaient pour des marches avec du sang de leurs camarades qui avait coulé sur leurs souliers ou leurs pieds nus. Des dizaines d'infirmiers et de médecins étaient malades, plusieurs décédés. La demande en personnel soignant avait déjà été transmise aux comtés environnants. Certains conscrits, en bonne santé à ce moment-là, mais qui pouvait savoir pour combien de temps encore, avaient été transférés ailleurs. Ce qui ne manquerait sûrement pas de diffuser la maladie dans des bases situées sur le territoire d'autres États.

Bien sûr, le temps que la lettre échappe à la censure militaire et se fraie un chemin à travers tout le pays jusqu'à l'État de Washington, le temps que le petit bureau de poste de Timber Falls l'ait reçue et que Banes ait fait le déplacement pour la récupérer, des semaines s'étaient écoulées tandis que l'épidémie gagnait la région, rendant la prédiction de Pierce prophétique et pathétiquement inutile. Il était déjà trop tard.

Banes savait que le mystérieux soldat pouvait parfaitement être en bonne santé, pourvu d'une certaine résistance à cette même maladie qui, si l'on en croyait la rumeur, avait infecté la majorité des hommes se trouvant dans le camp le plus proche,

Fort Jenkins. Mais il savait qu'existait également une autre possibilité : celle d'avoir apporté la pandémie sans en présenter de symptômes pour le moment, alors qu'ils étaient néanmoins présents. Esprits du mal ou microbes invisibles ? Altération malsaine de l'air même, ou agent mortel microscopique ? Miasme ou microbe ? Ces deux écoles de pensée luttaient dans l'esprit de Banes et, s'il acceptait désormais la nouvelle théorie, il avait cru à l'autre si longtemps qu'elle lui semblait plus naturelle en dépit de ce que disaient les publications médicales. Quoi qu'il en soit, la solution était la même : contenir l'épidémie. Garder Philip et le soldat enfermés, compter les heures. Prier.

Est-ce que quarante-huit heures suffiraient ? C'était ce qu'il se souvenait avoir entendu conseiller par le passé, mais il ne trouva rien dans ses piles de publications qui pût lui en apporter confirmation. Cette grippe paraissait si différente, tellement plus destructrice qu'aucune de celles qui l'avaient précédée. Peut-être l'incubation durait-elle plus longtemps. Assis à son bureau, il savait que si quelqu'un d'autre que le fils de son ami, n'importe qui en ville, avait été enfermé avec le soldat, il aurait probablement opté pour une mise en quarantaine prolongée. L'aurait enfermé quatre jours durant, voire une semaine. Pourquoi pas ? Quel mal y avait-il à imposer des désagréments à deux hommes, dont un était étranger à la ville ? Mais il connaissait Philip, savait à quel point il était jeune, savait en quoi cette expérience marquerait Charles et Rebecca. Il avait donc parlé de quarante-huit heures et s'y tiendrait en espérant, oh mon Dieu, qu'il n'aurait pas à le regretter.

Banes lut ses revues et toutes les lettres de Pierce qui remontaient à tant d'années. Il lut interminablement jusqu'à ne plus avoir la certitude que son incompréhension soit due à l'heure tardive, à la densité de la prose ou au deuxième scotch qu'il avait bu, de manière peut-être peu judicieuse, à quatre heures et demie du matin. Il leva les yeux quand il sentit que le soleil s'insinuait dans l'espace entre les rideaux fermés, transperçant difficilement les nuages de bouffées de pipe qu'il n'avait cessé de rejeter. L'aube. À la première heure, Charles irait sûrement s'entretenir avec Philip. Il allait attendre, les laisser un moment seuls, après quoi il sortirait pour évaluer la situation.

Un coup de sifflet : six heures. La nuit avait filé et il ne se sentait pas plus sage pour autant. Il devait dormir, même s'il n'avait plus que deux heures devant lui. Juste assez pour continuer de rester éveillé.

Le lit était froid. Il pensa à Margaret, puis aux soldats dont les yeux saignaient. Par pitié, pria-t-il, faites que ce fléau ne touche pas notre ville. S'il devait s'abattre, du moins Margaret ne serait-elle pas contrainte de le voir ; du moins il ne serait pas obligé de la voir devenir bleue.

Non, songea-t-il, tu verses dans la superstition. Ne cède pas à ce genre d'idées… ne considère jamais qu'un décès passé est une bonne chose. Cette pensée peut servir d'invitation à la mort, lui permettre de revenir, de s'installer confortablement.

IV

Après avoir porté à manger à l'entrepôt, ainsi qu'une lampe, des couvertures et deux oreillers, Charles et Rebecca étaient rentrés chez eux sans parler. Pendant qu'elle rangeait la cuisine, il s'était échappé vers le petit bureau de la chambre afin d'écrire une lettre qu'il prévoyait de transmettre à Philip le lendemain matin, quelque chose dont il espérait que cela l'apaiserait pendant sa détention.

Assis depuis trente minutes, il avait rédigé deux phrases. Il posa son crayon au moment où Rebecca refermait précautionneusement la porte derrière elle. Elle s'y adossa alors sans un bruit.

– Il faut que ça cesse, déclara-t-elle.

– Qu'est-ce qui doit cesser ? demanda-t-il, pris de court.

– La quarantaine. On commence par fermer la ville, et maintenant on enferme Philip ? Charles, ça ne peut pas continuer. Tu dois bien t'en rendre compte.

– Tu as entendu ce qu'a dit le docteur. Tu as entendu comment…

– Charles, c'est anormal…

Mais elle s'interrompit, les yeux suppliants.

– En quoi est-ce anormal de vouloir protéger la ville ? Rebecca, je suis…

Il n'acheva pas sa phrase, exaspéré de devoir s'élever contre les arguments qu'il affrontait déjà dans sa tête. Je n'aime pas plus que toi qu'il soit enfermé là-bas, et je prie Dieu que Philip me le pardonne, mais… Je fais mon possible pour protéger tout le monde en ville.

– Il est notre *fils*, Charles, plaida-t-elle en tendant les mains vers lui.

– Il y a d'autres gens dans la ville qui ont des fils ! répliqua-t-il en abattant le poing sur son bureau et en se levant. Est-ce que les nôtres sont plus importants que les leurs ? Comment peux-tu dire que nous devrions mettre tout le monde en danger juste afin que Philip puisse dormir dans son lit ce soir ? En quoi est-ce une solution ?

Il faisait les cent pas devant sa femme qui gardait le silence. Il n'élevait pas souvent la voix, et encore plus rarement avec elle.

– J'essaie seulement de faire ce qui est bon pour tout le monde, dit-il en lui faisant face à nouveau. Ce qui est bon pour les gens de la ville, les gens qui se sont sacrifiés pour nous. Les gens qui ont tout donné pour que cette ville réussisse.

Sa voix se mit à trembler.

– Il n'y a rien que je puisse faire… rien que je puisse faire pour quiconque est malade dans n'importe quelle autre ville. Mais il y a des choses que je peux faire pour les gens de cette ville-ci, et j'essaye de m'en acquitter au mieux.

Il avait la respiration précipitée, se sentait plus furieux qu'il ne se souvenait de l'avoir été depuis la grève d'Everett. Quand il se tourna à nouveau vers elle, il vit que l'expression implorante avait disparu de son visage et qu'à la place était apparue une prudence muette suggérant la résignation ou une colère maîtrisée.

– Je comprends ce que tu essayes de faire, et tes intentions sont louables, dit-elle d'une voix vacillante, elle aussi, alors que des larmes embuaient ses yeux. Mais je trouve de plus en plus difficile de me ranger derrière ce genre de décisions.

– Cela n'a rien de facile pour moi non plus. Il m'est presque impossible de m'y tenir, Rebecca.

Il voulait lui expliquer à quel point il avait besoin qu'elle soutienne sa décision et qu'elle l'aide à tenir bon. Mais au lieu de confesser cette faiblesse, il ajouta :

– Cette ville était tout autant ton idée que la mienne. C'était ton rêve, à toi aussi.

Elle sursauta en entendant ces mots, eut un geste de recul et secoua la tête.

– Je n'ai jamais voulu que ce soit quelque chose d'aussi retiré du monde. Le monde, je voulais lui montrer ce qu'il était capable de réussir, ce que nous étions capables de réussir. Je ne voulais pas prendre du recul et cracher sur les autres. Et maintenant, nous crachons sur notre propre fils.

Elle ouvrit la porte.

– Rebecca, ne…

– Je suis désolée. J'ai besoin d'être seule.

Sous le regard de son mari, elle disparut dans l'escalier.

Il arpenta la pièce pendant un certain temps avant de se rasseoir au bureau. À cette heure, Philip était dans un entrepôt envahi de ténèbres. Il devait dormir sur un plancher froid à côté d'un homme qui lui était étranger. Un étranger qui était peut-être malade. Et s'il l'était, cela voulait dire qu'on demandait à Charles de sacrifier son fils pour la ville. Il posa la main à plat sur le dessus du meuble pour s'appuyer sur quelque chose. Tout à coup pris de vertige, il ferma les yeux un instant en respirant.

Cinq ans à peine s'étaient écoulés depuis cette matinée qui avait changé sa vie, alors qu'il quittait Everett pour se rendre à une réunion et avait vu des traces de pneus qui franchissaient le bord de la route pour plonger dans un profond ravin. Plus tard, quand il avait appris comment le père du garçon l'avait abandonné, Charles avait fait le serment de ne jamais répéter cette transgression. Mais si la décision prise par le docteur et lui-même passait pour un abandon aux yeux de Rebecca, ça devait être pire encore à ceux de Philip.

Charles ouvrit les paupières. Il fixa du regard la lettre qu'il avait commencée, la chiffonna et la jeta dans la corbeille à papier. Il allait essayer à nouveau. Il fallait qu'il essaie à nouveau.

V

Parfois, dans ses rêves, Philip se souvenait de cette sensation d'être suspendu dans les airs, de prendre son essor, d'avoir perdu tout contact avec le sol. Aussi terrible que l'accident lui ait paru, le moment qui avait précédé l'impact avait été le plus terrifiant de tout, la soudaine prise de conscience qu'il avait été coupé de l'environnement paisible de sa vie normale pour être projeté vers quelque chose qui se situait au-delà du connu.

Non pas que sa vie avant l'accident ait été entièrement normale. Le temps qu'il atteigne son onzième anniversaire, il avait vécu dans plus de villes que la plupart des hommes adultes de Commonwealth. Il n'avait aucun souvenir de son père : que dans sa vie il ait eu le moindre contact avec lui n'était pas clair, car Fiona, sa mère, avait donné tellement de réponses différentes à ses questions qu'il avait fini par arrêter d'en poser. Ses souvenirs les plus anciens remontaient à l'époque où il partageait le lit de sa mère dans la maison d'une des cousines qu'elle avait à Los Angeles. Là, il jouait avec les nombreux enfants de la cousine pendant que Fiona était dehors afin de gagner de quoi vivre, du moins était-ce ce qu'elle lui racontait. Mais la brève période idyllique s'était achevée sur une dispute, la cousine étant indignée (Philip se souvenait vaguement d'accusations de vol), et ils avaient été chassés de la maison. Quand il avait dit à sa mère que ses camarades de jeu lui manquaient, elle l'avait prévenu de ne plus jamais prononcer leurs fichus noms. *Le monde est vaste*, lui avait-elle dit. *Des amis, tu t'en feras d'autres*.

Ce schéma s'était répété avec d'autres cousins, des cousins germains et même des membres de la famille plus éloignés, jusqu'à ce que Fiona ait réduit à néant l'arbre généalogique. Les questions de Philip sur la raison pour laquelle la cousine Shelly les avait jetés dehors ou sur pourquoi la femme de l'oncle Ike avait traité Fiona de traînée n'avaient jamais reçu de réponse et il lui avait fallu des années pour réunir tous les éléments, obtenant un tableau qui n'était pas moins déconcertant que la somme des morceaux qui l'avaient décontenancé pendant si longtemps.

Une fois les options familiales épuisées, les voyages avaient perduré. Ils dénichaient une chambre bon marché à louer, Philip dormait à côté d'elle dans leur lit étroit et Fiona trouvait une femme compatissante qui la plaignait, lui disait qu'elle avait besoin d'une femme de ménage, d'une cuisinière ou de n'importe quoi d'autre. Philip commençait à fréquenter une nouvelle école pendant que Fiona attirait le regard d'un notable de la ville, célibataire ou non, et leur cour signifiait qu'il disposait du lit pour lui tout seul de nombreuses nuits, une situation dont elle lui assurait qu'il s'agissait d'un privilège dont il devrait être reconnaissant. Il se réveillait souvent seul, espérant qu'elle était simplement dans la salle de bains. Il fermait les yeux et l'y imaginait.

Juste au moment où il commençait à se sentir chez lui, ce chez-lui disparaissait comme un mirage trop aimé. Une nuit elle le réveillait, parfois en plein milieu et parfois en ces fragiles instants qui précèdent l'aube, et elle le pressait d'empaqueter tous ses vêtements. Il avait à peine le temps de le faire (il avait laissé derrière lui beaucoup de ses chemises et de ses livres préférés, ce dont il ne s'apercevait que quand ils étaient à des centaines de kilomètres de distance), puis ils se retrouvaient dans une gare de chemin de fer. Fiona souriait au vieux monsieur qui officiait derrière le guichet, tenait dans sa main serrée le poignet de son fils. En route pour une nouvelle ville.

Quand il protestait, elle lui rappelait qu'il avait déjà beaucoup de chance qu'elle l'ait emmené avec elle, que la plupart des femmes dans sa situation se seraient débarrassées de lui dans un orphelinat ou l'auraient abandonné quelque part. Ce qui l'empêchait de se plaindre fort.

Elle lui avait promis que leur logement de Redmond, dans l'État de Washington, serait le dernier. Cela s'était avéré exact, même si ce n'était pas dans le sens qu'elle avait imaginé. Ils s'étaient installés dans la maison d'un contremaître d'une usine de papier nommé Carl Jasper, habitant avec lui pendant juste un peu plus d'un an, leur séjour le plus long dans un lieu dont Philip avait conservé la mémoire. En dépit de ce nouveau sentiment de permanence particulièrement tentant, il ne se sentait pas à l'aise en présence de Carl. Leur hôte représentait une présence dérangeante avec sa tête qui frôlait le haut de l'encadrement des portes. Il avait immédiatement paru à Philip indigne de confiance avec sa maison remplie de tintements de bouteilles, de fumée de cigares et de jeux de cartes qui se poursuivaient tard dans la nuit alors qu'il essayait de dormir.

En de nombreuses occasions, la nuit, quand Philip entrait dans la cuisine, il trouvait le couple penché sur des papiers, surveillant ses moindres gestes, échangeant dans un murmure. *Je voulais juste boire un peu d'eau*, disait-il, et après avoir emporté le verre dans sa chambre, les chuchotements reprenaient. Il n'avait pas demandé de quoi ils parlaient et ne tenait vraiment pas à le savoir, mais leurs regards soupçonneux le blessaient.

Quelques semaines après le début de ces messes basses, il était rentré de l'école pour voir Fiona et Carl empaqueter précipitamment leurs affaires. *Attrape tes vêtements*, lui avaient-ils dit, *il faut qu'on parte*. Il avait commencé à protester en rappelant sa promesse à Fiona. Il s'était fait des amis (le père d'un de ses camarades lui avait même promis un emploi de distributeur de journaux et de coursier) et il y avait Anna, une fille dont il était amoureux, qui avait les yeux verts et des taches de rousseur. Fiona lui avait hurlé dessus en lui disant qu'elle non plus, elle n'avait pas envie de partir, mais qu'il le fallait, *tout de suite*. Ils lui expliqueraient plus tard. Philip avait refusé, les bras croisés, jusqu'au moment où Carl l'avait projeté à terre en ne frappant qu'une fois. Ça n'avait été qu'une claque mais ça n'avait pas empêché Philip de saigner du nez en restant étendu sur le sol, étourdi, le regard tourné vers sa mère en quête d'aide. Elle avait seulement adouci le ton de sa voix pour lui dire de préparer ses affaires… et de ne pas traîner.

Ils avaient une belle Ford toute neuve que Carl avait achetée la veille. Une belle voiture dont les côtés et le capot étaient si étincelants qu'en approchant de la portière Philip y avait vu son reflet ruisselant de larmes. Elle cahotait moins qu'une carriole, mais était plus froide qu'un wagon de chemin de fer, et l'air entrait en sifflant au sommet des portières. Ils avaient roulé toute la nuit sans que Philip cesse d'être en colère contre Fiona qui l'avait trahi, fou furieux contre Carl parce qu'il l'avait frappé, enragé contre lui-même, car il avait été assez stupide pour penser que pareil départ ne se reproduirait plus. Il avait fini par s'endormir, la tête appuyée en arrière contre le siège qui sentait comme du caoutchouc fondu, secoué chaque fois que les roues rencontraient un nid-de-poule dans la chaussée non goudronnée.

Il s'était réveillé quelque part au milieu de la nuit, grelottant de froid, pour découvrir que le monde à l'extérieur était devenu tout blanc, comme si un oreiller gros comme la lune avait éclaté au-dessus d'eux en répandant son averse de plumes célestes. Ils étaient presque arrivés, avait déclaré Carl en bâillant. Il roulait très lentement, grommelant des mots sur la quantité de neige qui était tombée et le fait qu'ils devraient peut-être s'arrêter dans la prochaine ville, où qu'elle se trouve. Fiona avait regardé Philip sur le siège arrière et lui avait adressé un petit sourire, différent de tous ceux qu'il avait pu voir auparavant sur son visage : il paraissait plus adulte, le genre d'expression que d'ordinaire les parents n'adressent pas à leurs enfants. Peut-être était-ce une forme d'excuse, peut-être un signe d'affection et peut-être, finalement, l'aveu qu'elle était comme ça, avec ses imperfections et le reste, et qu'il lui faudrait l'accepter.

Carl conduisait sur une pente descendante, dans un virage serré, quand Fiona avait offert ce sourire à Philip, et le sourire s'était effacé quand la Ford avait soudain dérapé. Philip se souvenait qu'il avait entendu Fiona commencer à crier quelque chose ; il se souvenait de la force soudaine qui l'avait plaqué de plus en plus fort sur son siège, puis de ce sentiment irréel qu'il volait. Un instant d'apesanteur suivi de son contraire, les tonneaux dans la neige et les ténèbres en contrebas.

Plus tard, il ne se souviendrait pas de ce qu'il avait vu, du monde qui tournait sur lui-même, du plafond de la Ford ou de son plancher… juste de l'impression d'être projeté, heurté et cogné en tous sens alors qu'il était enfermé à l'intérieur d'une boîte métallique qui se rétrécissait à chacun des chocs, se resserrait tout autour de lui, comme frappée à l'aide d'une masse, et prenait la forme de son cercueil.

Ses souvenirs, par la suite, étaient précis quoique sans continuité, une seule image distincte mais occasionnelle surgissant au milieu de longues périodes d'ombres. De la neige sur ses paupières quand il les avait ouvertes. Il s'en souvenait parce qu'il avait voulu la chasser mais ne parvenait pas à bouger les bras. Ils étaient immobilisés par quelque chose, ou cassés, de même que ses jambes. Il avait le sentiment d'avoir la tête en bas, sous la poitrine. Peut-être était-ce de là que venait la douleur lancinante, mais comme il y voyait à peine, il n'en avait aucune certitude. Je ne suis pas mort je ne suis pas mort je ne suis pas mort, se répétait-il. Cette révélation était presque aussi choquante que l'avait été celle de voler dans les airs un moment auparavant. Il y avait combien de temps ? Et sa mère ? Il l'avait appelée mais son intonation était rendue si ténue par la terreur qu'il en avait éprouvé davantage de frayeur. Sans attendre de réponse, il avait appelé à nouveau et l'avait entendue gémir.

Il avait recommencé de nombreuses fois, par son prénom pour il ne savait quelle raison, et de plus en plus fort, même si ses appels donnaient à la situation une apparence plus épouvantablement réelle. Il avait crié afin qu'elle se réveille parce qu'il ne pouvait pas bouger, qu'il avait peur, froid, ne savait pas où elle était, parce qu'elle ne pouvait pas parler et qu'il avait besoin d'elle, là, maintenant, et qu'il fallait qu'elle se réveille. Il avait hurlé, hurlé encore, toujours sans autre raison que celle de ne pouvoir supporter de l'entendre gémir. Il se souvenait à quel point sa propre voix lui paraissait blanche. Se souvenait de s'être épuisé à force de crier puis d'être tombé dans une transe agitée de tremblements. C'était là que ses souvenirs s'arrêtaient, interrompus par un intervalle noir, avant le moment où ses yeux s'étaient ouverts à nouveau.

Il avait alors bougé le cou en essayant de se faire une meilleure idée de l'endroit où il se trouvait. Le cercueil, qui avait été une automobile, était composé de fragments métalliques pliés qui l'enveloppaient et dont certains, aiguisés, lui perçaient le flanc. Il avait tenté de se calmer, tenté de se libérer, mais le poids qui pesait sur ses jambes était trop grand. Il faisait noir, il pouvait à peine voir, même quand ses yeux s'étaient habitués à la nuit, même quand il avait cessé de pleurer.

Je suis vivant je suis vivant je me gèle je suis vivant je suis vivant je vais sortir d'ici d'une manière ou d'une autre d'une manière ou d'une autre.

Pendant le voyage, il avait retiré ses gants et ses doigts étaient maintenant insensibles. Il avait réussi à libérer ses mains, mais le métal qui l'entourait de toutes parts était trop résistant pour céder davantage. Il avait fermé les poings, soufflé dessus, les avait insérés sous ses aisselles. Avait essayé de libérer ses jambes mais c'était peine perdue… pourquoi ses jambes refusaient-elles de bouger ? Il ne les sentait pas mais n'était pas sûr d'être paralysé, peut-être étaient-elles brisées et si atrocement douloureuses qu'elles étaient comme de la glace, et tous leurs nerfs étaient morts. Le froid l'environnait et il ne pouvait rien faire pour s'en protéger.

À nouveau il avait appelé Fiona, mais elle n'avait pas répondu, cette fois. À nouveau il avait crié, préférant encore les bruits que faisait sa mère en souffrance à son silence. Mais il n'avait rien entendu. Puis, à nouveau, les ténèbres.

Plus tard encore, il avait pris conscience que, pour une partie, ce qui clouait ses jambes à cet emplacement était le corps de Carl.

À travers un pare-brise pulvérisé ou une portière arrachée, la neige avait continué de tomber. Au début, les flocons avaient fondu, puis ils avaient commencé à adhérer à son visage, à s'accumuler. Il les chassait de la main, se réveillait, en était à nouveau recouvert.

Avant, son cœur battait à tout rompre. Il paraissait tellement plus lent désormais. Est-ce que la peur est une chose à laquelle le corps s'adapte ? Il était toujours effrayé, mais quand il avait essayé d'appeler Fiona, sa voix lui était parvenue tel un murmure apaisant, comme si elle essayait de lui dire qu'il ne devait pas s'inquiéter autant, qu'il devait rester immobile et s'endormir. La fois suivante où il avait ouvert les yeux, il avait découvert que sa mère était parvenue à s'extirper et qu'elle s'était pelotonnée contre lui. Il ne frissonnait plus autant. Avait prononcé son nom. Elle n'avait pas répondu, pourtant il avait entendu sa respiration. Cela, il s'en souvient. Elle avait placé sa tête derrière la sienne et un de ses bras avait bougé, protégeant son visage de la neige.

Mais ce bras avait dû bouger à nouveau, car dans son souvenir suivant il était enseveli et, lorsqu'il avait essayé de se dégager, ses membres supérieurs n'avaient pas obéi. Il s'était remis à trembler. Il faisait toujours plus froid et ses spasmes ne suffisaient pas à déloger la neige. Il avait fixé d'un regard intense toute cette blancheur comme si cela pouvait la faire fondre. Avait cligné des yeux comme un dément, mais il était aveugle, la neige s'était accumulée si haut qu'elle commençait à luire.

Une ultime fois il avait tenté de crier le nom de sa mère et s'était aperçu qu'il ne pouvait pas émettre le moindre son. La neige étincelait de couleurs comme si un arc-en-ciel avait explosé en des milliers de larmes minuscules. Il avait plissé les yeux pour tenter de trouver une signification à ce qu'il voyait, et les points de couleur avaient dansé, décrit des cercles ; il avait eu l'impression de tourbillonner sur lui-même. Il ne sentait rien, n'entendait rien. Son corps, son être tout entier, avaient été réduits au néant à l'exception de sa vision affaiblie. Plus rien d'autre ne restait de lui. Ce tourbillon lui avait à nouveau donné le sentiment de ne rien peser, comme au moment où la Ford était sortie de la route, mais cette fois cela ressemblait à un don. Les points rougeoyaient, devenaient dorés, se séparaient alors pour déferler sur lui.

*

Ces images semblaient extrêmement récentes quand il se réveilla. Il était dans une chambre d'hôpital où Charles entrerait bientôt pour lui expliquer ce qui s'était passé, lui apprendre que ses parents avaient été tués. Philip, allongé, lui répondrait calmement : *Non, ils n'étaient pas tous les deux mes parents – elle, c'était ma mère, mais celui de la Ford, c'était seulement un type de plus*. Comme si rien n'était plus important, comme s'il lui fallait éclaircir toute méprise avant de pouvoir commencer à appréhender ce qui venait de se produire.

Progressivement, il prit conscience que la raideur de ses membres n'était pas une conséquence de l'accident mais du fait qu'il avait dormi sur un sol froid et dur, et qu'il ne se trouvait pas dans un hôpital mais dans l'entrepôt. Il n'avait pas onze ans mais seize, il ne se trouvait pas à Everett mais à Commonwealth. Il se redressa, les vestiges du rêve s'en retournèrent dans sa mémoire. Cela faisait longtemps qu'il n'avait pas rêvé de l'accident et il se demanda si c'était son inconfortable lieu de sommeil qui avait stimulé les souvenirs, ou le sentiment d'isolement qui avait été si familier, pour lui, dans sa première vie.

Il prit appui sur le plancher avec la paume de ses mains. À l'intérieur du bâtiment régnait un noir d'encre. Il entendait le soldat respirer bruyamment dans son sommeil. La seule chose pour lui rappeler qu'il n'était pas seul.

La soirée précédente lui revint. Une demi-heure après le départ de Charles et de Doc Banes, Philip et le soldat avaient entendu un coup frappé à la porte. Après avoir silencieusement compté jusqu'à soixante, comme on le lui avait demandé, Philip avait ouvert le moins possible et découvert deux plateaux de nourriture, deux couvertures, une boîte d'allumettes et une lampe à pétrole. Il avait rentré le tout à l'intérieur et, avant même qu'il ait eu le temps d'allumer la lampe, le soldat avait commencé à manger. Philip avait essayé de ne pas le regarder se jeter sur la viande et l'engloutir sans mâcher, de ne pas observer non plus la façon dont il buvait toute son eau d'une seule lampée. C'est donc à ça que cela ressemble, un homme qui meurt de faim, avait-il pensé.

Comme il y avait un âtre dans l'angle opposé du bâtiment désert, ils avaient parcouru l'espace, récupérant les chutes de bois éparpillées sur le sol après la construction du bâtiment. Il ne s'agissait pas de petit bois de qualité, mais c'était mieux que rien. Philip n'avait pas lâché son fusil et gardait le pistolet dans sa poche. Ses gestes en étaient ralentis mais il n'avait pas assez confiance en cet inconnu pour laisser les armes traîner par terre.

Peu après avoir rassemblé le bois, le soldat s'était à nouveau assoupi devant le feu. Puis Philip à son tour avait commencé à somnoler, si bien qu'il avait tiré la couverture sur lui et posé le fusil juste à côté, dissimulé dessous. Jeune homme dormant avec son fusil. On apprenait probablement à ne pas faire ça, à l'armée, mais il souhaitait réduire les chances que le soldat s'en empare. Le pistolet, il l'avait enfoncé dans son soulier gauche, sous le bloc de bois, avec la certitude que le soldat ne penserait pas à l'y chercher.

Il ignorait combien de temps il avait dormi, ne savait pas quelle heure il était. Il aurait préféré ne pas rêver de sa mère. Il y avait suffisamment de raisons pour broyer du noir dans l'immédiat sans en plus penser à elle.

Il se rallongea, prêtant l'oreille à la respiration bruyante du soldat. Le premier avait très bien pu être malade, mais celui-ci n'avait pas éternué ni toussé une seule fois, si on ne tenait pas compte du moment où il avait bu son eau trop vite. Il n'y aurait donc probablement pas de maladie dans la ville : nul n'aurait à en souffrir et, avec un peu de chance, il ne serait pas puni à cause de son erreur. Mais cela signifiait également qu'il était enfermé ici pour deux jours sans qu'il y ait une bonne raison pour ça.

Il se demanda ce que pensait Elsie. Si elle était le moins du monde au courant de sa situation. Peut-être avaient-ils organisé une réunion d'urgence au niveau de la ville. Peut-être tous les ouvriers secouaient-ils la tête en parlant de ce faible d'esprit boiteux qui avait laissé entrer le soldat. Peut-être tous les garçons plus jeunes que lui étaient-ils contents de disposer de ce piètre exemple auquel se mesurer, assurés que quand leur tour viendrait, ils franchiraient l'épreuve haut la main. Peut-être Elsie ne lui parlerait-elle plus jamais. Peut-être Laura devrait-elle affronter la tâche peu enviable de devoir défendre les actes de son frère face aux railleries des enfants de l'école. Ou peut-être ce qu'il avait fait était-il indéfendable, même aux yeux d'une sœur. Pas réellement par le sang, bien sûr, mais quand même membre de la même famille. La différence était peut-être là : dans le fait qu'une bévue de la taille de celle-là pouvait entraîner qu'une famille, qui n'était pas vraiment la vôtre, vous rejette. Les Worthy le chasseraient de leur clan, considérant que le temps bref qu'il avait passé avec eux n'était qu'une malencontreuse erreur de jugement de leur part, un épisode qu'ils finiraient un jour par raconter à d'autres, quand de nombreuses années se seraient écoulées. *Oh oui, autrefois, nous avons adopté un fils. Il avait l'air d'un garçon bien. Quelle honte que ça se soit terminé aussi mal.*

Mais sa véritable mère elle-même l'aurait-elle accepté après pareille stupidité ? Elle avait toujours semblé si proche de l'abandonner, avait utilisé cette menace pour lui donner la trouille et le faire obéir. Peut-être une transgression de ce genre lui aurait-elle fourni l'excuse rêvée pour monter sans lui dans le prochain train de nuit.

Il ferma les yeux, essayant de se souvenir d'elle sans colère. Il faisait froid dans l'entrepôt, mais il avait assurément survécu à pire. Cela n'avait plus d'importance, se dit-il. Elle ne l'avait pas abandonné. En dépit de tous ses défauts et de toutes ses menaces, elle n'était jamais partie. L'accident ne lui était pas imputable, pas plus qu'il n'était un châtiment pour des péchés qu'elle aurait pu commettre. C'était juste arrivé comme ça. Parfois, des choses arrivent comme ça.

La grippe était arrivée comme ça. Il patienterait donc deux jours ici, puis on le libérerait et la vie normale reprendrait son cours. Il se raccrocha à cet espoir plus fortement qu'il ne pouvait s'accrocher à sa volonté de ne pas dormir, et retomba vite dans le sommeil.

VI

Pendant que le reste de la ville dormait, Deacon[1] montait la garde devant l'entrepôt.

Le ciel était clair et l'éclat de la lune paraissait plus fort que d'ordinaire, comme si cet unique cercle minuscule, s'il était transpercé, inonderait le monde d'une telle intensité que les aiguilles de pin, jusqu'à la dernière, seraient illuminées, les arbres tous incandescents.

Derrière l'entrepôt, Deacon distinguait vaguement les contreforts de la chaîne des Cascades. S'il n'y avait eu le clair de lune qui les recouvrait d'un étincellement presque métallique, les arbres, de ce côté-là, auraient été trop profondément plongés dans les ténèbres pour être visibles. Ils luisaient telles des lames dans le lointain.

Il avait passé la quarantaine, mais à l'âge de seize ans, quand il habitait à Minneapolis, il avait décidé de devenir prêtre, ce qui avait ravi ses parents catholiques. Ils avaient organisé une fête pour lui le week-end qui avait précédé son entrée au séminaire, et il avait eu le sentiment d'avoir finalement trouvé un but dans sa vie, d'avoir entendu l'appel de la voix de Dieu. En vérité, il avait seulement *voulu* entendre quelque chose. Ses parents, eux aussi, avaient voulu qu'il entende l'appel de Dieu, ils l'avaient voulu quand ses notes, à l'école, s'étaient effondrées, quand le gérant du drugstore local l'avait pris en flagrant délit de vol de tabac et de cigares, ils l'avaient voulu

1. Diacre.

quand d'autres parents leur avaient dit qu'il harcelait leurs enfants, surtout les filles. Il avait donc prié et étudié la Bible au long de maintes nuits. Il avait menti en prétendant avoir entendu l'appel de Dieu parce qu'il était fatigué d'attendre qu'il se manifeste, et parce qu'il avait présumé qu'il finirait par entendre quelque chose, l'appel de cette voix, d'une voix ou de quelque chose qui y ressemblait, une voix qui serait semblable à celle du vent, au tintement des cloches de l'église, ou à celle du speaker des matchs de base-ball auxquels il assistait en resquillant.

Mais le silence s'était éternisé, ce qui n'avait pas manqué de l'inquiéter, et quand les mois s'étaient succédé indéfiniment durant une deuxième année de silence, il avait été pris de colère. Il s'était mis à contester et à fustiger ceux qui lui dispensaient leur savoir, à effrayer les paroissiens en ces rares occasions où le diocèse l'autorisait à participer à la messe. Ce silence le tournait en dérision, tournait en dérision le sérieux de ses études et toutes ces heures douloureuses qu'il passait agenouillé sur les sols durs. Ce silence et les regards dévots et suffisants sur le visage des autres diacres avaient fini par le rendre enragé jusqu'à ce qu'il saccage la bibliothèque du séminaire et jette une bible sur un prêtre, s'enfuyant dans la nuit muette pour sauter dans un train en direction du nord, vers un endroit où le silence serait inhérent, normal. Un endroit où il serait entouré d'autres hommes qui n'entendaient pas ni ne s'attendaient à entendre la voix de Dieu.

Dans son premier camp de bûcherons il avait énoncé son prénom, mais lorsque les autres travailleurs avaient entendu son histoire, ils n'avaient pu résister à l'envie de le surnommer Deacon, soit par manière de respect malavisé, soit par sarcasme. L'appellation lui était restée.

Le silence s'imposa de nouveau à lui tandis qu'il demeurait immobile, les yeux grands ouverts. Les prisonniers, dans l'entrepôt, ne toussaient pas plus qu'ils n'éternuaient ni ne parlaient assez fort pour être entendus. De temps en temps, le silence était brisé par le hululement d'une chouette, mais c'était tout. Même le vent avait fui les lieux.

Deacon se demandait si l'homme qui se trouvait dans l'entrepôt avait apporté la grippe, si lui-même ne se trouvait qu'à quelques mètres de cette présence démoniaque. C'étaient les choses invisibles qui étaient les plus dangereuses en ce monde, il ne l'ignorait pas.

Sa montre s'était arrêtée ce matin-là et il avait négligé de la remonter, si bien que son tic-tac lui-même ne pouvait briser le silence. Les heures passaient comme une procession de fantômes échappant aux regards. Il allait rester là toute la nuit à attendre que quelqu'un vienne le remplacer, et ce silence le suivrait jusque dans son logement.

VII

Même pendant la journée, les ténèbres qui régnaient dans l'entrepôt étaient surprenantes.

Philip ouvrit les yeux quand le sifflet marquant le réveil matinal des ouvriers retentit. Une trentaine de minutes de plus s'écoulèrent, le soldat continuant à dormir comme un bienheureux, avant que le garçon n'entende un coup frappé à la porte. Il sursauta si fort que ses jambes, repliées sous son corps, se dégagèrent dans un geste réflexe et l'une d'elles heurta la crosse du fusil. Tellement maladroit que je vais me tirer dessus tout seul, pensa-t-il en repoussant l'arme d'un bon mètre. Pourtant, le soldat continua de dormir, rejetant bruyamment l'air contenu dans ses poumons comme pour se débarrasser d'un grand poids. Philip se fit la réflexion qu'il pourrait probablement tirer un coup de feu sans que l'intrus se réveille.

Il alluma la lampe, éclairant leur environnement vide. L'immense salle était déserte à l'exception de l'un des angles opposés où étaient entassées les possessions des rares conscrits de Commonwealth qui avaient rejoint les Forces expéditionnaires américaines. La douzaine d'hommes qui étaient partis à la guerre il y avait plus d'un an avaient choisi de transporter ce qui leur appartenait dans l'entrepôt afin que leurs maisons, où ils n'avaient habité que durant quelques mois, puissent accueillir de nouveaux ouvriers pendant leur absence. Des boîtes étaient empilées dans l'angle. Philip pouvait identifier divers objets comme un banjo et un grand pot en céramique. Il se demanda où ces hommes se trouvaient, eux, s'ils se terraient dans une tranchée ou reposaient dans un cercueil plombé.

Il attendit le temps prescrit à la suite du coup frappé à la porte, ouvrit. Il faisait jour, certes, mais à peine. Deux bols de bouillie d'avoine dont le contenu fumait encore étaient posés sur un plateau ainsi que deux grandes tranches de pain de maïs, vraisemblablement l'œuvre de Laura. Du café et même des sucres, à côté des hautes tasses. Il y avait un certain temps que plus personne n'avait mis de sucre dans son café, un exemple supplémentaire du rationnement en temps de guerre. Il lui fallut un moment pour comprendre l'importance de ce geste. Il s'était attendu à être puni, mais le sucre ressemblait à une réparation pour cet emprisonnement. Il sentit un nœud se former au fond de sa gorge, et ses yeux s'emplirent de larmes.

Il fit glisser le plateau à l'intérieur avant de tirer la porte à lui, gardant la tête baissée en attendant que les larmes refluent.

– Bonjour, lui dit le soldat en se redressant quand Philip s'avança avec le plateau. Il n'y a rien de meilleur qu'un petit déjeuner au lit.

– Je ne suis pas votre boniche, grommela Philip en s'asseyant à côté de son propre « lit » et en déposant le plateau près de lui.

Le soldat se leva et s'approcha. En dépit de son humeur enjouée, il sembla un instant presque menaçant au-dessus de Philip qui partageait le butin.

– Pourquoi vous allumez pas un feu ? demanda Philip pour l'inciter à s'éloigner.

– Affirmatif, chef. À croire que je suis de retour dans l'armée. À obéir aux ordres. Merci de me remettre à ma place.

Philip commençait à avoir froid, mais le feu changea la donne. Quand il leva son bol pour le poser sur ses cuisses, il remarqua qu'il y avait une enveloppe dessus. Il la prit, vit son nom écrit de la main de son père. Il la plaça sur le sol près de lui en la dissimulant sous un bout de couverture.

Le soldat se rassit et Philip lui tendit un des bols et une tasse de café. Il mit deux sucres dans le sien avant de donner les autres au soldat.

– Café et sucre, commenta celui-ci. Ça fait un moment que je n'ai pas mis deux morceaux dedans. En temps normal, je ne le bois pas comme ça, mais autant en profiter.

Après avoir mangé une cuillerée de bouillie d'avoine, il s'aperçut qu'il y avait un déséquilibre dans les portions.

– Pourquoi vous avez tout le pain de maïs ?

– Parce que c'est ma sœur qui l'a fait pour moi, répondit Philip sans regarder le soldat mais en sentant quand même que l'autre souriait.

– Drôlement gentille, votre sœur.

Ils mangèrent un moment en silence.

– Est-ce que vous n'êtes pas assez âgé pour que ce soit une petite amie qui cuisine pour vous, au lieu d'une sœur ?

– Qu'est-ce que ça peut vous faire ?

Le sourire du soldat s'élargit.

Ils achevèrent le repas en silence. Philip était toujours sur la défensive en présence de cet inconnu, mal à l'aise dans son inconfortable double rôle de gardien et de codétenu.

Pendant qu'ils mangeaient, il avait remarqué que les doigts de la main droite du soldat étaient abîmés, que des marques rouges les entaillaient au niveau des deuxième et troisième phalanges. Des croûtes commençaient à se former.

Soudain, le soldat toussa. Cela débuta par une petite toux, peut-être était-ce même pour s'éclaircir la gorge, mais d'autres quintes survinrent en une longue succession, plus bruyantes et plus fortes. Philip détourna la tête, envisagea de se réfugier à l'autre bout de la pièce. Finalement, le soldat se leva en continuant de tousser et s'approcha du feu. Les quintes se calmèrent, mais furent alors suivies d'un bref haut-le-cœur. Il cracha quelque chose dans les flammes.

Revenant vers Philip, il prit sa tasse et but le restant de café. Il semblait aller bien.

– Je suppose qu'il n'y a pas de toilettes par ici ?

– Je ne crois pas.

– Est-ce qu'on devrait se répartir des coins différents du bâtiment ? poursuivit-il en souriant. Je chie dans le mien et vous dans le vôtre ?

Philip sourit malgré lui, pas très sûr de savoir si cet homme le mettait en boîte ou s'il parlait sérieusement.

– Ça alors, il sait sourire. Il y a un début à tout. Arrêtez d'être aussi grincheux, mon gars, ou je viendrai vous pisser dessus pendant votre sommeil.

– Allez voir à la cave, répondit Philip en essayant de ne pas rire. Il y a peut-être un trou ou quelque chose comme ça.

Quand le soldat eut disparu dans l'escalier, Philip glissa la main sous la couverture et déchira l'enveloppe. Charles avait rédigé la lettre la veille au soir. Le garçon se demanda si son père avait éprouvé autant de difficultés que lui pour s'endormir.

Philip,

Cela me fait peine de penser à ce que tu dois ressentir en ce moment. Je te présente à nouveau mes excuses pour cette situation, mais le docteur Banes nous a bien fait comprendre à tous la nécessité de maintenir le soldat en quarantaine et, puisque toi et lui étiez en contact si proche, nous avons eu l'impression que nous n'avions pas le choix. Le sentiment que j'ai éprouvé en te parlant à travers ce mur a été affreux.

Ce qui s'est passé exactement alors que tu étais au poste de garde reste obscur pour nous, mais il y aura amplement le temps d'expliciter cela plus tard. J'ai mon idée sur les raisons pour lesquelles tu as agi ainsi, mais je veux que tu saches que je ne porte pas de jugement précipité. J'ai la conviction que c'est ma faute car je t'ai mis dans une position impossible et inacceptable et, pour cela également, je te présente mes excuses. Graham et toi, vous pouvez être fiers de vous et notre ville l'est car vous l'avez défendue la fois précédente. Ce qui s'est passé plus tôt aujourd'hui est une chose dont j'ai la certitude que nous pouvons être également fiers.

Les chances que ce soldat soit porteur de la grippe sont extrêmement réduites, m'a assuré le Dr Banes. Nous ne prenons ces précautions que parce que ce serait folie de ne pas le faire. J'ai toujours été épaté par ta capacité à aller de l'avant quels que soient les obstacles, et je peux dire en toute honnêteté que s'il y a une personne dans cette ville qui est la plus à même d'assurer la tâche inhabituelle qui t'incombe, c'est toi.

Souviens-toi, aussi, que comme il y a des gardiens postés autour du bâtiment, il y a toujours quelqu'un à portée de voix si tu as besoin d'aide. Ni moi ni aucun d'entre nous ne sait qui est ce visiteur arrivé dans notre ville. Le fait qu'il soit un soldat me donne à penser qu'il est quelqu'un en qui l'on peut avoir confiance, même si l'on peut également regretter que tous ne soient pas les vaillants conscrits que nous souhaiterions. Par ailleurs, je suppose que tu as toujours un fusil en ta possession dans l'entrepôt : si sa présence t'inquiète, tu peux toujours le glisser dehors par la porte. Quoi qu'il en soit, je te fais confiance pour continuer de prendre soin de toi selon cette manière inébranlable qui a toujours été la tienne.

Je regrette que le Dr Banes nous ait interdit de récupérer la moindre note écrite de ta main, mais il n'y a pas longtemps à attendre avant que nous puissions nous parler de vive voix.

Ta sœur t'embrasse fort, tout comme ta mère et moi.

Père

Philip sentit à nouveau le nœud au fond de sa gorge. Il n'était pas habitué à ce que Charles exprime de tels sentiments.

Durant ses tout premiers mois au sein du clan Worthy, mois au cours desquels il avait été traité avec une prévenance infinie pendant qu'il récupérait de ses blessures, de son deuil, et apprenait à marcher à nouveau seul, Charles avait été particulièrement attentif, l'aidant au niveau de ses études afin qu'il puisse suivre le rythme, lui faisant visiter la scierie Worthy d'Everett, lui apprenant comment toute l'entreprise fonctionnait. Mais quand la nouveauté s'était atténuée et que la famille avait pris ses marques dans sa nouvelle composition, il s'était montré plus distant. De nombreux soirs il restait à l'usine après l'heure où se couchaient ses enfants. Plus rarement, il partait pêcher ou se rendait en ville pour aller au cinéma. Et quand il était à la maison, il témoignait à son fils juste assez d'intérêt pour exprimer son désir de le voir lui succéder, mais pas plus : cela se passait-il bien à l'école ? Se faisait-il de nouveaux amis ? Il semblait considérer son rôle comme celui de guide, et maintenant que son jeune fils était assez solide pour marcher seul, il pouvait se retirer dans sa vie d'adulte, ses livres de comptes et ses courbes.

Philip relut le passage relatif au fusil. Depuis qu'il savait pouvoir compter sur le vivre et le couvert, le soldat s'était comporté comme si cela ne l'intéressait absolument pas de créer des difficultés, mais maintenant qu'il était au chaud, reposé et bien nourri, peut-être allait-il représenter à nouveau une menace.

Comme il remontait les marches, Philip cacha la lettre dans sa poche.

– Hé bien, la bonne nouvelle, c'est que j'ai trouvé un seau. La mauvaise, c'est qu'il est petit. Vous avez de la chance que je n'aie pas mangé beaucoup, ces trois derniers jours.

– Vous étiez dans les bois depuis aussi longtemps que ça ?

Le soldat s'assit en poussant un long soupir.

– Oui. Jusqu'à hier j'ai marché partout à la recherche d'un abri, sans succès. J'avais bien trouvé une cabane, avant-hier soir, avec quelques haricots dans la cuisine… à peu près assez pour un repas.

– À vous entendre, vous avez drôlement été réduit à vous-même.

– Ils ne nous enseignent pas franchement les techniques de la chasse, là-bas. Seulement à exécuter les ordres.

Le soldat dégageait sans conteste l'odeur de quelqu'un qui errait depuis deux ou trois jours. Philip était reconnaissant à la fumée que dégageait le feu.

– Vous avez parlé d'un accident de navigation ?

Le soldat hocha la tête.

– En fait, je ne sais pas ce qui s'est passé… C'était la nuit et j'étais sous le pont. Tout à coup, tout le monde s'est mis à crier, à nous dire de monter dans les canots de sauvetage. Certains parlaient d'un sabotage, d'un espion allemand ou de je ne sais quoi.

– Un sous-marin allemand ?

Sur toute la côte du Nord-Ouest, les gens redoutaient une invasion par voie de mer… un U-Boot allemand ou même un vaisseau de guerre japonais, le péril jaune décidant de mettre à profit la Grande Guerre en Europe pour dissimuler sa très ancienne volonté de conquérir les États de la côte Nord-Ouest. Plusieurs fausses rumeurs avaient déjà circulé à propos de sous-marins allemands envoyant par le fond des bateaux de commerce dans les eaux proches des États d'Oregon et de Washington, et quel que soit le nombre de fois où la presse patriotique en avait prouvé la fausseté, ces craintes persistaient.

– Je ne sais pas. Peut-être. De toute façon je n'ai rien vu.

– Qu'est-il advenu des autres ?

Philip avait l'impression que le soldat préférerait changer de sujet, mais il voulait, lui, en savoir plus. Après avoir lu ces livres pour enfants sur les valeureux conscrits et les pilotes de chasse, après avoir vu les actualités récentes projetées avant les films, il se trouvait en présence d'un vrai soldat, en chair et en os.

– Je ne sais pas. Moi et un autre gars, on était dans notre canot de sauvetage et on s'est tous retrouvés séparés. Ça se passait à une certaine distance de la côte. Les conditions étaient mauvaises. Je ne sais pas où les autres ont accosté. À condition qu'ils l'aient fait.

Un autre gars, dans le canot de sauvetage. Philip s'arrêta sur cette déclaration. Ça devait forcément être le soldat que Graham avait tué. Et, sûrement, celui-ci l'avait deviné, il l'avait compris quand Philip lui avait indiqué la tombe. Il espéra qu'ils n'avaient pas été des amis proches, que celui-ci n'avait pas dans l'intention de se venger.

– Alors, demanda le soldat, vous l'avez perdu comment, ce pied ?

Philip le regarda avec prudence, comme il le faisait toujours lorsqu'on mentionnait sa blessure. Mais l'autre ne donnait pas l'impression d'être à l'affût d'une faiblesse, ni même en quête d'une blague facile ou d'une insulte.

– Un accident d'automobile, répondit-il en détournant le regard. J'ai été bloqué dans une tempête de neige. Comme mon pied avait gelé en profondeur, ils ont été obligés de l'amputer.

– Ça s'est passé quand ?

– Il y a cinq ans.

– Vous marchez drôlement bien pour un gars qu'a un seul pied, remarqua le soldat avec un hochement de tête.

– Ils m'ont fabriqué un bloc de bois. Je dois porter des souliers qui montent haut pour pouvoir les lacer très serré sur mon tibia. Une chaussure, je la perdrais tout de suite.

– Vous êtes donc un gars qui a perdu un pied parce qu'il est resté dehors dans le froid, mais la nuit dernière, vous alliez quand même m'obliger à dormir dehors dans le froid ?

– Vous alliez *me tuer,* alors ce n'est pas la peine d'essayer de me culpabiliser.

– Si j'avais voulu, j'aurais pu le faire, mon gars. Lors de mon premier coup de feu. Rappelez-vous que j'ai eu la possibilité de vous abattre tranquillement, mais que j'ai touché la souche. Je ne suis pas aussi mauvais tireur que ça.

– Vous m'avez raté parce que j'ai appuyé sur la détente, moi aussi. Et vous alliez m'abattre à nouveau dans les bois, sauf que vous avez trébuché.

Le soldat poussa un soupir pour écarter cette allégation.

– Si j'avais voulu vous tuer, j'aurais pu le faire, mais je ne le voulais pas.

Philip l'observa de près.

– Vous pouvez dire ce que vous voudrez. Vous ne m'avez toujours pas convaincu.

– Hé bien, il faut croire qu'on ne le saura jamais, ce que l'autre avait décidé de faire, hein ?

– Il faut croire.

Ils restèrent un certain temps sans parler. À un moment, Philip jeta un rapide coup d'œil sur le fusil, estimant la distance à laquelle il se trouvait de chacun d'eux.

– Arrêtez de regarder ce fusil, mon gars. J'ai pas l'intention de m'en emparer. J'ai un abri et deux jours de bouffe gratuite, alors ça ne m'intéresse pas de me frayer un passage à coups de fusil.

– Ça ne vous inquiète pas, le retour à votre base ?

– Je finirai bien par y arriver. Ma seule crainte, c'est de savoir si mon officier supérieur me croira quand je lui raconterai que j'ai été fait prisonnier par une ville de bûcherons devenus fous.

– Ça n'a rien de fou de vouloir empêcher la grippe d'entrer chez nous.

– D'accord, vous êtes tous complètement sains d'esprit. Mais vous retenez un soldat américain prisonnier, et c'est moi qui vais devoir expliquer ça à mon retour.

Pour la première fois, il vint à l'esprit de Philip que quelqu'un en ville risquait peut-être d'avoir des ennuis, à cause de ça.

– Qu'est-ce que vous allez leur dire ?

– J'en sais rien, mon gars. Peut-être que vous devriez être un peu plus sympathiques avec moi, comme ça je n'aurai que des choses gentilles à dire sur les habitants hospitaliers de… C'est quoi, le nom de cette ville, bon sang ?

– Commonwealth. Et votre nom à vous, vous m'avez dit que c'est ?

– Frank Summers. Le vôtre ?

– Philip Worthy.

Frank se pencha en lui tendant la main.

– Heureux de faire votre connaissance, Philip.

Le garçon hésita un très court instant avant de serrer la main du soldat en l'espérant exempte de contamination.

– J'espère que jusqu'ici, tout le plaisir a été pour vous. Sans vouloir vous offenser.

La riposte fit sourire Frank. Puis il se leva, se dirigea vers le feu, l'attisa. Il jeta deux nouveaux bouts de bois sur la pile avant de se rasseoir.

– Est-ce qu'il y en a beaucoup, des soldats de votre base qui sont tombés malades ?

Frank l'étudia un instant.

– Ouais, répondit-il enfin. Beaucoup.

– C'est vraiment affreux ?

Frank changea de position, se redressant un peu.

– C'est drôlement moche. Il paraît que quand on va se coucher, on se sent bien, mais qu'on se réveille le matin en ayant l'impression d'avoir été percuté par un train. Des migraines, des gars si faibles qu'ils peuvent à peine s'asseoir. Un copain à moi a entendu dire que c'était comme de recevoir une balle dans les deux genoux et dans les deux coudes. Et on est pris d'une toux épouvantable.

Il jeta un regard de côté, compléta :

– On en entend beaucoup tousser la nuit. Comme des loups qui hurleraient à la lune.

Philip imagina cette pandémie dévastant sa ville, se représenta allongé, la nuit dans sa chambre, à écouter autour de lui les bruits de tous ceux qui se mouraient dans leur foyer.

– Personne qui se trouvait très proche de moi n'est tombé malade. Des gars l'ont attrapée, dans mon baraquement, mais personne qui occupait un lit proche du mien, aucun de ceux avec qui je mangeais ou je participais aux manœuvres. Tout le monde est inquiet, n'empêche, et on dirait que les sergents ont compris qu'ils devaient y aller doucement avec nous. Je crois qu'ils ont peur d'y aller trop fort.

– Ça a l'air épouvantable.

– Ça l'est. Mais c'est pas seulement sur la base, c'est partout. Ma mère m'a écrit une lettre, elle m'a dit qu'à Missoula, ils sont tous malades comme des bêtes. Ça a commencé un jour par quelques personnes, et après ça a véritablement explosé. Elle m'a dit qu'elle garde ma sœur à la maison, elle l'envoie pas à l'école le temps que ça se termine, et cette lettre, elle a été écrite y a environ deux semaines.

– Alors comment vous pouvez nous en vouloir d'essayer d'empêcher des gens d'entrer ?

– J'ai pas dit que je vous en voulais. Je vous ai juste comparés à une bande de bûcherons fous.

Il fit une grimace.

– Vous êtes né dans cette ville, alors ?

Philip fit non de la tête.

– Je suis né à Los Angeles.

– Drôlement loin. Vous y êtes allé, à Missoula ?

– Non.

– Hé ben, quand cette guerre sera finie, je vous enverrai une invitation pour venir participer à la plus magnifique des célébrations de victoire, à Missoula. Je vous présenterai comme l'homme qui a défendu le ravissant hameau de

Commonwealth contre un vilain méchant encore plus redouté que le Hun honni de tous : moi.

– Là, vous vous moquez.

Mais Frank n'avait pas vraiment donné l'impression de plaisanter : Philip avait perçu une étrange tension dans sa voix. Frank reporta son regard sur le feu, les yeux plissés, sans répondre.

VIII

Charles était seul dans son bureau lorsque Graham frappa à la porte.

Le visiteur n'avait pas bonne mine. Les muscles qui entouraient ses yeux semblaient tendus, comme s'il les contraignait à demeurer concentrés en dépit de son épuisement apparent. Mais Charles lui-même savait qu'il n'était pas non plus au mieux de sa forme. Il n'avait pratiquement pas réussi à dormir la nuit précédente. À deux reprises il s'était levé, avait pris la résolution de se rendre à l'entrepôt pour dire au garde de relâcher Philip. Les deux fois, il s'était souvenu de son engagement, non seulement envers son propre fils, mais envers tous les habitants de la ville. À côté de lui, Rebecca s'agitait et se retournait sous les couvertures, peut-être sans savoir que les luttes de son mari étaient presque identiques aux siennes.

Ils avaient parlé avec Philip le matin même en se tenant à quelques pas de Deacon qui avait monté la garde toute la nuit. Doc Banes était arrivé à la même heure pour poser des questions à distance, et les réponses de Philip avaient été encourageantes : il se sentait toujours bien, ni gêne, ni toux, ni douleur.

Charles avait été heureux que son fils ait l'air d'avoir le moral, mais Rebecca avait objecté qu'il faisait probablement semblant.

– Il veut se montrer à son avantage en pensant à toi, Charles. Il est peut-être terrifié, mais tu ne le verras pas.

Terrifiée, c'était elle qui l'était, essayait de se raisonner Charles. Mais en réalité, il l'était autant : terrifié que Philip devienne un martyr pour la ville. Charles était prêt à s'enfermer dans une prison et à sacrifier sa propre vie pour les habitants ; il permettrait à la grippe de le dévorer vivant, la laisserait assouvir son insatiable voracité sur son corps. Dire adieu à sa propre vie, oui. Mais pouvait-il dire adieu à sa famille pour la ville ?

Après avoir annoncé à Philip qu'ils reviendraient l'après-midi, ils étaient repartis chacun de son côté, elle à l'école, lui à la scierie. Il avait essayé de se noyer dans le travail sans y parvenir. Il se disait qu'il s'était détourné de l'église ces derniers mois et le regrettait d'autant plus fort que la quarantaine interdisait maintenant au ministre du culte itinérant de venir à Commonwealth. Charles avait assujetti sa volonté à celle de sa ville, à son rêve, mais il ressentait un besoin presque nostalgique d'assujettir ses peurs à une entité plus grande encore, si pareille chose existait.

– Comment allez-vous, Graham ?

Il y avait une chaise vide à côté du patron de la scierie, mais Graham l'ignora comme s'il renfermait trop d'énergie pour rester immobile, ou comme s'il n'osait pas s'asseoir de crainte de s'endormir.

Il eut un petit hochement de tête.

– Ça va.

– Et comment ça se présente, parmi les habitants ? Est-ce que tout le monde sait… pour Philip ?

– L'information se répand.

Il n'y avait pas eu d'annonce officielle liée à la nouvelle quarantaine au sein de l'ancienne, pas plus qu'il n'y avait eu de tentative pour préserver le secret.

Charles s'inquiétait de la réaction des gens. Si Philip était critiqué pour avoir laissé le soldat entrer, il serait impliqué aussi, soit par le lien familial, soit par le simple fait qu'il avait autorisé son fils à monter la garde malgré son jeune âge.

– Je pense que je devrais arrêter de travailler à la scierie pendant un temps, déclara Graham. Maintenant qu'il y a deux lieux à surveiller, nous avons besoin de plus de monde. Et je me dis que je serais plus utile en consacrant mon temps à veiller sur la ville qu'en travaillant ici.

Charles fronça les sourcils.

– Vous le souhaitez vraiment ?

– Souhaiter n'a pas grand-chose à voir avec la situation.

Graham avait raison. Protéger et sauvegarder la communauté était plus important qu'une perte de productivité qui résulterait de l'absence de Graham à la scierie : les autres contremaîtres pourraient assurer sa part de travail. Si le soldat s'évadait ou si quelqu'un d'autre s'insinuait dans la place, contaminait la ville et forçait tous les ouvriers à s'aliter, qu'en irait-il de la scierie ? En raison de la quarantaine, une immense quantité de bois s'accumulait en attendant d'être emporté. Des tas de quinze mètres de haut occupaient les espaces de stockage derrière l'usine, et à chaque nouveau jour qui passait, ils grimpaient plus haut. Les arbres continuaient de s'abattre dans la profondeur des forêts, les grumes de rouler jusqu'à la rivière, les flotteurs de bois persistaient à dégager les troncs entremêlés pour les guider vers l'usine, les scieurs à débiter des planches et à tailler des bardeaux. Quand la quarantaine prendrait fin, les compagnies de fret devraient dépêcher tous leurs moyens de transport pendant des jours, juste pour faire partir la marchandise demeurée en attente à Commonwealth. Mais tous les problèmes se résoudraient. La ville survivrait à cet engorgement financier… à condition de rester épargnée.

– D'accord, accepta Charles. Je vais trouver un moyen de pallier votre absence.

– Merci. Et peut-être pourrez-vous convaincre d'autres hommes de prendre des tours de garde. Nous approchons du point de rupture.

– Oui, bien sûr.

Il aurait dû y penser. La situation menaçait d'échapper à son contrôle, et le fait qu'il soit obnubilé par son fils n'améliorait pas les choses.

– J'envisageais d'aller à l'entrepôt, là, poursuivit Graham. Deacon à fait le pied de grue toute la nuit et ce matin. Il doit probablement dormir debout.

– Mais…

Charles s'interrompit, surpris qu'il se propose pour surveiller la prison de Philip. Il y avait d'autres volontaires pour qui la tâche n'aurait rien d'aussi personnel. Pourtant, dans les yeux de l'ouvrier, il ne détecta pas trace d'un dilemme. Il finit par acquiescer de la tête.

Graham se tourna pour partir. Charles le plaignait, lisait l'épuisement dans son regard, la vigilance, l'évidente preuve qu'il se voyait comme le protecteur de la ville. Mais il était hanté, lui, par la pensée que les deux jeunes hommes prenaient des trajectoires divergentes.

– J'ai parlé avec Philip ce matin, dit-il au moment où Graham posait la main sur la poignée de la porte. Il a l'air d'être en parfaite santé et d'aller plutôt bien, compte tenu des circonstances.

Graham se retourna.

– Tant mieux. Il a dit pourquoi il a laissé entrer le soldat ?

– Nous pourrons lui demander de nous l'expliquer plus tard. Je suis sûr qu'il avait ses raisons.

Graham resta sans bouger et Charles eut le sentiment que, sans le vouloir, il l'avait blessé.

– Je suis sûr, ajouta-t-il en s'exprimant avec plus d'hésitation, qu'il sera content de savoir que c'est vous qui serez là.

– Je n'ai pas l'intention de lui parler.

Charles n'avait jamais fait l'expérience d'une telle froideur dans la voix de son interlocuteur.

– Graham, si les contremaîtres parviennent à recruter plus de gardes, il ne sera peut-être pas nécessaire que vous assuriez la surveillance à longueur de temps.

– Je ne m'inquiète pas pour moi. Et d'autres, parmi les gardes, n'ont pas toujours fait du très bon boulot.

Avant que Charles ait pu réagir, Graham ajouta :

– Êtes-vous sûr que ce soit une bonne idée de les libérer après seulement deux jours ?

– Le Dr Banes a dit que cela suffirait.

Graham détourna les yeux pour repousser l'argument.

– Banes est votre ami, Charles, et c'est quelqu'un d'attentionné. Mais je n'ai pas une grande confiance en lui.

Le commentaire ne surprit pas le propriétaire de la scierie : il avait remarqué la façon dont Graham gardait le silence chaque fois que le médecin était en sa présence, ou n'était ne serait-ce que mentionné, et ce depuis qu'Amelia avait fait sa fausse couche.

– J'ai confiance dans le jugement du docteur sur ce point, Graham, plus que je ne l'aurais dans mon jugement personnel ou le vôtre.

– Il a lui-même déclaré qu'il ne s'agit pas d'une grippe ordinaire, alors comment pouvons-nous savoir que deux jours suffisent ? Même s'il sait vraiment tout ce qu'il y a à savoir sur la grippe, celle-ci pourrait être différente.

Charles s'agita sur son siège. Jusque-là, il avait pris soin de s'exprimer avec calme en tentant d'atténuer les tensions, mais là, c'en était trop.

– Qu'est-ce que vous suggérez ? Que nous les y laissions pendant des semaines ? C'est de Philip dont nous parlons !

Graham sembla s'apercevoir qu'il avait été trop loin.

– D'accord. Il faut que j'y aille. Merci, Charles.

Le père de Philip demeura assis, immobile, les yeux fixés sur la porte. La colère et la peur l'opprimaient. Il lui fallut un long moment avant d'être en mesure de retourner à ses livres de comptes.

IX

Aussi isolée que soit Commonwealth, la ville avait été ébranlée par l'entrée du pays dans le conflit.

En avril 1917, quand Woodrow Wilson avait imploré le Congrès de déclarer la guerre afin que le monde puisse continuer de vivre en démocratie, la localité existait depuis moins d'un an. Mais tous ses habitants se disaient qu'ils avaient finalement trouvé un lieu démocratique et sûr, et par conséquent, l'idée de partir pour la lointaine Europe afin de combattre en faveur des droits qu'ils venaient d'instaurer était pour le moins difficile à comprendre. Leur ville étant à ce point coupée du reste de l'État de Washington qu'ils n'avaient pas reçu les visites des Orateurs des 4 minutes, ni eu droit aux affiches, sur les réverbères, destinées à encourager la conscription volontaire ou à mettre en avant l'achat des obligations de la liberté. Les gens prenaient connaissance des nouvelles par les journaux qu'ils rapportaient de leurs visites à Timber Falls ou Everett, mais c'était comme si les articles étaient imprimés à l'aide d'une encre qui pâlissait d'autant plus qu'on s'éloignait de la civilisation, jusqu'à ce qu'elle devienne pratiquement illisible sous les pluies de Commonwealth. Les échos de ces rassemblements et de ces défilés guerriers, des discours et des fanfares, se répercutaient sur de trop nombreux arbres et n'étaient plus que murmures lorsqu'ils parvenaient en ville.

Mais l'armée avait besoin de bois de construction, et cela en grande quantité. Elle en avait besoin pour les nouveaux avions de chasse qui, espérait-on, allaient faire pencher la balance du côté des grandes puissances ; elle en avait plus besoin encore pour les cantonnements qui allaient être construits dans tout le pays. En dix mois d'existence, la scierie de Commonwealth avait tout juste fonctionné assez bien pour faire vivre ses ouvriers et convaincre les acheteurs de revenir. Mais quand la guerre avait été déclarée et que les représentants de l'Oncle Sam avaient commencé à se montrer à la scierie, avec leurs poches d'où débordaient les dollars financés par les obligations de la liberté, suppliant presque pour acheter plus de bois, quel qu'en soit le prix, l'usine avait résolument suivi le bond en avant dont Charles avait toujours su qu'elle était capable.

La conscription avait failli tout faire capoter. En juin 1917, l'Oncle Sam avait lancé le recrutement des futurs soldats pour sa nouvelle armée. Charles ne pouvait perdre sa main-d'œuvre au moment précis où la demande augmentait en flèche, mais il avait rapidement appris que les hommes catalogués comme « ouvriers essentiels à l'effort de guerre » pouvaient être exemptés du départ sous les drapeaux. Les commissions qui organisaient la conscription consentaient des exceptions pour les employés des scieries, et Commonwealth avait pu continuer de produire avec une efficacité maximale.

Mais ils restaient néanmoins contraints de se plier à la formalité de la conscription, et même cela n'était pas une petite tâche. Commonwealth était presque entièrement peuplée par deux sortes de gens : des travailleurs qui avaient fui le harcèlement incessant des patrons, des briseurs de syndicalistes et des policiers. Et des voyageurs amicaux à l'image de Rebecca. Ces deux groupes se confondaient parfois, mais pas le plus souvent. La plupart étaient des intellectuels jeunes qui, n'ayant jamais connu les travaux pénibles, avaient nécessité une formation suivie et une supervision stricte exercée par des responsables comme Graham. Ce que ces groupes avaient en commun, en revanche, c'était une réticence à s'associer à ce que beaucoup appelaient la guerre des riches.

Comme un père adorateur, oublieux de tout sauf des qualités primordiales de ses enfants, Charles avait choisi de croire que la majorité des travailleurs de la ville avaient appliqué la loi en se faisant recenser et en se garantissant un sursis d'incorporation en raison de leur métier.

Philip n'avait pas eu tout à fait quinze ans à l'époque où tous les hommes de la ville parlaient de la conscription et se demandaient s'ils devaient s'enrôler ou pas. Beaucoup ne voulaient même pas ajouter leur nom aux listes de combattants valides, refusaient d'honorer ce processus en y participant. Ici, loin de tout, ils se sentaient isolés du reste du pays sans rien avoir à craindre, drapés dans leur invisibilité.

Philip, qui avait trois ans de moins que l'âge de la conscription, s'était tourné vers Graham pour savoir s'il avait l'intention de s'enrôler. Ils étaient assis sur les marches de la terrasse devant chez le plus âgé des deux alors qu'Amelia se trouvait à l'intérieur.

– Non, avait répondu Graham après un temps de silence en sortant sa pipe de sa poche.

Il avait expliqué à Philip que, s'il était célibataire, il n'excluait pas de le faire, mais qu'il avait des responsabilités, maintenant. À l'époque, Amelia en était à la moitié de sa première grossesse.

Philip avait été heureux d'apprendre que la guerre allait bientôt prendre fin, que lorsqu'il atteindrait sa dix-huitième année, ce débat ne serait plus qu'hypothétique.

*

Cet été-là, le sujet de la guerre avait été abordé lors d'un sermon dominical. Un ministre itinérant de l'Église unitarienne nommé Inston, qui était devenu ami de Rebecca plusieurs années auparavant lors d'un défilé pour le droit de vote des femmes à Seattle, avait proposé ses services pour servir à la communauté de chef spirituel. Parce qu'il dirigeait des services religieux dans une ville située à cinquante kilomètres de là, il lui était la plupart du temps impossible d'arriver le dimanche à Commonwealth avant deux heures de l'après-midi, un horaire improbable pour une cérémonie religieuse. Pour les résidents les plus dévots, qui antérieurement avaient dû soit se rendre à Timber Falls le dimanche, soit s'abstenir de service religieux en éprouvant de la culpabilité, les visites du révérend Inston étaient une révélation, un signe que même si cette ville avait une manière différente de mener ses affaires, cela ne signifiait pas qu'elle était impie. Bien sûr, de nombreux habitants socialistes de la ville l'étaient, eux, et acceptaient mal la présence du prédicateur, mais Charles, qui avait grandi dans un presbytérianisme strict, avait élevé Laura, puis Philip, en fonction de ces croyances et accepté la proposition d'Inston.

Ceux qui protestaient en silence contre le manque d'allégeance d'un pasteur unitarien à leur groupe particulier supposaient que d'ici à dix, cinq voire même deux ans, lorsque Commonwealth serait devenue la plus puissante scierie du Nord-Ouest, la localité serait sûrement investie le dimanche matin par la musique de dizaines de cloches d'églises différentes.

Inston était un homme corpulent d'un certain âge qui arborait une crinière châtain foncé et une exubérance juvénile. Le jour du sermon sur la guerre, il avait commencé par exposer le contenu de l'extrait du livre saint choisi ce jour. Jésus, en réponse à un piège tendu par les pharisiens pernicieux, lesquels lui avaient demandé ce qu'il pensait des impôts rendus obligatoires par César, avait conseillé à ses disciples de rendre à César ce qui était à César et de rendre à Dieu ce qui était à Dieu. Puis il avait effectué un changement d'orientation pour introduire un commentaire sur la guerre. Le style qu'il utilisait pour prêcher s'apparentait à une conversation au cours de laquelle il posait des questions à sa congrégation. Avec un groupe d'auditeurs rompus à siéger dans des réunions participatives au sein des syndicats ou lors de réunions ouvrières, ce style avait souvent pour conséquence que ses sermons dégénéraient en des discussions libres et houleuses.

– Mais comment pouvons-nous rendre à César, lorsque ce qu'il exige correspond à nos existences mêmes ? avait interrogé Inston dont la voix emplissait chaque centimètre carré de la salle. Pas des pièces de monnaie, mais du sang. Est-ce que César nous demande quelque chose qui nous appartient en propre ou est-ce qu'il nous demande en réalité quelque chose qui appartient à Dieu ?

Ces mots, qui n'avaient pas été prévus, avaient surpris le prédicateur lui-même. Au moment où il les prononçait, il avait su que s'il avait agi ainsi dans une autre ville, ils auraient eu de grandes chances de lui valoir des ennuis, voire d'entraîner son arrestation. Mais celle de Commonwealth était différente.

– Comment Dieu pourrait-il vouloir que nous rendions nos vies à une guerre basée sur des mensonges ? s'était égosillé un homme en ouvrant officieusement le volet participatif du sermon dominical.

– Il nous faut tous nous demander pourquoi Dieu pourrait le vouloir. Peut-être…

– Pour protéger les autres de ses enfants, avait répondu un grand gaillard roux et barbu nommé Walsh.

Ses ancêtres étaient irlandais, mais son grand-père avait émigré en Angleterre où il avait abjuré la foi catholique. Quand Walsh était parti pour l'Amérique, il avait laissé derrière lui de nombreux proches et amis.

– Pour protéger ceux qui ne peuvent se protéger eux-mêmes, avait-il ajouté.

– Ce n'est pas notre guerre, avait entonné d'une voix forte un homme, vers le milieu de la salle, en secouant la tête pour réfuter les propos antérieurs. Ce n'est pas la guerre de Dieu et ce n'est pas non plus celle de l'Amérique. C'est la guerre de l'Europe et ce n'est pas parce que César Wilson veut y aller que ça en fait celle de Dieu.

Walsh s'était rassis dans un silence furieux, le visage presque de la même couleur que ses cheveux, pendant qu'Inston reprenait la maîtrise du débat. Il avait parlé longtemps, s'éloignant de la guerre pour revenir aux Écritures, des mots sans danger consignés sur le papier des milliers d'années avant les contradictions d'actualité. Les voix issues de la congrégation étaient retombées dans le silence et le reste du service s'était déroulé sans incident. Mais le sort en était fait.

Quand, à la fin du service, les gens avaient commencé à se diriger vers la sortie, Walsh s'était mis en chasse de ceux qui avaient fait des commentaires contre la guerre. Il s'était approché d'un grand Suédois qui travaillait à la scierie exactement comme son père l'avait fait en Scandinavie.

– Alors comme ça, t'as l'intention de te planquer ici alors que les hommes, les vrais, protègent notre pays ? l'avait défié Walsh.

Les deux adversaires étaient serrés l'un contre l'autre par la foule qui s'écoulait par les étroites portes.

– Je me planque pas, mais les hommes qui signent dans l'armée, ils protègent pas des Américains. C'est pas notre guerre.

– Tout homme qui ne s'engage pas est un lâche, avait accusé Walsh en dévisageant leurs auditeurs. Ouvrier essentiel à l'effort de guerre ou pas, chaque homme devrait s'engager.

– Parle pour toi, mon gars, avait murmuré quelqu'un qui avait le dos tourné.

– Les Allemands sont là-bas à massacrer des bébés pendant que tout le monde ici est fier de vivre dans cette nouvelle ville très agréable, avait poursuivi Walsh. Ils ont fait ça à la Belgique, ils le font à la France, après ils le feront à l'Angleterre et après ils viendront s'en prendre à nous. Vous l'avez tous entendu, qu'ils violent des petites filles et des religieuses, mais vous vous en fichez. Vous l'avez entendu…

– Tout ça, c'est des mensonges ! avait aboyé Alfred Metzger. Aucun jeune Allemand ferait rien de pareil.

– Je ne savais pas que j'étais venu travailler dans une ville allemande, avait rétorqué Walsh. Une ville allemande habitée par des Allemands lâches.

Jarred Rankle, qui n'avait que récemment décidé de venir assister aux services religieux car il n'avait pas encore pardonné à Dieu de lui avoir volé sa famille, s'était frayé un passage à travers la foule jusqu'à Walsh en le dévisageant prudemment.

– Je ne suis pas allemand, Walsh, et s'il y a une chose qui est sûre, c'est que je ne suis pas un lâche. Mais ce n'est pas pour ça que je suis d'accord avec un seul des trucs que tu viens de dire.

Inston se tenait à côté de la porte où il serrait des mains, mais comme tout le monde, son attention était retenue par ceux qui argumentaient sur la guerre.

– Messieurs, leur avait-il lancé, vous êtes dans la maison de Dieu.

Comme Rankle, l'homme au visage dur comme la pierre, était un des rares contre lesquels Walsh n'avait aucune envie de se bagarrer, il s'était calmé un peu.

– J'ai des cousins qui se battent pour l'Angleterre, avait-il répondu d'un ton moins agressif.

– Et Metzger a des cousins qui se battent pour l'Allemagne, avait opposé Rankle. Je n'ai pas envie de vous voir, tous les deux, vous livrer à votre propre petite guerre personnelle ici, d'accord ?

– C'est pour ça que je vais aller en découdre dans la vraie, avait affirmé Walsh comme s'il prononçait ces mots pour la première fois.

Comme n'importe qui d'autre à Commonwealth, il avait traversé un conflit personnel au sujet de la conflagration. Mais ici, dans la maison de Dieu, il avait pris sa décision. Il avait reculé un peu car la foule s'était légèrement éclaircie.

– Je m'engage et, travailleur essentiel ou pas, je vais me battre. Si je dois abandonner la scierie et quitter cette ville, je le ferai.

D'autres hommes avaient hoché la tête en signe d'assentiment. Certains l'avaient secouée. D'autres étaient simplement restés là à le regarder, à contempler leurs pieds ou à fixer le vide.

– Je n'arrive pas à imaginer que je sois le seul homme qui va accomplir son devoir, avait fini par déclarer Walsh.

Metzger lui avait lancé un regard furieux mais n'avait rien dit. Peut-être Commonwealth était-elle un lieu plus sûr, pour afficher son soutien à de lointains membres de sa famille, que d'autres villes d'Amérique où l'on s'attaquait à des gens qui avaient l'accent allemand, voire possédaient un nom à consonance germanique, et où on avait renommé le *Sauerkraut* « chou de la liberté », mais on ne pouvait jamais en être très sûr. Metzger avait gardé la tête baissée et était sorti de l'église, se hâtant de rattraper sa femme et sa fille qui s'étaient esquivées du bâtiment avant que les tensions surgissent.

Il était suivi de Rankle qui avait déjà connu son trop-plein de violence et ne s'engagerait jamais dans quelque foutue armée que ce soit, qu'il puisse bénéficier ou non d'un sursis.

Lorsque la grande majorité des autres hommes avaient défilé devant Inston demeuré inquiet, Wash avait été acclamé par dix membres de la congrégation dont plusieurs qu'il connaissait bien et d'autres pas du tout. Ils lui avaient dit qu'ils avaient apprécié ses paroles et lui avaient serré la main. Inston observait tout cela avec calme.

Ces onze hommes étaient devenus des amis proches. L'un d'eux devait rapidement changer d'avis au sujet de la guerre, mais Walsh et les neuf autres étaient partis s'engager à Timber Falls, et tous avaient précisé aux responsables du recrutement portant costume qu'ils ne voulaient pas profiter d'un sursis en raison de leur emploi. *Inscrivez nos noms en tête de liste*, leur avaient-ils dit, *nous voulons combattre*. La plupart n'avaient pas fondé de famille, mais les quatre qui en avaient une, au nombre desquels figurait Walsh, marié avec deux jeunes garçons, avaient trouvé des amis qui, en leur absence, pourvoiraient à leurs besoins, ou ils pensaient que le chèque mensuel du gouvernement y suffirait. Dieu trouverait une solution, avaient-ils décrété.

De fait, ils avaient été reconnus aptes. Ceux qui étaient célibataires avaient emporté leurs maigres possessions dans les entrepôts inutilisés de Commonwealth, demandant à M. Worthy de ne pas laisser leurs maisons inutilisées et de permettre à d'autres qu'eux de s'y installer. Ils emménageraient ailleurs quand ils reviendraient. Walsh et les trois autres qui avaient une famille avaient quitté Commonwealth avec femmes et enfants, car ils étaient dégoûtés par la façon dont leurs anciens voisins se dérobaient à leur devoir. L'été 1917 s'était rafraîchi rapidement pour céder la place à un automne remarquablement sec et les dix hommes s'en étaient allés suivre leur formation militaire à Ford Jenkins dans l'attente de leur déploiement futur.

Depuis, personne n'avait plus entendu parler d'eux.

X

Elsie ne parvenait pas à y croire.

– Il est enfermé dans un entrepôt ?

Laura confirma de la tête, le front plissé par l'inquiétude. Elles se tenaient devant l'école, les deux premières à y arriver comme à l'accoutumée. Mrs Worthy était déjà entrée après avoir dit bonjour à Elsie en poursuivant hâtivement son chemin.

Elsie harcelait son amie de questions dont seule une minorité pouvait recevoir une réponse. Charles avait dit à Laura que Philip avait laissé l'inconnu entrer dans la ville parce qu'il mourait de faim, qu'il avait refusé de rester les bras croisés en le laissant expirer sur place. Leur père avait déclaré qu'il était fier de lui, qu'il avait sûrement agi comme il convenait et en bon chrétien, mais que, à cause de la grippe, lui et l'étranger devaient patienter en quarantaine pendant deux jours.

– Il pourrait être contaminé, alors ?

– Je ne sais pas. Mon père m'a dit que je posais trop de questions.

Elsie secoua la tête, tentant toujours d'intégrer le sens de cette nouvelle.

– Il a dû le laisser entrer à cause de ce qui était arrivé à l'autre soldat.

Laura lui adressa un regard bizarre.

– Comment ça ? Je croyais que c'était le même soldat que l'autre fois.

Elsie se souvint de la mise en garde de Philip. La mort du premier soldat devait être tenue secrète.

– C'est vrai, tu as raison. C'est juste que… je ne sais plus où j'en suis.

– Ma mère m'a dit que je devais essayer de ne pas y penser et de faire comme si c'était une journée normale. Elle m'a dit que Philip serait à la maison pour le dîner, demain, et que tout irait bien.

– C'est juste que c'est tellement…

Elsie ne parvint pas à trouver le mot exact.

– Je sais.

– Ça va, toi ?

– Je ne crois pas que quelqu'un, chez moi, ait beaucoup dormi. J'ai entendu mes parents parler toute la nuit.

– Peut-être qu'on pourrait aller le voir ?

– On n'a pas le droit, répondit Laura en finissant d'approcher de l'école.

Elles y entrèrent en se tenant par la main.

Une fois à l'intérieur, Elsie n'eut d'autre choix que de se tourmenter en silence. Mrs Worthy avait déjà inscrit un sujet à la craie sur le tableau et s'était assise à son bureau où elle corrigeait des devoirs d'élèves. Elsie, remplissant son rôle de plus âgée et de future enseignante, lui demanda en quoi elle pouvait se rendre utile, et Mrs Worthy lui exposa la leçon du jour. À aucun moment elle ne parla de Philip.

– Qu'est-ce que tu en penses ? demanda Mrs Worthy quand elle eut fini de transmettre ses instructions.

– C'est bien, répondit Elsie.

Elle s'aperçut qu'elle n'avait pas écouté un traître mot de ce que la femme de Charles avait expliqué au sujet de la leçon. Elle resta un court instant supplémentaire, égarée de se retrouver dans une position si inusitée pour elle.

– Tout va bien se passer, Elsie, lui dit alors Mrs Worthy de sa voix typiquement autoritaire, au calme si particulier. Mais il reste beaucoup à accomplir aujourd'hui.

Mrs Worthy était l'incarnation exacte de l'avis qu'elle venait de donner, elle se comportait comme s'il s'agissait d'une journée comme une autre. Une fois les élèves dans le bâtiment, l'appel fut fait, la leçon présentée, les tâches attribuées, les enfants indisciplinés remis à leur place, et l'ordre maintenu comme il l'était toujours. L'unique différence, remarqua Elsie, c'était elle : son incapacité à se concentrer, cette propension si peu caractéristique chez elle à rêvasser, les bribes d'une lettre à Philip jetées dans son calepin pendant qu'elle faisait semblant d'intégrer la présentation de Mrs Worthy. Quand celle-ci l'appela pour la leçon sur l'élaboration de la Constitution, Elsie bredouilla jusqu'à ce que l'enseignante semble la prendre en pitié et demande à quelqu'un d'autre de la remplacer.

Pendant la pause, la nouvelle concernant Philip et le soldat se répandit et, à la fin de la journée, tout le monde semblait être au courant de cette histoire en dépit du fait qu'à aucun moment Mrs Worthy n'avait abordé le sujet. Lorsqu'elle libéra les élèves à la fin de la journée ils s'éloignèrent en un groupe compact, échangeant des renseignements sur ce que leurs pères et mères leur avaient dit, spéculant sur le soldat et se demandant si l'un ou l'autre des prisonniers allait tomber malade. Elsie eut des paroles agacées pour plusieurs, puis elle revint dans l'école afin d'aider Mrs Worthy à nettoyer. Celle-ci était debout à son bureau où elle rangeait des papiers dans sa serviette.

– Je vais partir tôt aujourd'hui, les filles, annonça-t-elle à Elsie et Laura qui s'activaient à effacer le tableau. Je vous laisse finir de mettre de l'ordre.

– Madame Worthy, je me demandais…

L'enseignante la regarda avec patience. Elle semblait déjà savoir ce qu'Elsie essayait de dire.

La jeune fille continua :

– Est-ce qu'il est vraiment nécessaire d'enfermer Philip dans cet entrepôt toute la journée ? Si cet homme qu'il a laissé entrer n'a pas l'air malade, est-ce qu'ils ne pourraient pas sortir ce soir plutôt que demain ?

Mrs Worthy s'assit à côté d'elle sur une des chaises de la classe et finit par reconnaître qu'en réalité, ce n'était pas un jour comme les autres.

Elle lui exposa les instructions du docteur et lui rappela la morale de la leçon du jour.

– Nous faisons tous partie de quelque chose qui nous dépasse. Le fait d'être dans une démocratie signifie parfois que le scrutin nous est contraire. Quand cela se produit, il faut que nous continuions d'avancer en nous disant que la décision prise par la majorité est la bonne. Je sais que c'est difficile, mais c'est une étape par laquelle nous devons tous passer.

Elsie réfléchit un moment et acquiesça. Il semblait y avoir deux Mrs Worthy, la plus amicale chez Laura, la plus sévère à l'école. Pour l'instant, Elsie regardait la mère de Laura : ses yeux étaient un peu plus grands que d'habitude, et il y avait une expression de compassion sur son visage.

– Mais, bredouilla à nouveau Elsie, mais il va aller bien, dites ?

Mrs Worthy sourit, d'un étrange demi-sourire altéré par la tension. Elle tendit la main et s'empara de celles d'Elsie en les serrant de manière rassurante.

– Je suis certaine que tout se passera bien.

Elle expliqua à Elsie qu'elle pouvait quand même écrire une lettre à Philip et que le garde la lui remettrait… elle-même allait s'en acquitter aussitôt qu'elle arriverait chez elle, affirma-t-elle. Elle lâcha alors les mains de la jeune fille, se leva brusquement et se dirigea vers la porte comme si elle ne voulait pas que l'on voie son visage. Elle leur dit au revoir et sortit.

Elsie et Laura nettoyèrent l'école rapidement, pressées toutes les deux d'échapper à ces corvées. Normalement, Mrs Metzger attendait sa fille au magasin dès la fin de la journée de classe, mais comme, contrairement à d'ordinaire, Elsie ne restait pas aussi tard pour discuter de la leçon du lendemain avec Mrs Worthy, elle avait le temps de rentrer chez elle et de rédiger une lettre à Philip. Elle relut ce qu'elle lui avait écrit pendant la journée, déçue par la façon dont cela sonnait. Elle recommença sur une feuille neuve de son papier favori, d'un blanc lumineux avec des angles parcheminés.

Tout de même, cela ne lui paraissait pas normal qu'elle doive lui écrire plutôt que d'aller le voir. Malgré les paroles de Mrs Worthy, elle se raccrochait à l'espoir que, quand elle atteindrait l'entrepôt, le garde la laisserait entrer, que peut-être il n'y aurait pas de sentinelle, ou que peut-être Philip serait déjà libéré, les sages de la ville ayant décidé qu'ils avaient tort de l'avoir emprisonné.

Ses espoirs furent anéantis quand elle s'approcha du bâtiment, sa lettre à la main. Elle vit une silhouette solitaire et immobile. Le garde lui tournait le dos. Il se tenait à une certaine distance de l'entrepôt, comme s'il se défiait de ceux qui s'y trouvaient. Il tenait un fusil.

Elle se sentit gagnée par l'inquiétude en se dirigeant vers lui, gênée d'apporter une lettre pour un garçon, et embarrassée de devoir le faire en présence d'un tiers. Elle concocta rapidement un mensonge pour s'expliquer, mais son ventre se crispa et elle vit que l'enveloppe de la lettre se mettait à trembler.

Quand elle fut tout près du garde, il se tourna vers elle et la salua d'un signe de tête silencieux. C'était Graham Stone. Elle savait qu'il était ami avec Philip et M. Worthy, mais elle avait rarement été en contact avec lui. Elle se sentit intimidée par son regard silencieux, la stabilité de sa posture et le fusil qui reposait sur ses bras d'une façon qui n'était ni décontractée ni rigide.

– Euh, les élèves, à l'école, ont écrit cette lettre à Philip, dit-elle sans le regarder dans les yeux. Mrs Worthy m'a demandé de la lui porter.

– Je veillerai à ce qu'elle lui parvienne, répondit-il en lâchant le canon de sa main gauche qui, vit-elle, n'avait que quatre doigts, et en prenant l'enveloppe.

Il laissa son regard posé sur elle un moment puis, voyant qu'elle n'avait rien à ajouter, pivota sur les talons. L'ombre du garde couvrit ses pieds et il redevint une statue. Il ne paraissait pas pressé de porter la lettre. Elle se demanda comment il allait s'en acquitter, s'il y avait des heures proscrites pour la transmission du courrier ou s'il lui avait menti. Elle rougit en comprenant qu'elle ne pouvait l'empêcher de l'ouvrir. Cette pensée l'arracha à son bref état d'hypnose pour la faire battre en retraite sur le chemin désert.

Elle marchait depuis moins d'une minute quand elle s'immobilisa, prit sa respiration, se retourna. Graham n'avait pas bougé. Il ne donnait pas l'impression de lire la lettre et ne doutait visiblement pas une seconde qu'elle avait pris le chemin du retour.

Tout près d'elle partait une piste étroite qui s'enfonçait dans les bois. Elle entreprit lentement de s'en rapprocher. Elle avait cheminé sur toutes les pistes entourant Commonwealth, les avait explorées quand sa famille était venue s'installer là, une habitude qu'elle avait perpétuée malgré les critiques de sa mère affirmant que de telles promenades étaient inconvenantes pour une jeune femme.

Elle adorait les bois. Comme ses grands-pères avaient été des bûcherons et des flotteurs de troncs, c'était peut-être cela qui remontait à la surface, quelque prédisposition héréditaire lui donnant l'impression d'être chez elle quand elle cheminait sous des sapins de Douglas, enjambait des branches tombées ou des amas d'aiguilles de pin odorantes, ramassait des bouts de bois flotté échoués sur le bord de la rivière. Ces pistes étaient l'endroit où elle s'échappait quand elle était lasse des tâches fastidieuses de l'école, du magasin et du ménage chez elle, quand elle éprouvait le besoin de disparaître. Sa mère avait espéré que ces velléités lui passeraient avec l'âge, mais elles lui étaient devenues plus fascinantes depuis l'installation de sa famille à Commonwealth, cette ville implantée si récemment dans la forêt que les pistes passaient derrière la majorité des maisons. Elle pouvait errer dans les bois et se retrouver chez quelqu'un, dans le jardin de derrière, ou déboucher en bordure d'une rue où il arrivait que des hommes ou des femmes parlent en laissant l'après-midi s'écouler lentement. Elle se cachait sous les branches basses, attentive à demeurer dans l'ombre, et tendait l'oreille. Même les sujets les plus ennuyeux devenaient intéressants lorsqu'on n'était pas supposé les surprendre. Souvent, elle ignorait de quoi les gens s'entretenaient, ne savait même pas qui étaient certains d'entre eux. Mais c'était la vraie vie. Elle adorait espionner parce qu'elle était très bonne élève, se disait-elle : elle voulait apprendre tout ce qui se passait.

Secrètement, elle aimait savoir qu'il y avait des choses qu'elle avait vues et que les autres ignoraient. Comme lorsque les hommes avaient enterré le soldat. Même la sœur de Philip ne savait pas qu'il était mort. Mrs Worthy ? Tout à coup, il y avait de grands secrets à Commonwealth et elle ne savait pas qui les connaissait, qui les ignorait, ou combien il lui en restait à découvrir.

Tant de choses avaient changé depuis la quarantaine. Au coin des rues, les gens étaient peu loquaces, sur le pas des portes, les conversations vite interrompues, de brefs signes de tête remplaçaient les poignées de main. Personne n'était malade, mais tout le monde se comportait comme si la pandémie les traquait et comme s'il était essentiel de se hâter afin de regagner la sécurité des maisons. Les enfants n'avaient plus le droit de jouer dehors aussi fréquemment qu'auparavant : les mères leur criaient de rentrer, demandaient à leurs camarades de retourner chez leurs parents. L'attitude silencieuse des hommes qui montaient la garde dans la ville semblait à un certain degré avoir infecté tout un chacun, ce qui ne convenait pas à Elsie.

Elle avait même été espionner plusieurs des premiers tours de garde de Philip, quand il avait été placé avec Graham en sentinelle près du panneau, par un après-midi dépourvu d'incident. Assise derrière un sapin, sentant sur sa peau le soleil qui transperçait brièvement un mince espace entre deux nuages, elle les avait observés alors qu'ils piétinaient sur place. Quelle malchance, néanmoins, d'avoir raté les événements les plus intéressants. Elle aurait aimé assister à la confrontation avec le premier soldat, entendre ce que Graham et Philip lui avaient dit, voir à quoi ressemblait de près un véritable membre de l'armée. Avaient-ils vraiment tiré un coup de semonce, comme Philip l'avait dit, ou avait-il embelli le récit à son profit ?

Elle savait que cette piste tournait pour aboutir sur l'autre côté de l'entrepôt, là où Graham ne pourrait la voir. Elle progressait en se dissimulant, faisant attention de ne pas marcher sur des brindilles qui la trahiraient. Ici, la forêt était dense, les branches basses la cachaient presque entièrement à la vue, mais elle remarqua quand Graham se déplaça. Elle s'immobilisa, observant par un espace entre les arbres, et le vit s'avancer vers l'entrepôt. Elle ne le quitta pas du regard quand il glissa la lettre sous la porte, l'entendit frapper et retourner au même endroit qu'auparavant. Puis, à nouveau, il s'immobilisa.

Elsie continua d'avancer : la piste descendait sur le versant peu pentu d'une petite colline jusqu'à ce que l'entrepôt et Graham disparaissent à sa vue. Mais quand elle eut marché une minute, la piste commença à remonter. Une soixantaine de mètres sur sa droite se dressait l'arrière du bâtiment. Graham ne pourrait pas la voir, car il se trouvait de l'autre côté, mais elle continua d'être attentive à ne faire aucun bruit pour ne pas attirer son attention. La terre était encore humide en raison de l'averse qui était tombée tôt le matin, et elle comprit que ses chaussures allaient être dégoûtantes et exiger un détour par chez elle pour les nettoyer avant de se rendre au magasin. Mais cela valait la peine, car l'arrière de l'entrepôt était là, suffisamment près pour y jeter un caillou.

Elle était désormais à la lisière des bois, s'apercevait que la construction était en mauvais état, qu'il y avait plusieurs trous près de sa base. Ils étaient trop étroits pour qu'un homme puisse s'y glisser, mais elle pourrait probablement y parvenir. Philip pourrait même peut-être y parvenir aussi. Elle pourrait lancer une petite pierre contre le mur, susciter sa curiosité et le convaincre de sortir. Elle resta accroupie au même endroit dans une posture qui trahissait la culpabilité. Elle savait qu'elle ne devrait pas être là, mais elle n'avait pu résister.

Elle ramassa un caillou. Il ne lui restait plus qu'à le jeter. Elle tendit l'oreille. Entendit quelque chose. Un murmure. Elle ne percevait pas les mots, ni même les voix, mais il devait s'agir de Philip et du soldat. De quoi parlaient-ils ? Est-ce que Philip allait bien ? Le caillou commença à lui sembler glissant dans sa main.

Un craquement se produisit derrière elle et elle se retourna, prise de panique. Elle ne vit rien ; ce n'était qu'un des bruits de la forêt. Mais elle se dit que, même si Graham était resté planté au même endroit depuis plusieurs minutes, il s'apprêtait peut-être à contourner l'entrepôt. Elle risquait d'être découverte. Et qu'avait-elle envisagé de dire à Philip, exactement ? Elle considérait que c'était mal qu'il soit emprisonné à l'intérieur, mais ne pouvait prendre sur elle de le libérer. Comment réagirait la ville si elle était prise sur le fait ? Et que se passerait-il si le soldat avait vraiment la grippe ?

De nouveaux murmures à l'intérieur de l'entrepôt. Ils ne paraissaient en rien différents des voix qu'elle avait surprises dans les maisons de la ville entière. Elle n'était pas à plus de neuf ou dix mètres du mur. Si proche de Philip. Mais ce ne fut que lorsque cette proximité lui permit d'entendre son rire… là, maintenant, s'élevant plus haut que les murmures, merveilleux moment… qu'elle se rendit compte combien ils étaient loin l'un de l'autre, combien cette quarantaine avait engendré pareille séparation. Un grand nombre de fois, elle fit passer la pierre d'une main dans l'autre, puis l'inverse. Alors, silencieusement, elle la reposa sur la terre.

La piste lui parut plus sombre quand elle s'en retourna chez elle.

XI

– Je vois tes deux brindilles, dit Philip en observant attentivement Frank, j'en mise trois.

Après avoir requis de la sentinelle matinale de quoi jouer aux cartes, les deux prisonniers avaient parcouru les lieux en quête de ce qu'ils pourraient utiliser pour parier. Ils avaient trouvé quantité de petits rameaux, assez pour que ça leur prenne probablement plusieurs heures avant qu'un d'entre eux ratisse complètement l'autre. Cela faisait au moins deux heures qu'ils jouaient.

Philip commençait à apprécier la compagnie de Frank, mais l'avertissement de Charles au sujet des armes à feu continuait de le perturber. Raison pour laquelle, la fois suivante où Frank était descendu pour, comme il disait, utiliser les toilettes, Philip avait regroupé le pistolet et le fusil, les avait portés sur le devant de la grande salle, avait rapidement ouvert la porte et posé les armes juste à l'extérieur.

Au moment où Philip présenta ses trois brindilles ils venaient d'entendre le sifflet du milieu de la matinée. Frank accepta le pari, puis ils échangèrent deux cartes chacun. Philip tira le trois de cœur et le sept de trèfle, ce qui ne lui donna strictement rien.

Frank ajouta une nouvelle brindille. Philip monta de trois.

Le soldat étudia son adversaire. Il jeta alors ses cartes.

– Je me couche.

Philip ajouta les brindilles à son tas, posa ses cartes face en bas sur le paquet et entreprit de battre.

– Dis-moi au moins ce que tu avais, protesta Frank. Moi, c'était deux rois.

– Je suis obligé ?

– Pas selon la règle du jeu. Un gentleman le ferait.

– Est-ce que les gentlemen jouent au poker ?

– Évidemment.

– Je n'avais rien du tout, répondit Philip en continuant de battre les cartes.

De colère, Frank se frappa sur les cuisses. Mais il souriait.

– Tu es vraiment le roi du bluff. J'étais persuadé que t'avais une quinte flush royale ou quelque chose dans le genre.

Trois donnes plus tard, dont deux avaient été remportées par Philip, ils furent interrompus par un coup frappé à la porte.

– Je me disais justement que c'était l'heure de manger, remarqua Frank.

Philip posa ses cartes et s'approcha de l'entrée.

– Tu es un bluffeur du tonnerre, mon gars. Après la guerre, toi et moi, on devrait écumer l'Ouest en défiant des gros parieurs.

Philip posa la main sur la poignée de la porte. Il était déjà las de l'ouvrir, de se saisir du plateau de nourriture pour le porter à l'intérieur, de la refermer. Cette fois, il s'octroya un moment de plus pour jeter un regard dans la rue en plissant les paupières à cause de la luminosité du monde extérieur. Là-bas, plus près du deuxième entrepôt, se trouvait un des gardes. Ce ne fut d'abord qu'une silhouette indistincte devant l'éclat du soleil, puis il reconnut le visage de Graham. Et ses sourcils froncés.

Il tira sur le battant tandis que cette image s'inscrivait dans sa mémoire.

– Tout va bien ? demanda Frank.

– Ouais, répondit Philip en apportant le plateau.

Il s'assit et posa son premier vrai regard sur la nourriture, deux sandwiches au poulet, des pommes, des tasses d'eau, à nouveau du pain de maïs et une enveloppe qui lui était adressée de la main de Rebecca. Il la mit dans sa poche.

– Ça fait combien de temps, dis donc, que vous empêchez les gens d'entrer dans la ville ?

– Presque deux semaines, maintenant.

– Vous allez finir par plus avoir de nourriture ? s'enquit le soldat avant de mordre dans son sandwich.

– Il paraît que nous pouvons tenir au moins deux mois si nécessaire. Mais le docteur ne pense pas qu'on va y être obligés.

Les sourcils de Frank remuèrent et il sembla sur le point de faire un commentaire mais opta pour le silence et mangea une autre bouchée. Philip posa une des tranches de pain de maïs près de l'assiette de Frank qui, la bouche pleine, le remercia d'un hochement de tête.

Après avoir fini leur repas, ils jetèrent un regard sur les cartes d'un air quelque peu déçu. Le poker avait constitué une diversion bienvenue, mais la longue journée s'étirait devant eux.

Philip déglutit. Il n'avait pas mal à la gorge. N'avait pas de migraine. N'était ni fiévreux, ni pris de frissons. Ne toussait pas et n'éternuait pas. Tout semblait aller bien.

– Il est bon, le pain de maïs de ta sœur, dit Frank. Elle est jolie ?

– Ouais, répondit Philip avec un haussement d'épaules.

– Quel âge elle a ?

Philip comprit bien où cet interrogatoire allait mener.

– Trop jeune pour toi.

Frank sourit.

– Du calme, mon gars. C'est juste pour te taquiner. Ça m'intéresse pas.

– Tu as une petite amie, à Missoula ?

– Oui.

– Comment elle s'appelle ?

– Michelle.

Joli prénom, pensa Philip. Lui-même avait nourri une passion pour une Michelle, à Portland… à moins que ça n'ait été à Eugene ? Dans sa tête, ces années étaient devenues un flou géographique, mais il se souvenait de Michelle, de la robe rouge qu'elle portait toujours et de la façon dont elle riait à ses plaisanteries plus qu'à celles de n'importe qui.

– C'est quand, la dernière fois que tu l'as vue ?

– Il y a deux mois. Deux mois, une semaine et quatre jours, répondit Frank avec un sourire triste.

– Elle est comment ?

– En fait…

Frank plongea la main dans sa poche d'où il sortit une mince sangle en cuir ressemblant à un portefeuille. Il en tira une petite photographie qu'il tendit à Philip. Une brune séduisante, plus proche, par l'âge, de Frank que de Philip, le regardait de ses grands yeux marron. Elle avait les cheveux presque aussi raides que les Indiens Chinook qui vivaient près d'Everett. Ce n'était qu'une image, songea Philip, mais si elle était vraiment comme ça dans la réalité, elle aurait été une des plus jolies filles de Commonwealth.

– Elle est ravissante, commenta-t-il en rendant la photo.

– Ç'a été dur de la quitter comme ça.

– Tu vas la revoir bientôt. Il paraît que la guerre est presque finie.

– Ouais, dit Frank dont les yeux s'embuaient.

– Pourquoi tu ne l'as pas épousée ? Tu n'aurais pas été incorporé.

– Si, je l'aurais été. Cette loi, ils l'ont changée. Quiconque se marie après le début de la guerre est considéré comme célibataire au regard de la conscription. Il y en a eu trop, des gars qui se sont défilés comme ça lors du premier recrutement, alors Oncle Sam, il y a réfléchi à deux fois. Si je l'avais épousée, ça aurait seulement voulu dire que je lui donnais une chance de devenir veuve. Vraiment pas ce que j'avais envie de faire.

Frank regarda à nouveau l'image, le regard dur.

– Alors elle fait quoi, maintenant ? demanda Philip en espérant dissiper le nuage noir qui pesait soudain sur son compagnon.

– Elle enroule des bandages avec les femmes de la Croix-Rouge. Elle collectionne des noyaux de pêche…

Le gouvernement récupérait le carbone qu'ils contenaient pour l'utiliser à la production de masques à gaz.

– … comme tout le monde.

Il rangea le cliché dans sa poche, changea de sujet.

– Donc au bout de quarante-huit heures passées comme ça, ils vont nous laisser partir ?

Philip hocha la tête.

– Absolument.

– Ils ne vont pas changer d'avis ? Décider de nous garder pendant une semaine ? Ou un mois ?

Il y avait tant d'autres sujets d'inquiétude pour Philip qu'il n'avait même pas envisagé cette possibilité. Il trouva la question de Frank trop affreuse pour y réfléchir.

– Non. Seulement jusqu'à demain soir. À moins que l'un de nous tombe malade, je suppose.

– Je n'ai pas l'intention que ça m'arrive.

– Moi non plus.

Ils se regardèrent, sachant que leurs destins étaient indissociables. Je pourrais aller bien demain, pensa Philip, mais s'il commence à tousser et à frissonner, nous ne sommes pas près de sortir d'ici.

Il se hâta de rompre cet inconfortable silence.

– Tu veux qu'on fasse une nouvelle donne ?

Ils jouèrent et le plus jeune gagna à nouveau, son brelan d'as et sa paire l'emportant sur les deux paires de Frank. Il ajouta dix nouvelles brindilles à son tas.

Pendant qu'il battait les cartes pour la distribution suivante, il crut avoir entendu quelque chose. Il regarda les mains de Frank dont une était dans son tas de brindilles, lequel avait diminué de manière sensible après les derniers gains de Philip. La main de Frank se mit à trembler un peu quand il s'aperçut qu'il était surveillé.

Philip lâcha les cartes.

– Je t'ai vu faire.

– Quoi ? demanda Frank en feignant l'ignorance.

– Tu as cassé en deux une de tes brindilles !

– *Quoi ?*

– Tu as cassé une de tes brindilles pour que ça en fasse deux. Tu es tranquillement assis là à fabriquer de la fausse monnaie !

Frank décida de ne plus contester.

– OK. D'accord j'en ai cassé une en deux. Tu m'as bien eu. La partie était trop longue, de toute façon.

Il ramassa une brindille qu'il lança à travers la salle, comme pour compenser sa malhonnêteté financière.

Philip n'était pas certain d'avoir envie de faire toute une montagne du fait que son adversaire était un tricheur patenté.

– Il va falloir que je t'épie comme un aigle, je suppose.

Frank soupira.

– Je ne le ferai plus. Allez, distribue les cartes.

Philip le provoqua.

– Je croyais que c'était un jeu de gentlemen.

– Tu les distribues ou pas, ces fichues cartes ?

*

Au bout d'une heure supplémentaire, pendant laquelle la collection de brindilles de Philip avait augmenté, Frank annonça qu'il avait envie de s'allonger. Il se constitua un oreiller avec une couverture qu'il plia, puis il ferma les yeux ; très vite, il respira si bruyamment que Philip le crut endormi. Frank semblait assurément profiter de ce répit au milieu des manœuvres, pompes et tout ce qu'ils pouvaient bien faire à Fort Jenkins.

Philip alla jusqu'au feu pour y remettre du bois. Il faisait suffisamment chaud dans la journée, mais la nuit précédente avait été froide et il n'avait pas l'intention de devoir à nouveau lutter pour arriver à dormir.

Il s'assit et lut la lettre de Rebecca. Elle semblait avoir été écrite le soir précédent, mentionnait à quel point il allait être difficile d'aller à l'école le lendemain et disait que Laura et elle s'inquiétaient pour lui. Mais ce court épisode serait vite passé, l'assurait-elle, et le lendemain soir ils prendraient à nouveau leur dîner en famille.

Il s'apprêtait à la lire une deuxième fois quand il y eut un coup frappé à la porte. Il se leva en hésitant, car il était trop tôt pour un autre repas, s'avança. Après le temps d'attente requis, il l'ouvrit. Sur le seuil, devant lui, éclairée par la lumière du jour, se trouvait une lettre sur laquelle son nom était inscrit. Il s'en empara et jeta un bref coup d'œil furtif alentour, espérant obtenir confirmation que la sentinelle était effectivement Graham. Mais elle se tenait là-bas, le dos tourné, et comme Philip savait qu'il ne devait pas garder la porte ouverte, il baissa à nouveau le regard, referma, et l'intérieur redevint la proie des ténèbres. Le dos entrevu pouvait être celui de Graham, pensa-t-il, mais cela n'avait rien de sûr.

L'écriture, sur l'enveloppe, constituait un mystère. Néanmoins, elle semblait féminine… certainement pas celle de Graham, ni de Charles. Il attendit un instant, l'ouvrit. La lettre qui couvrait un feuillet de papier blanc était signée *Elsie*.

Une lettre d'Elsie ! Toute la journée il avait essayé de ne pas songer à elle, avait tenté de se concentrer sur la façon de franchir ces quarante-huit heures, de garder son attention fixée sur Frank, de penser à autre chose grâce à la partie de poker. Mais il avait trouvé presque impossible de la chasser complètement de son esprit, de ne pas se demander ce qu'elle faisait, si elle pensait à lui.

Il s'assit près de la lampe. Gêné, il se retourna pour s'assurer que Frank ne regardait pas, puis déplia à nouveau la lettre.

Cher Philip,

Je n'ai pas pu y croire quand Laura m'a appris ce matin ce qui s'est passé. Ça a été si dur de devoir rester assise en classe pendant le reste de la matinée en faisant semblant d'écouter sérieusement ce que Mrs Worthy disait. De toute la journée elle n'a pas sollicité Laura une seule fois, elle avait dû décider de la ménager, mais elle m'a interrogée à deux reprises et les deux fois je ne l'écoutais pas. J'étais tellement préoccupée.

Tout le monde à l'école parle de toi et chacun espère que tu sortiras bientôt. Je pense que toute cette histoire de quarantaine est moche et détestable, et depuis qu'ils t'ont traité comme ça, je n'arrive pas à croire que personne d'autre n'en est convaincu à part moi. Mais je sais que toi, tu dois voir les choses de la même façon que moi.

J'ai entendu des élèves, à l'école, se demander pourquoi tu as laissé le soldat entrer, mais moi, je peux me l'imaginer. Je sais que monter la garde dans la forêt doit être très dur et que d'être confronté à quelqu'un qui veut entrer a dû être épouvantablement difficile. Je sais ce que tu ressens à propos de ce qui est arrivé il y a quelques jours (je n'ai toujours pas révélé ce que je sais à quiconque), mais je suis vraiment persuadée que Graham et toi avez fait ce qu'il fallait. Je pense aussi que tu as eu raison de laisser ce nouvel inconnu entrer. Je sais que ça paraît contradictoire, mais pas pour moi. Je pense que tu avais tes raisons et je veux que tu saches que même si tu te sens seul, tu ne l'es pas.

À très bientôt,

Elsie

Il rangea la lettre dans son enveloppe. Elsie avait pensé à lui toute la journée ; il ne parvenait pas à y croire. Il s'était demandé si elle avait ressenti les choses comme lui, l'avait espéré, mais c'en était la première preuve tangible. À moins qu'il ne se soit trompé sur le sens des mots. Son cœur continuant de battre fort, il ouvrit donc la lettre pour la lire une troisième fois.

La référence qu'elle faisait à d'autres qui parlaient de tout cela raviva ses craintes que les habitants de la ville l'accusent d'avoir trahi leur confiance. Elle semblait avoir foi en lui ; il espérait qu'il en irait de même pour tout le monde.

Il s'allongea sur ses couvertures et regarda le plafond en pensant à elle. Si, jusqu'à présent, il avait eu hâte d'être libéré de cette prison, maintenant il n'en pouvait plus d'attendre.

*

– Alors qu'est-ce que vous y faites vraiment, à Fort Jenkins ?

Après le dîner, ils avaient joué une heure de plus au poker avant de marquer une pause pour réunir à nouveau du bois pour le feu. Afin d'économiser leur réserve de pétrole, ils avaient décidé d'éteindre la lampe pendant la nuit, et les flammes projetaient sur leur visage une lueur orangée perpétuellement changeante. Ils avaient déjà beaucoup parlé : Philip avait appris que Frank était charpentier, qu'il travaillait pour son père, lequel avait construit la plus grande partie des maisons sur une des berges de la rivière, à Missoula, que Frank avait une sœur cadette qui était aveugle, qu'il adorait pêcher et que son idée du bonheur était de grimper tout en haut du mont Sentinel pour regarder le soleil se coucher à l'ouest au-dessus des sommets. Mais il n'avait pratiquement pas dit un mot de la période des classes à l'armée.

– Ce qu'on y fait ?

– Ouais. Vous vous exercez au tir, vous avez des marches forcées, vous creusez des tranchées ? Comment ça se passe ?

Frank réfléchit un moment.

– Crois-le ou pas, on n'a pas encore pu s'entraîner à tirer parce qu'on n'a pas de fusils.

– Pas de fusils ?

– Il faut croire qu'il y a une pénurie et que la priorité, c'est évidemment les gars qui sont en France, alors ils en sont pas encore arrivés à équiper ma compagnie de véritables armes à feu. On s'entraîne à marcher au pas avec des manches à balai.

– C'est vrai ?

– Et pareil pour se battre à la baïonnette.

– Tu dois être redoutable, le balai à la main. Et avec le balai à franges, tu fais quoi ?

– Je pourrais t'enfoncer la frange en plein cœur. Il faut absolument éviter de me laisser à proximité du placard à balais, autrement je fais un massacre.

Quand Philip observa Frank, il vit un visage différent, celui d'un homme qui était à des kilomètres de là, qui pataugeait dans la boue ou avait le regard fixé sur une mer d'une immensité incroyable.

– Alors, quand tout ça sera terminé, tu épouseras Michelle ?

Frank baissa les yeux, puis les tourna vers le feu.

– Ouais.

– Tu lui en as parlé, ou tu lui feras la surprise ?

– Elle le sait. Elle pourrait penser que je lui ai juste dit ça comme ça… c'est ce que beaucoup de gars font avant de partir, pour que leur copine soit moins distante avec eux. Ils s'en vantent, au baraquement. Mais moi, je ne l'ai pas seulement dit, j'étais sincère.

Frank tendit la main vers son tas de brindilles et en jeta une dans le feu.

– Et toi, demanda-t-il apparemment pressé de détourner la conversation de son cas personnel, comment ça se fait que tu aies pas une amoureuse qui te fait cuire du pain de maïs ?

– J'en ai une, laissa échapper Philip, aussitôt sur la défensive.

Il regretta immédiatement ce mensonge, mais, plus important, il ne voulait pas que Frank se moque de lui. Était-ce véritablement un mensonge ou une légère exagération ?

– C'est vrai ? fit Frank en levant les sourcils et en se tournant vers lui. On est là tous les deux et on se connaît depuis longtemps, mais jamais tu m'en as parlé. Comment elle s'appelle ?

– Elsie, dit Philip en s'enfonçant encore plus.

Frank jeta une nouvelle brindille dans le feu.

– Parle-moi d'elle.

– Qu'est-ce que tu veux savoir ?

– Je veux savoir, dit lentement Frank en regardant à nouveau les flammes, si quand tu penses à elle, la nuit, ça t'empêche de dormir. Si quand quelqu'un d'autre prononce son prénom, tu tournes la tête. Si elle est jolie.

– Elle est très jolie. Et « oui » à tout le reste.

– Cheveux clairs ou foncés ?

– Foncés.

– Mon type de fille.

– Elle est très gentille. Très intelligente mais, tu sais, sans se donner des grands airs. Contrairement à ma sœur, des fois. Avant, j'étais dans la même classe qu'Elsie, et quand elle écrivait les réponses aux questions d'un examen, il arrivait qu'elle serre l'autre poing. Elle était trop concentrée pour s'en rendre compte.

– Pourquoi tu la regardais ? Pour copier ses réponses ?

– C'est juste parce que j'aime la voir quand elle est absorbée comme ça par quelque chose.

– Tu l'as déjà embrassée ?

Philip commençait à se demander jusqu'où cet interrogatoire allait se poursuivre et s'il voulait ou non s'en tenir à la vérité.

– Pas encore. Mais je vais le faire.

– C'est bien. Tu as de la chance d'être encore dans la même ville que ton amoureuse. De la chance de pas avoir été obligé qu'on t'envoie ailleurs.

Une brindille de plus dans les flammes.

– Dès que tu sortiras d'ici, il faudra que tu ailles droit vers elle et que tu lui donnes le baiser de sa vie. Si ça lui déplaît, tu lui diras que c'est ce cinglé de soldat qui t'a dit de le faire.

Il sourit, regarda son compagnon et ajouta :

– Mais ça lui plaira.

Philip acquiesça de la tête avec un petit sourire gêné.

– D'accord.

– Tu vas te marier avec elle ?

Il secoua la tête avec un sourire plus épanoui.

– Ça serait aller un peu vite, je pense.

– La demande en mariage pourrait l'effrayer ?

– C'est possible.

– On ne sait jamais. Il y en a qui attendent trop longtemps.

– Est-ce que toi, tu as attendu trop longtemps ? Quel âge tu as ?

– Vingt-cinq.

– Vingt-cinq ans et encore célibataire ? Qu'est-ce que tu faisais de ton temps, avant Michelle ?

– Peut-être que j'ai vraiment attendu trop longtemps. Peut-être que j'essaie de t'enseigner des choses que j'ai apprises à mes dépens.

– Comme ?

– Par exemple qu'une occasion, ça peut être ce qui dure le moins longtemps au monde, ou ça peut être ce qui dure le plus.

Si on en profite quand on l'a, ça durera toujours. Mais si on reste là sans rien faire, ça disparaîtra en un clin d'œil.

Philip s'arrêta sur cette image, celle de quelque chose qui disparaît de votre champ de vision sans laisser aucune trace de son passage. Même s'il n'était pas sûr que ce soit une bonne idée de poser cette question, il se lança :

– Est-ce qu'ils vont bientôt vous envoyer en France ?

Frank ne répondit pas tout de suite.

– Je ne sais pas. Certains disent qu'ils n'enverront personne tant que la grippe ne sera pas terminée, mais ce n'est qu'une rumeur. On verra bien.

Il pensa alors à autre chose, demanda :

– Est-ce qu'il y en a beaucoup, des garçons de cette ville qui sont partis ?

– Plusieurs, mais pas beaucoup. La plupart se sont fait recenser mais ils ont obtenu un sursis en raison de leur métier.

Il savait qu'il ne devait pas le mentionner, mais précisa :

– Et plusieurs ne se sont pas fait recenser sur les listes.

– Vraiment ? On peut avoir de sérieux ennuis, pour ça.

– Je crois que ce sont des objecteurs de conscience.

– Ah oui, fit Frank dont le visage s'assombrit.

– Qu'est-ce qu'il y a ?

– Rien. Je sais seulement qu'il y en a quelques-uns, dans l'armée. On les déclare aptes… et ils refusent de se battre.

– Qu'est-ce qu'ils font, alors ?

– Ils construisent les casernements. Ils nettoient les cantines. Ils sont chargés des besognes répugnantes.

Philip lui jeta un regard scrutateur pendant que Frank gardait les yeux fixés sur le feu. Le soldat s'allongea alors et ferma les paupières.

– Je vais dormir, dit-il. Si les braves gens de cette ville me libèrent demain soir, je désire être bien reposé.

Il roula sur le côté en lui tournant le dos.

Philip, se retrouvant seul, envisagea de saisir l'occasion pour relire la lettre d'Elsie. Mais quelque chose, dans ce que lui avait dit Frank, lui donnait l'impression de manquer de maturité. Lui aussi s'allongea et ferma les yeux sur des visions d'hommes qui défilaient avec des balais.

XII

Le sifflet matinal sembla différent à Leonard Thibeault, l'un des ouvriers de la scierie de Commonwealth. D'abord, parce qu'il était plus discret que d'ordinaire, comme si quelqu'un lui avait enfoncé du coton dans les oreilles pendant son sommeil, ensuite parce qu'il devint plus fort qu'il n'aurait jamais cru possible. Assourdissant. Perçant. C'étaient deux forets qui lui vrillaient le crâne en arrivant de directions opposées, et quand ils se rencontrèrent au milieu de son cerveau, il ouvrit les yeux.

Et les referma aussitôt. C'était la deuxième chose qu'il remarquait, la douleur dans ses yeux. Pas exactement dans ses yeux, dans la partie de son corps qui les contrôlait, dans les mécanismes invisibles qui lui indiquaient où il devait aller et à quelle vitesse, dans les leviers, les commutateurs et les poulies qui l'aidaient à les plisser, à cligner ou à fermer les paupières. Tout le système semblait totalement détraqué. Un simple clignement d'œil et la douleur jaillissait telle une vague déferlant dans son crâne.

Il était sur le dos. Jambes et bras endoloris, les articulations en particulier qui l'élançaient. À ce point, les signaux et les messages lui parvenaient trop vite et tout ce qu'il savait, c'était qu'il faisait un rêve horrible, vraiment horrible. Ou alors il s'était réveillé trop tôt. Ou il avait trop bu le soir précédent. Bon sang, qu'est-ce qu'il avait bien pu boire ? De l'alcool frelaté ? Il tenta de s'en souvenir mais son cerveau refusait, ne le laissait pas y parvenir… Tel un bibliothécaire récalcitrant, il regimbait devant les ordres, n'acceptait pas de vérifier les informations pertinentes. Ce qu'il avait bu, en tout cas, l'avait complètement mis sur le flanc.

Il y eut un autre coup de sifflet, succédant beaucoup trop vite au premier. Cela ne pouvait pas être réel. Mais aucun cauchemar ne lui avait jamais fait aussi mal que ça.

Il régnait une chaleur incroyable dans la chambre exiguë de sa maison vide où il espérait un jour ramener une femme. Il transpirait, son vêtement de nuit était humide et les couvertures qui l'écrasaient n'avaient assurément pas de sens, mais il était incapable de réunir l'énergie suffisante pour les repousser.

Il avait une conscience vague que tout cela pouvait être réel, qu'il était réveillé et que, par conséquent, il était censé se trouver à la scierie, à travailler. Mais la simple perspective de se lever était une impossibilité. Il avait le sentiment que son esprit dérivait vers les lieux les plus étranges, des endroits où il était allé quand il était enfant, il y avait si longtemps qu'il n'y avait pas repensé depuis des années. Il repensa à des filles pour lesquelles il avait nourri une passion, quand il était à l'école, à deux de ses cousins morts dans un accident à la ferme quand il avait six ou sept ans. Il ne se souvenait même plus de leurs noms. Mais ils étaient bien là, ils riaient de quelque chose qu'il avait dit.

À un moment, des secondes ou des heures après le deuxième sifflet, il se sentit plus lucide qu'auparavant, suffisamment cohérent pour se concentrer sur ses poumons. Il se dit que peut-être, s'il parvenait à respirer profondément, il se sentirait assez fort pour se lever. Il inspira donc au maximum, mais il n'avait presque pas emmagasiné d'air quand les muscles de son ventre se contractèrent et il toussa si fort que sa tête se souleva au-dessus de l'oreiller, toussa si longtemps qu'il avait l'impression d'être dans un rêve sans fin.

Un jour, enfin, il ne toussa plus. Il était toujours là, toujours allongé sur le dos, n'osait toujours pas ouvrir les yeux ni n'envisageait de le faire. C'était si difficile de réfléchir, ce fichu bibliothécaire, dans sa tête, était si inflexible dans son refus de faire quoi que ce soit qu'il était préférable de se laisser simplement aller. Il cessa de penser à la douleur, cessa de penser à respirer, puis l'un de ses cousins morts, peut-être son nom avait-il été Louis, lui lança une balle. Leonard leva son bras famélique et l'attrapa, souriant de jubilation, et la lui renvoya, la lui renvoya si loin qu'il ne vit pas si Louis l'avait rattrapée, mais sans savoir pourquoi il avait la certitude que oui.

XIII

Graham était las mais il refusait de laisser sa fatigue interférer avec son travail à la scierie, avec ses tours de garde, avec la vigilance de ses pensées. Il sentait à quel point la situation de la ville était précaire, sentait l'équilibre qui était de plus en plus proche de basculer à chaque heure qui passait. Il fallait qu'il le stabilise, qu'il se stabilise lui-même. Il n'avait guère d'autre choix que de faire vite.

Il ne dormait pas bien, ne s'en était pas confié à Amelia, n'avait pas voulu la déranger dans son profond sommeil. Elle ronflait, d'un ronflement qui n'était pas du tout féminin, en vérité, mais qui n'avait provoqué que des sourires chez lui au cours des semaines qui avaient suivi leur mariage. Leur cour avait été brève et non dénuée de controverses, car le couple n'avait pas reçu l'approbation du père de la jeune femme, un vieux bonhomme mal luné nommé Horace à qui Graham n'avait jamais parlé sans détecter une odeur d'alcool dans son haleine. Ayant perdu sa mère dans son enfance, Amelia avait pratiquement élevé seule ses trois frères cadets pendant que son père disparaissait dans les bois pour la durée complète de la saison d'abattage des arbres. Elle avait dit à Graham que son père n'avait jamais levé le petit doigt sur elle et il la croyait, mais il se demandait quand même parfois s'il y avait des souvenirs d'enfance dont elle ne lui avait pas parlé, qu'elle refusait de regarder en face.

Il l'avait rencontrée à l'église, à Timber Falls. Les premiers mois qui avaient suivi la bataille d'Everett avaient été lugubres et il avait pas mal voyagé avant de s'arrêter à Timber Falls et de se forcer à trouver un nouvel emploi dans une scierie. Il avait besoin de travailler pour ne pas devenir un ivrogne invétéré, une de ces enveloppes corporelles flétries qu'il voyait si souvent, des hommes qui prétendaient avoir été autrefois vigoureux, résistants et capables de se nourrir de graviers avant qu'une vilenie s'abatte sur eux, une circonstance que même l'Hercule de leur jeunesse n'était pas parvenu à empêcher. Graham refusait que pareille chose se produise. À longueur de nuits il restait allongé sans trouver le sommeil, mais à longueur de jours il travaillait, et chaque jour plus que le précédent. Il espérait que grâce à la douleur, à la sueur et au déni de lui-même, il parviendrait à atteindre un niveau où ses souffrances passées ne pourraient plus rien contre lui, seraient impuissantes à le jeter à terre.

Il avait connu Tamara si fugitivement. Se flagellait d'avoir laissé des rêves éveillés emplis de romance naïve le soulever dans les airs. Ils avaient été si différents, l'activiste éduquée et l'ouvrier des scieries au crâne dur. Il ne s'était pas senti à l'aise avec les amis de la jeune femme, leurs discussions politiques et leurs références obscures. Au fil du temps il en était arrivé à comprendre que, sur les sentiments qu'il éprouvait pour elle, avaient déteint les événements au milieu desquels ils s'étaient trouvés. Il l'avait pleurée plus longtemps qu'il ne l'avait connue, et même s'il se disait que cela faisait de lui un pauvre idiot pitoyable et fragile, la douleur ne s'était jamais totalement effacée, ne l'avait jamais totalement quitté, elle s'était juste atténuée, comme celle causée par un os brisé qui vous maintient éveillé tard dans la nuit jusqu'à ce que vous vous aperceviez avec les yeux troubles que le matin était là et qu'à un moment ou un autre, en fait, vous vous étiez endormi. Vous entamiez une autre journée, pour en faire quoi ?

Je me suis habitué à n'avoir ni maison ni famille, pensait-il. Je me suis habitué à n'avoir que neuf doigts. Je peux aussi m'habituer à ça.

Après des années passées à négliger son éducation religieuse, il avait recommencé à fréquenter l'église. Sa mère avait adoré les dimanches matin et, assis entouré par les voix exaltées de la congrégation, il s'était aperçu qu'il se souvenait de sa famille quand ils étaient dans le Kansas… sa mère silencieuse qui n'avait jamais su comment tenir tête à son mari belligérant, ses jeunes frères auxquels Graham ne laissait rien passer à la maison, mais qu'il défendait loyalement dans la cour de l'école.

Il savait ce que représente un père brutal et, tandis qu'il était assis dans l'église, il voyait, même de loin, que cet homme, Horace, était quelqu'un envers qui sa fille Amelia n'avait nulle autre envie que d'échapper. Une fois, il avait croisé les yeux de la jeune fille et détourné les siens, se sentant impie, coupable ou blâmable d'une conduite inconvenante, car il savait que l'église n'était pas le lieu approprié pour lorgner les femmes. Mais la semaine suivante et celle d'encore après, il s'était rendu compte qu'il était incapable de s'en empêcher, et il avait bientôt fréquenté l'église chaque dimanche, comme un bon chrétien, même s'il prêtait peu l'oreille au prédicateur, s'il entonnait rarement les hymnes. Il y allait uniquement pour la voir.

Les yeux d'Amelia avaient la couleur de la glace bleutée, et son visage était presque trop pâle (sa peau semblait resplendir au soleil quand elle sortait de l'église) mais elle en semblait remarquablement maîtresse pour une jeune fille de dix-huit ans. Elle était magnifique, mais ce qui attirait aussi Graham, c'était la force dont elle semblait dotée alors même qu'elle paraissait bridée par sa famille. Peut-être se sentait-il attiré vers elle pour ces raisons, afin de parvenir à la sauver de cette situation et à se nourrir de cette force.

La première fois qu'il lui avait offert un cadeau, elle avait répondu en lui en offrant un beaucoup plus précieux. Une semaine après leur promenade initiale ensemble, il lui avait donné un petit bouquet de fleurs avec une nervosité si caractéristique qu'il avait commis l'erreur de le lui tendre avec sa main gauche. Quand elle avait avancé la sienne pour le prendre, elle avait découvert la main qu'il cachait habituellement dans sa poche, avait remarqué le doigt mutilé et la peau qui, après tous ces mois, n'avait pas encore perdu sa teinte rougeâtre. Il avait vu ses yeux se poser sur le moignon et s'était hâté de transférer le bouquet d'une main dans l'autre, mais avant qu'il en ait eu le temps, elle avait pris cette main dans la sienne, laissé le bout de ses doigts caresser ses phalanges, suivre le contour des os de son poignet sans quitter un seul instant les yeux de Graham de ces yeux bleus comme la glace. Si elle avait souri ou prononcé des paroles rassurantes, cela aurait paru forcé, maladroit. Elle l'avait juste regardé. Un moment, il était resté interdit parce qu'elle n'avait pas frémi, pas eu un geste de recul, pas voulu toucher une autre partie de son corps. Puis elle l'avait remercié pour les fleurs alors que c'était à lui de la remercier. Ils avaient marché dans la ville pendant le reste de l'après-midi, et elle avait gardé dans la sienne la main gauche de Graham qu'elle avait refusé de lâcher. Il avait su alors qu'elle était celle qu'il allait épouser, celle qui avait éprouvé sa propre souffrance et qui s'en était remise, en avait réchappé pour renaître, et qu'avec elle il parviendrait à faire de même.

Deux années s'étaient écoulées depuis, et tout s'était réalisé. Ils avaient une fille et auraient un deuxième bébé d'ici peu. Ils possédaient une maison, Graham avait un emploi, plein d'amis, des hommes qui passaient, s'asseyaient sous l'auvent de la façade, ou lui sous le leur, et ils fumaient ensemble après avoir réparé une barrière, travaillé sur le toit d'un bâtiment ou construit un abri. Amelia aussi semblait se plaire dans cette ville toute neuve, s'activait à entretenir leur maison, aidait de nouvelles familles à s'acclimater à la ville, se faisait facilement des amies. Graham songeait que, finalement, sa vie était digne d'être vécue.

Il se redressa un peu dans le lit après être demeuré étendu sans pouvoir tenir en place pendant ce qui devait avoir duré une heure, peut-être plus. C'était le milieu de la nuit et il eut froid dans la chambre quand il repoussa les couvertures de sur son torse. Chaque fois qu'il avait senti les bras languissants du sommeil l'appeler, il avait vu devant lui le visage du soldat, avait vu ses yeux le supplier, avait senti la courbure de la détente s'enfoncer. Cela remontait désormais à des jours, mais les détonations continuaient de retentir dans ses oreilles.

Le mouvement qu'il venait de faire éveilla Amelia qui roula d'un flanc sur l'autre de sorte qu'elle lui fit face et entoura de son bras la poitrine de son mari. Elle marmonna quelque chose et, après avoir tenté d'en comprendre le sens, il s'aperçut qu'elle dormait, énonçant une succession de syllabes disjointes dans quelque langage, connu seulement des elfes, qui n'avait de sens que dans le rêve dont elle brassait les eaux. La surprenante ampleur du clair de lune qui brillait à travers la fenêtre illuminait son visage, peignant des lignes d'une lumineuse blancheur autour de ses pommettes et de ses sourcils, épousant les arrondis de son menton et du lobe d'une oreille visible sous ses cheveux. Graham était souvent témoin de la façon dont, au fil des ans, certains hommes critiquaient subrepticement l'apparence physique de leur femme, mais il était toujours subjugué par la beauté d'Amelia, stupéfait qu'elle soit sa femme. Durant les tout premiers mois, chaque fois qu'il se réveillait au milieu de la nuit, il se penchait au-dessus d'elle pour embrasser ses lèvres ou son front avant de replonger dans le sommeil ; il avait besoin d'exprimer cette tendresse que, pensait-il, personne ne soupçonnait chez un homme affichant une expression si saturnienne.

À l'instant présent, il complotait de s'échapper du lit, peut-être de marcher de long en large dans la cuisine ou de regarder par la fenêtre jusqu'à ce que ses pensées s'apaisent, mais le bras dont elle avait entouré son torse le lui interdisait. Il ne voulait pas prendre le risque de la réveiller, de la priver de ce sommeil qui le fuyait si cruellement. Leur fillette laissait enfin Amelia se reposer un peu et il ne voulait pas s'immiscer dans les rêves qui lui conféraient une expression aussi sereine.

Il se rallongea donc et, roulant sur le côté, l'entoura de son bras, si bien qu'ils reposaient tous les deux dans une sorte de semi-étreinte. Il avait la main sur sa hanche et sentait l'attirante plénitude de son corps sous la chemise de nuit légère, sentait l'excitation le gagner dans son état d'épuisement et d'égarement. Il l'embrassa sur le front en lui disant qu'il l'aimait, suffisamment bas pour qu'elle ne l'entende pas. Puis il ferma les yeux en tentant de chasser tout ce qu'il y avait au monde à l'exception de ce lit, du moins pendant les toutes prochaines heures, du moins jusqu'au lever du soleil.

*

Quand le sifflet du matin le réveilla, il vit qu'il était seul. Dans le jardin de derrière, il entendit quelqu'un tailler des bûches.

Il n'avait profité que de bribes de sommeil éparses, semblables à des miettes de pain données à un homme qui meurt de faim. Mais maintenant qu'il était réveillé, il se força à bouger. Après avoir enfilé des vêtements et s'être débarbouillé hâtivement, il descendit l'escalier, passa à côté du landau (où miraculeusement, Millie dormait) et sortit dans le jardin.

Un moulinet de plus et Amélia enfonça la hache dans une nouvelle bûche. Près d'elle se dressait un tas de bois que Graham avait coupé la veille.

– Bonjour, lui dit-il en la faisant sursauter parce qu'il arrivait dans son dos.

– Bonjour, répondit-elle avec un bref sourire. Je ne voulais pas te réveiller.

– Je croyais t'avoir dit de ne pas le faire, lui reprocha-t-il en s'approchant de l'outil planté dans le bois, le manche incliné vers le ciel.

– Tu m'as dit que tu *pensais* que je ne devrais pas le faire.

Elle était légèrement essoufflée, le front humide de transpiration.

– Ce n'est pas la même chose. Pense au bébé.

– Graham, quand j'attendais Millie, j'ai débité du bois pendant des mois. Je suis certaine que j'en suis capable.

Il libéra le fer de la hache.

– Je ne veux pas prendre des risques alors que nous n'y sommes pas obligés.

Il faillit ajouter qu'elle n'était plus la même femme qu'avant, qu'elle pesait presque dix kilos de moins et était plus frêle, mais il ne savait pas comment l'exprimer sans que cela ait l'air d'un reproche. Ils avaient déjà traversé ce genre de difficulté après la fausse couche, avec l'inquiétude d'Amelia, l'insistance qu'il avait mise à affirmer qu'elle n'était pas responsable, sans toutefois parvenir au but recherché pour ils ne savaient quelle raison, et elle s'était retrouvée plus déprimée encore qu'avant. Il se contenta donc de poser sur elle un regard patient mais affirmé, le genre de regard qui tend à mettre un terme à la conversation.

Amelia se dirigea vers la maison en disant :

– Fatigué comme tu l'es ces temps-ci, tu as toutes les chances de te trancher le pied.

Il ne releva pas la remarque. Seul dehors tandis que l'air froid se refermait sur son corps trop peu vêtu, il leva la hache et l'abattit, fendant facilement l'une des bûches. Il était capable de le faire les yeux fermés, ils le savaient l'un comme l'autre. Même avec les yeux bandés et sous l'emprise du vertige, sans que, à aucun moment, il fasse ne serait-ce qu'une entaille dans son soulier.

Mais l'outil lui semblait plus lourd que d'habitude, sa respiration plus précipitée.

*

Quand il rentra dans la maison, Amelia préparait le petit déjeuner pendant que la fillette, allongée dans son berceau, babillait des sons sans lien ni signification. Trois tricots en cours de réalisation, un pull, une écharpe et un bonnet, étaient posés sur une chaise. Avec Millie qui grandissait tellement vite et les visites dans les boutiques de Timber Falls devenues temporairement impossibles, Amelia avait besoin de vêtements achevés pour l'hiver. Des amis et des voisins leur avaient prêté des habits pour bébés, mais ils ne semblaient jamais être en nombre suffisant.

Graham s'approcha et l'embrassa sur la joue.

– J'ai toujours mes deux pieds.

– Et tu as toujours l'air fatigué, répondit-elle en faisant allusion à ses paupières lourdes, à ses yeux rouges, aux coupures causées par ses mains imprécises quand il s'était rasé la veille.

– C'est parce que je viens de me réveiller.

– J'aimerais que tu ne consacres pas tout le temps où tu ne dors pas à monter la garde, Graham. Ce n'est pas une bonne chose.

– Il faut bien que quelqu'un s'en charge.

– Il y avait plein d'hommes dans cette ville, la dernière fois que j'ai regardé, dit-elle en adoucissant ses mots par une infime trace de sourire.

– C'est vrai. Et beaucoup ne font pas leur part.

– Plus particulièrement, je n'apprécie pas que tu sois là-bas la nuit avec Deacon. Ce type est fou.

– Il est inoffensif. C'est à peine s'il prononce une parole.

– Ce que je veux dire…, commença-t-elle avant qu'il ne l'interrompe.

– Je vais m'arranger pour recruter davantage d'hommes. Comme ça, j'aurai moins de tours de garde à assurer.

Elle hocha la tête, pas totalement satisfaite mais ayant conscience d'avoir au moins obtenu une concession. Ils s'assirent à la table et mangèrent dans un silence ponctué par le babil occasionnel de Millie. Amelia vivait avec Graham depuis suffisamment longtemps pour savoir qu'il existait différentes sortes de silence : le silence apaisé du contentement, le silence ébahi de l'amour partagé, le silence religieux de la paternité récente, le silence préoccupé de l'inquiétude, le silence douloureux du regret. Elle savait que même s'il n'avait pratiquement pas parlé du soldat mort, cela faisait maintenant des jours qu'il n'avait cessé d'interroger le regard de cet inconnu. Il craignait que, d'une manière ou d'une autre, l'intrus revienne, craignait que d'autres soldats morts, des cadavres qui exhaleraient des remugles pestilentiels, se relèvent pour attaquer la ville. Celui qui se trouvait prisonnier dans l'entrepôt n'était, à ses yeux, qu'un autre soldat mort, et il se sentait aussi terrifié que déterminé à lui faire réintégrer la tombe. Amelia détestait que son mari éprouve l'obligation d'affronter seul jusqu'au dernier démon, et elle voulait l'aider, mais ni son silence, ni ses mots attentionnés, pas plus que ses gestes amoureux ne semblaient retenir son attention. Cela passerait, avait-elle fini par décider. C'était la seule solution qui lui permettait de ne pas se sentir totalement impuissante.

– Est-ce que tu penses que Philip va bien ? lui demanda-t-elle lorsqu'ils eurent fini de manger et qu'il se prépara à partir.

Il ne se retourna pas.

– Charles dit que oui.

Quand il lui avait appris ce qui s'était produit avec Philip et le deuxième soldat, elle avait eu du mal à le croire. Elle avait exprimé son inquiétude pour leur ami, et Graham était sorti d'un pas décidé. Plus tard ce soir-là, il l'avait prise dans ses bras et avait prononcé ce qu'elle savait être une excuse : il lui avait confié que lui aussi était malheureux pour Philip, mais qu'ils devaient protéger la ville. Il l'avait serrée contre lui. À sa manière, cela signifiait qu'il redoutait sa propre rigueur morale.

– Dis-lui… juste que nous pensons à lui.

C'était un message stupide à lui faire parvenir, songeait-elle, mais elle ignorait quel autre sentiment elle aurait pu exprimer.

– Il le sait, avait répondu Graham. Je serai là pour le dîner.

Il avait ouvert la porte, puis l'avait refermée silencieusement derrière lui.

XIV

L'alarme se répandit rapidement.

À onze heures du matin, Charles était assis dans son bureau, à essayer de déterminer combien de jours la ville pourrait survivre sous quarantaine. S'il était exact que dans tout le pays des localités petites et grandes avaient fermé leurs lieux de réunion et claquemuré leurs entreprises, cela signifiait que les difficultés rencontrées par la scierie ne constituaient pas un cas particulier. Bien sûr, si Philip ou le soldat tombait malade et, d'une manière ou d'une autre, transmettait la grippe aux gens de la ville, elle perdrait sa raison de rester interdite au monde entier. Mais Charles faisait de son mieux pour ne pas l'envisager. Le même soir, à dix-huit heures, Banes pénétrerait dans l'entrepôt et procéderait à des vérifications médicales. Si l'on présumait que Philip et le soldat seraient encore en bonne santé, le garçon dormirait chez lui, dans son lit, la nuit suivante.

Les pensées de Charles furent interrompues par un coup frappé à la porte. Quand il leva les yeux, il vit Mo qui entrait sans y avoir été invité.

– Oui ? demanda-t-il en posant ses épaisses lunettes de lecture.

– Des hommes venus de Timber Falls tentent de s'introduire dans la ville, expliqua le messager d'un ton d'urgence. Ils disent qu'ils ne partiront pas avant d'avoir parlé avec vous.

Mo expliqua que Graham et lui se trouvaient au poste de garde dans la matinée et qu'ils avaient refusé de laisser entrer ces hommes qui étaient venus à bord de deux automobiles. Il mentionna que jusqu'à présent ils étaient restés polis, mais parlaient avec fermeté quand ils disaient qu'ils ne repartiraient pas aussi longtemps qu'ils n'auraient pas vu Charles Worthy. La mésaventure survenue récemment avec le deuxième soldat avait incité les gardes à emmener un cheval, et la transpiration, sur le front du cavalier, suggérait qu'il était revenu au galop.

Charles se hâta de grimper dans sa carriole et prit la même direction que Mo qui fonçait déjà sur sa monture.

Il avait plu précédemment dans la matinée et les branches des arbres ployaient sous le poids de l'eau. Les roues du véhicule laissèrent des empreintes profondes dans la terre mouillée quand Charles dépassa les dernières maisons en franchissant l'ultime virage.

Mo, qui avait déjà mis pied à terre, se tenait à côté de Graham à leur poste de garde. À une vingtaine de mètres, cinq hommes attendaient. Le plus proche portait un chapeau melon et un costume sombre qui n'avaient pas coûté très cher mais étaient d'assez bonne qualité pour que l'homme qui en était vêtu ne semble pas à sa place dans les bois. Charles le reconnut sans parvenir à se souvenir de son nom. Un peu en retrait se tenait Lionel Winslow, le futur héritier de la famille Winslow, propriétaire des scieries qui régnait pratiquement sur Timber Falls. Lionel était jeune mais en passe de devenir le représentant public de l'entreprise familiale, car son père sombrait dans la sénilité. Son costume était sale aux genoux, très probablement parce qu'il avait escaladé l'arbre qui condamnait la route. À côté de Winslow se trouvait J. B. Merriwhether, un banquier peu disert aux services de qui la scierie Worthy avait eu recours jusqu'à ce qu'elle conclue que son cerveau ne rivalisait pas avec son obséquiosité. Il paraissait mal à l'aise, transférait son poids d'un pied sur l'autre. Les deux derniers hommes étaient inconnus de Charles : l'un avait un visage rond, rasé de près et rubicond, tandis que l'autre, plus grand et porteur d'une barbe tirant également sur le roux, était visiblement un bûcheron ou un ouvrier d'une des usines. Ces deux-là semblaient plus belliqueux que les autres, plus enclins à la colère.

Quand Charles mit pied à terre, il se souvint des avertissements de Banes au sujet des inconnus, un conseil que Graham et Mo avaient apparemment oublié. Il mit la main à sa poche pour en sortir un masque de gaze dont il protégea sa bouche et son nez. Ce que voyant, Graham et Mo nouèrent également un foulard et s'en acquittèrent successivement pour ne pas baisser leur fusil au même moment.

Du regard, Graham avait inspecté chacun des visiteurs en quête d'armes à feu et conclu que nul n'en avait une de visible, mais que l'un d'eux, ou tous, pouvaient tout à fait en être porteurs.

– Vous avez une manière fort peu cordiale de recevoir les visiteurs, monsieur Worthy, dit celui qui était à la tête du groupe. Il n'y a pas là de quoi faire penser à un gentleman qu'il est véritablement le bienvenu.

– Je vous prie de m'excuser si cet accueil vous paraît abrupt, monsieur…

– Joseph Miller, compléta l'homme en portant la main au bord de son chapeau.

– … monsieur Miller, mais la situation étant ce qu'elle est, nous sommes dans l'obligation de protéger notre ville.

Miller présenta les deux hommes que Charles ne connaissait pas sous les noms de Skip Bartrum, le shérif de Timber Falls, et du contremaître Nathan Hightower.

– Nous n'avons pas l'habitude d'avoir des fusils braqués sur nous, ajouta-t-il.

Charles eut un léger sourire.

– Braqués sur vous, ils ne le sont pas.

– Mais votre représentant ici présent me dit que si nous nous aventurions à faire un pas de plus, ils le seraient.

– Malheureusement, c'est la vérité. Le panneau que vous avez dépassé vous a expliqué la situation : cette ville n'est pas touchée par la grippe et nous avons la ferme intention de faire en sorte que cela perdure. Notre but n'est absolument pas de vous manquer de respect, messieurs, mais nous savons combien de gens, à Timber Falls et dans les villes avoisinantes, sont contaminés par la grippe espagnole et y succombent. Tant que l'épidémie n'aura pas disparu, personne ne pénétrera dans notre ville.

– Nous sommes dans un pays libre, vous savez, déclara Miller calmement et d'un ton presque badin.

– Mais sur une propriété privée. En fait, vous êtes sur une propriété privée depuis que vous avez tourné le virage qui se trouve derrière vous. Mes amis et moi sommes propriétaires de tout ce que couvre votre regard, et c'est notre privilège de décider de qui peut y entrer ou non. En temps normal, je serais heureux de vous faire visiter Commonwealth, mais les circonstances sont ce qu'elles sont.

– Dans quel fichu type de ville vous vous imaginez habiter ? demanda Hightower d'un ton mauvais.

Charles sentit que Graham et Mo se crispaient près de lui, mais il ne prêta aucune attention à la remarque. S'il s'était arrêté à ce que les autres pensaient de lui et de Commonwealth, ils ne seraient jamais arrivés là où ils en étaient.

– Et pourquoi exactement, messieurs, avez-vous décidé de vous aventurer par ici ? s'enquit-il.

– Nous avons pensé que les braves habitants de la ville voudraient peut-être acheter des obligations de la liberté, répondit Miller. Il semble que vous ayez été oubliés par les campagnes précédentes.

– Hé bien, et croyez que je le regrette, nous n'allons pas être en mesure d'établir un contact suffisamment proche pour effectuer pareille transaction, répondit Charles. En des temps plus favorables, peut-être. Mais vous me donnez l'impression d'être un groupe important en nombre, pour des vendeurs d'obligations de la liberté. J'aurais pensé qu'un ou deux hommes chargés de cette tâche auraient suffi.

– Peut-être sommes-nous simplement des citoyens curieux qui ont entendu parler des étranges façons dont vous menez vos affaires, ici, répondit Miller d'une voix douce.

Charles n'aurait su dire s'il essayait de déminer la situation ou s'il avait décidé d'opter pour le paternalisme.

– Monsieur Worthy, acheva Miller, nous vivons une période troublée et nous aimons savoir ce qui se passe juste dans notre arrière-cour.

– Vous n'êtes pas dans votre arrière-cour.

– Enfin, nous sommes voisins, en un sens. Pour autant que je sache, Timber Falls est la ville la plus proche. Par conséquent nous considérons qu'il est de notre devoir de nous tenir au courant de ce qui se trame ici.

– Nous essayons seulement de demeurer en bonne santé, monsieur Miller, de telle sorte que nous puissions continuer de travailler. Nous avons entendu dire que Timber Falls et d'autres localités font face à une situation telle que vous avez dû suspendre toute activité. Si nous étions réduits à une situation de ce genre, comme nous ne sommes qu'une nouvelle scierie ne disposant que de peu de marge pour l'erreur, nous nous retrouverions assurément dans de très graves difficultés.

– Des bruits sont parvenus jusqu'à nous au sujet de votre scierie, intervint Winslow. On nous a dit que vous aviez de très étranges manières de gérer votre entreprise.

– Je ne me suis pas permis de commenter celle dont votre famille fait tourner ses usines, monsieur Winslow, rétorqua Charles.

Miller lança un rapide regard en direction de Winslow, considérant apparemment qu'une telle remarque était hors sujet.

– Mais vous isoler du reste du monde dans une période comme celle-ci, ce… ce n'est pas très chrétien, si ? demanda Miller.

– Ne venez pas me parler d'être chrétien ou non, répondit Charles. Être chrétien n'a rien à voir avec ça. La grippe ne fait pas de discrimination entre les gens. Elle emporte tous ceux qui sont sur son passage, et c'est pour cela que notre but est de vous maintenir à l'écart du nôtre.

Il avait les nerfs tendus. Avec son masque et ses bras croisés sur sa poitrine, il savait qu'il devait avoir une curieuse apparence, savait que Graham et Mo, avec leur foulard et leur fusil, ressemblaient davantage à des brigands attaquant un train qu'à de nobles protecteurs. À son grand regret, il comprit qu'aux yeux d'un observateur non informé, les visiteurs auraient paru composer le groupe le plus bienveillant.

Miller fixa son regard sur Graham.

– Vous donnez l'impression d'être un jeune homme en bonne santé. Je suppose que vous ne vous êtes pas engagé ?

Graham ne le gratifia d'aucune réponse autre qu'un regard d'acier.

– Il n'y a pas de tire-au-flanc dans notre ville, répondit Charles à sa place. Tous les jeunes hommes sont allés s'inscrire sur les listes.

– Monsieur Worthy, ce serait une honte si nous trouvions quelqu'un dans cette ville qui tente d'échapper à la conscription, menaça Miller. Dans une période pareille, tout le monde se doit d'être respectueux de la loi.

Les doigts de Graham se crispèrent sur la crosse du fusil.

– Nous le sommes tous, répliqua Charles. Et vous savez également, messieurs, que la conscription a été suspendue à cause de la grippe. C'est exactement pour la même raison que nous fermons les accès à notre ville, à vous comme à n'importe qui d'autre, jusqu'au moment où il sera redevenu sans danger de recevoir des gens venus de l'extérieur. Une fois que ça se sera produit et que la conscription aura été réinstaurée, tous les habitants de cette ville sans exception, qui auront entre-temps atteint l'âge légal, se présenteront au bureau de recrutement à la première heure. Vous avez ma parole d'honneur.

– Ce qui n'est pas beaucoup dire, réagit Winslow d'un ton méprisant et à voix assez basse pour paraître l'avoir fait sans mauvaise intention, mais suffisamment fort pour être entendu.

– Si vous avez quelque chose à dire, mon gars, avancez et dites-le franchement, le défia Graham.

– Je vais vous dire une chose, moi, intervint Hightower. Mes fils ne sont pas morts en France pour que vous autres, les tire-au-flanc, vous vous planquiez dans votre ville et mangiez ce qu'il y a de meilleur sur terre[1].

– Ce qu'il y a de meilleur sur terre ? reprit Charles avec un petit rire avant de répondre sur un ton égal. Nous avons pris le lopin le pire que quiconque aurait pu solliciter, et nous arrivons à nous en tirer à la sueur de notre front.

Hightower n'était pas convaincu.

– Mes fils ne sont pas morts pour que vous…

– Nous n'avons pas tué vos fils, l'interrompit Graham. C'est l'armée allemande qui les a tués. Si vous avez un compte à régler avec elle, vous pouvez y aller vous-même. Laissez-nous en dehors de ça.

Fou de rage, Hightower s'avança d'un pas. Bartrum posa une main sévère sur son épaule et murmura à son oreille des mots qui le retinrent d'aller plus loin. Mais ce fut d'extrême justesse. Hightower demeurait là, bouillant de colère, les yeux rivés sur ceux de Graham.

– C'est drôle que vous mentionniez les Allemands, jeune homme, intervint Miller. Vous comprenez, toutes les villes loyales de la région ont été extrêmement scandalisées par ce qui s'est passé il y a quelques jours à Fort Jenkins.

Il laissa ses paroles en suspens jusqu'à ce que Charles reconnaisse :

– Nous n'avons pas lu les journaux.

---

1. Référence légèrement fautive à la Bible, Genèse, 45:18 : « et vous mangerez la graisse du pays » ou « de la terre » selon les traductions.

– Trois soldats ont été tués par des espions allemands. Les espions se sont échappés, et ils sont probablement à la recherche d'un endroit sûr où se cacher en attendant que les recherches soient suspendues.

Il s'appliqua à bien scruter de gauche à droite, lentement, les bois épais qui les environnaient.

– Je me demande où des espions boches pourraient se cacher.

Charles était désorienté et ses pensées s'accélérèrent. Est-ce que Philip était enfermé avec un agent allemand ? Ces derniers mois, il avait beaucoup été question d'espions, dans les journaux et les magazines. Les Metzger avaient fermé leur commerce d'Everett et s'étaient installés à Commonwealth en partie parce qu'ils étaient las d'être harcelés à cause de leur nom de famille allemand et en raison de soupçons de plus en plus dangereux. Mais c'était la première fois que Charles entendait une accusation sur la présence d'un authentique espion en leur sein, et cela lui glaça les sangs. Après deux ou trois respirations prolongées, il secoua la tête, espérant montrer à Miller qu'il ne se laisserait pas influencer par des inconnus qui répandaient des rumeurs.

– D'abord, nous n'achetons pas assez d'obligations de la liberté, après, nous ne nous inscrivons pas sur les listes, et maintenant, nous protégeons des espions ? Je suppose que nous sommes également responsables de l'assassinat de l'archiduc François-Ferdinand ?

Miller conservait son calme, sans quitter Charles des yeux.

– Ma question est dépourvue de piège, monsieur Worthy. Vous constituez une communauté isolée. Si je cherchais à me cacher de l'armée, elle me semblerait une destination extrêmement attrayante. Et vous donnez vraiment l'impression de dissimuler quelque chose.

– Nous ne faisons que protéger notre santé, monsieur Miller. Je suis réellement confus si cela offense vos sensibilités, mais nous agissons comme nous le dicte notre devoir. Si un espion allemand arrivait par cette route, nous serions tout aussi inhospitaliers envers lui que nous le sommes envers vous.

– Plus même, j'espère, fit remarquer Miller avec un mince sourire.

– Évidemment.

Miller semblait disposé à en rester là, car Charles le vit se détourner comme pour s'en aller. Mais Hightower refusait de les laisser s'en tirer aussi facilement.

– Écoutez, de toute façon nous savons que vous n'êtes qu'une bande de rouges et de fichus agitateurs, déclara-t-il. Et je n'aime pas savoir que vous vous cachez ici pendant que nous autres, nous faisons le maximum pour notre pays.

– Le seul ici qui se comporte comme un agitateur, c'est vous. Nous nous occupons de nos affaires, sur nos terres, et vous pénétrez chez nous sans autorisation.

Graham s'était avancé d'un pas.

– Est-ce pour ça que vous êtes réellement venu, monsieur Miller ? exigea de savoir Charles. Comme la façon dont nous organisons nos vies ne vous plaît pas, vous avez décidé de nous faire peur pour que nous en changions ?

– Ce que je pense de votre ville, monsieur Worthy, n'a rien à voir là-dedans.

Pour la première fois, sa voix avait perdu son beau vernis de politesse.

– Ce qui importe, c'est que nous sommes en guerre, et que tous les gens loyaux de ce pays se serrent les coudes.

– Dans notre ville, nous sommes tous fiers d'être américains, répliqua Charles. Et je n'admets aucune insinuation contraire.

– Vous êtes des Américains qui font les choses de leur côté, et vous avez un comportement qui génère la suspicion. Nous allons vous surveiller, monsieur Worthy. Nous allons protéger notre pays et nos familles contre toutes les menaces que nous identifierons.

– Et nous de même.

Sans un au-revoir, Miller tourna les talons et commença à descendre la colline en direction des automobiles qu'ils avaient garées devant l'arbre abattu. Winslow et Merriwhether le suivirent tandis que Hightower et Bartrum semblaient réticents à les imiter. Ils reculèrent d'un pas ou deux, mais sans quitter Graham et Mo du regard.

– Si jamais nous revenons, j'espère que vous aurez plus que deux fusils ici, déclara Hightower.

Graham fit non de la tête.

– La prochaine fois, vous n'aurez pas l'occasion de vous approcher autant.

Ils se dévisageaient avec fureur.

– Rentrez chez vous, messieurs, leur dit Charles. Soignez vos familles. Remettez Timber Falls en état de marche. Quand l'épidémie sera passée, vous verrez que tout ceci n'a été qu'une méprise.

Le temps que les deux retardataires se décident à redescendre la colline, Miller était presque monté dans une des voitures. Finalement, il y eut le bruit des portières qui claquaient, celui des moteurs qui retrouvaient leur vie mécanique, et les autos repartirent.

Charles, Graham et Mo restèrent silencieux, prêtant l'oreille au crissement des roues sur le gravier qui s'éloignaient lentement jusqu'à ce qu'autour d'eux il soit supplanté par le bruit, paisible, de l'eau gouttant des branches alourdies. Charles ôta son masque. L'air frais lui sembla plus froid sur ses joues humides.

Il se tourna vers les sentinelles dont les yeux, au-dessus des mouchoirs, témoignaient de leur inquiétude.

– Vous croyez que ces soldats étaient des espions ? demanda Graham.

XV

La scierie ronronnait sous et autour d'eux tandis qu'ils se tenaient dans le bureau de Charles. Il n'y avait pas suffisamment de chaises pour que tout le monde prenne place et la petite pièce se réchauffait rapidement.

Charles avait convoqué une réunion urgente des magistrats, les hommes qui avaient été nommés pour régler les désaccords surgissant dans la ville. Au total, les présents étaient une douzaine, mais il en manquait plusieurs, des bûcherons actuellement dans des campements trop lointains de l'usine pour être contactés à si brève échéance. Il ne s'était écoulé qu'une heure depuis la confrontation. Dix personnes étaient dans la pièce et sur le palier resté ouvert, au nombre desquels Banes, Rankle et Graham qui avait envoyé un remplaçant monter la garde avec Mo de telle sorte qu'il puisse être présent.

Rebecca était la seule femme dans la pièce. Par les fenêtres de l'école, elle avait vu Charles et Mo rentrer précipitamment en ville quelques instants plus tôt, juste au moment où elle terminait ses tâches quotidiennes. Même si elle ne faisait pas partie des magistrats, elle n'avait aucunement l'intention de se laisser intimer d'attendre dehors, ni par Charles, ni par quiconque serait suffisamment bête pour essayer.

– Un espion allemand ? reprit-elle d'une voix incrédule quand Charles eut relayé la théorie de Miller à tous ceux qui se trouvaient dans la pièce.

– À ce qu'ils ont prétendu, répondit-il.

– S’il y a eu une sorte de bagarre à l’intérieur du casernement, cela pourrait expliquer pourquoi tous ces soldats finissent par aboutir ici, suggéra une voix. Peut-être fuyaient-ils quelqu’un ?

– J’y ai pensé, moi aussi, reconnut pensivement Charles. Mais si c’était le cas, est-ce que le deuxième soldat ne nous en aurait pas parlé ? Il a déclaré qu’il y avait eu un accident maritime, qu’il avait été pris dans un naufrage.

– Peut-être des espions ont-ils fait exploser une bombe sur le bateau, avança Banes. Nous n’avons pas véritablement interrogé ce soldat sur ce qui s’est passé. Est-ce que Miller a spécifié la manière dont ces hommes ont été tués ?

Charles fit non de la tête.

– Il faut que nous sachions qui est exactement ce soldat, déclara Rebecca.

Elle se tenait debout au milieu des hommes, pas à côté de Charles. Particulièrement sur les nerfs, les muscles de ses mâchoires étaient crispés, ses membres prêts à frapper. Elle ajouta :

– Et il faut que nous éloignions Philip de lui.

Son mari leva la main comme pour la calmer. Tous les autres se dandinaient. La plupart évitaient de considérer la femme ou le mari, refusant de prendre parti. Mais Rankle jeta un regard à Charles avant d’établir un contact oculaire avec Rebecca. Elle n’avait pas parlé avec lui depuis le soir où elle s’était déchargée de ses soucis, confessant qu’elle ne partageait pas l’avis de son époux. Les yeux de Rankle reflétaient l’empathie.

– J’incline à ne pas croire ce que Miller peut raconter, dit-il.

– Vous le connaissez ? lui demanda Charles.

– J’en sais assez sur lui.

Rankle expliqua que Miller, quoique habitant de Timber Falls, était venu en aide à ses collègues directeurs de scieries pendant la grève d’Everett. Lui, Rankle, était membre des Wobblies. Les grévistes avaient ajouté Miller sur leur liste d’ennemis parce qu’il avait prêté de l’argent et enterré les dettes de certains propriétaires d'usines, pour la durée de leurs difficultés, il avait obtenu le soutien du Commercial Club et s'était déclaré contre les rouges et les agitateurs.

– Je ne vois pas pourquoi ils mentiraient là-dessus, dit Charles. Ni pourquoi ils viendraient aussi loin s'ils n'avaient pas une raison sérieuse de le faire. Je pense qu'ils croient sincèrement à la présence d'un espion dans les parages.

– Est-ce que quelqu'un a jamais entendu parler d'espions ? interrogea une voix. Ou de sabotage sur la base militaire ?

– Depuis le début de la quarantaine, personne n'a rien entendu sur rien, affirma Rebecca d'un ton sans réplique.

En prononçant ces mots, elle comprit qu'ils sonnaient comme une critique adressée à Charles, et en fut gênée. Elle s'exhorta à montrer davantage de prudence, à faire confiance aux magistrats pour prendre les bonnes décisions, mais la foi qu'elle leur portait s'étiolait.

Par le passé, certains des hommes de ce groupe avaient eux-mêmes commis des actes de sabotage, à Everett et ailleurs, détruisant du matériel dans les scieries pendant les grèves. Mais quand l'Amérique était entrée en guerre et que les journaux avaient commencé à mettre en garde contre le sabotage en interne, l'idée que des espions allemands auraient pu s'introduire dans le pays leur avait semblé incompréhensible.

Plus maintenant. Un espion pouvait, d'une façon ou d'une autre, s'infiltrer dans une entreprise ou une usine, pensait Rebecca, et y causer des dégâts, entravant les capacités du pays à produire de nouveaux avions de chasse, de nouveaux bateaux de guerre. Ni Charles ni le docteur n'avaient signalé un accent chez le soldat, mais beaucoup d'Américains étaient opposés au conflit. Leurs voix étaient muselées par la loi anti-sédition[1],

---

1. Amendements du 16 mai 1918 durcissant l'*Espionnage Act* de 1917 : ils interdisaient les comportements et paroles négatives sapant l'effort de guerre ou l'image du pays et de ses dirigeants, les assortissant de peines allant de 5 à 20 ans de prison.

mais cela ne faisait qu'enflammer davantage leurs sentiments bâillonnés. Peut-être s'agissait-il de quelqu'un qui avait de la famille en Allemagne, songea Rebecca, ou d'un pacifiste plus radical qu'elle ne l'était elle-même.

– Doc, n'avez-vous pas dit que la grippe avait commencé sur les bases militaires ? demanda un autre homme. Peut-être des espions l'y ont-ils introduite. Peut-être cet individu a-t-il quelque chose à voir avec ça.

Après un silence gêné, Banes déclara qu'il ne voyait pas comment une épidémie comme la grippe pourrait servir d'arme, pas à moins que les scientifiques allemands aient fait des découvertes que leurs homologues américains ignoraient. Sa réponse donnait l'impression que le docteur ne parvenait pas à décider s'il devait s'entêter à tort pour repousser de telles possibilités, ou s'il fallait qu'il se laisse emporter par l'hystérie publique en les envisageant.

– Philip n'a rien dit pour nous inciter à penser qu'il soupçonne le soldat, si ?

– Comment le pourrait-il ? demanda Rebecca. Même s'il pense réellement qu'il s'agit d'un espion, il ne peut pas nous le crier à haute voix sans mettre sa sécurité en danger. Et nous lui avons interdit de nous transmettre des messages.

Quelques secondes s'écoulèrent en silence. Elle sentait d'autres mots se bousculer sur sa langue. Elle voulut résister, mais elle avait précédemment tu ses opinions et en avait vu le résultat.

– Il faut que nous fassions sortir Philip de l'entrepôt, se contenta-t-elle de dire.

– Doc a précisé quarante-huit heures, lui rappela Graham. Il en reste deux, pour y arriver.

Surprise, elle le regarda. Il était visiblement fatigué, avait les yeux rouges et le visage étrangement bouffi. Mais elle ne comprenait pas son obstination, son apparente absence d'inquiétude pour Philip. Et comment pouvait-il ne pas vouloir libérer leur fils immédiatement ? Redoutait-il tant de revenir sur sa parole devant toute la ville ? Confondait-il l'entêtement avec la noblesse de caractère ?

– Je suis persuadé que laisser quelqu'un sortir avant quarante-huit heures serait une erreur, déclara Banes en joignant sa voix aux autres.

Rebecca vit bien que l'avis du médecin les confortait. Ils ne voulaient rien faire qui pût les mettre en danger, mettre *leurs* familles en danger. Philip ne serait qu'une déplorable perte.

Rankle baissa les yeux sur ses souliers comme s'il avait honte de l'accusation qu'il lisait dans les yeux de Rebecca.

– À dix-huit heures, poursuivit Banes, j'entrerai pour les ausculter. Ainsi que notre plan le prévoit.

– Mais si cet individu est vraiment un espion ? demanda quelqu'un.

– Personnellement, je n'ai rien contre l'Allemagne, répliqua Rankle.

– S'il parcourt l'Amérique en tuant des soldats américains et en faisant Dieu sait quoi, moi si, asséna Charles.

Rankle marqua un instant de silence. Puis il dit :

– Il n'a pas essayé de s'évader, par conséquent il ne doit pas disposer d'une arme à feu ni de rien d'autre. Je ne vois pas pourquoi il essaierait de s'attaquer à Philip.

Ses tentatives pour rassurer Rebecca ne firent que la rendre encore plus furieuse. N'avait-il pas senti la même chose quand sa famille avait disparu, quand personne au monde ne pouvait fournir d'indices ou de théories sur ce qu'il était advenu de sa femme et de son fils ? Il ne saurait exister de sentiment de pire solitude que lorsque l'horreur s'abat sur une personne et que le monde entier lui tourne le dos.

– Il y a une chose à laquelle nous n'avons pas pensé, intervint Charles. S'il s'agit d'un espion, le fait de le défendre nous rend complice. Si les militaires le recherchent, que se passera-t-il si sa piste les conduit ici ?

– Dans ce cas, les hommes de Timber Falls reviendront, annonça Rankle.

– Ils ne peuvent pas entrer de force, protesta Graham. Ils n'en ont pas le droit.

Rankle tenta de raisonner avec son ami :

– Graham, je crois que Miller est membre de la Ligue de la protection de l'Amérique[1]. La LPA est autorisée à prêter main-forte aux représentants de l'État, de telle sorte qu'ils peuvent aller et venir comme bon leur semble et même arrêter des gens. Ce sont eux qui ont facilité l'arrestation de la plupart des Wobblies. Et ils ont organisé des raids contre les réfractaires, appréhendant ceux qui ne s'étaient pas portés volontaires. Je n'ai pas entendu parler de raids dans l'État de Washington, mais il y en a eu partout.

Le silence s'imposa un moment.

– Ce soldat, peut-être que c'est un déserteur, osa Banes.

– S'il l'était, Miller l'aurait dit, fit remarquer Charles. En plus, il n'aurait pas besoin d'inventer des histoires d'espions.

– À moins que ce soit juste un gars comme un autre, intervint une voix. Peut-être y a-t-il effectivement un espion qui rôde dans les bois, mais ça ne veut pas dire que ce soit lui.

Cette idée n'était pas venue à certains, s'aperçut Rebecca : tout à coup, les hommes réunis dans la pièce se regardaient dans les yeux de manière plus soutenue, comme s'ils envisageaient pour la première fois qu'il puisse y avoir un autre intrus en ville. Et si quelqu'un complotait d'y entrer, soit pour répandre la grippe, soit pour saboter la scierie ? Les sentinelles constituaient une dissuasion parfaitement efficace pour quiconque tenterait de s'introduire dans leurs rues, mais elles ne pourraient certainement pas repousser quelqu'un de déterminé.

– Nous faisons grand cas de ce que Miller a dit, souligna Rankle. La Ligue de protection est une organisation

---

1. Organisation (1917-1919) composée de citoyens qui œuvraient aux côtés d'agences de l'État fédéral contre les activistes de gauche. Elle se réclamait forte de 250 000 hommes.

nauséabonde. Ils épient tout le monde : leurs voisins, leurs soi-disant amis, les membres de leur famille. Ce sont *eux*, les espions.

– Qu'en était-il de l'autre soldat ? Celui de la semaine dernière ? demanda Banes en évitant le regard de Graham.

Charles se passa la main dans les cheveux, soupira, consulta sa montre.

– Voici ce que nous devrions faire, à mon avis.

Et il exposa son plan.

Rebecca n'était pas d'accord, mais comme la plupart des hommes semblaient l'être, elle n'exprima pas son opinion. Une fois de plus, elle était battue au nombre de voix, ne parvenant qu'à dévoiler, devant tout le monde, jusqu'où elle s'était aliéné son propre mari, sa propre ville. Elle resta sans bouger, les bras croisés, le regard dur rivé sur le sol tandis que les participants sortaient un à un de la pièce.

Le dernier à partir fut Jarred Rankle qui marqua un temps d'arrêt pour se retourner et la regarder.

– Tout cela va prendre fin dans deux petites heures, l'encouragea-t-il. Je suis sûr que ça va bien se terminer.

– En ce cas, vous partagez les certitudes de mon mari, lui répondit-elle d'un ton de regret.

Elle leva les yeux vers cet homme dont la masse obturait l'encadrement de la porte. Quand il se tenait contre un mur, on avait l'impression que c'était le mur qui se penchait pour prendre appui sur lui.

– Certainement pas ce qu'il faut pour nous rendre forts, ajouta-t-elle.

– Mais pour que tout le monde se serre les coudes, oui.

– Est-ce à cela que la solidarité ressemble ? Ça me paraît très différent, de mon point de vue.

– Votre famille sera bientôt réunie.

Elle se demanda si elle n'avait fait qu'imaginer la légère insistance qu'il avait mise dans le possessif, se demanda s'il soulignait le contraste entre l'épreuve qu'elle traversait et celle qu'il avait connue. Un court instant, elle crut qu'il allait s'avancer vers elle, mais il se contenta de hocher la tête et de sortir.

*

Il faisait nuit quand, le fusil à la main, Graham s'approcha de l'entrepôt.

La mention du premier soldat par le docteur ne l'avait pas déconcerté : il avait déjà pensé au militaire mort, mais ce souvenir avait désormais perdu son effet cuisant. Maintenant qu'une nouvelle menace planait sur la ville, il se sentait d'autant plus concentré sur la protection à apporter, sur les précautions nécessaires pour que les magistrats ne prennent pas de décisions irréfléchies. Il avait clairement exprimé qu'il aurait, lui, préféré garder Philip et le soldat, ou l'espion, sous clé plus longtemps. Il plaignait Philip et voyait bien que le garçon allait se retrouver victime de circonstances exceptionnelles, mais c'était la solution la plus sûre pour la ville. Il se rendait néanmoins compte que jamais Rebecca n'accepterait pareille chose, alors que Banes donnait l'impression de camper sur son schéma des quarante-huit heures. Pourtant, Graham avait décelé un tremblement dans la voix du médecin : une incertitude que les autres n'avaient pas remarquée. Toute la semaine, Graham avait alterné entre une fatigue si intense que le monde, lui semblait-il, l'abandonnait sur place dans un défilement frénétique, et soudain, ses sens en alerte, son esprit si clair qu'il croyait pouvoir distinguer dans ses moindres détails jusqu'à la dernière des branches de la forêt devant lui, comme si les secrets de l'univers étaient tous exposés dans leur nudité absolue. C'était le manque de sommeil, il ne l'ignorait pas, qui provoquait le fonctionnement erratique de son cerveau. Reste concentré, s'exhorta-t-il. Après toutes ces heures passées à être debout sans rien voir, il sentait dans ses os que quelque chose allait se produire, quelque chose d'une importance fondamentale.

XVI

Quand Philip s'était réveillé ce matin-là, la première pensée qui lui était venue à l'esprit avait été : Comment je me sens ? Il avait dégluti. Pas de douleur. Pas de gonflement au fond de la gorge, pas de gêne qui le faisait suffoquer. Il s'était assis et sa tête ne l'élançait pas. Pas de souffrance dans sa poitrine, pas de brûlure dans ses poumons. Pas de douleur ni de sifflement dans ses oreilles. Pas d'impression de vertige.

C'est le matin et je suis toujours en bonne santé.

*

Poker pour le petit déjeuner, poker pour le déjeuner, poker pour le dîner. Philip et Frank y jouaient depuis si longtemps que certaines brindilles, pensait Philip, avaient circulé entre eux une centaine de fois. Quand il fermait les paupières, il voyait des as, des trèfles, des figures couronnées.

– Ces cartes, on devrait les brûler quand ils nous laisseront sortir, suggéra-t-il.

Frank les laissa ostensiblement tomber alors qu'il avait commencé de les battre.

– On peut s'arrêter. Quelle heure il est ?

– Cinq heures du soir.

– Il ne nous reste donc plus qu'une heure à attendre ?

– Ouais. Ce matin, Doc Banes m'a dit qu'il entrerait à dix-huit heures.

– Mais personne n'a rien dit depuis. S'ils avaient changé d'avis ?

– Ils ont précisé dix-huit heures. Ils ne me mentiraient pas.

Frank hocha la tête.

– Puisqu'il va faire nuit, j'ai pensé que je pourrais rester en ville jusqu'au matin, si ça n'ennuie personne.

– Si Doc Banes ne s'y oppose pas, mes parents vous laisseront peut-être dormir chez eux. Mais personne ne pourra vous conduire jusqu'à votre cantonnement. Et si nous sortions de la ville, nous ne serions pas autorisés à y rentrer.

– Ça ne fait rien. Je suis capable d'y retourner seul.

– Comment vous comptez y arriver ?

– Il y a quelqu'un, ici, qui aurait un cheval que je pourrais voler ?

Frank sourit, mais quelque chose dans la façon dont le soldat avait prononcé ces mots l'incita à se demander s'il plaisantait vraiment.

– Vous risquez d'avoir des ennuis avec l'armée pour être resté absent aussi longtemps ?

– Je ne sais pas, c'est la première fois que cela m'arrive.

– Peut-être qu'en fait ça sera une bonne chose, que vous soyez resté bloqué ici. Peut-être que vous aurez raté le bateau en partance pour la France, et le temps que le suivant soit prêt à appareiller, la guerre sera finie.

Mais ce besoin puéril de parer d'une touche gaie un tableau foncièrement lugubre lui donna tout de suite l'impression d'être stupide.

Frank détourna le regard.

– Parlons d'autre chose, Philip. L'armée, j'en aurai plus que ma claque d'ici demain. Faisons comme s'il n'y en avait pas, de guerre, à l'heure qu'il est.

*

Le coup frappé à la porte se produisit à dix-huit heures quinze. Par deux fois, Frank avait demandé à Philip l'heure qu'il était, à dix-huit heures deux et à dix-huit heures treize, et il semblait de plus en plus angoissé. Lorsque le coup retentit, il sursauta.

Dans sa tête, Philip commença à compter jusqu'à soixante, mais avant d'en être à dix, il entendit la voix de Doc Banes :

– J'entre, Philip.

Pour la première fois depuis que Mo les avait enfermés dans l'entrepôt, deux jours plus tôt, la porte s'ouvrit de l'extérieur. Philip n'avait aucune idée de ce que serait sa réaction en voyant quelqu'un entrer. Banes referma la porte derrière lui. Il avait sa trousse médicale dans sa main droite.

Lorsqu'il pénétra dans les minces traits de lumière venant de la lanterne et du feu, Philip discerna qu'il portait un masque.

Les deux prisonniers se tenaient debout, tendus, ne sachant pas très bien ce à quoi ils devaient s'attendre.

Banes adressa un signe de tête au soldat qu'il voyait pour la première fois.

– Je suis le Dr Banes. Je me suis dit que j'allais ausculter Philip d'abord, et qu'ensuite je m'occuperai de vous.

– À vos ordres, docteur, répondit Frank.

Mal à l'aise, l'air emprunté, il demeura au même endroit avant de s'asseoir à nouveau sur le plancher sale.

Philip commença à se sentir embarrassé à cause de l'odeur qui montait de la cave.

Banes dit à Philip de retirer sa chemise. Il lui demanda comment il allait, comment il avait dormi, s'il avait ressenti des frissons. Le garçon répondit qu'il se sentait parfaitement bien. Sa température fut prise et il demeura silencieux pendant que le docteur prêtait l'oreille à ce que son cœur et ses poumons avaient à raconter. Il eut l'impression que Banes consacrait un temps épouvantablement long à ausculter ses poumons, et l'angoisse surgit. Pouvait-il réellement être malade alors qu'il se sentait bien ? Quels mystères son corps recelait-il ?

Banes le fit tousser, retenir sa respiration, inspirer et souffler profondément, recommencer. Il l'ausculta au niveau de la poitrine, du dos et des flancs. Au début, le stéthoscope lui avait paru désagréablement froid, mais il s'était réchauffé depuis pour atteindre la température de son corps.

Banes rendit son diagnostic ; il était en bonne santé. Ou, plus exactement, il ne présentait aucun signe de maladie. Il n'y avait plus qu'à espérer que c'était la même chose.

– Hé bien, mon garçon, on dirait que tu vas aussi bien que possible.

Philip ne distinguait pas les lèvres du docteur à travers le masque, mais à la façon dont les rides s'étiraient autour de ses yeux, il savait que le vieux médecin souriait.

Il lui rendit son sourire.

– C'est agréable de vous l'entendre dire.

Banes lui indiqua la porte.

– Tu peux sortir. Ta famille t'attend.

Philip renfila sa chemise sale, se saisit de son manteau, mais avant qu'il ait eu le temps de se diriger vers la porte, Banes le retint par l'avant-bras.

– Si tu as le moindre doute, la plus petite inquiétude, même si ce n'est presque rien, tu viens me voir tout de suite. Tu comprends ?

– Oui, docteur.

Banes jugea apparemment que l'expression de son regard était suffisamment sérieuse, car il relâcha son bras.

*

La première chose qui le frappa en franchissant le seuil fut combien l'air ambiant paraissait frais maintenant qu'il était exempt de la puanteur régnant dans l'entrepôt. Sur son visage, le vent apportait la senteur des sapins, de la terre mouillée et de la fumée s'échappant de lointaines cheminées. Il était libre.

Le soleil s'était couché, et seuls des filets de lumière s'infiltraient à l'ouest par la partie basse du ciel, mais il en retirait une impression de grande clarté par comparaison avec l'intérieur de leur prison. À une vingtaine de mètres se tenaient

Charles, Rebecca et Laura. Sur le côté, et derrière eux, Graham et Mo, armés de leur fusil.

Intimidé, Philip sourit. Le souvenir de ses sentiments au début de l'emprisonnement lui revint, la honte d'avoir failli, d'avoir exposé la ville au danger. Cette honte l'assaillit lorsqu'il parcourut les visages.

La crainte de ce que les autres pensaient, toutefois, resta fugace, car Rebecca fit les premiers pas pour s'approcher de lui, suivie de Charles et de Laura. Tout le monde souriait, sa mère le serrait dans ses bras. Il sentit la main de Laura sur son épaule pendant que Rebecca lui souhaitait bon retour. Elle avait la voix qui s'étranglait et il s'aperçut qu'il avait lui aussi la gorge serrée. Les yeux embués, il se sentait heureux, honteux et aimé tout à la fois.

Après l'étreinte de Rebecca, il regarda Charles, qui affichait un large sourire, semblait également au bord des larmes et faisait le geste de prendre son fils dans ses bras, la première fois que cela se produisait dans le souvenir du garçon. Philip jeta un regard derrière lui en direction de Graham qui n'avait pas bougé. Peut-être ne tenait-il pas à interrompre ce moment de tendresse familiale, songea-t-il. Aussi fit-il un geste de la main à destination de son ami qui y répondit par un hochement de tête.

– Ça va ? s'enquit Graham sans sourire.

– Oui. Banes dit que je vais très bien.

Philip fit un pas vers lui, mais Graham, puis Mo reculèrent. Philip s'immobilisa.

– Je pense qu'il vaut mieux que nous gardions nos distances, juste pour le moment, déclara Graham d'un ton égal.

Philip baissa instantanément les yeux comme s'il était l'objet d'une réprimande. Il recula dans le giron familial et tourna son regard vers Charles.

– Il veut être d'une prudence sans faille, expliqua tranquillement son père. Il a une petite fille à la maison.

Philip hocha la tête comme s'il comprenait, mais il était déstabilisé. Doc Banes venait de garantir qu'il était en parfaite santé. Est-ce qu'il représentait une menace ou non ? Il vit que

Graham surveillait l'entrepôt comme s'il continuait de craindre le soldat qui se trouvait à l'intérieur. Charles aussi avait une expression inquiète que son sourire et son étreinte avaient momentanément éclipsée.

– Est-ce que tout va bien ? demanda Philip.

Charles acquiesça avant de suggérer que Rebecca et Laura pourraient rentrer à la maison afin de préparer le dîner. Cela ressemblait fort à un message codé. Rebecca opina et les deux femmes s'éloignèrent aussitôt.

– Qu'est-ce que le soldat t'a dit, le concernant ? demanda Charles lorsqu'elles furent hors de portée de voix.

Philip haussa les épaules.

– Beaucoup de choses. On est restés enfermés ensemble pendant deux jours.

Son père lui posa des questions sur sa famille, son métier, d'où il venait. Philip répondit de son mieux.

– Y a-t-il quoi que ce soit qui t'ait paru… suspect ? demanda-t-il encore.

Philip ne comprenait pas où menait cet interrogatoire. Il repensa aux moments, ces deux derniers jours, où Frank, généralement jovial, se taisait, ces moments qui lui avaient fait un peu froid dans le dos.

– Comment ça ?

Charles lui parla de la visite de la LPA, et même s'il ne partagea pas tous les détails, il mentionna la possibilité qu'il y ait un espion allemand dans la région.

– Un espion ?

Philip se sentit trahi, même s'il n'était pas certain de l'origine de la trahison. Il appréciait Frank, avait même l'impression qu'ils étaient devenus amis.

– Il m'a dit qu'il est de Missoula…

– Est-ce qu'il a parlé de trois soldats qui auraient été tués ?

– Non. Il m'a dit qu'il avait été pris dans un accident maritime et que lui et un autre soldat avaient regagné la terre ensemble. Je pense que c'était le gars que nous…

Il s'interrompit pour demander :

– Qu'est-ce qui se passe ?

– Rien… aucune importance. Je ne les ai pas crus non plus.

Charles lui appliqua une tape sur l'épaule, lui présentant un sourire qui semblait forcé.

– Pourquoi tu ne rattrapes pas Rebecca et Laura ? Il faut juste que je reste un petit moment pour parler avec le Dr Banes quand il en aura terminé.

Même s'il ne comprenait pas ce qui se passait, Philip pivota sur lui-même et se hâta aussi vite que le lui permettait son pied en bois. Rebecca et Laura étaient à peine visibles dans la lumière déclinante.

*

– Cela s'annonce plutôt bien pour moi, je suppose, dit Frank au docteur Banes lorsque Philip eut franchi le seuil.

– Ne considérons rien comme acquis, répondit Banes en l'examinant aussi sérieusement qu'il l'avait fait pour Philip, inspectant gorge et oreilles, auscultant cœur et poumons.

En quelques minutes, il avait atteint sa conclusion : cet homme était en bonne santé.

– Est-ce qu'il y a beaucoup de vos camarades qui sont malades, à Fort Jenkins ? demanda-t-il alors qu'il connaissait la réponse.

– Quelques-uns. Pas beaucoup.

Banes écouta à nouveau les poumons du soldat dont il avait déjà déterminé qu'ils répondaient bien à leur fonction.

– Une sacrée chance. D'autres casernements n'en ont pas eu autant.

Banes se plaça derrière lui, posa à nouveau le stéthoscope au contact de son dos, lui demandant de respirer normalement. Il remarqua des abrasions sur les côtés du cou, comme si le soldat s'était bagarré, avait lutté à même le sol. Les marques semblaient s'être effacées avec le temps. Elles avaient dû être très laides quelques jours auparavant, même si son col de chemise avait dû les dissimuler. L'épaule droite était très éraflée.

– Vous avez dit que vous avez été victime d'un naufrage ?

– Oui, docteur.

– Vous n'êtes pas tombé à l'eau, si ?

– Non. Mais c'était assez terrifiant, sur le coup.

– Que faisiez-vous sur un bateau ? Je croyais que vous étiez dans l'infanterie, pas dans la marine.

Il y eut un silence infinitésimal.

– C'était pour un exercice de débarquement. Tous les corps de l'armée y participent, à ma connaissance.

– Que s'est-il passé, exactement ?

– Je n'en suis pas très sûr. Soit nous avons percuté un obstacle, soit quelque chose nous a percutés. Il faisait nuit, quand c'est arrivé, et j'étais sous le pont.

Banes se demanda jusqu'où il pouvait continuer cet interrogatoire. Ses doigts avaient commencé à trembler un peu, et c'était la raison pour laquelle il passait autant de temps sur le dos du soldat où sa nervosité ne pouvait être visible. Mais il voulait voir ses yeux quand il lui poserait sa question suivante. Il contourna le soldat, posa le pouce sur le sourcil du militaire pour relever la paupière. L'idée d'examiner un œil dans cette faible lumière était absurde, mais il espérait que le patient ne s'en rendrait pas compte.

– Est-ce comme ça que les trois soldats sont morts ?

Le cou de Frank fut parcouru d'un frémissement qui délogea le pouce de Banes.

– Quels soldats ?

Banes envisagea de poser à nouveau son doigt au même endroit en faisant semblant de poursuivre ce grotesque examen, mais décida de s'en abstenir. Il se sentait désormais en danger. Il ferait mieux de sortir mais semblait tellement proche de découvrir ce qu'il cherchait à savoir que la tentation était la plus forte.

– Les trois soldats qui ont été tués la semaine dernière à Fort Jenkins.

Frank l'observa longuement d'un air mauvais.

– Est-ce que votre examen est terminé, docteur ?

Banes se recula.

– Vous me semblez en bonne santé, soldat.

– Dans ce cas, il est temps que j'y aille, dit Frank en lui décochant un ultime regard.

Il prit sa chemise qu'il boutonna rapidement en se dirigeant vers la porte.

– *Graham !*

Frank ne s'attendait pas du tout au cri de Banes et eut à peine le temps de comprendre ce qu'il signifiait avant que la porte s'ouvre à toute volée devant lui. Il était à moins de trois mètres d'échapper à cette prison sombre et puante, à moins de trois mètres de la nuit, du froid et des étoiles, lorsque deux hommes armés entrèrent et pointèrent leur fusil sur sa poitrine.

– On s'arrête là, mon gars, ordonna Graham.

Charles arriva juste derrière Graham et Mo ; tous trois portaient un masque.

Doc Banes s'écarta, décrivant un large demi-cercle pour échapper à la ligne de mire des fusils avant de s'immobiliser à côté des gardes.

– Qu'est-ce que ça veut dire ? demanda le soldat dont, en dépit de la lumière diffuse, ses inquisiteurs virent le visage pâlir.

Doc parla à l'oreille de Charles, assez fort pour que Graham et Mo l'entendent, mais pas le soldat.

– Je ne crois pas à ce qu'il dit. Il cache quelque chose.

Il se tut un instant avant d'ajouter :

– Mais il semble vraiment être en bonne santé.

– Je suis membre de l'armée des États-Unis, déclara Frank. Vous ne pouvez plus me garder enfermé ici. Vous avez libéré Philip…

– Philip n'a pas été accusé d'espionnage, et il n'a pas été accusé de meurtre, déclara Charles d'une voix posée.

Frank secoua la tête.

– Je ne suis pas un espion.

Il ne paraissait pas particulièrement surpris de cette accusation.

– Quel est votre véritable nom et d'où êtes-vous réellement originaire ? Que faisiez-vous à Fort Jenkins ?

– Je m'appelle Frank Summers, répondit-il d'une voix qui semblait étranglée, que ce soit à cause du stress lié à ses mensonges ou d'autre chose. Je suis originaire de Missoula, dans le Montana. Et je faisais ce que n'importe quel autre Américain fait à l'exception de certains des gars de cette ville, à ce que j'ai cru entendre.

Charles croisa les bras.

– Je trouve étrange que vous ne nous ayez pas demandé de contacter votre unité. Si tout cela était un malentendu, ne pouviez-vous pas éclaircir la situation par un simple coup de téléphone ?

Évidemment, il n'y avait pas de téléphones à Commonwealth, mais Charles voulait connaître la réponse du soldat.

– Je vous en prie…

Frank avait regardé le sol avant de relever les yeux vers celui qui l'interrogeait. Peut-être tentait-il de trouver une arme éventuelle, un moyen de s'échapper ou une réponse à cette question. Ce n'était pas clair pour ses geôliers.

– Je vous en prie, laissez-moi juste partir. Je ne suis pas un espion, je suis seulement…

Il secoua la tête.

– Je ne représente aucun danger pour personne.

Il n'avait pas apporté de déni à l'accusation de meurtre, pensa Banes quelque peu stupéfait. Cet homme qui se tenait devant eux avait soudain l'air si pitoyable… un épouvantail en haillons aux cheveux ébouriffés, à la barbe négligée, qui affichait un air de désespoir absolu. Mais si les fusils n'étaient pas braqués sur lui, peut-être se fendrait-il d'un sourire démoniaque derrière leur dos.

Charles respira et eut un petit hochement de tête.

– Enfermez-le ici, dit-il aux gardes. Nous allons chercher des chaînes.

Troisième partie

SACRIFICE

I

La grippe n'avait fait qu'empirer à Timber Falls.

Joseph Miller était dans son antre, en compagnie du shérif Bartrum. Il sirotait un whisky écossais. Ils avaient fait le voyage de Commonwealth en se basant sur une intuition. Tout ce que Charles Worthy avait alors dit et fait semblait la confirmer.

– Qu'est-ce que vous en pensez ? demanda-t-il.

Bartrum secoua la tête.

– C'est louche. Je ne sais pas s'ils sont impliqués dans ce qui s'est passé à Fort Jenkins, mais il se passe des choses, dans cette ville. Tous les trois paraissaient coupables de je ne sais quoi.

– Ils avaient un comportement bizarre, abonda Miller.

Bartrum avait décliné l'offre qui lui avait été faite de boire un scotch. Cela confirmait la rumeur selon laquelle le chef de la police ne buvait pas d'alcool. Mais dans son regard, Miller remarqua une étrange lueur. Peut-être préférait-il boire seul.

– Il est clair que Worthy me déplaît, déclara Miller. Je n'aime pas ses conceptions sociales et je n'aime pas sa ville. Mais j'aurais penché pour les laisser dans leur coin, qu'ils continuent de vivre en accord avec les idées délirantes qu'ils professent.

Il but un peu, sentit la chaleur du scotch dans sa gorge et reprit :

– S'il nous avait invités à entrer et nous avait déclaré qu'ils n'ont rien à voir avec Fort Jenkins, très bien. Mais il y a quelque chose qui cloche, chez eux, pour s'isoler comme ça. C'est louche, comme vous dites.

– Vous voulez que j'enquête un peu plus, là-dessus ?

Bartrum avait les bras croisés sur son large torse. Il ne semblait pas à sa place dans cette pièce raffinée, entouré de livres à reliure cuir et de magnifiques tableaux. Ses journées se passaient de plus en plus à venir en aide aux médecins, à transporter et enterrer des corps sans vie et à lutter contre les délits mineurs que l'état d'urgence avait engendrés. Bartrum ne savait pas à quels spectacles son fils était confronté, dans cette guerre, mais il ne pensait pas qu'ils puissent être pires que tout ce à quoi il avait assisté depuis plusieurs semaines. Se concentrer sur Commonwealth serait un bon dérivatif à son travail d'éboueur d'âmes qui récupérait les victimes et les faisait disparaître.

Miller hocha la tête.

– Je serais curieux de consulter leur liste d'engagés. Les hommes de Commonwealth auraient dû venir à Timber Falls pour s'inscrire sur les registres, je ne me trompe pas ? Alors si on y allait pour déterminer combien d'habitants de leur ville ont apposé leur signature ?

Bartrum se leva pour partir.

– Ça devrait être facile. Merriwhether siégeait à la commission du recrutement.

– Des nouvelles de sa fille ?

Bartrum garda le silence, puis dit :

– Elle est morte ce matin.

Après le départ du shérif, Miller s'adossa à son siège, conscient de la chance qu'il avait que sa femme et lui n'aient pas eu d'enfants. Des filles de Timber Falls mouraient de la grippe, et des garçons de la ville mouraient en France. À quelques kilomètres de là, les habitants de Commonwealth se soustrayaient à toutes ces horreurs, ils faisaient Dieu savait quoi derrière leurs portes cadenassées. Il se versa un deuxième verre en se demandant ce qu'il dirait à J. B. la prochaine fois qu'il le verrait.

II

Le lendemain, Doc Banes sortit du sommeil plus reposé qu'il n'avait eu le sentiment de l'être depuis des semaines. Que ce soit en raison du soulagement devant les diagnostics positifs de Philip et du soldat, ou de l'épuisement cumulé à cause de trop nombreuses nuits presque exemptes de sommeil, il avait enfin dormi à poings fermés. Quand il se leva, il étira son dos qui lui posait toujours des problèmes pendant les mois les plus rigoureux, et tenta de se remémorer ses rêves dont un avait porté sur sa femme. Déjà, ils se dissolvaient.

Il avait avalé un petit déjeuner complet et apprécié une deuxième tasse de café noir quand un coup fut frappé à la porte. Il ouvrit pour se trouver face à une jeune femme qui avait des cernes sous les yeux ; il était évident qu'elle n'avait pas dormi aussi bien que lui.

– Docteur, mon mari est très mal.

Moins de dix minutes plus tard, ils étaient dans la maison du malade. Tous les rideaux étaient tirés, expliqua-t-elle, parce qu'il s'était plaint de la luminosité. Mais il faisait à peine jour dehors, il était encore tôt, et de lourds nuages pesaient sur la ville.

Elle affirma à Banes que son mari allait très bien la veille. Pas de reniflements, ni de toux. Mais au milieu de la nuit, il avait été secoué par de violentes quintes qui avaient ébranlé le lit. Quand le sifflet du matin l'avait arrachée à leur couche, il était demeuré immobile sur le dos comme s'il y était tombé d'une grande hauteur. Et lorsqu'il avait essayé de parler, il avait toussé pendant une minute avant de pouvoir articuler un mot. Il était parvenu à dire qu'il avait très mal dans tout le corps, avait refusé de s'asseoir pour boire, n'avait pas voulu tenter de trouver une position plus confortable, s'était opposé à bouger d'un centimètre.

C'était une petite maison, pratiquement identique à toutes celles de la rue. La cuisine qui n'était pas nettoyée sentait ce qu'ils avaient cuisiné la veille, des haricots, peut-être, ou du chou à la vapeur. Plusieurs bouteilles vides étaient regroupées au bord de la table. Elle précéda Banes dans la chambre où l'odeur d'alcool était plus forte.

– Combien a-t-il bu, hier soir ? demanda-t-il avec espoir.

Elle détourna le regard. Elle s'appelait Jeanine, était frêle, à peine quarante-cinq kilos, avec des cheveux foncés, négligés et raides.

– Pas plus que d'habitude.

Avant d'entrer dans la pièce, Banes mit un masque. Dès qu'elle le vit faire, elle commença à se comporter avec nervosité.

– Bonjour, Yolen, dit le médecin.

Yolen était tout le contraire de sa femme. Ses pieds de Goliath dépassaient presque au-dessus du rebord du lit et sa tête semblait trop petite par rapport à son corps. Il envahissait à ce point la couche que Banes se demanda comment Jeanine pouvait la partager avec lui. Ses cheveux, du blond le plus clair, ressemblaient à une crinière d'albinos. Banes n'était pas certain que sa peau soit encore d'une telle blancheur.

– Bonjour, docteur, parvint péniblement à saluer le malade d'une voix aussi ténue que son corps était imposant.

En quelques minutes, Doc Banes réunit les faits suivants : la veille, à la scierie, Yolen avait travaillé toute la journée, il s'était senti parfaitement bien pendant la soirée, n'avait pas mangé de viande au dîner et avait peut-être bu plus de whiskey qu'il n'était raisonnable, mais pas assez, et de loin, pour mettre à plat un gaillard de sa corpulence. Ses poumons avaient l'air épouvantablement encombrés. Sa gorge était enflammée. Il se débattait de toute évidence contre une infection formidable qui avait sapé toute sa force. Sa fièvre atteignait les quarante degrés et il tremblait de froid.

Banes leur demanda avec qui ils avaient été en contact la veille au soir, s'ils avaient vu quelqu'un.

– Nos amis Otto et Ray, répondit Jeanine.

Il inscrivit leur identité complète dans son calepin avant de quitter la chambre. Elle le suivit en refermant la porte sans bruit.

– Est-ce qu'il va aller mieux ?

Malgré ses nombreuses années à pratiquer la médecine, il ne savait toujours pas qui réagirait calmement à de mauvaises nouvelles et qui le ferait avec agressivité, qui supplierait et qui nierait les faits patents exposés à leur connaissance. La seule chose qu'il avait apprise était que les gens vous étonneront et vous surprendront jusqu'à leur dernier jour.

Il ne tint donc pas compte de la question et, à la place, donna ses instructions : prendre beaucoup de repos, ingurgiter des quantités de liquide. Si le bruit le dérange, faire en sorte que la maison soit silencieuse. Si la lumière le gêne, obturer les fenêtres. Lui donner de l'aspirine contre la douleur, mais pas de nourriture, d'ailleurs il n'en voudrait probablement pas. Pas une goutte d'alcool. Faire le maximum pour qu'il soit installé le plus confortablement possible.

– Appelez-moi immédiatement s'il y a un changement.

– Il m'a dit que son ami Leonard n'est pas venu à la scierie hier.

– Oh ? Et pourquoi ?

Jusqu'à cet instant et en dépit des indices éloquents, Banes avait continué de garder l'espoir qu'il ne s'agissait pas de la grippe.

Elle eut un haussement d'épaules inquiet.

– Il n'en était pas sûr. Il avait l'intention de passer par chez lui, hier soir, pour voir ce qui se passait, mais il n'était pas en assez bon état pour effectuer le détour.

Banes avait bien dit aux contremaîtres de l'usine de lui signaler toutes les absences, mais cette information-ci ne lui était pas parvenue. Un trop grand nombre d'entre eux étaient devenus des sentinelles, et trop d'instructions avaient été oubliées.

– Est-ce que Leonard vit seul ?

Jeanine confirma de la tête.

Banes lui demanda son adresse et, au moment où il s'apprêtait à partir, elle s'enquit d'une voix tremblotante si son mari avait la grippe.

– Ce n'est pas impossible, admit le docteur avec réticence. Mais peut-être pas. Faites exactement ce que je vous ai conseillé pour vous occuper de lui, il devrait aller mieux dans quelques jours.

Il fit un pas vers la porte avant de penser à une dernière chose.

– En attendant, ne sortez de la maison sous aucun prétexte.

*

Banes frappa à la porte de Leonard, fort. Il le fit à nouveau, à trois reprises, si énergiquement qu'il eut mal aux phalanges. Il n'entendait aucun bruit, juste celui de la scierie, au loin. Il essaya de regarder par les vitres, mais les rideaux étaient tirés.

Il avait ôté son masque quand il avait quitté Jeanine affolée, mais il en mit un autre avant d'ouvrir la porte de la maison. Elle n'était pas fermée à clé, ce qui, à Commonwealth, était la coutume.

À l'intérieur, il faisait sombre. L'air était confiné et froid comme si l'habitation n'avait pas été chauffée la veille.

– Leonard ?

Pas de réponse.

– Leonard ? C'est le docteur Banes.

Le petit salon était en désordre, le lieu de résidence d'un célibataire travaillant à la scierie. Sur le plancher, les pas du visiteur résonnèrent fort quand il se dirigea vers ce qu'il pensait devoir être la chambre. Il remarqua une odeur qui soulevait le cœur.

Dès qu'il avait ouvert la porte d'entrée, il avait craint de pénétrer dans un mausolée et ses craintes furent confirmées quand il atteignit la chambre. À l'intérieur, reposant sur le lit, se trouvait une silhouette immobile, dont les pieds seuls étaient sous la couverture comme si Leonard avait tenté de la repousser dans les ultimes affres de l'agonie. Sur le mur près de lui il y avait du sang qu'il avait projeté en toussant, à moins qu'il y ait essuyé ses doigts qui, eux aussi, étaient rouge foncé. Du sang, il y en avait sur l'oreiller, sur les draps, et sa mâchoire semblait avoir été entièrement plongée dans une encre d'un noir rougeâtre. Ses yeux, ouverts, ne montraient que le blanc, et ils étaient grands, si écarquillés que Banes se demanda si les paupières avaient été aspirées dans l'espace situé au fond des orbites. Du sang, il y en avait encore sur la table de chevet, sur l'angle d'une photographie encadrée qui était tombée de son présentoir, le portrait ancien d'un père austère, d'une mère sans expression et de trois jeunes fils en vestes et shorts assortis : en bas à gauche de l'image et sur le centre où il avait dû la frôler une dernière fois.

L'épidémie avait débuté.

III

Ce matin-là, Philip entendit le premier sifflet, mais quelque chose l'empêcha de se lever. Ce n'était assurément pas dû au caractère plaisant de ses rêves, car il avait fait des cauchemars dans lesquels il avait été pourchassé par diverses personnes : des habitants de la ville, les anciens amoureux de sa mère, des camarades d'école qui vivaient dans tous les États de l'Ouest, des gens qu'il n'avait jamais rencontrés. Ils voulaient s'en prendre à lui pour différentes raisons, parce qu'il avait tué le premier soldat, parce qu'il n'avait pas tué Frank, parce qu'il avait lu ces stupides livres à la gloire des pilotes de chasse, parce qu'il avait été incapable de mettre en pratique tout ce que Charles lui avait enseigné à la scierie, pour des raisons qu'il ne comprenait pas.

Malgré les réveils intermittents dus à ces visions déplaisantes, il était resté au lit parce que le monde extérieur avait l'air tellement moins accueillant qu'il ne s'y était attendu. Il s'était dit que le soir précédent prendrait un caractère triomphal : il était réuni avec sa famille, redevenu un homme libre. Mais il avait l'impression d'avoir pénétré dans une copie altérée de sa vie, peinte par un artiste mal intentionné qui s'était attaché à en dénigrer la plupart des souvenirs enchanteurs. Comme si une maladie qui n'était pas la grippe mais une autre épidémie s'était abattue sur la ville pendant son absence, la délestant de tout ce qu'elle avait de chaleureux et répandant une teinte sinistre sur ce qui lui était familier.

Rebecca avait servi le repas avant même que Charles soit revenu des entrepôts ; quand Philip avait demandé pourquoi ils n'attendaient pas, elle avait répondu sur un ton étrange qu'il rentrerait probablement tard, ce soir. Dans la tête de Philip, les mots de son père résonnaient encore, accusant Frank d'être peut-être un espion, signifiant qu'il pourrait avoir été mêlé au décès des trois soldats. Laura avait posé plusieurs questions innocentes sur la façon dont il avait occupé son temps dans l'entrepôt, celle dont le soldat s'était comporté, et il avait eu le sentiment que Rebecca ne le quittait pas du regard pendant qu'il répondait. Charles n'était toujours pas de retour une heure après la fin du repas, mais quand Philip avait soulevé la question, Rebecca avait changé de sujet, abordant la fatigue qu'il devait ressentir et disant que, sans doute, il aimerait se coucher tôt. Il était un peu effrayé par son attitude et par l'expression qu'il avait vue dans les yeux de Charles et de Graham. Il lui avait donc obéi et s'était retiré dans sa chambre, refermant la porte et se sentant encore plus seul que quand il avait été enfermé en compagnie d'un inconnu.

Un coup frappé à la porte l'arracha au sommeil.

– Philip, il commence à être tard, annonça la voix importune de Charles dans le couloir.

Lorsque ses pas s'éloignèrent, le garçon se dressa sur son séant. Il était rassurant de se réveiller dans sa propre chambre, comme l'était la possibilité d'utiliser de vraies toilettes, de se laver et d'enfiler des vêtements propres. En entrant dans la cuisine, il vit que Rebecca et Laura étaient déjà parties pour l'école. Charles était assis à la table de la salle à manger. En temps normal, il serait à la scierie depuis une heure déjà.

– Je suis désolé d'avoir dormi si tard.

– Cela n'a pas d'importance. Je suis sûr que tu en avais besoin.

Ils parlèrent brièvement de la scierie, Charles le tenant au courant de qui avait assuré telle ou telle de ses tâches pendant son absence, et lesquelles étaient demeurées inachevées. Mais ils évitaient d'aborder le vrai sujet.

– Je suis désolé de l'avoir laissé entrer dans la ville, finit par lâcher Philip. Je sais que je n'aurais pas dû.

Il n'était pas du tout sûr de le savoir, en réalité, mais n'ignorait pas que c'était la déclaration attendue de sa part.

– Ne t'en fais pas pour ça. Tu n'aurais pas dû te retrouver seul là-bas.

Il récapitula pour son père les événements de son dernier tour de garde, omettant certains faits. Frank et lui avaient échangé des coups de feu, dit-il, même s'il resta vague concernant la façon dont cela avait commencé. Ils avaient couru à travers bois en essayant chacun de son côté de ne pas s'exposer, mais Philip avait réussi à s'approcher discrètement de l'intrus et à s'emparer de son fusil. Il avait alors pris conscience que le soldat et lui avaient été si près l'un de l'autre que la quarantaine, de fait, avait été rompue et, par conséquent, il n'avait pas su quoi faire d'autre.

– Je suis désolé, répéta-t-il. Je sais qu'il y a des choses que j'aurais dû faire autrement, mais au moment où ça se passait…

Il ne finit pas sa phrase. Il ne comprenait toujours pas grand-chose à ce qui s'était déroulé dans les bois… est-ce que Frank l'avait réellement épargné, comme il l'avait prétendu, ou est-ce qu'il l'aurait tué s'il n'avait pas trébuché et lâché son fusil ?

– C'est à moi que j'en veux, dit Charles. Nous avions tous présumé que personne ne tenterait de pénétrer dans notre ville, et que si quelqu'un essayait, nos avertissements seraient certainement suivis d'effet. Jamais je n'ai imaginé qu'il y aurait des confrontations semblables aux deux que tu as vécues.

Philip réfléchissait.

– Où est Frank, dans tout ça ? demanda-t-il.

Charles changea de position sur son siège et posa ses paumes sur la table.

– Philip, nous ne pouvons pas libérer cet homme. Nous devons le garder ici jusqu'à ce que nous puissions autoriser quelqu'un de l'armée à venir le récupérer.

– Pourquoi ne pouvons-nous pas simplement le laisser partir ? Il a peur d'avoir des ennuis, s'il ne rentre pas bientôt à sa base.

– C'est ce qu'il a dit ?

Philip haussa les épaules.

– Je suppose qu'il…

– Est-ce qu'il avait l'air pressé de partir ?

– Ni l'un ni l'autre nous n'étions très heureux de rester enfermés là-bas. Vous croyez vraiment que c'est un espion ? Il m'a fait l'effet d'être quelqu'un de bien. C'est juste…

– L'armée recherche des espions allemands qui ont tué trois soldats. Cela s'est produit quelques jours à peine avant qu'il arrive ici. Nous lui avons posé la question et… Je ne crois pas à sa réponse.

Philip resta immobile à assimiler cette information.

– Pourquoi tu ne le crois pas ? demanda-t-il.

Charles expliqua que Frank était venu du cantonnement militaire, mais qu'il prétendait avoir été pris dans un accident naval. Même si c'était vrai, il aurait fallu qu'il soit un piètre soldat pour avoir cheminé et être arrivé jusqu'ici, à Commonwealth, depuis le bras de mer, au lieu de se diriger droit vers son camp. D'autant qu'il aurait dû passer par une ville ou une autre : s'il était si pressé de regagner sa base, pourquoi ne s'était-il pas arrêté dans la première localité qu'il avait vue ? Pourquoi ici, dans une bourgade si isolée de toutes les autres ? Charles avait la certitude que Frank mentait. La seule question était de savoir s'il était seulement venu à Commonwealth pour échapper à ses poursuivants, ou s'il y avait un complot en cours derrière cette histoire.

– Nous lui avons proposé de contacter sa base pour nous fournir tous les éclaircissements, mais il nous a demandé de n'en rien faire. Pourquoi un innocent ferait-il ça ? Il t'a menti quand il t'a dit qu'il voulait y retourner. Bon, nous ne savons pas grand-chose de ce qui s'est passé là-bas, mais il est évident qu'il a… fait quelque chose.

En entendant ces trois mots qui ne signifiaient rien de précis, Philip replia ses bras sur sa poitrine comme pour se protéger. Il détourna le regard et parla d'une voix basse.

– Graham et moi…

– Vous avez fait ce qu'il fallait.

Philip fit non de la tête en grinçant des dents.

– Comment je pourrais avoir fait ce qu'il fallait les deux fois ? s'enquit-il d'une voix qui tremblait.

Il ne s'était jamais dressé contre Charles et craignait que son père, même s'il ne se mettait pas facilement en colère, le châtie. Mais il ne fit rien de ce genre.

– Philip, si ces deux hommes étaient l'un et l'autre des espions, cela signifierait que ce que Graham a fait, la semaine dernière, consistait à tuer un espion allemand. Cela change la perspective, tu comprends ?

Pour moi, cela ne fait aucune différence, pensa le garçon. Il leva les yeux.

– Peut-être que je devrais lui parler.

– Non.

La voix de Charles était péremptoire et il avait prononcé ce mot avec un brusque mouvement de tête semblable à celui d'un marteau qu'on abat, ajoutant :

– Je ne crois pas que ce serait raisonnable.

– Je pourrai peut-être tout rendre plus clair si nous parlons un peu. C'est une énorme erreur… une méprise, c'est tout. Personne ne se comporte normalement depuis le début de la quarantaine, et maintenant…

Charles ouvrit la bouche comme pour parler, et ce fut suffisant pour arrêter Philip dans son élan. Il ne savait même pas vraiment ce qu'il disait. Il battait du vent, cherchait à quoi se raccrocher : explications, justice, ordre. Il voulait que Charles soit en mesure de les produire, le voulait tellement fort qu'il s'assit, silencieux, en espérant que les paroles de son père allaient tout rendre normal à nouveau. Mais Charles ne dit rien et ils restèrent assis à se regarder un certain temps.

Finalement, Philip détourna les yeux. Il sentait qu'une violente migraine s'attaquait à son front, essayait de maîtriser la douleur derrière ses tempes.

– Est-ce que les gens sont en colère contre moi ?

– Non. Ils comprennent.

– Graham n'avait pas l'air très heureux de me voir.

– Il a travaillé sans répit. Il est un peu épuisé pour l'instant, mais je suis sûr qu'il va franchir ce cap. Ne le prends pas mal s'il ne tient pas à te voir tout de suite... il est inquiet pour sa famille.

Son meilleur ami voulait l'éviter, et l'homme avec qui il avait joué aux cartes était soupçonné d'être un espion. Celui que Graham avait tué avait aussi été un espion, et Graham lui-même un meurtrier. Rien de tout cela n'avait aucun sens.

Charles s'apprêtait à dire à Philip d'aller s'habiller pour partir au travail quand quelqu'un frappa à la porte.

C'était le docteur Banes, et il avait couru.

IV

La nouvelle de la mort de Leonard se répandit à travers la ville tel un incendie de forêt. Charles et Doc Banes décidèrent qu'en dépit des risques d'hystérie collective, les gens devaient connaître la vérité afin de prendre des précautions contre l'infection.

Ils mirent la maison de Yolen sous quarantaine avec un garde assigné à la porte d'entrée. On aurait dit que la ville était divisée entre ceux qui gardaient et ceux qui étaient gardés.

Charles fit circuler un message par l'intermédiaire de ses contremaîtres pour informer que d'autres sentinelles étaient nécessaires, et leur précisa qu'ils devaient signaler toute absence immédiatement.

Philip, qui était parti travailler à la scierie pendant que Charles et Doc Banes élaboraient leurs plans, éprouva une appréhension particulière lorsqu'il sortit pour effectuer ses courses de la journée. Il était onze heures du matin quand il quitta le bureau en marchant sur la longue passerelle en bois qui dominait les machines, respirant l'odeur de la sciure et des pins. En contrebas, un groupe d'ouvriers qui travaillaient avec les scies à dents multiples sortaient du bâtiment les planches coupées de frais, séparant les bardeaux débités des chutes de bois. La première fois que Philip avait accompagné Charles dans une scierie, il avait été étourdi par le vrombissement continu qui semblait tournoyer autour de sa tête. Maintenant, ce bruit lui paraissait aussi adapté que le bonnet de laine dont il se coiffait quand il marchait dehors.

Il faisait plus froid, avec un vent vif qui soufflait de la rivière. Sur sa droite s'ouvrait la gueule béante de l'usine qui donnait de ce côté-là. Un approvisionnement de troncs flottés, long et ininterrompu, entrait dans le bâtiment, guidé par les conducteurs de grumes à l'aide de chaînes. Et sur le cours d'eau régnait une grande agitation : des centaines de troncs flottaient, dont beaucoup sous les pieds des tireurs de grumes, les ouvriers qui étaient armés de tourne-billes à éperon, de crocs à bûches, de grappins. De loin, cela donnait l'impression que ces outils médiévaux étaient une extension du bras des manœuvres, comme si les conducteurs de troncs eux-mêmes étaient devenus des outils de métal et de bois. Ils plantaient leur fer dans les grumes, les harponnaient, malmenaient les troncs récalcitrants qui étaient sur le point de s'échapper vers l'aval. Ce spectacle qui, au premier regard, semblait tout devoir au chaos était en réalité organisé et fluide, un transit dansant à la surface de l'eau, totalement maîtrisé par ces hommes.

Philip n'en avait pas cru ses oreilles quand Graham lui avait appris que nombre de ces ouvriers qui se tenaient en équilibre sur les troncs ne savaient même pas nager, mais après les avoir vus travailler pendant plusieurs mois, il comprenait qu'ils n'en avaient pas besoin. Un conducteur de grumes expérimenté avait à peu près autant de chances de sombrer dans les profondeurs qu'un écureuil évoluant dans les arbres de tomber à pic sur le sol.

À travers les collines qui s'inclinaient vers les rives, Philip vit les étroites rampes taillées pour l'acheminement des troncs, vit la grume qui auparavant était solidement plantée dans le sol, maintenant coupée de frais, glisser sur cette pente, disparaître sous la surface glaciale pendant une seconde ou deux avant d'émerger, la partie jaune pâle de la balafre tailladée perforant en premier l'eau. De l'endroit où il se tenait, les bûcherons étaient invisibles. La constante procession de grumes qui flottaient au gré de la rivière était la seule preuve qu'ils existaient.

Malgré toute cette activité, c'était tout de même devenu un spectacle original en raison de l'absence de bateaux naviguant vers la scierie pour hisser à bord des tas de bois, l'absence de chevaux de trait halant péniblement des charrettes chargées de stères jusqu'aux palans. Aussi durement que chacun puisse s'échiner pour préserver le mirage que tout était normal à Commonwealth, le manque d'acheteurs et de transporteurs fluviaux, d'étrangers, était criant.

Philip poursuivit son chemin vers l'étroit quai construit le long de l'espace où s'opérait le triage. L'eau y était peu profonde et claire. Sous la surface unie comme une vitre, il distinguait du bois flotté inutilisable qui avait coulé au fond, et d'où on l'arracherait quand l'empilement menacerait de s'élever au-dessus du niveau de l'eau.

Il s'était aperçu que les conducteurs de grumes étaient les ouvriers les moins conventionnels des scieries, leur métier exigeant d'eux qu'ils soient à l'apogée de leur concentration et de leur équilibre. Le chef de cette équipe était un personnage laconique répondant au nom de O'Hare, un rouquin maigre et dégingandé qui aurait été grand même s'il n'avait pas porté aux pieds les souliers aux piques de cinq centimètres dont lui et ses camarades étaient équipés.

Les pas de Philip étaient silencieux, mais O'Hare le sentit venir alors qu'il était encore à six mètres de lui, détecta le poids supplémentaire qui pesait sur le pont. Quand il vit que c'était lui, il glissa la main dans sa poche et utilisa un mouchoir pour se couvrir la bouche et le nez.

Philip s'arrêta.

– B-bonjour, bredouilla-t-il. Ils donnent quoi, les chiffres, aujourd'hui ?

O'Hare l'observa avec méfiance avant de se pencher en tendant sa main libre vers une petite boîte métallique pour en sortir divers papiers. Derrière lui, plusieurs conducteurs de troncs avaient laissé leur attention se détourner de leurs tâches pour les regarder.

Leur chef lut les chiffres à Philip qui les inscrivit sur son registre. Le crayon tremblait dans sa main devant tous ces regards dépourvus d'aménité.

– Très bien, alors, dit O'Hare.

La sempiternelle expression avec laquelle il ponctuait leurs brèves interactions.

Mais au lieu de retourner à son travail, ce qu'il faisait d'ordinaire, il resta campé au même endroit comme pour regarder Philip partir.

– Encore une chose, dit le garçon. Y a-t-il des absences qui n'avaient pas été annoncées ?

– Trois des gars ne se sont pas présentés, répondit O'Hare avant de lui communiquer les noms.

Puis Philip, le paria de l'usine, retourna dans son bureau le plus vite possible.

*

– Où tu étais, ma fille, aboya Flora quand Elsie entra dans le magasin.

Elle était restée à l'école plus tard que d'habitude pour aider Mrs Worthy à ranger. Maintenant que Philip n'était plus dans l'entrepôt, sa formatrice et elle avaient repris leur routine qui consistait à discuter des événements de la journée et à préparer les leçons du lendemain.

Elsie s'excusa de son retard.

– Je ne m'attendais pas à avoir autant de choses à faire, ici.

Une impression d'ennui inaccoutumée avait dominé ses pensées le jour précédent pendant qu'elle aidait son père à dresser l'inventaire. À mesure que leur stock s'amenuisait, il y avait de moins en moins de marchandises à compter, organiser, réassortir.

Elle se saisissait d'un balai et d'une pelle quand une jeune femme entra dans le magasin.

– Et comment va ma cliente préférée ce soir ? demanda Flora.

D'une manière indéfinissable, sa voix sonnait différemment.

– Je suis inquiète.

Il s'agissait d'une des plus jeunes épousées de l'industrie locale du bois : elle paraissait plus âgée qu'Elsie d'une année ou deux seulement. Cheveux d'un blond pâle, taches de rousseur sur le haut des joues, plus mince que la plupart de ses semblables.

– Les gens disent que la grippe est finalement arrivée chez nous.

– C'est aussi ce que j'ai entendu, confirma Flora. Mais elle ne touche que quelques personnes. Ça ne veut pas dire que ça va forcément aller en empirant. Que puis-je faire pour vous ?

La femme acheta du café et un sac de farine, un des derniers en magasin.

– Est-ce qu'il vous reste de la confiture de myrtille ou d'orange ?

Flora fit non de la tête.

– Les confitures, nous n'en avons plus du tout. Moi-même, j'aimerais bien en manger. Je commence à me lasser de ne mettre que du beurre sur mon pain.

Elle sourit, une manière d'excuse agrémentée d'un rappel spécifiant que tout le monde était logé à la même enseigne.

– Peut-être que je vais acheter un peu de beurre en plus, pendant que je suis là.

La cliente venait à peine de franchir le seuil quand Flora se mit à tousser. Au début, Elsie n'y prit pas garde, mais tandis qu'elle achevait de balayer, la quinte s'intensifia. Elle leva les yeux.

– Alfred, appela Flora quand elle eut retrouvé sa respiration, ça t'embêterait de suspendre tes nombreuses activités pour aller me chercher un verre d'eau ?

Comme il était à la cave, Elsie posa le balai et alla au robinet qui se trouvait dans l'arrière-salle. Sa mère toussait toujours quand elle lui tendit le récipient.

– Ça va ?

Flora engloutit l'eau, mais quand elle eut fini, elle grimaça en ayant l'air de signifier que le liquide n'avait pas suffi à chasser ce qui lui encombrait la gorge. Elle hocha la tête.

– Ça va aller. C'est juste quelque chose de coincé.

Elsie prit le verre qu'elle remplit à nouveau. Lorsqu'elle le tendit à nouveau à sa mère, elle surprit dans ses yeux une expression effarée.

*

À quatorze heures, Philip avait compilé les notifications d'absences des autres contremaîtres de l'usine, dont la majorité étaient aussi méfiants en sa présence que l'avait été le responsable du flottage. Il n'y avait aucune nouvelle des campements de bûcherons puisque les messagers ne s'étaient pas enfoncés suffisamment dans les bois, mais au total, sept hommes des équipes de la rivière et de la scierie manquaient à l'appel. Revenu à midi dans le bureau de Charles pour écouter ce rapport, Doc Banes secoua la tête.

– Elle se répand vite.

Il s'enquit de l'adresse des absents que Philip vérifia dans son livre de comptes et lui recopia sur une feuille de papier. Le docteur s'en saisit et prit sa trousse.

– Je repasserai dans environ deux heures. Dites aux contremaîtres que si quelqu'un d'autre paraît malade, il doit immédiatement être renvoyé chez lui. Personne ne doit « s'accrocher pour terminer le boulot en cours » ni « continuer comme si de rien n'était », vous comprenez ? Si quelqu'un ne serait-ce qu'éternue, il rentre chez lui.

Charles acquiesça.

– Philip, tu les connais, Leonard et Yolen ? demanda Banes.

– Pas bien. De nom, oui, mais je n'ai pas l'impression d'avoir croisé leur chemin ces temps-ci.

– Et ceux qui figurent sur la liste des absents ?

Philip en montra deux du doigt, ceux d'ouvriers que Graham lui avait fait rencontrer.

– Mais ça fait des jours que je n'ai parlé ni à l'un ni à l'autre, ça remonte à avant le début de la quarantaine.

Banes mit la liste dans sa poche.

– Comment des hommes dont je ne me suis jamais approché auraient-ils pu tomber malades alors que je ne le suis pas moi-même ? demanda Philip.

Mais le docteur n'avait pas le temps de se perdre en spéculations. Il leur rappela simplement de se tenir au courant de quiconque tombait malade et, sur ces mots, franchit le seuil. Toutes ces soirées tardives passées à lire ses revues médicales et les lettres du Dr Pierce allaient, hélas, prouver leur utilité.

Philip se laissa tomber dans son fauteuil. Était-il vraiment responsable de la présence de la maladie en ville ? Après avoir eu droit aux regards acrimonieux des conducteurs de troncs, il se sentait pris au piège dans son bureau, redoutant d'en sortir et d'entendre les accusations des autres habitants. Pire, il craignait que ces accusations soient justifiées.

Il but de l'eau, s'assurant à nouveau que sa gorge n'était pas douloureuse. Il ne présentait toujours aucun symptôme. Mais cela n'allait-il pas changer bientôt, peut-être même dans l'heure à venir ?

Il garda la tête baissée en travaillant sur les registres. Essaya de ne rien toucher qui ne se trouvait sur son bureau. Essaya de ne pas parler, de ne pas respirer. Il ne voulait rendre personne malade, mais ne voulait pas attraper quelque chose qui lui serait transmis. Il aurait aimé pouvoir se couper de tous, dans une quarantaine personnelle au sein de la ville en quarantaine.

Tout à coup, la captivité des jours écoulés ne lui semblait plus si épouvantable.

*

Jarred Rankle rentrait de la scierie chez lui quand il remarqua Graham quelques pas plus loin. Il l'appela à deux reprises.

– D'où tu viens ? lui demanda-t-il.

– De l'entrepôt.

Ils continuèrent de marcher en parlant, chacun hésitant à prolonger sa présence dans cette rue fréquentée. Ils détectaient la peur, dans la ville, dans les fenêtres fermées, les rideaux tirés et le vent qui apportait Dieu seul savait quel fléau.

– Tu es au courant, pour Leonard et Yolen ? demanda Rankle.

– Et les autres qui ne se sont pas présentés à la scierie. Il y a du nouveau, là-dessus ?

– Pour eux, je ne sais pas, mais trois de mes gars sont retournés chez eux au milieu de leur journée de travail. Ils se sont mis à tousser comme des déments. Ils ont dit qu'ils arrivaient à peine à rester debout.

Rankle se tut, reprit :

– Ça a surgi de nulle part.

Du matin au soir, Graham avait observé le bâtiment, et rien, à l'intérieur, n'avait bougé. Pourtant, il se tramait des choses à son insu. La grippe le dépassait sans qu'il la voie, laissant ses périls invisibles s'accumuler sur son trajet.

Ils parvinrent au carrefour où ils allaient devoir se séparer. Ils observèrent une brève halte, conscients l'un comme l'autre que Banes les avait prévenus de ne pas s'attarder dans les lieux publics. Tout autour d'eux, des hommes fatigués se déplaçaient, mus par la prudence. Chacun voulait rentrer chez lui, fermer sa porte à clé. Les contremaîtres avaient fait passer ce conseil : dormez beaucoup, mangez copieusement. Évitez quiconque est contaminé. Restez à votre domicile si vous tombez malade et faites prévenir le docteur. Déjà, les hommes évitaient de se regarder dans les yeux, pressés de fuir la présence de leurs congénères.

Graham et Rankle furent rejoints par Mo qui hésita puis s'arrêta pour leur dire bonjour.

– Comment va votre espion ? lui demanda Graham.

– Je ne l'ai pas vu.

Graham venait de monter la garde devant le bâtiment avec Douglas, un gaillard doté d'une tignasse de cheveux blonds qui avait construit de nombreuses maisons de la ville. Il s'était porté volontaire pour entrer dans le bâtiment afin d'apporter sa nourriture au soldat, et ce n'était certes pas Graham qui lui avait disputé cette fonction. Même s'il portait un masque quand il entrait, et si Doc Banes avait validé le bon état de santé du soldat, Graham n'appréciait toujours pas l'idée de s'approcher de cet intrus alors que des gens de la ville étaient contaminés par la grippe. Il ne parvenait pas à comprendre pourquoi les autres habitants ne voyaient pas ce qui, à ses yeux, paraissait d'une telle évidence : Doc Banes s'était trompé. Les mettre, Graham et le soldat, en quarantaine pour une durée de quarante-huit heures n'avait pas suffi.

– Je pense qu'il y aura encore plus de gens qui seront malades demain, déclara Rankle sur un ton plus ou moins confidentiel. Je crois que la situation va beaucoup empirer avant qu'elle en vienne à s'améliorer.

– Nous ne savons pas encore de manière certaine si c'est la grippe, avança Mo d'un ton empreint d'espoir. Doc n'a pas dit…

– Doc est vieux, l'interrompit Graham d'une voix basse en regardant la légion d'ouvriers qui le dépassaient, les joues sales et couvertes de poils de barbe, les sourcils froncés. Parlons franchement, c'est la grippe… La grippe nous a trouvés. La question, c'est : qu'est-ce qu'on va faire pour lutter contre ?

– Doc Banes nous a dit de…

En voyant l'expression de rejet dans les yeux rougis de Graham, il comprit qu'il gâchait sa salive.

– C'est l'espion, affirma Graham à voix basse pour que les passants ne puissent pas surprendre ses paroles. Tout allait bien jusqu'à ce qu'il arrive ici.

Mo interrogea Rankle du regard, espérant peut-être qu'il allait exprimer son désaccord. Ce dernier réfléchit un moment avant de déclarer :

– Nous ne pouvons pas le laisser partir, Graham. Charles a raison : si quelqu'un d'autre l'arrêtait plus tard et découvrait qu'on l'a retenu ici, ça ne serait pas bon pour nous. Ça donnerait l'impression que nous avons protégé l'assassin de soldats. L'armée investirait la ville avant que nous n'ayons eu le temps de comprendre ce qui se passait.

Graham regarda au loin. La plus grande partie de la journée précédente s'était écoulée comme dans une brume, l'épuisement oblitérant les espaces au-delà de son champ de vision, réduisant les limites, les obscurcissant. Mais tout à coup, il se sentait pris d'un regain d'énergie. On ne le surprendrait pas à ne rien faire : il existait une solution.

– Il est là, et il… il nous souffle ses miasmes à la figure.

Il s'efforça de trouver les mots appropriés pour expliciter ce qui lui paraissait une évidence.

– Il les a introduits en ville, et maintenant il leur suffit de s'échapper de son corps. Plus longtemps il sera là, plus la situation empirera.

Rankle toussa. Graham et Mo tournèrent vers lui des regards inquiets. Après une deuxième quinte, il les regarda en secouant la tête.

– Je ne suis pas malade, les gars. C'est la sciure qui me fait ça.

– Si c'était la faute de l'espion, Philip serait tombé malade, non ?

– Je n'ai pas dit que je comprenais comment ça fonctionne, reconnut Graham. Je ne suis pas docteur, et même si Banes l'est, je parie qu'il comprend à peine mieux que nous. Tout le monde parle de la grippe espagnole, mais pour ce qu'on en sait, ça peut être n'importe quelle sorte de poison qui nous vient d'Allemagne, ça ou autre chose. Je n'en sais rien. Tout ce que je dis, c'est que…

Il se tut, regarda Mo dans les yeux, puis Rankle.

– … vous le savez parfaitement, que ce type a quelque chose à voir là-dedans.

Silence. Les groupes de travailleurs étaient moins fournis, seuls quelques retardataires passaient encore à leur hauteur dans la rue. Les premières gouttes d'une pluie qui menaçait commencèrent à tomber.

– Ouais, reconnut Rankle, je crois la même chose.

C'était clair : personne n'avait été malade avant l'arrivée du soldat en ville, et maintenant, la contagion sévissait.

En réalité, Mo ne savait que penser, mais il eut une espèce de hochement de tête aussitôt contredit par un haussement d'épaules.

– Qu'est-ce qu'on décide de faire, alors ? demanda Graham.

– Il faut tenir bon et espérer que les choses tourneront bien, avança Rankle dont les yeux gris restaient rivés sur son ami.

– Jarred, tu n'as pas une famille qui risque de tomber malade.

Rankle roula des épaules.

– Qu'est-ce que c'est censé vouloir dire, ça ? Je ne veux pas prendre de risques stupides. J'essaie seulement de vous empêcher d'en prendre.

Graham tourna à nouveau ses yeux vers le lointain.

– Je ne prends pas de risques. Mais je n'ai pas l'intention de rester les bras croisés pendant que tout le monde autour de moi commence à mourir.

– Il y a eu *un seul* mort. Même s'il y a effectivement davantage de gens qui tombent malades, nous ignorons si quelqu'un va mourir.

Rankle et Graham se mesurèrent du regard.

– C'est vraiment dommage qu'il n'y ait plus d'alcool en ville, intervint Mo pour calmer la tension au moment où la pluie se mettait à tomber de manière continue. Je ne dirais pas non à un verre.

Il sembla alors se souvenir, avec un temps de retard, que ses deux compagnons avaient cessé de boire à la suite de leurs tragédies respectives. Il bredouilla un peu, un marmonnement bref et inintelligible.

– Ouais, fit Rankle sans paraître lui en vouloir. Moi aussi.

– Il est temps que je rentre, les gars, déclara Graham. Il faut que j'aille veiller sur Amelia et la petite.

– D'accord, dit Rankle en observant son ami d'un air inquiet. Sois prudent.

– Vous aussi, répondit Graham en leur adressant un signe de tête et en s'éloignant.

*

Il faisait nuit quand Elsie retourna le panneau ouvert/fermé de la vitrine. Le reflet de ses yeux fatigués lui renvoya son regard.

Jamais les étagères du magasin d'alimentation générale Metzger n'avaient été aussi démunies. Deux heures plus tôt, elle avait aidé son père à tout monter de la cave et, par conséquent, il n'y avait plus comme marchandises que ce qu'il restait dans les allées. À ce rythme, le magasin serait vide dans moins d'une semaine.

– Je crois que tout le monde le sait, que nous n'avons presque plus rien, dit Alfred qui lisait apparemment dans les pensées de sa fille. Et donc ils se dépêchent d'acheter ce qu'ils peuvent avant qu'il soit trop tard.

– On a ce qu'il faut, à la maison ?

– On se débrouillera.

À la caisse, Flora toussa à nouveau. Elle paraissait hébétée, sa posture moins impérieuse que d'ordinaire. La main devant la bouche, elle fut à nouveau secouée par la toux. Quand cela cessa, elle garda la main près de son visage, caressant de ses doigts l'aile de son nez et suivant le pourtour de ses globes oculaires.

– Ça va, Maman ?

Au bout d'une seconde, Flora répondit :

– Non, ma chérie, je crois bien que non.

V

Épuisé par sa première journée de retour dans le monde, Philip laissa échapper un long soupir. Le dîner était terminé et il se reposait, allongé sur son lit, les yeux rivés au plafond, les doigts entrecroisés derrière sa tête. Aussi étrange et terrible que cette journée ait été, il s'aperçut qu'il ne pensait ni à la grippe ni à Frank. Il songeait à Elsie.

Il voulait la remercier pour la lettre qu'elle lui avait laissée à l'entrepôt, pour le rayon de lumière éclatant dont elle avait paré le sombre séjour à l'intérieur de la prison. Mais il ne savait pas comment le lui dire, même si tintaient à ses oreilles les paroles de Frank à propos du baiser qu'il devait lui donner. Elle avait écrit pour dire qu'elle ne lui en voulait pas d'avoir fait entrer Frank dans la ville, mais changerait-elle d'avis quand elle apprendrait que la grippe se répandait maintenant à Commonwealth ? Il craignait trop de le découvrir et c'était pour cela qu'il ne s'était pas risqué à rendre une visite aux Metzger.

Un coup fut frappé à la porte.

– Oui, dit-il en se redressant dans le lit.

C'était Laura, porteuse d'une mallette.

– Bonjour, lui dit-elle en refermant derrière elle.

Puis elle plongea la main dans la mallette pour en sortir deux des livres à la gloire des pilotes de chasse dont un qu'il n'avait pas lu. Et ne lirait jamais, sa décision était déjà prise.

– Je me suis dit que j'allais te les rapporter.

Il haussa les épaules avant de se lever et d'ouvrir la porte du placard. Une fois les livres secrètement ensevelis sous le gant de base-ball, il reprit sa position antérieure. Laura s'assit au bord du lit.

– À l'école, tout le monde a peur, lui dit-elle. M'man envisage même de la fermer pendant un certain temps.

– Il y a des enfants qui sont malades ?

Elle fit non de la tête.

– Mais j'ai entendu M'man et P'pa parler des ouvriers de la scierie qui le sont. Trois d'entre eux ont des enfants qui viennent en classe. Ils pourraient la transmettre aux autres.

Ils se turent un court instant.

– Est-ce qu'il y a des gens, à l'école, qui ont parlé de moi pendant que j'étais… parti ?

– Bien sûr. Un peu. Ç'a été une sacrée nouvelle et tout.

– Est-ce qu'ils étaient en colère contre moi ?

– Je ne crois pas. Pourquoi ?

– Pour avoir laissé entrer le soldat.

Elle haussa les épaules.

– Je ne crois pas que quiconque t'en ait tenu responsable.

– Mais maintenant des gens tombent malades.

Elle ne répondit pas.

– À propos, merci pour le pain de maïs, quand j'étais emprisonné là-bas.

– Je t'en prie.

– Frank dit que tu es bonne cuisinière.

– Alors, c'est vraiment un espion ?

Philip la regarda.

– Tu ne devrais pas être au courant, de ça.

– Je sais garder un secret.

– Tu en connais d'autres, qui pourraient me concerner ? demanda-t-il en pensant à Elsie.

Elle haussa un sourcil moqueur.

– Allez, parle-moi de l'espion.

– Je ne pense pas qu'il en soit un, répondit-il après avoir réfléchi un moment.

– Pourquoi ?

– Parce que c'est un gars bien. C'est juste un charpentier du Montana. Son amoureuse lui manque.

– Il t'a peut-être embobiné. Les espions sont sournois. Sinon c'est impossible de faire ce métier.

Il n'aimait pas penser qu'il avait été dupé.

– Je ne crois pas qu'il le soit, c'est tout.

– Est-ce qu'il a un accent ?

Il se contenta de lever les yeux au ciel.

– Je veux dire, est-ce qu'il a fait comme si, peut-être, il essayait d'en *cacher* un ?

– *Non*. Mais c'est vrai qu'il m'a demandé si je connaissais des endroits où il serait efficace de placer des bombes, et il n'a pas arrêté de me dire qu'il adore la choucroute.

– Comment tu veux que je sache ? C'est pas parce que quelqu'un espionne pour l'Allemagne que c'est réellement un Allemand. Peut-être que c'est juste un Américain qui aime l'Allemagne ou déteste l'Amérique. Peut-être qu'il a des gens de sa famille, là-bas, et qu'il éprouve plus de loyauté pour eux qu'il n'en a pour les gens d'ici.

– Elsie a des proches en Allemagne. Ses parents, est-ce qu'on devrait les mettre eux aussi en prison ?

Laura poussa un soupir d'agacement et se leva.

– Des fois, tu es insupportable, dit-elle d'un ton dégoûté en se dirigeant vers la porte.

– Bonne nuit, *Fräulein*.

Elle referma la porte en se retenant à grand-peine de la claquer.

Philip espéra que de plaisanter avec sa sœur signifiait que les choses redeviendraient sans doute totalement normales. Mais les gens de la ville tombaient malades et Frank était enfermé dans une cave. Il voulait le voir, lui poser d'autres questions sur qui il était et d'où il venait, l'exonérer ou apprendre des informations qui jetteraient une nouvelle lumière sur les soupçons de Charles. Poursuivi par le remords de lui avoir menti, peut-être Frank fondrait-il en larmes et lui avouerait-il tout. Ou peut-être le lendemain matin aurait-il succombé à la grippe. Si Frank devait mourir, Philip ne saurait jamais la vérité, sur lui. Mais s'il mourait, peut-être après serait-ce son tour. Il déglutit pour savoir s'il avait la gorge douloureuse.

Il s'endormit sans avoir éteint. Quand il se réveilla au milieu de la nuit, il fut si désorienté par la lumière vive qu'il pensa avoir émergé dans un univers transitoire où les âmes se préparaient pour leur ultime voyage. Même après avoir éteint, il resta éveillé pendant des heures à fixer les ténèbres.

VI

Le lendemain matin, Yolen était bleu.

Ça avait commencé par le bout des doigts, expliqua Jeanine au docteur Banes quand il arriva. Elle l'avait remarqué le soir précédent, au moment où elle avait tenté de lui donner à boire. Il n'avait pas réussi à saisir le verre qu'il avait laissé tomber et qui s'était brisé en mille morceaux. Lorsqu'elle s'était réveillée, ce matin, l'état dans lequel se trouvait son mari avait empiré : ses tempes étaient bleu foncé, elles aussi. Cette coloration s'était étendue à ses joues et à son cou, et ses lèvres également avaient pris la couleur du ciel quelques minutes après le crépuscule, de même que ses oreilles. Il toussa violemment quand le docteur Banes l'examina, éjectant presque le thermomètre de sa bouche.

Sa température n'avait pas changé. Qu'elle n'ait pas augmenté constituait la seule nouvelle positive.

Banes savait que Yolen se noyait, qu'il suffoquait lentement tandis que ses poumons remplis de fluides ne parvenaient plus à extraire assez d'oxygène de l'air environnant. Jamais le docteur n'avait vu pareille chose. Même après avoir lu ce que le Dr Pierce avait écrit dans ses lettres sur ce phénomène, il avait eu de la peine à croire que cela puisse être possible. Mais maintenant, la vérité s'imposait à lui, et il l'observait de ses yeux écarquillés et impuissants.

Banes posa la main sur le front du patient en tentant d'afficher un air rassurant. Yolen était désorienté, égaré. Son esprit ne pouvait échapper à la fournaise qui immolait son corps. Il lui conseilla de dormir.

Lui et Jeanine refermèrent la porte pour se rendre dans la salle de séjour où elle s'effondra sur une chaise en bois qui avait beaucoup servi.

– Il n'y a rien d'autre que vous puissiez faire ? Qu'est-ce qu'elles signifient, ces taches bleues ?

Banes parla un peu de ce qui les causait, sans préciser qu'elles annonçaient peut-être la mort.

– Et pourquoi ma maison est-elle gardée ? Je suis prisonnière chez moi !

Elle se leva soudain comme si elle s'apprêtait à frapper Banes ou elle ne savait quel démon ayant lancé son imprécation sur la porte de chez elle.

– Jeanine, nous ne pouvons pas laisser la maladie se répandre dans toute la ville. Ce n'est pas vous qu'ils empêchent de sortir, c'est la grippe.

Au moment même où il prononçait ces mots, il comprit que la nécessité de monter la garde devant cette maison-ci, ou n'importe quelle autre, n'existait plus. Quand la journée précédente était arrivée à son terme, il avait été dans l'obligation de constater que l'épidémie se répandait déjà de manière incontrôlable. Bientôt, il y aurait davantage de maisons infectées que la ville n'était capable d'en maintenir en quarantaine.

– Alors tout ce que je suis censée faire, c'est rester ici en attendant que mon mari meure ?

Ses yeux se remplissaient de larmes, car sa colère momentanée était déjà remplacée par la peur. Elle avait remarqué que, cette fois, le docteur avait mis le masque avant de frapper à sa porte. Il le gardait encore, se protégeant alors même qu'il essayait de la rassurer.

Il lui répondit qu'ils ne devaient pas s'avouer vaincus, pour Yolen. Aussi dévastatrice que soit cette grippe, beaucoup de gens en réchappaient. Leonard était mort, mais il n'avait eu personne pour s'occuper de lui. Jeanine pouvait faire la différence, pour son mari. Y avait-il la moindre chose dont elle avait besoin, que Banes pouvait lui faire parvenir ?

Elle fit non de la tête et se rassit en fixant le plancher et en pleurant.

Des gens devraient être là, Banes le savait bien. Des voisins, des membres de la famille. Des infirmières. Mais celles auxquelles il faisait d'ordinaire appel dans les cas extrêmes avaient toutes refusé fermement... elles ne voulaient pas courir le risque de ramener la grippe dans leur foyer. Et les voisins qui devraient préparer des repas pour Jeanine et venir la voir afin de lui soutenir le moral se cachaient aussi, étudiaient sa maison à travers leurs persiennes fermées et priaient pour que le fléau ne traverse pas leur jardin. Jeanine était aussi seule que son mari.

Selon toute vraisemblance, elle serait bientôt seule sans lui, il ne l'ignorait pas.

Il l'assura qu'il repasserait le soir. Elle ne répondit pas tandis qu'il franchissait le seuil, passait devant la sentinelle et son fusil. C'était Deacon, qui était resté là toute la nuit à surveiller en silence ces fenêtres aux rideaux clos en se demandant avec une curiosité indifférente pourquoi le diable avait choisi de frapper ce logement particulier.

*

Ce fut le patient suivant qui inquiéta le plus le docteur Banes.

Tôt ce matin-là, Elsie Metzger avait frappé à sa porte et l'avait pressé de venir. En pénétrant chez eux, il avait senti que le nœud coulant se resserrait autour du cou de la ville.

De toute sa vie, jamais Flora Metzger n'avait été aussi silencieuse. D'ordinaire, sa voix résonnait dans toute l'habitation, mais Banes n'entendit pas un son tandis qu'Elsie le précédait au salon, grimpait à l'étage, entrait dans la chambre de ses parents. Quand il finit par entendre quelque chose, juste avant que cette porte s'ouvre devant eux, ce ne fut pas son badinage enjoué habituel, mais une toux, rauque et profonde.

Si elle n'était pas encore pâle, ce serait probablement bientôt le cas. Sa température était de quarante degrés six et elle frissonnait de manière incontrôlée, les cheveux mouillés de sueur. Elle semblait disparaître sous toutes les couvertures que possédait la famille.

– Je veux voir vos yeux, lui dit-il.

– Plus tard. La lumière me fait trop mal.

Flora expliqua au docteur que le matin précédent elle se sentait bien, mais elle ne savait quand, vers le début de l'après-midi, cela avait commencé. En moins de deux heures, elle était passée d'une santé de fer à un état affligeant. Et cela n'avait fait qu'empirer.

– Je crois que j'ai les jambes cassées, gémit-elle une fois qu'il eut ausculté ses poumons puis inspecté son nez et sa gorge.

– Pardon ?

– Mes jambes. Elles sont cassées.

Il en resta interdit.

– Vous êtes tombée ?

– Je me souviens pas.

Il leva les yeux vers Elsie, espérant qu'elle lui fournirait d'elle-même une explication, mais le regard de l'adolescente était rivé sur le visage crispé de sa mère.

– Je vais jeter un coup d'œil.

Le médecin releva les couvertures sur l'un des côtés de façon à ce que la poitrine et le cou de Flora restent au chaud, puis il remonta sa chemise de nuit jusqu'aux genoux. Elle eut un frémissement de douleur et serra les dents. Elle semblait tellement souffrir qu'il aurait pu s'attendre à voir des os fracturés pointer à travers les chairs. Pourtant, ses jambes blanches et massives ne présentaient ni ecchymoses, ni inflammations. Lorsqu'il toucha précautionneusement un des genoux, elle retint un cri, ce qui déclencha une nouvelle quinte de toux. Il était fréquent d'avoir des douleurs en même temps que la grippe, mais cette réaction était extrême. Il rabattit les couvertures sur les jambes.

– Vous n'avez rien de cassé. Vos jambes vont juste rester un peu douloureuses, mais pas longtemps.

Il sortit dans le couloir où Elsie le suivit.

– Est-ce qu'elle a beaucoup toussé ?

– Toute la nuit.

Banes hocha la tête en réfléchissant.

– Courez chercher votre père ; dites-lui simplement de fermer le magasin dans l'immédiat.

*

Le temps qu'Elsie et son père reviennent, Flora frissonnait. Ses dents cliquetaient plus fort qu'Elsie ne les avait jamais entendues le faire. Elles évoquaient l'image de rats rongeant leur chemin à travers une cloison.

En fermant la porte de la chambre, Banes parla à Alfred dans le couloir. Il ne retira pas son masque. Elsie se sentait toujours un peu mal à l'aise en sa présence, mais cette fois, il était franchement alarmant.

Il leur dit que Flora avait attrapé la grippe, une mauvaise grippe.

– Est-ce que l'un ou l'autre de vos amis sont tombés malades ? demanda-t-il. Est-ce que quelqu'un a toussé ou éternué dans le magasin ?

Le visage d'Alfred pâlit.

– Seulement elle.

– Il y avait beaucoup de clients hier ?

– Plus qu'il n'y en a jamais eu. Ils essayent tous de se procurer ce qu'ils peuvent encore trouver.

– Je veux que vous laissiez le magasin fermé. Restez ici pour veiller sur votre femme. Et Elsie ne doit pas se rendre à l'école.

Il mit la main dans sa trousse, leur tendit deux masques de sa réserve personnelle qui était déjà très entamée.

– Portez-les quand vous êtes dans sa chambre. Mettez des gants pour la toucher et lavez-vous les mains le plus souvent possible.

Alfred semblait anéanti. Derrière la porte, Flora recommença à tousser.

– Docteur, je ne peux pas le fermer, le magasin. Les gens n'ont plus rien à manger et il faut qu'ils…

– Alfred, quelqu'un qui est venu dans le magasin l'a probablement contaminée. Dieu sait qui. Le plus vraisemblable est que cette personne ignorait qu'elle était malade, elle n'en sentait pas encore les symptômes. Si une maladie infectieuse a circulé à l'intérieur, cela signifie que quiconque y entrera pourrait l'attraper aussi. Restez chez vous quelques jours, jusqu'à ce qu'elle se remette.

Alfred hocha la tête.

– Entendu. Je vais y retourner et… installer un panneau pour expliquer la situation.

Elsie était terrifiée par le ton défaitiste présent dans la voix de son père. Les quintes de toux de sa mère avaient une force tangible, c'était presque comme si elles cognaient contre la porte close. Elle appuya son dos contre le mur, serrant ses bras autour de son corps pour se retenir de pleurer devant le docteur qu'elle ne voulait jamais revoir.

*

Au début, Banes essaya d'identifier le lieu d'émergence de la grippe à Commonwealth, mais chaque fois qu'il pensait en avoir trouvé le passage, la piste s'envolait. Yolen était un ami de Leonard, lequel avait succombé moins de deux jours après être tombé malade. La nuit qui avait précédé la maladie, l'ouvrier, à en croire Jeanine, avait bu quelques verres avec ses amis Otto et Ray, deux scieurs de bardeaux bagarreurs. Ray, tombé malade le même jour, était pratiquement dans le même état que lui, quoique pas aussi avancé. Otto figurait parmi ceux qui étaient venus travailler à la scierie le jour précédent, mais était reparti dans l'après-midi, incapable de continuer. Le temps que Banes arrive chez lui, il était alité, toussait et délirait. Au début, le malade avait pris Banes pour son père, défunt de longue date, et s'était lancé dans une sorte de discours d'excuses lié à la mort du vieil homme. Banes avait été contraint de l'interrompre pour l'interroger sur ses symptômes.

Otto avait répondu qu'il s'était senti bien, plus que bien, le matin même. Il se trouvait à son poste, à l'usine, vers treize heures, et s'était soudain brutalement écroulé, à croire qu'il avait reçu un coup en pleine poitrine. Ses poumons étaient si comprimés par la toux qu'il s'était plié en deux et était tombé à genoux. Le temps qu'il parvienne à se relever, sans aucune aide de ses collègues qui avaient reculé devant son martyre, son corps tremblait et il se sentait si faible qu'il avait toutes les peines du monde à ne pas s'affaler de nouveau. *Comment ça a pu arriver, Papa ?*

Banes aurait bien aimé le savoir. Il ne comprenait pas comment Leonard avait pu être contaminé, et puisque la victime était dans l'incapacité de répondre à la moindre question, il semblait futile d'enquêter. Néanmoins, il avait demandé à Otto une liste des amis que Leonard avait en ville, et s'était fait un pense-bête pour aller leur rendre visite à tous afin de découvrir s'ils étaient malades ou présentaient des symptômes.

Mais maintenant que Flora Metzger était infectée, et que tant de gens avaient transité par son magasin la veille alors qu'elle remplissait son registre, qu'elle était là à respirer pendant qu'elle ressassait sans jamais se lasser une de ses histoires, cela semblait ne plus servir à rien d'essayer de déterminer la façon dont la pandémie s'était répandue.

Il expliqua à des familles inquiètes comment elles devaient soigner leurs malades et conseilla aux victimes de se reposer, un conseil inutile puisqu'ils pouvaient à peine soulever la tête et, en conséquence, ne risquaient pas de faire plus d'efforts. Néanmoins, il regrettait de ne pas disposer d'une équipe médicale, ne serait-ce que pour rendre visite à chacun d'entre eux. Mais il n'y avait que lui pour répondre à leurs questions et leur donner une raison d'espérer. Il fallait qu'il voie Charles et qu'il sache qui d'autre avait quitté la scierie pour cause de maladie. Il fallait qu'il aille à l'école pour se renseigner sur les enfants qui présenteraient des symptômes et décider de ce qu'il convenait de faire pour les très jeunes dont les parents étaient contaminés. Mais en même temps, il n'y avait pas grand-chose qu'il puisse faire hormis être témoin, le témoin d'événements qui dépassaient ses compétences et ses jugements.

Chaque fois qu'il frappait à une porte, il voyait des gens, dans la rue, qui le regardaient, des visages, aux fenêtres des maisons proches, qui le scrutaient. Pas une âme ne venait s'enquérir de la santé de voisins ou proposer son aide. Ils voyaient simplement Banes s'approcher et se réfugiaient dans le sanctuaire de leur habitation.

Le masque en gaze était devenu un élément permanent de son visage. Même si d'ordinaire il effectuait ses rondes à pied, en utilisant pour argument qu'il avait besoin d'exercice, il se déplaçait maintenant à travers la ville dans sa carriole hippomobile, tout à fait conscient que le temps était trop précieux et que, plus important encore, il fallait qu'il économise son énergie ; il ne pouvait se permettre de se fatiguer en effectuant trop d'allers et retours à pied d'un bout de la ville à l'autre. Il voulait rendre visite à tous les habitants qui étaient malades, deux fois par jour au moins, mais dès le lendemain pareille chose serait vraisemblablement impossible si le taux des infections se poursuivait au rythme actuel.

Les symptômes étaient aussi effarants que répandus. Certaines victimes souffraient de saignements de nez qui, combinés avec leur toux, les condamnaient souvent à se noyer dans leur sang, ce qui expliquait le spectacle épouvantable que

Banes avait découvert dans la chambre de Leonard. Avant midi, sa chemise étant maculée par les expectorations sanglantes de plusieurs patients, il fit halte chez lui pour se changer et éviter de répandre davantage la contagion par ses déplacements.

Beaucoup de gens se sentaient nauséeux, vomissaient dans des seaux que les membres affligés de leur famille ne parvenaient pas à vider suffisamment vite. D'autres souffraient de migraines et de vertiges à cause d'oreilles internes si enflammées que, cette journée-là, il avait déjà dû utiliser ses aiguilles pour drainer le pus accumulé dans quatre paires de conduits auditifs, un acte, enfin, qu'il pouvait pratiquer pour minimiser les symptômes et apaiser la douleur. Avec un peu de chance, leur disait-il, cela supprimerait le battement du sang sous leur crâne, permettrait que la terre cesse de chanceler autour d'eux, atténuerait les migraines si sévères que plus d'une personne avait émis des craintes que son cerveau finisse par excéder en volume la contenance de sa boîte crânienne.

Il était fatigué, mais il y avait encore d'autres noms sur sa liste. Il sentit à nouveau une gratitude malsaine et assurément immorale à la pensée que son épouse n'était plus vivante pour assister à cela. Elle avait toujours tellement aimé parler, détestait ces journées où il s'en revenait trop démoralisé ou brisé par ce qu'il avait vu pour discuter avec elle de sujets sans importance. Mais si elle était encore là, en cette journée, quel effet cela lui ferait-il, s'il rentrait en titubant et s'effondrait dans son fauteuil, le regard vide fixé sur le mur, trop exténué pour trouver un seul mot à prononcer ?

Rentré, il ne l'était pas encore. Il lui restait d'autres tâches à accomplir. Commençait-il à faire noir dehors ? Était-ce réellement la nuit ? Comme la grippe, elle était survenue si vite, presque sans prévenir. Avait-il seulement mangé aujourd'hui ? Il n'en gardait pas le souvenir. Il transpirait à force d'entrer et de sortir de chambres chaudes, étouffantes, et ses vêtements se trouvaient à nouveau dans un état catastrophique à cause de tout ce sang et de toute cette salive. Il faisait effectivement noir dehors, mais il y avait d'autres gens chez qui il devait aller, d'autres gens à apaiser. Que devaient-ils décider au sujet de l'école ? Et de la scierie ?

Et quelqu'un était-il venu emporter le cadavre de Leonard ? La ville ne disposait que d'un ordonnateur des pompes funèbres, un homme âgé nommé Krugman. Elle était de petite taille, essentiellement peuplée de gens dans la force de l'âge, et les services du fossoyeur n'avaient été que rarement requis. Banes redoutait que les quelques jours à venir compensent largement l'inactivité antérieure de Krugman. Alors qu'il roulait dans sa carriole le long de la rivière, il vit les nombreuses grumes apparaître et disparaître tels des cadavres à la surface de l'eau et pensa qu'il devrait dire à Charles de mettre de côté bon nombre de chutes de découpe. Ils allaient avoir besoin de cercueils, de quantité de cercueils.

VII

– T'as abattu ton chien ?

– Tu parles si je l'ai fait. Même qu'y avait pas d'autre solution.

– Je croyais que tu l'aimais bien.

– C'est pas la question, bon Dieu. C'qui compte, c'est que les chiens, ils transmettent les microbes pareil que n'importe qui d'autre.

– Où t'as bien pu entendre raconter ça ?

– C'est la vérité, nom de nom. Les chiens, les poules, ils peuvent tous être porteurs de la grippe. Et les chiens, ils se baladent, ils vont partout, bon sang. À quoi ça sert d'empêcher ma famille de sortir si le chien va renifler dans les jardins du voisinage et en revient malade ?

– J'arrive pas à croire que t'aies abattu ton chien.

– Et toi, tu devrais faire pareil.

– Tuer Ransom ? Je l'aime, moi, ce corniaud.

– Est-ce que tu l'aimes plus que t'aimes tes enfants ? Bon Dieu, c'est toi qui choisis. Moi, c'est fait. Je pourrai toujours en prendre un autre quand la grippe, elle sera passée.

*

– Le magasin d'alimentation générale est *fermé* ?

– À ce qu'on m'a dit. Flora Metzger est tombée malade, et maintenant, Doc Banes dit que la boutique doit rester porte close.

– Merde. Ma femme, elle devait y aller plus tard dans la journée… Bon sang, on a pratiquement plus rien en réserve.

– On dirait qu'elle a attendu trop longtemps.

– Quand est-ce qu'il va rouvrir ?

– Comment tu veux que je sache ? Va frapper chez Metzger si ça te chante. Sauf que moi, le pauvre vieux, je m'en approcherais pas trop. Pas en ce moment.

*

– Du whiskey, tu dis ?

– Ouais. T'en bois une petite dose chaque matin. Ça te protège de la grippe.

– J'aurais jamais cru. Et la gnôle ou la bière ?

– Bon Dieu non ! Faut que ça soit du whiskey. Ça marche du tonnerre.

*

– Mientkiewicz est malade.

– Lui aussi ?

– Je viens de le voir. Il marchait vers la scierie mais il toussait, t'aurais cru entendre l'orage gronder. Je l'ai croisé et on s'est regardés… juste regardés. Je savais que c'était ça, et lui, il savait que je le savais. Faut croire qu'il espérait que c'était peut-être pas si grave, tu sais ? Que peut-être ça irait s'il faisait juste comme s'il avait rien.

– Qu'est-ce qui s'est passé, alors ?

– Il était à peu près à deux pâtés de maisons de moi quand je l'ai vu, et il avait cet air coupable, dans le regard. Après il a commencé à tousser sans pouvoir s'arrêter, il était courbé en deux et tout, alors j'ai fichu le camp. Je voulais pas être trop près de lui, tu sais ?

– Moi, je pense que c'est de toi que je devrais pas être trop près, maintenant.

– J'en étais pas *si près que ça,* de lui. Et quand j'ai été une rue plus loin, je me suis retourné pour le regarder à nouveau, et sacré nom, il était au même endroit. Il me regardait, mais cette fois, comme si c'était moi qui faisais quelque chose de mal. Tu sais ? Après, il a agité la main.

– Il l'a agitée ?

– Ouais. Il l'a comme levée en l'air, et après il s'est détourné et il est parti vers chez lui. C'était plutôt bizarre. J'espère qu'il va bien.

*

– Qu'est-ce que t'as autour du cou ?

– Ta gueule.

– Non, c'est quoi ?

– De l'ail.

– De l'ail ?

– Une idée de ma femme. Elle dit que c'est pour que je tombe pas malade.

– Ça marche ?

– Je sais pas. On verra bien, faut croire.

*

– Arrête tes conneries.

– Non, ce que je te dis, c'est la vérité. Cette grande maison qu'ils ont, elle a une foutue cave, immense, qu'elle est… je l'ai vue, une fois qu'ils m'avaient invité à dîner.

– Leur maison, elle est pas « grande ». Elle est exactement comme celle de tout le monde.

– Déjà, c'est pas vrai, la maison des Worthy, elle est pas pareille. Peut-être qu'elle est pas deux fois plus grande, mais c'est évident qu'elle est plus grande que la mienne ou la tienne. Et vu que t'y as jamais mis les pieds, il va bien falloir que tu me croies. En plus, là où je veux en venir, c'est que leur cave est tellement grande, bon sang, qu'ils ont probablement plus qu'assez de nourriture stockée dedans pour leur durer tout l'hiver.

– Moi, je peux pas m'imaginer qu'ils feraient ça.

– Puisque je te le dis. C'est pour ça que Worthy, il était pas aussi inquiet que tout le monde pour ce qu'était de fermer la ville. La scierie elle est à lui, et il sait qu'il a une cave pleine de bouffe et que sa famille aura jamais faim.

– Bon Dieu, ça expliquerait certaines choses.

– Oh, arrêtez de raconter des saletés sur Worthy. Lars, écoute pas ce qu'il dit.

– Occupe-toi de tes affaires.

– Maintenant que j'y réfléchis, il ferme la ville, il nous oblige tous à travailler même si les autres scieries, elles octroient des congés aux travailleurs qui sont contaminés. Maintenant, on est presque à court de nourriture, et lui, il est dans sa grande et belle maison à se remplir la panse, et ses gosses, ils finissent même pas ce qu'ils ont dans leur assiette. Ses chiens, ils sont sûrement mieux nourris que toi.

– Arrêtez de dire des conneries. Les Worthy en ont même pas, de chien.

– Vous savez ce que j'ai entendu dire, sur les chiens ?

*

– Vous devriez tous arrêter de causer autant. Les parlotes, ça répand des germes.

– Merde. C'est pas faux.

– Faites votre boulot, alors, et fermez-la.

VIII

L'après-midi du lendemain, deux personnes au moins désobéirent aux consignes du docteur enjoignant aux habitants de rester chez eux le plus possible.

Mais Rebecca et Amelia pensaient qu'elles n'avaient pas vraiment le choix. Elles se rendaient dans les jardins communautaires où elles devaient retrouver trois autres femmes qui les aidaient à s'occuper des récoltes. Dans la plupart de ces jardins, elles avaient déjà été rentrées, mais il restait des légumes de la saison hivernale. En temps normal, les femmes les y laissaient jusqu'après le premier gel, mais les garde-manger de toute la ville étaient vides. Elles ne pouvaient plus attendre.

Les potagers avaient régulièrement gagné en superficie ces deux dernières années, avec plus de trois douzaines de maisonnées qui y contribuaient, plantaient au printemps et s'en occupaient à longueur d'année. Tout était réparti équitablement ou troqué à l'hôtel de ville lors d'un des échanges alimentaires. Si seulement elles avaient su, au printemps, qu'il y aurait une quarantaine, elles auraient planté davantage, auraient donné une plus grande priorité au jardin communal. Hélas, elles allaient devoir se contenter de ce qu'elles avaient semé des mois plus tôt, alors qu'un événement tel qu'une épidémie avait semblé inimaginable.

Rebecca frappa à la porte des Stone. Elle avait un lot de paniers en osier dans l'autre main.

– Je suis désolée d'être en retard, dit-elle avec un sourire. Les élèves étaient déchaînés, aujourd'hui.

– Comment vont-ils ? s'enquit Amelia en refermant la porte derrière elle.

Elle était venue ouvrir en manteau, sa fillette emmaillotée dans ses bras. Rebecca remarqua qu'elle ne l'avait pas invitée à entrer.

– Ils ne comprennent pas vraiment ce qui se passe, ce qui est sûrement préférable, répondit Rebecca au moment où elles commencèrent à marcher.

Il y avait plus de vent que d'habitude quand elles se hâtèrent par les rues vides. Elle désigna la fillette.

– Vous êtes sûre que ça va aller, avec elle ?

– Il va bien falloir. Je n'ai réussi à trouver personne pour la garder. Les voisins ont tous inventé des excuses. C'est à peine s'ils ont ouvert leur porte quand j'ai frappé.

Rebecca hocha la tête. Elles avaient décidé de s'organiser de la sorte trois jours plus tôt, exactement au moment où la grippe s'enroulait autour d'elles telle une plante étouffante invisible. Elles étaient toutes les deux mal à l'aise de se trouver dehors en dépit des préconisations du médecin, mais le jardin était vaste et, étant cinq, elles seraient séparées par des distances importantes, vaquant à leurs tâches dans une quasi-solitude. Ce ne serait que lorsqu'elles en auraient terminé avec la récolte qu'elles se retrouveraient proches pour se répartir choux et choux frisés, carottes et betteraves. Cela ne durerait sûrement pas assez longtemps pour se contaminer mutuellement. Bien sûr, pour l'instant, elle marchait avec Amelia, mais sans savoir pourquoi, il lui semblait difficile d'imaginer que la jeune femme puisse tomber malade avec Graham qui insistait pour la protéger autant. Rebecca n'ignorait pas que c'était une manière idiote de réfléchir, aucun homme n'étant en mesure de protéger sa femme contre les maladies, mais elle ne voyait pas du tout Amelia comme un danger potentiel.

– Est-ce qu'il y en a qui sont atteints, parmi les élèves ?

Qu'Amelia ait posé cette question par curiosité et empathie ou par peur que la femme qui marchait près d'elle ait passé la journée dans une salle renfermant des malades, cela n'avait rien de clair. Rebecca se fustigea pour son manque de tolérance.

– Aujourd'hui, il y avait trois absents.

Dans ce chiffre figurait Elsie, gardée à son domicile pour veiller sur sa mère. La classe avait paru vide sans cette jeune fille avide d'apprendre, et Rebecca s'inquiétait pour elle.

Elles cheminèrent un moment en silence. Rebecca eut l'impression de voir Amelia rajuster son écharpe de sorte qu'elle couvre davantage son visage, dissimulant la bouche et le nez. Mais il faisait froid dehors, et une bourrasque d'air frais avait précédé le geste.

Je réfléchis trop, se dit-elle. Son rôle de gardienne attentive auprès des enfants l'avait épuisée, aujourd'hui. Elle tenta de concentrer ses pensées sur des points positifs, jeta un regard vers la taille d'Amelia, afficha une petite mimique.

– Comment vous vous sentez, alors ? demanda-t-elle.

Amelia sourit. Même si cela se verrait bientôt, Rebecca était encore la seule personne, Graham excepté, à savoir qu'elle était enceinte, car elle avait su déchiffrer les signes subtils que les hommes ne voient pas, et toutes deux avaient échangé des chuchotements en faisant la vaisselle après avoir dîné chez les Worthy.

– Bien, merci. Aucune comparaison avec quand je l'ai eue, elle.

– Vous mangez bien ?

– Du mieux possible en essayant de préserver nos réserves. Ce que nous faisons aujourd'hui va assurément nous faciliter les choses.

Elles avaient dépassé les dernières maisons et marchaient sur l'étroit chemin de terre qui partait vers l'ouest en grimpant une colline à faible pente dépourvue d'arbres. Quand elles en atteignirent le sommet, elles virent devant elles les jardins communautaires soigneusement organisés en lotissements qu'elles avaient contribué à tracer deux ans plus tôt, quand chacune d'elles se demandait secrètement si la nouvelle ville survivrait assez longtemps pour qu'ils donnent une récolte l'automne venu.

Rebecca eut l'impression qu'il y avait quelque chose de visuellement anormal, mais peut-être était-ce dû au vent qui faisait voler feuilles et plantes grimpantes à travers les fines rangées, chassant des vestiges de citrouilles au milieu des poireaux, projetant des tiges de betteraves veinées de pourpre parmi les légumes verts. Mais en s'approchant, elle comprit. Elle lâcha les paniers tandis qu'Amelia avait le souffle coupé.

Le jardin avait été saccagé. Pendant que la jeune mère demeurait sur place avec dans les bras sa fillette inconsciente de ce qui se passait, Rebecca partit en courant vers le coin des carottes et fixa du regard la terre fraîchement retournée, les fragments de tiges et de fanes abandonnées sur place. Elle continua d'avancer, vit quelques lambeaux de choux mais pas leurs bouquets en dépit des rangées qu'elle avait plantées. Les carottes et les betteraves avaient été arrachées du sol et subtilisées, tout comme les poireaux. Les courges d'hiver, qui auraient nourri tant de gens pendant si longtemps, auraient permis de faire durer les maigres réserves de viande, avaient disparu. Il n'en restait que quelques-unes, enterrées sous la terre retournée dans ce pillage frénétique.

Rebecca sentit les premières larmes lui piquer les yeux alors qu'elle se précipitait d'un lopin à l'autre, espérant en vain que les maraudeurs aient fini par se fatiguer ou laissé un endroit intact dans leur précipitation. Mais le jardin avait été intégralement pillé.

– Qui serait capable de faire ça ? demanda Amelia pendant que les larmes lui montaient aussi aux yeux.

Rebecca regardait le vent disséminer ses paniers.

– Tout le monde.

IX

Après avoir monté la garde devant l'entrepôt depuis le lever du soleil jusqu'à son coucher, Graham rentra dîner. Sa femme n'avait pas encore commencé à préparer le repas et faisait les cent pas dans la cuisine. Quand elle lui apprit la nouvelle concernant les jardins, il acquiesça avec empathie mais n'en fut pas particulièrement surpris.

– Les gens paniquent, dit-il. Ils sont de plus en plus à tomber malades… beaucoup. Flora Metzger… le magasin d'alimentation a même été fermé.

– Graham, il doit y avoir un moyen de savoir qui a fait ça. Il y a des gens, dans la ville, qui ont des tonnes de légumes chez eux.

– Je ne vais pas aller taper à chaque porte, pas au moment où tout le monde est malade. Il n'y a rien à faire.

Millie se mit à pleurer dans son berceau qui se trouvait au salon. Amelia y alla. Elle tendit une main vers la petite, semblant presque trop retournée pour la prendre dans ses bras. Graham voyait bien qu'elle ne se satisfaisait pas de sa réponse.

– Nous finirons par le savoir, qui l'a fait, tenta-t-il de la rassurer. Quelqu'un parlera, ça se saura. Mais nous ne pouvons pas nous en occuper pour l'instant.

– Ça ne serait jamais arrivé avant, insista-t-elle.

– J'irai à la chasse dans un jour ou deux, un cerf, ça nous durerait longtemps.

Amelia secoua la tête.

– Je pense que nous devrions fermer nos portes. Les gens savent bien que notre jardin de derrière est grand.

La veille, elle avait achevé de rentrer leurs propres légumes.

– Je ne veux pas que quelqu'un s'introduise dans notre cave.

Elle eut un rire triste.

– Nos portes n'ont même pas de serrure.

Quand il la serra contre lui, les ongles d'Amelia se plantèrent dans le dos de sa chemise.

– Je vais ajouter des verrous ce soir, lui dit-il quand elle recommença à pleurer malgré elle.

Il lui caressa la nuque et promit :

– Personne ne s'introduira dans cette maison.

*

Ce soir-là, il entreprit d'en installer aux portes de devant et de derrière pendant qu'Amelia tricotait un nouveau pull pour la petite. Il savait qu'il devrait essayer de rattraper son retard de sommeil, mais il n'y avait jamais moyen d'en terminer avec les urgences. Même s'il était las, c'était agréable de faire quelque chose qui allait apaiser sa femme plutôt que de rester debout toute la journée ou toute la nuit le fusil entre les mains. Cela avait été bon de la serrer contre lui et de la laisser pleurer sur son épaule. Elle ne le faisait pas souvent (il en fallait beaucoup pour la bouleverser, avait-il appris depuis longtemps), et ces dernières semaines, ils n'avaient partagé que très peu de moments paisibles. Ne s'étaient pas tenus dans leurs bras depuis le jour du premier soldat.

Elle semblait regretter d'avoir mentionné le besoin de verrous, lui dit à deux reprises qu'il n'était pas nécessaire qu'il se tracasse pour ça, qu'il devrait se reposer. Mais les deux fois il avait secoué la tête. Elle avait raison, pour les portes qu'il fallait fermer, il pourrait dormir après. À un moment, elle commenta que c'était une des premières fois depuis des jours et des jours qu'il était là tôt, le soir, pour manger davantage qu'un repas expéditif avant de repartir monter la garde quelque part. Je devrais peut-être aller voir si un des gardes a besoin d'être relayé, songea-t-il.

Il était plus de vingt-deux heures quand il en termina avec les verrous. Pendant qu'il rangeait ses outils, il l'entendit s'approcher derrière lui. Elle lui entoura la taille de ses bras en posant ses paumes à plat sur sa poitrine. Se laissant aller à se détendre un peu, il abaissa un peu les épaules pour qu'elle puisse l'embrasser doucement sur la nuque. Il ferma les yeux. Mais il écarta alors ses mains et se tourna vers elle.

– Il faut que j'aille voir Mo, lui dit-il. Je suis désolé.

Elle l'embrassa sur les lèvres.

– Tu es vraiment forcé d'aller le voir aussi tard que ça ?

Il aurait préféré rester là, mais n'ignorait pas ce qu'il se devait de faire.

– Oui. Il faut que je lui dise qu'il doit monter la garde demain matin. Le gars qui devait s'en occuper est malade.

C'était un mensonge. Il n'était pas sûr de lui avoir menti un jour, mais même s'il ne l'avait jamais fait, c'était un petit mensonge sans importance. Minuscule, microscopique. Et pour la bonne cause. Un mensonge avec une auréole autour de la tête.

Elle se laissa fléchir, car elle savait pertinemment que s'il s'agissait des tours de garde, rien de ce qu'elle pourrait objecter n'y changerait quoi que ce soit.

– Tu en as pour longtemps ?

– C'est possible. Je suis désolé.

– Il vaudrait peut-être mieux que tu ailles voir Philip. Il habite plus près.

– Je ne crois pas que Philip continue de monter la garde. C'est Mo que je dois voir.

Pendant qu'il allait vers le placard pour récupérer son manteau, elle dit, sans l'avoir prémédité :

– Je suis désolée pour Philip. J'ai entendu des gens dire que c'est sa faute si les habitants de la ville sont contaminés, mais je ne peux pas y croire. Ça n'a aucun sens.

Graham enfila le vêtement et observa une courte halte près de la porte.

– Tu ne le crois pas ?

– Je ne sais pas.

Elle haussa les épaules, puis sa voix se fit plus légère comme si elle s'apercevait trop tard qu'elle n'aurait pas dû aborder ce sujet.

– Nous ne le saurons peut-être jamais, comment cela s'est passé. Il a laissé un homme pénétrer dans la ville, mais ils sont toujours en bonne santé tous les deux, non ? Il a peut-être fait ce qu'il fallait, en l'y autorisant.

Graham était figé sur place, abasourdi.

– Ce n'était pas ce qu'il devait faire.

Sa voix était plus forte qu'elle n'avait jamais été en présence de sa femme. Amelia fut prise d'un frémissement tandis qu'il poursuivait :

– Si ça l'était, qu'est-ce que ça signifie, pour ce que j'ai fait, moi ?

Il demeurait là presque comme s'il la défiait de répondre, ne pouvait empêcher la colère d'empourprer son visage, pas plus que juguler la douleur, cette douleur qui avait tout laissé à vif, exposé.

Elle leva une main.

– Graham, je suis désolée, ce n'est pas ce que je voulais dire.

Elle fit un pas dans sa direction mais il tourna à nouveau le dos.

– Il faut que je voie Mo.

Gagnant rapidement la porte, il la referma derrière lui et s'échappa dans la nuit.

Il faisait froid dehors, mais il aurait pu faire encore plus froid sans qu'il le sente. Il bouillait de rage, chacun de ses pas s'enfonçant violemment dans le sol. Sa femme elle-même pensait-elle qu'il avait eu tort d'agir ainsi ? Il essaya de se dire qu'elle ne savait plus où elle en était. Mais ses paroles lui faisaient comprendre avec d'autant plus de force que l'acte qu'il s'apprêtait à commettre était raisonnable. Nécessaire. Personne d'autre ne semblait le saisir, mais il le voyait désormais avec une clarté qui ne lui avait pas été accordée depuis des jours, et cette vision le stimulait. Il y avait une chose qu'il pouvait faire, qui serait de nature à le racheter, à racheter Philip, à racheter la ville entière. Il espérait seulement qu'il n'était pas trop tard.

X

Le lendemain, trente-deux ouvriers malades ne se présentèrent pas à la scierie, au campement des bûcherons ou dans les équipes fluviales. Beaucoup de ces hommes avaient femmes et enfants, également malades. Cela, le docteur Banes l'avait confié à Charles et Philip le matin même, au moment où il venait d'enfoncer dans sa poche la plus récente des listes d'adresses et de se diriger vers la porte. Les chiffres augmentaient à une allure ahurissante. Banes pensait que le nombre de gens contaminés pourrait dépasser la centaine dans moins de deux jours.

En se basant sur le moment où Leonard avait ressenti les premiers symptômes, c'était seulement le quatrième ou le cinquième jour que des habitants de Commonwealth avaient été infectés. Trois d'entre eux avaient déjà rejoint Leonard dans la mort, dont ses amis Otto et Ray qui étaient tous deux décédés la veille au soir. La vitesse avec laquelle ils avaient succombé, la violence que mettait cette grippe à emporter ses victimes, offusquaient le médecin.

Juste avant de partir, il avait dit à Charles, d'un ton presque banal, que Flora Metzger figurait au nombre des contaminés et que le magasin était fermé.

Philip s'était figé sur place. Puis il avait interrompu Banes pour lui demander comment Elsie et Alfred allaient.

– Ils avaient l'air en bonne santé quand je les ai vus hier soir.

Le garçon se tourna vers son bureau, trop bouleversé pour laisser le docteur ou Charles voir sa réaction. Il regardait fixement les pages et les courbes devant lui, incapable de penser à autre chose qu'à ce fait : Elsie était désormais confinée dans une maison infectée par la maladie, elle devait assister aux souffrances de sa mère, devait redouter que le même destin la frappe.

Ce jour-là, il fut incapable de se concentrer sur son lieu de travail. Il voulait se précipiter vers la porte de la maison d'Elsie mais savait que cela serait inutile. Il n'y avait rien qu'il puisse faire et Charles avait besoin de son aide au bureau. De plus, son père étant ami avec Alfred Metzger et plusieurs des ouvriers alités, il devait certainement partager son inquiétude au sujet d'Elsie. Il pensa à Graham, à la façon dont il semblait perpétuellement capable de contenir ses émotions, de s'atteler à la tâche la plus urgente, et essaya d'adopter pareille force de caractère.

Pendant la journée, il rassembla les rapports des contremaîtres : douze hommes supplémentaires avaient signalé des symptômes soudains et étaient rentrés chez eux, faisant grimper le total des absents à quarante-quatre. À chaque heure qui passait, la liste des ouvriers contaminés s'allongeait. Pourtant, ce n'était pas là l'effet de la camaraderie, car ils étaient tous isolés dans un état de semi-délire, seuls avec leur fièvre, leurs frissons et leurs étranges rêves éveillés qui semblaient leur adresser la parole comme des voix venues de plus loin que l'innommable.

L'après-midi, Banes repassa par le bureau pour se livrer à un bref rapport sur la situation, et Philip demanda s'il y avait d'autres nouvelles des Metzger. Le médecin secoua la tête en se contentant de répondre :

– L'état de Mrs Metzger a beaucoup empiré.

– Je devrais peut-être y passer voir s'ils ont besoin d'aide ou…

– Surtout pas, l'avertit le docteur qui s'immobilisa au moment de franchir le seuil comme si Philip venait de proposer d'incendier la scierie. Il ne faut pas rendre visite à quelqu'un qui est malade. Pas tenter de l'aider… le seul résultat serait d'être contaminé aussi.

Il se détourna et partit avant que Philip ait pu ajouter une parole.

*

Philip resta au bureau longtemps, même s'il n'y avait plus rien à y faire. Comme il avait peur de rencontrer des ouvriers en rentrant chez lui, peur de leurs yeux soupçonneux et de leurs regards culpabilisants, il attendit que l'heure marquant la fin de la journée soit largement dépassée en se disant que les rues seraient désertes.

– Pars avant moi, lui avait dit Charles, je serai bientôt à la maison.

Toute la journée il avait ressenti des douleurs d'estomac : il avait été trop anxieux pour manger depuis qu'il avait entendu les nouvelles concernant Mrs Metzger, et lorsqu'il sortit de l'usine pour suivre la longue rue qui descendait vers la ville, il se sentit mal assuré sur ses jambes. Les mains enfoncées dans les poches de son pantalon pour les protéger de la froideur surprenante de l'air, il gardait les yeux rivés sur ses souliers en se dirigeant vers chez eux.

Il leva le regard quand il entendit des voix. Cinq hommes se tenaient à l'angle d'une rue, têtes et épaules éclairées par le réverbère au-dessus d'eux. Il les reconnut : des manœuvres de la scierie dont il ne connaissait pas le nom ; aucun n'était contremaître ni ne lui avait jamais été présenté. Ils semblaient plutôt âgés, une dizaine d'années de plus que lui, chacun présentant une version légèrement différente de l'apparence tannée et usée endémique chez les hommes de leur statut social. Quatre regards étaient tournés vers lui, le cinquième rivé au sol, comme otage d'un égarement désespéré.

– C'est lui, annonça l'un d'eux.

Philip avait eu l'intention de leur adresser un signe de tête poli, mais au ton de cette voix il comprit qu'ils n'étaient pas là pour échanger des propos plaisants.

– C'est lui qu'a introduit l'épidémie en ville, compléta un autre et Philip sentit qu'un mouvement s'opérait dans sa direction.

Un de ces hommes s'avançait pour lui barrer le chemin, suivi par deux de ses collègues.

– T'es Philip Worthy, pas vrai ? demanda celui qui était le plus proche.

Sa barbe fournie était foncée alors que sur son crâne, ses cheveux étaient parsemés de gris. Il avait les oreilles bizarrement proéminentes. Il ajouta :

– Cette claudication, je la reconnaîtrais entre mille.

Philip se sentit rougir et une sensation de nausée monta dans son estomac.

L'individu s'avança presque à le toucher, trop près pour que cette attitude soit amicale.

– C'est ta faute, si le fils de Michael est malade.

Deux de ses compagnons se tenaient à ses côtés. Les deux autres restèrent derrière eux, dont celui qui contemplait toujours le sol d'un regard vitreux en s'appuyant contre le réverbère. Le cinquième restait près de lui comme pour le protéger.

– C'est qui, le fils de Michael ? demanda Philip d'une voix faible en essayant de se montrer aussi préoccupé qu'inoffensif.

– Laisse tomber, Isaac, prononça celui qui avait le regard braqué sur le sol.

Il avait les cheveux châtains coupés court et, sur son menton, poussait une maigre touffe de poils clairs. Sa voix était calme et résignée.

Philip entendit d'autres voix qui s'approchaient dans son dos, celles d'hommes qui sortaient de la scierie. Il avait pensé que tout le monde était déjà parti, mais s'était apparemment trompé.

– Lui, c'est Michael, dit Isaac en indiquant du doigt celui qui ne voulait pas la bagarre. Son fils est tellement malade, le docteur pense qu'il va pas s'en tirer.

L'un d'eux murmura à l'oreille d'Isaac qui hocha la tête. Ses yeux étaient remplis d'une rage difficilement contenue. Philip craignit que s'il détournait le regard, l'autre retrousserait ses babines et pousserait un hurlement perçant en lui sautant à la gorge. La seule chose à faire consistait à ne pas lâcher ces yeux comme s'il pouvait, par sa seule volonté, l'immobiliser sur place.

Isaac était d'une impressionnante stature.

– Nous devrions le traîner dans les bois, suggéra le troisième homme dont la figure était longue et mince.

Les ouvriers qui venaient de quitter la scierie se rapprochaient.

– Ce que je veux que tu me dises, gronda Isaac sans cesser de fixer sa proie, c'est ce que tu t'imaginais faire, bon Dieu de merde, quand t'as laissé cet inconnu pénétrer dans la ville.

– Laisse tomber, Isaac, répéta Michael.

Il ne s'était toujours pas écarté du réverbère, gardait la tête ployée d'un air si triste qu'il donnait presque l'impression d'avoir été attaché au poteau et abandonné jusqu'à ce que mort s'ensuive.

– Je veux entendre ce qu'il a à dire pour sa défense.

Philip espérait que Charles était au nombre des hommes qui arrivaient, mais d'après leurs voix, il savait pertinemment que non.

Isaac attendait. Sa respiration était régulière mais bruyante, comme s'il désirait que Philip tente de s'échapper et se préparait à le prendre en chasse.

C'étaient des hommes comme lui que Philip avait protégés quand il montait la garde. Mais ils étaient différents alors. La terreur causée par la grippe avait changé tout le monde. Elle leur avait coupé le souffle, obligeant leur cœur à se démener deux fois plus, rien que pour continuer de battre.

Philip craignait toujours de quitter Isaac des yeux, mais il les reporta sur Michael et dit :

– Je suis navré pour votre fils, monsieur.

– Je t'interdis de lui adresser la parole ! hurla Isaac en marchant sur lui, ce qui obligea Philip à reculer d'un pas.

– Qu'est-ce qui se passe, les gars ? demanda un des membres du groupe qui arrivait.

Michael et son camarade restèrent silencieux, et Isaac semblait trop enragé pour répondre.

– C'est Philip Worthy, répondit l'homme au visage maigre.

– C'est le salopard qu'a laissé entrer la grippe, accusa le cinquième homme avec un faible accent d'Europe de l'Est. On essaye de décider ce qu'on va en faire.

– Laisse tomber, répéta une fois de plus Michael.

Une fois de plus, personne ne l'écouta.

– Moi, je m'en approche pas, de lui, annonça un des hommes qui faisait partie du nouveau groupe, et je dis que vous êtes cinglés de le faire.

En entendant ces mots, Isaac recula d'un pas. Ils considéraient Philip comme responsable et le craignaient en même temps.

– Je veux juste rentrer chez moi, dit Philip.

– Moi, je le laisserais partir, intervint un autre. C'est pas très malin de respirer l'air autour de lui.

– Fous le camp ! aboya Isaac.

Philip obéit, titubant à moitié en s'emmêlant les pieds, ce qui trahissait vraisemblablement sa peur.

– Fous le camp et t'arrête pas de marcher… t'arrête pas avant d'avoir quitté la ville, t'as compris ?

*

Il partit le plus vite qu'il put, sans courir, dépassant des maisons aux rideaux tirés derrière lesquels des familles se terraient pour dîner en silence. À mesure qu'il accroissait la distance le séparant de cette confrontation, sa démarche ralentit. Les poussées de peur emmagasinées s'atténuaient, s'effaçant derrière une écœurante colère : c'était contre lui-même qu'il était furieux d'avoir paru faible et de s'être trouvé écrasé sous le nombre. Furieux de ne pas être aussi grand ni aussi robuste qu'Isaac, de n'avoir pas su répondre à ses questions d'une manière qui les aurait satisfaits, tous, voire seulement lui-même.

Le silence de la ville était à peine brisé par ses pas. L'air sentait bon, les sapins paraissaient plus odorants en cette période de l'année, la poussière et la terre libéraient quelque secrète énergie qu'elles conservaient encore avant que l'emprise de l'hiver ne les étouffe durant les prochains mois.

Il y avait si peu de bruit qu'à plusieurs pâtés de maisons de distance il percevait celui de pas venant à sa rencontre. Il lui fallut plus longtemps qu'il n'aurait dû pour la reconnaître car elle marchait la nuque ployée, et lorsqu'elle leva enfin la tête, elle portait un masque qui lui couvrait la moitié du visage.

C'était Elsie, s'aperçut-il. Leurs yeux se rencontrèrent mais elle baissa à nouveau le regard comme si elle espérait qu'il ne l'avait pas remarquée, comme s'ils n'étaient pas les deux seules personnes dans la ville entière.

Il s'immobilisa et prononça son nom. Elle s'arrêta, elle aussi, à trois mètres de lui. Elle était sur sa gauche, comme si elle avait souhaité le croiser sans s'arrêter. Philip avait vu le docteur porter un masque identique, mais il engloutissait le visage plus frêle d'Elsie et au-dessus, ses yeux étaient à peine visibles. Elle avait les cheveux réunis en chignon, même si quelques mèches s'en étaient échappées. Elles voletaient au vent léger.

– Bonjour, dit-elle doucement d'une voix étouffée. Je file juste au magasin pour y chercher quelque chose. Comme Doc

Banes nous a dit de ne pas faire de courses, j'espérais ne rencontrer personne.

Il eut mal pour elle de la voir s'effacer ainsi, stigmatisée par le nouveau statut de sa famille. Il s'avança vers elle, mais elle recula.

– Doc Banes m'a dit que je ne devais m'approcher de quiconque, expliqua-t-elle en baissant les yeux.

– Tu es malade ?

Elle fit non de la tête et quelque chose, en lui, se libéra.

– Mais ma mère, oui.

– Je suis vraiment désolé. On me l'a dit aujourd'hui. Je voulais venir voir comment vous allez, mais Doc Banes m'a ordonné de ne pas le faire.

Elle hocha la tête et, pendant plusieurs secondes, ils restèrent sans prononcer un mot. Il repensa à ce qu'il avait éprouvé quand Graham avait reculé pour s'éloigner de lui, à l'extérieur de l'entrepôt. Comment pourrait-il rester à l'écart d'elle ? Comment pourrait-il, lui à plus forte raison, justifier qu'elle soit traitée de la sorte ?

Il finit par avancer d'un pas, puis d'un autre.

– Je suis désolé.

– De quoi ? répondit-elle en le regardant s'approcher cette fois sans battre en retraite. Tu ne devrais pas t'approcher autant.

– La plupart des gens pensent que c'est moi qui ai laissé entrer la grippe. À mon avis, si je ne l'ai pas encore attrapée, ça ne risque pas de se produire.

– Je ne veux pas en être responsable..., commença-t-elle mais sa voix se cassa et elle se tut.

Il eut l'impression que des larmes montaient à ses yeux.

– Moi non plus.

Il s'arrêta à environ un mètre d'elle, la distance que deux amis observent généralement. Il devinait le contour de ses lèvres sous le masque, voyait la gaze légère se rapprocher de son nez chaque fois qu'elle inhalait.

– Je fais juste un saut au magasin.

– Ça t'ennuie si je t'accompagne ?

Il lui était impossible de la voir sourire, mais à sa voix il sut que c'était le cas.

– Au contraire.

Ils marchèrent, Philip rebroussant chemin en direction de la scierie.

– Je ne suis pas sortie de la maison depuis hier matin, quand le docteur Banes m'a envoyée chercher mon père au magasin, expliqua-t-elle en regardant alentour d'un air méfiant comme si elle n'était pas très sûre d'éprouver de la joie à se trouver dans le monde extérieur. C'est si paisible, ici.

– Tout le monde se cache. Tu n'es pas la seule à être restée claquemurée.

– Elle n'arrête pas de tousser une seconde, ajouta-t-elle en secouant la tête. Je n'ai jamais rien entendu de semblable.

– Elle tient le coup ?

– On croirait que ce n'est même plus elle. Elle peut à peine parler… tu t'imagines ma mère ne disant rien ? À deux reprises, à des moments où mon père disait quelque chose de totalement évident, elle m'a adressé un regard comme si elle voulait se moquer de lui, mais elle n'en a pas eu la force.

Elle retomba dans le silence en grimpant les marches et en insérant la clé dans la serrure.

– Elle n'a même pas pu *parler*, conclut-elle.

À l'intérieur, Elsie alluma une petite lampe tandis que Philip refermait la porte derrière eux. Elle lui demanda de donner un tour de clé.

– Je ne veux pas éclairer le magasin. Des gens pourraient croire qu'on est ouverts et essayer d'entrer.

– Besoin d'un coup de main ?

Elle répondit que ça irait avant de disparaître dans une des rangées en emportant la lampe. Philip s'assit sur un banc proche de la porte et regarda la lumière suivre Elsie et tourner au coin d'une rangée en le laissant dans le noir. Il ne restait pas beaucoup de nourriture sur les étagères, remarqua-t-il.

La lumière gagna à nouveau en intensité et elle réapparut, un petit cartable sur l'épaule et la lampe dans la main droite. Elle la posa à côté de la caisse et s'assit près de lui.

– Ça t'ennuie si on reste là juste un petit moment ? demanda-t-elle. Je ne suis pas particulièrement pressée de rentrer.

– Bien sûr que ça ne m'ennuie pas.

Il se sentait curieusement excité d'être à nouveau seul avec elle, derrière une porte fermée à clé. À ce sentiment se mêlait l'inquiétude qu'il ressentait pour Flora, pour la paix de son esprit à elle, et pour sa crainte à lui d'être responsable de la situation. Mais elle ne semblait vraiment pas lui en vouloir.

– Ton père va bien, lui ?

– Lui et moi, oui. C'est seulement ma mère, jusqu'à présent.

– Ça fait deux jours qu'elle est malade ?

– À peu près.

Ils étaient assis l'un à côté de l'autre, regardaient droit devant eux. De temps en temps il lui jetait un coup d'œil en coin sans qu'elle le sache. Elle avait le visage immobile, les yeux statiques au-dessus du masque.

– Ça veut dire qu'elle va s'en tirer, alors. D'ordinaire, les deux premiers jours de la grippe sont les pires. Je suis sûr que d'ici deux ou trois jours, elle sera à nouveau debout à bavarder comme avant.

Elle se tourna vers lui.

– Est-ce que quelqu'un d'autre est mort ? demanda-t-elle.

Le fait qu'il ne puisse distinguer le reste de son visage rendait ses yeux encore plus vulnérables.

– Qu'est-ce que tu as entendu dire ? lui demanda-t-il.

– Que le premier, le Canadien, est mort. Mais c'était il y a deux jours, et je ne réussis pas à faire en sorte que le docteur ou mon père me dise quoi que ce soit.

Philip respira pendant un moment. Il envisagea de mentir mais en fut incapable.

– Trois hommes de plus sont morts hier, a dit Doc Banes. Aujourd'hui, je ne sais pas.

Elle détourna à nouveau les yeux et il vit des larmes y monter.

– Mais beaucoup plus de gens sont malades que mourants. Ces trois-là devaient être les plus gravement atteints, tu sais ? Je suis sûr que ta maman va guérir.

– Doc Banes a dit quelque chose à mon père cet après-midi : il l'a emmené dans une autre pièce et a fermé la porte. Mon père n'a pas voulu me dire ce que c'était, mais deux heures plus tard, je l'ai vu au salon et il m'a donné l'impression d'avoir pleuré. Il ne veut toujours rien me dire.

Les larmes ruisselaient sur ses joues. De honte, elle baissa les yeux.

Philip hésita avant de lui entourer le cou de son bras et de refermer ses doigts sur son épaule.

– Doc Banes ne sait pas tout. Ça n'a pas d'importance, ce qu'il a dit. Il se trompe sur plein de trucs.

Il n'était pas doué pour consoler, pensa-t-il, car les pleurs d'Elsie devinrent plus forts et, avant qu'il ait pu ajouter autre chose, elle s'effondra contre lui, le visage masqué posé sur son torse, une de ses mains derrière son épaule. Il garda sa main gauche sur le dos de la jeune fille, le massant doucement, pas très sûr de savoir s'il devait continuer de parler. Il sentait son propre cœur battre la chamade pendant que le dos d'Elsie se soulevait légèrement à chaque respiration. Dans le même temps, ses propres yeux étaient envahis de larmes à cause du poids de toute cette tristesse qui se pressait contre lui. Ces hommes, là-bas vers la scierie, avaient raison. C'était *sa faute*, et il ne pouvait rien faire d'autre que rester assis là, à la tenir dans ses bras et à lui être reconnaissant de ne pas lui en vouloir, du moins pas encore.

Le temps que la boule qu'il avait dans la gorge s'estompe, Elsie avait recouvré son calme.

Elle finit par s'écarter de lui.

– Désolée, lui dit-elle en reniflant à nouveau. Maintenant, je suis affreuse.

– Ne t'excuse pas, dit-il en retirant son bras gauche.

Elle fouilla dans une de ses poches en quête de son mouchoir et en tamponna ses yeux. Le masque était mouillé à cause de son nez et de ses larmes.

– Tu peux le retirer si tu veux, dit-il avec un petit sourire. Je veux dire, si tu le portes seulement pour me protéger.

Elle ne répondit pas, puis l'abaissa autour de son cou. Depuis qu'il avait été placé sous surveillance, c'était la première fois qu'il voyait son visage.

– D'accord, dit-elle avant de lui sourire. Mais tu ne t'en prendras pas à moi si tu éternues, plus tard dans la soirée.

– Marché conclu.

Il resta assis sans rien dire pendant qu'elle s'essuyait une nouvelle fois les yeux.

– Merci de m'avoir envoyé cette lettre, finit-il par dire.

Il vit un instant de confusion s'inscrire sur son visage, comme s'il s'agissait d'une lettre qu'elle avait écrite des années auparavant et dont elle ne se souvenait que de manière diffuse.

– Oh, oui. Je me suis dit que tu devais te sentir un peu seul, là-bas dedans.

– Je crois que je l'ai lue dix fois.

– C'est vrai ? demanda-t-elle en souriant.

– Il n'y avait pas trop d'occupations.

Il l'avait aussi relue de nombreuses fois depuis, l'ennui n'avait rien à y voir.

– Je t'aurais envoyé une réponse, mais ils m'ont dit que je ne devais rien faire parvenir à l'extérieur.

– Et maintenant, dit-elle, c'est moi qui suis enfermée quelque part.

Elle leva les yeux au ciel, parvenant néanmoins à se moquer de la situation.

Tu l'as déjà embrassée ? l'avait interrogé Frank.

– Peut-être que je pourrais t'envoyer ma réponse, alors ?

– J'aimerais bien, répondit-elle en le regardant de ses yeux qui n'étaient plus aussi rouges. Comme je ne sais pas combien de temps il va falloir que je reste enfermée, il se pourrait que tu en aies plus qu'une à m'envoyer.

– J'en serais honoré.

– Une par jour.

Il sourit.

– À votre service, gente dame. Devraient-elles faire un certain nombre de pages ?

– C'est à vous qu'il appartient d'en décider.

Puis elle précisa :

– Une page au moins pour chacune.

– Je peux aussi demander à Laura de t'écrire, dit-il avant de le regretter, redoutant d'avoir rompu l'équilibre de cet instant.

– D'accord, dit-elle en le regardant calmement. Mais la lecture des tiennes m'intéresserait plus.

La façon dont elle le dit fit à nouveau résonner dans la tête de Philip la question qu'avait posée Frank. Sans plus réfléchir, il se pencha très près d'elle, elle de lui, et ils s'embrassèrent là, dans le magasin sombre. Tout était silencieux et ils n'entendaient que les bruits étranges que leurs lèvres et leur bouche faisaient. Ce baiser était délicieux, comme s'il s'agissait de la première chose délicieuse qu'il ressentait depuis des jours, des semaines, et comme si cela valait tous les moments d'angoisse qu'il avait endurés. Elle avait un goût de pomme, sentait quelque chose de plus sucré encore : il n'avait aucune certitude de ce dont il s'agissait, mais savait que c'était une chose qu'il désirait préserver. À un moment, il écarta ses lèvres mais continua de l'entourer de son bras. Elle inclina la tête sur son épaule et ils restèrent assis, sans bouger, dans la lumière vacillante et les ombres qui dansaient dans les rangées du magasin.

Il y faisait froid mais elle avait chaud, serrée contre lui. Il se moquait totalement qu'embrasser quelqu'un qui venait d'une maison investie par la maladie soit déraisonnable, ne voyait pas en quoi ce qu'il venait de faire pourrait être considéré comme une imprudence. Il n'ignorait pas qu'il avait commis beaucoup d'actes répréhensibles ces deux dernières semaines, mais ce n'était pas là quelque chose dont il était possible de douter.

Timidement, elle lui demanda depuis combien de temps il voulait l'embrasser.

– Tu te souviens, la fois où on ramassait du bois flotté et où j'ai trouvé le morceau qui ressemblait à un bouclier ?

Cela remontait à plusieurs mois. Il avait découvert une grande écorce fine qui s'était détachée d'un tronc d'arbre. Elle était douce et friable à cause du temps qu'elle avait passé dans l'eau, et avait la forme d'un pentagone parfait, comme sculptée.

– Je l'ai toujours, le bouclier, dit-elle en souriant. Il est sous mon lit.

Il lui rendit son sourire.

– Je suis heureux de te l'avoir donné. C'est à ce moment-là que j'aurais dû t'embrasser.

Ils le firent à nouveau.

Elle finit par dire qu'elle devait rentrer.

– Mon père va penser qu'il m'est arrivé quelque chose.

Il faisait encore plus froid dehors, et Philip sentit les doigts fins de la brise s'insinuer sous son manteau en passant par les boutonnières et se frayer un chemin dans ses poches où il protégeait ses propres doigts en serrant les poings. La réalité de la grippe sembla s'imposer à nouveau quand Elsie remit son masque sur son visage. Philip regretta de ne plus voir ses lèvres.

– Tu devrais peut-être me laisser partir devant, dit-elle. S'il nous voyait marcher ensemble, il serait furieux à cause de ce que le docteur a dit.

– D'accord.

Il voulait lui dire autre chose, mais rien de ce qui lui venait à l'esprit ne lui paraissait adapté.

– Je t'écrirai, se borna-t-il à ajouter.

– D'accord.

Juste au moment où il se demandait si elle souriait à travers le masque, elle l'abaissa à nouveau et s'approcha d'un pas vif pour l'embrasser brièvement sur les lèvres. Puis elle sourit vraiment, pendant une ou deux secondes avant que le masque couvre ses lèvres et qu'elle tourne le dos pour rentrer chez elle.

Il resta un instant sans bouger, la tête dans les nuages, ravi de sa bonne fortune, attendant qu'elle ait disparu au-delà de la lumière des réverbères tandis que le vent refroidissait. Il fit alors demi-tour et se mit à marcher, à vitesse soutenue, mais pas dans la direction de la maison.

Il se sentait merveilleusement bien et en même temps affreusement mal, angoissé et téméraire, excité et déstabilisé. Il espérait cet instant depuis plus longtemps qu'il n'en gardait le souvenir et, enfin, il était arrivé. Pourtant, jamais il n'avait imaginé qu'il serait initié par le besoin de consolation d'Elsie, jamais il n'avait envisagé que sa joie puisse être tempérée par la culpabilité.

Il était stupéfait qu'elle ressente pour lui ce qu'il ressentait pour elle. Qu'elle ait confiance en lui. Cela faisait des mois qu'il avait trop peur pour l'embrasser, de sorte qu'en même temps que son cœur continuait de battre trop vite, en même temps que ses nerfs frémissaient encore, il se sentait le courage d'accomplir autre chose qu'il redoutait.

Il accéléra le pas, marchant droit vers les entrepôts.

XI

Si pareille chose était possible, la ville semblait encore plus silencieuse qu'au moment où il avait aperçu Elsie. Plus sombre aussi. Il n'y avait pas de réverbères et il n'avait pas pris de lampe, car il voulait se déplacer le plus discrètement possible. Pratiquement toutes les fenêtres étaient sombres. Au fil de sa marche, l'occasionnel écho de mauvais augure qui couvrait le crissement de ses souliers était celui de la toux. Il l'entendit qui émanait d'une habitation, puis, quelques rues plus loin, en perçut un autre qui lui répondait. Et encore un autre. Comme si les maisons mêmes chuchotaient entre elles, diffusant des nouvelles au sujet de la grippe.

Il était tout près de l'entrepôt lorsqu'il aperçut enfin un signe de vie. À trois rues de là, une carriole tirée par un cheval fourbu tourna à l'angle pour emprunter la rue dans laquelle il marchait. Il se recula dans l'encoignure d'une maison. Pourquoi se cacher ? À cause de l'épidémie, se dit-il, qui rendait chaque action, quoique banale et inoffensive, empreinte d'une nouvelle signification, d'une intention malveillante. Mais peut-être ce qu'il faisait était-il vraiment malveillant… il n'en était absolument pas certain.

Il vit une lanterne danser légèrement au-dessus de la tête du conducteur : Doc Banes. Qui d'autre serait dehors ? Le médecin épuisé s'en revenait apparemment d'une visite, son inséparable trousse près de lui. À l'heure qu'il était, cela devait faire plus de douze heures qu'il effectuait pareils déplacements. Sa tête ployait si bas qu'il n'aurait peut-être pas vu

Philip même si le garçon était resté sur la chaussée. Il se sentait écartelé entre le désir de savoir, ou d'ignorer, ce que Doc Banes avait dû vivre tout au long de la journée, à combien de patients il avait prodigué des soins, combien de familles inquiètes il avait essayé d'apaiser, combien de fronts gagnés de fièvre il avait touchés, combien de verdicts alarmants il avait énoncés.

Un instant plus tard, le docteur n'était plus là, se hâtant soit vers sa maison, soit vers la prochaine étape de sa ronde nocturne. Philip pensa à la liste des hommes contaminés qu'il avait établie le matin même pour le docteur et se demanda quelle serait la longueur de celle du lendemain.

Lorsque la carriole fut passée, il s'avança de nouveau sur la chaussée. La lune avait disparu, le ciel noir était dépourvu d'étoiles, obstrué par d'invisibles nuages. Ici, dans la zone de quarantaine, ils étaient même privés du ciel.

Les entrepôts émergèrent progressivement des ténèbres. Deux lampes étaient posées à terre. Entre elles, une sentinelle, un bûcheron nommé Lightning[1]. C'était un signe favorable : Lightning était un mastodonte mais un ouvrier gentil et d'une intelligence limitée. Quelqu'un, un jour, avait dit pour plaisanter : *T'es vif comme la foudre, toi, hein ?*, et le surnom lui était resté.

Lightning lui tournait le dos. Ce fut seulement quand le garçon se trouva à deux ou trois pas de lui qu'il bougea, inclinant la tête sur le côté avant de pivoter d'un geste emprunté. Il pointa son arme sur le visiteur.

Philip lui montra ses paumes, stupéfait que Lightning braque le fusil sur un marcheur qui arrivait de la ville. Puis il comprit : il l'avait réveillé. Le garde cligna des paupières comme en effilochant le brouillard de ses rêves. Sa voix était à peine distincte.

– Que… quivalà ?

1. La foudre, l'éclair.

– C'est moi, Philip Worthy, répondit le garçon en s'avançant prudemment dans la lumière des lampes.

Lightning abaissa le canon du fusil. Il oscillait un peu comme si, d'un instant à l'autre, le sommeil risquait de reprendre le dessus.

– Ça va ? lui demanda Philip.

– Ouais, ouais, bien, répondit l'autre d'une voix grave et ensommeillée. Vous m'avez surpris.

– Vous êtes seul à monter la garde, ce soir ?

– Ouais. D'habitude, répondit-il dans un bâillement, on est deux, ici, mais maintenant, ils sont trop à être malades.

La réalité des choses s'imposait lentement dans ses grands yeux marron.

– Alors, euh, pourquoi vous êtes ici ?

Philip avala sa salive, réunissant une fois de plus son courage.

– Je veux parler à Frank.

– Qui c'est, Frank ?

– Le soldat. Celui qui est à l'intérieur.

Les rouages se mirent à tourner dans le crâne de la sentinelle.

– Vous voulez dire, l'espion ?

Philip confirma de la tête. Il ne parvenait toujours pas à se référer à Frank à l'aide de ce terme.

– J'peux pas vous laisser faire ça. Y a personne qui entre, personne qui sort, sauf quand on lui apporte ses repas.

– Il n'est pas malade, si ?

– Qui ? L'espion ? Non, il va bien. Mais…

– J'y vais. Je n'en ai pas pour longtemps. Vous inquiétez pas.

Il fit deux pas en direction de la porte derrière laquelle il avait été retenu prisonnier.

– Philip, vous pouvez pas faire ça.

Lightning n'avait l'air ni sévère, ni menaçant : il paraissait surtout ne pas comprendre que quelqu'un enfreigne les règles.

C'était comme si cette possibilité ne l'avait pas effleuré, et maintenant que cela survenait, il ne savait comment l'empêcher.

– Alors tirez-moi dessus, lui répondit Philip en continuant d'avancer.

Même si Lightning n'avait pas été armé, retenir Philip aurait été tâche aisée pour un homme de son gabarit. Mais l'idée d'utiliser sa force de cette façon ne lui vint probablement pas à l'esprit. Philip l'entendit se maudire, déplorant sa malchance que les règles soient transgressées justement lors de son tour de garde.

– Je ressors tout de suite, lui promit Philip.

Il ouvrit la porte. Aussitôt, l'odeur fit tout remonter à sa mémoire : bois mort et brindilles couplés à la puanteur de deux hommes emprisonnés, de l'air qui ne circulait pas. Et les ténèbres : dès qu'il eut refermé la porte, ce fut comme si une cagoule avait été passée sur sa tête par un bourreau invisible. Il resta un instant sur place, espérant que ses yeux s'accommoderaient, vit progressivement une faible source lumineuse monter par les marches de l'escalier. Il se dirigea de ce côté-là en traînant les pieds par terre de crainte de buter sur un obstacle.

– Hé ho ? interrogea-t-il en hésitant, mais il ne reçut pas de réponse.

Ils devaient le boucler dans la cave, conclut-il. Ses pas mesurés ne faisaient que très peu de bruit, et il se demanda si Frank était réveillé, là en bas. Lorsqu'ils avaient été prisonniers ensemble, ils s'étaient couchés tôt parce qu'ils n'avaient rien de mieux à faire. Maintenant qu'il était complètement seul, l'ennui n'avait pu que s'intensifier, imposant un siège lent à son équilibre mental.

Sur les marches de bois, les pas de Philip furent plus sonores.

– Hé ho ? appela-t-il à nouveau.

– Ouais ?

La voix était calme, contenue par des amoncellements de colère, de ressentiment, de résignation. Le visage n'était pas beaucoup plus avenant.

Frank était assis par terre, à un ou deux mètres de la lampe, contre une poutre à laquelle ses chevilles étaient enchaînées. Les poils, sur ses joues, s'étaient densifiés au point de présenter une barbe fournie, mais irrégulière. Ses cheveux en bataille paraissaient plus foncés qu'auparavant, probablement à cause de la terre sur laquelle il avait été contraint de dormir, et son front aussi charbonneux que celui d'un mineur. Il y avait une couverture à côté de lui et, dans l'angle de la pièce, le seau faisant office de latrines. La lampe projetait ses ombres vers le haut de sorte que Philip ne distinguait pas bien les yeux du prisonnier : ils ressemblaient à deux trous sombres forés dans un masque derrière lequel ne se trouvait aucun homme.

– Philip, l'identifia Frank avec une légère surprise dans la voix.

Le garçon n'aurait su dire si le soldat avait été endormi, mais son attitude et son apparence générales étaient celles d'un ermite terré dans sa caverne et sorti très récemment d'une longue hibernation.

– Ça fait un bail.

Philip vit que les poignets du prisonnier étaient croisés et attachés au moyen d'une épaisse corde. Sur le sol, assez près de lui, était posé le portefeuille qui contenait la photographie de sa bien-aimée, là-bas dans le Montana.

– Alors, que se passe-t-il dans le vaste monde ? demanda la voix prudente de Frank qui renfermait un soupçon d'amitié, mais guère plus.

Philip réfléchit.

– Hé bien, pour commencer, je l'ai embrassée, la fille dont je t'ai parlé.

– Bravo, mon gars. Elle t'a giflé ?

– Non, mais elle aurait dû : sa mère est très malade de la grippe. Doc Banes ne croit pas qu'elle va s'en tirer.

– Je suis désolé de l'apprendre.

– Elle n'est pas la seule. Des dizaines de gens sont contaminés, et plusieurs déjà décédés.

Il savait que sa voix contenait des accents de colère, et il n'en était pas fâché : il était pris d'une envie de frapper son ancien codétenu. Il s'approcha de lui, à moins de deux mètres, et c'est à ce moment-là qu'il s'en aperçut : une de ses joues portait la trace d'un coup, une large ecchymose jaunâtre près de l'œil droit. Peut-être s'était-il débattu quand on l'avait enchaîné, pensa-t-il. Le désir de faire usage de la violence disparut aussi brusquement qu'il lui avait traversé l'esprit.

– Alors, pourquoi elle aurait dû te gifler ?

– Les gens sont persuadés que je suis responsable du fait que la grippe est entrée en ville.

Frank détourna le regard.

– Tu sais bien que je n'ai rien à voir avec la grippe.

– Je ne sais rien du tout.

– C'est possible. Peut-être qu'aucun de nous ne sait rien. Peut-être que nous ne sommes ici que pour remuer un peu, à droite ou à gauche, avant que nous mourions.

Sa voix était calme, d'une tonalité rêveuse. C'était presque comme s'il se parlait à lui-même, ou s'imaginait le faire.

– Ou avant que quelqu'un d'autre nous tue, compléta Philip.

– Ouais, fit Frank en l'observant attentivement. Tu sais, je voulais vraiment que tu me tues. Pas au début, évidemment, mais après, quand tu as eu le dessus. Quand j'étais à genoux. Je voulais vraiment que tu le fasses.

– Pourquoi ? Pour ne pas être obligé d'essayer de me tuer, moi ?

– J'ai essayé. Tu avais raison quand tu as dit que… si je n'avais pas trébuché, dans le bois, je t'aurais abattu. Tu es un sacré veinard.

– Alors pourquoi est-ce que tu voulais que je…

Il ne parvint pas à achever sa question.

Et apparemment, Frank ne pouvait y répondre. Il déglutit puis, lorsqu'il parla à nouveau, sa voix était différente, plus rauque mais plus faible aussi. Comme s'il venait d'échapper à un cauchemar, un cauchemar qui l'avait sérieusement secoué.

– Il faut que tu me fasses sortir d'ici, Philip.

Il semblait au bout du rouleau, parlant sur un ton de voix qu'il n'avait jamais eu auparavant, pas même quand Philip avait pointé le fusil sur lui.

– Pourquoi ? demanda Philip en repensant à Elsie qui pleurait sur son épaule. Pourquoi je devrais t'aider, bon sang ?

– Parce qu'autrement, ils me livreront à l'armée pour qu'on me pende.

– Parce que tu es un espion ?

Frank fit non de la tête.

– Toi aussi, ils ont réussi à te faire croire que j'en suis un ?

– Je ne sais que ce que tu m'as dit.

Frank haussa la voix.

– Philip, je ne suis pas un espion. Je ne connais pas un seul mot d'allemand. Je faisais mon devoir au service de mon pays et je me retrouve prisonnier d'une ville pleine d'hommes qui ne se sont même pas fait recenser.

– Alors d'où elles viennent, ces histoires de soldats morts et d'espions, bon sang ? Qu'est-ce que je suis censé penser, nom de nom ? *Qui es-tu ?*

– Je suis celui que je t'ai dit. Je m'appelle Frank Summers. Charpentier à Missoula, dans le Montana. J'ai un père et une petite sœur, et je te parie que là, au moment où je te parle, ils font non de la tête en essayant de ne pas croire aux mensonges que l'armée raconte sur moi. J'ai besoin de ton aide, Philip. Si tu ne me fais pas sortir d'ici, je suis un homme mort.

Le garçon était assez près de lui pour voir une lueur de supplication vaciller dans son regard.

– J'ai pu penser que je méritais de mourir, dans les bois, poursuivit Frank, mais ce n'est pas à moi que je pense, à l'instant présent, tu comprends ? Je pense à ma bien-aimée, à mon vieux père et à ma famille. Ce sont eux qui ne devraient pas avoir à me pleurer, à entendre ces mensonges et à en ressentir de la honte.

– Mais de quoi tu parles ?

– Je t'ai menti, c'est vrai, il n'y a pas eu d'accident maritime. Et si les merveilleux habitants de cette ville m'avaient laissé partir au bout de quarante-huit heures comme ils l'avaient promis, je ne serais pas retourné à Fort Jenkins… je me serais enfui au Canada ou j'aurais péri en essayant. J'ai de la famille, là-bas, des cousins de mon père. Je pensais m'y cacher en attendant que la guerre prenne fin et, peut-être…

Il secoua la tête.

– Tu es un déserteur, c'est ça ?

– Je ne suis pas un déserteur, rétorqua Frank avec fierté et colère. J'étais prêt à y partir, sur leur fichu front, pour tuer autant de Boches qu'ils m'en désigneraient comme cibles.

Philip attendit, puis dit :

– Donc tu n'es pas un espion et tu n'es pas un déserteur. Qu'est-ce que tu fiches là, alors ?

Frank demeura assis sans rien dire pendant un moment, la tête baissée. Les ombres projetées par la lampe montaient lentement à l'assaut de son front.

– Tu te souviens de l'autre soldat dont tu m'as parlé ? Celui qui est dans la tombe, près de la route qui mène à la ville ?

– Ouais.

– Hé bien, je suis exactement pareil que toi, mon gars. Je suis un meurtrier.

XII

La première fois que j'ai vu l'objecteur de conscience, deux Polonais étaient en train de le tabasser. Je sortais du mess et je m'apprêtais à m'effondrer sur ma couchette… nous avions eu droit à une double dose de manœuvres de jour, avions marché pendant des heures dans une boue si épaisse qu'on y perdait nos souliers dès le premier pas si on ne les avait pas lacés très serré. Mais quand j'ai passé le seuil, j'ai entendu le boucan, à l'extérieur, les cris et le grabuge. Je me suis demandé ce qui pouvait bien se passer, bon sang. Est-ce que c'étaient des nouvelles importantes en provenance du front ? Un armistice ? Ou est-ce qu'ils venaient de rouvrir les bordels juste à l'extérieur de la ville ?

Je me suis approché et j'ai vu un cercle de types, les pieds dans la boue. Il y en avait un que je connaissais plutôt bien, un jeune blond qui s'appelait Ollie, alors je me suis faufilé à côté de lui. Il souriait. Ils souriaient tous.

Tous sauf l'objecteur de conscience. Il était au centre du cercle et n'avait pas de chemise. Son ventre et son torse étaient constellés d'ecchymoses, certaines d'un bleu foncé, d'autres d'une nuance de rouge plus récente. Je ne connaissais pas son nom, mais je savais que c'était un objecteur de conscience, je l'avais vu laver les couloirs et se coltiner les ordures comme ses pairs. Je ne savais pas très bien ce qui se passait, mais j'en savais assez pour ne pas poser de questions idiotes.

– C'est bon, a dit un des Polonais en tendant un manche à balai à son copain. À ton tour.

Le deuxième a souri et brandi le manche à balai comme on nous avait tous appris à le faire quand on s'entraînait au combat à la baïonnette. Il s'est planté devant l'objecteur de conscience qui a essayé de battre en retraite, mais un des gars du cercle s'est avancé pour le pousser dans le dos et l'exposer aux coups.

– Arrache-lui le foie à ce Boche ! a crié un de ceux du cercle en imitant à la perfection notre sergent instructeur.

Tout le monde a éclaté de rire devant cette caricature, même moi. Cette voix, ça faisait des jours qu'on l'entendait dans nos rêves.

Le Polonais s'est fendu comme un soldat armé d'une baïonnette, n'y mettant pas uniquement ses bras mais son corps tout entier, exactement comme le prêchaient les sergents instructeurs, et il a enfoncé violemment l'extrémité du manche à balai dans le ventre de sa victime. S'il s'était agi d'une baïonnette, elle lui aurait facilement arraché le foie. En fait, si je connaissais bien l'anatomie, et à en juger par les marques rouges qu'il portait sur tout le corps, il aurait déjà perdu le foie, l'estomac et le gros intestin. Il aurait succombé à ses blessures.

– Imprime-lui un mouvement circulaire, a crié quelqu'un d'autre en faisant une nouvelle fois écho au sergent instructeur. Il faut que tu lui imprimes un mouvement circulaire quand tu la retires !

Ce n'était pas possible, évidemment, parce qu'un manche de balai ne déchire pas la chair. Non pas que cela pouvait aider l'objecteur de conscience. Ses genoux s'étaient dérobés sous lui. Tout le monde riait.

Il a tenté de se relever, mais celui qui tenait l'arme factice s'en est servi pour peser sur son dos et le maintenir plaqué à terre.

– Tu connais les règles du jeu, mon gars, a dit l'un des autres. Tu tombes par terre, t'en fais quarante.

L'objecteur de conscience est difficilement parvenu à adopter la position de celui qui va exécuter une série de pompes.

– Comptez-les toutes ! a crié le Polonais qui tenait le manche.

Ils se sont mis à compter. Moi, je remuais les lèvres, mais pas un son n'en sortait vraiment. Je commençais à être pris de nausée.

À cause des coups reçus, le blessé était trop faible pour atteindre le bout de la série. Il est à peine parvenu à seize et après, son bras droit a cédé en glissant dans la boue. Les rires se sont multipliés.

– T'es pas capable de nous en faire quarante, espèce de sale petit tire-au-flanc, a dit une voix.

Et tandis que l'objecteur de conscience tentait de se redresser pour reprendre où il en était resté, le tortionnaire s'est avancé et a levé son soulier. Il l'a positionné, légèrement au début, sur la nuque du supplicié et après il a appuyé, lentement mais régulièrement. Le visage du malheureux était dans la couche de boue épaisse et le Polonais se penchait en avant comme s'il était curieux de voir jusqu'où il était possible de l'enfoncer. Une sacrée profondeur, en fait.

L'objecteur de conscience a tenté de se soulever, mais comme il n'y parvenait pas, il s'est mis à fouetter frénétiquement la boue avec ses bras, éclaboussant autour de lui les jambes de ceux qui étaient les plus proches. Au bout d'une ou deux secondes supplémentaires, celui qui avait appuyé avec son soulier a reculé et laissé la victime tenter de redresser la tête pour respirer.

Le pauvre y est parvenu, mais d'abord il a toussé, puis il s'est étranglé, et finalement il a vomi.

J'avais pris mes précautions pour ne jamais être près de lui, ni près des autres objecteurs de conscience. Ils étaient des cibles, et ça n'avait pas beaucoup de sens de se tenir à côté d'une cible. J'avais entendu parler de ce qui leur arrivait parfois, mais c'était la première fois que j'y assistais.

L'objecteur de conscience était sec et musclé, à peu près de la même taille que moi. Il n'y avait aucune raison, à ce qui semblait, qu'il accepte d'être maltraité comme ça s'il ne le voulait pas. C'était ça que je ne parvenais pas à comprendre. Peut-être que, s'il n'avait été qu'une faible créature souffreteuse, j'aurais pu lui témoigner davantage d'empathie, mais est-ce qu'il ne faisait pas tout ce qu'il fallait pour mériter pareil traitement ? Ses cheveux foncés étaient plus longs que ceux de n'importe qui, comme si les coiffeurs de l'armée avaient décidé de le désigner à la vindicte de tous. Et il avait un visage malfaisant. Ça paraît étrange, de commenter là-dessus ou même de s'en souvenir, mais c'était un visage malfaisant. Les petits yeux sous des sourcils qui les dissimulaient, la bouche perpétuellement grimaçante. Il était impossible d'imaginer qu'il puisse sourire. Non pas qu'il ait eu des raisons de le faire, je suppose.

À ma connaissance, tous ceux qui formaient le cercle étaient des deuxième classe. Les Polonais se comportaient comme s'ils étaient les chefs autoproclamés de cette mission particulière, et nul n'avait jugé utile de leur contester ce droit.

L'un des deux a soulevé l'objecteur de conscience par les aisselles. Il a fait une tentative pour le lâcher, mais il est devenu évident qu'il était incapable de se tenir debout tout seul, et donc il l'a retenu.

L'autre s'est approché presque à le toucher. De l'endroit où je me trouvais, le Polonais était de profil. Il a regardé dans les yeux de la victime qui a fini par faire de même.

– Tu le sais parfaitement, que tu peux y mettre un terme, à ce traitement, quand tu le voudras, hein ?

C'était la première chose qu'il lui disait et ces mots semblaient ne s'adresser qu'à lui, il ne s'agissait pas d'un commentaire dépourvu de sincérité destiné aux oreilles du chœur hétéroclite qui les environnait. Le regard du Polonais s'était quelque peu adouci, de même que son ton. Il lui exposait la situation franchement.

– Tout ce que t'as à faire, c'est arrêter ton cirque, Hunter. Rentrer dans le rang, comme nous tous.

Ç'a été le seul moment de ce supplice qui a donné l'impression d'avoir quelque chose d'humain. Non, attends : qu'est-ce que je disais ? Toute cette horreur était humaine, l'intégralité de cette représentation de violence révoltante avait été humaine. Effroyablement humaine. Ce nouvel appel lancé à l'objecteur de conscience n'était qu'un aspect supplémentaire de cette humanité, une cartouche de plus dans la chambre du fusil.

L'objecteur de conscience a baissé à nouveau le regard et toussé. Cela a donné l'impression d'être sa réponse.

Le Polonais a reculé d'un pas et levé le manche du balai.

– C'est bon, les gars. Qui a besoin de parfaire sa technique à la baïonnette ?

J'ai fait au revoir à Ollie d'un signe de tête et je suis rentré dans le bâtiment.

*

Cela se passait pendant mon deuxième mois au camp. À ce moment, je savais défiler aussi bien que n'importe quel guerrier prussien discipliné, comme un authentique conscrit. J'étais capable de plonger la main dans ma sacoche et de m'équiper de mon masque à gaz en moins de sept secondes. Et même si je n'avais pas encore tenu une véritable baïonnette entre les mains, avec un manche de balai, je pouvais être aussi cruel et intraitable que ces Polonais. Je n'avais toujours pas tenu d'arme à feu militaire (ils ne cessaient de nous répéter que nous en aurions bientôt), mais en me référant aux parties de chasse auxquelles j'avais participé avec mon père je savais que j'étais bon tireur. J'essayais de me représenter visant une cible humaine plutôt qu'un cervidé ou un bison, mais c'était difficile de s'imaginer ce genre de chose.

Le cantonnement était dans un état épouvantable. Il pleuvait toute la sainte journée, et comme on n'était pas à Missoula, c'était boueux à perte de vue. On faisait de longues marches et participait tout le temps à des manœuvres dans la gadoue. La nuit, on était enfermés dans des baraquements qui n'étaient pas suffisamment grands pour accueillir tous les hommes qu'ils avaient appelés sous les drapeaux. On s'interrogeait, quand on restait assis à bavarder après le dîner : Qui diable commandait, dans cette guerre ? Pourquoi ils nous avaient recrutés s'ils n'avaient encore ni fusils ni baïonnettes pour nous équiper, sans mentionner les lits de camp ?

Je n'avais pas figuré au nombre du premier appel de troupes. Je pense que ces messieurs de la commission de sélection m'avaient exempté momentanément par égard pour mon père. Mais lors de la troisième conscription, il était devenu pratiquement impossible d'y échapper, à moins de n'avoir qu'un bras ou ce genre de chose. Il avait été très dur de faire mes adieux à Michelle et, au fond de mon cœur, je savais qu'elle ne m'avait pas cru quand je lui avais dit que je l'épouserais à mon retour. Tous les gars faisaient ce genre de promesse, me disait-elle. Elle avait raison, pour ce qui était de beaucoup d'entre eux. Mais moi, j'étais sincère.

Les recrues composaient un drôle de mélange. Il m'arrivait de penser qu'en étant né en Amérique, j'étais dans la minorité ; il y avait des gars venus de Suède, de Russie, d'Italie, d'Irlande, de Serbie. Il y avait même une poignée d'Allemands, mais en règle générale, l'armée ne voulait pas d'eux. On les repérait, n'empêche, aux blagues qui ne les faisaient pas rire. J'étais stupéfait de voir le nombre de recrues qui ne savaient ni lire ni écrire, sans parler de ceux qui ne connaissaient pas la différence entre leur droite et leur gauche. Comme j'ai vingt-cinq ans, comparé à ceux qui en ont dix-huit ou dix-neuf, et que j'ai reçu une éducation, j'ai rapidement gagné le respect de beaucoup. En échange de quelques cigarettes, j'ai même rédigé des lettres d'amour pour ceux qui ne savaient pas écrire.

Chaque fois que je transcrivais la missive d'un camarade, je me disais à quel points ses sentiments me semblaient identiques à ceux dont j'avais fait part à Michelle. Alors la fois suivante, quand je lui envoyai une lettre, je me concentrai pour lui écrire quelque chose d'original. Il n'y avait absolument rien, dans ce satané camp, qui n'était pas imbibé d'hypocrisie, et je craignais qu'elle s'en aperçoive dans mes lettres.

*

– T'aimes pas ça, la façon qu'ils ont de maltraiter sans arrêt les objecteurs de conscience, hein ?

Ollie m'avait posé cette question pendant le dîner du soir, le lendemain du jour où, alors que nous fumions derrière les baraquements, nous étions tombés sur le même groupe de types qui en maltraitaient trois. Cette fois, ils s'étaient procuré des tuyaux d'arrosage qu'ils dirigeaient sur leurs souffre-douleur nus en projetant de l'eau froide sous forte pression, et ils les faisaient courir comme des dératés dans la boue. Entre deux sprints, ils les fouettaient avec les tuyaux dont les extrémités métalliques laissaient des zébrures sur la poitrine et l'échine de ces malheureux.

– Je n'ai pas dit ça, je lui avais répondu entre deux bouchées.

Ollie était un garçon sympathique de vingt et un ans. Il avait un air de propreté et des cheveux blonds qui ne manqueraient sûrement pas de lui faire gagner le cœur d'une très belle fiancée et le respect de ses voisins. Fils d'un pasteur luthérien de Tacoma, il disait qu'après la guerre il voulait partir aux Philippines et contribuer à fonder une mission.

– Non, m'a-t-il confirmé, mais je le vois bien que tu n'aimes pas ça.

Je n'étais pas certain que cette remarque mérite un commentaire.

– Plus il y a d'objecteurs de conscience, a-t-il poursuivi, plus nous sommes nombreux, nous, à nous retrouver en première ligne.

– Écoute, a-t-il ajouté, je ne suis pas heureux d'être envoyé dans les tranchées alors que ces gars restent ici…

J'ai porté à mes lèvres une bouchée que j'ai fait descendre en buvant.

– Tout ce que je dis, c'est qu'il est difficile de ne pas plaindre des gars qui sont constamment tabassés par une bande.

– Les objecteurs de conscience sont des vrais dégueulasses… ils sont tous pour le Kaiser. Moi, je dis qu'il faut les enfermer.

– Pourquoi les enfermer quand, à la place, tu peux les rouer de coups jusqu'à ce que mort s'ensuive ? je lui ai rétorqué d'un ton sarcastique.

– Personne ne se fait rouer de coups jusqu'à ce que mort s'ensuive.

– C'est du pareil au même. Écoute, je ne dis pas que je partage les idées de ces foutus lâches. Je dis seulement que c'est assez dégueulasse…

J'ai fait remonter mes sourcils sur mon front pour souligner le mot.

– … cette façon de laisser quelques tortionnaires leur taper dessus tous les jours comme des brutes.

J'avais entendu dire quelque part que les objecteurs de conscience devaient être séparés de nous pour éviter les exactions dont nous parlions. Mais apparemment, ces ordres n'étaient pas du goût de l'adjudant qui commandait à Fort Jenkins : il pensait que la meilleure manière d'encourager les objecteurs de conscience à reconsidérer leur choix était de les jeter en pâture aux troufions qui allaient bientôt partir pour les tranchées.

– Ça marche pour certains, a objecté Ollie en me montrant un jeune Irlandais aux cheveux roux qui était à l'autre bout du réfectoire. Regarde O'Higgins, il a arrêté de faire semblant.

O'Higgins avait opté pour ce statut parce qu'il lui était impossible de soutenir la Grande-Bretagne qui oppressait sa famille, là-bas en Irlande. Mais au bout de plusieurs semaines de brimades, il avait changé d'avis, comme beaucoup de ses semblables avaient tendance à le faire. Depuis, il participait aux manœuvres avec nous, apprenait comment survivre à une attaque au gaz moutarde et à manier un manche à balai comme s'il s'agissait d'une arme vengeresse.

– Peut-être que j'ai tort, alors.

J'ai haussé les épaules et avalé un peu plus de purée de pommes de terre. Il n'était pas avisé d'avoir ce genre de conversation. Je ne l'ignorais pas. J'ai laissé Ollie avoir le dernier mot et j'ai changé de sujet.

*

Je n'étais pas contre la guerre, mais je n'aimais rien de ce qui me tenait à distance de Michelle. Je n'étais pas le seul. On pouvait en dire autant de quantité de conscrits : il leur manquait l'état d'esprit qui motivait, environ un an plus tôt, les engagés de la première vague. Les listes régulières de soldats tombés au combat nous rendaient moins pressés d'y partir, mais comme nous n'avions pas le choix, nous remplissions notre rôle.

Les objecteurs de conscience se comportaient comme s'ils en avaient un, eux, et c'était la raison pour laquelle tout le monde les détestait. Ceux qui avaient ce statut étaient quand même incorporés ; ils étaient envoyés dans un camp, au même titre que n'importe qui d'autre, devaient creuser des tranchées, faire des lessives ou nettoyer les latrines jusqu'à ce que la réalité leur apparaisse. Et Ollie avait raison : ils seraient toujours sur place, à frotter les urinoirs, quand on nous enverrait en France pour nous retrouver la cervelle brûlée dans une tranchée infestée de rats. Une pensée qui conférait presque un certain attrait à l'occupation consistant à récurer les toilettes.

Après le dîner, je suis allé pisser dans l'urinoir en pensant aux objecteurs de conscience, aux tranchées, aux grenades, et à ces volées de coups, chaque soir, avec un tuyau d'arrosage. Qu'ils aillent se faire voir, j'ai décidé. Ils s'en sortaient à bon compte.

*

On faisait manœuvres sur manœuvres. Quelqu'un avait dit qu'on ne serait là que pour deux mois avant de traverser l'Atlantique, mais finalement, ça en faisait trois que je m'y trouvais. Selon la dernière rumeur en date on allait recevoir les véritables baïonnettes dans une semaine, mais personne ne savait vraiment rien.

On avait aussi appris que la levée de troupes suivante avait été annulée à cause de la grippe. Fort Jenkins était trop contaminé, de même qu'apparemment tous les autres camps du pays, de sorte qu'ils ne voulaient pas envoyer de germes en première ligne. Les baraquements auparavant surpeuplés devenaient plus habitables à mesure que des appelés partaient à l'infirmerie.

On se disait que les malades s'en reviendraient bientôt, mais beaucoup restaient absents si longtemps qu'on avait commencé à se poser des questions. On ne nous le disait jamais, quand un soldat malade mourait, mais on n'ignorait pas que ça se produisait. La rumeur courait.

*

Un soir où je revenais d'une partie de cartes à la YMCA[1], j'ai vu quelqu'un assis dans le réfectoire des officiers. Comme il était suffisamment tard pour que nous ne soyons pas censés nous y trouver, je me suis avancé d'un pas supplémentaire pour voir de qui il s'agissait. C'était l'objecteur de conscience, celui que j'avais vu quelques semaines plus tôt servir de cible

1. Young Men Christian Association.

pour baïonnette. Il mangeait un bol de bouillie d'avoine dans l'immense salle déserte, tout pimpant dans la chemise blanche qui distinguait ses semblables de la masse.

Pour je ne sais quelle raison, je suis entré. Il a détourné les yeux, me faisant l'effet d'un écureuil qui vous repère alors que vous vous dirigez vers lui. Un brusque mouvement de la tête, suivi d'une ou deux secondes de paralysie tandis qu'il évalue la possibilité d'un péril imminent.

– Bonsoir, je lui ai dit avec un bref hochement de tête en pensant avoir utilisé un ton anodin.

Il m'a répondu par le même geste et a prononcé le même mot, quoique un peu plus bas. Il avait des petits yeux dissimulés sous ses sourcils, protégés contre l'univers par un visage anguleux et une mâchoire taillée à coups de serpe qui donnait l'impression de pouvoir vous couper la main si vous la frappiez.

– Ça vous ennuie si je m'assieds ?

– Pas de problème, a-t-il grommelé.

Il y avait encore plein de bouillie dans son bol mais il ne faisait aucun geste pour continuer à manger, comme s'il avait peur que je lui enfonce violemment la cuiller dans la gorge. Il gardait le visage légèrement détourné du mien, juste un peu sur le côté.

– Je m'appelle Frank Summers.

– Et moi, Lyle Hunter.

Il avait une voix étrange, un peu comme un accent de deuxième génération que je ne parvenais pas bien à identifier. Hunter devait être un nouveau nom que sa famille avait pris quand ils étaient descendus du bateau.

– Ça fait combien de temps que vous êtes au camp ?

– À peu près deux mois.

C'était la première fois que j'entrais dans le réfectoire alors qu'il était vide. Peut-être les objecteurs de conscience devaient-ils manger pendant que les autres n'étaient pas là, mais en fait, je les avais vus aussi à l'heure normale des repas.

Tout ce que je savais, c'était que je prenais un risque rien qu'en restant près de lui. J'ai donc décidé d'aller droit au but.

– Pourquoi vous êtes objecteur de conscience ?

Pour la première fois, il m'a regardé en face. Avec méfiance.

– Qu'est-ce que ça peut vous faire ?

Sa réponse paraissait plus agacée qu'agressive, surtout en considérant la façon qu'il avait eue de détourner à nouveau les yeux après me l'avoir donnée. Sa tête était penchée bas sur le côté comme s'il était trop habitué à courber l'échine devant les autres.

– C'est peut-être juste de la curiosité. Écoutez, si j'avais l'intention de vous insulter, je pourrais me joindre à la bande et vous cogner dessus tous les soirs.

J'imaginais qu'il allait trouver flatteur que je me sente concerné, mais à ma grande surprise il a émis un bref soupir comme s'il était tout le temps bombardé de questions par des gens bienveillants comme je l'étais moi-même.

– Je suis contre cette guerre. C'est tout ce que j'ai à dire.

– Hein ? vous me prenez pour un délateur ?

Pas de réponse.

– Pourquoi vous avez pris la peine de vous inscrire sur les listes, alors ? Pourquoi vous n'êtes pas parti vous planquer quelque part ?

– C'est pas parce que je suis contre cette guerre que je suis forcément un lâche.

– Vous le savez, qu'ils vont continuer à vous tabasser jusqu'à ce qu'ils partent en Europe, hein ? Et qu'après, il y en aura d'autres qui les remplaceront ?

– Qu'est-ce que ça peut vous faire ?

J'ai réfléchi.

– Peut-être que je n'aime pas voir des gens être maltraités à longueur de temps.

– Vous vous imaginez que vous verrez moins de comportements de ce genre en France ?

– C'est différent.

– Bien sûr.

– Pourquoi vous ne laissez pas tomber et ne suivez pas la formation en même temps que nous autres ? Avec un peu de chance, la guerre sera terminée avant même qu'on y arrive, en France. Ce n'est pas comme si vous alliez devoir y prendre part.

– Je ne me compromets pas en réfléchissant comme ça.

– Mais bon sang, quelques exercices de maniement de la baïonnette, ça ne fera pas de vous un assassin. Ça fait trois mois que je participe à des manœuvres et je ne suis pas un animal.

Il m'a regardé étrangement.

– Ah bon ?

J'ai attendu une seconde, pour avoir la certitude que je l'avais bien entendu me répondre ça. Puis je me suis reculé sur mon siège.

– Qu'est-ce que ça veut dire, bon Dieu ? Merde, je viens vous parler et vous m'insultez. Vous êtes un drôle de numéro, vous. Pas étonnant que vous vous trimballiez avec une cible sur le dos.

Je m'attendais à ce qu'il retire ce qu'il avait dit, mais il n'en a rien été.

Je me suis brusquement levé de ma chaise et il a eu un geste de défense. Pendant que je sortais, je m'attendais à moitié à ce qu'il me crie quelque chose… je pense que je le souhaitais, même, mais je n'ai rien entendu d'autre que le bruit de mes pas qui se répercutait dans l'escalier, bientôt suivi par le chœur familier des baraquements avant le couvre-feu : les paris des joueurs de cartes, les bâillements, les éclats de rire, la toux.

*

Quand on te raconte comment ton arrière-grand-père est mort en se battant du côté des confédérés, tu commences à te dire que tu es le porte-drapeau des causes perdues. Emmett

Summers est mort à Antietam[1], à ce qu'on m'a toujours dit, laissant derrière lui mon grand-père, qui avait dix ans à l'époque et qui, des années plus tard, s'est aventuré dans l'Ouest en quête de Dieu sait quoi. Mais au camp, en l'occurrence, quelle était la cause perdue ? Je suppose que l'objecteur de conscience en avait une, de cause, insistant sur le pacifisme face au militarisme. Peut-être que c'était moi, m'imaginant que je pourrais traverser la guerre et m'en tirer plus ou moins indemne : peut-être que c'était ça, ma cause perdue. Peut-être que c'était Michelle. La guerre des tranchées donnait assurément l'impression d'en être une, mais on n'était pas censé parler des choses de cette façon, ni même d'y penser de cette façon. Peut-être qu'il y a seulement quelque chose en moi, juste sous la surface, un désir ardent indéfinissable, une partie profondément enfouie de l'âme de mon arrière-grand-père qui aspirait à trouver une ultime cause perdue pour laquelle lutter. Ça doit être ça, l'explication de ce qui s'est produit le soir suivant.

*

Je revenais de la YMCA même si je n'avais pas du tout joué aux cartes. Je n'étais pas d'humeur. Non, j'étais resté à faire semblant de consulter des magazines alors qu'en réalité j'avais glissé des lettres de Michelle entre leurs pages afin de pouvoir les relire sans donner l'impression d'être un amoureux transi. Les plus récentes m'avaient paru moins intimes, mais je n'étais pas certain que ce soit dans les mots écrits ou dans ma tête.

Ça me manquait, de ne pas être avec elle, de ne pas voir comment elle me regardait. Une chose m'embêtait particulièrement : s'il m'arrivait quelque chose et si je mourais bel et bien pendant la guerre, ou si je mourais de la grippe avant

1. Première grande bataille de la guerre de Sécession qui s'est déroulée en septembre 1862 dans l'État de Washington.

même d'avoir pris le bateau, elle me pleurerait probablement mais serait à jamais convaincue que mon désir de l'épouser avait été un mensonge, des mots stupides et romantiques que j'avais uniquement prononcés parce que la situation semblait l'exiger. Je ne serais plus là pour lui prouver que mes intentions avaient été sincères, que j'étais sincère.

J'étais donc de mauvaise humeur en m'en retournant au camp. C'était presque l'heure du couvre-feu et il avait commencé de pleuvoir. Quand je passais devant eux, j'entendais facilement les bruits qui provenaient de l'arrière des baraquements.

Un cri de douleur qui parvient d'un endroit que l'on ne voit pas paraît tellement contre nature qu'on croit entendre une voix sortie d'un autre monde. Mais je savais d'où elle venait.

J'ai atteint la porte et, comme il n'y avait personne derrière moi, j'ai pénétré dans le réfectoire. J'ai soigneusement essuyé mes semelles sur les paillassons du seuil, attentif à ne pas laisser de traces de boue sur les sols récemment récurés. Quand j'étais parti, l'objecteur de conscience les frottait énergiquement. Maintenant, ils le torturaient dans la réserve.

J'ai traversé le réfectoire déserté en direction de la porte qui donnait sur la réserve. Les bruits se sont intensifiés. Ils ne semblaient pas être aussi nombreux, cette fois, peut-être trois ou quatre seulement. Comme il s'agissait d'une porte battante, il m'a été possible de l'entrouvrir très peu, avec mon pied, et de regarder à l'intérieur. J'ai vu quelque chose de noir strier l'air, suivi d'un claquement de fouet et d'un cri de douleur perçant. Puis j'ai vu l'objecteur de conscience, torse nu une fois de plus, qui tombait. Un des Polonais l'a relevé, il l'a fait pivoter sur lui-même de telle sorte qu'il tourne le dos à un type qui me le tournait lui aussi. L'échine de la victime était d'un rouge vif, et certaines des marques laissées par le fouet s'y inscrivaient en relief. L'autre tortionnaire s'est avancé d'un pas et a frappé à nouveau.

– Merde, je me le suis pris sur les doigts, a dit celui qui maintenait leur victime.

Il l'a dit en riant et en agitant ses mains dans l'air. Le supplicié gisait à nouveau sur le sol.

Ils se tenaient dans un étroit couloir au-delà duquel se trouvait la réserve, remplie de nourriture, de literie et de ce qu'il fallait pour laver le linge. Deux ampoules de faible intensité brillaient au-dessus d'eux, mais le reste du couloir était plongé dans la pénombre.

J'ai vu alors que la rumeur concernant les nouvelles armes était exacte : une troisième brute se tenait là, brandissant une baïonnette. Elle brillait d'un éclat métallique et sa longue incisive souriait dans la lumière diffuse.

– Relève-le, ce salopard de Boche, a dit l'homme à la baïonnette.

C'était un solide et jeune Italien aux cheveux et aux yeux noirs. L'un des rares conscrits qui ne semblait jamais fatigué après une journée entière passée à l'exercice.

– Maintenant, instruction baïonnette, a déclaré celui qui avait manié le fouet et dont le nom était Sepenski.

Il avait les cheveux trempés de sueur. Ses manches de chemise étaient relevées. Un costaud, lui aussi, quoique pas autant que le rital à la baïonnette.

Le torse de l'objecteur de conscience était rouge à cause des coups de poing et de manche de balai. Il a hoqueté :

– Je vous en prie, laissez-moi partir.

C'était la première fois que je l'entendais supplier pendant tous les sévices auxquels j'avais assisté. Peut-être était-ce dû à la présence de l'arme, ou parce que cette fois cela se passait dans un lieu plus retiré. Le spectacle n'en était que plus sinistre.

J'ai mis ma main sur la porte, mais quelque chose m'a retenu de la pousser.

Le Polonais qui avait tenu le malheureux a relevé une fois de plus sa proie blessée. Il n'était pas plus fort que l'objecteur de conscience, mais semblait penser qu'il l'était autant que

Sepenski, son complice. Il s'exprimait comme un dur, mentionnant continuellement Chicago où il avait grandi, de sorte que la plupart des conscrits lui donnaient le nom de cette ville.

Sepenski s'est écarté pour laisser la place au rital. Chicago a immobilisé la victime par une prise à la nuque, les bras du supplicié tendus et immobilisés à deux heures dix, sa poitrine rouge et blanche exposée. Ils n'allaient pas faire ça, ce n'était pas possible. Le rital tenait la baïonnette dans la position qu'on nous avait enseignée, bras et dos raidis dans une posture que je me surprenais parfois à adopter par habitude.

– Ne me frappe pas, moi, a dit Chicago à son ami d'une voix un peu plus basse.

– T'en fais pas, a répondu l'Italien.

Comme les deux Polonais, il avait un accent presque imperceptible. Né aux États-Unis, il voulait que tout le monde sache qu'il était aussi américain que des gars comme moi. Plus, même.

À ce moment-là, les bras de l'objecteur de conscience se sont mis à battre l'air dans une ultime tentative pour se libérer. Mais Chicago le tenait fermement. Le rital s'est avancé vers lui d'un mouvement brusque et son dos m'a dissimulé ce qui se passait, mais j'ai entendu le supplicié émettre un glapissement aigu étouffé entre ses dents serrées.

Les bras du rital sont partis vers la droite, délogeant la lame, et il s'est écarté. Je voyais à nouveau l'objecteur de conscience et sa poitrine comme son estomac étaient toujours rouges, mais pas plus qu'auparavant. Puis j'ai vu la profonde entaille, dans la jambe droite de son pantalon, qui s'emplissait de sang. Il était blessé à la cuisse.

Pendant quelques secondes, je n'ai entendu que les bruits de leurs respirations : celle, profonde, des tortionnaires, effrayés et admiratifs de leur propre transgression. Celle, haletante, du supplicié, étranglé par la douleur et la peur.

J'ai alors fini de pousser la porte la porte et je suis entré.

– Salut, les gars, j'ai dit. Tout va comme vous voulez ?

– Impec', a répondu Sepenski.

Ils s'étaient tous tournés vers moi, mais aucun n'affichait une expression coupable.

– Qu'est-ce que vous diriez d'en rester là ? C'est presque l'heure du couvre-feu.

J'étais deuxième classe, exactement comme eux, mais j'espérais que mon âge me vaudrait un peu d'autorité, que la discipline militaire entrerait en lice et qu'ils obéiraient sans prendre le temps de se demander pourquoi.

Mais l'Italien a répondu :

– On a tout le temps qu'on veut. Faut qu'on apprenne à maîtriser la baïonnette… il a encore besoin d'un coup à l'autre jambe.

– Où vous l'avez trouvée, la baïonnette ? je leur ai demandé.

– Qu'est-ce que ça peut te faire ?

J'ai haussé les épaules.

– Je suis jaloux, c'est tout. Ça fait des mois que j'attends la mienne.

Il a souri, soulagé de voir que je ne représentais pas une menace. J'avais les mains dans mes poches. J'ai tourné les yeux vers l'objecteur de conscience. Chicago l'avait remis debout. Il a tendu la baïonnette à Sepenski, qui apparemment allait avoir le privilège d'infliger la deuxième blessure.

– Laissez-moi lui en porter un coup, j'ai dit.

– Le prochain coup, c'est pour moi, a protesté Sepenski.

– Je voulais pas dire avec ça, j'ai fait en montrant la baïonnette et en entourant mon poignet droit avec les doigts de mon autre main. Laissez-moi juste lui expédier un coup de poing.

Le rital, qui avait reculé d'un pas, a acquiescé.

– Bien sûr, il a dit. Mets-y tout ce que t'as.

J'ai regardé l'objecteur de conscience que Chicago maintenait debout. Il avait la tête qui ployait bas, comme s'il était évanoui, mais on savait tous que ce n'était pas le cas. Ça s'entendait à sa respiration, à ses gémissements. Le sang ruisselait le long de sa jambe de pantalon et formait une flaque au bout de son soulier.

Je me disais que, peut-être, si je lui faisais perdre connaissance d'un bon coup de poing, ça mettrait un terme à cette épreuve pour ce soir. Si je n'avais pas fait irruption, ils auraient vraisemblablement visé les organes vitaux après les deux jambes, puis les testicules. Je m'imaginais qu'un coup de poing violent pourrait être pardonné si cela permettait à ce pauvre bougre de préserver sa virilité. Pour ce qu'elle valait.

– Hé, j'ai crié en m'adressant au sommet de son crâne. Regarde-moi dans les yeux, espèce d'épave.

Deux secondes se sont écoulées, puis il m'a obéi en levant la tête pour me faire face. S'il était le moins du monde surpris de me voir, il ne l'a pas montré. Je n'étais qu'un parmi les milliers de partisans de l'autre camp. J'étais l'ennemi.

Il avait vraiment l'air d'une épave, mais son visage était indemne. Ils savaient parfaitement le frapper aux endroits où cela ne se verrait pas le lendemain, quand il serait en uniforme et qu'il passerait la serpillière. Ils n'apprécieraient pas si je lui collais un œil au beurre noir ou si je lui cassais le nez. Nous aurions tous des comptes à rendre.

– Frappe-le, ce sale trouillard, m'a dit Chicago.

J'ai fermé le poing et l'ai expédié tout droit dans la figure hideuse et le sourire complaisant de Sepenski. Il l'a pris en plein nez, si fort que sa tête est partie en arrière et a percuté le mur. Il commençait juste à s'effondrer quand j'ai pivoté et expédié le bout de mon soulier dans l'entrejambe du rital. Il s'est écroulé, la baïonnette lui a échappé des mains et a ricoché en tintant sur le sol une seconde avant que ses genoux touchent terre. Il a roulé sur le côté en hurlant une plainte inhumaine. Je me suis retourné vers Chicago et l'objecteur de conscience, mais ils n'étaient plus là. Ils avaient disparu. À ce moment-là, quelqu'un m'a attrapé par le cou et j'ai fait volte-face.

Le deuxième Polonais avait lâché leur victime pour se précipiter sur moi en tentant une immobilisation. J'ai vu l'objecteur de conscience qui gisait par terre, le rital près de lui, étendu sur le flanc, lançant des coups de pied dans le vide sur un rythme qui n'avait rien de naturel. Sepenski était un peu à l'écart, le dos appuyé contre le mur, le visage et la joue traversés par un ruisseau de sang régulier qui provenait de son nez cassé. Puis la pièce a commencé à tournoyer autour de moi alors que je me contorsionnais en tentant d'échapper à l'emprise de Chicago. Il n'était pas aussi fort qu'il se l'imaginait et, ce qu'il y avait de certain, c'est que je n'étais pas aussi soumis que l'avait été sa dernière proie. J'ai réussi à le traîner derrière moi en tentant de me libérer. Mais il tenait bon et je n'y parvenais pas. Je sentais mon visage s'empourprer.

J'ai glissé plusieurs de mes doigts sous un de ses bras et j'ai essayé de me libérer de sa prise, sans réussir. J'ai lancé une jambe en arrière en me penchant vers l'avant, parvenant au moins à faire décoller un de ses pieds du sol. Nous étions deux danseurs chancelants et j'ai pu transférer de ses pieds aux miens le point d'équilibre de cet amalgame. Je me suis alors penché encore plus en le halant, et ses deux pieds ont décollé du sol, mais il ne me lâchait toujours pas. J'ai basculé sur le côté et j'ai violemment coincé son corps contre le mur. Ça n'a pas suffi. Le sang battait à mes tempes, ma gorge était en feu. Je l'ai à nouveau plaqué contre le mur, et encore une fois. Désormais, tout ce qui se trouvait devant moi était noir. J'étais aussi aveugle que ma sœur. Je l'ai écrasé contre le mur une dernière fois. Il a poussé un cri aigu et est devenu inerte.

Extrêmement inerte. L'étau qui m'avait emprisonné s'est ouvert en grand et ses bras ont oscillé autour de moi comme ceux d'une marionnette, aussi dénués de vie que du bois léger et de la ficelle. Je l'ai entendu tomber comme un paquet derrière moi. Je m'apprêtais à me tourner lorsque la vision qui m'est apparue m'a frappé dans toute son horreur révoltante.

L'objecteur de conscience, dont le visage était rouge, les yeux écarquillés, et qui bavait de rage, à genoux, s'acharnait à poignarder Sepenski avec la baïonnette. La chemise du

Polonais était trempée de sang, il y en avait sur le mur derrière lui, et il en coulait sur le sol. Près de lui, le rital était étendu, non pas comme il l'avait été antérieurement, mais sur le dos, ses yeux exorbités et immobiles fixés sur une ampoule nue. L'objecteur de conscience lui avait déjà réglé son compte, il avait déchiqueté sa chemise ensanglantée et l'avait laissé gisant dans la flaque de sa vie gâchée, qui s'élargissait sous mon regard.

Il continuait de frapper. La baïonnette ressortait sans difficulté, ne requérait pas de geste circulaire. Il n'y avait ni manche à balai, ni sergent instructeur, ni vie devant moi, rien de tout cela. J'étais environné par la mort et à peine en état de bouger, de penser, de crier :

– Arrêtez !

J'ai dû le répéter mais il a fini par obéir après avoir une dernière fois plongé profondément la baïonnette. Elle s'est plantée dans quelque chose de tellement dense que, quand il a lâché l'arme, un morceau est resté au-dessus de la poitrine du Polonais comme quelque épouvantable et dernière extension de lui-même.

L'objecteur de conscience est retombé en arrière, sur ses mains, avant de s'aider du mur opposé pour se relever, le regard rivé sur le corps de son bourreau. Il avait le visage rigide quoique étrangement agité de frémissements, comme s'il allait crier, ou hurler, ou rugir de manière incontrôlée. D'une main instable, il a essuyé la salive qui avait ruisselé sur son menton, mais ses yeux restaient braqués sur Sepenski.

J'ai tourné la tête vers Chicago et vu qu'il était aussi mort que ses acolytes. Il n'y avait pas de sang visible, mais son cou était tordu selon un angle impossible. Le spectacle était aussi révoltant que celui de ses semblables éviscérés. Il avait les yeux tournés vers le haut, comme s'il cherchait le protecteur qui aurait dû m'empêcher de le tuer.

– Oh, mon Dieu, ai-je dit, ou murmuré, ou pensé, ou gémi.

Le sang de l'Italien continuait de couler et la flaque qui s'agrandissait arrivait presque jusqu'à moi. J'ai pris conscience d'une intense souffrance au niveau de ma main droite. Je sentais les écorchures et les abrasions sur mon cou, tentais de maîtriser la douleur dans ma gorge quand je déglutissais. Je pouvais à peine avaler, à peine respirer.

Je me suis levé, j'ai fait deux ou trois pas et j'ai vomi, les mains appuyées contre le mur pendant que mon estomac se vidait. J'ai fermé les yeux pour nier par ma seule volonté la boucherie sauvage qui m'environnait. Toussant et m'étranglant, j'ai essayé de me contrôler, de réfléchir.

À l'exception des tremblements de l'objecteur de conscience, il n'y avait plus que le silence. Aucun bruit causé par quiconque arriverait en courant, personne qui s'apprêterait à ouvrir la porte d'un coup de pied. Cette horreur, dans son intégralité, était apparemment passé inaperçue. Bientôt, ce serait le couvre-feu. L'adjudant et les sergents feraient des rondes dans les salles de l'étage, jetteraient peut-être un regard dans la réserve.

L'état de choc que j'éprouvais était si fort que, plus tard seulement, je me suis dit que j'aurais pu inventer une explication. J'aurais pu me présenter dans le rôle mineur de la victime la plus chanceuse ayant réchappé du carnage meurtrier commis par l'objecteur de conscience. Mais sur le moment, j'étais obnubilé par le fait que j'avais tué quelqu'un, un soldat, et que les deux autres troufions morts à ses côtés auraient aussi bien pu perdre la vie sous mes propres coups. Il fallait que je disparaisse.

Je me suis levé et j'ai regardé autour de moi. Il y avait une porte, au bout du couloir, qui était toujours fermée de l'intérieur. L'objecteur de conscience s'était difficilement relevé sur les genoux, il titubait et émergeait de son état de démence. Il m'a vu examiner la porte et m'en approcher.

– Où… où tu vas ? il a balbutié.

J'ai secoué la tête. Notre baraquement se situait à l'extrémité nord-est du cantonnement. Pas trop loin de là, on déchargeait les camions pleins de denrées et de fournitures. Sûrement, eux aussi allaient devoir sortir du camp. Je ne connaissais pas leurs horaires, ni la façon dont je pourrais monter dans l'un d'eux, mais cela semblait être ma meilleure chance de fuir les lieux.

J'ai dû l'expliquer à l'objecteur de conscience, ou peut-être l'a-t-il juste compris tout seul, car il a enfilé sa chemise et sa tunique avant de me suivre dehors. Il m'a emboîté le pas pendant que je marchais dans le camp ténébreux, me cachant dans les ombres proches des bâtiments. J'observais attentivement toutes les fenêtres que nous dépassions, espérant qu'aucun visage n'y apparaîtrait et ne nous repérerait, que le silence ne serait pas déchiré par un cri d'alarme, que j'étais le seul à entendre les battements effrénés de mon cœur, que les traces que nous laissions dans la boue ne fourniraient pas une piste facile menant à notre capture, que les corps ne seraient pas découverts avant que nous ne nous soyons échappés, que je me réveillerais sur mon inconfortable couchette militaire en secouant la tête pour chasser ce rêve abominable et monstrueux.

Je me souviens de lui, allongé près de moi à l'arrière d'un camion. Je me souviens de nous deux épiant la conversation inepte de ceux qui le conduisaient. Je me souviens de nos corps jetés l'un contre l'autre par les cahots pendant que le véhicule roulait dans l'univers noir et irrégulier au-dehors de notre base, un paysage défini uniquement par les trous dans la chaussée et le silence extérieur. Je n'avais aucune idée des villes les plus proches du fort, ne connaissais pas les routes, ignorais s'il y avait des voies ferrées à proximité. Je me souviens que l'objecteur de conscience tressaillait quand les cahots le secouaient. Je me souviens qu'il diffusait une odeur pouvant être celle de son sang. Qu'il faisait froid à l'arrière du camion. Je me souviens que je l'avais entendu enfiler une tunique qu'il avait trouvée à l'arrière, et que j'ai délicatement récupéré un pistolet dans une caisse tandis que lui s'armait d'un fusil. Il n'était plus pacifiste. Ce choix ne lui appartenait plus.

Une terreur absolue nous a empêchés de dormir durant ces longues heures. Je ne savais pas dans quelle direction nous allions, avais seulement conscience que cela m'emportait plus loin de chez moi. Comme mon cou était douloureux, j'ai porté mes doigts à ma gorge, m'attendant presque à toucher le bras inerte de Chicago qui l'entourait, mais je n'ai senti que le battement de mon sang.

XIII

Longtemps après avoir entendu le récit de Frank, Philip continua de s'interroger. Parvenu à quelques rues de la maison des Worthy, il s'assit sur une vieille balançoire que Graham et lui avaient accrochée à un sapin il y avait deux ans. Il faisait froid dehors, et la balançoire ne constituait pas le plus confortable des sièges, mais il avait besoin d'un endroit tranquille pour réfléchir.

Il croyait le récit de Frank et de son objecteur de conscience. Au début, Frank l'avait relaté en adoptant un visage impassible, et d'une voix calme, à la manière de quelqu'un qui a revécu un épisode un millier de fois. L'espace vide s'accordait parfaitement au son caverneux de sa voix. Il avait tué un homme et l'avait fait d'une manière qui s'apparentait à un suicide, semblait-elle dire. Philip se demandait seulement maintenant quelle proportion de son désespoir venait des conséquences de son acte – l'impossibilité de s'en retourner chez lui, dans sa famille, vers Michelle – et quelle autre découlait de l'acte lui-même, de la sensation du corps inerte chutant de sur ses épaules, de voir l'immobilité éternelle dans les yeux des protagonistes.

Pendant que Frank parlait, ses joues étaient striées de larmes, même si son visage demeurait grave. Ça n'avait été qu'à la fin du récit que sa voix s'était faite plus grave, que ses yeux étaient devenus rouges et ses épaules avaient commencé à trembler. Bientôt, il n'avait plus réussi à parler et tous deux étaient restés silencieux, captifs du poids de ses souvenirs.

Je suis exactement comme toi, avait dit Frank en préface à son histoire, et cette pensée glaçait Philip davantage que le vent qui transperçait son manteau. Il commençait à être tard, et il était probablement le seul, en ville, à ne pas être à l'intérieur d'une habitation, à l'exception peut-être du docteur Banes. Il avait éprouvé un sentiment de solitude, une désolation absolue depuis sa rencontre avec le premier soldat. Depuis qu'il l'avait vu tomber sur le sol à cause de ce que Graham et lui avaient fait. Ou de ce que Graham avait fait ?

Le sentiment de solitude s'était accru chaque fois qu'il avait vu son ami se comporter comme s'il ne le reconnaissait pas comme un proche ; il ne le saluait pas comme quelqu'un qui avait partagé les mêmes terreurs, ne voulait pas accepter le fait qu'ils étaient, qu'ils le veuillent ou non, liés par ces événements, surnageant dans ce tourbillon d'émotions déroutantes ; ou peut-être ne l'étaient-ils pas, peut-être le cœur et l'esprit de Graham seraient-ils à jamais incompréhensibles pour Philip ; peut-être cette quarantaine les avait-elle séparés à jamais, les emportant sur des chemins différents qui ne se rencontreraient plus.

Pourtant, Philip reconnaissait ce qu'il avait vu dans les yeux de Frank, et il sentait à son égard une étrange proximité. Peut-être était-ce là, depuis le début, la raison pour laquelle ils s'étaient rapprochés. Chacun essayait d'échapper à un acte qu'il avait commis, la mort qu'ils avaient laissée dans leur sillage sans être très sûrs de leurs mobiles, doutant de la pureté de leurs raisons. Cela, Philip ne l'avait pas vu dans les yeux de Graham, mais c'était présent dans ceux de Frank.

Charles avait dit que Graham s'inquiétait pour sa jeune famille, qu'il avait tant à perdre. *Parce que je n'ai pas autant à perdre, moi aussi ?* avait-il éprouvé l'envie de crier. Toute sa vie, il avait été traîné d'un bout à l'autre du pays en quête de ce qu'il avait finalement obtenu : une famille, un foyer. Maintenant, il avait des voisins qui le connaissaient, un emploi où il pouvait se révéler, peut-être même un futur avec une jeune femme dont il était de plus en plus amoureux. La perspective qu'il puisse être responsable de la maladie ou du décès de Laura, de Charles ou de Rebecca l'horrifiait, l'avait arraché au sommeil au milieu de chacune des nuits de la semaine précédente. Et maintenant, la mère d'Elsie était contaminée, les Metzger confinés chez eux dans leur maison infectée par la maladie ! Il rêvait d'embrasser Elsie, et le déferlement de cet engouement se heurtait à la possibilité que cela puisse être la dernière fois qu'il la verrait en bonne santé. Oui, lui aussi avait tant à perdre.

Et il n'avait rien à gagner à tenter d'aider Frank. S'il parvenait, nul ne savait comment, à le libérer, il risquait de devoir affronter la colère et sans doute même le châtiment de tout le monde en ville. Il courait aussi le risque que Frank soit capturé sur le chemin du Canada, un long et périlleux voyage à n'en pas douter, et que ceux qui l'arrêteraient apprendraient son passage à Commonwealth. Ils ne manqueraient certainement pas de transiter par la ville pour poser des questions. L'aider signifierait mettre en danger tout ce que Charles avait créé, tout ce pour quoi les gens de la ville avaient consenti des sacrifices. Tout cela pour empêcher un homme de devoir monter sur l'échafaud.

Il pensa à Elsie avec son masque, à la façon dont celui-ci rejetait tout son visage dans l'ombre. La dernière fois qu'il avait dû affronter la décision d'épargner Frank, le résultat avait été que, d'une manière ou d'une autre, l'épidémie s'était répandue dans Commonwealth. Il n'était pas sûr des circonstances qui avaient rendu cela possible, Frank niant avoir jamais été contaminé, mais il ne pouvait rejeter cette réalité. Maintenant, il envisageait à nouveau de l'aider et se demandait comment cette décision pourrait se retourner contre beaucoup de gens.

Le premier soldat n'avait pas été un espion, mais un objecteur de conscience. Il n'était pas sans ressembler à Graham qui ne s'était simplement pas inscrit sur les listes. Le soldat avait été une victime supplémentaire de cette guerre scandaleuse, dirait Rebecca. Philip donna un coup de pied dans une pierre et commença à se balancer un peu, d'avant en arrière, le monde devant lui s'inclinant et se courbant comme quelque chose d'élastique, quelque chose qui pouvait être déformé et restauré à volonté.

Il était venu à son esprit que chaque décision prise par la ville depuis le début de la quarantaine avait été surtout marquée par l'égoïsme. Les habitants s'étaient placés sur un piédestal, au-dessus de tous les gens de l'extérieur, défendant la croyance que leurs valeurs devaient passer avant la peine de mort. Cela semblait indéfendable, même si l'on considérait que la propre famille de Philip pourrait tomber malade. Il ne savait pas s'il était vraiment quelqu'un d'honorable ou s'il le deviendrait, quelle sorte de compas éthique biaisé il avait hérité de sa mère, mais voulait croire qu'il était capable d'altruisme. Il en sentait le besoin.

Il avait tourné son regard vers Graham en quête de réponses et n'avait rencontré que le silence. S'était adressé à Charles en quête d'explications et les avait trouvées torturées, d'une logique trop tendancieuse pour cause de rationalisation. Il ne trouverait aucune aide dans ce domaine, s'était-il rendu compte : la quarantaine conçue pour empêcher la grippe de pénétrer en ville n'avait eu pour résultat que de la couper de ses idéaux premiers. C'était une ville en pleine éclipse et il serait obligé de naviguer par ses propres moyens au milieu des ténèbres.

*

– D'accord, avait dit Philip à Frank. Je vais te faire sortir de là. Mais il faut que je trouve comment.

Les larmes de chagrin qui s'étaient matérialisées à la fin du long récit s'étaient changées en gratitude. *Il y a un jeu de clés quelque part*, avait dit Frank, *et elles me libéreront de ces chaînes*. Philip lui avait répondu qu'il avait besoin de réfléchir à fond, de concevoir une stratégie. Frank avait hoché la tête, essayant de comprendre, de se retenir alors qu'un bref moment, il avait cru que seules quelques minutes le séparaient de la liberté. *Je vais revenir*, lui dit Philip. *Donne-moi une journée, peut-être deux. Il faut que je réfléchisse*.

Il regrettait presque d'être allé le voir, aurait voulu se laisser emporter par l'élan du baiser avec Elsie et rentrer directement chez lui. Il aurait pu s'endormir comblé. Maintenant, il avait envie de lui raconter l'histoire de Frank, mais il n'était pas certain de la manière dont elle réagirait, ne savait pas si elle comprendrait pourquoi cela valait la peine de prendre le moindre risque pour un étranger. Et il n'ignorait pas qu'elle avait suffisamment de soucis sur les bras.

Tout à coup, alors qu'il était assis sur la balançoire, il fut arraché à ses pensées par un bruit de toux, fort et très proche. Il était là depuis un long moment, il ne savait pas exactement combien de temps, et il n'avait rien entendu. Brusquemnt, quelqu'un à l'intérieur de la maison était secoué par des expectorations dont les notes graves et gutturales vibraient contre les murs, se répercutant au-delà. Il fut frappé par une révélation : ça peut se produire exactement comme ça. Il savait qui habitait là, un ouvrier de la scierie nommé Zeke qui n'était son aîné que de trois ans, et sa jeune femme qu'il avait courtisée à Timber Falls quelques mois auparavant. Comment s'appelait-elle ? Il essaya de s'en souvenir. Les cheveux roux, la peau très pâle, des taches de rousseur partout sur les joues, un sourire qui dévoilait ses dents. Elle avait une très vilaine toux. La fenêtre s'éclaira alors, car soit elle, soit son mari inquiet avait allumé. Pour aller chercher de l'eau, une couverture supplémentaire, la Bible. Les quintes devinrent plus régulières, comme le bruit d'une mitraillette. Le même son et la même scène avaient toutes les chances de se produire également dans la maison des Metzger, avec Flora qui était agitée de catarrhes, Alfred qui posait un tissu imbibé d'eau fraîche sur son front, et Elsie qui priait. Philip essaya de chasser ces visions de ses pensées en se levant pour rentrer chez lui, les expectorations le faisant fuir aussi loin que les sons pouvaient voyager, puis il n'y eut plus rien, le silence.

XIV

Pour Philip, la journée suivante passa comme dans un nuage, ponctuée de phrases sans suite qu'il griffonnait pour Elsie lors des rares moments de calme qu'il parvenait à trouver, alors qu'il tentait sans succès de se concentrer sur son travail. Il lui disait qu'il pensait à elle, que toute la famille Worthy, la ville entière, en fait, priait pour que Flora guérisse rapidement. Il lui disait à quel point il était heureux qu'ils se soient rencontrés par hasard la veille au soir, qu'il n'avait pas bien dormi, car il n'avait cessé de penser à elle et à ce que sa famille endurait actuellement. Il lui disait qu'il aimerait être chez eux avec elle pour les aider à veiller sur Flora, même s'il se demandait, en son for intérieur, si étant un vecteur de l'épidémie, sa présence précipiterait la fin de la commerçante. Il lui confiait qu'il ne parvenait à remplir pratiquement aucune tâche, comme si la longueur de sa lettre n'en constituait pas une évidence.

Quand il la relut, il se rendit compte qu'elle était désespérément décousue, le résultat de la manière hachée dont elle avait été écrite. Des phrases entières étaient répétées, et son estomac tourna à l'aigre quand il constata le peu de chose qu'il semblait lui dire, et à quel point sa prose était d'une ineptie confondante pour traduire ses pensées. Mais il se souvenait de l'importance que celle d'Elsie avait revêtue pour lui, et plutôt que de tout déchirer, il la recommença, la signa en espérant qu'elle puisse représenter ne serait-ce que la moitié de l'effet que celle d'Elsie avait eu sur lui.

L'après-midi, il la glissa sous la porte des Metzger en marchant dans des rues si vides que même les chiens avaient disparu. Il avait envie de frapper, d'entrer, mais savait qu'il en serait réprimandé par Charles, par le docteur, peut-être même par M. Metzger. Il passa donc son chemin en plongeant le regard à travers plusieurs fenêtres du rez-de-chaussée lorsqu'il longea la maison. Le peu de lumière venant du soleil se réfléchissait sur les vitres, ne lui permettant pas de voir à l'intérieur, de distinguer si Elsie le regardait ou si elle se trouvait dans une autre pièce à s'occuper de sa mère. Il n'entendit aucun bruit et se demanda si cela signifiait quelque chose.

Dans les rares moments où il ne pensait pas à la jeune fille, il s'interrogeait sur la promesse qu'il avait faite à Frank de le libérer. En quête d'inspiration, il retournait dans sa tête toutes les histoires du Grand Houdini qu'il avait pu entendre : si cet homme avait été capable de s'évader de la prison qui retenait l'assassin du président Garfield, cela voulait dire que lui, Philip, le serait assurément d'aider Frank à s'échapper de l'entrepôt. Il fallait d'abord qu'il découvre qui détenait les clés fermant ses chaînes, sans quoi il lui faudrait pénétrer dans la prison armé d'un outil susceptible de les briser. Il décida toutefois de ne pas agir cette nuit-là en se disant que ses chances de réussite seraient plus grandes dans vingt-quatre heures, car Lightning serait de garde. Il lui dirait qu'il lui fallait à nouveau parler avec Frank, puis il ferait jouer les cadenas ou briserait les chaînes. Il savait que certains des murs, sur l'arrière du bâtiment, étaient pourris. Frank et lui devraient parvenir à repérer, dans celui du fond, un endroit de moindre résistance afin d'y pratiquer un trou suffisamment large pour permettre à un adulte de s'y glisser. Dès que le soldat serait dehors, ce serait à lui de se débrouiller. Il se sentait mal d'attendre un jour de plus, mais ça lui semblait être la meilleure option.

La nuit lui donna l'impression de tomber plus vite que d'habitude sur Commonwealth. Sa famille alla se coucher tôt, chacun attentif à préserver ses forces. Philip demeura assis un long moment dans le lit, le regard fixé sur la fenêtre sombre, se demandant si la prochaine neige tomberait bientôt sur la ville. Il repensa à la nuit dans la ravine, à Charles qui se précipitait en contrebas de la route pour le sauver avant qu'il ne meure de froid. Il s'était efforcé de dévaler le versant pentu alors qu'il ignorait tout de ce qu'il trouverait dans l'automobile accidentée ; et il avait porté Philip évanoui jusqu'en haut de la colline dans trente centimètres de neige. La seule idée de la neige laissait toujours Philip silencieux et angoissé, mais ces derniers temps, ce souvenir semblait infiniment plus glacial que d'ordinaire.

XV

Elsie aurait dû être habituée au bruit qui la réveilla : la toux de sa mère. Mais cette fois, cela donnait davantage l'impression qu'elle s'étranglait. Puis elle entendit son père crier le nom de sa femme.

Elle se précipita dans leur chambre. C'était le milieu de la nuit. Le plancher était froid sous ses pieds. Au moment où elle entra dans la pièce peu éclairée, elle lut l'inquiétude dans les yeux de son père, la douleur dans ceux de sa mère.

Flora était allongée sur le dos, le haut du corps légèrement surélevé par des oreillers, mais elle était écrasée par le poids de la toux. Sa tête était une masse de mèches emmêlées et ses bras reposaient inertes le long de ses flancs.

Quand Elsie vit le masque de gaze sur le visage de son père, elle s'aperçut qu'elle avait oublié le sien et se précipita dans sa chambre pour aller le chercher. À son retour, Flora toussait à nouveau et le bruit était plus horrifiant encore quand on était très près. Ce n'était plus une toux, davantage une respiration sifflante, sa gorge et ses poumons ne fonctionnaient plus et elle luttait en quête d'air.

Son père avait un verre d'eau à la main.

– Elle ne peut pas avaler, annonça-t-il d'une voix crispée par l'angoisse et proche de se briser.

Flora n'avait pas parlé depuis plus d'une journée, elle avait été incapable d'articuler un seul mot, étendue là sous l'emprise de la maladie. Le docteur Banes avait tenté de contrôler ses expectorations grâce à de la codéine, ce qui n'avait servi à rien. Ils avaient essayé de se persuader que son état n'avait pas empiré, mais ce nouveau développement ne pouvait être ignoré.

Le sifflement recommença, accompagné de plusieurs rejets sonores précipités et suivi d'une quinte terrifiante comme si elle s'efforçait de déloger quelque chose. Elsie vit une projection rouge voler dans la pièce, du sang sur le masque et le visage de son père. Elle recula.

– Maman, prononça-t-elle faiblement en espérant que sa voix libérerait de ce maléfice sa mère qui ne réagissait pas.

Elle avait entendu dire que les gens atteints de tuberculose crachent le sang, mais ceux qui ont la grippe ? Le docteur n'avait rien dit de tel… à plusieurs reprises elle avait vu du sang sur ses vêtements mais avait décidé de croire que cela n'avait pas de rapport.

– Elle a du mal à respirer, dit-elle à son père.

– Je sais ! répondit-il d'un ton brusque.

Il n'y avait plus de temps d'accalmie entre deux respirations : soit Flora hoquetait douloureusement, soit elle crachait du sang. Elsie posa les mains sur ses oreilles pour ne plus entendre ce bruit. Elle n'en pouvait plus de regarder, d'entendre, mais il n'y avait aucune échappatoire. Elle n'avait rien connu d'autre depuis trois jours, chacun plus terrible que le précédent, et les nuits étaient pires encore.

Avec un mouchoir, Alfred tamponna délicatement les lèvres de Flora, essuya un peu de sang. Le sifflement se fit plus strident.

Elsie avala sa salive.

– Je devrais aller chercher le docteur Banes.

Elle regarda le visage de sa mère et se demanda s'il prenait une teinte plus sombre ou si c'était juste la lampe qui éclairait moins.

Ses mains étaient toujours plaquées si fort sur ses oreilles qu'elle entendit à peine son père lui répondre :

– Oui, fais vite !

XVI

Il faisait nuit quand Graham, monté sur le cheval de Mo, emprunta la rue qui menait aux anciens entrepôts. À huit cents mètres de là, il percevait faiblement le bruit de la rivière, l'eau qui ruisselait sur les rochers bordant son cours. Il avait le sentiment que le monde alentour avait été presque purgé de sons, mais que lui, un instrument de Dieu, ou du moins de ses propres actions décisives, était assourdissant dans ses mouvements, que le lent clopinement du cheval ébranlait la terre et faisait osciller les arbres, que le rythme grave que marquaient les battements de son cœur faisait fuir les animaux nocturnes plus profondément dans les bois. Ce n'était pas l'effet de la nervosité, se disait-il… c'était celui de la conviction.

Deacon était seul de garde à cette heure et, en l'entendant arriver, il se tourna pour lui adresser un petit signe de tête.

Graham mit pied à terre puis il attacha à un poteau l'animal que Mo avait baptisée Icare parce qu'il croyait que c'était le nom qu'on donnait à un cheval pourvu d'ailes.

– Je pensais que tu ne viendrais que plus tard, s'étonna Deacon.

Graham répondit qu'il n'avait rien de plus urgent à faire.

– Pourquoi tu ne rentrerais pas chez toi ? suggéra-t-il au bout de quelques minutes. Ça fait déjà un bon moment que tu es là. Je suis parfaitement capable de surveiller seul un entrepôt.

– T'es sûr ?

Deacon ne semblait pas surpris de cette proposition. Il savait que certains de ses congénères n'aimaient pas être seuls avec lui. Toutes ces années de silence passées à ne pas entendre l'appel de Dieu l'avaient rendu différent. Dans un groupe, on pouvait l'ignorer ou l'insulter, mais quand on était seul avec lui, on se sentait mal à l'aise en compagnie de cet ancien prêtre taciturne, un ancien futur prêtre, qui ne l'était pas tout à fait, inventait ses propres jurons et fréquentait les prostituées.

Graham insista, rappela à Deacon qu'il était déjà ici, dehors, depuis plusieurs heures, et ce dernier accepta. Il dit au revoir, s'éloigna à pied et le silence retomba.

Graham resta seul. Le vent soufflait un peu plus fort, juste assez pour couvrir le bruit de la rivière.

La veille, pendant six heures, il avait monté la garde devant la maison d'un malade. Mais aujourd'hui, Doc Banes lui avait dit que garder les maisons contaminées n'était plus nécessaire, que la pandémie s'était répandue si rapidement à travers la ville que le travail de sentinelle était inutile. Graham n'appréciait pas que l'on juge ce qu'il faisait inutile.

Doc Banes avait baissé les bras. Il l'avait vu dans les yeux du vieil homme. Banes n'en avait plus pour longtemps en ce monde, et cela lui serait probablement égal si toute la race humaine était balayée dans les quelques mois à venir : il y aurait d'autant plus d'âmes qui l'escorteraient dans son voyage vers la vie éternelle. Graham n'était pas aussi sûr de croire à une vie éternelle, mais qu'il y ait quelque chose après ou non, il restait déterminé à rendre ce monde aussi accueillant et sûr que possible pendant qu'il était encore là.

*

Frank avait à peine dormi ces derniers jours. Il n'y avait rien pour le fatiguer, rien pour éprouver son corps ou son esprit, et longtemps après avoir mangé la maigre pitance qu'on lui apportait, il restait assis à réfléchir, voyageant par l'esprit en plus d'endroits qu'il n'en pouvait décider. Il pensa à Sepenski et aux autres soldats morts, à leurs rires et à leurs sarcasmes, à l'objecteur de conscience et à ses faibles tentatives pour exécuter des pompes, au tuyau d'eau et aux manches à balai devenus des baïonnettes. Si seulement ils étaient demeurés des manches à balai. Il pensa à Michelle en se demandant où elle était, ce qu'elle pensait de lui. À sa famille à qui on avait raconté qu'il était un déserteur, ce qui aurait été suffisamment dur comme ça. Mais un espion ? Ils devaient sûrement savoir que c'était faux, avaient refusé de regarder ces officiers de l'armée dans les yeux pendant qu'ils débitaient leurs inepties. Ils garderaient envers et contre tout la vision qu'ils se faisaient de Francis Joseph Summers, celle d'un homme probe, d'un patriote, d'un croyant. La seule chose dont il n'était pas certain, c'était de savoir si cette vision était encore de mise ou s'il l'avait à jamais dissipée par ses actes.

Son cerveau lui jouait des tours. À un moment, il avait eu la certitude que Michelle était là, avec lui, qu'elle était en haut, que les habitants de cette ville abandonnée l'avaient invitée pour il ne savait quelle raison. Peut-être s'imaginaient-ils obtenir de sa part qu'il avoue être un espion. Elle s'était tenue au sommet des marches et avait déclaré qu'elle descendrait seulement quand il dirait la vérité. Il avait répliqué qu'il *l'avait fait*, mais elle l'avait puni parce qu'il était malhonnête avec elle. Finalement, il lui avait crié dessus et elle avait cessé de lui parler, elle était partie. Une autre fois, il avait eu le sentiment de revivre une conversation échangée avec son père, une longue discussion sur le devoir, l'honneur, et toutes les raisons pour lesquelles s'inscrire sur les listes de recrutement était ce qu'il convenait de faire. C'était un échange qu'ils avaient eu quelques mois plus tôt, et Frank avait exprimé son accord avec tout ce que son père avait dit, mais il s'aperçut cette fois qu'il défendait une opinion contraire. Qu'est-ce que cela avait de si honorable, bon sang ? Le devoir envers qui ? Envers moi, ou envers les recrues qui combattraient sans moi, envers les gens qui étaient ici, au pays, et qui avaient peur des Huns ? Envers le président Wilson, Carnegie[1], Dieu, ou tous les soldats tombés avant moi, envers l'arrière-grand-père Emmett et ses ossements blanchis à Antietam ? Son père avait secoué la tête en le regardant et était parti : pas du tout la façon dont la première conversation s'était terminée, quand il s'était avancé pour serrer soudain son fils dans ses bras, un geste qu'il n'avait jamais dispensé auparavant.

Mais la visite de Philip… celle-là avait bien eu lieu, non ? Au début, Frank avait pensé que non, que c'était le tour le plus récent que lui jouait son cerveau. Mais à un certain point il avait su que c'était bien quelqu'un de réel qui était venu le voir et lui parler, à l'inverse des gardes qui lui apportaient toujours sa nourriture sans jamais prononcer un mot, leurs lèvres sèches scellées derrière un masque de gaze. Philip n'en portait pas, lui, et il voulait parler, il voulait entendre sa voix, le connaître à nouveau. L'émotion que Frank renfermait en lui, une fois stimulée dans un espace trop restreint, avait explosé, s'était répandue, et ce n'était pas avant d'avoir arrêté de trembler qu'il l'avait découvert : c'était la prison de ses souvenirs plus que celle de ses chaînes qui lui était aussi insupportable.

La visite de Philip… ça avait été hier, il ne se trompait pas ? Philip avait dit qu'il reviendrait le libérer. Est-ce que cela ne faisait qu'un jour ? L'absence totale de soleil dans la cave ne le déstabilisait plus ; c'était quelque chose à quoi il s'attendait désormais. Combien de temps cela faisait-il qu'il n'était pas sorti ? Plus d'une semaine, peut-être. Il pensa aux nuages et au soleil qui faisait fondre les sommets montagneux dans le lointain, au-delà de Missoula, aux vautours et aux buses qui planaient dans le ciel estival, aux cerfs-volants qu'il avait fait voler avec sa sœur qui ne les voyait pas mais adorait sentir la force du vent alors qu'il tirait sur sa main agrippée à la pelote

1. Andrew Carnegie (1835-1919), qui fit fortune dans les aciéries et devint « l'homme le plus riche du monde ».

de ficelle, sa sœur qui s'enthousiasmait de faire partie de quelque chose de vaste, de bouleversant et de beau, même si c'était quelque chose d'invisible.

Frank et l'objecteur de conscience avaient sauté du camion quand il s'était arrêté à un avant-poste, dans une ville qu'ils ne connaissaient pas. Ils avaient marché pendant tout le restant de la nuit à travers la forêt environnante et continué de marcher le lendemain. Ils ignoraient où ils allaient, savaient seulement qu'ils seraient bientôt pris en chasse et qu'en conséquence il fallait qu'ils mettent une grande distance entre eux et leurs poursuivants.

Ils avaient trouvé un endroit où dormir vers les hauteurs, un endroit où ils étaient restés raisonnablement à l'abri en dépit de la pluie. Ils s'y étaient allongés côte à côte, silencieux. À un moment, Frank avait commencé à pleurer, de même que l'objecteur de conscience, et Frank l'avait vu secouer la tête interminablement, il l'avait vu trembler, s'était rendu compte qu'il tremblait lui aussi et, alors qu'ils étaient allongés là, dans le froid, ils s'étaient rapprochés puis s'étaient serrés l'un contre l'autre. Frank se souvenait du bruit des pleurs de son compagnon d'infortune et de ses doigts rigides plantés dans ses épaules, se souvenait du contact de la tunique de l'objecteur de conscience contre son visage tandis qu'il y ensevelissait ses larmes. Ils étaient restés allongés comme ça jusqu'à ce qu'ils s'endorment, chacun pleurant sur l'épaule de l'autre et se tenant fort pour préserver un peu de chaleur en cherchant l'assurance qu'ils n'étaient pas totalement seuls face à leur destin.

Ils avaient peu parlé le lendemain. Avant qu'il ne se soit écoulé beaucoup de temps, il n'était pas venu à l'esprit de Frank que l'objecteur de conscience ne l'avait pas remercié de son aide, le soir dans la réserve. Peut-être savait-il que si Frank n'était pas intervenu, ses douloureuses épreuves auraient perduré, mais au moins, ils n'auraient pas été condamnés à mort, contrairement à maintenant. Frank serait resté un soldat honorable, attendant que la grippe se calme pour franchir l'océan en direction de la France. Il ne l'avait jamais remercié et Frank n'avait pas vraiment l'impression qu'il méritait des remerciements.

C'était peut-être pour cela qu'il le haïssait tant. Peut-être rejetait-il l'entière responsabilité de la situation sur lui. Le lendemain de cette nuit où ils s'étaient tenu chaud, Frank s'était réveillé et il s'était mis à marcher. Il faisait comme s'il était dans les bois entourant Paris. Ses poursuivants n'étaient ni les soldats de l'armée américaine ni la police, mais les Boches assoiffés de sang qui violaient des nonnes, et il avait marché le plus vite possible sans jamais s'arrêter ni regarder en arrière. Il avait cheminé à travers la forêt pendant des heures, les pieds endoloris, l'estomac criant famine. Il gardait la route juste à peine visible sur sa gauche et, quand enfin il avait marqué une pause pour se soulager dans les bois, il avait constaté que l'objecteur de conscience n'était plus là.

Un bruit de pas l'arracha à ses souvenirs. Ce bruit devint plus fort, il descendait maintenant les marches. Des pas lourds. Philip ? La lumière d'une autre lanterne tomba progressivement sur le sol, s'y posant avec grâce, sans bruit à l'exception de celui des pas, encore un, puis deux. Un homme se dressa alors devant lui, grand et fort, visage indéchiffrable au-dessus du masque, mais la peau autour des yeux tendue par la concentration. C'était celui contre lequel il s'était débattu lorsqu'il avait vu les chaînes qu'ils avaient l'intention de lui attacher aux chevilles, celui qui l'avait jeté au sol d'un seul coup de poing et qu'ils appelaient Graham.

– Vous êtes réveillé, lui dit le garde d'un ton quelque peu désappointé.

– Je n'arrivais pas à dormir à cause de tout ce boucan, répondit Frank pour plaisanter à son corps défendant.

Il le faisait toujours quand il n'y avait aucune raison pour ça, se permettait des commentaires idiots lorsqu'il était dans une mauvaise passe, comme celui proposant à Philip d'exécuter des pompes pour lui prouver qu'il n'était pas contaminé.

Un homme grand et costaud venait de descendre dans la cave sans apporter de nourriture. Sans avoir aucune raison valable pour justifier sa présence.

– On dirait que c'est votre jour de chance, déclara le garde.

Il plongea la main dans sa poche, l'en ressortit avec un objet métallique brillant, déclara :

– Nous vous relâchons.

C'était une clé.

– Vous êtes avec Philip ? demanda Frank.

Graham le scruta bizarrement.

– Il est chez lui, répondit-il avant de s'approcher. Reculez un peu.

Frank se souleva, les genoux douloureux, car ses muscles et ligaments engourdis étaient contraints de changer de position pour la première fois depuis des heures. Il sentit le sang se ruer vers ses pieds pour leur rappeler qu'ils avaient une fonction.

– Merci, dit Frank en se reculant afin que Graham puisse se pencher et atteindre le cadenas.

Il entendit le déclic dont il n'avait cessé de rêver. Tendit les bras pour mettre de l'ordre dans les chaînes entremêlées, mais Graham le repoussa.

– Je vais le faire. Reculez-vous.

Frank hocha la tête. Ne pouvant deviner si ce gardien continuait de le craindre, il tenta de se comporter comme le plus inoffensif et le plus docile des hommes.

Les chaînes une fois retirées, Graham se releva et sortit de sa poche un couteau trapu d'une douzaine de centimètres de long.

– Tendez-moi vos mains, dit-il.

Frank s'approcha davantage et leva les bras pour présenter ses poignets attachés. La corde étant grosse, il espéra que Graham parviendrait à trancher les liens sans lui entailler les poignets, d'autant qu'ils avaient été liés avec la paume sur le dessus, exposant ses veines d'un bleu terne. Mais quand le garde l'eut saisi par les poignets, la lame changea de position dans son poing et le frappa brutalement. Frank ressentit d'abord un long pincement comme si la chair de son torse venait d'être transpercée par un animal doté de griffes, puis une fulgurante et brûlante douleur dans sa poitrine qui déferla dans tout son corps, en fit se contracter tous les muscles. Il tendit ses mains pour tenter de les refermer sur le bras de son agresseur, mais ce bras avait reculé et frappait une deuxième fois, enfonçant davantage la lame. Frank parvint enfin à saisir le poing, essaya en vain de lui faire lâcher le manche du couteau, la seule partie de l'arme qui n'était pas enfoncée dans ses muscles, ses os et son cœur. L'autre main de Graham agrippa une de celles de Frank qui glissa, se retrouva le dos plaqué contre le mur, alors que la lame plongeait plus profondément encore et que tout l'air était chassé de ses poumons. Ses doigts et ceux de Graham étaient comme liés dans une prière. Les yeux de Frank se fixèrent sur ceux de Graham, qui étaient écarquillés et déterminés lorsqu'il rejeta l'air en imprimant une torsion au manche du couteau. Jamais Frank ne reverrait Michelle, jamais il n'aurait la possibilité de présenter sa défense devant une cour martiale, ou du moins devant son père, en lui disant : Papa, tu as toujours dit qu'il fallait faire le bien dans le respect de Dieu et de tes semblables et souviens-toi qu'il n'existe pas de différence entre eux, que l'acte qui satisfait l'un satisfait les autres et, Papa, je jure que j'ai tenté de faire les deux même quand ils semblaient différents, je jure que j'ai essayé de faire le bien et, si j'ai échoué dans ce simple but, je suppose que la faute me revient à moi, et à moi seul.

*

Les doigts de Graham étaient restés indissociables de ceux de Frank. Il finit par les libérer et lâcher le couteau, permettant au corps de glisser le long du mur jusqu'à terre.

Ça lui avait pris plus de temps qu'il ne l'avait imaginé ; le soldat avait souffert davantage qu'il ne l'avait voulu. Il aurait aimé le tuer pendant son sommeil. Malheureusement cela n'avait pas été possible. Il se détourna, ramassa la couverture dont il entoura le corps, l'enveloppant pour ne pas maculer le sol. Du sang s'était déjà répandu, mais pas beaucoup. Comme il en avait aussi sur les doigts, celui qui avait coulé quand il avait maintenu le couteau en place afin qu'il remplisse son office, il agrippa l'extrémité de la couverture et les essuya. Il récupéra ses gants dans sa poche, les enfila, un geste qu'il aurait dû faire avant. Ses pensées avaient été occupées par autre chose.

Quand il était enfant, son père avait acheté deux énormes porcs à un marchand de bestiaux, deux créatures monstrueuses qui semblaient d'une santé florissante. Mais en quelques jours, tous les autres cochons étaient tombés malades et certains mouraient. Son père n'était pas riche et ne pouvait se permettre que la fièvre porcine tue le peu de cochons dont il était propriétaire ; pas plus qu'il ne pouvait se permettre de se débarrasser des deux bêtes qui semblaient avoir propagé cette épidémie venue d'ailleurs. Pourtant, Graham se souvenait d'avoir aidé son père lorsqu'il était sorti, un matin, pour occire ces deux animaux géants, les tuant et les ensevelissant juste à la limite de leur propriété. C'était une grosse somme qu'il enterrait là, de l'argent dépensé dans l'espoir de réaliser un bon investissement mais qui lui avait coûté bien plus qu'il n'aurait pu imaginer. Le jeune Graham avait demandé à son père pourquoi ils ne pouvaient simplement relâcher les deux bêtes qui paraissaient encore en excellente santé le matin où elles avaient été tuées, ou les mettre dans un enclos séparé où elles n'auraient pas contaminé les autres, mais son père avait répondu que c'était ainsi qu'il convenait de faire. Les porcs avaient infecté l'atmosphère d'une manière ou d'une autre, et la seule manière de purger les lieux de cette contamination, c'était de répandre le sang. S'il les avait laissés partir, l'air serait demeuré contaminé, il le serait demeuré indéfiniment et aurait condamné toutes leurs bêtes, peut-être même la famille

Stone. Son père n'avait pris aucun plaisir à mener à bien cette corvée. Cela allait faire traverser une très mauvaise passe à la famille pendant une année supplémentaire, mais il n'avait pas le choix, lui avait-il répondu. Une fois les deux porcs égorgés, les autres avaient semblé retrouver leur bonne santé, pratiquement du jour au lendemain, légitimant la décision prise.

Graham se tenait au-dessus du mort enveloppé dans la fine couverture. Il détestait ce qu'il venait de faire, détestait d'avoir été contraint de le faire, mais ainsi en allaient les choses et cela ne servait à rien de s'y opposer. Tuer le soldat était ce dont la ville avait besoin. Il ne comprenait pas pourquoi personne d'autre que lui ne s'en rendait compte, pourquoi tout le monde avait refusé d'agir en accord avec la situation. Cet homme avait attiré une malédiction sur la ville, il avait infecté l'air ou jeté un sort. Il les anéantissait petit à petit, un à un. Qu'il soit un espion ou seulement un soldat, il était sans conteste un meurtrier. Lui, Graham, avait fait ce qu'il était juste de faire quand le premier soldat s'était approché, il avait sauvé la ville, et il n'avait pas agi autrement en éliminant le deuxième, il venait de faire une nouvelle fois ce qu'il fallait. Cet acte, quoique pénible, garantirait la pureté du précédent.

L'hécatombe allait désormais s'arrêter, il le savait. Peut-être pas tout de suite, peut-être pas avant qu'une tempête ait lavé la ville de fond en comble, ou qu'un vent salvateur ait chassé l'air insalubre, mais elle allait s'arrêter bientôt. Commonwealth maintiendrait la quarantaine, parviendrait à échapper encore au sort de Timber Falls et de ces autres villes. Ils pourraient remiser ces masques ridicules dans un meuble de rangement quelque part, un vestige d'une époque qu'ils tenteraient d'oublier.

Il décida de laisser le couteau planté dans le corps plutôt que de l'en retirer et de le nettoyer. Trop de sang. Il se baissa pour soulever le cadavre qui était lourd, sans dépasser ses possibilités, et le laissa pendre en équilibre sur son épaule gauche. S'empara de la lanterne, grimpa lentement les marches. Après avoir quitté le bâtiment et refermé la porte derrière lui, il déposa lentement la dépouille sur l'échine d'Icare, grimpa derrière elle et guida le cheval le long du bâtiment puis à travers bois en suivant une des anciennes pistes qui menaient plus haut sur la colline.

Il faisait déjà froid, dehors, mais tout à coup la température donnait l'impression d'avoir baissé d'une dizaine de degrés. Ses doigts perdaient progressivement toute leur réserve de chaleur à cause des gants inefficaces, et la brume de son souffle qui s'échappait par la gaze du masque flottait devant ses yeux. Icare avançait paisiblement et prudemment, probablement effrayé par l'aspect que prenaient les troncs des arbres à la lumière de la lanterne, les cinq ou six mètres inférieurs étant illuminés alors que le reste s'associait au néant, qu'il n'y avait rien d'autre que les esprits de la forêt en suspension au-dessus d'eux. Ou peut-être l'animal était-il effrayé, car il sentait qu'il portait un poids mort, que la légère humidité sur certaines de ses vertèbres était le sang d'un homme encore vivant quelques instants plus tôt. La neige crissait sous ses sabots et Graham oscillait à mesure qu'ils progressaient sur le sol inégal.

Ils poursuivirent jusqu'à ce qu'ils parviennent dans la clairière à laquelle il songeait. Il mit pied à terre, attacha l'animal en lisière, attrapa le mort par les pieds, tira d'un geste brusque. Le cadavre glissa du dos du cheval pour atterrir violemment sur le sol. Graham se pencha, le hissa à nouveau sur son épaule et marcha jusqu'à la limite de la circonférence dessinée par la lanterne.

La lumière indiquait à peine les contours de la tombe qu'il avait creusée un peu plus tôt. Ses épaules et ses bras étaient encore las de cet effort ; chaque pelletée avait été rude, car la terre à extraire était imbibée par les pluies récentes et le froid des longues nuits. Il laissa choir son fardeau dans le trou et l'y regarda, observa la manière dont la couverture s'était repliée en exposant les pieds et les cheveux du défunt. La vue du cadavre partiellement recouvert, gisant dans une couverture crasseuse au fond de la fosse sombre et détrempée, frappa Graham d'une façon que l'acte de tuer lui-même n'avait pas atteint. Il voulait lui présenter ses excuses mais tendit la main vers la pelle et entreprit de combler la tombe.

Mo avait accepté de lui prêter sa monture en vertu d'un accord : Graham l'utiliserait pour conduire le soldat vivant en dehors de la ville, lui octroyant une marge d'avance afin qu'il puisse se réfugier ailleurs. Graham avait dit qu'il suivrait les pistes au cœur de la forêt pendant quelques kilomètres, suffisamment pour que le soldat soit loin de Commonwealth, mais pas assez pour que lui-même risque de rencontrer quelqu'un venu d'ailleurs. Le lendemain matin, Rankle et un autre homme, qui n'étaient pas au courant car Graham savait que le premier exprimerait son désaccord, prendraient leur tour de garde, et quand ce serait l'heure de porter à manger au prisonnier, ils découvriraient qu'il avait disparu. Ils trouveraient également un trou à l'arrière du bâtiment, que Mo y avait secrètement pratiqué le matin même. Personne ne comprendrait jamais comment l'espion avait réussi à se libérer de ses chaînes, mais cela n'aurait pas d'importance : il s'était envolé, appartenait au passé.

Mo avait consenti à ce plan parce que lui aussi commençait à penser que le soldat constituait le vrai problème. En réalité, il n'avait pas franchement compris les raisons pour lesquelles il avait fallu le maintenir en captivité ces derniers jours, raisons exposées par Charles, le docteur Banes, et auxquelles Rankle avait fourni un écho. Par conséquent, lorsque Graham lui avait exposé son plan, Mo avait acquiescé, visiblement satisfait de savoir que son rôle consisterait uniquement à pratiquer un trou dans un mur et à prêter son cheval à son complice, puis à jouer les imbéciles le lendemain matin.

Le temps que la tombe soit comblée, les bras de Graham étaient si las qu'il n'aurait pas été capable de les lever au-dessus de sa tête, n'aurait pas été capable de les tendre vers les cieux, même s'il n'avait pas été terrorisé de le faire. Il tassa légèrement la terre fraîchement retournée, espérant que personne ne passerait par là pendant un certain temps, tout du moins pas avant que plusieurs fortes précipitations aient aplani le sol. C'était une piste rarement fréquentée qui ne faisait que mener plus profondément dans des bois inhospitaliers et des zones pentues, loin de la rivière et des camps de bûcherons.

Il laissa tomber la pelle, retira le masque qui lui avait rendu la tâche plus épuisante, comme s'il l'étouffait, comme si sa bouche et son nez étaient prisonniers de cette seconde peau mouillée. Il détacha Icare, ramassa la lanterne, posa un dernier regard sur la tombe. Puis il s'en retourna en ville, passa devant les anciens entrepôts qu'il laissa derrière lui, continua jusqu'à la maison de Mo où il mit la monture dans l'écurie. La ville était sombre et paisible. Le docteur Banes lui-même n'était visible nulle part.

Ce fut à pas lents qu'il retourna aux entrepôts où il allait rester jusqu'à la fin de la nuit, à monter la garde devant un bâtiment où il n'y avait personne, dans l'attente que le dégoût reflue.

XVII

Le lendemain matin, Charles se rendit au travail à pied. Son sommeil avait trouvé une conclusion prématurée en raison de cauchemars montrant l'entreprise qui périclitait et la ville qui finissait en ruines. Le monde vivant ne se révéla pas plus paisible.

Les rues se remplissaient d'hommes qui se rendaient à l'usine, mais les conversations semblaient se dérouler essentiellement en sourdine. Si les gens continuaient de tomber malades, il serait difficile de faire fonctionner l'usine normalement. Charles était inquiet. La quarantaine avait déjà grevé les finances de l'établissement, mais si l'épidémie impactait la production même, lorsque le confinement serait abandonné, la scierie connaîtrait une situation difficile. Il s'exhorta à ne pas céder à l'anxiété. Ils disposaient d'une énorme quantité de produits prêts à être embarqués, un arriéré de commandes qui n'avait cessé de s'accumuler. Même s'ils devaient ralentir la production une semaine ou deux pendant que les ouvriers luttaient contre la pandémie, l'envoi de toutes ces réserves par voie fluviale permettrait d'engranger des dividendes immédiats. Comme il n'y avait pas de banque à Commonwealth, un problème auquel Charles espérait remédier en persuadant certains banquiers de Timber Falls d'ouvrir des succursales ici, en ville, il avait été dans l'impossibilité d'établir des chèques de fin de mois pour rémunérer son personnel. Ils avaient reçu des reconnaissances de dettes qui lui causaient presque autant de honte qu'elles irritaient ceux à qui elles étaient destinées.

Même si, quand ils avaient voté pour la quarantaine, tous avaient su que ces expédients représentaient une issue possible, le problème leur avait à l'époque paru abstrait. Avec chaque nouvelle journée qui s'écoulait, il devenait plus réel.

Maintenant que Commonwealth subissait la contamination, ses résidents étaient effrayés et méfiants : ils n'étaient plus intéressés par le sacrifice commun. Les repas devenaient plus frugaux et moins fréquents à mesure que tout un chacun allait fouiller dans les recoins de son arrière-cuisine ou de sa cave. Ceux qui, par précaution, étaient propriétaires de vaches ou de poules s'apercevaient que la pénurie était là, et tous les jours quelqu'un entendait le cri perçant des bêtes qu'un de ses voisins sacrifiait.

Pourtant, Charles refusait de croire que l'arrivée de la grippe signifiait l'échec de la quarantaine, et que celle-ci devait être interrompue. Commonwealth n'était pas encore aussi assaillie par la maladie que Timber Falls et d'autres villes semblaient l'être, et par conséquent il était encore possible d'isoler ses habitants infectés ; peut-être y avait-il moyen de contenir l'épidémie.

La bourgade entière avait travaillé trop dur et s'était réjouie de trop de réussites pour se retrouver vaincue par quelque chose d'aussi dénué de sens qu'une maladie. Charles avait fondé une ville dont ses enfants seraient heureux d'hériter, une ville où ses petits-enfants, un jour, grandiraient dans la paix et la sécurité. Il n'avait pas laissé ses frères la mener à la ruine, n'avait pas laissé les intérêts antagonistes de Timber Falls saper sa réussite, n'avait pas autorisé les défis logistiques liés à la fondation d'une communauté dans une région isolée ébranler ses rêves. Ce n'était pas la grippe qui allait l'arrêter.

Pourtant, quelque chose l'obligea à faire halte sur le trajet matinal menant à son bureau : les vitres brisées du magasin d'alimentation générale des Metzger. Il accéléra le pas jusqu'à ce qu'il arrive à la porte qui était entrouverte. Silence. Il s'immobilisa, se demandant si un intrus se trouvait encore à l'intérieur. Ce fut alors qu'un bruit lui parvint : un juron sonore poussé par une voix qu'il reconnut mais n'avait jamais entendue s'exprimer avec une telle ardeur.

Il franchit le seuil. Alfred Metzger se trouvait dans l'allée centrale entre des étagères vides. De la farine de pain et de maïs avait été renversée sur le plancher au milieu de boîtes et de sacs éventrés.

Metzger se retourna quand il entendit la semelle de Charles pulvériser un fragment de verre. Il y avait des jours que le propriétaire de l'usine ne l'avait pas vu, pas depuis que Flora était tombée malade et que le docteur avait recommandé l'isolement. Il était dans un état épouvantable : échevelé, les yeux rouges, au bord des larmes. Un de ses souliers n'était pas attaché, les lacets traînant derrière lui, et ses pans de chemise dépassaient sous sa veste.

– Regardez ça, dit-il d'une voix aussi sinistre que son magasin pillé.

– Ça s'est passé cette nuit ?

Metzger haussa les épaules.

– Je ne sais pas… je ne suis pas venu depuis deux jours. Je n'avais plus grand-chose, mais maintenant je n'ai plus rien.

D'abord les jardins communautaires, pensa Charles, et maintenant le magasin. Avant la grippe, il n'y avait eu que deux vols dans toute l'histoire de Commonwealth, et les deux coupables avaient été expulsés de la ville. Maintenant, semblait-il, les larcins devenaient la norme.

– Qui ferait ce genre de chose ? prononça Metzger presque à part lui pendant que, du pied, il repoussait un carton vide.

Charles se souvint que le commerçant était potentiellement porteur de la grippe et fut tenté de mettre son masque. Mais s'il l'avait fait, cela aurait été comme s'il tournait le dos à Alfred. Il laissa sa main descendre jusqu'à sa poche mais ne put se forcer à terminer son geste.

Il vit le sang sur la chemise du commerçant.

– Vous êtes blessé ? lui demanda-t-il.

Metzger lui retourna un regard d'incompréhension totale.

Charles montra sa chemise du doigt et Alfred baissa les yeux. Quand il les releva, son visage était identique et Charles comprit que son expression ne trahissait pas la compréhension, mais un état de choc.

– Flora est morte hier soir. Elle ne parvenait plus à respirer.

Le patron de la scierie frémit. Depuis plusieurs jours, il savait que sa vie était en danger, mais cela n'empêchait pas cette nouvelle de le faire chanceler.

– Alfred, je suis profondément navré.

– Et maintenant, ça, poursuivit Metzger en se retournant vers les étagères saccagées.

Sans savoir pourquoi, Charles se demanda si les deux événements s'étaient produits au même moment. La chaise de Flora, à côté de la caisse, avait-elle été renversée quand le docteur Banes avait tenté de lui donner des sédatifs ? Les vitres du magasin avaient-elles été brisées et ce qu'il restait de marchandises volé au moment précis où le médecin, concédant la défaite de ses méthodes modernes, avait sorti ses bistouris pour tenter de chasser la maladie du corps en la saignant ? Les voleurs avaient-ils achevé leur méfait sans prendre la peine de fermer la porte à l'instant exact où elle avait rendu le dernier soupir ?

– Il n'y a plus rien, déclara Metzger en fouillant parmi les débris. C'est tout juste s'il me reste un peu à manger dans ma propre maison.

– Si vous manquez de quelque chose, je suis sûr que vos voisins vous viendront en aide.

Metzger secoua la tête.

– De quels voisins vous parlez ? Ceux qui ont cessé de venir nous voir quand ils ont appris que Flora était tombée malade ? Ceux qui retiennent leur souffle quand ils passent devant chez nous ?

Charles baissa les yeux.

– Rendez-vous à l'évidence ! Ce sont mes voisins, qui l'ont fait, ça ! Personne d'autre que *moi* ne va nous nourrir, ma fille et moi.

– Moi, je vous nourrirai. S'il vous manque quoi que ce soit, vous savez que vous pouvez venir chez moi, nous partagerons ce que nous avons. Vous le savez.

Metzger lui jeta un regard mauvais.

– Alfred, je… je suis confus de ne pas être venu pendant que Flora était malade. Je ne faisais que suivre les instructions de Banes.

Il comprit à quel point sa réponse était pathétique, ajouta :

– Je viendrai ce soir, et tout ce dont vous pouvez avoir besoin, je vous pr…

– Je n'en veux pas, de votre aide, cracha Metzger. Vous avez déjà fait assez. Vous avez convoqué une réunion plénière des habitants qui a paniqué tout le monde. Claquemuré la ville de façon à ce que les gens soient obligés de venir me voler pour nourrir leur famille. À quoi ça sert de continuer à isoler la ville si tout le monde est malade, hein ? Ça, continua-t-il en désignant le magasin, ça ne serait jamais arrivé si les gens avaient eu le droit d'aller et venir comme ils voulaient !

Metzger avait raison, Charles le comprit. Et cela ne faisait que souligner une autre vérité terrifiante : celle que la ville, s'étant elle-même mise en quarantaine pendant plus de deux semaines maintenant, était particulièrement mal préparée pour s'opposer à l'assaut de la grippe. Si elle n'était pas restée close pendant tout ce temps, les arrière-cuisines auraient au moins été pleines quand l'épidémie aurait frappé. Là, il ne leur restait presque plus rien à manger, et ils étaient affaiblis par de maigres rations. Peut-être la pandémie avait-elle été inévitable, et dans ce cas la fermeture sur l'extérieur avait-elle été la plus grande erreur qu'il ait jamais commise.

Des nouveaux bruits de chaussures écrasant du verre brisé le firent se retourner. Deux ouvriers de la scierie étaient entrés dans le magasin et prenaient lentement conscience de ce qui s'était passé. Leurs regards semblaient trop las pour montrer de la surprise. Ils n'étaient qu'attristés par le caractère inévitable de ce qu'ils découvraient.

– Dieu ait pitié, dit l'un d'eux.

– Nous allons tout nettoyer, leur dit Charles, car il ressentait le besoin de montrer que les choses étaient sous contrôle. Ne vous inquiétez pas, je suis sûr…

– Tout a disparu ? demanda l'autre ouvrier sans tenir aucun compte de Charles. Il n'y a pas une cave, une réserve ou quelque chose ?

– Vides aussi, répondit Metzger.

Trois hommes supplémentaires passèrent la tête à l'intérieur.

– Il n'y a plus rien ? demanda l'un d'eux dont le calme disparut. Comment il pourrait n'y avoir plus rien ?

Charles leva les mains en espérant lui faire entendre raison ainsi qu'à ceux qui étaient derrière lui et lâchaient des imprécations.

– Je vous en prie, dit-il. Nous allons tout arranger.

– C'est qui, les salopards qu'ont fait ça ? cria une voix derrière eux.

Le regroupement attirait une foule de plus en plus importante, car des ouvriers passaient dans la rue en se rendant à la scierie. Ils étaient maintenant une demi-douzaine à l'intérieur et d'autres se pressaient sur le seuil.

– Je vais les tuer, ces fumiers ! promit une voix.

– Ça sert à rien, de les tuer, répliqua une autre. Faut qu'on leur reprenne la bouffe.

Charles se demanda s'il devait organiser une réunion des édiles, ouvrir une enquête. Ceux qui avaient pillé le magasin et les jardins communaux disposaient vraisemblablement de grosses réserves de nourriture. Mais la perspective de fouiller maison après maison lui déplaisait. Cela conduirait à de nouveaux conflits et de nouvelles confrontations, transformerait précisément Commonwealth en ce genre d'organisation policière qu'il avait fuie pendant la grève d'Everett. Il se demanda si cette transformation s'était déjà opérée.

– Nom d'un chien, Mike, c'est quoi qui te fout autant en colère ? lança d'un ton méprisant un homme qui avait la joue gauche traversée par une longue cicatrice. De la bouffe, t'en as assez chez toi pour nourrir une armée.

Des têtes se tournèrent.

– Tu parles, que j'en ai ! répondit un homme âgé dont l'épaisse barbe noire était parsemée de poils blancs. J'en ai pas plus que toi !

Même si un vent froid s'engouffrait par les vitres brisées, Charles sentait la sueur ruisseler sur son échine.

– C'est toi qu'as deux vaches derrière chez toi, accusa quelqu'un d'autre en s'adressant à l'homme au visage balafré.

– Vous voyez, Charles ? glissa silencieusement Metzger à l'oreille du patron de la scierie pendant qu'ils observaient comment la dispute entre les ouvriers dégénérait.

Charles finit par repérer un visage ami, celui de Jarred Rankle qui se frayait un passage de l'épaule sur le seuil envahi. Il s'interposa entre l'homme à la cicatrice et celui qui avait la barbe au moment où ils semblaient prêts à en venir aux mains. Charles voyait Rankle les raisonner et il enviait le manque d'hésitation que mettait son ami à marcher droit vers ces hommes qui étaient aux franges de la violence.

Un autre ouvrier sortit de la foule pour s'approcher de Charles.

– Comment le magasin peut être à court de nourriture, monsieur Worthy ? Je n'ai pratiquement plus rien, moi non plus.

Il était jeune, à peine plus âgé que Philip ; c'était l'un des nouveaux employés de la scierie.

– Je passerai chez vous dans la journée, lui promit Charles en lui posant une main sur l'épaule. Vous pourrez me communiquer ce dont vous avez besoin à ce moment-là.

Il espéra que ces mots suffiraient pour le rassurer, même s'il ne savait pas trop ce qu'il serait en mesure de lui fournir.

Le jeune ne paraissait pas avoir vraiment grand espoir quand il se détourna pour partir.

– Allez, tout le monde au boulot ! cria Rankle après avoir appliqué quelques tapes d'encouragement sur les épaules de gars de la scierie. On n'a pas le temps de s'apitoyer sur notre sort. Il faut la faire tourner, cette scierie.

Les hommes continuaient de grommeler, mais Rankle donnait l'impression d'avoir compris leur mécontentement. Personne ne voulait se battre, personne ne voulait participer à une émeute. Ils voulaient que les choses reviennent à la normale et, dans l'immédiat, il semblait leur suffire de prêter l'oreille à un des contremaîtres respectés de la ville qui insistait pour dire que les choses allaient bientôt s'arranger. Mais il était clair que les tensions existant chez ces hommes ne resteraient pas apaisées longtemps.

Ils commencèrent à sortir les uns derrière les autres, et Rankle marcha à contre-courant pour s'approcher de Charles.

– Ça n'annonce rien de bon, lui confia-t-il d'un ton calme.

Le patron de la scierie opina.

– Je sais. Il faut juste qu'on continue d'aller de l'avant autant que faire se peut. Ça ne pourra pas durer.

Il décela le manque de conviction dans les yeux gris du contremaître.

– Il faut que j'aille à l'entrepôt. Je dois relever Deacon, ce matin. Je passerai à votre bureau à la fin de mon tour de garde.

Rankle partit. Charles et Metzger étaient à nouveau seuls dans le magasin. Charles en ferma la porte en espérant éviter un nouveau moment de crise.

Metzger se tenait à la caisse où sa femme s'était toujours assise. Même si les étagères avaient été remplies, la salle, sans elle, aurait paru vide. Il se pencha, les paumes sur le bois, la nuque ployée comme s'il risquait de s'effondrer.

– Alfred, débuta Charles, je ne prétends pas savoir comment vous vous sentez au moment présent. Si quoi que ce soit est survenu à cause des choix que j'ai faits, c'est un regret que je porterai jusqu'à mon dernier jour.

Il se tut un court instant.

– En attendant, vous avez raison : la quarantaine devrait être annulée. Si vous avez besoin de vous rendre à Timber Falls pour vous procurer de la nourriture, vous avez bien sûr mon feu vert. Je vais annoncer aux gardes que nous n'avons plus besoin de leurs services. Et j'irai voir les banquiers lundi pour obtenir tout l'argent que je pourrai. J'espère seulement que les magasins de Timber Falls ont rouvert.

Pendant tout ce discours, Metzger avait gardé la tête penchée. Charles reprit :

– Rebecca et moi allons venir, ce soir, et s'il y a la moindre chose que nous puissions faire…

– Il n'y a rien que vous puissiez faire, répondit Metzger toujours sans le regarder. Vous n'êtes pas les bienvenus chez moi.

XVIII

Rankle fut surpris de voir Graham posté en sentinelle devant l'entrepôt. Il croyait que c'était Deacon qui avait assuré toute la garde de nuit.

– Il avait l'air fatigué, expliqua Graham. Je l'ai renvoyé plus tôt chez lui.

– La grippe ?

– Non. Il avait l'air d'aller. Juste fatigué.

– Du nouveau pendant la nuit ?

– J'ai entendu des loups. Première fois de l'année.

– Tu ferais peut-être bien d'aller te coucher. Finir ta nuit au lit.

– Ça me ferait du bien, acquiesça Graham en souriant.

– Tu t'es coupé ? lui demanda Rankle avec un geste pour montrer sa main droite.

– Hein ?

Il baissa les yeux et vit que du sang séché avait noirci l'espace entre le pouce et l'index en coulant jusqu'au poignet.

– Oh. J'ai dû m'esquinter les mains en coupant du petit bois avant de venir. Il faut croire que je deviens maladroit avec l'âge.

– Va donc te coucher, vieillard.

– Bonne nuit.

– Bonne matinée.

Rankle fut bientôt rejoint par un Polonais de petite taille nommé Wozniak et, une demi-heure plus tard, la femme de Wozniak arriva avec un bol de bouillie d'avoine et de l'eau pour le prisonnier. Le mari resta dehors, tenant son fusil à deux mains, tandis que Rankle posait le sien par terre et entrait dans le bâtiment avec le petit déjeuner du prisonnier.

Au pied de l'escalier, il fut accueilli par le tas de chaînes. Il lâcha le bol qui tomba à terre, pivota sur place au cas où le soldat serait dissimulé dans un recoin en attendant de lui bondir dessus. Mais il ne s'y trouvait pas. Il n'était nulle part à l'intérieur du bâtiment.

*

Dès qu'il entra dans le bureau, Philip sut que quelque chose n'allait pas.

Encore inquiet à la suite de la confrontation avec les ouvriers en colère, il avait pris un trajet moins fréquenté pour se rendre à l'usine et était arrivé une demi-heure après Charles. En entrant, il vit une expression lasse dans les yeux de son père, comme s'il avait déjà eu une longue matinée.

Il s'assit, demanda :

– Ça va, père ?

– Je viens de parler avec M. Metzger. Sa femme est décédée hier soir.

Philip eut l'impression d'une vague de chaleur, le sang lui monta au visage. La pièce était extrêmement silencieuse. L'usine elle-même paraissait plus paisible que d'ordinaire, peu disposée à se libérer du sommeil de la nuit.

– Est-ce qu'il a dit si Elsie est malade ?

– Non, je suppose donc qu'elle va bien. Aussi bien qu'on peut l'espérer pour quelqu'un qui vient de perdre sa mère.

– Peut-être que je devrais y passer dans la journée. Voir s'il y a quelque chose que je peux faire pour les aider.

– Ce ne serait pas une bonne idée. Je sais que ça semble être l'attitude normale à avoir, mais… ils ne sont pas d'humeur à recevoir des visiteurs pour l'instant. Demain peut-être.

Philip soupçonna Charles de chercher à gagner du temps. Peut-être ne voulait-il pas que son fils aille chez les Metzger où il risquerait de tomber malade. Il se prenait à détester les craintes de son père et éprouva l'envie de le lui dire, mais il voyait, à son regard, que le moment n'était pas bien choisi pour regimber.

– Tu devrais aller voir les contremaîtres. Banes sera bientôt là et il voudra le rapport concernant les absents.

Philip se hâta de sortir du bureau. Il avait besoin d'air et il fallait qu'il obéisse à Charles, mais il ne pouvait pas affronter le regard des contremaîtres, pas encore. Il s'immobilisa donc et demeura sur la longue passerelle de bois qui dominait l'usine. Il s'aperçut qu'il tremblait. Les scies lui semblaient plus bruyantes que d'habitude, accusatrices, sarcastiques. Il se pencha en prenant appui de ses mains sur ses genoux, le dos contre le mur, pour retrouver la maîtrise de lui-même. Respira. Espéra que personne ne le regardait tout en sachant que quelqu'un devait bien le faire, mais il demeura quand même dans la même position. *Respire*. Bientôt, il cesserait de trembler, il remplirait sa tâche, établirait la liste supplémentaire des malades et des mourants.

*

Vingt-trois hommes de plus manquaient à l'appel. Il revint dans le bureau et ajouta les nouveaux noms à sa liste principale qui remplissait désormais deux pages.

Il voulait écrire une autre lettre à Elsie, mais il ne savait que lui dire qui ne serait pas dérisoire. Tout ce qu'il avait écrit depuis le début de la matinée, c'était les noms des nouveaux hommes qui se mouraient, si bien que la pensée de transmettre amour, espoir ou compassion avec le même crayon lui paraissait hérétique.

– Nous devrions fermer la scierie, déclara le docteur Banes à Charles après avoir consulté la liste.

C'était la fin de la matinée. Il venait d'arriver, des heures plus tard que les trois jours précédents. Les cernes sous ses yeux semblaient plus foncés que de coutume, ses yeux plus rouges, son humeur plus sombre.

– Vous en êtes sûr ?

– Regardez la liste, Charles, insista le docteur d'une voix calme et sobre qui renfermait une extrême tension. À cette vitesse-là, la moitié des employés seront contaminés d'ici à deux jours. Et ce sera pire après.

Il y avait déjà trop de gens malades auxquels rendre visite pour une seule journée, expliqua-t-il. Même quand il parvenait à les voir, il ne pouvait pas faire grand-chose. La réalité, c'était que les chiffres augmentaient chaque jour et que la seule méthode susceptible de ralentir la propagation de l'épidémie était d'insister pour que tout le monte reste calfeutré dans les maisons afin d'éviter la contagion.

Charles avait refusé d'admettre que la situation était aussi grave, mais il n'avait pas vu ce que son ami avait observé de près. Peut-être la fermeture de la scierie serait-elle la meilleure solution, si l'on considérait le pillage qu'avait subi le magasin d'alimentation, peut-être les hommes avaient-ils besoin d'un répit loin du travail et de la maladie. Après quelques jours d'isolement, tous se souviendraient de la raison pour laquelle ils étaient venus à Commonwealth, et pour laquelle la ville devait réussir.

À moins que Charles ne se fasse des illusions.

– Je me disais aussi que nous devrions renoncer à la quarantaine, concéda-t-il avec un sentiment d'abattement absolu. Les gardes n'ayant pas été en mesure d'empêcher la grippe d'arriver jusqu'à nous, il ne semble plus y avoir d'argument valable pour interdire aux gens d'aller et venir comme il leur semble bon.

Pareille déclaration était pour lui pratiquement impossible à énoncer, même s'il avait, à peu de chose près, dit la même chose à Metzger le matin même. Mais Banes se borna à hocher la tête.

– Philip, dit Charles, bats le rappel de tous les contremaîtres.

Quelques minutes après le départ du garçon, Rankle rejoignit Charles et le docteur Banes. Il haletait et apportait une nouvelle… le soldat s'était échappé.

*

Une heure plus tard, Philip s'approcha de la porte des Metzger. Son père l'avait renvoyé à la maison quelques minutes plus tôt, après avoir vu les contremaîtres et leur avoir demandé de transmettre les informations concernant la fermeture de la scierie et la fin de la quarantaine. Charles était resté au bureau pour s'occuper des derniers papiers tandis que Philip espérait partir avant les ouvriers.

Mais il n'avait pu se résoudre à ne pas passer chez les Metzger en dépit de ce que Charles lui avait dit. Il retira son bonnet de laine qu'il garda à la main en frappant à la porte.

Au troisième coup, M. Metzger ouvrit. Il avait toujours l'air de n'avoir pas dormi.

– Bonjour, Philip.

Ç'avait toujours été un homme discret, mais sa voix était encore plus faible qu'auparavant.

– Monsieur Metzger, je voulais juste vous présenter mes condoléances, pour votre épouse.

Il n'avait pas préparé à l'avance ce qu'il avait l'intention de dire. Il essaya de regarder le père d'Elsie en face, mais trouva cela trop difficile. Il ajouta :

– Passer par le magasin et entendre ses taquineries a toujours été le meilleur moment de ma journée de travail. Je… Elle va beaucoup me manquer.

Il osa enfin lever les yeux vers le visage du commerçant et n'apprécia pas ce qu'il y vit.

– Rentre chez toi, Philip.

Avant de refermer la porte.

Philip fut abasourdi par la brutalité de ce congé. Il se recoiffa en se demandant si Elsie avait été à proximité, si elle avait entendu sa voix. Il attendit près de la porte un moment de plus, espérant qu'elle l'ouvrirait à toute volée pour l'appeler. Mais comme rien de tel ne se passait, il finit par reprendre le chemin de chez eux.

XIX

Pendant la réunion avec les contremaîtres, Rankle était resté, hochant la tête patiemment. Il avait informé Charles et Doc Banes de la disparition du soldat tandis que Philip réunissait les contremaîtres, mais ce fait paraissait presque trivial comparé à l'énorme nouvelle que représentait la fermeture de la scierie. Que le soldat ait été, ou non, un véritable espion allemand qui avait répandu la maladie paraissait désespérément hors sujet maintenant que chaque homme devait affronter la tâche consistant à sauver les malades et à préserver ceux qui échappaient encore à la contamination. Les habitants de Commonwealth ne pouvaient plus s'inquiéter d'autre chose que de la grippe.

C'était pour cela que Charles n'avait même pas pensé à parler à Philip de la découverte de Rankle avant que des heures se soient écoulées. La perspective d'abandonner la scierie était aussi épouvantable pour lui que s'il abandonnait un enfant sur le trottoir d'une ville, et la culpabilité ainsi que la crainte que ce choix constitue une erreur irréversible ne le laissaient pas en paix une seconde. Il se replongeait dans ses calepins et ses courbes, essayait de calculer l'impact d'une journée de fermeture, d'une semaine, ou de trois. Maintenant que la quarantaine était interrompue, peut-être pourrait-il contacter ses clients, inviter les bateaux à reprendre leurs trajets en serpentant vers l'aval et commencer à emporter l'immense stock de marchandise qu'ils avaient amassé depuis le début de la quarantaine il y avait deux semaines. Metzger pourrait réassortir son magasin, et même si son deuil le retardait quelques jours, les familles qui avaient continué d'échapper à la contamination pourraient aller à Timber Falls s'approvisionner en produits de première nécessité. Peut-être les gens valides feraient-ils des courses pour ceux qui étaient alités, organiseraient-ils des livraisons pour s'assurer que ceux qui avaient le plus besoin de moyens de subsistance n'en étaient pas privés. Peut-être le fait de mettre un terme à la quarantaine aiderait-il en réalité la ville au moment où elle en avait le plus besoin.

Pourtant, si la scierie était fermée, il n'y aurait pas d'ouvriers pour charger les bateaux. Et que se passerait-il si ces autres villes comptaient tant de malades que leurs commerces avaient baissé le rideau ? Comment l'atmosphère actuelle, à Commonwealth, pouvait-elle engendrer, chez lui, la foi que les habitants seraient capables de porter de la nourriture chez leurs congénères en dépit des graves risques qu'un tel altruisme entraînerait ? Il était resté trois heures à réfléchir dans son bureau alors que tout le monde avait déserté les lieux. Finalement, il s'était levé et avait regardé par la fenêtre d'où il dominait le niveau principal de l'usine avec toutes ces machines inertes et ce silence étourdissant. Il éteignit la lampe. Laissa la scierie derrière lui.

L'après-midi était aussi silencieux qu'un dimanche. Pas de bruits de scies lointaines, pas un écho provenant des lourds camions sur la terre mouillée, pas les rugissements ni le fracas qui émanaient de la scierie. Les lieux étaient silencieux, glacés, et l'atmosphère exactement semblable à ce que le temps devrait être s'il tentait d'imiter la mort.

Lorsqu'il rentra, sa femme et sa fille jouaient aux cartes dans le petit salon comme si c'était une journée normale et non pas celle où Rebecca avait annoncé que l'école resterait fermée jusqu'à nouvel ordre. Philip était dans sa chambre.

C'était presque l'heure du dîner quand Charles se souvint de ce que Rankle lui avait dit à propos de l'espion, se souvint également de l'attachement aussi étrange que malvenu noué par Philip avec cet homme. Il frappa à la porte de son fils qu'il trouva assis sur son lit à lire une lettre qu'il se hâta de glisser sous un des plis de ses couvertures.

– Il s'est enfui ? demanda Philip lorsque Charles essaya d'expliquer la situation.

Son père confirma de la tête, toujours rendu perplexe par l'allégeance de son fils à cet homme qui était certainement un espion. Charles en était plus que jamais convaincu et raconta ce que Rankle avait découvert. Personne ne savait comment l'individu s'était libéré de ses chaînes, mais cela n'avait pas d'importance. Le soldat ne représentait plus un problème pour eux, et des problèmes, dans l'immédiat, ils en avaient plus que leur compte.

*

Après le départ de Charles, Philip resta assis sur son lit à réfléchir. Frank était parti, à pied, à travers bois en direction de Vancouver. Philip ne comprenait pas comment il s'était évadé, ni comment il pourrait matériellement réussir à atteindre le Canada maintenant qu'il commençait à faire tellement plus froid. Il avait prévu de l'aider dans son périple en lui donnant un sac rempli de nourriture et des vêtements plus chauds… comment y parviendrait-il autrement ?

Tout à coup, il se dit que Frank ne s'était peut-être pas encore enfui, qu'il avait pu choisir de se dissimuler dans la cave ou le placard de quelqu'un pour une dernière nuit, attendant de voler de la nourriture et des vêtements avant de leur fausser compagnie. Il se raccrochait à cette idée, déterminé à inspecter de ses propres yeux la prison désertée.

Charles, qui était dans le petit salon, vit Philip enfiler son manteau.

– Où vas-tu ?

– J'ai oublié quelque chose à l'usine, je n'en ai pas pour longtemps, fut la réponse laconique de Philip.

Il prit une lampe et franchit le seuil avant qu'une réaction ait pu lui parvenir.

Il faisait froid et les vents du soir avaient commencé à se ruer sur les portes fermées de la ville et les fenêtres protégées par des volets. La couleur du ciel s'effaçait, révélant les ténèbres qui se dissimulaient derrière les nuages, tapies dans l'anticipation de la nuit noire et âpre.

Il marchait le plus vite possible, et quand il atteignit la rue en cul-de-sac, il s'étonna de l'impression que les entrepôts donnaient sans la présence d'une sentinelle ou deux. Il ouvrit la porte. La lumière de la lampe le précéda ainsi que l'écho de ses pas. Lorsqu'il atteignit le sommet de l'escalier menant à la cave, il vit de la lumière en bas.

Quelqu'un était là.

Il sentit son cœur battre plus fort encore et, même s'il essayait de contrôler ses émotions, il ne parvint pas à en maîtriser les battements. Pour il ne savait quelle raison, il n'appela pas pour prévenir de sa présence, choisissant de laisser le bruit de ses pas l'annoncer et faisant confiance à quiconque se trouvait en bas pour ne pas représenter une menace. Il descendit lentement. En atteignant le bas des marches, la lumière de sa lampe se joignit à l'autre qui était posée au milieu de l'espace, comme si elle y avait été oubliée.

Mais Jarred Rankle était assis par terre, appuyé contre le mur.

– Tiens, Philip, dit-il d'une voix calme. Qu'est-ce qui t'amène ?

– Je voulais juste… jeter un coup d'œil, répondit le garçon d'une voix hésitante.

Rankle avait les yeux tristes et ne portait pas de masque. Il devait croire que les germes de Frank, son esprit ou sa contamination, avaient fui en même temps que lui.

Philip se sentait mal à l'aise. Rankle représentait pour sa famille un ami fiable, mais sa présence en ce lieu était un mystère. Néanmoins, il s'approcha de la poutre à laquelle Frank avait été enchaîné. Les fers reposaient en boucles inertes comme si, n'ayant jamais été assez solides pour contenir un homme, ils avaient simplement abandonné ce simulacre. Il analysait tous ces éléments quand il aperçut quelque chose.

C'était la photo de Michelle. Il la ramassa, plongea son regard dans celui de la jeune femme comme s'il espérait qu'elle allait lui fournir une explication. Il se serait attendu à ce que Frank laisse ses chaussures derrière lui plutôt que ce cliché. Était-il concevable qu'il ait été un espion depuis le début, et que la photo n'ait été autre chose qu'un accessoire destiné à rendre plus tangible sa fausse identité ?

Rankle ne demanda pas à Philip ce qu'il regardait. Il avait déjà dû ramasser la photo lui aussi, avait eu les mêmes pensées et l'avait laissée retomber sur le sol. Le regard de Philip fut alors attiré vers autre chose. Il s'accroupit à nouveau et inspecta l'étrange tache rouge par terre, près du mur, une marque sombre qui semblait avoir saigné de la terre même. En fait, il avait posé le pied dessus quelques instants auparavant à peine, et son pied avait dû chasser un peu de la poussière qui avait été balayée là pour la recouvrir, dévoilant une flaque plus grande, d'un noir tirant sur le rouge, dont il savait qu'elle ne pouvait avoir qu'une cause.

Il se redressa et recula de quelques pas. Il tenait toujours la photo dans sa main. Son regard se tourna vers Rankle qui le reçut en restant inexpressif.

– Je n'en sais pas plus que toi. Ce matin, il n'était plus là. Nous avons découvert que le mur, au rez-de-chaussée, était en partie défoncé. Nous en avons conclu que c'était par là qu'il s'était esquivé. Puis je suis revenu et j'ai observé plus en détail.

Philip sentit une crispation dans son ventre et ne put l'endiguer qu'en s'obligeant à respirer lentement.

– Qu'est-ce que vous lui avez fait ?

– Je viens de te le dire. Je n'ai rien fait du tout.

Le garçon ravala sa salive, reprit son calme.

– Qui était de garde, la nuit dernière ?

Pendant qu'il posait cette question, son regard était dirigé vers le sol, mais comme aucune réponse ne venait, il le reporta sur le contremaître dont les yeux étaient également fixés sur le sang. Philip répéta sa question.

– Deacon était censé le faire, répondit Rankle à contrecœur. Mais quand je suis arrivé ce matin, c'était Graham qui était là.

– Qu'est-ce qui s'est passé, à votre avis ?

La gravité du regard de Rankle lui tint lieu de réponse.

Philip, hagard, était figé sur place.

– Il faut que je voie Graham, finit-il par dire même s'il sentait ses jambes prises de tremblements.

Il glissa la photo de Michelle dans sa poche.

– Tu ne feras rien de tel, lui opposa Rankle en se levant.

L'ordre prit Philip par surprise.

– Il faut que je le voie.

Sa voix tremblait de peur, de rage, et à cause des larmes qu'il ne retenait qu'à grand-peine.

– Si je dois te porter de force jusque chez toi pas plus tard que maintenant, je vais le faire. Graham est chez lui, il protège sa famille, et cela, tu vas le respecter.

Philip n'avait pas oublié les récits qui entouraient la famille que le contremaître avait perdue. Si ses mots étaient durs, sa voix tremblait aussi, la preuve que tout cela n'était pas plus facile pour l'un que pour l'autre.

– Tu ne vas en parler à personne, poursuivit Rankle. Tu vas laisser Graham tranquille, tu vas rentrer chez toi et tu vas y rester jusqu'à ce que tout ça soit oublié.

Aussi décidé que soit Philip à voir Graham, il était également terrifié de le faire et préférait obéir à Rankle. Il acquiesça, pressé de disparaître. Il se sentait désorienté par le même mélange vertigineux de crainte et de confusion que lorsqu'il s'était trouvé enfermé dans la prison, puis à nouveau quand Charles lui avait demandé s'il avait la moindre raison de soupçonner Frank d'être un espion, et encore lorsqu'il avait compris que la grippe s'était insinuée dans Commonwealth.

Rankle lui ayant annoncé qu'il allait rester pour nettoyer, Philip repartit seul. Il aurait pu désobéir et aller trouver Graham, mais il n'en ressentait plus le désir, en tout cas pas dans l'immédiat. Il rentra chez lui, annonça à la famille, rassemblée pour le repas, qu'il n'avait pas faim et ne se sentait pas bien. Conscient que toute allusion à une maladie était alarmante, il les rassura en précisant qu'il était juste fatigué.

Il demeura longtemps allongé dans son lit, hanté par des pensées liées à Graham, à Frank et à l'objecteur de conscience, hanté par les échos de la toux. Et quoiqu'il soit persuadé d'être au plus mal, il se trompait. Car au moins il était toujours en bonne santé quand il ferma les yeux.

Quatrième partie
SPECTRES

I

Violet Merriwhether ne pouvait plus regarder son mari. Si elle ne le regardait pas, si elle restait dans sa chambre derrière une porte fermée à clé, les rideaux tirés qui la maintenaient dans les ténèbres et la protégeaient de toute preuve qu'un monde existait au-dehors, alors elle pourrait exister ici, seule, dans le silence. Ce serait l'existence la plus triste possible, une femme seule, dans une chambre, mourant lentement de faim, mais ce serait peut-être, quand même, supportable. Si en revanche elle tournait son regard vers J. B., elle se souviendrait de son mari et de l'amour qu'il y avait eu entre eux, se souviendrait de l'existence de l'amour, de la possibilité de l'espoir, se souviendrait des matins où ils s'asseyaient sur la terrasse, tous les deux, en se tenant par la main et en se chamaillant gentiment sur la manière dont, un jour, ils nommeraient leurs enfants. Si elle le regardait, elle se souviendrait qu'autrefois elle avait été mère, qu'autrefois elle avait eu deux enfants, qu'une part d'elle avait été belle, vivante, mais fragile, si douloureusement et dangereusement fragile, et que cette part d'elle s'était aventurée dans le monde impitoyable pour y être jetée à terre. Et cela, elle ne pouvait l'accepter, ne pouvait pas même l'imaginer.

Si elle regardait J. B., elle serait anéantie. Elle avait déjà été anéantie à la vue de Gwen se mourant de suffocation, et à nouveau à la vue du télégramme posé sur la table de la cuisine. Elle avait été anéantie de si nombreuses fois que chacune de ses cellules avait elle-même été anéantie, ce qui autrefois avait été son essence changé en grains de poussière soufflés par le vent. Lors de la veillée de Gwen, Violet avait entendu certaines de ses amies se demander comment elle tenait le coup et, en dépit de ce qu'elles pensaient, elle savait qu'elle ne le tenait pas, que les parties qui la composaient étaient depuis longtemps dispersées. Pourtant, elle continuait d'être là : comment était-ce possible ? Elle restait dans cette chambre, dans le noir, et chaque fois que son mari frappait à la porte elle faisait comme si elle ne l'avait pas entendu. Elle savait que les échos de ces coups frappés à la porte finiraient par s'atténuer et cela se produisait toujours.

*

J. B. était assis à la table de la salle à manger quand il vit Joseph Miller se garer devant la maison. Il ne bougea pas, même si ça lui rappela le jour où le télégramme était arrivé, le télégramme qu'il avait posé sans le lire, ce message tourné face à la table qu'il avait regardé pendant ce qui semblait avoir duré des heures. Ç'avait été un samedi après-midi où Violet était partie voir des amies, des amies bien intentionnées qui essayaient de détourner son esprit de la mort de sa fille, même si cela n'avait eu qu'un temps. Il n'avait pas su s'il devait attendre qu'elle rentre pour le lire. Comment peut-on affronter la mort, comment peut-on affronter la tragédie ? Seul, ou avec sa bien-aimée près de soi ? Que peut dire un homme lorsqu'il affronte des faits dont il lui est impossible de protéger son épouse, de protéger sa famille ? Assis à cette table, ce samedi-là, il avait été l'homme le plus insignifiant sur terre.

Depuis que James avait été envoyé en France, chaque soir sans exception il avait adressé des prières à Dieu, implorant le Seigneur d'épargner son fils. *Je vous en supplie, protégez James et faites en sorte qu'il soit toujours à l'abri du danger*, avaient été les mots qu'il avait utilisés soir après soir. Mais comme il avait reçu une éducation dont le but avait été de faire de lui un homme charitable et attentionné, il avait pris conscience de la superficialité qu'il y avait à prier le Seigneur de sauvegarder uniquement son fils, avait pris conscience que c'était mettre la vie de James au-dessus des vies de tous ces autres garçons précipités dans le chaos de la guerre. Aussi avait-il fait de ces mots un appel à Dieu afin qu'il sauvegarde tous ces autres garçons. *Je vous en supplie, faites en sorte que tous ces jeunes hommes soient toujours à l'abri du danger*. Mais cela signifiait qu'il quémandait quelque chose d'impossible. C'était folie, et il avait le sentiment que Dieu, qui est aux cieux, secouait Sa tête en le regardant, en considérant la misérable attitude d'un homme qui voulait une chose mais en demandait une plus incommensurable, un souhait qui ne pouvait être réalisé. Et Dieu l'en avait puni.

Ces deux dernières nuits, il avait dormi dans le petit salon, allongé sur le sol froid, le regard rivé au plafond. Au-dessus de lui se trouvait la chambre où sa femme s'enfermait. Ces deux derniers matins il s'était réveillé avec le même épouvantable sentiment, la prise de conscience progressive que les atrocités récentes n'étaient pas des rêves, qu'elles étaient réelles et qu'elles l'accompagnaient dans la nouvelle journée qui pointait. Chaque matin, sa fille et son fils mouraient à nouveau, Gwen dans ses bras, son corps fouettant l'air de ses membres pendant que lui versait des larmes, et James disparaissant simplement sous ses yeux.

Gwen avait été la plus belle jeune femme de la ville ; ses prétendants avaient commencé à se succéder. Plus jamais J. B. ne chasserait du seuil de sa maison un de ces jeunes gens épris, plus jamais il ne lirait la déception dans leurs yeux, plus jamais il n'entendrait leurs bredouillements et ne verrait les espoirs brisés de l'invulnérabilité juvénile qui lui rappelaient si fort l'adolescent d'il y avait si longtemps, le jeune James Barrows Merriwhether, lorsqu'il frappait à la porte des parents de la merveilleuse Violet Casey. La terrasse de la maison Merriwhether n'abriterait jamais plus pareil élan, pareille exaltation débridée.

Mais au moment présent, Joseph Miller s'y tenait. Il regardait J. B. à travers la fenêtre, mais ce dernier ne se levait pas pour venir lui ouvrir. Miller désigna la porte d'un geste de la main comme pour entrer, et J. B. fit oui de la tête.

Lorsque Miller pénétra dans la salle à manger, J. B. espéra qu'il n'allait pas exprimer ses condoléances, un espoir qui fut immédiatement réduit à néant. Il hocha la tête et détourna le regard, las de voir des hommes paraître si profondément mal à l'aise en sa présence. Lui-même avait éprouvé la même chose qu'eux pendant un temps à l'égard de gens comme le contremaître Hightower, père de deux fils tombés en France. J. B. détestait avoir quoi que ce soit en commun avec cet homme, détestait qu'ils soient désormais tous les deux enfermés dans le même cercle de l'enfer.

Miller s'éclaircit la gorge, comme si l'atmosphère déplaisante qui les environnait pouvait être dissipée aussi facilement. Puis il parla de son plan. Lui demanda s'il était d'accord pour venir avec eux.

J. B. fit oui de la tête.

– Vous me direz quand.

II

À quel moment précis Philip s'était réveillé, il n'en était plus certain. Il savait seulement que la transition douloureuse et confuse entre sommeil et veille s'était accompagnée d'un mal de tête épouvantable qui partait de ses tempes pour s'enfoncer profondément vers l'arrière de son crâne. Ses yeux étaient ouverts et, lentement, sa chambre retrouva sa netteté quand il comprit ce que cela signifiait. Précautionneusement, il souleva la tête de l'oreiller, se hissa en position assise, appuya son dos contre le mur froid. Cela ne fit que rendre la douleur plus lancinante dans sa tête. Il l'inclina en arrière pour regarder le plafond et supplier Dieu que ce ne soit pas vrai, mais lorsqu'elle fut penchée, cela déclencha quelque chose à l'intérieur de son corps, et il se redressa soudain en toussant violemment. Il avança le haut de son corps au-dessus du bord du lit, espérant que cette position dégagerait sa gorge et ses poumons de ce qui avait bien pu rendre ses voies aussi encombrées pendant son sommeil.

Il se remit sur son séant en continuant de tousser, les yeux emplis de larmes à cause de la douleur, de la peur et de ce qui, à l'arrière de sa bouche, semblait assécher sa gorge mais inonder le haut de sa poitrine. Il tendit la main en quête d'un verre d'eau mais n'en trouva pas. Il s'était réfugié si vite dans son lit, la veille au soir, qu'il n'en avait pas apporté… il n'avait même pas changé de tenue, s'aperçut-il alors : en chemise de flanelle et pantalon de laine, il sentait encore le froid sous les épaisses couvertures, et si le fait de rester appuyé contre le mur n'arrangeait pas les choses, il n'avait pas la force de bouger, ni l'énergie suffisante pour forcer son corps à s'adapter à la situation, voire la capacité de réfléchir à pareille décision. Il resta donc dans cette position, à tousser jusqu'à ce que quelqu'un ouvre sa porte.

C'était Rebecca. L'inquiétude, dans son regard, était totalement différente de l'empathie maternelle ordinaire. C'était un mélange de peur et de déni.

– Ça va ? lui demanda-t-elle d'un ton bas, comme si elle savait que le bruit le ferait souffrir, ce qui était effectivement le cas.

Elle s'avança de deux ou trois pas dans la pièce.

– J'ai très mal au crâne, parvint-il à glisser entre deux quintes.

Elle hocha la tête et les sillons, entre ses sourcils, se creusèrent. Elle lui affirma qu'elle revenait tout de suite avec de l'eau. Il ferma les yeux. Quand il les rouvrit, le verre était là, contenant l'eau dont la froideur était à la fois apaisante et âpre. Il but, ce qui calma un peu sa gorge, mais en fut d'autant plus secoué de frissons. Voyant cela, Rebecca lui dit qu'elle allait lui préparer un thé bien chaud. Elle tendit la main vers son front, lui demanda s'il avait chaud ou froid. Les deux, répondit-il. Elle voulut savoir s'il avait faim. Il réfléchit comme si elle lui posait une question abstraite, sur quelque chose à quoi il n'avait jamais réfléchi, avant de répondre non. Il toussa à nouveau.

Avant d'aller lui chercher une autre couverture, Rebecca mit de l'ordre dans ses oreillers pour qu'il puisse s'asseoir. Dans le couloir, elle rencontra Charles qui venait de sortir de leur chambre, alarmé par les sinistres échos de la toux venue d'en bas.

– Va chercher le docteur Banes, lui murmura-t-elle. Il a une mine épouvantable.

*

Le sang battait dans sa tête et l'aspirine que Rebecca lui avait donnée ne semblait faire aucun effet. C'était comme de jeter un verre d'eau sur une forêt en feu. Il se sentait faible, avait les jambes douloureuses. Au début, il avait tenté de les disposer autrement, de les allonger parfaitement horizontales ou de les incliner d'une certaine façon, mais il avait vite établi que, quelle que soit la position, elles lui faisaient aussi mal que si elles étaient soumises à de violents coups de marteau.

Il s'efforça de tousser plus fort afin de déloger ce qu'il avait dans la gorge, mais les quintes avaient pour seul résultat de rendre cette gêne plus douloureuse encore. Il éprouvait une envie irrépressible d'enfoncer ses doigts dans sa bouche pour trouver cette chose, de gratter le fond du palais pour apaiser la souffrance. Mais il se rendit progressivement compte que ce n'était rien, ou peut-être s'agissait-il de sa gorge même. Il n'y avait pas moyen de s'en débarrasser et il fallait qu'il respire en la contournant, qu'il respire en dépit de sa présence. À petites gorgées, il but le thé devenu tiède en essayant de ne pas s'étrangler.

– C'est la grippe ? demanda-t-il au docteur Banes d'une voix faible pendant que Charles et Rebecca suivaient tout de leurs yeux inquiets qui paraissaient démesurés, car le reste de leur visage était dissimulé par le masque.

Le médecin répondit que oui, c'était la grippe espagnole. Elle avait pour habitude d'attaquer par surprise, de sorte que si la veille Philip avait senti qu'il couvait quelque chose, ç'aurait pu n'être qu'un mauvais rhume. Mais il s'était senti bien, physiquement en tout cas. Ensuite, il s'était réveillé comme si quelqu'un l'avait empoisonné pendant son sommeil. Quand Rebecca commença à demander ce qu'ils pouvaient faire pour l'aider, il se prit à tousser de telle sorte qu'elle s'interrompit au milieu de sa phrase, comme si la cadence exacte et la tonalité de ses expectorations étaient des éléments qu'il leur fallait écouter et étudier. Puis il retomba dans le silence et elle put achever sa question. Il n'entendit pas la réponse du docteur, ne l'écoutant pas, car il avait mal à la tête et la voix du praticien lui déchirait les tympans. Il ferma les paupières parce qu'il était en colère contre l'attitude triste et lasse de Banes, en colère contre le masque qui ne servait qu'à accentuer le regard distant du médecin. Il resta allongé, les paupières closes, à se concentrer sur sa respiration. Quand il les rouvrit, sa grande tasse était remplie d'un thé bouillant et ses visiteurs n'étaient plus là.

Quelle heure était-il ? Sa montre était posée sur la commode et la migraine le rendait plus désorienté encore. De la lumière s'infiltrait par les rideaux tirés, mais pas beaucoup. Toujours assis, il se laissa gagner par le sommeil, ses quintes s'étant miséricordieusement apaisées.

*

Au moment où ses yeux s'ouvrirent, il rêvait qu'il montait la garde avec Graham. Il vit sa minuscule chambre devant lui, un rayon de lumière argenté s'insérant entre les rideaux et divisant la commode en deux. Un instant plus tôt, Graham se tenait près de lui, lui parlait d'Amelia et de leur fillette. Le premier soldat aussi était là, il disait qu'il voulait connaître la famille de Graham et ce dernier hochait la tête avec gaucherie devant cette requête polie, détournant le regard parce qu'il ne savait pas comment lui annoncer qu'il était mort. Philip non plus ne savait pas comment le lui dire. Le soldat, l'objecteur de conscience savait maintenant Philip, posait un regard interrogateur sur lui, ses yeux doux et outragés cherchant une explication à la soudaine froideur affichée par Graham. Le garçon essayait alors si fort de trouver une réponse que cette concentration trop intense l'avait arraché au sommeil.

Il fallait qu'il voie Graham. Pendant un moment, il se sentit lucide, plus lucide qu'il ne l'avait été toute la journée. Mais sans aller mieux : il y avait un martèlement dans sa tête chaque fois que ses vaisseaux sanguins s'évasaient de mauvaise grâce pour laisser passer le sang infesté par le virus, et ses jambes le firent souffrir quand il repoussa les couvertures. Il faisait froid, en dehors du lit. Il avait besoin d'un pull, mais le voyage jusqu'à la commode lui prit un long moment, sa progression se scindant en petites étapes. Lève-toi. Attends. Avance de deux pas. Attends. Ferme les yeux. Avale et essaye de ne pas tousser. Tousse. Avance et agrippe-toi au bureau. Attends. Ouvre le tiroir, prends le pull. Laisse-toi retomber sur le lit en position assise, l'épais vêtement entre tes doigts couverts de sueur.

En enfilant le pull sur sa faible ossature, il vacilla à cause des courbatures douloureuses, dans ses bras et son cou, une douleur qu'il n'avait jamais ressentie à ce jour, pas même après avoir été sauvé de l'accident. Elle était atroce, mais il préférait s'effondrer dans la rue que de demeurer plus longtemps au lit à s'interroger sur ce que son ami avait fait.

Il ouvrit la porte pour s'avancer dans le couloir. Pas une seconde avant cet instant il ne lui était venu à l'idée que ses parents l'empêcheraient de sortir. Il tenta de ne pas faire de bruit, étouffa un accès de toux même s'il faillit l'obliger à se plier en deux de douleur. Il n'y avait personne dans le couloir ni à la cuisine. Il entendit des voix douces qui murmuraient dans le petit salon, Laura et Rebecca qui se lisaient quelque chose, se racontaient des histoires ou s'efforçaient de repousser l'emprise de l'horreur. Est-ce qu'il allait les contaminer ? Il n'y avait pas encore pensé, lui non plus… la prise de conscience avait été ensevelie sous les difficultés qu'il avait éprouvées ne serait-ce que pour lever la tête de l'oreiller. Il se demanda s'il était fréquent qu'une personne, dans une maison, soit malade sans infecter les autres habitants.

En passant devant le petit miroir de l'entrée, il détourna le regard.

Ses mains étaient gantées, posées sur la poignée de la porte, elles la tournaient aussi lentement et silencieusement que possible, puis il fut dehors. La lumière y était d'une cruauté brutale. La journée d'une luminosité stupéfiante… le ciel bleu ! D'un bleu parfait, sans un nuage en vue, comme si des anges demeurés longtemps sur terre avaient pris leur essor vers les nuées armées de rapières étincelantes pour taillader la couverture grise. En temps normal, il aurait apprécié le soleil, mais sa lumière lui paraissait si forte qu'il plissait les paupières et baissait le regard. Il progressait lentement, son équilibre reprenait progressivement le contrôle.

S'il lui avait semblé faire froid dans la chambre, il gelait dehors comme dans l'Arctique. C'était un froid inhabituel. Sûrement, il y avait quelque chose d'anormal… de toute évidence, *lui*. Il savait que son corps ne fonctionnait pas correctement, se dit que c'était seulement dans sa tête, que les frissons qui déclenchaient des spasmes le long de son échine n'étaient pas réels, que le vent qui semblait s'insinuer à travers ses vêtements, ce froid étrangement agressif, était une illusion. Il ne lui restait plus que deux rues à franchir, ses jambes continuaient de tenir leur rôle, et les vertiges qu'il avait ressentis au début s'atténuaient.

Il se sentait frêle et diminué, mais il fallait qu'il aille jusqu'au bout. Il avait peur de Graham, celui qu'il avait considéré comme son grand frère ces deux dernières années, mais qui avait des comptes à lui rendre.

La maison de Graham était là, juste devant lui. Elle donnait sur la rue principale, aussi forte et fière que le jour où ils l'avaient construite. Au premier étage, les rideaux étaient tirés devant la fenêtre de la chambre, mais pas au rez-de-chaussée, et, par l'une des croisées, il vit Amelia qui observait l'extérieur. Elle devait être assise dans un fauteuil car quand il se rapprocha, il vit la fillette dans ses bras, la petite Millie perchée sur les genoux de sa mère, regardant avec de grands yeux le monde où il ne se passait rien. Personne d'autre dans les rues, pas d'échos du service religieux qui se tenait à la mairie, à trois bâtiments de distance, pas d'enfants qui riaient. Mais la petite fille semblait hypnotisée comme par des défilés colorés, des danseurs peints, des éléphants et des zèbres qui se suivaient au pas devant elle. La mort et la désolation peuvent paraître encore belles à des yeux qui ignorent ce que l'on peut attendre d'autre de l'univers.

Puis Amelia n'était plus là. Philip se trouvait encore plus près de la maison, presque au bas des marches qui menaient à la terrasse, lorsque la porte d'entrée s'ouvrit. Graham n'avait ni pardessus ni gants, et néanmoins il ne semblait pas avoir froid malgré le vent qui se ruait aussi impitoyablement sur le garçon.

– Bonjour, Philip, dit simplement Graham en laissant son nom en suspens dans l'air pendant qu'il fixait le visiteur du regard. Qu'est-ce qui se passe ?

Philip déglutit et se concentra pour ne pas tousser. Graham était maintenant sous l'auvent, et Philip s'immobilisa avant la première marche.

– Qu'est-il advenu de Frank ?

Graham le regarda comme s'il ne comprenait pas ; ce nom ne lui disait rien.

– Qu'est-il advenu du soldat, de l'espion ?

L'expression de Graham changea.

– Bon Dieu, Philip, dit-il doucement. Tu es malade ?

Il porta la main à sa bouche pour la couvrir.

– Qu'est-il advenu de Frank, Graham ?

– Je l'ai laissé partir, répondit Graham dont le corps s'était rigidifié. Philip, tu devrais être au lit. Il faut que tu te reposes.

– Pourquoi il n'a pas pris la photo de son amoureuse ?

– Je ne sais pas.

Graham se retourna pour s'assurer qu'il avait fermé la porte derrière lui. Sa main couvrait toujours sa bouche.

– Pourquoi y avait-il du sang par terre ?

Philip fut saisi d'une crise de toux soudaine. Lorsqu'elle se calma, il demanda, d'un ton accusateur :

– Qu'est-ce que tu as *fait* ?

Graham s'avança en dépit de son désir d'être aussi loin que possible de quelqu'un qui était contaminé.

– J'ai arrangé les dégâts que toi, tu avais faits ! gronda-t-il à travers ses dents serrées.

Il avait paru si maître de lui-même, au début, la chemise rentrée sous son pantalon, les cheveux bien séparés par la raie au milieu. Mais maintenant qu'ils étaient plus proches, que Philip concentrait mieux son regard, son ancien ami paraissait avoir les chairs du visage un peu gonflées, les yeux un peu rouges, la figure souillée par l'émergence de sentiments qu'il avait tenté de réprimer.

Quand la porte commença à s'ouvrir derrière son dos, il se tourna brusquement pour crier :

– Ne sors pas, s'il te plaît !

Sa voix était rude et autoritaire. La porte se referma avant que Philip puisse distinguer qui se tenait derrière.

– Où est Frank ? insista Philip en montant sur la première marche. Où est Frank ?

– Tu le sais, où il est.

Philip entendait la respiration de Graham aussi fort qu'il entendait ses propres halètements torturés. Il lui était plus difficile de respirer, sa poitrine était plus congestionnée, et que cela soit dû à l'apparition d'un nouveau symptôme ou bien le prix de l'effort consenti, il n'en avait pas la certitude.

– Comment tu as pu…

Il s'interrompit dans sa phrase. Ses yeux se remplissaient à nouveau de larmes.

– Rentre chez toi, Philip, s'il te plaît. Il faut que tu prennes du repos.

Graham avait baissé sa main après avoir prévenu Amelia de ne pas sortir, mais il la leva à nouveau devant son visage.

– Je t'interdis de me dire ce qu'il faut que je fasse !

L'apparent désir de Graham de changer de sujet, de faire comme si Frank n'avait jamais existé, enrageait Philip. Il ne cessait de secouer la tête et, quand il finit par s'arrêter, quand il fixa Graham dans les yeux, il cria :

– Tu es un assassin !

– C'est *toi*, l'assassin !

À nouveau, Graham s'avança. Ils n'étaient plus séparés que par une cinquantaine de centimètres. La main qui lui tenait lieu de masque s'écarta et son visage entier réapparut, ses joues rouges et ses lèvres retroussées dans un rugissement.

– Tu as assassiné la ville entière en le laissant y pénétrer ! J'ai fait ce qui était de mon devoir pour protéger tout le monde et on ne peut pas dire que tu m'aies aidé.

Sans réfléchir, Philip se jeta en avant, se retrouva au contact de Graham, ses mains gantées cherchant son visage, son cou ou son cœur, il ne savait pas vraiment lequel. Il voulait seulement ébranler les certitudes de Graham jusqu'à ce que tous les incidents qui s'étaient produits ces dernières semaines puissent, d'une manière ou d'une autre, disparaître pour redevenir comme avant, quand Graham et lui avaient été amis et qu'ils avaient tous les deux su ce qu'ils attendaient de la vie, parce que c'était la même chose.

Graham le repoussa facilement. Philip chuta, glissant en arrière et se heurtant à un des poteaux de la terrasse. Ils se regardèrent un moment, stupéfaits d'en être arrivés à se battre. Puis Philip repartit à l'assaut, attaquant cette fois avec un de ses poings qui percuta Graham sur le côté droit du visage, un geste que Graham amortit en agrippant de sa main gauche le col de son antagoniste pour l'immobiliser. Il s'apprêtait à le frapper violemment avec la plus puissante de ses mains, la droite, celle qui avait encore tous ses doigts, quand quelque chose obstrua la poitrine de Philip. Il toussa alors face au visage de Graham, lequel se figea au milieu de son élan, donnant l'impression que son adversaire venait de lui projeter un seau de sang chaud au visage.

Ils se rendirent compte que, de deux directions différentes, on leur criait dessus.

De la fenêtre, Amelia avait assisté à la scène, sa fille dans les bras, et même si elle n'avait pas pu entendre leur conversation avant qu'ils se mettent à hurler, elle s'était empressée de poser la fillette et s'était précipitée vers la porte quand elle avait vu Philip attaquer Graham. Elle avait appelé son mari à grands cris en saisissant la poignée de la porte.

– Reste à l'intérieur, Amelia, s'il te plaît, essaya-t-il de crier, mais sa voix ressemblait à un geignement. Il est malade. Ne sors pas.

Quand elle entendit la supplique de son mari, elle se tut, la main toujours sur la poignée.

L'autre voix qui hurlait était celle de Charles, il courait dans la rue en tentant de rattraper son fils.

– Philip !

En entendant le cri de son père, le garçon céda aux injonctions déchirantes de son corps et s'effondra sur la terrasse, s'efforçant de reprendre sa respiration alors qu'il était pris d'une nouvelle quinte. Il ferma les yeux et, un très court instant, tout redevint calme, puis il perçut un bourdonnement bas et régulier. Il se demanda où il se trouvait.

Charles était accroupi au-dessus de lui, le visage couvert d'un masque, et Philip sentait une main derrière son dos.

– Ça va ?

Philip hocha la tête. Charles l'aida à se relever. Le garçon s'appuya à nouveau contre le poteau de la terrasse pendant que son père demandait à Graham ce qui s'était passé.

Le contremaître s'aperçut qu'il lui était impossible de regarder le propriétaire de la scierie dans les yeux. Il avait la respiration hachée et la bouche crispée comme s'il voulait désespérément empêcher une toxine d'y pénétrer.

– Il devrait être dans son lit, finit-il par dire.

Charles ne comprenait pas, mais ultérieurement il pourrait exiger des explications. Il entoura son fils de son bras et le guida sur le chemin du retour en marchant lentement et en s'arrêtant à chaque quinte de toux. Il leur fallut un bon moment.

*

Graham resta sur la terrasse, parvenant à contrôler ses larmes tout en respirant bruyamment comme s'il venait d'émerger après avoir nagé sous l'eau. Tandis que l'adrénaline refluait lentement, même si ses bras et ses jambes continuaient d'être secoués de tremblements, il sentit le froid qui lui mordait les bras, ses poils hérissés au contact de sa chemise. Et toujours, sur son visage, la respiration de Philip.

Il leva les yeux et vit Amelia, de l'autre côté de la fenêtre. Une de ses mains était posée sur sa poitrine, l'autre contre la vitre, à moins de soixante centimètres de lui. La seule chose qu'il désirait était de fermer les paupières en la serrant dans ses bras. Mais il resta à la même place, immobile, terrifié, et nullement décidé à franchir la porte pour rentrer.

III

Philip savait que c'était le matin uniquement parce que Rebecca le lui avait dit. Pour lui, c'était seulement le plus récent arrêt de ce voyage dans le train démoniaque sur lequel on l'avait hissé, un wagon surchargé, si chaud en raison de l'entassement des corps qu'il sentait la transpiration s'accumuler sur sa clavicule, à ses aisselles et à l'aine, ruisseler sur son front. Le train était instable, oscillait d'un côté et de l'autre, et le vacarme métallique des wagons rouillés diffusait dans ses oreilles une cacophonie assourdissante. Le balancement du convoi lui avait retourné l'estomac, contribuant à la faiblesse qui sapait jusqu'à la dernière once de vitalité contenue dans son corps. Il se tenait debout dans le wagon, entre deux voyageurs corpulents qui ne lui avaient pas laissé assez de place, mais quand il ouvrit les yeux il s'aperçut qu'en réalité il était allongé dans son lit. Il referma les paupières et les choses devinrent plus normales : ses jambes lui faisaient mal et son pied l'élançait parce qu'il se trouvait dans ce wagon de chemin de fer ténébreux, que ses doigts de pied étaient à l'occasion écrasés par d'autres pieds et les muscles de ses jambes las à cause des trop nombreuses heures passées debout, sans pouvoir bouger. Où allait le train ? De temps en temps, il s'arrêtait brièvement, seulement pour faire monter d'autres passagers. Personne ne semblait jamais en descendre. Il était de plus en plus bondé, de plus en plus étouffant. Ses vêtements lui collaient à la peau, la sueur envahissait tout et, néanmoins, il frissonnait. Il essaya de regarder par les fenêtres, mais trop de corps humains lui dissimulaient la vue. Où était-il ?

– M'man, tenta-t-il de dire mais la toux l'en empêcha.

Il y avait quelque chose dans sa poitrine, quelque chose de grand, de cireux et de lourd, quelque chose qui s'était fixé sur sa cage thoracique et qui tissait ses fibres à travers les muscles et les ligaments de son corps. En toussant, il postillonna sur l'homme dont la poitrine était tournée vers lui quand bien même son visage ne l'était pas, comme si sa tête avait pivoté de cent quatre-vingts degrés. Mais il ne semblait pas s'en offusquer, n'essayait pas de se mettre à l'abri ni de lui demander de s'excuser. À ce moment-là, il comprit : tout le monde toussait. C'étaient ces quintes, et la force de tant de spasmes et de nausées, qui causaient les oscillations du train. Est-ce qu'en réalité le convoi avançait, ou étaient-ils juste abandonnés au milieu de nulle part ?

Rebecca lui annonçait que c'était le matin. Il ouvrit les yeux. Le train disparut aussitôt et elle se trouva là, tenant dans sa main une grande tasse d'où montait de la fumée et qu'elle plaça sur la table de chevet. Elle portait un masque. Il toussa à nouveau, incapable de couvrir sa bouche parce que ses mains, transformées en poings inondés de transpiration, étaient ensevelies sous les couvertures. Rebecca posa sa paume sur son front. Elle fit une grimace. Philip ferma les yeux. Le train reprit ses oscillations. Il eut l'impression que quelqu'un chantait un air connu. À ce moment-là un frisson le secoua, si dévastateur que ses yeux s'ouvrirent, globuleux, et que Rebecca fut à nouveau là, les mains tendues au-dessus de sa tête pour déposer sur son front une serviette froide. Pour louer cette merveilleuse serviette, chacun des nerfs de son corps se dressa avant d'exécuter une génuflexion en guise de remerciement, même s'il savait que d'ici à vingt minutes, moins peut-être, il se dessécherait à nouveau en raison de l'intense chaleur qui régnait dans le wagon.

Je peux parler, songea-t-il. Il sortit alors un bras de sous les couvertures et mit la main devant sa bouche au moment où une quinte le prenait. Il parvint à dire merci. Rebecca acquiesça. Il y avait une lueur morne dans son regard. Le reste de son visage était dissimulé sous le masque. Elle s'assit sur un petit fauteuil qu'elle avait dû tirer sur le sol depuis le salon, resta à le veiller mais, au bout d'un moment, les rides douces de son visage furent remplacées par les têtes privées de figure à l'intérieur du wagon, par les secousses, les tremblements, les oscillations de toutes ces autres toux, leur souffle éventé et nauséabond.

Plus tard, il sentit quelque chose, souleva à nouveau les paupières et vit Rebecca debout. De sa main gauche surgie de sous les couvertures il se saisit de celle de sa mère, pas très sûr de savoir s'il la tenait avec brusquerie ou la touchait à peine, tant la façon dont son corps fonctionnait lui était devenue étrangère. *Ne pars pas*, dit-il. *Ne m'abandonne pas. Tout le monde m'abandonne. Mon père m'a abandonné avant même que j'aie pu en garder le souvenir, et après, ma mère m'a abandonné, et Frank m'a abandonné, et Graham m'abandonne aussi. Ne m'abandonne pas, s'il te plaît*. Il n'était pas certain de ce que le mucus et les glaires lui avaient permis de dire, mais les yeux de Rebecca lui indiquaient qu'elle avait compris l'essentiel.

Elle reprit place dans le fauteuil, gardant la main couverte de sueur de son fils entre les siennes.

Même si Philip préférait largement voir sa chambre, et préférait regarder Rebecca plutôt que l'image des hommes sans figure, il ne cessait de retomber dans ce décor. La transpiration avait recommencé à ruisseler sur son front quand sa main fut saisie par quelque chose qu'il ne pouvait pas voir, quelque chose qui ne se trouvait pas dans le wagon. Il ouvrit les yeux. Rebecca repartait et, cette fois, elle était déjà à la porte.

– Ne pars pas, s'étrangla-t-il en changeant de position sur les oreillers humides.

– Je reviens tout de suite. Il faut que je m'occupe aussi de ta sœur.

Sa sœur.

– Laura…

– Laura est malade, comme toi.

L'instant d'après, Rebecca n'était plus là et le wagon bringuebalait plus violemment qu'auparavant. Le menton de Philip heurtait tant d'épaules, de têtes et de coudes qu'il eut l'impression de tomber, sentit le wagon se dissoudre sous ses pieds et les corps de tous ceux qui l'environnaient glisser sur le sien, s'entasser, tout devint sombre et chaud, tellement chaud.

*

Plus tard, il ouvrit les yeux, se trouva de retour dans son lit. Combien de temps était-il resté dans le train ? Des jours. Il remonta une jambe, replia le genou sur la poitrine juste pour étirer ses muscles, pour se sentir humain, et dans ces muscles il découvrit une harmonie diffuse et brumeuse environnée de papier sulfurisé et de poussière, l'impression d'avoir titubé à travers la maison pour se rendre aux toilettes. Deux fois par jour peut-être. Pendant combien de jours ? Il en avait complètement perdu le compte puisque le temps n'avait pas de signification ici, dans ce lit. Le temps était une chimère qui dansait devant lui afin de le détourner de la seule chose qui importait : retrouver la santé. Il s'aperçut que depuis une éternité il n'y avait même pas pensé, à retrouver la santé. Son corps n'osait pas envisager la santé… il consacrait toute son énergie à continuer de se battre et à demeurer en vie pendant qu'il résistait à pareil siège. Exactement comme la ville avait été soumise à un siège venant de tous les horizons. Maintenant, le même scénario parvenait à son terme, mais cette fois le monde infesté par la grippe était son corps, et le havre protégé de Commonwealth son esprit. Il lui fallait protéger son esprit de son corps. Si son esprit était capable de demeurer en bonne santé, s'il parvenait à le maintenir dans une quarantaine efficace, peut-être son corps abandonnerait-il cette atroce bataille. Il réfléchit à ces pensées, s'aperçut qu'elles n'avaient aucun sens. Son esprit, il le perdait déjà… son cerveau, déjà, était victime de son corps. La grippe avait vaincu la quarantaine.

La porte s'ouvrit et Graham entra. Il portait un masque. Philip était trop affaibli pour en être déstabilisé. Les muscles de Graham, dans la région de son front et de ses tempes, étaient crispés autour de ses yeux, se défiant de l'inévitabilité d'une attaque, constamment sur leurs gardes. Il tenait son fusil. Dans cette chambre minuscule, il semblait aussi volumineux qu'un canon.

– Bonjour, lui dit Philip d'une voix qui, de manière stupéfiante, semblait indemne de toute infection.

Graham le salua de la tête.

– Qu'est-ce que tu fais ici ?

À ses propres oreilles, il se donnait l'impression d'être toujours faible, et ses mots sortaient lentement. Il voulait savoir pourquoi Graham entrait avec le fusil, mais pour cela, il aurait fallu trop de mots.

– Je monte la garde.

Pour souligner cette déclaration, les yeux de Graham se portèrent d'un angle de la pièce à l'autre. Tout à coup, elle parut vaste à Philip, les murs éloignés de centaines de mètres, et entre ces murs il y avait des arbres et de gros rochers, des sapins de Douglas et des branches tombées sur le sol, d'innombrables recoins où des animaux sans nom étaient nés et s'en étaient retournés à la terre, des milliers d'endroits où des ennemis pouvaient se dissimuler.

– Ne t'inquiète pas, je vais te protéger.

– Contre quoi ?

– *Chuuut*, fit Graham avant de regarder Philip dans les yeux d'un air grave. Tu sais.

Philip fondit en larmes. Il haïssait tant Graham, et néanmoins il était si reconnaissant à son ami de se tenir là, à côté de lui, alors que personne d'autre ne voulait le faire, ne voulait, de son regard, mettre en fuite toute créature qui désirait se repaître de lui. Une chaleur intense monta en lui et les larmes continuèrent de rouler sur ses joues jusqu'à ce qu'il s'endorme une fois de plus.

*

Il ouvrit les yeux. La pièce était dans l'obscurité. Combien de temps pouvait-on être malade de la grippe ? s'interrogea-t-il.

Un coup frappé à la vitre. Était-ce ce qui l'avait réveillé ? Un autre coup. Au prix d'un grand effort, il se hissa en position assise, laissant les draps retomber sur ses cuisses, exposant la moitié de son corps à la froideur de la chambre. Le bout de ses doigts était presque complètement gourd, et même si depuis l'accident de voiture il était habitué à cette impression, il savait que c'était un étrange symptôme pour un malade. Cela signifiait-il que la contamination atteignait un stade plus sinistre ? Il tendit les bras, se saisit des rideaux. En sentit, très peu toutefois, la texture. Les écarta pour regarder au-dehors.

Un peu de lumière pénétra dans la pièce ; le monde extérieur était presque aussi ténébreux que sa chambre. Mais, à une trentaine de centimètres seulement, il voyait Elsie. Elle tenait dans sa main un rameau dont elle s'était servie pour taper contre la vitre, comme si elle craignait de la toucher avec ses mains nues. Pas nues : elle portait des gants, s'aperçut-il, et il faisait suffisamment froid dehors pour qu'il distingue son souffle, cette fine brume qui se dissipait vite et flottait dans l'air devant elle. Son écharpe lui entourait le cou de plusieurs épaisseurs, était bien nouée sous son menton, et certaines de ses boucles de cheveux voletaient devant son visage, tourbillonnant au vent de novembre. Juste au-dessus de l'écharpe, il distinguait sa bouche, ses lèvres fines et pâles dans le froid. Hormis ceux de ses parents qui portaient le masque, c'était le premier visage qu'il voyait, dans sa totalité, depuis des jours.

Elle lui adressa un signe de la main. Son expression lui était apparue sérieuse, ses traits tirés, mais maintenant elle s'autorisait un air teinté d'un soupçon d'espoir, ses sourcils s'incurvaient comme pour remplacer un sourire, car il aurait été malvenu dans l'immédiat. Il lui rendit son geste de la main. Quelle heure pouvait-il être ? Aussi bien sept heures du soir que trois heures du matin.

Il se pencha, agrippa le bas de la fenêtre et s'apprêtait à l'ouvrir quand il vit qu'Elsie faisait non de la tête. Elle s'était reculée, prête à prendre la fuite s'il continuait. Elle avait peur de lui, peur de sa grippe, alors qu'elle avait vécu dans la même maison que sa mère contaminée. Il ôta les mains de la fenêtre, lui présenta ses paumes vides comme s'il venait de se débarrasser d'un pistolet. Il lui dit « Désolé », mais sans être sûr qu'elle puisse lire sur ses lèvres. Elle hocha néanmoins la tête et s'approcha à nouveau.

Elle souffla sur la vitre qui se couvrit de brouillard, preuve tangible de la barrière qui les séparait. Puis elle tendit la main et, d'un doigt couvert par le gant, traça des lettres sur le verre. Elle écrivait lentement, car elle devait y parvenir à l'envers pour qu'il comprenne.

ÇA VA ?

Il eut un faible sourire et hocha la tête, mentant à cette vision d'Elsie présente devant lui. Elle paraissait si belle mais malheureuse, tout emmitouflée pour se protéger du froid comme si elle attendait un train qu'elle avait raté. Ses yeux étaient tristes, mais derrière cette tristesse se devinait une tendresse qui réchauffa le cœur de Philip et lui donna plus envie que jamais de faire voler la vitre en éclats et de la serrer à nouveau dans ses bras. Il ouvrit la bouche mais ne savait que lui dire pour que ce soit facilement lisible sur ses lèvres. Il n'y avait pas de papier à portée de sa main sur lequel il aurait pu écrire un court message, et l'idée de souffler sur la vitre comme elle l'avait fait, d'expulser ses germes vers elle, même avec cette barrière, lui semblait déraisonnable. Il resta donc là à la contempler, espérant que ses yeux lui communiquaient tout ce qu'il ressentait.

Elle essuya la vitre, effaçant son message. Se pencha, souffla à nouveau, juste à côté du premier emplacement, et à nouveau la brume apparut magiquement devant leurs yeux. Cette fois, elle le regarda un autre moment avant d'écrire, le regarda attentivement.

Puis elle avança le doigt et, sur la vitre, elle traça : *JE T'AIME*.

Son visage était tellement sérieux, comme si la seule pensée de l'amour requérait son expression la plus adulte. Mais la vue de ces mots et le sens qu'ils portaient étaient pour lui si stupéfiants qu'il ne pouvait s'empêcher de sourire. Quand elle le vit, elle sourit aussi, baissant brièvement les yeux, éprouvant peut-être de la gêne en raison de ce qu'elle avait inscrit. Puis elle le regarda à nouveau et il articula « moi aussi » avec ses lèvres, en espérant qu'elle arrivait à le lire.

Sous le *JE T'AIME*, comme la buée offrait un espace plus grand à ses pensées écrites, elle ajouta, en lettres plus petites, *GUÉRIS VITE*, même si elle traça le deuxième *E* à l'envers. Il ferait n'importe quoi pour elle, en cet instant il le sut ; elle lui donnait le sentiment que guérir vite était vraiment une entreprise aisée. Il emplit ses poumons d'air.

Pendant ces quelques minutes, il avait eu l'étrange impression d'être libéré de l'infection, mais tout reprenait maintenant comme avant. Il sentait la démangeaison à l'arrière de ses sinus, la douleur lancinante dans les muscles de ses jambes, les battements de son cœur anormalement forts et précipités, la chose qui vivait toujours dans sa poitrine et qui recommença à le faire tousser. Ça fait combien de temps ? s'interrogea-t-il. Depuis la soirée au magasin d'alimentation où, assis à côté d'elle, il l'avait embrassée. Depuis combien de temps était-il prisonnier dans cette chambre, n'arrêtait-il pas d'être dans ce wagon et de n'y être plus ?

Elsie tendit la main et posa sa paume sur la vitre. Il voulait poser la sienne de l'autre côté, hésita. Il sentit que les hommes, dans le train, se raidissaient, sentit leurs épaules et leurs coudes le bousculer, et il fut pris de vertige, toutes ces têtes dépourvues de visage l'empêchaient d'identifier la direction dans laquelle il trouverait Elsie. Où était-elle partie ? Son corps retomba en arrière ; il était stupéfait de la vitesse à laquelle le train fonçait. Il filait à travers le paysage désert, le monde derrière les fenêtres qu'il ne pouvait pas voir. Et même s'il n'avait aucune idée de sa destination, il savait que la vitesse l'emportait loin d'Elsie, l'éloignant d'elle à chaque seconde, chaque respiration.

*

Jamais il n'avait été aussi malade. Le pire qui lui était arrivé avait été après l'accident, alors qu'il était allongé dans le lit de cet hôpital inconnu, entouré de gens qu'il ne connaissait pas, des gens qui ne voulaient pas lui dire où se trouvait sa mère. Cela même lui avait paru différent, il ne s'était pas agi d'une maladie, mais d'une convalescence, quoique longue et brutale. Presque comme une seconde naissance, un passage douloureux d'une phase de sa vie à la suivante.

Une seule autre fois il avait dû garder le lit. Il avait environ huit ans. Lui et sa mère vivaient dans une ville de l'Oregon où il avait attrapé une vilaine pneumonie. Sa mère l'avait soigné, elle avait été présente à son chevet chaque fois qu'il se réveillait, tôt le matin comme au milieu de la nuit. Elle avait un emploi de secrétaire auprès d'un avocat qui lui avait toujours fait les yeux doux, avait remarqué Philip, mais elle était restée à la maison sans se rendre à son travail de toute la semaine. Et même s'il s'était senti très mal et s'était honnêtement demandé s'il risquait de mourir (un des élèves de son école avait déjà succombé à la même maladie), ses souvenirs de cette semaine-là étaient, curieusement, assez enjoués. Jamais il ne s'était senti autant aimé de Fiona. Toute l'ambivalence torturante avait été remplacée par une calme stabilité maternelle. Il s'était senti tellement heureux et protégé qu'elle lui apporte de la soupe, qu'elle lui lise des magazines ou des journaux. Il était resté alité au moins un jour de plus qu'il n'était absolument nécessaire, juste pour prolonger ce moment.

La nuit qui avait précédé son retour à l'école, il s'était réveillé en entendant un bruit provenant de la chambre de sa mère. Il s'était levé, avait senti le sol froid sous ses pieds, et avait ouvert la porte le plus silencieusement possible. La lampe de chevet était allumée, sa mère assise à une petite table, le dos tourné vers lui, les épaules voûtées. La pendule au-dessus d'elle lui avait appris qu'il était plus de trois heures du matin. Elle pleurait. Était-elle aussi triste que lui parce que leur parenthèse idyllique touchait à sa fin ? Était-elle aussi anéantie par la déception d'être contrainte de retourner chez l'avocat qu'il l'était par celle de retourner en classe ? Ou y avait-il autre chose ? Pendant une semaine entière, et pour la première fois dans son souvenir, il avait totalement fermé les yeux sur les émotions, les opinions, les pensées qu'elle pouvait nourrir. Il avait eu le sentiment que son être tout entier n'était là que pour lui.

Peut-être y avait-il autre chose qui la faisait pleurer, une complexité supplémentaire de son univers d'adulte. Peut-être y avait-il eu d'autres raisons pour l'inciter à rester chez eux et à éviter cet avocat. Philip s'était approché d'elle et elle n'avait montré aucun signe de l'avoir entendu avant qu'il pose la main sur son épaule. Elle tremblait un peu à cause des larmes, mais avait posé l'une de ses mains sur la sienne et l'avait serrée. Ils étaient restés comme ça un bon moment. Il avait senti ses pieds glacés sur le plancher pendant que la pendule indifférente continuait d'égrener les minutes. Finalement les larmes s'étaient taries et Fiona avait serré sa main une dernière fois. Elle lui avait dit de retourner se coucher et il avait obéi sans, à aucun moment, avoir vu son visage.

*

Quand Philip ouvrit à nouveau les yeux, Charles était assis sur la chaise, devant lui. Il tenait sa main dans la sienne. Philip ne savait pas vraiment depuis combien de temps il était là, mais d'après la sueur, sur la paume de son père, il comprenait que leurs mains étaient restées assez longtemps au contact l'une de l'autre. Charles, quand il vit les yeux de Philip s'ouvrir, commença à parler.

– Je sais que tu te sens coupable après cette histoire, dit-il d'une voix que le masque n'étouffait qu'à peine. C'est pour ça que je voulais te confier ce que le docteur Banes m'a expliqué il y a quelques jours.

Philip grinçait des dents à cause de la douleur, dans sa tête, et de la lumière qui s'infiltrait à travers les rideaux.

– J'ai essayé de te dire que ce n'est pas ta faute, mais je sais que tu ne m'as pas cru. Tu as toujours été prêt à assumer les conséquences de tes actes, et c'est une chose, chez toi, que j'admire.

Il eut un sourire discret. L'expression, dans son regard, était celle d'un homme qui se remémore ce qu'il aimait chez un membre chéri de sa maisonnée hélas disparu. Les yeux de Philip s'étaient refermés périodiquement, car il ne cessait de retourner dans le train, mais maintenant qu'il savait ce qui se passait, l'énormité de cette prise de conscience et une profonde frayeur innée, allant bien au-delà de toutes celles qu'il avait pu ressentir, maintenaient ses yeux ouverts.

– Mais il faut que tu saches que ce n'est pas ta faute. Je ne veux pas que tu t'imagines le contraire.

Ses yeux se remplirent de larmes et il soupira à plusieurs reprises avant de poursuivre :

– Le Dr Banes m'a dit qu'il s'est rendu dans une maison… celle de qui, cela n'a pas d'importance. Quelqu'un y était très malade. Il a remarqué un journal dans un coin de la chambre, le *Timber Falls Daily*. Il était daté d'une semaine plus tôt, Philip. Bien après le début de la quarantaine.

Charles se tut un court instant, puis reprit :

– Tu comprends ? Banes a interrogé la femme de cet homme et, au début, elle a essayé de nier. Mais elle a fini par reconnaître que son mari et des amis à lui s'étaient discrètement absentés à plusieurs reprises ces deux dernières semaines pour aller à Timber Falls. Acheter de l'alcool, ajouta-t-il en secouant la tête. Nous montions la garde sur la route, mais ils empruntaient une des pistes indiennes. Depuis, d'autres ont avoué au docteur Banes, ils lui ont avoué sur leur lit de douleur qu'ils étaient partis en cachette à Timber Falls pour d'autres raisons. Pour rendre visite à une amoureuse, ou pour aller voir des… prostituées.

Charles buta sur ce mot, gêné de le prononcer en présence de son fils, puis il continua :

– Pas beaucoup d'entre eux, mais suffisamment. Un aurait suffi, vraiment.

Il tenait toujours la main de Philip dans la sienne, ajouta :

– Nous ignorons comment la ville a été gagnée par l'épidémie, et nous ne le saurons jamais. Il y a trop de possibilités. Je regrette tellement de t'avoir laissé dans cet entrepôt pendant ces deux jours.

Charles se tut un bref instant.

– Je m'inquiète, désormais, parce que rien de ce que j'ai pu faire n'a changé quoi que ce soit, rien du tout. Mais j'ai essayé. Et tu as essayé. Tu as essayé d'une manière absolument admirable.

Il serra la main de Philip.

– Alors je ne veux pas que tu t'imagines responsable, ou que tu nourrisses un sentiment de culpabilité par rapport à la mort de quelqu'un, parce que ce n'est pas vrai.

Sa voix avait maintenant la même énergie que sa main.

– Je crois aujourd'hui que ce qui s'est passé ici était simplement inévitable, que c'est une donnée qui nous dépasse tous, qui nous dépasse individuellement et qui nous dépasse collectivement. J'ignore pourquoi Dieu a jugé bon d'agir de la sorte, et j'ignore quelles leçons nous en tirerons quand tout sera terminé. Nous ne pouvons qu'aller de l'avant en agissant pour le mieux, et c'est bien ce que j'ai l'intention de faire.

Il avala sa salive avec difficulté

– Et je veux que tu sois là, avec moi.

Philip n'avait jamais vu Charles pleurer, et plus jamais il ne voulait le voir.

– Est-ce que Laura va bien ? réussit-il à articuler.

– Elle est toujours alitée, mais elle va se remettre.

Au ton adopté par son père, Philip ne pouvait deviner s'il avait la moindre raison concrète de prêter foi à ses paroles.

Le garçon comprenait l'importance de tous ces faits... que Laura soit toujours malade, que des hommes se soient échappés pour se livrer à la débauche dans les rues de Timber Falls contaminées par la maladie. Mais ces nouvelles semblaient ricocher sur lui sans l'atteindre. Très vite, Charles partit et Philip reprit place dans le train.

*

Les hommes étaient toujours si serrés les uns contre les autres qu'il ne parvenait presque pas à respirer. Il avait espéré que c'était à cause de l'émotion ressentie en voyant son père pleurer, mais cela, c'était terminé depuis longtemps, et chaque respiration nécessitait de gros efforts. En valaient-ils la peine ? Si la suite devait à jamais être aussi douloureuse, il n'avait plus la force de lutter. La grippe le tenait, ses serres étaient si profondément enfoncées dans ses poumons et dans son cœur que d'ici peu elle l'aurait complètement vaincu.

– Tu as mauvaise mine, gamin, lui dit Frank.

Il souriait, de ce sourire qui, au début, avait fait que Philip l'avait détesté, car comment pouvait-il sourire avec un fusil pointé sur lui, et comment pouvait-il sourire en étant enfermé dans une prison nauséabonde ? Puis, avec le temps, ce sourire avait changé sa façon de le considérer et, finalement, il l'avait convaincu de l'apprécier, trop vite et trop intensément si l'on s'arrêtait à penser qu'ils se connaissaient depuis peu de temps. Peut-être était-ce dû à la tension de la situation qui avait influé sur ses émotions, mais le fait demeurait que, quand il avait pris conscience que Graham avait commis ce crime, ç'avait été comme si son propre frère avait été tué.

– Je me *sens* mal, répondit-il. Je me sens horriblement mal.

– Ce train pue. Tu as remarqué ?

– Je n'ai pas d'odorat. J'arrive à peine à respirer.

Frank était criblé d'impacts de balles, sa chemise d'uniforme en lambeaux, mais heureusement, il n'y avait pas de sang. Philip ne savait comment Graham l'avait tué, mais ces perforations semblaient une méthode aussi envisageable que n'importe quelle autre.

– Tu ne crois pas que je t'ai menti, pour l'objecteur de conscience, hein ?

– Je ne pense pas. Je ne sais pas vraiment ce qu'il faut penser, tu comprends ? Tout ce que je sais c'est que je te trouvais sympathique.

Philip réfléchit à autre chose et demanda :

– Tu sais où il va, ce train ?

– Évidemment. Pas toi ?

– Je suppose que j'espérais me tromper. Qu'est-ce qui leur est arrivé, à tous ces hommes ?

– Qu'ils aillent au diable, tous autant qu'ils sont. Que tout le monde aille au diable, c'est ça que je dis. Il n'y a que toi qui comptes, tu saisis ? Tu ne peux pas t'inquiéter pour eux. Il faut seulement que tu surveilles tes arrières. Les autres, qu'ils aillent au diable.

– Alors pourquoi tu as aidé l'objecteur de conscience ?

– Regarde où ça m'a mené, mon gars.

– Ce n'est pas pour ça que c'était mal.

– Je n'ai pas dit que c'était mal. Tout ce que j'ai dit c'est que s'il fallait le refaire, je ne le referais pas.

Philip hocha la tête.

– Quoi ? s'insurgea Frank en remarquant l'expression de son regard.

– Rien, c'est juste que… C'est triste, je trouve.

– Tout ce fichu cirque est sacrément triste, tu ne crois pas ? Au diable, ce qui est triste. Et au diable tout le monde. Toi aussi, va-t'en au diable.

– Pourquoi ?

– J'aurais bien voulu y arriver, en France. J'aurais fait un sacré soldat. J'aurais encerclé des centaines de Boches, je les aurais capturés à mains nues. J'aurais été tel un fou furieux, là-bas.

– Quel genre de soldat tu crois que j'aurais fait ?

Frank le considéra attentivement.

– T'aurais essayé de sauver la vie de quelqu'un ou tu serais mort en essayant.

Philip prit cette réponse comme le plus beau compliment qu'on lui ait jamais fait.

– Il faut que j'y aille, maintenant, mon gars.

Frank n'était plus là. Philip était seul dans le train.

Plus tard, il entendit quelqu'un chanter. La chanson même qu'il avait entendue auparavant, que sa mère lui fredonnait, une berceuse. Il était là, debout dans le train, il écoutait intensément, défaillant à chaque mot, jusqu'à ce qu'il pense à se retourner, et il la vit alors.

– Qu'est-ce que tu fais ici ? lui demanda-t-il.

Elle était si belle, d'une splendeur enchanteresse qui avait réellement rendu fous tous les hommes qui avaient bénéficié de sa compagnie.

– J'attends de descendre.

Elle regarda par la fenêtre. Lui aussi attendait, mais tout ce qu'il y avait au-dehors était noir, non pas d'une noirceur vespérale, mais noir comme le vide absolu.

– Je peux venir avec toi ?

Elle parut choquée et quelque peu amusée par sa question.

– Bien sûr que tu peux.

Elle parut sur le point de rire mais se contenta de sourire, un large sourire, celui qu'il s'efforçait toujours tant de mériter quand elle était dans une de ses humeurs. Il serait capable de faire n'importe quoi pour voir pareil sourire.

– Tu t'imaginais tout le temps que j'allais t'abandonner.

Il faillit bredouiller une réponse, mais sa gorge était trop serrée, non pas à cause de ce qui l'obstruait, mais à cause de l'amour.

– Partons, maintenant, dit-elle en tendant le bras pour qu'il s'en saisisse.

Il fit de même en lui prenant la main. Elle descendit du train, franchissant le seuil d'une porte qu'il n'avait pas vue auparavant, et il la suivit.

Alors il n'y eut plus de train, plus d'hommes dépourvus de visage. Tout s'était dissous, effacé. La douleur était partie, ainsi que ce qu'il avait eu dans la gorge, l'âpreté qu'il avait sentie quand il respirait. Il sentait la main de sa mère dans la sienne et c'était tout. Le train s'était arrêté. Il n'y avait aucun univers, nulle part autour, ni terre, ni ciel, il n'y avait rien du tout à part lui-même et un calme qu'il n'avait jamais connu à ce jour.

Il dormait.

IV

La grippe avait assiégé Commonwealth pendant plus de deux semaines quand le docteur Banes commença à penser, avec prudence, que l'épidémie baissait. Depuis quatre jours, le nombre des nouveaux cas semblait sur le déclin, même s'il ne pouvait en avoir la certitude, car il n'y avait aucun moyen officiel de pointer les malades en dehors des entrées griffonnées et de moins en moins lisibles de son propre journal. Les décès, eux aussi, semblaient ralentir : cinquante-deux personnes étaient mortes, mais seulement sept au cours des cinq derniers jours. Cela s'accordait avec ce qu'il savait des pandémies passées : elles avaient tendance à être plus fatales durant les premiers jours, et ceux qui se trouvaient initialement exposés étaient les plus gravement atteints. Si la grippe déclinait effectivement, ce serait le premier indice d'une information allant dans le bon sens depuis qu'ils avaient posté des gardes.

Ce matin-là, Banes avait eu mal à la tête pendant qu'il rendait visite aux malades confinés dans leurs maisons. Après un trop grand nombre de nuits sans sommeil, à rentrer chez lui à trois heures du matin en étant incapable de laisser son esprit dériver, il avait posé la bouteille de scotch sur la table de chevet et en avait bu jusqu'à ce que la chaleur de l'alcool s'empare de lui. Il s'était réveillé au matin, stupéfait de constater le peu qu'il restait dans la bouteille, tandis qu'une migraine sourde et intense rendait plus difficile encore, pour lui, de quitter son lit glacial.

Ce jour-là, il était flanqué de Deacon comme c'était le cas depuis une semaine. Deacon avait montré les symptômes de la grippe le lendemain du jour où Philip avait été contaminé. Deux journées durant, il avait été dans un état pire que le plus pitoyable des habitants de Commonwealth. Et absolument isolé, puisque personne n'avait su qu'il était alité, personne n'avait frappé à sa porte, n'avait remarqué son absence dans les lieux qu'il avait toujours davantage hantés comme un spectre que comme un homme. Mais lors de cette troisième journée dans son lit, alors qu'il gisait là, faible et en proie à la fièvre, Dieu lui avait enfin parlé. Lorsqu'il avait entendu la voix depuis son lit de douleur, il n'y avait pas eu de doute possible. Dieu lui avait ordonné de se lever et d'aider le docteur à soigner les affligés. Tout à coup, la force était revenue dans son corps et il s'était senti aussi jeune et alerte qu'un adolescent. Dieu voulait qu'il vienne en aide au docteur Banes, et il lui obéirait. Le timbre de la voix de Dieu, le bruit du vent dans les branches hautes des arbres et celui, discret, que faisait la carriole du docteur étaient tous assourdissants, et Deacon s'émerveillait de tout ce qu'il n'avait pas entendu antérieurement.

Il avait rejoint le Dr Banes le lendemain, même s'il avait gardé ses révélations pour lui, car il restait quelque peu hébété par leur puissance. Doc Banes en fut réduit à se demander comment cet homme précédemment taciturne était devenu l'infirmier le plus pressé d'aider qu'il ait jamais connu, comment il pouvait s'asseoir là, à côté des mourants, et regarder dans leurs yeux avec une compréhension que Banes n'osait tenter d'atteindre, une empathie qu'après ses années d'expérience endurcie il connaissait assez pour la fuir. Deacon tenait les mains, administrait serviettes-éponges et médicaments, nettoyait les bassins de lit, aidait à changer la literie comme s'il s'agissait là d'un honneur suprême. La fièvre peut changer les gens, avait remarqué Banes, et plutôt que de questionner la transformation de Deacon, il se considérait simplement fortuné de voir que, pour une fois, la grippe avait changé quelqu'un pour le mieux.

Tout le monde sauf eux restait confiné, que les gens soient bien portants ou pas. Et même si Banes était celui qui leur avait dit de rester dans leur maison, il commençait à se rendre compte que cela lui manquait énormément de ne pas voir des femmes marcher dans la rue, panier à la main, robe oscillant de droite et de gauche. À constater combien il lui manquait d'entendre les cris des enfants qui jouaient, même s'ils lui rappelleraient toujours ceux qu'il n'avait pas eus. Et combien il avait besoin, désespérément besoin, d'assister ne serait-ce qu'à une scène aussi banale que celle où deux hommes s'adressaient un petit salut de la tête en arrivant chacun d'un bout opposé de la rue, puis se serraient la main. Rien que ce simple contact, cette poignée de main échangée entre deux hommes qui ne se connaissaient pas très bien. Ces deux dernières semaines, Martin Banes avait vu des gens mourir, d'autres prendre le deuil, d'autre encore souffrir à des degrés inimaginables, mais il savait, en se rendant à la maison suivante, que s'il devait lui arriver de voir deux étrangers se serrer la main, il fondrait en larmes.

Il conduisit sa carriole jusqu'au foyer d'un jeune couple qui avait déjà perdu leur enfant de deux ans, et dont celui qui en avait quatre était tombé malade à son tour. La mère s'était alitée la veille. Il avait déjà vu trois familles totalement anéanties, tels de pauvres gens dans un épisode de la Bible que la plupart des habitants évitaient de lire, mais tandis que Deacon et lui s'approchaient de la porte, il osa espérer.

*

Le premier à apercevoir les spectres fut un petit garçon. Il s'appelait Harmon et il savait qu'il n'aurait pas dû se trouver dehors. Aucun des petits garçons n'a le droit de sortir, lui avait dit et répété sa mère. Pourquoi ? À cause de la grippe. Mais on lui avait dit que la grippe ne pouvait pas entrer dans la ville, qu'il y avait des hommes forts qui montaient la garde et s'assuraient que rien ni personne n'entrait. Comment elle est entrée, la grippe ? avait-il demandé. C'est à cause des spectres, lui avait répondu sa mère. Elle avait été introduite par des spectres que les gardes ne pouvaient pas voir, des spectres qui s'insinuaient entre les arbres et ne bougeaient que pendant la seconde où les yeux des gardes clignaient.

Harmon était resté à l'intérieur pendant ce qui lui avait semblé être des années. Finalement, pendant que ses parents dormaient, il s'était glissé dehors. N'ayant pas pensé à enfiler un manteau, il frissonnait dans l'air froid et mordant. Il vit que la ville entière était figée dans l'inactivité, que toutes les rues étaient vides, toutes les portes fermées, toutes les fenêtres obturées. Être dehors n'était pas plus intéressant qu'être dedans, s'aperçut-il à sa grande déception.

Il dépassa les dernières maisons et marcha jusqu'à l'endroit où les hommes forts avaient gardé la ville. Il grimpa sur une grosse souche d'arbre à la limite de la colline, regarda la route déserte en contrebas et la forêt immense au-delà.

Il était assis là depuis tout juste une minute quand il vit les spectres. Au début il y en avait quatre, regroupés au bas de la colline. Après, huit. Et après, il perdit le compte. Comme les arbres, là en bas, les cachaient derrière leurs troncs, ils étaient noirs, à peine plus que des ombres. C'était exactement comme cela qu'il s'était représenté des spectres. Ils semblaient se parler, mais il ne les entendait pas, ce qui avait aussi du sens, car il avait conclu que les spectres, ils ne faisaient que murmurer, ou peut-être siffler tout bas.

Est-ce qu'ils l'avaient vu ? Comme il était petit, peut-être que non. Effrayé, il descendit de la souche et se dissimula derrière.

Il n'avait pas pensé que des spectres manieraient des scies, mais c'était pourtant le cas, ils sciaient le gros arbre qui était couché pour barrer la route menant à la ville. Ils utilisaient deux grosses scies à tronçonner et, bientôt, ils poussèrent l'arbre coupé sur le côté, dégageant le passage. Puis ils disparurent.

Comme Harmon avait toujours peur, il repartit vers sa maison. Il ne comprenait pas pourquoi des spectres malfaisants venaient dégager une route s'ils pouvaient se glisser à travers les arbres.

Il était presque arrivé au virage quand il entendit les spectres rugir. Un givre glacial parcourut sa colonne vertébrale en entendant ce hurlement tandis qu'ils fonçaient dans sa direction. Il se retourna et vit les autos et les camions qui grimpaient à l'assaut de la colline. Alors il courut de toute la vitesse de ses jambes vers sa maison pendant que sur ses talons, les spectres écumaient de bave.

*

Il n'y avait plus de livres à lire, pour Amelia, plus de magazines. Il ne restait plus de nourriture à mettre en bocal, et il était trop tard dans l'année pour travailler dans le jardin de derrière. Elle avait utilisé sa réserve de fil pour réparer tous les vêtements abîmés qu'elle avait réussi à dénicher. Au bout de deux semaines passées à rester enfermée, elle avait le sentiment d'avoir depuis longtemps épuisé la totalité des occupations possibles.

À l'exception de sa fille. Millie était d'une disposition plus épanouie qu'elle ne s'y était attendue, elle semblait tellement plus heureuse que la vision d'elle-même que son père lui avait inculquée, hurlante et grincheuse en raison de crises de colique. Horace s'était toujours plaint des difficultés qu'ils avaient rencontrées à les élever, elle et ses frères, ne manquant jamais de mentionner chacun des ennuis, jusqu'au dernier, que ses enfants leur avaient infligés, à lui et à leur défunte mère adorée.

Millie ne semblait pas souffrir de ne pas être sortie depuis des jours, mais au bout de deux semaines de ce régime, Amelia n'en pouvait plus. Le soir précédent, elle avait osé suggérer qu'une petite promenade leur ferait du bien à tous, mais Graham lui avait rappelé d'un ton sévère qu'ils ne pouvaient sortir que pour des courses dont le besoin était devenu vital, et certainement pas juste pour profiter un peu de l'air frais. La grippe rôdait toujours.

Depuis l'étrange altercation entre Graham et Philip, il n'était sorti de la maison qu'à deux reprises, comme l'avait fait Amelia, pour des commissions rapides, de brefs voyages urgents dans le but d'emprunter à des amis des objets dont ils avaient grandement besoin. Ils n'ignoraient pas que de nombreux amis, dont Jarred Rankle, étaient malades. Ils avaient vu le docteur Banes entrer et sortir de maisons, de l'autre côté de la rue, avaient vu l'ordonnateur des pompes funèbres l'y suivre. Ils avaient vu les rubans de crêpe noir à tant de fenêtres : les maisons elles-mêmes affichaient le deuil.

Elle avait remarqué que depuis quelques jours Graham était encore plus silencieux que de coutume. Chaque fois qu'elle tentait d'aborder le sujet de Philip, il s'assombrissait, s'enfermait dans le silence.

Elle éprouvait un besoin désespéré de marcher dehors, de sentir l'air froid sur son visage, d'entendre le vent. Mais même si le confinement lui pesait, elle se disait que cela, elle pouvait l'endurer. Elle avait enduré sa fausse couche et le décès de sa mère, tandis que Graham avait vécu la perte de son doigt et celle de ses amis pendant le massacre d'Everett, avait survécu au fait qu'il avait tué le soldat. Quand tout allait bien, on s'imaginait que traverser un épisode aussi bouleversant allait vous détruire, mais quand de telles épreuves survenaient, on parvenait à franchir le pas. On ne survivait pas pour prouver quelque chose à quiconque, on n'allait pas de l'avant simplement parce qu'on en avait le désir, et on n'endurait pas juste en raison de ce que le prédicateur prêchait à l'église. On survivait parce que, profondément inscrit chez tout le monde, existe le besoin simple, infatigable, de perdurer, quel qu'en soit le coût. Et quand bien même on a perdu une part de soi-même si importante qu'on ne se reconnaît plus, ce qui reste est celle qu'on n'a jamais comprise, qu'on a toujours sous-estimée, qu'on a toujours eu peur de regarder en face. On craint d'en avoir besoin un jour et qu'elle ne soit plus là pour vous soutenir, mais en fait c'est la seule chose qu'on ne peut vous arracher.

*

Après que Philip lui avait toussé au visage il y avait tant de jours, Graham était demeuré longtemps sur la terrasse, si terrifié d'être contaminé qu'il n'avait pu se convaincre d'ouvrir la porte et de retrouver l'étreinte des bras de sa femme. Il avait ravalé sa fierté et avait sollicité l'avis de Doc Banes. Lequel avait secoué la tête en le regardant. Graham n'avait pas gardé en mémoire la dernière fois qu'il s'était senti à ce point rabaissé. Les yeux de Banes, les cernes en dessous et la petite trace de sang sur son col témoignaient d'une peur authentique, d'une terreur vraie. Le docteur lui avait simplement dit de retourner auprès de sa famille ; il n'y avait rien qui puisse être fait. Et si Graham n'avait pas été satisfait de cette expertise, il avait compris qu'il ne disposait pas d'autre choix.

Il était hanté par l'accusation de Philip. Quoi qu'il tente pour s'en détourner, il continuait d'entendre le mot *assassin*, de le sentir dans les recoins les plus solidement protégés de son être. Il était présent quand il fermait les yeux, quand il les ouvrait, quand il regardait sa femme.

Le second soldat avait représenté un sacrifice, se raisonnait-il. Sa vie avait été sacrifiée, mais Graham aussi avait sacrifié une part de lui-même. Avec chaque nouveau jour qui passait, le coût de ce geste lui donnait l'impression de croître au-delà de ses craintes. Chaque fois qu'il voyait le fossoyeur sortir d'une maison en portant un corps enveloppé dans des couvertures, il ressemblait exactement à celui du soldat ensanglanté gisant au fond de sa tombe. Graham avait tué cet homme pour préserver tous les autres hommes, mais cela n'avait pas réussi. Chaque nouvelle mort s'ajoutait à l'accusation de Philip, lui conférant l'atroce poids de la vérité.

*

Millie faisait sa sieste matinale pendant qu'Amelia, assise dans un fauteuil, observait la rue. Pour la première fois de la saison il avait commencé à neiger, et la surprenante nouveauté de la neige, sa beauté, l'éblouissaient. Sa main droite était posée sur son ventre, en repos près de l'enfant à naître.

Graham entra, vint s'asseoir près d'elle et prit sa main gauche dans la sienne. Elle voulait lui demander s'il avait jamais vu plus beau spectacle que les flocons blancs d'une taille inhabituelle qui tombaient si lentement et si verticalement qu'on les aurait crus délicatement abaissés vers le sol à l'extrémité de fils. Mais elle s'aperçut qu'elle ne pouvait parler. Seulement observer.

– Il y a du crêpe noir à la fenêtre des Wainwright, déclara Graham en désignant du doigt une des maisons situées plus loin dans la rue.

Il n'y en avait pas eu la veille.

– Je me demande qui c'est.

V

Adoptant une approche méthodique, ils frappèrent à la première porte de la ville. Bartrum avait prévenu les hommes qu'ils devaient être attentifs à ne pas oublier la moindre habitation, car elles étaient toutes identiques. J. B. Merriwhether s'agitait nerveusement en pesant sur ses talons. Il se tenait en retrait, les mains le long du corps.

La femme qui ouvrit était mince et jeune, âgée de vingt ans peut-être, et semblait enceinte de plusieurs mois. Son visage avait une pâleur presque fantomatique, et ses yeux s'arrondirent à la vue de ce qui se dévoilait devant elle : six hommes sur son seuil, tous avec des badges brillants au revers de leur vêtement.

– Bonjour, madame, lui dit Bartrum avec un brusque salut de la tête. Pouvons-nous voir le gentleman de la maison ?

Elle acquiesça sans dire un mot et partit chercher son mari. Comme elle avait laissé la porte ouverte, Bartrum entra négligemment à l'intérieur. Quatre des membres de sa cohorte l'imitèrent, mais J. B., comme il en avait reçu l'ordre, demeura en bordure de terrasse pour surveiller si quelqu'un tentait de s'enfuir par une des fenêtres.

La jeune femme revint avec un homme qui paraissait encore plus jeune qu'elle, même s'il avait dix-huit ans au moins, J. B. en avait la certitude. Les yeux du mari, eux aussi, étaient bleus, ses cheveux d'un blond pâle.

– Bonjour, dit-il. Je m'appelle Ils. Que puis-je faire pour vous ?

– Nous voudrions voir vos papiers de sursis d'incorporation.

Bartrum essaya de formuler sa demande sans sourire et y réussit presque. Il savait que la journée serait longue, savait que les tire-au-flanc opposeraient dénis, supplications, peut-être même menaces.

Mais cet homme, apparemment, n'était pas un insoumis. Il montra une légère surprise en entendant cette requête, puis se tourna vers sa femme et lui demanda d'aller chercher les papiers dans la commode. Lorsqu'elle fut partie, Bartrum lui dit :

– Vous êtes censé les avoir sur vous, jeune homme.

– Je les prends, monsieur, chaque fois que je sors de la maison. Nous sommes confinés depuis si longtemps à cause de la grippe que je ne suis pas sorti depuis longtemps.

– Shérif, pas monsieur. Shérif Bartrum.

Ils hocha la tête, l'air un peu plus inquiet.

– Mes excuses, shérif. J'ignorais que nous avions un shérif, dans notre ville.

– Je suis sûr que vous autres, jeune homme, avez l'habitude de vivre sans respecter les lois, mais les temps changent.

La femme d'Ils revint avec les papiers que son mari feuilleta rapidement. Ses mains commencèrent à trembler avant de trouver les bons. Il les tendit nerveusement à Bartrum.

Le shérif prit son temps pour les étudier, mais il était évident qu'ils étaient en règle. Ils Bergman s'était effectivement inscrit sur les listes il y avait plusieurs mois, lors de son dix-huitième anniversaire, et son incorporation avait été repoussée au titre d'ouvrier essentiel à l'effort de guerre.

Bartrum les lui rendit.

– C'est bon, jeune homme. N'oubliez pas de les avoir tout le temps sur vous, compris ?

Le mari fit oui de la tête.

– Et si cette guerre dure encore longtemps, ils disent qu'ils vont les suspendre, tous ces retards d'incorporation, alors vous avez intérêt à vous tenir prêt.

Le temps qu'ils ait répondu « À vos ordres, shérif », Bartrum avait déjà tourné les talons, suivi de J. B. et des autres.

*

Miller était debout au milieu de la rue, appuyé contre un des quatre camions avec lesquels ils étaient venus en plus de leurs Ford. Il avait fallu du temps pour se les procurer auprès de villes et de municipalités proches, de faire comprendre aux maires et autres gens influents l'importance que cela représentait, pour eux, de ne pas avoir des villes de tire-au-flanc tapies dans les bois. Un des maires s'était montré particulièrement réticent jusqu'à ce que Miller mentionne la possibilité que Commonwealth abrite des espions, ceux-là mêmes qui avaient tué les militaires de Fort Jenkins. À ce moment-là, non seulement le maire lui avait prêté un camion, mais trois policiers pour renforcer le raid.

Ils étaient vingt hommes en tout, dont certains sous le commandement ordinaire de Bartrum, mais essentiellement des volontaires nommés adjoints du shérif pour l'occasion. Il y avait Winslow, J. B. Merriwhether et d'autres hommes d'affaires très respectables, associés à des bagarreurs coriaces comme Hightower : la force physique qui serait indispensable si certains des insoumis résistaient. Miller et Winslow se tenaient près des camions qu'ils avaient garés au milieu de la rue principale, observant les trois groupes de six hommes qui commençaient à frapper aux portes. Celui de Bartrum ressortit de la première maison les mains vides, mais cela n'était pas suffisant pour inquiéter Miller. Il avait étudié les archives des reports d'incorporation et avait vu que seul un nombre dérisoire d'hommes s'étaient réclamés de la ville de Commonwealth. Pourtant, il savait que cette localité possédait une scierie viable et, par conséquent, disposait de plusieurs centaines de travailleurs aptes. Il savait donc que les lieux devaient regorger d'insoumis. Les camions n'allaient pas rester vides longtemps.

Une fois ces hommes conduits en prison, ce qui était leur place, ils pourraient être interrogés au sujet des espions. À ce propos, Miller avait espéré obtenir des renseignements auprès de Charles Worthy, mais puisque le hautain propriétaire de la scierie avait été tout sauf coopératif lors de leur visite précédente, ils étaient obligés de s'y prendre ainsi. Miller n'aimait pas se salir les mains, mais il n'était pas non plus du genre à se dégonfler en cas de bagarre.

La neige tombait plus fort et, si les premiers flocons avaient fondu au contact de son manteau, ils commençaient à tenir à mesure que la chute s'intensifiait. Son chapeau et ses vêtements en étaient saupoudrés, donnant l'image d'un homme qui se fondait dans un environnement dont il ne voulait pourtant rien savoir. Il se servit de sa main gantée pour chasser une partie de la neige, traçant une balafre noire en travers de sa poitrine. Ce fut alors que les cris s'élevèrent.

*

Dans la maison suivante, le groupe de J. B. avait trouvé son premier tire-au-flanc.

L'homme, qui avait ouvert sa porte, comptait peut-être une dizaine d'années de plus qu'Ils, se situant juste au milieu de la fourchette des âges requis pour la conscription. Il avait d'épais cheveux noirs emmêlés, une verrue proéminente à cinq centimètres au-dessous de l'œil droit. Le genre de visage dont les policiers désireraient sûrement que les criminels soient tous affublés, pensa J. B. : laid et avec quantité de signes particuliers. Cet homme, Gerry Timlin, se mouvait grâce à une musculature noueuse qui devait certainement lui être très utile dans son travail de conducteur de grumes.

– Puis-je voir vos papiers d'enrôlement, s'il vous plaît ? avait demandé Bartrum tandis que ses hommes l'entouraient et que la neige drapait l'air derrière eux.

Gerry avait secoué la tête sans comprendre.

– Quels papiers ?

Sa voix était rêche et affaiblie comme celle d'un homme qui n'a pas parlé depuis des jours. Puis il avait toussé dans une de ses mains et J. B. avait compris qu'il n'était pas seulement laid, mais également contaminé.

Les cas de grippe avaient enfin un peu décliné à Timber Falls. Beaucoup d'habitants étaient toujours malades, mais la mort n'était plus un événement banal, c'est pourquoi Miller avait réussi à rameuter pour ce raid suffisamment de patriotes sains et au caractère bien trempé. S'il n'y avait pas eu la grippe, ils seraient passés à l'action deux semaines plus tôt.

Mais ici à Commonwealth, apprenait J. B., l'épidémie était encore très active.

Bartrum avait expulsé l'air de ses poumons à grand bruit en feignant l'agacement avec une mimique bien rodée.

– Monsieur, vous vous êtes fait recenser pour la conscription ?

Gerry en était resté sans voix. Il avait jeté un coup d'œil sur le badge de son interlocuteur et réfléchi, mais il était visible qu'il n'avait pas l'habitude qu'on s'adresse à lui de cette manière.

– Qui c'est qu'ça intéresse, d'abord ?

– Skip Bartrum, shérif de Timber Falls.

Les sourcils de Gerry avaient changé d'expression.

– Vous êtes pas le shérif de ma ville.

Le visage de Bartrum était resté de marbre.

– Vous vous croyez malin ? Nous collaborons avec la Ligue de protection américaine, cela nous confère le statut de représentants de l'ordre en tout lieu où nous conduisent nos souliers. Et à moins que vous ayez ces papiers à nous présenter, vous êtes en état d'arrestation pour avoir omis de vous inscrire, pour vous être dérobé à vos obligations vis-à-vis de votre pays, et parce ce que vous êtes un trouillard de première.

Gerry avait semblé finir par comprendre qu'il était dans de sales draps quand deux de ces individus étaient venus se positionner sur sa droite et sur sa gauche. Ils étaient tous deux aussi robustes que lui, et il ne se trouvait pas dans sa meilleure forme. J. B. était demeuré à l'extérieur, inquiet de la façon dont le ton avait monté.

– Gerry ?

Les représentants de la loi avaient plongé les yeux dans la maison et vu une femme presque aussi imposante que l'était son mari. Elle avait de larges épaules, une poitrine pléthorique et un visage mauvais qui rendait les visiteurs heureux d'être venus pour son mari et non pas pour elle.

Comme Gerry ne répondait pas, elle s'était placée à côté de lui. Elle avait fusillé Bartrum du regard : si son badge l'impressionnait, cela n'était pas visible.

– Qu'est-ce qui se passe ?

– Je suis désolé d'avoir à vous dire, madame, que votre mari ne s'est pas inscrit sur les listes de la conscription, avait répondu le shérif. Il est en état d'arrestation.

Il avait adressé un signe de tête à ses deux sous-fifres qui avaient empoigné les avant-bras de Gerry et entrepris de l'entraîner dehors. Gerry était toujours trop abasourdi pour faire autre chose que les suivre, et il avait toussé à nouveau, dans l'impossibilité cette fois de retenir avec ses mains les expectorations qui avaient atterri sur la poitrine du shérif.

– Vous n'avez pas le droit de faire ça ! leur hurla alors Pauline Timlin après un court instant de stupéfaction. Il est malade ! Il a passé toute la semaine au lit !

– Soyez assurée qu'il y a des couchettes dans la prison de Timber Falls, lui répondit Bartrum avec un sourire pendant qu'il emboîtait le pas à ses hommes et à leur captif.

Ce sourire rappela à J. B. qu'il devait se sentir heureux de participer à cette tâche. Après tous ces jours consacrés au deuil, à rester impuissant face à la grippe qui ravageait sa famille et sa ville, il y avait enfin quelque chose qu'il pouvait faire, un tort qu'il pouvait remplacer par un bien. Il y avait des insoumis dans cette ville et, nom de nom, il allait contribuer à les flanquer en taule, tous jusqu'au dernier.

Dans la maison, les trois fils Timlin, âgés de neuf à trois ans, se postèrent sur le seuil dans des degrés de déshabillage différents. Puis leur mère hurla et se lança à la poursuite de Bartrum qu'elle frappa violemment.

– Ça suffit ! lui cria le shérif en frottant son avant-bras qui lui faisait un mal de chien inattendu. Retournez auprès de votre famille, madame, sinon on vous embarque aussi !

Le shérif tourna le dos pour regarder ses hommes charger Gerry dans un des camions, dont la portière arrière avait été ouverte complaisamment par Miller, mais Pauline poussa un hurlement dépourvu de paroles et chargea, les mains tendues vers les épaules de Bartrum. Tandis que J. B. demeurait sur place avec des yeux ronds, l'un des intervenants la retint dans son élan. Il parvint à avancer d'un pas et à la projeter à terre. Elle tomba lourdement sur les fesses, sa chute à peine amortie par la couche de neige de plus en plus haute.

Le plus jeune des fils Timlin fondit en larmes.

Gerry, enragé de voir sa femme maltraitée ainsi, s'attaqua violemment à ceux qui l'avaient empoigné. Il parvint à faire lâcher prise aux deux hommes qui le poussaient vers le camion, mais avant qu'il ait pu faire davantage, Hightower lui expédia son poing dans le ventre. Le coup sembla renforcé par toute la souffrance accumulée récemment, par l'épouvantable douleur due au décès de ses fils. Gerry se plia en deux, le souffle coupé, et mit un genou à terre. En quelques secondes, il se retrouva projeté à l'arrière du camion tandis qu'il tentait de reprendre sa respiration.

Bartrum dégaina son revolver. Le canon n'était pointé que sur le sol, ce qui ne l'empêchait pas d'être menaçant.

– Attachez-lui les mains, ordonna-t-il à ses hommes.

J. B. n'aimait pas la violence, mais il se souvenait des instructions de Bartrum : il leur faudrait réprimer aussi brutalement que possible toutes les tentatives de résistance pour décourager quiconque de suivre la même voie. Il y avait beaucoup d'autres maisons à aller vérifier.

Le plus âgé des fils Timlin, Donny, se précipita pour aider sa mère à se relever. Pendant que les représentants de la loi attachaient Gerry, Bartrum posa sur Pauline un regard calme et inflexible, puis il marcha jusqu'au camion.

– File vite chez monsieur Worthy, murmura Pauline à l'oreille de son aîné. Dis-lui qu'il faut qu'il vienne… tout de suite.

Donny partit en courant.

*

Toutes les maisons de la ville n'étaient pas habitées. À mesure que la grippe s'était prolongée et que les réserves de nourriture avaient baissé, un certain nombre de familles et d'hommes célibataires avaient abandonné les lieux, fuyant la pandémie et la famine. Ces gens étaient partis en dépit du fait que Charles Worthy leur devait encore l'argent correspondant à leur travail des dernières semaines, mais aussi qu'ils avaient déjà fui de leur plein gré les localités mêmes dans lesquelles ils s'en retournaient maintenant. Cet exode n'avait cependant pas été aussi ample que l'on aurait pu s'y attendre, car ils étaient très nombreux à avoir été trop secoués par la maladie pour voyager. Même si quantités de coups frappés aux portes étaient accueillis par le silence, il ne restait pas moins de nombreuses maisons que les hommes de Bartrum pouvaient investir.

*

Ce matin-là, il y avait moins de bruits de toux chez les Worthy. Rebecca mettait de l'eau sur le poêle pour préparer du thé lorsqu'elle fut confrontée à un spectacle inhabituel : Philip entrait dans la cuisine.

– Oh, ça alors ! fit-elle en lui souriant.

Il n'avait pas marché aussi loin depuis le premier jour de sa grippe, alors qu'en proie au délire, il était allé jusque chez Graham.

Il lui retourna son sourire, l'air affaibli mais fou de joie de se tenir là, d'être de retour à la vie. Elle lui demanda comment il se sentait, et il répondit qu'il avait faim. Un signe de bon augure. Elle lui fit chauffer de la bouillie d'avoine et il s'assit à table.

– Ça fait du bien de pouvoir bouger, dit-il lentement.

Il semblait ne pas avoir oublié comment on parle. Sa langue était hésitante. Son corps ne cessait de tituber en exécutant les gestes les plus simples. Il avait été cloué au lit pendant dix jours, lui avait-on appris la veille au soir, quand il s'était senti suffisamment bien pour prendre part à une conversation.

À ce moment-là, il avait voulu marcher dans la maison, mais ses parents lui avaient demandé de ne pas quitter le lit encore un peu, de continuer à se reposer. Ils ne lui avaient pas confié que pareille guérison était inattendue. Lorsqu'il avait été au milieu de cette épreuve, le docteur Banes n'avait rien caché à Charles et Rebecca : il ne pensait pas que Philip allait survivre. Les symptômes et leur gravité suivaient le même schéma que ceux d'hommes et de femmes qui avaient succombé. Sa grippe avait viré à la pneumonie, et il éprouvait des difficultés à respirer. Quand Banes avait avoué son sinistre diagnostic à Charles, il s'attendait à ce que le lendemain, les lèvres et les doigts de Philip soient bleus, et à ce qu'il décède le jour suivant.

Mais le bon docteur s'était trompé. Philip s'était accroché si longtemps au seuil de la mort que ses parents n'étaient plus sûrs que ce soit à cause du diable, essayant d'arracher jusqu'à l'ultime once de souffrance à sa victime, ou le signe qu'en réalité Philip se remettait, quoique très progressivement. Des jours plus tard, il était là, à la table de la cuisine, et mangeait des flocons d'avoine. Rebecca ne croyait pas aux miracles, mais le spectacle qui s'offrait à elle la laissait dans l'incapacité de classer semblable dénouement.

Philip n'avait jamais pesé lourd, et il avait perdu d'autant plus de poids. Ses pommettes et ses mâchoires étaient plus saillantes qu'auparavant, sa peau de la couleur des pierres au fond d'un cours d'eau. On aurait cru qu'il sortait d'une tombe, pas d'un lit de malade.

Elle prit un deuxième bol avant de se diriger vers l'escalier.

– Je reviens tout de suite. Il faut que je monte ça à Laura.

– Est-ce qu'elle est encore malade ?

Sa voix gagnait en force, mais elle sonnait faiblement en comparaison de l'ampleur de cette question essentielle.

– Elle va beaucoup mieux. Elle s'inquiète pour Elsie.

Rebecca se tut en se demandant si elle devait ou non différer ses paroles. Elle avait vu comment il se comportait en présence de la jeune fille, avait vu Elsie écrire une lettre à Philip, un jour à l'école. Mais après tant de nuits presque sans sommeil, après avoir vu la ville dépérir autour d'elle, elle n'avait plus la force d'amortir le coup pour le protéger.

– Elsie est très malade. Le docteur ne croit pas qu'elle va survivre.

*

Longtemps après que Rebecca avait grimpé les marches, Philip resta assis, le regard fixé dans le vide juste au-dessus de son bol de bouillie d'avoine vide.

Le monde paraissait différent. Il ne parvenait pas à croire qu'il ait été malade aussi longtemps. Douze jours seulement s'étaient écoulés entre celui où le premier soldat avait été tué et le moment où lui-même avait été contaminé ; la durée d'une vie entière avait été condensée dans ces quelques jours, du moins était-ce l'impression que cela donnait. Et maintenant, dix jours de plus s'étaient écoulés sans qu'il en reste une trace fiable, à l'exception des rêves déstabilisants, de conversations dont il n'était pas certain qu'elles aient été réelles ou imaginées.

Elsie ne va pas survivre. Il n'avait plus mal à la tête. Avait l'impression qu'un casque trop serré avait été ôté de son crâne. Cette sensation de nouveauté, d'espace, de liberté, était proche d'un vertige, l'air autour de ses yeux était flou, il rougeoyait. Elsie est malade. Il essaya de rester concentré sur cette pensée, mais la trouva étrangement insaisissable. Elsie. Il l'avait vue dans ses rêves, dans des visions d'elle, et bien que le train où il avait voyagé n'ait pas eu d'existence réelle, Elsie l'avait été, elle. Il ne s'était pas agi d'une invention de son imagination, d'un désir caché incompatible avec le monde qui l'entourait. Elle était réelle, elle existait. Elsie. Elle était malade ?

Il resta assis là pendant un temps très long, commença à comprendre. La bouillie d'avoine avait un effet positif sur son estomac, elle lui conférait de la force, mais une nouvelle inquiétude le détraquait. Elle naissait dans ses entrailles pour transiter par son ossature épuisée. Angoissé, il se mit à gratter avec ses ongles, devenus si longs pendant qu'il était alité, contre la table en bois. Il allait mieux, il avait survécu, était revenu dans le monde qui avait continué sans lui, mais où était Elsie ?

Puis il entendit des coups affolés frappés à la porte et une voix d'enfant qui criait.

VI

Le premier camion fut plein en moins d'une heure.

Plus d'une douzaine d'hommes avaient été arrêtés jusque-là, compta Miller. À ce rythme, il faudrait qu'ils renvoient tous les véhicules à la prison de Timber Falls puis qu'ils reviennent pour emporter un deuxième chargement, peut-être même un troisième, voire un quatrième.

– J'aimerais voir comment il va la faire tourner, sa scierie, maintenant, lui dit Winslow avec un petit gloussement de rire.

– Ça n'a rien à voir avec ce que nous faisons là, rétorqua Miller dont le visage devint revêche comme s'il avait été offensé par une blague de mauvais goût. Je vous l'ai déjà dit, qu'il ne s'agit pas de la scierie de Worthy... il s'agit de protéger notre pays, de s'assurer que les citoyens en appliquent les lois. Je m'en fiche complètement des conséquences que ça peut avoir pour sa scierie ou la vôtre.

Le sourire de Winslow ne consentit pas à disparaître.

– Vous avez vos raisons, monsieur Miller, moi j'ai les miennes.

Miller comprit où son interlocuteur voulait en venir : si la grippe n'avait pas déjà empêché la scierie de Worthy de fonctionner, la perte de huit ou douze camions pleins de travailleurs ne manquerait pas de le faire. Les Winslow seraient en bien meilleure posture sans l'entreprise de Worthy qui les forçait à vendre moins cher, et ses salaires plus élevés qui attiraient la main-d'œuvre.

Et quand on parle du diable… Charles Worthy arrivait. Il avait l'air bien moins impérieux et fier qu'il ne s'était montré la fois précédente, près de la route conduisant à Commonwealth. Il transpirait dans la neige, ses cheveux étaient en bataille, et son visage d'ordinaire pâle paraissait empourpré par la peur, la rage ou le froid.

*

Charles avait pris la vieille Ford qu'il réservait d'habitude pour les distances supérieures ; ce problème était trop urgent pour qu'il se rende sur place à pied. Après s'être arrêté près de l'endroit encombré par les voitures et les camions qui bloquaient la rue, il ouvrit du pied sa portière, oubliant presque de couper le moteur.

Il aurait voulu débarquer avec d'autres hommes, mais si cette visite correspondait à ce qu'il craignait, ce ne serait pas raisonnable.

Il s'en rendait compte maintenant qu'il aurait dû faire davantage pour s'assurer que tous s'étaient inscrits, aurait dû exiger que chaque homme apporte la preuve qu'il avait bien obtenu un sursis de travailleur essentiel à l'effort de guerre. Mais il avait laissé sa propre ambivalence vis-à-vis de la guerre, combinée à la haine que sa femme éprouvait pour elle, l'inciter à opter pour une mauvaise décision. Et le résultat était là.

Charles n'en croyait pas ses yeux. Il connaissait tous les hommes qui étaient enfermés dans les camions. Certains paraissaient en état de choc, beaucoup étaient visiblement effrayés. Nombre d'entre eux étaient encore malades, leur visage creusé depuis la dernière fois qu'il les avait vus, contaminant les camions de leurs quintes de toux. Plusieurs étaient jeunes, à peine plus âgés que Philip, mais au moins autant approchaient de la trentaine ou la dépassaient et avaient une femme, une famille.

Ces familles étaient présentes, du moins certaines : une petite foule qui s'était rassemblée autour des camions, des femmes qui hurlaient, pleuraient ou suppliaient, dont plusieurs avaient des bébés dans leurs bras ou des petits enfants à côté d'elles. Elles se tenaient là, dans la neige, la plupart s'étant précipitées dehors sans se couvrir, implorant trois hommes impressionnants, qui arboraient des badges ainsi que des pistolets dans leurs étuis, de libérer leurs maris. Les représentants de la LPA se tenaient aussi impassibles que des statues, les mains le long du corps en prévision d'une possible nécessité de dégainer leurs armes.

*

– Bon sang de bonsoir, cria Worthy, qu'est-ce qui se passe ici ?

Miller attendit que le propriétaire de la scierie parvienne à sa hauteur : il voulait lui exposer la situation, pas la hurler au milieu de la rue. Worthy était irrité mais seul, sans gardes armés cette fois, et Miller confiant, car il savait que lui et ses collègues dominaient la situation.

– Monsieur Worthy, ces individus sont en état d'arrestation parce qu'ils ne se sont pas inscrits lors de la conscription. Nous frappons à la porte de toutes les habitations de la ville pour vérifier les papiers de chacun des hommes qui ont atteint l'âge légal. Tout individu qui ne sera pas en possession de ces papiers sera conduit à la prison de Timber Falls dans l'attente de son procès.

– Ces hommes ont le statut de travailleurs essentiels à l'effort de guerre, vous le savez parfaitement !

Miller voyait bien que Worthy n'avait pas pour coutume de brailler de la sorte. Du coup, son propre calme lui procurait une impression de puissance.

– Et vous savez que tous les hommes en âge de combattre, quel que soit leur métier, sont tenus de se faire recenser. C'est alors, et seulement alors, que la commission d'incorporation décide de qui est, ou n'est pas, un travailleur essentiel à l'effort de guerre. Si vos hommes en ont conclu qu'ils seraient protégés, pareille conclusion ne leur appartenait pas.

– C'est ridicule ! Pourquoi arrêter des hommes dont vous savez qu'ils auraient été exemptés s'ils avaient…

– Parce qu'ils enfreignent la loi, l'interrompit Miller en haussant la voix. Parce que d'autres hommes, dans tout le pays, se sont inscrits et ont été envoyés en France où ils font leur devoir, et nul ici n'a le moindre droit de se soustraire à ces obligations.

Winslow, qui se tenait à côté de Miller, ne put se retenir de sourire en voyant le pompeux propriétaire de la scierie dans un tel état d'agitation. Ce sourire n'échappa pas à Worthy et sembla attiser l'incendie qui le dévorait.

– Combien les Winslow vous paient-ils pour faire ça ? demanda-t-il à Miller. Combien vous paient-ils pour embarquer mes…

– Je ne suis le laquais de personne ! réagit Miller, finalement arraché à son calme, en brandissant son index dans la direction de son contradicteur. Je le fais pour notre patrie, monsieur Worthy, pour notre *pays*. Je n'ai de dettes envers personne, un point c'est tout. J'ignore comment vos ouvriers peuvent se regarder dans la glace alors que d'autres jeunes hommes sont au-delà de l'océan, où ils risquent leur vie, mais ils auront tout le temps voulu pour se la poser, cette question, quand ils seront derrière les barreaux. Je vous conseille de ne pas vous mettre en travers de notre chemin.

Sur ces mots, Miller lui tourna le dos et s'éloigna vers un des camions d'un air outragé comme s'il voulait venir en aide aux trois hommes armés qui repoussaient des familles aux cris déchirants. En réalité, tout ce qu'il voulait, c'était tourner le dos à Worthy, lui signifier que cette discussion était terminée et que sa présence était nulle et non avenue.

Charles regarda Winslow, qui avait assurément l'âge de partir au combat, mais avait probablement déjà obtenu son exemption. Les hommes comme lui ne font pas la guerre.

– Vous pouvez nous tenir, ma famille et moi, pour responsables autant que vous voudrez, Worthy, ajouta Winslow qui ne parvenait toujours pas à endiguer sa jubilation. C'est vous qui avez choisi d'engager des fripouilles et des rouges. Vous l'avez bien cherché.

Lui aussi l'abandonna au milieu de la rue, impuissant dans ce tourbillon d'événements qui le dépassaient, qui dépassaient son amour de la scierie, de la ville, et qui outrepassait ses rêves.

*

Rankle résistait.

Il était malade depuis six jours, mais ces dernières quarante-huit heures, lentement, il se remettait. Son voisin, qui s'appelait Hunt, et avec qui il avait discuté aimablement en quantité d'occasions quoique sans jamais apprendre à le connaître vraiment, était décédé au début de l'épidémie, et la femme de Hunt, Corinne, plutôt que de se perdre dans le chagrin, s'était fixé pour tâche d'assurer la survie de Rankle.

Le matin où l'ordonnateur des pompes funèbres était venu pour emporter le corps de son mari, elle avait accroché du crêpe noir à ses fenêtres. Il ne pourrait y avoir de cérémonie, l'avait informée le docteur, car tout rassemblement de personnes était interdit. Tout service religieux devait attendre que la grippe soit terminée. Le même soir, elle avait vu le docteur sortir de la maison de Jarred Rankle. En conséquence, le lendemain matin, alors que son mari était à peine mort depuis vingt-quatre heures, elle avait frappé à la porte du contremaître et, n'entendant pas de réaction, avait ouvert elle-même, lui avait apporté du thé chaud et avait étalé de nouvelles couvertures sur son lit ; elle lui avait parlé pendant qu'il demeurait étendu, flagellé par les lanières de la fièvre. Elle avait fait tout ce qu'elle n'avait pas pu pour son mari décédé après seulement une journée de contamination… une journée ! Elle avait tout juste eu le temps de lui poser une serviette-éponge imbibée d'eau fraîche sur le front, d'y apposer ses lèvres et d'être stupéfaite d'en sentir la chaleur. Le temps qu'elle lui dise combien elle l'aimait, il était déjà pris de tremblements incontrôlables, déjà à mi-chemin d'un lieu où il ne l'entendrait plus. Et, tout d'un coup, il n'était plus là.

Mais la grippe de Rankle était plus lente, et cette fois le Seigneur avait donné à Corinne une chance de venir en aide. En ce premier jour, il avait très peu parlé, mais il n'avait pas paru surpris de la voir là, comme s'il s'agissait de l'accomplissement d'une entente prédéterminée. Pratiquement personne, en ville, ne s'occupait à ce point de ses voisins, tous étant trop terrifiés à la pensée de ramener l'infection dans leur propre foyer. Mais comme le mari de Corinne s'en était allé, elle n'avait pas peur de la mort. Elle dormait sur le sol de la chambre, s'occupait de lui quand il se réveillait en proie à une quinte. La nuit, elle regardait par la fenêtre et voyait sa propre maison, vide, déserte.

Le jour de la première neige, celui du raid, Rankle avait si bien récupéré que la présence de Corinne n'était plus nécessaire. Cette nuit-là, il avait dormi à poings fermés, n'avait à aucun moment été secoué par la toux ou par une nausée, et s'était réveillé avec un copieux appétit. Pendant qu'elle préparait leur petit déjeuner, elle savait qu'il était temps de retourner chez elle, au vide qu'elle ne voulait pas affronter. Elle s'était mise au service de Dieu en aidant cet homme dont elle pensait qu'il finirait par lui transmettre la maladie, mais ils étaient maintenant tous les deux en bonne santé, et son mari, lui, toujours mort.

Elle donnait un dernier coup de nettoyage à la cuisine quand ils avaient entendu frapper à la porte. Comme Rankle se trouvait au salon, finalement capable de se lever sans être pris de vertige, de respirer à fond sans s'étouffer, il s'était approché de la porte qu'il avait ouverte. Contrairement à Charles, qui avait espéré que ce jour pourrait être évité, et contrairement à Gerry Timlin, qui était resté paralysé quand ces hommes étaient venus, Rankle avait su de qui il s'agissait et connu la raison de leur présence aussitôt qu'il avait vu le visage du shérif.

– Je n'ai pas de papiers, avait-il répondu à la question de Bartrum. Et je ne combattrai pas dans la guerre injustifiable de Woodrow Wilson.

Deux hommes imposants, dont l'un était Hightower, s'étaient avancés sur le seuil et l'avaient encadré.

– Dans ce cas, mon gars, c'est la prison.

– Ne faites pas comme si vous ne me connaissiez pas, dit Rankle en fixant Bartrum dans les yeux sans ciller. Moi, je peux vous garantir que je vous reconnais.

– Vous autres, les insoumis, pour moi vous vous ressemblez tous.

– Vous habitiez à Everett. Vous y traîniez avec les gars de McRae.

Rankle s'avança d'un pas comme pour accentuer le fait qu'il mesurait plusieurs centimètres de plus que Bartrum.

– Vous êtes foutrement fort quand vous avez une bande de types pour vous aider, et foutrement grand quand vous donnez des coups de pied à des gars qui sont déjà à terre.

Le visage du représentant de la loi vira au rouge comme si Rankle avait refermé ses doigts autour de son cou.

– Fermez-la, tout se passera beaucoup mieux pour vous.

Rankle fit passer son regard de Bartrum à Hightower puis au troisième. Ces deux-là étaient trop âgés pour être appelés sous les drapeaux, mais suffisamment robustes et en forme pour en découdre en France s'ils le désiraient. Rankle eut envie de se permettre un commentaire mais opta pour une stratégie différente.

– Je suppose que vous êtes persuadés de remplir une tâche formidable. Mais vous n'êtes que des imbéciles si vous croyez que cette guerre est autre chose qu'…

Bartrum le fit taire en lui expédiant un coup de poing dans le ventre. Rankle s'était préparé à un geste de ce genre et, même s'il se plia en deux et sentit que son souffle lui échappait, il choisissait déjà ses cibles. Hightower et les autres le relevèrent, prêts à le traîner jusqu'au camion, mais le contremaître fit un pas en avant et brisa deux de ses doigts sur la figure de Bartrum, projetant le shérif si violemment qu'il se serait effondré en franchissant le seuil si trois hommes de plus ne s'étaient pas tenus juste derrière lui.

Rankle n'eut pas le temps de voir qui l'avait frappé, mais il se retrouva rapidement à terre. Son visage encaissa des coups, de même que sa gorge, puis ses côtes. Plutôt que de se rouler en boule sur lui-même, il tenta de se relever, mais des souliers l'en empêchèrent. Les coups continuèrent de pleuvoir, et ses agresseurs étaient si bruyants qu'il n'entendait pas les hurlements de Corinne.

– Grand, je le *suis*, quand je frappe des hommes à terre, cria Bartrum en grondant au moment où il lui décochait un deuxième coup de pied.

Il prenait son élan pour le troisième quand un des hommes lui posa la main sur l'épaule.

– C'est pas la peine, on l'embarque comme ça.

Corinne se précipita vers le corps ensanglanté mais Hightower la saisit par les bras. Elle frappa dans le vide en émettant des gémissements. Aux yeux de ces hommes, il était évident qu'elle était sa femme.

Ses hurlements plaintifs, Hightower ne fit pas que les entendre, il les sentit qui se répercutaient sur ses mains tandis qu'il la tenait. Des cris qui secouèrent les épaules de cette femme, descendirent le long de ses jambes et s'enfoncèrent dans le sol.

Quand Bartrum eut tamponné avec un mouchoir son nez qui ruisselait de sang, puis craché par terre, et que les autres eurent traîné hors de la maison le prisonnier brisé et inconscient,

Hightower lâcha les bras de la femme qui s'écroula sur le sol comme privée de vie depuis longtemps.

*

Assis sur son lit, Philip regardait par la fenêtre. Depuis l'accident, il détestait la neige, détestait la façon dont le monde autour de lui devenait silencieux lorsqu'elle tombait.

Il continuait de voir les mots d'Elsie écrits dans la buée sur la fenêtre, indistincts, à demi effacés, mais lisibles si l'on savait où regarder. ÇA VA, TOI ? et GUÉRIS VITE avec le E à l'envers, et entre les deux, en lettres majuscules, plus grandes, JE T'AIME. Cela ne l'empêchait pas de se sentir mal. Sa gorge ne le brûlait pas, mais il y avait une impression de froid dans sa tête, comme si quelqu'un qui aurait dû y être en était absent, comme s'il n'y avait que de l'air, comme si la froidure de l'hiver glaçait son cerveau de l'intérieur. Il trouvait difficile ne serait-ce que de penser à elle, difficile de saisir totalement ce qu'était l'amour et quelle signification il avait, impossible de se débattre avec les concepts du deuil ou de la mort. Il restait hébété tandis que, devant lui, scintillait le monde.

Du temps passa. Comme il entendait Rebecca grommeler de colère à part elle, il se leva pour se rendre dans la cuisine qu'elle récurait avec l'énergie d'une furie, comme à son habitude quand elle avait besoin de fuir ses pensées.

– Qu'est-ce qui se passe ? lui demanda-t-il.

Elle leva les yeux, des mèches de cheveux gris lui tombant en cascade en travers du visage. Ses joues étaient rouges. La transpiration maculait son front.

– Ils arrêtent les hommes qui ne se sont pas enrôlés. Là, en ce moment. Ils les embarquent sans autre forme de procès.

Philip s'assit.

L'arrivée de Donny Timlin pris de panique s'était produite comme dans un rêve. Dès l'instant où Charles était parti avec lui, ç'avait été comme s'ils n'avaient jamais existé.

Rebecca abattit sa paume sur le plan de travail avec un bruit qui n'atteignit pas Philip avant deux secondes. Puis elle serra ses bras autour de son corps et éructa un son qu'il n'identifia pas complètement, cri avorté, soupir affligé, hurlement sur un mode mineur, impact d'un poing écrasant un battement de cœur.

– Qui est-ce qu'ils arrêtent ? interrogea-t-il en croisant ses bras sur son torse pour lutter contre le froid.

– *Tout le monde*. Tous ceux qui ne se sont pas fait recenser sur les listes.

Il se les représenta traînant Graham par terre pour le jeter dans un cachot malsain, un lieu beaucoup plus sombre et abject que l'ultime endroit que Frank avait connu dans sa vie. Il s'imagina qu'ils le pendaient après un procès expéditif, vit son corps jeté dans une fosse qui ne portait pas de nom, vit Amelia vêtue de deuil. Il tenta de se souvenir de la conversation qu'il avait eue avec Graham à propos de la guerre, il y avait des mois de cela, mais il avait l'impression qu'une partie de son cerveau avait été effacée par quelque chose de si abrasif que le simple fait d'essayer d'y repenser était douloureux.

Aussi se fixait-il sur le présent. Graham était en instance d'arrestation. Philip se concentrait si fort qu'il devait fermer les yeux, il invoquait l'impossible pour que son esprit fonctionne comme il l'en savait capable. Les Timlin habitaient l'une des maisons les plus proches de l'entrée de la ville. Mais Graham et Amelia vivaient loin de là, de l'autre côté de la maison des Worthy, à proximité de la scierie. Si ces hommes n'avaient pas encore frappé à leur porte, peut-être ne l'avaient-ils pas fait à celle de Graham.

Il se dirigea lentement vers le petit salon. Regarda par la fenêtre qui, elle, n'était pas ornée de pensées inscrites par Elsie mais de traces de neige dans les coins. Il regarda dehors et vit, loin sur sa droite, un groupe d'hommes qui frappaient à la porte d'un de leurs voisins : Jay Wachowski, celui qui, il y avait plusieurs semaines, s'était brisé les deux mains à la scierie, dans un accident. Philip ignorait si Wachowski s'était fait recenser, il ignorait si Doc Banes avait fendu ses plâtres afin de les lui retirer. Est-ce qu'ils l'emporteraient vers la prison avec les mains encore dans le plâtre ?

Il tapa contre la vitre froide, se souvenant de la période où ses mains avaient été bandées pour les protéger du gel. Il se souvenait qu'il avait été dans l'impossibilité de toucher son propre front, de se nourrir seul, de simplement compter sur ses doigts parce qu'ils étaient tous enrobés dans la blancheur d'une même masse de protection hideuse. La neige tombait, plus dense. La couche gagnait en épaisseur sur les routes qui seraient bientôt dangereuses, infranchissables.

Ses pensées revinrent à Graham. C'était lui qui avait appuyé sur la détente. Philip était juste resté là, sans faire un geste. Il avait profité de l'expérience de son ami en observant quel en avait été le résultat, et c'était pour cela qu'il n'avait pas été capable d'imiter Graham lorsque Frank s'était approché en grimpant la colline. Quand il pensait à tout ce que Graham avait fait, il ne pouvait échapper au fait que lui-même aurait pu être contraint de suivre le même chemin si ç'avait été lui qui avait appuyé sur la détente. Il détestait et redoutait ce que Graham était devenu, mais ses actes l'avaient sauvé, lui, d'une destinée similaire.

Comme Rebecca était remontée à l'étage, il s'approcha du placard situé près de la porte d'entrée. Pris ses souliers, son manteau, son couvre-chef et ses gants. Puis il empoigna le fusil.

*

C'était déjà trop dur pour J. B. Même si Miller avait averti du risque que la situation tourne mal, il avait également déclaré qu'il s'agissait de froussards insoumis et que la majorité d'entre eux les suivraient sans protester. Il avait affirmé qu'une pareille démonstration de force, vingt hommes, intimiderait ces déserteurs qui s'approcheraient, les uns derrière les autres et la tête basse, de l'arrière des camions pour y monter. Les gens comme J. B. faisaient ce qu'ils pouvaient pour leur pays, Miller l'avait bien dit : *Nous sommes peut-être trop âgés pour être là-bas, en première ligne, mais nous faisons notre part pour que le front arrière soit protégé.*

Mais de voir ce premier homme violemment frappé par Hightower, avec sa femme et ses enfants qui pleuraient, J. B. en avait eu le ventre retourné. Le spectacle de cette souffrance familiale lui rappelait davantage encore sa propre femme et ses enfants défunts. Il n'avait pas envie d'être là. Il avait commis une erreur. Il devrait être de retour chez lui, frapper à la porte de sa femme, encore et sans jamais se lasser, la supplier de le laisser entrer pour qu'ils puissent se serrer dans leurs bras et essayer de tenir le monde à distance.

Beaucoup de membres de la LPA qui l'accompagnaient étaient suffisamment jeunes pour servir dans les forces armées mais avaient bénéficié d'un sursis pour différentes raisons. Certains avaient des métiers essentiels à l'effort de guerre, d'autres étaient des policiers dont leurs villes ne pouvaient se permettre de se passer. Les derniers, comme Hightower, étaient plus âgés mais encore bien assez forts pour battre comme plâtre tout jeune homme qui aurait la bêtise de les défier. J. B. savait, néanmoins, qu'il n'était qu'un gratte-papier, un homme plus comparable à Miller qui s'était lui-même accordé le rôle secondaire de gardien veillant sur les camions. Intégré dans la brigade de Bartrum, composée de six hommes, J. B. restait dans l'ombre pendant que les autres se servaient de leurs larges épaules pour intimider, et de leurs gros souliers pour fouler aux pieds quiconque tentait de résister.

– Donne-lui un bon coup de godasse, à ce salopard, avait dit Hightower à J. B. lorsque lui et les autres avaient maîtrisé un homme qui avait tenté de leur échapper après avoir craché au visage de Bartrum et manqué Hightower d'un coup de poing inepte.

Tous les autres membres du groupe l'avaient frappé au moins une fois, à l'exception de J. B. dont le manque d'enthousiasme était finalement, comme il l'avait redouté, devenu suspect.

J. B. ne regardait pas Hightower, il regardait l'homme étendu à terre, couvert de neige. Un enfant qui s'approchait de l'âge adulte, en réalité, qui avait probablement atteint son dix-huitième anniversaire il y avait quelques mois à peine.

– Frappe-le pour nos fils, avait insisté Hightower.

J. B. sentait que tous le regardaient, l'attendaient au tournant, l'évaluaient. Qu'est-ce qu'il faisait là ? Son fils, James, ne voudrait pas qu'il flanque des coups de pied à ce trouillard. James n'était pas comme Hightower et ses abrutis de fils. Il voudrait aider ce gars à se relever. Mais il était parti, son corps pulvérisé se trouvait à un million de kilomètres, son âme de l'autre côté de l'infranchissable abysse. La guerre change les hommes et J. B. frémit à la pensée de ce que James avait pu devenir avant le jour de sa mort. Peut-être aurait-il martelé de ses semelles le visage de ce jeune gars, peut-être lui aurait-il sauté sur le corps avec un enthousiasme terrifiant.

Hightower et les autres continuaient d'attendre. J. B. expédia un coup de pied dans le dos de la victime. Pas trop violemment, mais assez quand même. Il soupira. Le prochain, il le frapperait plus fort.

*

Graham se leva quand il entendit les coups de feu. Il était assis à côté d'Amelia, le regard rivé sur la neige, quand ils perçurent la première détonation suivie de trois volées de balles supplémentaires. Un bruit cent fois plus puissant que n'importe lequel de ceux que la ville était parvenue à provoquer depuis des jours.

Amelia resta dans son fauteuil, ses yeux interrogateurs levés vers lui. De leur position avantageuse, ils ne voyaient qu'un voisinage en cours d'ensevelissement sous la première offensive de l'hiver. Graham avait identifié des coups de fusil. Il se dirigea vers la porte, resta derrière un moment, craignant de l'ouvrir, redoutant ce qu'il risquait de laisser entrer.

Il ouvrit et sortit en frissonnant dans le vent mordant. Sur sa gauche, à environ deux rues de là, il vit une concentration d'hommes, une mêlée, aux pieds de laquelle un rongeur inidentifiable et couvert de blanc se débattait comme il pouvait. Mais ce n'était pas un rongeur, c'était un homme allongé par terre, dans la neige, un homme encerclé et roué de coups de pied et de poing. L'un de ses tortionnaires tenait un fusil pointé sur le ciel.

Un camion commença à rouler dans leur direction. Quand il s'arrêta près d'eux, un homme vêtu avec soin et coiffé d'un chapeau melon en descendit. Il ouvrit la large portière arrière, puis la mêlée souleva le corps couvert de neige et copieusement rossé pour le porter à l'intérieur du véhicule. Graham reconnut la tignasse rousse d'un des habitants de Timber Falls qui avaient essayé de s'introduire à Commonwealth, celui qui les avait traités de tire-au-flanc et avait parlé avec emphase de ses fils morts en France. La vue de cet individu s'associa progressivement à l'expérience passée, forma un réseau dense qui se referma sur lui tel un filet serré.

Les hommes, là-bas, époussetaient la neige qui collait à leurs manteaux. Ils s'approchaient de la maison d'un des voisins de Graham où le crêpe affiché aux fenêtres aurait dû leur indiquer qu'il s'agissait d'une habitation endeuillée. Ils cognèrent cependant à la porte, peut-être trop enivrés de sang pour identifier les signes annonciateurs visibles autour d'eux.

*

Hightower agissait ainsi pour ses fils. Il agissait ainsi parce que sa femme et lui avaient élevé leurs enfants comme il fallait, avaient conduit à maturité deux jeunes hommes forts et bien-pensants qui fréquentaient l'église et avaient des amoureuses chrétiennes qui les adoraient. Il agissait ainsi parce qu'ils s'étaient rendus à la commission de recensement à la date qui leur avait été assignée, avaient inscrit leur nom et accepté leur ordre de conscription avec dignité. Il ignorait ce qui avait transpiré dans leur chambre, derrière la porte fermée, le dernier soir avant leur incorporation à Fort Jenkins, ignorait ce qu'ils avaient demandé à Dieu dans leurs prières en cette dernière nuit passée au foyer, ignorait si la peur avait engendré des larmes ou s'ils avaient été calmes jusqu'à ce que le sommeil les prenne. Mais il savait ce qu'ils lui avaient dit, ce qu'ils avaient écrit dans leurs lettres, connaissait l'expression dans leur regard la dernière fois qu'il les avait vus, parés de leur uniforme militaire et semblant tellement plus âgés qu'il ne l'avait jamais imaginé possible.

Peut-être, si tous les autres jeunes hommes du pays avaient répondu comme ses fils l'avaient fait, y aurait-il eu plus de recrues sur le front. Peut-être le corps expéditionnaire aurait-il été deux fois plus fourni, aurait-il traversé la France en quelques jours en fauchant leurs ennemis, aurait chassé les Boches hors de Belgique, les aurait repoussés dans les forêts allemandes séculaires qu'ils n'auraient pas dû quitter. Peut-être, si chaque garçon d'Amérique avait été aussi vaillant que les Hightower, seraient-ils rentrés au pays, y auraient-ils annoncé leurs fiançailles. Peut-être, si ce fichu État n'avait pas été envahi par des insoumis et des rouges, par des gens qui préféraient fuir devant une menace plutôt que l'affronter, ses fils seraient-ils encore vivants.

Ils étaient si différents de cette mauviette qui avait enjambé la fenêtre latérale de sa maison pour sauter dans la neige en essayant de prendre la fuite au milieu des volutes blanches de plus en plus épaisses. Bartrum avait effectué plusieurs tirs de sommation, ce qui avait quelque peu ralenti le fuyard, l'avait fait hésiter sur la légitimité de sa stratégie. Avant qu'il ait pu reprendre ses jambes à son cou, Hightower avait surgi derrière lui et l'avait plaqué au sol. Le jeune avait essayé de se libérer en se débattant. Un de ses souliers avait percuté son adversaire en pleine mâchoire, mais arrivé ce moment, les renforts se jetaient déjà sur lui. Il ne gémissait même plus quand ils l'avaient chargé dans le camion, le dernier véhicule qu'ils n'avaient pas encore rempli.

– Nous n'avons presque plus de place, avait constaté Miller.

– Des tire-au-flanc, il en reste encore beaucoup, avait répondu Bartrum.

Son nez était cassé et, si le sang ne coulait plus, l'organe avait la couleur d'une betterave cuite, tellement plus foncé que la neige blanche environnant sa tête. La peau autour de ses yeux prenait aussi une teinte sombre… cet insoumis, il y avait deux maisons de cela, ne l'avait pas raté.

– Nous n'avons même pas encore visité la moitié de la ville.

– Il faudra qu'on revienne, conclut Hightower.

– Pas aujourd'hui, intervint Miller. Vu la manière dont la neige tombe, c'est la seule chance que nous aurons pendant plusieurs jours. Moi, je dirais qu'on en entasse autant qu'on peut dans les camions avant de repartir.

Hightower opina.

– Pas d'opposition, déclara-t-il.

Un peu plus loin dans la rue, il scrutait la résidence suivante sur leur liste. Mais ce qui attira son attention se trouvait quelques maisons plus loin. Un homme, debout sur le seuil, qui les observait.

– Le voilà, ce fils de pute.

– Qui ça ? demanda Bartrum.

Depuis ce premier jour où ils avaient pris la direction de Commonwealth, Hightower avait été hanté par ces yeux. Même si l'homme en question avait plaqué un masque sur plus de la moitié de son visage quand Worthy était arrivé, jamais Hightower n'oublierait ce regard insolent. Il ne connaissait pas le nom de l'individu, mais n'avait cessé d'espérer être celui qui frapperait à sa porte.

– Laissons les prochaines maisons pour plus tard, dit-il. Je veux être sûr que ce fumier, on va l'arrêter aujourd'hui.

*

Quand Charles les vit emporter un prisonnier inconscient vers l'un des camions, il s'élança. Il était horrifié par tout ce sang, par le fait qu'un des habitants avait été tabassé si brutalement qu'il ne pouvait marcher. Lorsqu'ils s'approchèrent en le portant, la tête de Rankle roula sur le côté et Charles reconnut son ami.

Mais lorsqu'il se mit à courir, deux hommes s'avancèrent pour bloquer le passage. Ils lui dirent qu'il était déjà trop près. Quand il essaya de passer outre, ils le repoussèrent jusqu'à ce qu'il chute dans la neige.

Rankle fut jeté à l'arrière du véhicule, à côté de Deacon. Ce dernier quittait la maison d'un malade en compagnie du docteur quand la LPA lui avait demandé des comptes et l'avait embarqué. Il n'avait pas compris pour quelle raison le Seigneur avait voulu lui parler avant de le repousser de la sorte, mais n'avait éprouvé aucune crainte et s'était laissé emmener selon la volonté de Dieu. Sa foi fut ébranlée, néanmoins, par les blessures qu'il vit sur le visage de Rankle. Il se glissa entre les autres hommes qui avaient été capturés, retira son manteau, le plia en un oreiller de fortune qu'il glissa sous la tête du blessé. Il écarta ensuite quelques cheveux de son front, épongea le sang d'une manche.

– T'en fais pas, Jarred, ça va aller, lui dit-il d'une voix rauque. On va rapidement te conduire chez un docteur. Tout va bien se passer.

*

Doc Banes aida Charles à se relever. Tout autour d'eux, des équipes de membres de la LPA frappaient à d'autres portes, en ressortaient avec d'autres ouvriers. Beaucoup étaient malades, mais les représentants de Timber Falls semblaient ne pas en avoir cure.

Banes était trop fatigué pour les traiter de tous les noms, contrairement à ce qu'avait fait Charles. Il savait que si ces hommes avaient survécu à la grippe à Timber Falls, peut-être survivraient-ils à tout ce que les malades de Commonwealth pourraient leur respirer à la figure. C'étaient eux, les veinards, ceux que Dieu ou la biologie avait choisis pour être immunisés, à moins qu'ils aient survécu à leurs souffrances.

Qu'est-ce que je peux faire ? se demanda-t-il sans y croire en regardant les véhicules. Un par un, ceux qui n'avaient pas suivi les conseils de Charles concernant le devoir de se faire recenser étaient traînés vers les camions. Quand la LPA en aurait fini, la ville serait amputée de la majorité de ses hommes.

Les rares qui tentaient de se rebeller étaient aisément soumis, non seulement parce qu'ils étaient noyés sous le nombre mais également affaiblis par la maladie et la faim. Charles lui-même avait perdu du poids. Ils avaient fait durer leurs maigres provisions le plus longtemps possible, et quand la quarantaine avait été levée, beaucoup avaient été trop atteints pour s'aventurer dans des villes lointaines en quête de provisions. Ils semblaient tous à moitié morts de faim, incapables de se défendre.

VII

Les trois coups frappés à la porte furent si violents que le battant fut ébranlé sur ses gonds.

En voyant les hommes venir, Graham avait fait monter Amelia à l'étage avec la petite. Il avait réfléchi aux possibilités qui lui restaient, les avait trouvées fort peu nombreuses et guère réjouissantes. Les coups, quand ils furent frappés, ressemblaient davantage à un assaut, la porte étant très proche de céder sous le poids des hommes qui se trouvaient derrière.

Ils étaient sur la terrasse. Graham les reconnut tous, car ils avaient été là lors de la confrontation antérieure. Celui qui avait les cheveux roux le détailla d'un regard particulièrement attentif.

– Montrez-nous vos documents de sursis d'incorporation, ordonna le shérif.

– Vous n'avez aucun droit d'agir ainsi, lui répondit Graham. Vous avez causé suffisamment de dégâts comme ça… retournez à Timber Falls avant que la situation ne vous échappe complètement.

Les yeux du représentant de la loi semblaient disparaître sous les chairs noircies et tuméfiées qui enflaient sur l'arête de son nez.

La main droite de Graham était appuyée contre le chambranle. Il n'avait ouvert la porte qu'à moitié et, derrière le battant, tenait son fusil dans sa main gauche, celle qui n'avait que quatre doigts.

– Nous sommes investis par le gouvernement fédéral, répliqua le shérif, nous avons donc tous les droits.

– Le gouvernement fédéral n'a rien à voir avec nous. Nous avons construit cette ville sans l'aide d'aucun d'entre vous.

Le chambranle même contre lequel sa main reposait, il l'avait érigé en personne. Il était hors de question qu'il laisse des brutes de champ de foire l'embarquer où que ce soit.

Le rouquin s'avança en poussant la porte davantage, mais Graham la maintenait solidement avec son avant-bras. Il avait préféré ne pas braquer l'arme quand il ouvrirait, se disant qu'il parviendrait à les convaincre de partir. Une décision qu'il regrettait déjà.

*

Quand Hightower avait désigné Graham à Bartrum, le shérif n'avait pas voulu laisser les autres maisons et, par conséquent, il avait chargé trois hommes de son groupe d'aller frapper à ces portes-là. Il avait gardé Hightower et J. B. avec lui. Entretemps, Miller était revenu pour dire à Winslow et à un autre de conduire à Timber Falls deux des camions, remplis au-delà de leur capacité. D'ici quelques minutes à peine, ils auraient rempli les deux derniers et prendraient le chemin du retour.

Bartrum savait combien Hightower avait rêvé d'arrêter cet insoumis qui avait décrié les fils décédés de ce dernier et, ce faisant, déprécié celui de J. B. et le sien qui continuaient de se battre quelque part en France. Le shérif, lui, n'avait pas le poids d'un enfant mort sur la conscience, mais il voyait comment pareil fardeau pouvait abattre des hommes plus résistants encore que lui. Il n'était pas du genre à laisser un sale trouillard de cette espèce les empêcher d'accomplir leur devoir de patriotes.

Il tendit la main vers son pistolet, le sortant de l'étui qu'il portait à la hanche. Le garda pointé vers le sol en s'assurant que Graham le voyait.

– Mon gars, on t'arrête vivant ou on t'arrête mort. Nous, ça nous fait ni chaud ni froid.

*

Graham n'était pas gaucher. Il devrait reculer, laisser la porte s'ouvrir et transférer le fusil dans sa main droite. Abattre d'abord celui qui avait le pistolet, puis tirer sur le rouquin. Le type aux lunettes et au costume de ville prendrait vraisemblablement la fuite. Il les observa tous les trois, évaluant la rapidité avec laquelle ils allaient réagir.

*

Mais Hightower prit Graham de court en venant se placer devant Bartrum et en percutant la porte d'un coup d'épaule. Elle frappa si violemment le poignet gauche de Graham qu'il faillit lâcher le fusil, désormais exposé à la vue de tous. Il le fit passer dans sa main droite, mais Hightower était si près qu'il ne pouvait même pas le lui braquer dessus. L'assaillant repoussa l'arme avant de frapper à la tempe avec son poing.

Graham partit en arrière en titubant, le fusil tombant sur le sol, et il ne parvint pas à reprendre ses appuis avant que Hightower se précipite à nouveau sur lui. Graham était plus jeune et plus fort, mais en rupture d'équilibre sur les talons. Il se servit de ses bras pour détourner certains des coups de son adversaire. Ceux qui l'atteignaient l'étourdirent. Hightower l'accula contre le canapé, et Graham était sur le point de s'écrouler quand il parvint à le frapper violemment à droite du menton. Il sentit qu'un os cédait mais bascula en arrière et Hightower, portant ses mains à sa mâchoire douloureuse, s'avança pour lui décocher un coup de pied à la seconde où il heurtait le sol.

– Bon Dieu, J. B., tu fais quoi ? protesta Hightower en grimaçant à cause de sa mâchoire brisée.

Finalement, J. B. se joignit au mouvement et lança des coups de pied dans les côtes et l'abdomen de Graham.

Bartrum avait pointé son pistolet sur leur adversaire, prêt à tirer au cas où l'insoumis tenterait d'attaquer à nouveau. Mais il était évident que cela n'allait pas se produire.

Hightower prit du recul dès qu'il constata que le combat était gagné. Même s'il détestait intensément cet individu, son envie d'en découdre l'avait déjà quitté. Il se baissa pour le relever en le tenant par-derrière, le bras autour du cou.

– Graham ! hurla Amelia.

Le nez de son mari saignait, son arcade sourcilière gauche présentait une vilaine coupure, et son visage virait de plus en plus au rouge en raison du bras musclé qui lui enserrait la gorge. Quand elle atteignit la marche de l'escalier qui était à l'oblique, elle s'immobilisa, le visage contorsionné par la frayeur et la fureur.

– Arrêtez, je vous en prie !

– Nous nous arrêtons, dit Bartrum en jurant à part lui, car tous ces ouvriers de la scierie semblaient avoir une femme.

– Pourquoi vous faites ça ? demanda-t-elle, ses yeux se remplissant de larmes tandis qu'elle se laissait tomber au pied des marches.

Son regard se fixa droit sur les yeux de son mari et, quand il la vit dans cet état, il recommença à se débattre, plantant ses doigts dans les bras de Hightower qui renforça sa prise.

– Ma petite dame, votre mari est un méprisable lâche, déclara Bartrum, et il va moisir en prison jusque bien après le moment où nos soldats auront gagné la guerre.

Il adressa un signe de tête à J. B. et Hightower.

– Allons-y.

Mais au moment où il se tournait vers la porte, il remarqua quelque chose d'inattendu. Émergeant de la cuisine s'avançait une autre silhouette. Un fusil braqué sur son cœur.

*

– Lâchez-le, dit Philip en marchant lentement mais avec détermination à travers la cuisine avant de pénétrer dans le salon.

Le fusil lui paraissait très lourd à cause de ses muscles atrophiés et de ses os qui lui semblaient creux, mais il refusait de l'abaisser.

Il était arrivé trop tard à la maison de Graham, avait vu, quand il avait tourné l'angle, les hommes debout sur la terrasse. Il était resté un instant sur place, indécis, ses pensées se réverbérant dans sa tête caverneuse. Ces hommes allaient embarquer Graham, le pousser dans un de ces camions. Le fusil, Philip l'avait pris comme s'il repartait en bordure de la ville pour monter la garde, comme si la grippe n'était pas entrée dans Commonwealth. Mais elle y était, bien sûr, il en sentait encore la présence dans son corps. Sa tête n'était pas normale, ses pensées non plus et ses sentiments pas davantage. Il éprouvait des difficultés à se concentrer, à réfléchir. Il était tellement plus facile de se contenter d'agir, et donc il avait progressé dans la neige en se dirigeant vers la porte de derrière des Stone. En dépit de sa faiblesse, son corps lui semblait plus léger, comme s'il était propulsé par le vent, par le souffle de quelqu'un, par ses seules idées.

Il avait silencieusement ouvert la porte de derrière. Avait entendu les bruits de la bagarre mais s'était concentré sur la discrétion, sur sa façon d'entrer dans la maison et de braquer le fusil à la perfection. Sa respiration était précipitée et il luttait contre le besoin de tousser. Il jeta un bref regard sur Graham pour voir son visage déformé par la prise de l'homme qui l'immobilisait, puis riva ses yeux sur le milieu du corps de celui qui tenait le pistolet. L'arme était braquée sur le sol, toujours sur l'endroit où Graham était tombé à terre.

– Gamin, tu ferais mieux de poser ce fusil…

– Lâchez-le, l'interrompit Philip en répétant avec une force accrue l'ordre déjà donné. *Vous*, vous posez votre arme, et après, vous sortez de cette maison.

Hightower et Graham ne bougeaient plus. Hightower avait relâché sa prise, craignant apparemment que, si l'échauffourée se poursuivait, Philip fasse feu sur eux. Son bras entourait toujours le cou de Graham mais était presque devenu une étreinte amicale.

Graham toussa malgré ses efforts pour se retenir. Le fusil fit un écart avant de viser à nouveau sa cible : la poitrine de l'homme qui se tenait devant lui, celui qui avait le visage tuméfié, avec du sang séché et du pus qui s'était accumulé sous son groin écrabouillé.

– Gamin, tu tiens une arme pointée sur un représentant de la loi, avertit Bartrum d'une voix calme mais sérieuse. Je suis certain que tu as de la fièvre et que tu n'es pas toi-même, mais maintenant il faut que tu le poses tout de suite.

Il commença à relever son pistolet.

– Si vous faites ne serait-ce qu'un geste avec votre bras…, le mit en garde Philip.

Barnum se figea.

Philip se représenta en train de tirer sur lui. Faire feu sur l'objecteur de conscience avait été condamnable, et faire feu sur Frank l'aurait été tout autant. Graham, lui aussi, était responsable d'un acte si condamnable que Philip ne parvenait pas véritablement à le comprendre, ne le comprendrait probablement jamais. Mais ce qu'il faisait là, lui, non, ce n'était pas condamnable. Ces hommes n'avaient aucun droit d'être ici. Il serait finalement capable d'agir d'une manière qui ne mériterait pas une procédure de mise en accusation. Il allait appuyer sur la détente s'il y était contraint.

Amelia était toujours au pied de l'escalier, paralysée et muette. Graham la regardait comme s'il voulait à tout prix protéger son corps avec le sien, mais elle était bien trop loin de lui.

Les fenêtres et la porte ouverte derrière les intrus laissaient voir une explosion de blanc, la neige tombant encore plus dense que précédemment.

– Philip.

Graham parvint à prononcer ce nom de sa gorge rauque, mais rien d'autre n'en sortit.

Pour Philip, rien n'était réel. Cette scène tenait encore plus du rêve que sa conversation avec Fiona dans le train. Il se sentait environné par la mort, sentait que Fiona, Frank et l'objecteur de conscience étaient proches, sentait le poids de tous les esprits de Commonwealth qui avaient été emportés par la grippe. Ces hommes qui se tenaient devant lui étaient probablement morts, eux aussi. Tout ce qu'il avait à faire, c'était de les abattre.

Chaque fois que Bartrum ouvrait la bouche, les mots sortaient de sa bouche plus lentement.

– Gamin, je suis certain que tu es persuadé d'agir comme il faut. Mais ces hommes ont mal agi, eux, et il nous appartient de remettre les choses à leur place. Nous allons maintenant franchir la porte avec cet homme, et après…

Philip fit non de la tête et l'extrémité du fusil se releva légèrement.

– Non. Vous partez seuls.

Le pistolet de Bartrum bougea à nouveau dans sa main. Qu'il l'ait fait pour viser ou pour le ranger, Philip n'en était pas certain mais il appuya sur la détente.

Le shérif disparut. La charge du fusil le propulsa si violemment par l'encadrement de la porte, au milieu des nuées de neige qui tombaient, qu'il donna l'impression de s'effacer dans la blancheur. Avec ses deux coudes, Graham, moins abasourdi par la détonation que son adversaire ne l'était, expédia un grand coup dans le ventre de Hightower qui lâcha sa prise. Il se retourna alors pour lui expédier deux coups de poing en plein visage, le deuxième le percutant à l'oblique sur l'oreille tellement il s'affalait vite.

Philip rechargea rapidement le fusil avant de le braquer sur Hightower, mais ce dernier gisait déjà sur le sol, inerte. Philip regarda Graham, son visage ensanglanté, et la sueur qui couvrait son front et gouttait de ses sourcils.

*

L'arme de Bartrum était tombée à terre entre J. B. et Graham. J. B. venait de voir un de ses compagnons abattu par balle et l'autre mis K.-O., il se retrouvait inférieur en nombre avec le pistolet juste devant lui. Ce ne fut ni par calcul exécuté de sang-froid, ni par prise de décision intrépide, mais par simple instinct de conservation qu'il bondit pour s'emparer de l'arme de poing.

*

Graham vit l'arme, lui aussi, et s'élança. Il était moins tenaillé par la peur que J. B. et fut plus rapide, si bien qu'au moment où les doigts du banquier touchaient la crosse, la main de Graham, plus grande, la lui arracha. Ils étaient tous les deux à genoux quand le plus jeune s'empara du pistolet qu'il braqua sur le front de J. B. Les terminaisons nerveuses de Graham crépitaient, des étincelles parcouraient ses membres et ses doigts se crispaient sur la détente, prêts à tirer, prêts à tirer. Il fallait qu'il abatte cet intrus.

J. B. était si proche de lui que Graham voyait distinctement l'expression de terreur et l'élan de survie dans ses yeux, des yeux qui étaient le reflet parfait des siens. En dépit de l'adrénaline et de la peur, Graham entendit l'accusation de Philip qui se répercutait une fois de plus dans son esprit. Ce fut cela, associé au regard de J. B., qui le fit hésiter.

– Graham, non ! cria Amelia.

Il se leva en titubant, abaissant son bras sans quitter J. B. du regard.

Philip s'avança, le fusil pointé devant lui jusqu'à ce qu'il voie Hightower allongé derrière le canapé, conscient mais égaré et clignant des paupières sans discontinuer. Il lui ordonna de se lever.

Graham pointa le pistolet sur l'encadrement de la porte. Hightower et J. B. se redressèrent, regardant les deux jeunes hommes puis les pieds du shérif, à peine visibles au bord de la terrasse. Les yeux de Hightower enflaient déjà et il observait le silence. Lui et J. B. franchirent le seuil pour se diriger chacun vers son véhicule, la démarche flageolante tandis que l'adrénaline frissonnait dans leurs jambes.

*

Philip les suivit pendant plusieurs pas et abaissa le regard vers le shérif tombé à terre, les yeux toujours grands ouverts, les sourcils arrondis par la surprise. Le sang commençait à sourdre, même à travers son épais manteau. Tout se passait avec fluidité, une action succédant à la précédente avec une vitesse inhabituelle, et il avait l'impression que les événements échappaient à sa compréhension.

Amelia et Graham se tenaient dans les bras l'un de l'autre. Le pistolet du shérif était posé sur la table. Ils pleuraient et les bras de Graham tremblaient.

– Graham, les interrompit Philip d'une voix qui paraissait en transe. Il y a des hommes, dehors.

Graham se reprit avant de s'écarter de sa femme.

– Ne t'en va pas, lui dit-elle en faisant sonner ces mots plus comme un ordre que comme une supplique, mais il secoua la tête, essuya ses larmes.

Se saisit du pistolet.

– Je t'en prie, lui répondit-il.

Philip et Graham sortirent sur la terrasse. Ils virent Miller ainsi que deux autres hommes debout à côté de deux camions et d'une Ford à une demi-rue de distance. Graham prit les devants et Philip lui emboîta le pas. Avant que les membres de la LPA aient eu le temps de réagir en les voyant, Graham tira un coup de fusil dans le ciel blanc qui se désintégrait tout autour d'eux.

– Déguerpissez de notre ville ! cria Graham dont les yeux ne s'emplissaient plus de larmes mais continuaient de briller d'un éclat sauvage.

Miller se figea. Il n'avait pas d'arme, pas plus que l'homme qui se tenait près de lui.

Dans le dos des deux jeunes gens, quatre habitants de Commonwealth sortirent de chez eux le fusil à la main, comme s'ils avaient attendu cette occasion toute la journée.

Miller avait déjà renvoyé deux camions et la plupart des hommes à Timber Falls. Il était en infériorité numérique et sans armes, mais il essaya de rester calme. Il aperçut le corps sur la terrasse, vit le visage tuméfié de Hightower et l'expression dans les yeux de J. B., qui s'approchait de lui et lui glissa à l'oreille :

– Ils ont tué Bartrum.

Miller avala sa salive.

– Nous reviendrons, messieurs, dit-il en s'adressant à Graham et en tentant de maîtriser sa peur. Je vous le promets.

– Vous aviez raison, pour l'espion, lui dit Graham d'une voix assourdie par l'émotion.

Il avait la tête douloureuse à cause des coups que lui avait portés Hightower. Ses côtes lui pinçaient les entrailles à chaque respiration et son estomac lui hurlait de ne pas se tenir aussi droit.

– Il est venu ici après votre départ, et je l'ai tué. Et je vous tuerai si vous vous avisez de revenir.

Miller garda les yeux braqués sur ces hommes armés pendant qu'il marchait vers un des camions remplis de prisonniers. Il sursauta quand il entendit la détonation et que l'un des pneus explosa devant lui.

Graham tira une balle dans une autre roue, puis deux autres pour l'autre véhicule.

– Les camions restent, ordonna-t-il. Les hommes restent.

Il était maintenant à moins de trois mètres de Miller.

Si Philip gardait son fusil pointé sur la poitrine du banquier, Graham tenait le pistolet orienté vers le sol, quelques pas devant lui. Il ne pouvait viser un autre être humain.

– Vous avez commis une très grave erreur, mon gars.

Graham grinça des dents. Le pistolet pesait lourd au bout de son bras.

– Fichez le camp pendant qu'on est encore disposés à vous laisser partir.

Miller resta un instant planté là, le visage livide. Puis il hocha la tête, se détourna et se dirigea vers la Ford. Ses concitoyens le suivirent.

Graham, Philip et les habitants qui étaient sortis de chez eux s'approchèrent encore pendant que le banquier démarrait puis effectuait lentement un demi-tour. À plusieurs pâtés de maisons de là, et hors de vue, le dernier groupe des membres de la LPA grimpait dans le véhicule, Miller leur ayant dit plus tôt qu'ils avaient fait tout ce qu'ils pouvaient ce jour-là. Ils ignoraient encore que Bartrum avait été tué et ne l'apprendraient pas avant la fin du long trajet de retour.

La Ford de Miller progressa à vitesse réduite sur la route couverte de neige. Elle dépassa les maisons qui avaient des rubans de crêpe aux fenêtres, dépassa les femmes et les enfants des hommes arrêtés, Rankle, Deacon et tous les autres, dont certains encore malades, d'autres qui venaient à peine de se remettre, plusieurs encore dont l'état empirait ; certains tabassés, d'autres indemnes. Miller s'agrippait au volant, la mâchoire crispée en passant près des gens de la ville qui le regardaient partir. Quand il vit Charles Worthy, en bordure de la foule, il réprima le réflexe de lui foncer dessus, de le faucher devant tous ces crétins qui l'avaient suivi ici, aux confins de la planète. Puis la ville disparut et ils descendirent le versant de la colline, sans plus rien d'autre devant eux que les bois denses, de plus en plus impénétrables tandis que la neige tombait sans relâche.

*

Philip se pencha pour poser le fusil sur la neige fraîche près des camions abandonnés où se trouvaient encore les captifs. Il avait reconnu l'un des premiers visages qu'il avait vus, à travers les vitres : Alfred Metzger qui, à quarante-deux ans, était toujours en dessous de la limite d'âge supérieure pour la conscription. Philip actionna la poignée de la portière arrière jusqu'à ce qu'elle s'ouvre.

Les prisonniers se ruèrent vers la liberté avec frénésie. Une fois dehors, ils se laissèrent choir à terre pour crier leur soulagement, se congratulèrent mutuellement en se donnant des tapes sur l'épaule, coururent vers leur femme ou jurèrent de se venger de ces fumiers de Timber Falls. Alfred Metzger, lui, ne resta pas longtemps en leur compagnie, il regarda la couche de neige sur le sol à ses pieds et s'éloigna d'un pas vif. Philip aperçut son expression et comprit que l'emprisonnement avait dû représenter, pour lui, une destinée plus agréable que les horreurs qui l'attendaient dans sa maison.

Pour Philip, ça ne semblait absolument pas étrange de se retrouver dans une gare. C'était comme un destin inexorable, quelque chose qui avait perpétuellement obscurci son horizon, quelque chose qu'il ne pouvait fuir.

Tout n'était pas encore redevenu normal dans sa tête. Il l'avait dit à son père alors qu'ils étaient dans la rue, tous les deux couverts de neige, que le fusil posé près des pieds de Philip dégageait une forte odeur de poudre, de métal et de sang. Charles ne lui avait pas demandé ce qu'il avait fait, même s'il devait confusément le lire sur le visage des hommes qui les environnaient. *Je ne me sens pas normal dans ma tête*, avait-il dit. Alors Charles avait acquiescé et l'avait raccompagné chez eux.

Il avait neigé pendant une journée entière. Le blizzard avait été plus efficace pour isoler Commonwealth, pour la protéger des incursions du reste du monde, que ne l'avait été la quarantaine. L'épaisse chute de neige empêcherait les envahisseurs de revenir, mais pour combien de temps ?

Philip était resté couché les deux jours suivants, dormant pendant des laps de temps si prolongés que ses parents avaient craint une rechute dans les bras glacés de l'épidémie. Mais les symptômes continuaient de s'atténuer. Il se plaignait toujours que sa tête, même si elle ne lui faisait plus mal, restait brumeuse ; il disait entendre des sonneries dans ses oreilles, trouvait difficile de se concentrer. Mais Doc Banes les rassurait : cela passerait, il serait peut-être difficile de faire lâcher prise à cette féroce pandémie, mais Philip y parviendrait avec le temps. Le garçon parlait peu. Charles n'avait pas entendu son fils rire depuis des jours, des semaines peut-être.

Elsie était morte tard le soir du raid. Elle n'avait pas su que son père avait été arrêté, ni que Philip l'avait libéré : ses deux derniers jours s'étaient passés dans un délire constant, veillée par son père dont les supplications adressées à Dieu qui l'enjoignaient de l'emporter lui, à la place de sa fille, n'avaient pas reçu de réponse. Jamais Alfred Metzger ne souffrit de la moindre fièvre ou de la moindre toux aussi longtemps qu'il resta au chevet de sa femme et de sa fille.

Ni Charles ni Rebecca n'eurent l'idée que la nouvelle du décès d'Elsie avait pu contribuer au silence de leur fils, car ses réactions pâlissaient au regard de celles de Laura qui, les deux nuits suivantes, finit par s'endormir d'épuisement à force de pleurer. Philip avait gardé le regard fixé sur la neige blanche éblouissante sans partager ses pensées avec personne.

Lorsque les chaussées étaient redevenues praticables, un certain contingent d'hommes qui s'étaient présentés au recrutement et avaient obtenu un sursis des mois plus tôt s'étaient aventurés vers le sud en quête de nouvelles du monde extérieur. Ils s'étaient rendus à Pauling, un hameau situé à une quinzaine de kilomètres à l'est de Timber Falls, en évitant de passer par cette ville de plus grande taille. Ils en avaient rapporté autant de nourriture qu'ils avaient pu en acheter ainsi que des journaux aux titres marqués d'emphase qui donnaient des nouvelles enfin bienvenues : l'armistice avait été signé et les canons s'étaient tus en Europe. Ce traité avait été signé le jour même où Miller et ses hommes avaient investi Commonwealth. Tous les prisonniers avaient été arrêtés pour ne pas s'être fait recenser dans une guerre qui avait miséricordieusement connu son terme exsangue.

Charles avait la certitude que l'armistice allait signifier la libération des dix-neuf habitants de la ville arrêtés. Rebecca avait décidé de faire le voyage jusqu'à la prison de Timber

Falls le lendemain, d'aller à la poste pour mettre la main sur un téléphone afin de renouer ses contacts politiques, et de répandre l'information que les hommes pacifistes de sa ville avaient été enfermés derrière les barreaux comme de vulgaires criminels. Elle irait voir Jarred Rankle et les autres, exigerait de leurs geôliers qu'ils les traitent dignement : la présence d'une femme pouvait faire beaucoup pour assurer un traitement décent aux prisonniers, avait-elle appris de son expérience lors de la grève d'Everett. Mais elle ne partageait pas la foi de son mari, ne croyait pas en leur libération, du moins pas tant que la guerre ne serait pas davantage associée à un passé révolu, remplacée par les nouvelles nécessités succédant à ces années violentes et marquées par la peur.

Après le raid, Charles et Rebecca étaient allés frapper à toutes les portes de la ville (ils ne s'inquiétaient plus de savoir si c'était dangereux pour eux), et avaient appris qui avait été emmené par la LPA, qui était malade, qui mourait de faim, qui était décédé. L'expression peinte sur ces visages, et les récits qu'ils avaient entendus, les avaient ensuite empêchés de trouver le sommeil pendant plusieurs nuits, allongés l'un près de l'autre. Les Worthy n'avaient plus que très peu de nourriture, mais ils l'avaient partagée avec ceux qui étaient trop malades pour cuisiner eux-mêmes.

Ils avaient été témoins des gouffres dans lesquels certains étaient tombés, et de ceux plus profonds encore qui restaient béants. Mais aussi violemment ébranlée que sa foi ait pu être, Charles avait connu un trop grand nombre de tragédies et d'échecs pour concéder que la scierie puisse entrer en faillite. D'une manière ou d'une autre, la ville allait survivre, croyait-il. D'une manière ou d'une autre.

*

Les carnets mal tenus du docteur Banes indiquaient que deux cent cinquante habitants de Commonwealth, plus de la moitié de sa population, avaient contracté la grippe. Sur ce total, cinquante-six hommes, femmes et enfants étaient morts. La plupart des victimes étaient des adultes de moins de trente ans, ceux qui auraient dû être assez robustes pour survivre à l'infection. Banes ignorait pourquoi les enfants avaient été épargnés au détriment de ceux qui étaient dans la force de l'âge, mais cela rendait les conséquences pires encore, car il y avait désormais énormément de parents veufs et d'enfants orphelins.

Mo était mort, de même que Lightning. O'Hare, le chef des conducteurs de grumes qui avait pris ses distances avec Philip, avait été contaminé en dépit de sa vigilance. Il était décédé une semaine auparavant, de même que trois des ouvriers qui travaillaient avec lui. Laura avait guéri, mais elle avait perdu sa meilleure amie et deux autres camarades de classe.

Doc Banes n'attrapa la grippe à aucun moment malgré les longues heures passées auprès des malades et des mourants. À l'instar de Deacon, il commença à se sentir élu, comme si Dieu l'avait appelé pour lui confier la veille des défunts, pour qu'il devienne le scribe chargé d'indiquer le passage de leur existence. Mais ces souvenirs étaient abominables et il ne désirait rien tant que s'en libérer. Chaque nuit, ses bouteilles d'alcool se manifestaient à lui et il ne trouvait aucune raison de leur résister.

*

La famille Stone avait été épargnée par la grippe : Amelia et la fillette étaient en bonne santé, de même que Graham. Il ne comprenait pas comment il était possible que Philip ait pu lui tousser en pleine figure sans lui transmettre l'infection, mais il y avait beaucoup de choses qu'il ne comprenait pas. Depuis deux nuits, il avait à peine été capable de fermer l'œil et, à deux reprises, il s'était caché dans une autre pièce pour qu'Amelia ne voie pas quand il fondait en larmes.

Le choc du raid et le reflux de la pandémie avaient fait sortir les gens de chez eux, et les amis avaient à nouveau pu raconter ce qui leur arrivait. La rumeur sur la façon dont Leonard et d'autres s'étaient glissés en cachette hors de la ville en quête d'alcool et de femmes se répandit dans la localité qui émergeait du sommeil. Ceux qui avaient entendu cette nouvelle, surtout s'ils avaient perdu des êtres chers, avaient été consumés d'un désir de vengeance. Un groupe d'hommes en colère étaient allés frapper aux portes de ces criminels fourbes mais n'avaient trouvé que leurs cadavres tués par la grippe. Les vengeurs avaient été d'autant plus pris de fureur quand ils avaient découvert qu'ils ne pourraient exercer de châtiment. La grippe était une scélérate qui n'avait pas d'enveloppe charnelle que l'on puisse frapper, pas de visage sur lequel cracher, pas de cou à entourer d'une corde.

Mais des gens avaient entendu Graham confier à Miller qu'il avait tué l'espion, et si plusieurs pensaient qu'il l'avait dit seulement pour faire peur au membre de la LPA, d'autres décelaient une lueur de vérité. Cela cadrait trop bien avec les autres histoires qui circulaient à travers la ville, des récits parlant d'un autre soldat qui avait essayé de pénétrer dans les lieux des semaines auparavant et avait été abattu par Graham puis enterré près de l'entrée de Commonwealth. Quand les Stone étaient sortis en ville le lendemain du raid, Graham avait reçu un certain nombre de regards effrayés dont Amelia avait pensé qu'il s'agissait de réactions au spectacle de son visage affreusement tuméfié.

Le lendemain, elle avait refusé de croire une amie qui avait mentionné les récits relatifs à Graham et à l'espion, et le soir même elle l'avait questionné. Il lui avait donc raconté ce qu'il avait fait, mais sans lui expliquer pourquoi. À un moment, il avait espéré que la pureté de ses mobiles excuserait l'enfer et la boue à travers lesquels il avait dû patauger, mais ses raisons ne semblaient plus appropriées ou justifiées, même à ses propres yeux. Comme tout ce qui importait était qu'il avait tué quelqu'un, il n'avait rien mentionné d'autre à sa femme.

Et si elle s'était dans un premier temps reculée avec dégoût avant de proférer ses propres explications désespérées, qu'il ne nierait ni ne confirmerait, si elle avait éclaté en sanglots avant de s'excuser et de sortir de la maison pour n'y revenir que des heures plus tard, si elle avait paru méfiante en présence de son propre mari, ne lui demandant même pas de tenir la petite quand ses bras n'en pouvaient plus, et si tous dans la ville le regardaient comme une partie d'eux-mêmes dont ils souhaitaient qu'elle disparaisse purement et simplement, alors cela aussi, il serait contraint de l'accepter.

*

Le troisième jour après le raid, Philip se trouvait dans une gare ferroviaire, à Pauling. Après avoir dit au revoir à Rebecca et à Laura, il était venu jusque-là avec Charles dans la Ford de la famille. Sur le siège arrière était assis Graham qui leur avait demandé s'il pouvait se joindre à eux.

Philip ne comprenait toujours pas complètement la nécessité de ce voyage, mais Charles avait insisté, lui expliquant que c'était ce qui garantissait le plus sa sécurité à la lumière de ce qui s'était passé le jour de la tempête de neige. Son père ignorait si ces hommes allaient revenir, mais s'ils le faisaient, ils seraient à la recherche de Philip. Quelles qu'aient pu être les circonstances, il avait abattu un policier. Que Philip ait été très malade ou que son esprit ait été égaré, et quoi qu'il eût pu advenir à Graham si Philip n'était pas intervenu, Charles savait quel effet l'acte commis par son fils avait dû faire sur Miller. Que l'armistice en Europe puisse mener à un armistice ici même, dans la forêt de l'État de Washington, cela restait à démontrer.

La veille, Charles avait passé un coup de fil rapide à un cousin de Portland en utilisant un appareil à Pauling. La famille de ce cousin avait déjà souffert de la grippe, les enfants étaient restés des journées entières au lit, mais maintenant, tout allait mieux. Charles avait seulement expliqué à son cousin qu'il craignait pour la sécurité de Philip à la suite d'une rivalité qui avait dégénéré avec une autre scierie, et il avait communiqué à Philip une série de semi-mensonges dont il pourrait abreuver ceux qui allaient l'accueillir à son arrivée.

Ça ne va pas durer longtemps, lui avait-il promis. *Probablement juste une quinzaine de jours*. À peine assez longtemps pour que Charles entre en communication avec les responsables locaux à Timber Falls, que Rebecca rallie ses camarades, que les gens de tout l'État apprécient pleinement le fait que la Grande Guerre était enfin terminée, qu'ils étaient désormais libres d'imaginer comment reprendre l'existence qu'ils avaient vécue avant qu'elle ne soit déclarée. Charles était persuadé qu'il y aurait une manière de justifier les actes de son fils.

Philip avait remarqué que son père utilisait toujours ce genre de langage détaché quand ils abordaient ces événements. Il ne disait jamais que Philip avait tiré sur quelqu'un, qu'il avait tué quelqu'un. Et d'une façon étrange, autant le premier soldat avait pu le hanter, autant il n'était nullement torturé par ses souvenirs du shérif. Pour lui, l'homme au nez cassé et aux yeux frangés de noir avait tenu le rôle du méchant, ce qui n'avait pas été le cas du premier soldat. Le shérif avait investi le foyer de Graham, il avait tabassé d'autres hommes, et en raison de ces comportements, il s'était, lui, estimé justifié à agir comme il l'avait fait. Si, durant tout l'après-midi, son cerveau avait été la proie d'une grande confusion, il n'avait pas considéré qu'il avait privé quelqu'un de sa vie mais qu'il avait sauvé des vies.

Cela ne l'empêchait pas, cependant, de se demander si cette image de lui-même tirant sur le représentant de l'ordre ne serait pas suivie de résurgences pernicieuses, ne s'insinuerait pas progressivement ou abruptement dans chacune de ses pensées. Lorsque son cerveau serait libéré de l'emprise de la grippe, peut-être lui faudrait-il porter le même joug sous lequel Graham souffrait.

Le trajet s'était déroulé essentiellement sans paroles et lui avait paru interminablement long. Le silence n'avait été brisé que par des interjections de Charles assurant que tout allait bien se passer. Philip trouvait horripilants ces commentaires pourtant brefs, il assistait depuis une place protégée à la gaucherie avec laquelle son père luttait contre les vents irréfutables de toutes les preuves qui les entouraient. Philip était certain que Graham voyait les choses de la même façon que lui et, chaque fois que Charles déployait son optimisme, il se repliait sur lui-même.

Ils avaient fini par arriver à la gare qui n'était pas autre chose qu'un quai à ciel ouvert près d'un petit guichet où un préposé emmitouflé soufflait sur ses mains. Charles avait acheté le billet pendant que Philip et Graham attendaient près de la voie.

– Merci d'être venu à ma rescousse, lui dit Graham.

C'étaient les premiers mots qu'il lui adressait ce jour-là, et la première fois qu'il mentionnait ce que Philip avait fait. Par endroits, son visage était d'un bleu violacé, là où il avait été frappé par les membres de la LPA, et il aspirait l'air par petites quantités prudentes en raison de la douleur perforante qui provenait de ses côtes brisées. Il ajouta :

– Merci de m'avoir aidé.

Philip hocha la tête et s'enquit :

– Qu'est-ce que tu vas faire, maintenant ?

S'il courait un tel danger qu'il devait être envoyé ailleurs, la même chose s'appliquait probablement à Graham. Pourtant, il ne pouvait s'imaginer son ami fuyant devant quoi que ce soit.

– Je ne sais pas.

Graham abaissa le regard vers les longs rails qui s'enfonçaient à travers la forêt épaisse, le produit de si nombreuses heures d'efforts épuisants que ce chantier paraissait incompréhensible. Tout, ici, était le résultat de souffrances et de sacrifices. Il reporta ses yeux sur Philip et son visage semblait crispé, les muscles de son front et de ses tempes tendus.

– Je vais revenir bientôt, à ce que dit mon père.

– J'espère que la ville a tenu le choc.

Leurs yeux se rencontrèrent et ils maintinrent le contact. Puis Philip acquiesça de la tête.

Graham avait appris de ses expériences ferroviaires à quelle vitesse une localité comme Commonwealth peut disparaître. À de nombreuses reprises, il avait dépassé des rues abandonnées qui avaient été des quartiers prospères, et il avait vu que des villages où il avait autrefois dormi ne figuraient plus sur aucune carte. Il savait que la violence pouvait non seulement déchirer une ville en deux, mais le faire tant de fois qu'il ne restait plus rien sur quoi reconstruire, plus rien debout, plus rien même dont on puisse garder le souvenir lorsqu'on ramassait ses maigres possessions pour s'en aller vers un ailleurs.

Charles venait vers eux, le billet à la main, mais il n'était pas encore à portée d'oreille.

Philip regarda le sol.

– Je sais que tu veux que je m'excuse pour avoir laissé Frank entrer en ville. Mais je ne peux pas…

Il ignorait si Graham avait été mis au courant au sujet des hommes qui étaient sortis de Commonwealth en cachette pour boire de l'alcool ou rendre visite à leur amoureuse. Il ignorait également si ces faits avaient la moindre importance ou s'ils n'étaient que des flocons de neige supplémentaires projetés au milieu du blizzard de coïncidences, d'événements et d'accidents survenus au cours du mois écoulé, des éléments si intangibles et minimes qu'on ne pouvait fixer son attention sur eux. Dans pareil tourbillon, les suivre du regard était impossible.

– Je ne regrette pas de l'avoir fait.

Philip voyait que Graham choisissait avec prudence les mots qu'il allait prononcer.

– Je sais que tu veux que je m'excuse, dit-il en reprenant les paroles de Graham.

Il se tut, ses yeux devenant soudain rouges et vitreux. Il ne regardait même pas son aîné en face. Ce qu'il parvint à prononcer, scindé par une respiration hachée et douloureuse, fut :

– Et je sais que je devrais le faire.

Mais Charles arrivait en tendant à Philip un billet de train et de l'argent sans remarquer les yeux de Graham. Il répéta les instructions qu'il avait déjà données, et Philip hocha la tête en regardant davantage Graham que son père. Puis il leur demanda de ne pas attendre sur le quai avec lui.

– Ça ressemblerait plus à un au revoir, si vous restiez.

Il glissa le ticket dans sa poche. Il n'était pas totalement guéri, mais suffisamment pour se tenir à cet endroit, les pieds sur la neige bien tassée.

Charles le prit dans ses bras. Philip oublia la colère et la déception qu'il avait ressenties ces dernières semaines, et durant un instant, il serra son père fort contre lui.

Charles recula ensuite d'un pas en promettant d'envoyer un télégramme dans deux semaines pour lui donner des nouvelles.

Graham et Philip se regardèrent, et Graham, avec un hochement de tête soudain, lui appliqua une tape sur l'épaule un soupçon trop fort. Puis ils partirent.

*

Sur le chemin du retour en ville, ils parlèrent à peine. Graham vit que cela affectait Charles d'envoyer son fils loin de la ville, au point qu'il ne remarqua pas que lui-même était à deux doigts de fondre en larmes. Le temps passa lentement tandis que les pneus de la voiture cherchaient l'adhérence sur les chaussées boueuses et que les lourdes branches des arbres rayées de vert et de blanc oscillaient au-dessus de leur tête. Le fait que les routes aient été impraticables avait donné à Graham le temps de réfléchir, de délibérer, mais c'était un luxe qu'il n'avait plus. Des hommes désireux de venger la mort de Bartrum pouvaient revenir quand ils le souhaitaient ; celui à la barbe rousse, dont les fils avaient péri en France, n'oublierait sûrement jamais sa figure. Il avait choisi de ne pas partir à la guerre à moins qu'elle ne l'arrache à sa famille ; rester à Commonwealth dans l'attente d'y être arrêté peut-être serait courir un risque identique. Charles semblait considérer avec optimisme que la situation pouvait s'arranger, mais pour Graham, c'était comme d'espérer que la tornade qui menaçait ne fût qu'un nuage d'une épouvantable beauté conçu par un dieu créatif et bienveillant. Il savait, lui, ce que ces nuées annonçaient.

De sa main droite, il massa les phalanges de la gauche, sentant sous les gants les contours de ses os et l'extrémité bizarre où le dernier doigt devrait se trouver. Amelia avait elle-même tricoté ces gants, ne mettant que le pouce et trois doigts à celui de gauche parce qu'il avait détesté la façon dont le doigt vide de ses anciens gants pendait vainement.

Emmener sa fillette et sa femme enceinte en fuyant Commonwealth pour une autre ville signifierait tout recommencer de zéro. Quelques vêtements, une somme modique pour payer son logement et sa nourriture pendant quelques semaines, mais presque rien d'autre. Il serait encore plus vulnérable qu'il l'avait été autrefois, car aujourd'hui il avait une famille. Il se rappelait combien il avait été difficile de recommencer en partant de rien après Everett. Cette fois, se força-t-il à considérer, il ne serait pas seul.

La veille, après avoir parlé à Amelia du second soldat, après la longue marche qu'elle avait faite dehors et après les nombreuses heures de silence qui s'étaient étirées devant eux, il était parti se coucher. Quand elle l'y avait rejoint beaucoup plus tard, il ne dormait toujours pas, allongé face au mur de son côté du lit. Dans le noir, elle l'avait entouré d'un de ses bras. « Repose-toi », lui avait-elle dit doucement en sachant qu'il avait les yeux ouverts. Elle avait posé sa main gauche sur la sienne et les trois doigts de son mari s'étaient entrecroisés avec ceux de sa femme. Elle l'avait embrassé sur la nuque. « Repose-toi. » Il était demeuré étendu un long moment avant de s'endormir, non pas parce qu'il n'y arrivait pas, mais parce qu'il voulait se repaître de ce sentiment. Des heures plus tard, il s'était réveillé quand sa fille avait pleuré, avait quitté le lit avant sa femme pour prendre la petite dans ses bras et la bercer à travers la maison froide. Comme ça, dans le noir, le bâtiment semblait creux, vide, tel un lieu qui pourrait être abandonné. Il était si fatigué de courir, et néanmoins si fatigué de ne rien céder. Par conséquent, avant d'accompagner Philip à la gare ce matin-là, il avait fait part à Amelia de sa décision, était prêt à entendre ses objections. Mais elle n'en avait eu aucune, exprimant seulement son espoir que leur séjour ne serait que temporaire.

Dehors, les arbres se balançaient au vent. La route sinuait en s'enfonçant davantage dans les bois et, tout près d'eux, il y avait la rivière, froide et rude, mais qui courait toujours.

*

L'attente du train lui semblait trop longue. Philip songea à la façon dont, à Commonwealth, les hommes qui guérissaient mettaient leurs forces à l'épreuve en coupant du petit bois à la hache, et les femmes rendaient visite à leurs voisines qu'elles n'avaient pas vues depuis des jours, frappant aux portes avec hésitation, car elles craignaient que personne ne leur réponde. L'entrepreneur des pompes funèbres consultait la liste des corps déposés dans son salon funéraire et envoyait une lettre dans la ville qu'habitait Inston pour requérir la présence d'un ministre du culte afin de célébrer une messe à leur mémoire. Et Doc Banes soignait ceux qui étaient encore trop malades pour quitter leur lit. Commonwealth se relevait en titubant, et Philip quittait une ville de plus.

Après des années à craindre d'être abandonné, il comprenait qu'avant cet instant, il n'avait jamais été véritablement seul. Pourtant, tandis qu'il se tenait là dans le silence stupéfié du monde extérieur, un monde qu'il n'avait pas vu depuis des semaines, il se sentait curieusement exempt de peur. Peut-être était-ce la grippe qui lui embrumait le cerveau ; peut-être était-il trop hébété pour comprendre ce que son destin avait d'incertain. Mais quelque chose, dans ce que Charles avait dit, et dans le ton qu'il avait employé, le rendait plutôt heureux de se tenir là, seul, loin de la ville et de tous les désastres que la faillite de ses décisions avait provoqués.

Il ne savait pas quand sa tête fonctionnerait à nouveau, mais une partie de lui-même souhaitait que cela ne se produise jamais. Sa guérison se déroulait dans un autre monde, en un lieu totalement distinct de Commonwealth, et il lui semblait par conséquent normal de ne pas avoir vu Elsie depuis des jours. Lorsqu'il se sentirait d'aplomb, il faudrait qu'il se présente face à elle. Peut-être serait-il préférable de ne jamais revoir ces rives où ils avaient récupéré les bouts de bois flotté, de ne jamais entrer à nouveau dans le magasin d'alimentation générale. Préférable de s'aventurer simplement jusqu'à sa prochaine destination, et celles qui lui succéderaient, de continuer ses errances, dépouillé de tant de choses qui, pensait-il, définissaient qui il était. Et ce qu'il resterait de lui, quand il tenterait de rassembler les morceaux éphémères qui se dérobaient, était une réalité qu'il lui faudrait trouver la force d'accepter, il ne savait comment, et avec laquelle il devrait construire quelque chose de neuf.

Note de l'auteur

Il y a presque dix ans, j'ai lu dans un magazine un article sur un expert spécialiste d'une maladie infectieuse. Il mentionnait brièvement l'épidémie de grippe espagnole de 1918. L'article faisait également référence au fait que plusieurs localités non infectées de l'ouest des États-Unis étaient si terrifiées qu'elles bloquèrent tous les accès qui y menaient et postèrent des gardes armés pour empêcher quiconque d'y pénétrer. J'ai tout de suite imaginé une scène qui deviendrait le point de départ d'un roman : deux gardes confrontés au dilemme posé par un étranger affamé et gelé en quête d'un refuge.

J'ai lu tous les livres que j'ai pu sur l'épidémie de 1918, mais n'en ai pas trouvé beaucoup. Et je n'ai pu trouver aucun renseignement sur les villes non contaminées qui avaient vraisemblablement imposé une quarantaine inversée. Finalement, étant un écrivain de fiction et non pas un historien, j'ai décidé de mettre un terme à mes recherches au sujet de ces mystérieuses villes. Le fait qu'il m'ait été impossible de mettre au jour le moindre renseignement a probablement été une excellente chose, car cela a libéré mon imagination de toutes chaînes historiques.

C'est uniquement au moment où j'approchais de la fin de mon premier jet que le travail de John M. Barry, qui fait autorité, *La Grande Grippe espagnole*, a été publié. Il signale que Gunnison, dans le Colorado, a été une de ces villes qui ont émergé indemnes de l'épidémie en s'isolant complètement des localités voisines dans les monts San Juan. Des tentatives similaires, dans d'autres villes, ne furent pas couronnées du même succès, relève-t-il.

Bien que Commonwealth soit une création de l'imagination, si elle avait réellement existé, elle n'aurait pas été totalement unique dans sa mission de progrès. Les immenses forêts de l'État de Washington ont abrité de nombreuses communes, collectivités et autres lieux de regroupements pour ceux qui avaient la fibre radicale. Un demi-millier de socialistes vivaient dans la colonie égalitaire fondée en 1896 sur les rives de la Skagit ; Whidbey Island était le siège d'une coopérative de fermiers connue sous le nom de Freeland ; et de l'autre côté du bras de mer, en face de l'usine de papier Tacoma, se trouvait Home, une communauté anarchiste où l'on pratiquait l'amour libre avec délectation.

Le personnage de Graham s'est nourri de recherches portant sur la violence dans le monde du travail à cette époque. Les tensions existant entre les propriétaires industriels essayant de se forger une existence dans l'Ouest peu accueillant, et les travailleurs qui essayaient de gagner de quoi vivre avec une stabilité suffisante pour s'installer de manière permanente, créait un environnement souvent explosif. Si les besoins de main-d'œuvre en temps de guerre et la terreur rouge qui allait surgir mettraient bientôt la plupart des syndicats sur la défensive, l'ère de l'avant-guerre fut traversée de conflits violents. En 1916, ce que l'on a appelé le massacre d'Everett a marqué l'apogée d'une grève sauvage et acharnée dans l'industrie du bois, lorsqu'une fusillade éclata au moment où deux bateaux sur lesquels avaient pris place des grévistes et des sympathisants venus de Seattle tentèrent de s'amarrer dans le port d'Everett. Si de nombreux membres de l'IWW furent traînés en justice, ils furent finalement acquittés, et les historiens ne réussirent jamais à établir d'où étaient partis les premiers coups de feu : des Wobblies, des grévistes, des adjoints du shérif McRae ou des vigiles locaux. Sept personnes au moins (cinq grévistes et deux adjoints du shérif) périrent au cours du massacre. Certaines sources pensent qu'un nombre encore plus important de grévistes auraient perdu la vie.

Peu de gens aujourd'hui en ont conscience, mais la première guerre mondiale a connu un mouvement antimilitariste fort. Le président Wilson avait compris que l'entrée dans le conflit serait difficile à faire passer dans une nation dont au moins un quart des citoyens étaient de descendance allemande. Dans ce but, il fonda la Commission d'information publique qui lança une campagne de propagande sans précédent par la taille et les moyens mis en œuvre. Le personnage de l'Oncle Sam apparut, et d'innombrables chants patriotiques envahirent les ondes (*Save Your Kisses Till the Boys Come Home*, *Hello Central ! Give Me No Man's Land*) et les Orateurs des 4 minutes donnèrent libre cours à leurs talents passionnés dans les cinémas et les tavernes.

Beaucoup de gens appartenant à la gauche politique se sentirent trahis par le président Wilson, qui avait fait campagne sur une plate-forme opposée au conflit, lorsqu'il décida de participer à la Grande Guerre. Les unionistes l'appelèrent la guerre des riches, arguant que l'Amérique n'entrait dans le conflit que parce que ses richissimes banquiers avaient prêté tellement d'argent aux Britanniques et aux Français que si ces pays tombaient à genoux, les marchés financiers américains seraient en péril. Pour réduire ces critiques au silence, le Congrès tourna le dos au premier amendement de la Constitution en faisant passer des lois qui criminalisaient les critiques à l'encontre de la guerre ou du gouvernement. Après tout, c'était la guerre ; sûrement, les citoyens n'auraient rien à objecter à abandonner quelques libertés civiles s'ils les sacrifiaient sur l'autel de la victoire. Rebecca représente les milliers d'Américains qui se sentirent muselés à cette époque, qui aimaient leur pays mais étaient dans l'impossibilité de débattre sur ou d'amender sa politique par crainte de l'emprisonnement.

« Dans des circonstances semblables à celles d'aujourd'hui, tout le monde est soit loyal, soit déloyal », expliquait une annonce gouvernementale. Le ministère de la Justice finança la LPA, un groupement de civils patriotes qui arrêtaient les insoumis, cherchaient à identifier des espions et s'assuraient que leurs concitoyens agissaient avec une loyauté suffisante. Les branches de la LPA gagnèrent tout le pays, regroupant 300 000 membres, et des vigilants « superpatriotes » étaient connus pour s'introduire par la force dans des foyers d'immigrants en exigeant qu'ils embrassent le drapeau ou qu'ils achètent des obligations de la liberté.

Le ministre de la Guerre, Newton Baker, autorisa certes des hommes à se déclarer objecteurs de conscience s'ils étaient animés de « scrupules personnels contre la guerre » et environ soixante-cinq mille hommes demandèrent à participer avec le statut de non-combattants, par exemple des conducteurs d'ambulances, à servir auprès d'officiers supérieurs ou à assurer des tâches dans les domaines de l'électricité ou de l'agriculture. Mais ces objecteurs de conscience devaient affronter des pressions énormes visant à les faire se rétracter (y compris des tortures caractérisées dans les cantonnements militaires), et jusqu'à quatre-vingts pour cent d'entre eux cédèrent sous ces pressions, acceptant de porter les armes. Dix-sept au moins moururent des suites de traitements qui leur furent infligés pour avoir exprimé leurs croyances.

L'épidémie de grippe espagnole de 1918 tua en un an jusqu'à 100 millions de personnes dans le monde entier. Finalement, elle devait en tuer plus (et cinq fois plus d'Américains) que la Grande Guerre, qui se termina en novembre 1918, alors que la grippe continuait de sévir.

Cette pandémie eut un effet extrêmement destructeur sur presque toutes les sociétés qui eurent à en souffrir, et elle laissa ses marques sur le sort de la guerre. Certains historiens sont persuadés que si elle n'avait pas infecté un aussi grand nombre de soldats allemands, une offensive massive de l'armée du

Kaiser aurait, au printemps 1918, contraint la France à capituler avant que l'aide américaine ait réussi à modifier le sens de l'histoire. D'autres pensent que le président Wilson, malade avant la conférence de Versailles, fut handicapé par les effets différés, curieusement persistants, de la grippe sur l'activité mentale. D'autres encore spéculent que si Wilson avait été lui-même, les Alliés n'auraient pas imposé à l'Allemagne les conditions trop rigoureuses que Hitler devait exploiter par la suite pour rallier ses citoyens au parti nazi.

La peur des espions au pays, la perte des proches disparus de l'autre côté de l'océan et le sentiment que la manière de vivre de la nation était attaquée se combinèrent pour composer un environnement explosif. Au milieu de ce mélange, la grippe fit son apparition. Les journaux, bridés par le gouvernement qui leur ordonnait de ne donner que de bonnes nouvelles, commencèrent par nier ou minimiser l'existence de la pandémie alors même que les gens voyaient qu'on emportait les corps de leurs voisins, et qu'ils entendaient le glas funeste des églises. Des jingles radiophoniques encourageaient les habitants à faire preuve de courage, les maires rappelaient à tout un chacun qu'il leur suffisait de se laver les mains pour éviter la contamination alors que les corps s'entassaient au coin des rues.

C'est ce monde, dans toutes ses tensions et ses complexités, qui s'est lentement construit dans mon imagination lorsque je me suis assis pour écrire *La Dernière Ville sur terre*.

Thomas Mullen
Janvier 2006

Remerciements

Ce livre est une œuvre de fiction. Même si certaines villes non infectées firent leur possible pour se protéger de la pandémie grippale de 1918 au moyen de quarantaines inversées, ce livre n'est pas une tentative pour raconter leur histoire.

Je reconnais ma dette auprès de plusieurs historiens pour la recherche dont s'est nourri ce livre. Quiconque souhaite en apprendre davantage sur l'épidémie de 1918 devrait lire *The Great Influenza* de John M. Barry ; *America's Forgotten Pandemic : The Influenza of 1918* d'Alfred W. Crosby ; *Over Here ! An Informal Re-creation of the Home Front in World War I* d'Allen Churchill ; *A World Without War : How U.S. Feminists and Pacifists Resisted World War I* de Frances H. Early ; *The Last Days of Innocence : America at War, 1917-1918*, de Meirion and Susie Harries ; *America's Great War : World War I and the American Experience* de Robert H. Zieger ; *A People's History of the United States : 1492-Present* de Howard Zinn. Tous m'ont été utiles pour recréer l'ambiance de l'époque.

The Wobblies : The Story of the IWW and Syndicalism in the United States de Patrick Renshaw, *The Living Spirit of the Wobblies* de Len De Caux, *Big Bill Haywood and the Radical Union Movement* de Joseph Robert Conlin, m'ont fourni des éléments sur le mouvement ouvrier de l'époque, et l'auteur n'aurait pas réussi son pari sans *Lumberjack : Inside an Era in the Upper Peninsula of Michigan*, de William S. Crowe, ni sans *Mill Town : a Social History of Everett, Washington, from Its Earliest Beginnings on the Shores of Puget Sound to the Tragic and Infamous Event Known as the Everett Massacre* de Norman H. Clark.

De grands remerciements à plusieurs amis qui ont lu des jets antérieurs de ce livre et d'autres travaux : Brent Wincze, Demos Orphanides, Rick Runyan, Erin Core, Matt Power, Brad Dececco, Geoff Sharpe, Deneb Meketa, Brian Dawson. À Hadyn Dick, Candace Sady, Chetan Rao, Shauna Sutherland et Becky Givan. Des remerciements depuis longtemps dus à Gus Muller et Dom Ambrose pour leurs encouragements remontant à si loin en arrière.

À mon agent, Susan Golomb, pour ses conseils judicieux, et pour ses reprises inlassables de jets compliqués, ainsi que pour m'avoir encouragé à m'attaquer à ce livre que j'avais initialement eu pour intention de repousser de quelques années. Merci également à Rich Green, Amira Pierce, John Mozes, Anna Stein et Casey Panell.

À ma correctrice, Jennifer Hershey, qui a su quels arbres se devaient d'être abattus, quels autres taillés, et à quels autres il fallait octroyer davantage de lumière. L'ampleur de son travail et son abnégation ont probablement pourri gâté le romancier auteur de ce coup d'essai. Elle et Laura Ford, Sanyu Dillon, Tom Perry, Jack Perry, Janet Wygal, Sally Marvin, Jennifer Jones et tous leurs collègues de Random House m'ont permis de transformer ce rêve de toujours en réalité.

Remerciements reconnaissants et affectueux à mes parents et à ma famille, qui pas une fois ne m'ont suggéré que je pourrais abandonner complètement l'idée d'écrire un roman en faveur d'un projet un tant soit peu plus raisonnable.

Et, bien sûr, à Jenny, pour tout.

pca
cmb
édition pré-presse
livres numériques

44400 Rezé

Achevé d'imprimer en décembre 2022
sur les presses de Normandie Roto Impression s.a.s.
à Lonrai (Orne)
pour le compte des Éditions Payot & Rivages
60/62, avenue de Saxe -75015 Paris
N° d'impression : 2205963
Dépôt légal : décembre 2022

Imprimé en France